W0356177

L'EMPIRE DES RATS

OUVRAGES DE LA COLLECTION « TERREUR »

Iain Banks
Le seigneur des guêpes

Clive Barker
Secret Show (avril 93)

William P. Blatty
L'Exorciste : la suite

Robert Bloch
L'écharpe
Lori
Psychose
Psychose 2
Psychose 13

Randall Boyll
Froid devant (mai 93)
Monssstre
Territoires du crépuscule

Ramsey Campbell
Envoûtement
La secte sans nom

Matthew J. Costello
Cauchemars d'une nuit d'été

Martin Cruz-Smith
Le vol noir

John Farris
L'ange des ténèbres
Le fils de la nuit éternelle

Raymond Feist
Faërie

Ray Garton
Crucifax
Extase sanglante

Linda C. Gray
Médium

William Hallahan
Les renaissances de Joseph Tully

Thomas Harris
Dragon rouge
Le silence des âgneaux

James Herbert
Dis-moi qui tu hantes
Fluke
Fog
La lance
Les rats
Le repaire des rats
L'empire des rats (avril 93)
Le survivant

Shirley Jackson
Maison hantée (mars 93)

Stephen King
La part des ténèbres
Salem

Dean R. Koontz
Le masque de l'oubli
Miroirs de sang
La mort à la traîne
La nuit des cafards
La nuit du forain
La peste grise
Une porte sur l'hiver
La voix des ténèbres
Les yeux des ténèbres

Steven Laws
Train fantôme

Charles de Lint
Mulengro

Graham Masterton
Démences
Le démon des morts
Le djinn
Le jour J du jugement
Manitou
Le miroir de Satan
La nuit des salamandres (juin 93)
Le portrait du mal
Les puits de l'enfer
Rituels de chair
Transe de mort (février 93)
La vengeance de Manitou

Robert McCammon
L'heure du loup
La malédiction de Bethany
Scorpion

Michael McDowell
Les brumes de Babylone
Cauchemars de sable

Andrew Neiderman
L'avocat du diable (mars 93)

Anne Rice
Lestat le vampire
Entretien avec un vampire
La reine des damnés
La momie

Fred Saberhagen
Un vieil ami de la famille

John Saul
Cassie
Hantises
Créature (juillet 93)

Peter Straub
Ghost Story
Julia
Koko
Mystery

Michael Talbot
La tourbière du diable

Sheri S. Tepper
Ossements

Thomas Tessier
L'antre du cauchemar

Thomas Tryon
L'autre
La fête du maïs

Jack Vance
Méchant garçon

Lawrence Watt-Evans
La horde du cauchemar (février 93)

Chet Williamson
La forêt maudite

Douglas E. Winter
13 histoires diaboliques

Bari Wood
Amy girl

Bari Wood/Jack Geasland
Faux-semblants

T.M. Wright
L'antichambre
Manhattan Ghost Story
L'autre pays (juin 93)

COLLECTION TERREUR
dirigée par Patrice Duvic

JAMES HERBERT

L'EMPIRE DES RATS

ALBIN MICHEL

Édition originale :

Domain

Traduit de l'anglais
par Nicole Bensoussan

PRESSECO
PAPIER RECYCLÉ
NATURE PROTÉGÉE

La loi du 11 mars 1957 n'autorisant aux termes des alinéas 2 et 3 de l'article 41, d'une part, que les *copies ou reproductions strictement réservées à l'usage privé du copiste et non destinées à une utilisation collective*, et, d'autre part, que les analyses et les courtes citations dans un but d'exemple ou d'illustration, *toute représentation ou reproduction intégrale ou partielle, faite sans le consentement de l'auteur ou de ses ayants droit ou ayants cause, est illicite* (alinéa 1er de l'article 40). Cette représentation ou reproduction, par quelque procédé que ce soit, constituerait donc une contrefaçon sanctionnée par les articles 425 et suivants du Code pénal.

© 1984 by James Herbert
New English Library, Londres.
© 1991 Editions Albin Michel S.A.

ISBN 2-266-03987-3

Heure : 12 h 37
JOUR : mardi
MOIS : juin
ANNÉE : un avenir pas si lointain…

LIEU : LONDRES

LIVRE I

L'AVÈNEMENT

Elles détalèrent dans l'obscurité, créatures de l'ombre, hôtes permanents des ténèbres.

Elles avaient appris à se tenir immobiles, à s'intégrer à l'obscurité quand les énormes monstres vrombissaient au-dessus d'elles dans un fracas de tonnerre qui résonnait dans les tunnels, assaillant le refuge noir — sanctuaire froid et humide qui était le leur — de lumières étincelantes et les écrasant de leur poids effroyable. Elles se recroquevillaient quand le sol vibrait et que les murs tremblaient, puis attendaient que l'assaut fulgurant fût passé, sans éprouver de peur mais plutôt une méfiance à l'égard de cet envahisseur qui tuait les étourdis.

Elles avaient appris à se tapir dans leur univers souterrain pour n'en sortir que lorsque l'obscurité sécurisante qui leur était familière se confondait avec la nuit au-dehors. Car elles conservaient la mémoire atavique d'un ennemi dont le seul but était de les détruire. Un ennemi qui existait dans les hautes sphères envahies d'une lumière aveuglante, un lieu dont l'exploration ne pouvait se faire en toute sécurité que lorsque l'intensité lumineuse diminuait pour laisser place à une délicieuse nuit noire, propice à la clandestinité. Mais même dans ces instants-là, l'obscurité n'était pas totale; des lumières d'origines diverses transperçaient la nuit. Elles étaient cependant faibles et créaient des ombres, alliées qui les dérobaient aux regards.

Elles avaient appris à se risquer timidement au-dehors, à ne pas s'aventurer loin de leur sanctuaire. Elles se nourrissaient de créatures de la nuit, comme elles, et il leur arrivait souvent de tomber sur une pâture qui n'était pas chaude et ne se débattait pas sous l'étreinte de leurs mâchoires coupantes. Le goût n'était pas aussi enivrant que celui de la chair vivante, tiède et humide, mais leur remplissait l'estomac et elles s'en repaissaient.

Pourtant, là aussi, elles se montraient prudentes, n'en prenant jamais trop, ne revenant jamais à la même source, car elles possédaient un sens inné de la ruse, issu d'une sorte de peur intense de leur ennemi naturel; c'était le résultat d'un événement qui avait affecté leur espèce bien des années auparavant. Un fait qui avait modifié le cours de leur évolution et qui les rendait même étrangères aux créatures de la même race.

Elles avaient appris à se confiner dans les profondeurs. A ne pas s'exposer aux regards de l'ennemi. A mettre leur nourriture à l'abri, veillant à ne pas attirer l'attention. A tuer d'autres créatures sans jamais laisser de traces. Et lorsque la nourriture venait à manquer, elles s'entre-dévoraient. Car elles étaient fort nombreuses.

Elles se déplaçaient dans l'obscurité; noires, le poil hérissé, elles avaient un arrière-train courbé aux proportions démesurées, de longues incisives acérées et des yeux jaunes perçants. Ces bêtes reniflaient l'humidité, et un instinct, venant du plus profond d'elles-mêmes, les poussait à chercher une odeur différente, qu'elles ne connaissaient pas encore, une suave odeur de sang frais. Du sang humain. Elles n'allaient pas tarder à la connaître.

Soudain, elles se figèrent. Leurs longues oreilles venaient de percevoir un mugissement lointain, une plainte obsédante qu'elles n'avaient jamais entendue auparavant. Elles ne bougeaient pas; bon nombre d'entre elles s'étaient dressées sur leur arrière-train, le museau fébrile, le poil hérissé. Elles écoutaient, en proie à une peur intense tout le temps que dura le bruit.

Puis vint le silence, un silence plus effrayant encore.

Elles attendirent, n'osant pas bouger, respirant à peine.

Un long moment s'écoula avant l'arrivée de l'orage et ce fut un million de fois plus étourdissant que les bolides géants avec lesquels elles partageaient les tunnels.

Cela commença par un grondement sourd qui se transforma très vite en vacarme, ébranlant leur univers souterrain, déchirant les ténèbres, s'attaquant aux murs, au toit, soulevant le sol et projetant les créatures les unes sur les autres. Elles se lacéraient mutuellement avec frénésie, à coups de griffes et de dents affûtées comme des lames de rasoir.

De nouveau, un bruit de tonnerre, cette fois venu d'ailleurs.

Poussière, vapeurs, bruits emplissaient l'air.

Un grondement s'amplifiant en cris perçants.

Et des grondements, encore et encore.

Le monde et le bas-monde en proie aux frissonnements.

Puis des hurlements.

Alors les créatures au pelage noir détalèrent, s'efforçant d'accéder à leur sanctuaire dans un labyrinthe de tunnels. Luttant pour la vie, assourdies par le bruit, couinant de peur, elles tentaient désespérément de retourner vers la Reine Mère et ses étranges cohortes.

Les cavernes construites par l'homme frémirent tout en résistant à la pression déchaînée du monde d'en haut. Des pans entiers s'écroulaient, d'autres étaient envahis par les flots, mais les voies centrales résistaient aux impacts qui anéantissaient la ville.

Au bout d'un moment, le silence revint.

Hormis le bruit de la débandade de la horde des créatures aux pattes griffues.

La première bombe explosa à quelques centaines de mètres au-dessus de Hyde Park, libérant son énergie sous forme de radiations, de lumière, de chaleur, de bruits et de déflagrations, le tout produisant le même effet qu'un million de tonnes de TNT. Les sirènes, qui avaient signalé le missile et l'approche des suivants, semblaient n'émettre qu'un son faible, comparé au vacarme qu'il avait provoqué.

En moins de deux millièmes de seconde après le premier éclair aveuglant, l'explosion avait engendré une petite boule de vapeur brûlante d'une température de dix-huit millions de degrés Fahrenheit : un mini-soleil venait de naître, dépourvu de toute substance matérielle.

La boule de feu lumineuse se mit aussitôt à grossir et l'air qui l'enveloppait, chauffé par la compression, perdit rapidement son pouvoir protecteur contre les rayons ultraviolets. Le noyau embrasé, croissant rapidement, poussait l'air torride, formant une onde de choc acoustique, sphérique, qui se mit à se déplacer de plus en plus vite, masquant la folie furieuse de la boule de feu.

Comme l'onde de choc se propageait, la boule de feu suivit, dispersant un tiers de son énergie totale. La boule de feu enfla, atteignant près de huit cents mètres de diamètre ; puis un vide se fit derrière elle et sa luminosité déclina. Elle se mit alors à tournoyer et à s'élever à une vitesse vertigineuse, formant des volutes de fumée qui entraînaient, dans leur course, des déchets et isotopes radioactifs produits par la fission.

La poussière, soulevée par ce tourbillon, au fur et à mesure de son ascension, était contaminée par les radiations mortelles qui, libérées par l'homme, montaient dans le ciel avant de recouvrir la cité détruite de ses dépôts meurtriers.

Le nuage furieux, avec sa queue de chaleur blanche, continuait de s'élever et avait déjà atteint plus de neuf mille mètres de haut, repoussant le soleil de midi, lorsque le missile suivant déclencha l'explosion de sa tête nucléaire.

Trois autres bombes de plusieurs mégatonnes allaient suivre…

1.

Miriam resta figée d'effroi.

Que se passait-il ? Pourquoi cette panique ? Et cet horrible mugissement perçu quelques minutes plus tôt. Les sirènes de la Seconde Guerre mondiale. Oh, non, ça n'allait pas recommencer !

Elle était trop effrayée, trop pétrifiée pour faire le moindre mouvement. Tout autour d'elle, les gens, épouvantés, se poussaient, se bousculaient, essayaient de fuir. Mais de quoi avaient-ils peur ? De bombardements ? De toute évidence, cela ne se produisait plus. Elle aurait dû s'intéresser de plus près aux nouvelles. Écouter plus attentivement ses voisins. Miriam se rappelait avoir entendu parler à la radio d'une certaine tension au Moyen-Orient. Mais depuis des années, c'était la même rengaine. Cela ne signifiait plus grand-chose. Ce n'étaient que des mots, nouvelles, des événements annoncés d'une voix tranquille par de jeunes commentateurs. Quel rapport avec elle qui, de Chigwell où elle habitait, venait faire ses courses à Tesco, laver ses draps sales, gâter ses petits-enfants ? Aucun. Non, cela ne la concernait nullement.

Les yeux écarquillés, tout étourdie, Miriam se tenait à l'angle d'Oxford Street et de Marble Arch. A soixante-sept ans, elle se disait que cette journée de juin s'annonçait pourtant magnifique : chaude et ensoleillée, c'était une journée idéale pour sortir ! Tout son temps pour faire les magasins à la recherche d'un cadeau pour le mariage de Becky. Sa jolie petite-fille épousait un gentil garçon. Un beau couple. Arnold, qu'il repose en paix, que Dieu lui *pardonne*, aurait approuvé cette union. Le garçon — pas très séduisant, en vérité, mais la vie n'était pas toujours généreuse — avait de bonnes manières et le sens des affaires. Becky apporterait la beauté dans le couple, et, connaissant bien la fille de sa fille, Miriam se disait que c'était elle qui tiendrait les rênes du ménage. Loin d'être un mariage voulu par le ciel, c'était plutôt le fruit d'un arrangement entre les futures belles-familles, ce qu'on avait coutume d'appeler un mariage de convenance à l'ancienne, encore qu'il restât quelques bonnes familles, fidèles aux traditions.

Qu'acheter? Il ne fallait pas s'en faire. L'essentiel, c'était le prix qu'elle y mettrait. Un objet en verre, ou quelque chose de pratique. Ou les deux à la fois. Un service de verres en cristal, voilà l'idéal. Elle avait esquissé un sourire de satisfaction en trouvant cette idée.

Mais le sourire avait disparu avec le hurlement des sirènes.

Un jeune couple la bouscula, la plaquant contre une vitrine. La jeune fille trébucha et son compagnon la releva brutalement, repoussant d'une main Miriam. Il vociféra, mais Miriam ne put comprendre ce qu'il disait, car son cœur battait trop fort et elle avait les oreilles remplies des cris des autres. Le jeune couple s'enfuit en titubant, les traces de mascara sur les joues de la jeune fille soulignant la pâleur livide de son visage. Miriam, le souffle maintenant saccadé et court, les vit disparaître dans la foule. Elle appela, en silence, feu son mari : Arnold, dis-moi, dis-moi ce qui se passe. Il n'y avait plus de guerre, pas ici, pas en Angleterre. Pourquoi cette panique générale? Que fuyaient-ils?

Les sirènes s'étaient tues. Mais pas les cris.

S'écartant du mur, Miriam tourna son regard vers le parc verdoyant. Elle avait prévu une belle randonnée, une balade jusqu'au lac où Arnold l'avait emmenée tant d'années auparavant. N'était-ce pas la première fois qu'il l'avait courtisée? Quelle sotte! Utiliser cette expression de nos jours? Courtiser! C'était alors une période agréable. Si... si innocente! La vie avait-elle été réellement si innocente? Pas avec Arnold. Que Dieu pardonne à son âme retorse. Il était tout de même bon. Et généreux...

Un coup dans le dos faillit la faire tomber. Les bonnes manières se perdent aujourd'hui. Plus de pitié pour les vieux. Plus de respect. Pis encore. Violer les personnes âgées, éventrer les bébés, telles étaient les nouvelles perversions. Quelle horreur!

Les gens se précipitaient dans les bouches de métro. Devrais-je les suivre? Était-on plus en sécurité là-bas? C'est ce qu'ils avaient l'air de penser. Si seulement je connaissais la nature du danger. Et puis qu'ils y aillent; je ne vois pas ce qu'une vieille dame comme moi irait faire avec eux. Je me ferais écraser sous leurs yeux et ils s'en moqueraient. Des larmes se formèrent au bord de ses yeux. Oui, ils se moqueraient bien d'une vieille dame comme moi, Arnold. De nos jours, ces gens, ces...

Son regard fut attiré par quelque chose dans le ciel. Elle n'avait pas une très bonne vue mais il lui semblait qu'un objet tombait. A quelle vitesse il se déplaçait! Était-ce là la raison de leur effroi...?

Ses yeux, irrités par les larmes, clignèrent et dans ce laps de temps, Miriam, les touristes, figés de peur, et les passants qui grouillaient autour d'elle, cessèrent d'exister. Leurs vêtements, leur chair, leur sang, et même leurs os disparurent. Miriam ne s'était même pas transformée en cendres. Elle avait été pulvérisée.

Le garage avait toujours vendu l'essence la plus chère de la ville, pourtant c'était l'un des plus fréquentés. Le propriétaire, occupé à remplir ses poches des billets du tiroir-caisse — pour la plupart en coupures de cinq et dix livres, ceux d'une livre ne suffisant plus pour acheter de l'essence en ces temps de pénurie —, savait que tout dépendait de l'emplacement. C'était l'atout essentiel pour un magasin, un café ou un garage. Être situé à un carrefour et dans Maida Vale impliquait des taxes élevées mais, en matière de rentabilité, il n'y avait pas mieux.

Howard se retourna avec un geste de mauvaise humeur en entendant une voiture klaxonner devant la pompe. Il n'en croyait ni ses yeux ni ses oreilles. Les sirènes d'alarme s'étaient tues et, si ce n'était pas une fausse alerte, en quelques minutes la ville allait être atomisée. Et cet imbécile voulait de l'essence ! Il eut un geste de colère à l'encontre de l'automobiliste qui lui répondit en désignant son réservoir.

Howard claqua le tiroir-caisse en y laissant quelque menue monnaie. Quelle importance, tout ça ! Il se précipita vers la porte sous les coups de klaxon qui redoublaient.

— Excusez-moi, pourriez-vous me faire le plein, s'il vous plaît ? fit l'automobiliste en baissant la vitre.

— Putain, vous parlez sérieusement ? demanda Howard, incrédule.

Des gens passaient devant le garage en courant, les voitures étaient pare-chocs contre pare-chocs, essayant de sortir de la ville complètement paralysée. Il entendait le bruit infernal des collisions.

— Je n'ai presque plus d'essence, insista l'automobiliste. Il ne m'en reste même plus pour rentrer chez moi.

— Eh ben, prends le train, mon pote ! s'écria Howard en courant vers sa voiture.

Il ouvrit la portière, puis se ravisa. Impossible de se frayer un chemin dans ces encombrements. Il valait mieux viser les sous-sols. Trouver une cave. Pas beaucoup de temps. Merde, je savais bien que la journée s'annonçait mal.

Il revint précipitamment vers l'automobiliste qui le regardait d'un air suppliant.

— Je vous en prie, fit-il presque en gémissant.

— Pour l'amour de Dieu, servez-vous tout seul.

Où aller, où se diriger ? Oh, merde, personne n'y croyait. Personne n'avait pris l'affaire au sérieux. Tout le monde savait qu'on était au bord de la catastrophe, mais personne ne pensait qu'elle arriverait un jour. Ce devait être une fausse alerte. A coup sûr.

— Laissez l'argent sur le comptoir, cria-t-il à l'automobiliste qui était descendu de voiture et examinait le tuyau de la pompe, apparemment sans trop savoir qu'en faire.

Howard jeta un regard à droite puis à gauche. N'importe quel immeuble conviendrait, pourvu qu'il ait une cave. N'était-ce pas ce qu'on leur avait dit? Descendez au sous-sol. Peignez vos fenêtres en blanc, barricadez-vous avec des sacs de sable, gagnez la cave, construisez un abri, faites provision de victuailles, d'eau et restez-y jusqu'à la fin de l'alerte. Dieu du ciel, si seulement il avait de la peinture!

Il parvint à la porte d'un pub. C'était parfait, il devait y avoir une grande cave pour stocker la bière. Il poussa la porte mais elle ne bougea pas. Bon sang, ils ne pouvaient pas fermer, ce n'était pas encore l'heure! Il essaya une autre porte puis, furieux, cogna à la porte vitrée et s'aperçut que celle-ci était également fermée à clé.

— Les salauds! hurla-t-il avant de se retourner pour jeter un coup d'œil vers son garage.

L'automobiliste semblait avoir trouvé comment marchait la pompe.

Howard se maudit d'avoir perdu du temps à vider le tiroir-caisse. Edie lui reprochait souvent sa radinerie. Peut-être avait-elle raison. Il devrait déjà être à l'abri dans une petite cave agréable. Une fausse alerte n'était tout de même pas à exclure. Rien ne s'était encore produit. Eh oui, bien sûr, se dit-il pour se rassurer. Ces sacrés imbéciles avaient commis une erreur. Si quelque chose avait dû se produire, ce serait déjà fait. Il jeta un coup d'œil à sa montre et la secoua. Impossible, elle n'avait pas pu s'arrêter! Un long moment semblait s'être écoulé depuis le début de l'alerte. Il esquissa un sourire narquois. Quel idiot! Il s'était sauvé comme les autres, en proie à la panique, demandant grâce à Dieu. Il voulut rire mais il ne sortit qu'un son étouffé de sa gorge.

Eh bien, mon pote, j'vais t'dire une chose, tu vas m'payer cette essence. Howard retourna vers son garage, son petit royaume, secoua la tête avec un étonnement résigné devant tous ces gens qui s'agitaient. Ses deux employés, qui avaient pris la fuite sans son autorisation dès qu'ils avaient entendu les sirènes, étaient bons pour une engueulade à leur retour. Tous des moutons de Panurge.

L'automobiliste remontait dans sa voiture.

— Hé, chef, arrêtez! s'écria Howard. Vous me devez...

Un éclair aveuglant l'empêcha de terminer sa phrase. Il sentit soudain ses jambes flageoler et ses entrailles se liquéfier. « Oh, non... », fit-il en gémissant quand il se rendit compte qu'il n'y avait plus de doute, l'instant fatidique était arrivé. Lui, son garage et l'automobiliste s'embrasèrent. Les réservoirs à essence, bien qu'ils fussent au-dessous du niveau de la rue, furent soufflés instantanément et les corps de Howard et de l'automobiliste, tout comme ceux qui étaient alentour, carbonisés.

Même ceux qui avaient été projetés en l'air furent brûlés vifs.

Jeanette (de son vrai nom Brenda) regardait à la fenêtre du huitième étage du Hilton de Londres, le regard plongé sur le vaste parc en contrebas. Elle alluma négligemment la cigarette qui pendait à ses lèvres peinturlurées, tandis que l'Arabe et ses deux jeunes compagnons cherchaient leurs vêtements partout dans la suite, le plus âgé sa gandoura blanche, les deux autres leur costume européen d'une coupe parfaite. Ces lopes méritent d'avoir peur, songea-t-elle sans grande rancœur, des volutes de fumée s'échappant de ses lèvres serrées. D'après les journaux, c'étaient eux les responsables puisqu'ils tenaient le monde à leur merci avec leur satané pétrole, boudant au moindre affront diplomatique et distribuant ou non l'or noir, selon leur humeur. Ils agissaient comme des enfants gâtés qui donnent une fête chez eux : toi, Amanda, tu peux prendre du gâteau, mais pas toi, Clara, parce que, cette semaine, je ne t'aime pas. Maintenant ils étaient tous prêts à en payer le prix. La fête était finie.

Elle observait tous ces gens qui filaient dans la rue, ces

cavaliers qui éperonnaient leurs chevaux le long de Rotten Row, ces amoureux qui, main dans la main, traversaient le parc en courant. Certains, résignés comme elle, étaient allongés dans l'herbe et attendaient la suite avec fatalisme. Jeanette tressaillit lorsqu'un piéton, essayant de traverser la rue, fut projeté sur le capot d'une voiture. De cette hauteur, on ne distinguait pas si c'était un homme ou une femme. Toujours est-il que l'individu en question était étendu sur la chaussée, inerte, et nul ne semblait s'en préoccuper. Au moins, pour elle ou lui, c'était fini.

Derrière elle, les Arabes s'invectivaient en enfilant leur pantalon, leur chemise. Le gros, plus âgé, fut le premier habillé car il n'avait que sa longue robe à mettre. Il se dirigeait déjà vers la porte, suivi des deux autres qui sautillaient, à moitié nus. Les imbéciles ! Le temps que l'ascenseur arrive, tout serait terminé. Et ils n'iraient pas loin par les escaliers.

Les sirènes avaient enfin cessé. Jeanette aspira la fumée de sa cigarette qui lui emplit délicieusement les poumons. Quarante par jour et ce n'était pas cela qui allait la tuer. Elle eut un petit rire saccadé, aigu et presque silencieux. Ses traits ne se faneraient jamais. Elle promena son regard dans la chambre d'hôtel vide et secoua la tête d'un air dégoûté. Ils vivaient et forniquaient comme des cochons. De quelle manière allaient-ils mourir ? Inutile de se poser la question.

Cependant elle en avait rencontré quelques-uns en faisant sa tournée de Park Lane qui étaient de vrais hommes du monde et la traitaient avec respect et même douceur. C'était gratifiant. Ces temps-ci, elle avait appris à se montrer moins difficile. La meilleure époque, bien qu'elle n'eût pas été à la mesure de ses ambitions, avait été ce qu'elle appelait « les années de haut et de bas ». Cela avait été bénéfique pour une de ses connaissances, actrice médiocre, qui n'avait jamais percé, une femme surtout réputée pour ses appas et connue des hommes d'affaires louches avec lesquels elle couchait. Sa tactique l'avait amenée à épouser un milliardaire qui l'avait quittée très rapidement mais l'aventure lui avait rapporté très gros. D'innombrables vedettes et photographes de renom avaient ajouté à sa notoriété et grossi son compte en banque. La technique était simple, quoique parfois coûteuse.

L'hôtel où Jeanette descendait (comme jadis son amie actrice) était situé un peu plus loin dans Park Lane et avait un caractère plus anglais que le Hilton. Elle avait réservé la chambre la moins onéreuse (qui n'était d'ailleurs pas donnée) et passait le plus clair de son temps à monter et descendre dans l'ascenseur. Elle prenait l'ascenseur réservé aux clients (du dernier étage), traversait la vaste salle de réception et les salons, se dirigeait vers les ascenseurs, remontait au dernier étage puis redescendait par l'ascenseur réservé aux clients.

Elle atteignait presque toujours son but quand elle partageait l'ascenseur avec un, parfois deux hommes. Un petit sourire timide de leur part, un mot sur le temps, une invitation à prendre le thé, peut-être à dîner et le tour était joué. Elle s'en sortait toujours. Le personnel de l'hôtel s'en était vite rendu compte, mais ce type d'établissement, même de grande classe, autorisait une certaine liberté dans ce domaine. Du moment qu'il n'y avait pas d'ennuis, que les prostituées se montraient discrètes, qu'aucun vol n'était signalé, la direction fermait les yeux, tout en restant vigilante. Cependant, Jeanette n'avait jamais tiré le gros lot. Presque, mais pas tout à fait. Maintenant c'était un peu tard. Ses traits s'étaient un peu fanés, ses appas étaient moins attrayants. D'où le choix de Park Lane/Mayfair. Les rendez-vous étaient souvent pris par téléphone, mais le trottoir était aussi payant. Elle pouvait bien se passer de ces séances à trois participants ou plus, car c'était plutôt fatigant.

Elle retourna à la fenêtre et appuya la tête contre la vitre froide. Les cris des passants lui parvenaient. Ses yeux s'humectèrent. Était-ce le résultat final? Tout cela pour en arriver là? Au huitième étage d'un hôtel, nue comme au jour de sa naissance, le corps endolori après avoir été laminé par trois clients. La jouissance, les plaisanteries.

Jeanette s'écarta de la fenêtre et écrasa sa cigarette contre la vitre. Peut-être valait-il mieux attendre. Peut-être n'était-ce rien du tout. C'était ce qu'on pouvait souhaiter de mieux.

Elle cligna des yeux quand le monde ne fut plus qu'un éclair blanc, mais ses rétines s'étaient déjà pulvérisées. Son corps et la vitre s'étaient confondus tandis que la bâtisse s'écroulait.

La boule de feu s'éleva, propageant une onde de chaleur et tout ce qui était inflammable, tous les matériaux légers s'embrasèrent. La chaleur torride envahit les rues, faisant fondre tous les corps solides, carbonisant les passants qui grésillaient en se consumant, tuant tout être vivant dans un rayon de près de cinq kilomètres. En quelques secondes, survint une explosion qui, accompagnée de rafales de vent de plus de trois cents kilomètres à l'heure, se propagea à la vitesse du son.

Des bâtiments s'effondrèrent, les débris retombant comme des missiles mortels. Les vitres volaient en éclats. Des véhicules — voitures, autobus, tout ce qui n'était pas à l'abri dans les sous-sols — étaient propulsés en l'air, telles des feuilles au gré du vent, avant de s'écraser à terre. Les passants étaient soulevés et projetés contre les bâtisses qui s'écroulaient. Une pression intense faisait éclater les poumons, les tympans et les organes internes. Les réverbères devenaient des javelots de béton ou de métal, les câbles électriques, arrachés, des serpents oscillant dans une danse macabre. Les conduites d'eau éclataient et se transformaient en fontaines de vapeur bouillonnante. Les conduites de gaz explosaient de concert. Tout se mêlait à ce déchaînement de folie.

Au loin, les maisons et les immeubles, avec la différence de pression et sous l'effet de l'explosion, étaient soufflés. Tous ceux qui étaient surpris dehors voyaient leurs vêtements s'enflammer instantanément et leurs brûlures au troisième degré ne leur permettaient pas de survivre. D'autres étaient enterrés sous les décombres, certains tués sur le coup, la plupart agonisant lentement, en proie à des souffrances intolérablement longues, avant de succomber.

Les incendies se succédaient jusqu'à devenir un embrasement général.

L'officier de police John Mapstone devait se rappeler son cinquième jour d'intégration dans la police. Sa mémoire avait toujours été défaillante (heureusement, le niveau requis pour entrer dans la police baissait chaque année) mais, comme il n'avait plus que quelques minutes à vivre, ce ne fut pas un très gros handicap. Dès qu'il entendit le mugissement des sirènes, il sut où guider la foule. Il oublia aussitôt les deux rastas qui erraient devant la vitrine du magasin de jeans et se dirigea, d'un pas ferme et sûr, quoique vif, vers la bouche de métro d'Oxford Circus. Un coup d'œil jeté derrière lui lui permit de constater que les rastas en avaient profité pour dérober une paire de jeans et un sac à bandoulière en toile. Bonne chance, mes petits, songea-t-il d'un air sinistre. Je vous souhaite de le porter longtemps.

Il essayait de garder l'équilibre au milieu de la foule qui le bousculait, espérant que quelqu'un arrêterait ces satanées sirènes qui ne faisaient qu'accentuer la pagaille. Les signaux rouges et bleus du métro londonien étaient juste devant lui et il fut aspiré par une masse haletante de bras et de jambes.

— Du calme! criait-il à la ronde. Ne vous énervez pas.

Sans doute ses pommettes roses et son visage juvénile n'inspiraient-ils pas confiance. Personne ne tint compte de ses paroles rassurantes.

— On a largement le temps de se mettre à l'abri.

Il essaya de parler d'une voix calme, comme on le lui avait enseigné, mais le ton montait à la fin de chaque phrase. L'uniforme bleu est une marque d'autorité, avait dit le sergent instructeur aux recrues d'un ton péremptoire. Les gens s'attendent à ce qu'un agent en uniforme bleu leur dise ce qu'ils doivent faire. Ceux-là n'avaient certainement pas entendu un seul des sermons du sergent.

L'officier de police Mapstone fit une autre tentative.

— Je vous en prie, pas de précipitation. Tout se passera bien si vous ne vous bousculez pas.

Les escaliers étroits qui descendaient au métro semblaient engloutir la foule, et l'agent de police fut pris dans le flot. Les clameurs étaient horribles. Il chercha désespérément du regard un collègue, mais il y avait bien trop de monde pour distinguer qui que ce soit. Les gens avaient convergé vers les tourniquets électroniques de contrôle d'accès, provoquant un engorgement, mais ils passaient par-dessus ou par-dessous avec une hâte effrénée. D'autres fuyaient par les tourniquets de sortie, vers les escaliers mécaniques, dans l'espoir de se trouver bien au-dessous du niveau de la rue avant que l'impossible, l'incroyable, le « personne-n'est-assez-fou-pour-appuyer-sur-le-bouton » ne se produise.

L'officier de police Mapstone tenta de se retourner, les bras en l'air, tel le Roi Lear intimant des ordres à la marée qui affluait. Dans la bousculade, son casque se retrouva de guingois, avant de disparaître sous une masse mouvante d'épaules. Il ne pouvait que se laisser guider, à reculons; ses bottes touchaient à peine le sol.

Si seulement tous ces gens faisaient preuve de bon sens, se disait-il. A quoi bon tout cela? Mais la peur était contagieuse et elle ne tarderait guère à ébranler son calme précaire. Très vite lui aussi ferait partie du troupeau.

Son dos heurta une masse dure qui, selon toute vraisemblance, devait être le tourniquet de métal dont les barres, limitant les entrées, avaient été tordues et arrachées de leurs supports sous la pression de la foule, et Mapstone fut entraîné par la marée humaine. Il parvint à se tourner et à se remettre debout avant de se frayer un chemin vers les escaliers mécaniques, se servant de ses bras comme un nageur se débattant dans une mélasse épaisse et visqueuse. L'escalator montant s'était arrêté à cause de la foule qui le prenait en sens inverse, tandis que celui qui descendait semblait marcher normalement. Il s'y trouvait maintenant, et bien que le mouvement fût lent, il faillit perdre l'équilibre. Il essaya de saisir la rampe en caoutchouc mais il y avait trop de monde dans les deux sens. Un corps se laissa glisser le long de l'escalier central, entre les escalators, l'homme ayant compris que c'était le moyen le plus rapide pour descendre. Un autre le suivit. Puis un autre encore. Et ainsi de suite.

Des corps entremêlés, les bras dans tous les sens, s'accrochant à tout ce qui se présentait, glissaient à vive allure, s'efforçant de rester debout dans la cohue. Une main désespérée saisit un bras et s'y cramponna ; les corps s'entassaient. Le poids était trop lourd. Celui qui se trouvait dans les escaliers fut poussé en avant. Ceux de devant commencèrent à tomber, faisant trébucher les suivants. L'officier de police Mapstone se mit à hurler.

L'escalier mécanique, sous l'excès de poids, s'arrêta après quelques secousses. Ce fut alors une bousculade incontrôlée où tous les corps s'affalaient les uns sur les autres.

Bon nombre de ceux qui se trouvaient au centre tombèrent sur ceux qui étaient sur l'escalier adjacent, provoquant une autre avalanche humaine.

Malgré la vigueur de sa jeunesse, Mapstone sentait son ardeur faiblir ; il essayait de se maintenir debout, s'aidant de ses mains, essayant de saisir les rampes de chaque côté. Ce fut peine perdue. Il parvint à poser la main sur l'épaisse rampe de caoutchouc mais son poignet fut aussitôt happé par la foule. Il hurla de douleur mais son cri ne couvrit même pas les hurlements alentour. Sa vue se brouilla sous l'éclat étincelant des rais de lumière qui surgissaient pour disparaître aussi vite, créant un kaléidoscope cauchemardesque.

Avant que la nuit ne soit totale, avant que ses os et ses côtes ne pénètrent ses poumons, avant que sa gorge ne soit complètement obstruée par un genou qui n'avait aucune raison de se trouver là, et avant que tout bon sens ne quitte son esprit assiégé, il lui sembla percevoir un grondement sourd qui n'avait rien à voir avec le chaos qui régnait autour de lui. Un son qui avait l'air de jaillir des entrailles mêmes de la terre.

Oh oui, se dit-il d'un ton convaincu. C'était bien la bombe. L'instant tant redouté était survenu.

Eric Stanmore sentit ses genoux céder lentement et il glissa, adossé au mur.

« Ces salauds délirent », s'écria-t-il, incrédule. Personne ne l'entendit car il était seul. A deux cents mètres au-dessus de sa tête, dans Tottenham Court Road, des capsules paraboliques, captant des faisceaux hertziens à très haute fréquence, émettaient de tours beaucoup plus petites; chacune formait un maillon dans la chaîne des stations à micro-ondes situées à des points stratégiques, dans tout le pays. Les signaux étaient canalisés vers des récepteurs radio, à la base de la tour géante des Télécoms, pour être passés sur circuit ou amplifiés et retransmis à travers un groupe d'antennes identiques.

Ses mains se portèrent vers ses yeux clos. S'ils avaient su? Était-ce là la raison de la soudaine recrudescence d'inspections sur tous les systèmes de communications du gouvernement? D'autres menaces avaient provoqué de telles réactions dans le passé — beaucoup plus que le public ne le croyait — et bien que la situation au Moyen-Orient fût très sérieuse, Stanmore avait considéré la dernière directive comme une procédure habituelle de crise. Il savait que les systèmes à micro-ondes joueraient un rôle important dans la défense britannique en temps de guerre, car on ne pouvait pas prévoir le degré de résistance des autres sections du réseau de télécommunications — câbles souterrains et lignes à haute tension — en cas d'attaque ennemie. Le système à micro-ondes s'avérerait inutile si l'ensemble du réseau se détériorait. Même si les câbles de relais étaient rompus, les faisceaux hertziens pourraient être dirigés vers d'autres le long de la ligne. La raison officiellement donnée pour justifier l'existence de ce système était de fournir un prétendu lien économique entre les trois plus grandes villes, Londres, Birmingham et Manchester, mais Stanmore savait que lors d'une opération coûteuse (qui datait de 1953, appelée à l'époque *Pivot*), le réseau avait été étendu pour couvrir des opérations gouvernementales. Bien des centres de contrôle départementaux, dont le but était de transmettre et d'exécuter les ordres du siège du gouvernement et des douze sièges régionaux, étaient situés près de ces relais. Stanmore savait très bien que la fonction première du système était d'assurer une liaison sans faille entre les centres de contrôle. L'un des lieux stratégiques les plus importants en temps de paix, quoique non crucial en temps de guerre, était la tour dont il s'occupait : la tour des Télécoms de Londres. C'était également le point le plus vulnérable.

Inutile d'essayer de regagner sa base où des abris adéquats avaient été construits en cas de pépin — il esquissa un sourire devant cette litote, mais sa bouche et sa mâchoire étaient crispées — car la descente, même s'il parvenait à trouver un ascenseur, prendrait beaucoup trop de temps. Les sirènes s'étaient tues. Il restait peu de temps. Tout son avenir se déroula en quelques instants.

Stanmore fut pris de tremblements incontrôlables, secoué de sanglots en songeant à Penny, sa femme, Tracey et Belinda, ses deux petites filles. Sa maison était située à Wandsworth et l'école des enfants était proche. Penny essaierait d'atteindre l'école dès qu'elle percevrait l'horrible mugissement des sirènes. Elle n'y arriverait jamais. Elles mourraient chacune de leur côté, les petites ne comprenant pas l'importance des alertes, mais effrayées à cause des adultes, eux-mêmes sous l'emprise de la peur. Penny serait certainement dans la rue, courant vers l'école, épouvantée. Lorsque des pensées morbides avaient assailli leur esprit, au cours de leur vie conjugale (quand ni l'un ni l'autre ne parvenait à s'endormir, que le désir physique était assouvi et qu'il ne restait plus qu'à parler pour passer le temps), ils avaient envisagé de se barricader chez eux, de construire une forteresse bien équipée sous les escaliers, de suivre à la lettre les consignes de protection et de survie préconisées par les autorités locales et d'y séjourner jusqu'à ce que le pire fût passé.

Aucun d'eux n'imaginait — ou, pour être plus franc, ne voulait admettre — l'hypothèse d'être séparés. En toute connaissance de cause, ils auraient dû procéder à quelques arrangements, faire un pacte, au cas où une telle éventualité surviendrait. Maintenant c'était trop tard. Ils ne pouvaient que prier pour eux-mêmes et pour leurs enfants. Que le reste du monde récite ses propres prières.

Il s'agenouilla et se tapit, le corps en avant, se couvrant le visage de ses mains.

Mon Dieu, faites que cela n'arrive pas, suppliait-il. Je vous en prie.

Mais cela arriva. La tour gigantesque fut soufflée par l'explosion et coupée en trois ; la partie supérieure, dans laquelle Stanmore priait, fut projetée sur près de quatre cents mètres avant de s'écraser en un amas méconnaissable. L'espace d'un instant, Eric Stanmore eut vaguement l'impression de flotter, avant d'être écrasé comme une crêpe par les machines et les masses de béton.

Alex Dealey courait à perdre haleine, la chemise blanche qu'il portait sous son costume gris déjà tachée de sueur. Presque inconsciemment, il tenait fermement la sacoche, comme s'il importait encore que l'on ne trouvât pas des documents gouvernementaux secrets dans la rue. Ou plutôt dans les décombres. Il aurait dû prendre un taxi, ou même un bus; il serait arrivé à destination depuis longtemps et serait maintenant en sécurité. Mais en cette journée de juin, si agréable, si chaude, il avait été infiniment préférable de se balader plutôt que de prendre un moyen de transport fermé. Finie la belle journée, même si le soleil continuait à briller, haut dans le ciel.

Il résista à la tentation d'entrer dans l'un des nombreux immeubles de bureaux qui longeaient High Holborn et de se mettre à l'abri dans la fraîcheur de leur cave. Il en avait encore le temps. Il serait tellement mieux s'il parvenait à la destination qu'il souhaitait. Là, il serait totalement en sécurité. Et puis, il était de son devoir de s'y trouver en cette circonstance désastreuse, unique dans l'Histoire. Oh, Dieu, était-il si loin de ce quartier de bureaux pour traiter l'événement d'historique ? Même s'il n'était qu'un sous-fifre par rapport aux grands de ce monde, son apparence son esprit portaient-ils déjà l'empreinte d'une froide logique, presque inhumaine ? Certes, il avait apprécié les privilèges accordés ; mais peut-être le plus important allait-il se présenter maintenant ? Si seulement il avait le temps d'arriver.

Une femme, devant lui, fit un faux pas et s'affala, faisant trébucher Dealey. Le trottoir lui égratigna les mains et les jambes. Il resta là un instant, se protégeant le visage contre les coups de pied et de poing alentour. Le vacarme était effrayant : hurlements et clameurs, coups de klaxon incessants car il était impossible d'avancer à cause des véhicules abandonnés par leurs conducteurs qui avaient fui en laissant le moteur tourner. Les horribles sirènes, dont les mugissements glaçaient l'esprit et le cœur, annonçaient le deuil qui bientôt...

Elles s'étaient arrêtées ! Les sirènes s'étaient arrêtées !

L'espace d'un bref instant irréel, le silence fut presque total. Les gens s'étaient figés, se demandant si tout cela n'avait été qu'une fausse alerte, un canular insensé. Mais certains, parmi la foule, avaient compris la raison de cet arrêt. Ils s'engouffrèrent sous les porches les plus proches. La panique éclata de nouveau quand d'autres se rendirent compte que l'holocauste n'était qu'une question de secondes.

Une moto grimpa sur le trottoir et faucha la foule, dispersant hommes et femmes, attrapant au passage les moins lestes et les renversant comme des quilles. Il n'avait pas vu la femme prostrée que Dealey avait fait tomber. La roue avant toucha son corps et la moto s'éleva en l'air ; le motocycliste, dont le cri fut atténué par la visière d'un noir sinistre qui lui couvrait le visage, fut propulsé encore plus haut.

Dealey se recroquevilla par terre tandis que l'engin lui passait au-dessus de la tête avant d'aller heurter de plein fouet une vitrine. Des étincelles et du métal jaillirent de la moto au moment où elle s'écrasa contre le rebord en pierre de la vitrine. Elle s'immobilisa, à cheval entre l'intérieur du magasin et la rue ; de la fumée sortait du moteur tordu, encore secoué de quelques soubresauts. Le motocycliste gémit tandis que du sang sortait de son casque fêlé et dégoulinait le long de son cou.

Dealey, vite relevé, s'était mis à courir, sans prêter la moindre attention à la femme qui se tordait de douleur sur le trottoir ni à la sacoche abandonnée qui contenait ses précieux documents ; il était seulement content d'être indemne et son plus vif désir était de rejoindre le plus vite possible son abri.

La station de métro, Chancery Lane, n'était pas loin. En l'apercevant, il reprit espoir. Il allait bientôt arriver à destination.

Mais le monde ne fut plus soudain qu'un éclair blanc aveuglant, et bêtement, car mieux que quiconque il aurait dû y penser, Dealey se retourna pour regarder.

Paralysé, aveuglé, il poussa un cri intérieur, s'attendant à l'inévitable.

Le rugissement menaçant, à vous briser les tympans, retentit, mais l'inévitable ne se produisit pas. Au contraire, il sentit des mains rugueuses le saisir et son corps fut projeté en arrière. Son épaule se fracassa contre une masse qui céda ; et il fut tiré. Il se sentit tomber, en même temps que quelqu'un ou quelque chose. La terre tremblait, le bruit était assourdissant, les murs s'effondraient.

La douleur cuisante aux yeux disparut pour laisser place aux fraîches ténèbres de l'inconscience.

Les premières explosions atomiques — il y en eut cinq sur Londres et dans ses faubourgs — ne durèrent que quelques minutes. Les nuages noirs, en forme de champignons, s'élevèrent très haut sur la ville dévastée, se rejoignant en une couche épaisse de fumée tumultueuse qui donnait au jour l'aspect de la nuit.

La poussière amoncelée et les fines particules ne furent pas longues à retomber çà et là sur la terre. Ce n'était plus simplement de la poussière et de la poudre. Mais bien les sinistres hérauts de la mort.

2.

Il secoua les jambes pour se débarrasser des débris, soulagé de constater qu'elles étaient intactes. Il toussa, crachant la poussière de ses poumons, puis se passa la main sur les yeux pour y voir plus clair. Une faible lumière pénétrait dans le couloir du sous-sol. Culver bougonna lorsqu'il vit de la fumée filtrer avec la lumière.

Il se tourna vers l'individu qu'il avait trouvé dans la rue et amené jusque-là, espérant ne pas l'avoir tué après l'avoir entraîné dans sa chute dans les escaliers. L'homme bougeait, ses mains cherchant faiblement son visage. Son corps était recouvert de débris et d'une fine couche de poussière, mais rien de lourd ne semblait l'avoir atteint. Il essaya de bredouiller quelques mots, mais la fine poudre qu'il avait avalée le fit toussoter.

Culver s'approcha de lui, poussant un cri soudain sous la douleur qui venait de l'assaillir. Il se tâta aussitôt pour s'assurer qu'il n'avait aucune entorse ni aucune fracture. Non, tout allait bien, hormis quelques meurtrissures dont il se ressentirait le lendemain... si toutefois il y avait un lendemain.

Il tapota l'épaule de l'autre.

— Vous vous sentez bien ? lui demanda-t-il, répétant la question, car aucun son n'était sorti de sa gorge.

Il reçut un long gémissement en guise de réponse.

Culver jeta un coup d'œil vers l'escalier effondré. Le bruit qu'il entendait l'intriguait. En voyant fumée et poussière continuer à s'engouffrer, il se rendit compte que c'était le vent. Il se rappela avoir lu qu'après une explosion nucléaire, des vents de trois cent cinquante kilomètres-heure soufflaient, créant un regain de mort et de destruction. L'immeuble vibrait tout autour de lui. Il se recroquevilla quand les murs commencèrent de nouveau à s'effriter.

Des gravats, dont l'un assez gros pour le faire hurler de douleur, tombèrent sur sa veste en cuir marron. Une énorme dalle de béton, qui couvrait la moitié de l'escalier, se mit à bouger, glissant le long du mur contre lequel elle était appuyée. Culver saisit l'homme par les épaules, pour le mettre à l'abri. Heureusement la dalle se stabilisa dans un grincement strident.

Il n'y avait pas grand-chose à voir à travers les ouvertures béantes du plafond. Sans doute, se dit Culver, les étages supérieurs s'étaient-ils effondrés. Il ne pouvait se rappeler combien les bureaux en comportaient, mais tous les immeubles dans ce quartier étaient très élevés. Ils avaient eu de la chance. Ils avaient dû tomber près du pilier central, la partie la plus solide de toute construction moderne, qui avait échappé à l'effondrement. Mais combien de temps tiendrait-il ? Ça, c'était un autre problème. Tout comme la fumée étouffante qui se propageait.

Culver tapota l'individu par l'épaule et répéta sa question.

— Hé, vous allez bien ?

L'homme bougea et parvint à se relever sur un coude. Il grommela quelque chose. Puis il émit un long et profond gémissement en balançant son corps d'un côté et de l'autre.

— Oh non, alors ces imbéciles sont arrivés à leur fin. Les imbéciles, les imbéciles...

— Eh oui, répliqua Culver à voix basse, mais nous avons d'autres soucis pour l'instant.

— Où sommes-nous ? Qu'est-ce que c'est que cet endroit ? fit l'autre, se débarrassant des débris et cherchant à se relever.

— Doucement, dit Culver en le saisissant fermement par le bras. Écoutez-moi.

Les deux hommes étaient allongés dans l'obscurité.

— Je... je n'entends plus rien, fit l'homme au bout d'un moment.

— C'est normal, le vent s'est arrêté. La tornade est passée.

Culver s'accroupit avec précaution, constatant les dégâts autour de lui. Au début, tout avait semblé plongé dans le silence, mais, peu à peu, lui parvinrent le crissement des tôles froissées et le fracas des éboulements de béton. Il s'ensuivit des plaintes et très vite des cris poussés par les blessés ou ceux qui étaient en état de choc. Un objet métallique tomba près de Culver qui sursauta.

— Il faut qu'on sorte d'ici, dit-il à son compagnon. Tout va bientôt s'écrouler.

Il s'approcha de lui, si près que son visage n'était qu'à quelques centimètres. Il était difficile de distinguer ses traits dans l'obscurité.

— Si seulement on voyait une issue, dit l'homme. Nous allons être enterrés vivants.

Culver était intrigué. Il le regarda droit dans les yeux.

— Vous ne voyez rien?

— Il fait trop sombre... Oh non, pas ça!

— Quand je vous ai relevé dans la rue, vous regardiez l'éclair en face. J'ai cru que vous étiez simplement choqué... Je ne m'étais pas rendu compte...

L'homme se frotta les yeux.

— Mon Dieu, je suis aveugle!

— C'est peut-être passager.

Le blessé ne fut pas réconforté par ces paroles. Son corps était secoué de tremblements incontrôlés.

Il régnait une forte odeur de brûlé et Culver apercevait une lueur rougeâtre au-dessus.

Il s'adossa au mur.

— De toute façon, on est cuits, dit-il comme s'il se parlait à lui-même. Si on sort, on sera atteints par les retombées radioactives et si on reste, on sera carbonisés ou écrasés. Quel choix!

Il martela le sol de son poing et sentit des mains saisir le revers de son veston.

— Non, pas encore. Il reste une chance. Si vous

pouviez simplement m'aider à aller là-bas, tout ne serait pas perdu.

— Aller où? demanda Culver en le repoussant. En haut, tout n'est que ruines. Vous ne comprenez pas? Il ne reste rien! L'air est probablement chargé de poussière radioactive.

— Pas encore. Les retombées atomiques mettront vingt à trente minutes avant de toucher le sol. Depuis combien de temps sommes-nous là?

— Je ne sais pas exactement. Peut-être dix minutes, peut-être une heure. Il se peut que j'aie perdu connaissance. Non, attendez. Nous avons entendu les vents provoqués par l'explosion. En principe ils suivent de près l'explosion.

— Alors, en nous dépêchant, nous avons une chance.

— En allant où? Nous n'avons nulle part où aller.

— Je connais un endroit où nous serons en sécurité.

— Vous parlez des stations de métro? Les tunnels?

— Un endroit encore plus sûr.

— Mais enfin, de quoi voulez-vous parler? Où est-ce?

— Je peux vous y conduire.

— Mais dites-moi où.

Il ne répondit pas mais se contenta de répéter :

— Je peux vous y amener.

— N'ayez crainte, fit Culver en soupirant d'un air las, je ne vais pas vous laisser là. Vous êtes certain pour les retombées?

— Absolument certain. Mais il faut partir vite.

La panique semblait l'avoir quitté, pourtant ses mouvements révélaient une certaine agitation.

Au-dessus de leur tête, un bruit sinistre se fit entendre. Les deux hommes se crispèrent.

— Je crois que les événements vont décider pour nous.

Culver saisit son compagnon par l'épaule et le tira vers l'escalier faiblement éclairé. L'énorme dalle de béton, de guingois sur les marches disloquées, bougea de nouveau.

— Nous n'avons pas beaucoup de temps! hurla Culver. Ce putain d'immeuble va s'écrouler.

En signe de confirmation, un grondement sourd se fit entendre à l'étage supérieur. L'immeuble tout entier se mit à vibrer.

— Avancez! Il va s'effondrer!

Le grondement se transforma en vacarme et le vacarme en explosion fracassante de poutres, de briques et de béton. Le large couloir du sous-sol fut plongé dans un tourbillon de poussière et un bruit assourdissant. Culver vit que l'ouverture à droite, dans l'angle entre la dalle inclinée et l'escalier, se rétrécissait.

— Venez, il faut grimper les escaliers. (Il souleva l'homme et le poussa devant lui, l'aidant lorsqu'il trébuchait dans les décombres, le portant presque pour franchir les premières marches.) Aplatissez-vous et maintenant rampez le long de ces escaliers si vous voulez sortir vivant! Baissez la tête.

Culver se demandait si l'homme aurait suivi ses instructions s'il avait vu ce qui arrivait.

Une partie de l'escalier s'écroulait, la rampe d'acier était déjà tordue et à moitié arrachée; le plafond, incliné à cause de l'explosion au-dessus de l'escalier, fléchissait lentement, glissant, centimètre par centimètre, contre le mur de soutènement. Culver distinguait à peine une vague lueur grise qui parvenait de la rue et éclairait faiblement les marches supérieures. Il se baissa promptement et suivit le corps de l'aveugle dans sa marche pénible, le poussant aux fesses sans ménagement.

— Ne vous arrêtez pas! hurlait Culver par-dessus le vacarme. C'est bien, continuez!

Le plafond, qui penchait de plus en plus, lui effleurait maintenant la tête et Culver envisagea de faire demi-tour. Mais la situation était pire, derrière eux : pratiquement tous les étages avaient dû s'effondrer. Il avança avec une vigueur renouvelée, n'hésitant pas à proférer des encouragements que personne ne pouvait entendre, poussant son compagnon et se frayant un chemin à travers le tunnel qui ne cessait de rapetisser. Il fut bientôt complètement à plat ventre et commença à perdre espoir; le bord des marches lui éraflait la poitrine.

Devant lui la voie était visiblement obstruée; l'aveugle, parvenu au sommet, s'agenouilla et, se rendant compte qu'il était libre, se tourna en agitant la main devant le visage de Culver pour l'aider. Culver lui saisit la main et soudain il fut hissé par l'aveugle qui, la bouche grande ouverte, les yeux fermés, criait sous l'effort. Culver avait le bout de ses semelles qui s'enfonçait dans les escaliers, le coude de son bras libre lui servait de levier pour se soulever. Les crissements qui couvraient distinctement les grondements sourds étaient provoqués par la dalle de béton qui, en s'effondrant, laissait de profondes marques sur le mur de soutènement.

Une fois le torse dehors, il replia ses genoux pour dégager ses pieds tandis que le cercueil se refermait presque sur lui.

Il essaya de se mettre debout, tira son compagnon puis se dirigea à la hâte vers l'entrée des immeubles de bureaux. Les doubles portes vitrées qu'ils avaient franchies quelques minutes plus tôt avaient été soufflées par l'explosion; toutes les parois commençaient à se fissurer.

Chancelants, ils émergèrent dans un monde dévasté, ployant sous les décombres. Culver ne se préoccupa pas de regarder autour de lui; son plus cher désir était de s'éloigner au plus vite de l'immeuble qui s'effondrait. L'aveugle, boitant, s'accrochait à lui comme s'il craignait d'être abandonné.

Des véhicules — bus, autocars, camions, taxis — étaient éparpillés çà et là dans un désordre indescriptible. Certains étaient renversés, d'autres simplement poussés de façon anarchique; bon nombre d'entre eux reposaient sur le toit ou le capot d'autres voitures. Culver trouva une issue dans l'enchevêtrement de tôles, enjambant une multitude de pare-chocs, glissant sur les capots tout en traînant son compagnon. Ils finirent par s'affaler derrière un taxi noir, dont le chauffeur avait la moitié du corps qui sortait par le pare-brise éclaté.

Ils avalaient des bouffées de poussière et de fumée, haletants, le corps endolori, ensanglanté, les vêtements déchirés et sales. Ils entendirent le vacarme étourdissant provoqué par l'effondrement de l'immeuble qu'ils venaient de quitter qui se mêlait à celui des bâtiments alentour en proie aux mêmes affres. Le sol semblait trembler sous les vibrations, les immeubles n'étaient plus qu'un immense château de cartes.

Tandis que les deux hommes commençaient à se remettre de l'épreuve qu'ils venaient d'endurer, ils prirent conscience des bruits, humains ceux-là, qui s'élevaient autour d'eux, des clameurs qui n'étaient que les cris discordants des blessés et des agonisants.

L'autre homme promenait son regard autour de lui, comme s'il voyait. Se forçant à ne pas se préoccuper du reste, Culver le jaugea. Vu ses vêtements couverts de poussière blanche, il était difficile de lui donner un âge ; cependant il devait avoir dans les quarante ou cinquante ans. Malgré le piteux état de son costume, ce devait être un homme d'affaires ou un cadre supérieur, en tout cas quelqu'un qui travaillait dans un bureau.

— Merci de m'avoir aidé à sortir de là, s'écria Culver très fort pour être entendu.

— Les remerciements sont réciproques, répondit son compagnon en se tournant vers lui.

Culver n'avait même pas envie de sourire.

— Nous avons besoin l'un de l'autre, fit-il en crachant la poussière qu'il avait au fond de sa gorge. Allons vers cet endroit sûr dont vous parliez. Il nous reste peu de temps.

L'aveugle saisit le bras de Culver au moment où il se levait.

— Il faut que vous compreniez ; nous ne pouvons aider personne d'autre. Si nous tenons à survivre, rien ne doit entraver notre route.

Culver se pencha lourdement sur le flanc du taxi et défaillit presque en apercevant les corps enchevêtrés de ses occupants. Il y avait un enfant, un petit garçon qui ne devait pas avoir plus de cinq ou six ans, la tête complètement tordue, reposant contre une épaule ; un bras de femme, probablement sa mère, était posé contre sa minuscule poitrine comme pour le protéger. Ils étaient sans doute allés faire des courses gaiement. Ou peut-être avaient-ils décidé d'aller au cinéma ou au spectacle ?

Peut-être aussi avaient-ils voulu aller voir le père à son bureau? Leur journée s'était terminée lorsque le taxi avait été soufflé et propulsé comme un jouet d'enfant, fétu de paille comparé aux forces qui le soulevaient.

Pour la première fois, il prit conscience de l'ampleur du désastre et ses yeux s'écarquillèrent d'horreur.

Le paysage familier londonien, avec ses hauts bâtiments, vieux et neufs, ses gratte-ciel, les clochers des vieilles églises, ses points de repère immédiatement reconnaissables, n'existait plus. Des incendies faisaient rage de tous côtés. Bas dans le ciel, de gros nuages noirs formaient, au-dessus de la ville, des zones de turbulences. Une colonne de fumée en spirale, dont la tige blanche semblait mue par des forces surnaturelles, symbole de l'holocauste, grimpait vers les nuages. Il promena son regard alentour et, pour la première fois, comprit que plus d'une bombe avait explosé : deux tours s'élevaient à l'ouest — bien au-delà de la colonne qu'il regardait —, une au nord, une autre au nord-est, et enfin une dernière au sud. Cinq en tout. Dieu du ciel, *cinq!*

Il baissa les yeux et donna un grand coup sur le toit du taxi de la paume de la main. Il avait été confronté au visage implacable du mal suprême, du carnage de la folie humaine! La force destructrice ancestrale, inhérente à chaque homme, femme et enfant! Dieu nous pardonne tous.

Les gens commencèrent à sortir des immeubles, déchirés, ensanglantés, livides, encore sous le choc; ils portaient le masque de la mort. Ils s'extirpaient de leur refuge écroulé en rampant, hagards, certains silencieux, d'autres l'air suppliant ou en proie à une crise de nerfs, mais presque tous, petits îlots séparés, renfermés sur eux-mêmes, seulement capables de s'occuper de leurs blessures et de leur propre sort.

Il ferma les yeux, refoulant sa rage et ses cris de désespoir. Une main s'accrocha à son pantalon. Il se tourna vers l'aveugle au visage maculé de poussière.

— Que... que voyez-vous?

— Vous faites exprès de ne pas vous en rendre compte, dit Culver calmement, en s'accroupissant.

— Mais je veux parler de la poussière. Est-ce qu'elle s'est déposée ?

Culver dévisagea longuement l'aveugle avant de répondre.

— Il y a de la poussière partout. Et de la fumée.

Son compagnon se frotta les paupières.

— Tombe-t-elle d'en haut ? demanda-t-il avec une note d'impatience.

Culver, les sourcils froncés, leva les yeux.

— Oui, je vois des taches plus sombres là où l'air en est chargé. Elle tombe lentement, en prenant son temps.

— Pas de temps à perdre alors, fit l'aveugle en essayant de se lever. Il faut se précipiter vers l'abri.

— De quel abri s'agit-il ? demanda Culver en le regardant fixement. Et qui diable êtes-vous ?

— Vous le saurez quand, ou plutôt si nous y parvenons. Je m'appelle Alex Dealey, mais pour l'instant cela n'a pas grande importance.

— Comment êtes-vous au courant de cet endroit ?

— Pas maintenant, pour l'amour de Dieu. N'êtes-vous pas conscient du danger que nous courons ?

— D'accord, quelle direction ? demanda Culver en secouant la tête presque avec amusement.

— Vers l'est. Du côté de l'immeuble du *Daily Mirror*.

— Il n'en reste pas grand-chose, fit Culver en regardant vers l'est.

Dealey ne manifesta aucun émoi.

— Allez simplement dans cette direction, dépassez la station de métro et continuez vers Holborn Circus. Restons toujours du côté droit. Tous les immeubles sont-ils détruits ?

— Pas tous, mais la plupart sont salement endommagés. Tous les toits et les étages supérieurs ont été soufflés. Que cherchons-nous exactement ?

— Avançons, je vous le dirai en chemin.

Culver le prit par le bras et le guida au milieu d'un fatras de carcasses de voitures. Un autobus à impériale était touché sur le côté, écrasant d'autres véhicules. Des silhouettes apparaissaient aux fenêtres brisées, le visage et les mains ensanglantés. Culver essayait de faire abstraction de leurs gémissements.

Un vieil homme chancelant, la bouche et les yeux ouverts, complètement hagard, tomba devant eux. Il avait tout le dos entaillé et couvert de tessons de verre.

Des corps, inertes pour la plupart, gisaient de tous côtés. Bon nombre d'entre eux étaient calcinés. Il détourna le regard en découvrant des bras et des jambes qui sortaient des décombres et des véhicules retournés. Son pied heurta quelque chose. Il faillit vomir quand il se rendit compte qu'il s'agissait de la tête et d'une partie de l'épaule d'une femme, le reste du corps étant introuvable.

Des bris de verre crissaient sous leurs pieds et même dans le faux crépuscule, ils étincelaient comme des bijoux épars. Les deux hommes contournèrent un camion en feu, en se protégeant le visage de la chaleur. Un objet tomba à plus de dix mètres d'eux et, par le bruit qu'il fit en s'écrasant, ils devinèrent qu'il s'agissait d'un corps. Peut-être la personne avait-elle sauté par la fenêtre d'un des immeubles encore sur pied ou peut-être était-elle tombée accidentellement. Son cas ne les préoccupait guère. Ils avaient un objectif à atteindre et ni l'un ni l'autre ne voulait être détourné de ce but. C'était leur seule arme contre l'horreur.

Un autre immeuble, de l'autre côté de la route, s'effondra complètement, propulsant des vagues de poussière et de fumée, noyant les deux hommes dans d'épais nuages. Une explosion, tout près de là, ébranla le sol. Ils tombèrent à genoux. Toussant, étouffant, Culver hissa Dealey une fois de plus et ils continuèrent leur marche tant bien que mal, mus par une froide détermination et poussés par la conscience du danger que représentaient les retombées du poison. D'autres progressaient dans la même direction. Bien des gens aidaient les blessés, les menant vers l'unique endroit qui, à leur avis, présentait quelque sécurité. Des groupes portaient ceux qui étaient incapables de marcher, laissant se débrouiller ceux qui pouvaient avancer à quatre pattes.

— Nous passons devant la station de métro Chancery Lane, chuchota Culver à l'oreille de Dealey. Tout le monde semble vouloir s'abriter là. Enfin, ceux qui restent. Je crois que nous devrions faire comme eux.

— Non ! répliqua Dealey d'un ton sinistre. Il y aura beaucoup trop de monde. Nous avons plus de chance de nous en tirer si vous faites ce que je vous dis.

— Alors, où se trouve votre abri ? Il ne nous reste pas beaucoup de temps !

— Ce n'est plus très loin, croyez-moi.

— Mais enfin, dites-moi ce que nous cherchons.

— Une impasse, large, couverte, qui mène à une cour et à des bureaux. Il y a une vaste grille ouverte à l'entrée. Elle doit être à quelques centaines de mètres d'ici.

— J'espère vraiment que vous savez ce que vous faites.

— Faites-moi confiance. Nous y arriverons.

Culver lança un coup d'œil vers l'entrée de la bouche de métro en secouant la tête avec regret.

— D'accord. Comme vous voudrez.

Le cauchemar continua, bien plus terrible que ceux qu'il avait pu faire jusqu'à présent. Les ravages étaient inimaginables. C'était un voyage insensé, à tâtons, qui lui déchirait l'esprit et lui faisait verser des larmes invisibles. Tout n'était que massacre, folie. L'enfer concrétisé.

Une femme — ou plutôt une adolescente : malgré son état déplorable, on distinguait encore ses traits juvéniles — se précipita vers eux, tirant Culver par la veste et lui désignant une voiture renversée.

— Il faut nous mettre à l'abri, dit sèchement Dealey à Culver en le retenant. Nous ne pouvons plus rester à l'air libre. Même maintenant, il se peut que ce soit trop tard.

— Nous ne pouvons tout de même pas l'abandonner, fit-il en se libérant. Elle a besoin d'aide.

L'aveugle, battant l'air de sa main, essayait vainement de s'agripper à lui.

— Vous ne pouvez aider personne, imbécile. Essayez d'en prendre conscience. Ils sont trop nombreux !

Mais Culver s'était laissé entraîner par la jeune fille. Ils s'approchèrent de la voiture renversée, l'adolescente poussait des cris hystériques, refusant toujours de lui lâcher le bras; soudain il aperçut un corps à moitié coincé sous la voiture. L'homme avait un bras posé sur la poitrine, l'autre tendu, les mains crispées, presque raidies. Culver s'accroupit, refoulant des haut-le-cœur. C'était le corps d'un jeune homme, peut-être son petit ami. Ses yeux inertes étaient levés vers le ciel assombri et la langue sortait de sa bouche ouverte comme si elle tentait de s'échapper. Son estomac avait éclaté et de ses intestins, à l'air, sortait de la fumée.

— Aidez-le, je vous en supplie, s'écriait la jeune fille en sanglots. Aidez-moi à le sortir de là.

— C'est inutile, lui dit-il avec douceur, en la prenant par les épaules. Vous ne voyez pas qu'il est mort?

— Non, non, ce n'est pas vrai! Il s'en sortira si nous arrivons à soulever ce qui le coince. Je vous en prie, aidez-moi, s'écria-t-elle en se jetant sur la voiture renversée et en faisant mille efforts pour l'en extirper. Je vous en supplie, aidez-moi!

— Mais vous ne voyez pas qu'il est mort, lui dit Culver en essayant de la tirer. On ne peut plus rien pour lui.

— Salaud! hurla-t-elle. Pourquoi ne voulez-vous pas m'aider?

Dealey s'approcha d'eux à tâtons, guidé par le son de leurs voix.

— Laissez-la. Elle ne vous écoutera pas. Il faut nous sauver.

Culver tenta de faire entendre raison à la jeune fille, folle de douleur.

— Suivez-nous, nous allons trouver un abri sûr.

— Fichez-moi la paix! s'écria-t-elle.

— On ne peut rien pour elle, répéta Dealey d'une voix anxieuse.

La jeune fille repoussa Dealey et s'effondra près du cadavre. Elle s'écroula sur sa poitrine, ses frêles épaules secouées de sanglots.

— Si vous ne venez pas avec nous, lui dit-il, en s'agenouillant à ses côtés, descendez dans le métro. La radioactivité contaminera l'air d'ici peu, aussi faut-il vous mettre à l'abri.

Elle ne semblait apparemment pas comprendre.

Culver se leva et se passa la main sur les yeux. Il aperçut Dealey à quatre pattes. S'approchant de lui, il l'aida à se relever.

— C'est encore loin? s'écria-t-il, pris d'une haine irrationnelle à l'égard de cet homme.

— Non, nous sommes presque arrivés. Il faut traverser une petite rue transversale et c'est juste un peu plus loin.

Culver le tira violemment et le guida, tenu fermement au bras par Dealey, comme s'il ne voulait plus le laisser partir.

— Le trottoir doit s'arrêter là, dit Culver au bout de quelques mètres, il doit y avoir une rue transversale, mais elle est probablement enfouie sous les décombres. Les bâtisses qui se sont effondrées la masquent au regard.

— Juste devant alors. Pas très loin, dit-il avec une lueur d'espoir.

Ils durent se frayer un chemin au milieu de la rue jonchée de carcasses de voitures, puis soudain Culver aperçut l'entrée de l'impasse.

— Je la vois. On dirait qu'elle est intacte.

Les deux hommes, dans leur désir ardent de trouver le refuge, hâtèrent le pas. Ils s'enfoncèrent dans le passage obscur et trébuchèrent dans les décombres. Culver, se mit à quatre pattes en maugréant brusquement.

— Oh non, mon Dieu, non!

Dealey se tourna vers lui, guidé par le son de sa voix, les yeux crispés sous la douleur.

— Qu'y a-t-il? Pour l'amour de Dieu, que se passe-t-il encore?

Culver s'appuya contre un mur et ferma les yeux. Il replia les jambes, ses mains reposant sur ses genoux.

— Inutile, fit-il d'un ton las. L'autre côté est bloqué par les décombres. Il est impossible de passer.

3.

Leur course folle avait repris. Effrayés, épuisés, ils n'avaient qu'un désir : se réveiller, voir le soleil filtrer à travers les rideaux entrouverts, sortir du cauchemar. Ils couraient, couraient. Autour d'eux les incendies faisaient rage, les morts gisaient de tous côtés, les blessés se tordaient de douleur. Le cauchemar refusait de prendre fin.

Les marches qui descendaient au métro croulaient sous les décombres. Les rampes de métal étaient couvertes de sang. A l'intérieur, il y avait moins de monde que ne l'avait supposé Culver ; les gens étaient sans doute descendus plus bas, loin des billetteries, pour s'enfoncer dans les tunnels. Le plus loin possible d'un univers en folie. Mais il y avait encore foule dans le hall plongé dans l'obscurité, près des guichets, des machines et des rares boutiques.

— Il se peut qu'on ait besoin de lumière, dit Dealey, non sans ironie.

Si seulement ses yeux ne le faisaient pas tant souffrir ! Si la douleur cuisante s'en allait ne serait-ce que quelques instants. Il se força à se concentrer.

— Il faut que l'on parvienne au tunnel qui mène vers la banlieue est.

— Nous aurions dû commencer par là, dit Culver, jetant un regard rapide autour de lui.

D'autres silhouettes se profilaient dans la station de métro.

— Non, ce n'est qu'en cas d'extrême urgence qu'il faut utiliser cet accès.

— En cas d'extrême urgence? Vous plaisantez, sans doute?

— Seulement en cas d'urgence, répéta Dealey en secouant la tête. Je me doutais que la station, ou du moins les tunnels, seraient bondés. Ç'aurait été trop dangereux. Maintenant nous n'avons plus le choix.

— Essayez-vous de me faire comprendre que... cet abri... n'est réservé qu'à certains?

— C'est un abri gouvernemental. Il n'y a pas de place pour le public.

— Ça semble logique.

— Le gouvernement doit avoir le sens pratique. Nous aussi d'ailleurs.

Sa voix était tendue, comme s'il luttait pour garder son sang-froid.

— Je vais vous offrir une chance de vous en sortir. A vous de la saisir.

— Je vous suis indispensable.

— Peut-être que non. Tout dépend de vous.

Durant quelques instants de cécité totale, Dealey crut que l'autre homme s'était éloigné. Il poussa un soupir de soulagement en entendant sa voix.

— Il ne va sans doute pas nous rester grand-chose pour survivre, mais enfin nous trouverons au moins un abri. J'aimerais tout de même savoir comment vous connaissez cet endroit. Je suppose que vous travaillez pour le gouvernement.

— Oui, mais cela n'a pas grande importance pour l'instant. Il faut absolument que l'on gagne les tunnels.

— Il y a des portes de l'autre côté du hall. Je les distingue à peine dans l'obscurité. L'une d'elles doit être celle du bureau du chef de station, aussi devrait-on y trouver une torche ou une lampe.

— Il n'y a pas de lumière?

— Non, simplement celle du jour, si l'on peut dire.

— Les lumières de secours devraient marcher dans les tunnels, mais une torche pourrait s'avérer utile.

— Exact.

Dealey sentit une main posée sur son bras et se laissa guider à travers le hall. Les gémissements des blessés s'étaient atténués pour laisser place à un concert de plaintes. Une main s'accrocha à son pantalon et une voix demanda de l'aide. Il sentit son guide marquer un temps d'hésitation et il le tira vers lui.

— Vous ne m'avez toujours pas dit votre nom, dit-il pour faire diversion, sans s'arrêter et en l'obligeant à continuer.

— Culver.

— Concentrons-nous sur un problème à la fois, monsieur Culver. D'abord il nous faut trouver une torche, ensuite nous diriger vers les tunnels, puis nous mettre en sécurité dans l'abri. Rien ne doit détourner notre attention si nous voulons survivre.

Culver savait que l'aveugle avait raison mais il était difficile de faire fi de ses propres doutes. Valait-il seulement la peine de survivre ? Que restait-il vraiment là-haut ? La plus grande partie de l'hémisphère nord avait-elle été détruite ou bien les grandes villes et les bases militaires stratégiques avaient-elles été les seules frappées ? Impossible de savoir pour l'instant, aussi chassa-t-il ces pensées de son esprit, tout comme il refoulait ses sentiments. Tant que le choc n'affectait que son esprit et non ses gestes, il avait une chance de s'en sortir. Pour l'instant, l'essentiel était de trouver une torche.

Le sol subit une brève secousse et des cris s'élevèrent une fois de plus.

Les deux hommes s'immobilisèrent.

— Une autre bombe ? demanda Culver.

— J'en doute, répliqua Dealey en secouant la tête. Une explosion, pas très loin d'ici, je crois. Sans doute une conduite de gaz qui a éclaté.

Ils parvinrent à la première porte et Culver actionna la poignée. Fermée.

— Merde !

Il prit son élan et donna un coup de pied vigoureux. Au troisième, elle céda.

Culver entra, suivi de près par Dealey, la main posée sur l'épaule de son guide. Une voix s'éleva dans l'obscurité.

— Que voulez-vous ? C'est la propriété des Transports londoniens. Vous n'êtes pas autorisés à y pénétrer.

— Doucement, fit Culver, peu surpris devant ces propos incongrus. Nous voulons simplement une torche.

Il essayait de rassurer l'homme qui était accroupi derrière une chaise dans un coin de la minuscule pièce.

— Je ne peux vous laisser... (Il s'interrompit.) Que s'est-il passé dehors ? Est-ce que tout est fini ?

— Le mal est fait, mais ce n'est pas terminé. Y a-t-il une torche ici ?

— Il y en a une sur l'étagère, à droite, près de la porte.

Culver la vit et alla la chercher.

L'homme accroupi mit la main devant ses yeux pour les protéger quand Culver l'alluma et dirigea le faisceau lumineux dans sa direction.

— Je vous conseille d'aller dans les tunnels. Vous y serez plus en sécurité, fit Dealey.

— Je suis très bien où je suis. Je ne vois pas pourquoi je partirais.

— Très bien. Faites ce qui vous plaira. Êtes-vous le chef de station ?

— M. Franklin est mort en essayant de maîtriser la foule. C'était la panique. Il a essayé de les retenir, de leur faire faire la queue. Pour le remercier, ils l'ont piétiné. Aucun d'entre nous n'a pu lui venir en aide. Ils étaient si nombreux !

— Calmez-vous. La foule s'est dispersée, la plupart d'entre eux se sont abrités dans les tunnels. Et l'attaque nucléaire est terminée.

— L'attaque ? Alors, c'est vraiment arrivé ? Ils l'ont déclenchée ? Ils ont lancé la Bombe ?

— Plusieurs, je crois.

Culver préféra ne pas faire allusion aux cinq colonnes de fumée séparées qu'il avait aperçues. Il en parlerait plus tard à Dealey lorsqu'ils se retrouveraient seuls.

— Alors, nous sommes tous fichus.

— Non, pas si tout le monde reste à l'abri. Les radiations seront vraiment nocives durant deux à quatre semaines encore, mais d'ici là les autorités devraient avoir repris les choses en main.

Culver faillit éclater de rire, mais cela exigeait un trop gros effort.

— Sortons d'ici, suggéra-t-il.

— Je ne peux que répéter : vous serez plus en sécurité dans les tunnels, dit Dealey à l'homme accroupi, mais ce dernier ne répondit pas.

Culver détourna le faisceau lumineux puis éteignit la torche. Elle serait utile : le caoutchouc du boîtier était solide et le réflecteur de la lampe était plus large que la normale.

— Nous perdons du temps, dit-il calmement.

Dealey ne révéla rien de son étonnement devant la détermination soudaine de son guide.

— Vous avez parfaitement raison. Dépêchons-nous.

Ils se dirigèrent vers les tourniquets du côté des escaliers mécaniques. Ils étaient au nombre de trois mais aucun ne fonctionnait. Culver remarqua que la foule avait grossi devant les guichets et la plupart des gens désorientés, les yeux hagards, avaient des mouvements incertains. Il rapporta à Dealey ce qu'il voyait.

— Peut-on faire quelque chose pour eux ? murmura-t-il sèchement.

— J'ai bien peur que non. Je souhaite seulement que nous puissions nous en tirer.

Se concentrer. Les escaliers. Se frayer un chemin jusque-là. Ne prêter aucune attention à la vieille dame, assise par terre, balançant sa tête ensanglantée. Oublier le gosse accroché à sa mère, la suppliant en hurlant de lui ôter les morceaux de verre incrustés dans ses mains. *Ne pas regarder* celui qui, appuyé au mur, vomissait du sang noir. En aider un signifiait en aider un autre. En aider un, c'était les aider tous. Les aider tous, cela signifiait la mort. Il ne fallait penser qu'à soi et à cet Alex Dealey qui semblait en savoir tant.

Ils furent très vite en haut de l'escalator central. Des corps s'amassaient partout, certains étaient assis, d'autres allongés ou bien simplement affalés contre les rampes. Il ne distinguait que de faibles lumières de secours au-dessous.

— Il faut faire attention en descendant, dit-il. Les escaliers sont bondés et ça va être dur de passer. Tenez-moi bien et restez tout près de moi, dit-il à Dealey en relâchant le bras de l'aveugle et en le passant autour du sien, avant de prendre la direction des escaliers.

Des hommes et des femmes les observaient sans faire la moindre objection. Certains même tentèrent de s'écarter quand ils comprirent que Dealey était aveugle. Ils avançaient lentement. Culver faisait son possible pour ne pas trébucher, permettant à son compagnon de prendre appui sur lui, bénéficiant ainsi de sa force. Un faux pas et la dégringolade serait fatale.

Ils étaient à mi-chemin quand un flot humain, fuyant les quais, arriva à contre-courant.

Ils s'accrochaient à ceux qui se trouvaient sur les escalators pour tenter d'emprunter l'escalier, en criant, en proférant des paroles incompréhensibles. Le regain de panique fut contagieux : la foule qui se trouvait dans les escaliers essaya de remonter, n'hésitant pas à assener des coups de poing à ceux qui leur bloquaient la route et à piétiner les blessés qui gisaient au sol.

— Et maintenant ? demanda Dealey, se sentant frustré tandis qu'ils étaient repoussés par ceux qui étaient en bas. Que se passe-t-il, Culver ?

— Je ne sais pas, mais ce n'est peut-être pas une si bonne idée après tout.

— Il faut que nous parvenions au tunnel, vous m'entendez ? Surtout ne remontez pas.

— D'accord ; alors essayez de le leur faire comprendre !

Un coup de poing l'atteignit en pleine poitrine tandis qu'un homme tentait de passer. Il chancela mais renonça au désir de se venger. Il préféra lui crier :

— On ne peut que descendre et cela risque d'être dangereux pour vous !

— Ça ne peut pas être plus dangereux que ce qui se trouve derrière nous !

Culver poussa Dealey contre la rampe de caoutchouc, lui hissa les jambes sur la section centrale, et, sans lâcher la torche, il en fit de même, tenant la rampe d'une main, le bras passé autour de celui de Dealey.

— Contrôlez votre glissade avec les pieds ; de mon côté, je vais essayer de suivre la rampe.

La descente commença mais il leur fut impossible de

maintenir une vitesse régulière. Culver avait du mal à ne pas lâcher Dealey ; son autre main glissa de la rampe et ils tombèrent ; ceux qui montaient reçurent leurs pieds en plein visage ; ils se trouvèrent dans des positions parfaitement incongrues, incapables de contrôler leur course. Ce fut une descente désordonnée vers la peur de l'inconnu, une ruée effrayante vers un danger nouveau.

Leur chute fut amortie par des individus terrorisés qui se massaient au bas des escalators. A bout de souffle, ils atterrirent dans un enchevêtrement de bras et de jambes, sans rien heurter de dur qui pût les blesser. Culver n'était que légèrement étourdi ; il avait toujours la torche en main.

— Dealey, où diable êtes-vous ? hurla-t-il. (Il tira une main qui dépassait au milieu des corps sous lui mais la relâcha quand il s'aperçut que ce n'était pas celle de l'aveugle.) Dealey !

— Je suis là, aidez-moi.

Culver se servit de sa lampe pour repérer d'où venait la voix. Les lumières de secours étaient très limitées. Il trouva Dealey et le libéra.

— Tout va bien ?

— Je m'en préoccuperai plus tard. Notre unique problème est d'avancer. Nous devons trouver le tunnel qui mène à la banlieue est.

— C'est par-là, fit Culver en pointant le faisceau dans cette direction comme si l'autre pouvait voir. Celui qui mène vers la banlieue ouest est au niveau inférieur.

Quelqu'un le heurta et il faillit lâcher la lampe. La cohue, au pied des escalators, empirait au point que les deux hommes résistèrent avec difficulté à la marée humaine. Culver aida l'un des hommes qui avaient amorti sa chute quelques instants plus tôt.

Il tira vers lui le visage de l'homme.

— Pourquoi cette fuite hors des tunnels ? C'est le seul endroit qui offre quelque sécurité !

L'homme essaya de se dégager, mais Culver tint bon.

— Qu'y a-t-il ? Qu'y a-t-il dedans ?

— Je... je n'ai pas pu voir, mais d'autres les ont vus ! Ils avaient des entailles et ils saignaient. Ils ont dit qu'ils avaient été attaqués. Je vous en prie, laissez-moi partir !

— Attaqués par quoi ?

— Je ne sais pas, hurlait l'homme. Mais laissez-moi ! Il se dégagea et fut aussitôt englouti par la foule.

Culver se tourna vers Dealey.

— Vous avez entendu ? Il y a quelque chose d'autre dans le tunnel.

— De l'hystérie collective, c'est tout. C'est compréhensible, vu les circonstances. Tout le monde est encore en état de choc.

— Il a dit qu'ils saignaient.

— Je suppose que tous ont été plus ou moins blessés. Peut-être qu'ils ont marché sur un rat ou Dieu sait quoi, qui les a mordus en retour. Celui qui a été mordu a, de toute évidence, provoqué une panique générale.

Culver n'était pas convaincu, mais il n'avait nullement l'intention de remonter en surface, où l'air était maintenant chargé de particules radioactives.

— Il faudra bien qu'on passe.

— Je ferai ce que je pourrai pour vous aider.

— Très bien. Restez derrière moi et tenez bon. Je vais me frayer un chemin. Vous pouvez vous appuyer sur moi. Poussez, peu importe quoi.

Culver se protégea le visage de ses bras, la torche levée devant lui comme un bouclier supplémentaire et ainsi, avec Dealey, ils parvinrent à avancer dans la cohue, tels des nageurs à contre-courant. Le trajet était pénible. Les deux hommes furent en sueur avant même d'être sortis de la foule. Là, ils trouvèrent d'autres personnes qui ne s'étaient pas mêlées aux autres, des gens qui se méfiaient de ce qui se passait derrière, tout en prenant conscience du danger en haut. Et puis il y avait ceux qui ne pouvaient pas bouger : les blessés, les morts.

— Le quai est par-là, fit Culver en atteignant l'une des entrées.

Il jeta un coup d'œil vers les escaliers mécaniques ; derrière, s'entassaient des corps qui se traînaient ; les escaliers étaient envahis par une foule en délire. Un seul faux pas, se dit-il, et des centaines de gens seraient écrasés. Il se réjouissait de ne pas être parmi eux. Il remarqua soudain que d'autres affluaient du petit escalier qui venait du quai de la banlieue ouest; ils se joignaient désespérément à la cohue, mêlant leurs cris à ceux des autres. Il était intrigué : pourquoi la panique s'était-elle emparée de la foule dans un tunnel totalement différent, celui qui se trouvait précisément au-dessous de celui qui menait à la banlieue est?

— Nous ne pouvons pas nous arrêter là, Culver. Il faut poursuivre notre marche.

Dealey, totalement débraillé, appuyait lourdement son imposante carcasse contre le mur lisse carrelé de jaune. Culver chassa de son esprit une pensée troublante et conduisit son compagnon sur le quai. Il n'y avait aucun métro sur la voie.

— A votre avis, y a-t-il encore du courant sur les voies? demanda Culver, inquiet.

— J'en doute. Ne m'avez-vous pas dit que seules les lumières auxiliaires étaient allumées? J'ai l'impression que le bloc électrogène a été coupé. Y a-t-il un métro à la station?

— Non.

— Alors les rames sont probablement arrêtées dans les tunnels; les voies sont sans aucun doute inutilisables.

— C'est vous qui le dites. Pour ma part, je marcherai entre les rails.

— Emmenez-moi à l'entrée du tunnel. Vers la... euh... vers la gauche, l'est. Il nous faut retourner sur la voie.

— A vrai dire, je n'en suis pas si sûr. Les gens avaient l'air vraiment effrayés par ce qu'ils avaient vu.

— On est déjà passés par-là.

— Les gens sortaient en courant de l'autre quai également, celui qui est juste en contrebas. Comment l'expliquez-vous?

— Inutile de trouver une explication. Nous n'avons pas le choix. Il faut trouver l'abri.

— Pourquoi ne pas rester ici? Nous sommes à une profondeur suffisante pour être en sécurité.

— Pas nécessairement. Rien n'est fermé hermétiquement; il y a des ouvertures, des orifices tout le long des tunnels par lesquels les radiations peuvent pénétrer.

— Êtes-vous toujours aussi pessimiste?

— Je suis désolé mais je ne vois pas l'utilité de faire l'optimiste en de telles circonstances. Désormais, si nous survivons, nous devons envisager le pire.

— L'entrée de l'abri est-elle située loin à l'intérieur du tunnel? demanda Culver le sourcil froncé, en jetant un coup d'œil vers la voûte sombre du tunnel.

— A huit ou neuf cents mètres. Ça ne nous prendra pas longtemps.

— Alors, allons-y.

L'entrée du quai n'était pas loin du tunnel et les deux hommes s'approchèrent du trou béant et obscur avec précaution. Culver s'avança au bord du quai et braqua sa torche dans le tunnel sombre.

— La voie semble libre, cria-t-il à Dealey en se retournant.

— S'il y avait eu quoi que ce soit, la foule l'aurait fait fuir.

— Espérons que vous avez raison.

Dealey s'était avancé à tâtons le long du mur et avait rattrapé Culver.

— Comment vont vos yeux? lui demanda Culver.

— Ils me font horriblement souffrir, mais moins que tout à l'heure. La douleur s'atténue lentement.

Culver acquiesça et braqua la lampe sur son visage.

— Distinguez-vous quelque chose?

— Non, répliqua Dealey en clignant légèrement des yeux. J'ai tout de même senti un léger picotement. M'avez-vous mis la lumière dans les yeux?

— Oui, directement. Les pupilles se sont rétrécies.

— Ça ne veut probablement rien dire.

— Ah, encore ce pessimisme. Accrochez-vous à mon épaule et appuyez-vous à gauche contre le mur. Nous allons descendre.

Une fraîcheur moite régnait dans le tunnel. Les lumières de secours se succédaient dans l'obscurité, faibles lueurs à peine perceptibles. Culver eut la sensation de descendre dans un vide, un néant lourd de menaces. Peut-être n'était-ce que le calme anormal après l'agitation; ou bien percevait-il une présence invisible qui les observait dans l'ombre. Ou alors avait-il les nerfs à fleur de peau. Peut-être.

Le tunnel s'incurvait et la chaîne de lumière disparaissait. La faible lueur qui provenait du quai, derrière eux, disparut après le virage, les isolant complètement. Le bruit sourd de leurs pas résonnait sous les voûtes.

Culver remarqua des ouvertures dans le mur de gauche ; il braqua la lampe dans cette direction ; la lumière se réfléchissait sur d'autres rails.

— J'aperçois un autre tunnel, dit-il à Dealey.

Sa voix retentit, étrangement forte, au fond du conduit.

— Ce doit être la voie qui mène à la banlieue ouest. Maintenez la lumière à droite, je n'aimerais pas que l'on rate l'abri.

Dealey reposait de tout son poids contre lui et Culver se rendait compte qu'il était au bord de l'épuisement. Il avait dû souffrir le martyre à cause de ses yeux et à cela s'ajoutait l'appréhension d'une cécité permanente. Mais qui était-ce donc ? Comment avait-il connaissance de l'abri ? De toute évidence, il...

Une forme avait bougé un peu plus loin dans l'obscurité. Il l'avait entendue. Un bruit de fuite précipitée.

— Pourquoi vous êtes-vous arrêté ? lui demanda Dealey en lui pressant très fort le bras.

— Il m'a semblé entendre un bruit.

— Vous distinguez quelque chose ?

Il promena la torche en arc de cercle.

— Rien.

Ils accélérèrent le pas, malgré la fatigue, tous leurs sens en émoi ; un étrange pressentiment s'empara soudain d'eux. Culver cherchait désespérément l'entrée, la porte qui les sauverait. Le mur était truffé de recoins mais aucun ne comportait de porte magique. Pourtant ils ne devaient pas être loin. Ils avaient parcouru plus de huit cents mètres, bien qu'ils aient l'impression d'avoir fait plus de huit kilomètres. Il leur fallait la trouver au plus tôt. Avec l'aide de Dieu, c'était possible.

Il tomba. Un objet qui obstruait la voie l'avait fait trébucher.

— Culver ! hurla Dealey, soudain seul.

Il fit quelques pas chancelants, les bras tendus, en aveugle, les yeux grands ouverts. Il tomba lui aussi sur un objet qui obstruait la voie.

Ses mains palpèrent du métal, il les retira aussitôt. Ils étaient au moins sûrs d'une chose : il n'y avait plus de courant sur la voie. Il tâtonna dans l'obscurité. Toucha quelque chose. C'était doux. D'une douceur visqueuse. Une tête, un visage.

— Culver ? Tout va bien ?

La voix de son guide lui parvint de plus loin.

— Ne bougez pas, Dealey. Ne touchez plus rien.

Mais il était trop tard. Ses doigts hésitants avaient trouvé les yeux. Mais il n'y avait pas d'yeux. Simplement des cavités profondes et gluantes qui aspirèrent ses doigts au moment où il les retirait. Il tomba à la renverse et sa main se posa sur autre chose. C'était chaud, répugnant, glissant. C'était l'intérieur d'un corps, pas l'extérieur.

— Ne bougez pas ! cria Culver d'un ton péremptoire.

Dealey avait la gorge tellement serrée qu'il était incapable de parler.

Culver, étalé de tout son long sur le rail extérieur, balada la torche. Les tunnels étaient jonchés de corps. Des formes noires, grouillant au milieu des cadavres, s'en repaissaient.

Elles se tapirent, évitant la lumière. Ou détalèrent pour retourner dans la pénombre.

— Oh non, je n'arrive pas à le croire, fit Culver en gémissant.

— Dites-moi ce qu'il y a, Culver, je vous en prie.

— Tenez-vous tranquille. Ne bougez pas un instant.

Lentement, très lentement, il parvint à s'asseoir. La torche éclaira un dos courbé, hérissé de poils ; la créature se raidit et s'enfuit.

Il se leva légèrement, tenant la torche devant lui. Le faisceau éclaira un pied, une jambe, un torse, les yeux jaunes diaboliques de l'animal accroupi sur la poitrine béante de l'homme. La créature plongea son groin sanguinolent au fond de la blessure, déchiquetant la chair de ses énormes incisives.

Elle interrompit son festin. Regarda l'homme à la torche.

— Dealey. (Il gardait une voix calme sans toutefois pouvoir en contrôler les tremblements.) Avancez vers moi, *lentement*, lentement.

L'autre homme fit exactement ce qu'on lui demandait, l'effroi que trahissait la voix de Culver étant un avertissement explicite.

Culver s'approcha de lui avec précaution, toujours accroupi, évitant tout mouvement brusque. Il tira son compagnon jusqu'à lui, puis recula de manière à ce que tous deux fussent contre les parois du tunnel.

— Qu'est-ce que c'est? murmura Dealey.

— Des rats, dit calmement Culver en respirant longuement. Mais je n'en ai jamais vu de semblables. Ils sont énormes, ajouta-t-il, étonné devant cet euphémisme.

— Ont-ils un pelage noir?

— Tout est noir là-dedans.

— Mon Dieu, non, ça ne va pas recommencer. Pas dans un moment pareil.

Culver lui lança un regard intrigué, mais il ne distinguait pas son expression dans l'obscurité. Il ne voulait pas écarter la lampe des cadavres ou des formes qui se faufilaient au milieu. Il plissa les yeux.

— Attendez une minute. Il y a quelques années, il y a eu une invasion de rats noirs. Prétendez-vous qu'il s'agit du même type de bêtes voraces? Pour l'amour de Dieu, on nous a dit qu'ils avaient été exterminés!

— Je ne les vois pas, aussi ne puis-je vous l'affirmer. Ce n'est pas vraiment le moment d'en discuter.

— Bon, je suis d'accord avec vous sur ce point. Mais que suggérez-vous? Que nous les chassions?

— Voyez-vous la porte de l'abri? Nous ne devrions pas être loin.

A contrecœur, très lentement, Culver promena sa lampe sur la scène du carnage. Il tressaillit en apercevant un enchevêtement de formes humaines déchiquetées et refoula un haut-le-cœur devant le spectacle des créatures qui mâchaient leurs victimes. Il ne s'était jamais rendu compte que le sang avait une odeur aussi forte.

Il fut glacé d'horreur en voyant un rat s'approcher d'eux furtivement, son corps au ras du sol, l'arrière-train courbé et tendu. Le faisceau de lumière se refléta dans ses yeux et la créature s'immobilisa. Elle détourna le regard de la lumière aveuglante et recula un peu, impassible, se glissant à nouveau dans l'obscurité, sans hâte.

— Avez-vous trouvé l'entrée? fit Dealey, inquiet.

— Non, je me suis laissé distraire.

La lumière reprit sa marche lente, révélant un surcroît d'horreur qui, à chaque fois, le glaçait davantage ; la main, qui tenait la torche, tremblait au point que toute la voûte semblait vibrer. Délibérément, il braqua le faisceau sur le mur où tous deux s'appuyaient. Dealey avait prétendu que l'entrée se trouvait sur la droite dans le tunnel qui menait vers la banlieue est. L'idée que l'obscurité masquait encore les créatures rassasiées le faisait frémir, seule la lumière les retenait, comme une sorte de barrière. Mais au fond de lui, il savait qu'il avait tort. Ils n'avaient pas été attaqués simplement parce que la vermine était rassasiée ; leur faim pouvait s'assouvir sans le moindre effort.

Si les rats sentaient une menace peser sur eux, le massacre recommencerait et, cette fois, Dealey et lui en seraient les victimes.

Oh! Dieu, où se trouvait donc ce satané abri?

Le faisceau qui oscillait lentement s'immobilisa. Qu'était-ce?

Culver dirigea la lampe quelques mètres en arrière.

Il s'arrêta net sur une silhouette, debout, à l'intersection des deux tunnels.

Elle était parfaitement immobile, les yeux rivés sur une colonne en brique située en face de celle contre laquelle elle s'appuyait. Ses vêtements, d'une saleté repoussante, étaient en loques; ses cheveux emmêlés ébouriffés. Son souffle était à peine perceptible, mais elle était vivante. Vivante et pétrifiée d'horreur.

— Dealey, fit Culver à voix basse, il y a une fille de l'autre côté de la voie. Elle est debout, paralysée par la peur.

Il se raidit en apercevant une forme noire, dans la trouée, aux pieds de la jeune fille. La bête, humant l'air, s'apprêtait à sauter le petit rebord qui la séparait de ses compagnons gloutons.

— Trouvez la porte, mon vieux, c'est plus important.

— Quel grand cœur! fit Culver avec un sourire dénué d'humour.

— Si nous trouvons l'abri, nous serons peut-être alors en mesure de l'aider.

— Elle va s'effondrer d'un instant à l'autre, et sur eux. Elle n'aurait aucune chance de s'en tirer.

— On ne peut pas faire grand-chose.

— C'est possible, répondit Culver en se levant lentement, le dos contre la paroi de brique. Mais nous allons essayer.

— Culver!

Une main le saisit par la manche, mais il la repoussa. Il s'éloigna doucement du carnage, et revint sur ses pas.

— Ne bougez pas, Dealey, murmura-t-il. Ne vous inquiétez pas. Ils ne sont pas encore prêts pour le dessert. (Son humour noir ne l'amusa même pas.)

Quand il se sentit à une distance suffisante, bien que quelques centaines de mètres de plus eussent été préférables, Culver traversa la voie. Alors commença la marche prudente et réfléchie dans l'autre sens, la torche baissée pour ne pas déranger le festin impie. D'un pas léger, Culver se dirigea vers l'intersection et emprunta une voie adjacente, en priant le ciel pour qu'aucune créature ne l'attendît dans l'ombre. Moins effrayé, car la mare de sang était maintenant hors de vue, il avança plus rapidement.

La jeune fille cligna à peine des yeux quand il lui braqua la lampe en plein visage en s'approchant d'elle par l'autre côté de la voie. Il sauta le petit rebord et la dévisagea.

— Êtes-vous blessée? lui demanda-t-il en élevant légèrement la voix parce qu'elle ne répondait pas. Vous m'entendez? Êtes-vous blessée?

Une vague lueur de vie se dessina dans son regard, mais elle ne semblait toujours pas se rendre compte de sa présence.

— Culver, chuchota Dealey de l'autre côté du tunnel, à sept ou huit mètres de la trouée où étaient Culver et la jeune fille. Je les entends approcher. Il faut que vous m'aidiez. Je vous en prie, trouvez cet abri.

Le ton de sa voix était désespéré, presque déchirant. Culver en comprenait la raison. Le bruit de la vermine se délectant était terrifiant et donnait des haut-le-cœur, et le craquement de petits pas cassants en accentuait l'horreur.

Impatienté par sa propre prudence, Culver promena

aussitôt la lumière sur le mur opposé en commençant par le bout du tunnel. Il y avait plus d'une anfractuosité dans la paroi, mais aucune d'elles ne recelait de porte, et puis... *la voilà!* Presque en face. Une putain de porte en fer! Sans marque particulière, mais c'était elle sans nul doute!

— Dealey! Je l'ai trouvée! (Il lui était difficile de garder son calme.) Elle n'est pas loin de moi, à environ trente mètres de vous. Pouvez-vous y arriver seul?

L'aveugle s'était déjà relevé. Il avança à tâtons le long du mur, le visage presque collé contre la paroi rugueuse. Culver se tourna vers la jeune fille.

Elle avait le visage sale, ensanglanté, bien qu'il ne pût distinguer d'entailles. Ses yeux restaient hébétés. Peut-être était-elle jolie, c'était difficile à dire; sa chevelure jusqu'aux épaules devait être belle sous l'éclat du soleil, mais là encore, c'était impossible à dire et ce n'était pas vraiment sa préoccupation majeure. Quand Culver lui effleura l'épaule, elle se mit à hurler.

Elle le repoussa avec une telle force qu'il chancela et sa tête heurta la colonne derrière lui. Il ferma les yeux quelques instants; quand il les rouvrit, elle n'était plus là. Il balança la torche et de nouveau l'aperçut. En tombant au milieu des corps à moitié dévorés, elle avait effrayé la vermine noire qui détala aussitôt. C'est là qu'il se rendit compte du nombre incalculable de créatures.

Des centaines! Grand Dieu, davantage, bien davantage!

— Dealey, courez vers l'abri. Le plus vite possible!

La jeune fille essayait de se lever, s'efforçant d'échapper à la lumière aveuglante. Les rats s'étaient immobilisés, puis retournés et, maintenant, ils l'observaient sans la moindre peur.

4.

Il sauta, glissa, s'affala par terre; la torche lui tomba des doigts. Il toucha une matière gluante et retira aussitôt les mains, trop apeuré pour regarder ce qu'il avait effleuré. La jeune fille n'était qu'à un mètre de lui, il se jeta sur elle et lui saisit la cheville pour l'empêcher d'avancer, car les bêtes l'attendaient juste à la limite du cercle de lumière.

Elle poussa de nouveau un hurlement quand il lui prit la jambe et la tira vers lui. De l'autre main il cherchait à tâtons la torche, feignant d'ignorer la substance baveuse et humide qu'il palpait dans l'obscurité. Il attrapa la poignée, mais la jeune fille se débattait à coups de pied et de poing. Il avait le goût du sang dans la bouche et tournait la tête pour les éviter. Une masse s'affala contre lui et il sentit un coup de poignard dans la cuisse.

Hurlant, il assena un coup de torche sur l'échine du rat. Ce dernier poussa un couinement strident sans toutefois relâcher sa proie. Culver frappa de plus belle et la créature laboura le sol de ses griffes. Elle lâcha sa prise en vagissant, tel un bébé malade. Culver ne cessa pour autant de cogner et la bête vacilla. Mais elle ne s'enfuit pas.

Culver se releva d'un bond, la peur l'emportant sur la fatigue. Il piétina le crâne de la bête, écrabouillant les os à coups de botte, faisant gicler la moelle. Le rat, secoué de convulsions, se contorsionnait au milieu des cadavres humains dont il s'était repu; ses cris perçants se transformèrent en un faible couinement auquel seule la mort mit un terme.

Il aperçut l'autre rat au moment même où il s'apprêtait à bondir et, brandissant soudain la torche comme un lasso, il atteignit le corps hérissé de poils noirs de plein fouet et, dans l'élan, perdit l'équilibre. De nouveau, il se retrouva à terre, au milieu des cadavres. Pourquoi les créatures n'attaquaient-elles pas en force ? Qu'attendaient-elles ? La réponse effleura son esprit tandis qu'il essayait de se relever : elles testaient sa force ! Les deux premières n'étaient que l'avant-garde ; les autres suivraient dès qu'elles prendraient conscience de la faiblesse de leur adversaire ! Le temps pressait. Inutile de se poser de questions sur la finesse de leur plan d'attaque.

Il aida la jeune fille à se relever en la tenant par la taille et promena la torche dans le tunnel.

Elles attendaient, le regard fixé sur eux. Sombres monstres voûtés, aux yeux jaunes diaboliques. Des yeux bridés, qui trahissaient une intelligence insolite. Leurs corps tressaillirent à l'unisson. Elles étaient prêtes à attaquer.

La jeune fille se blottit contre lui et il lui plaqua la main sur la bouche pour l'empêcher de crier. Il ne sentit même pas la douleur quand elle le mordit. Dans son champ de vision, il distingua Dealey qui avançait pas à pas le long du mur.

— C'est à quelques mètres de vous, dit-il, refoulant son envie de hurler. Pour l'amour de Dieu, Dealey, ouvrez cette putain de porte.

Culver s'engagea lui aussi dans cette direction, forçant la jeune fille à le suivre, avançant à tout petits pas, soucieux de ne pas trébucher sur un corps, de ne pas glisser sur une mare de sang. Heureusement la jeune fille commençait à sortir de sa léthargie. Elle était encore crispée, tendue, mais ne se débattait plus. Il ôta la main de sa bouche.

Les rats s'étaient mis en marche.

Il risqua un regard vers Dealey. L'aveugle avait atteint la porte. Mais il était affalé contre elle, la tête tournée vers Culver. Il avait les yeux crispés et la bouche ouverte, dans une expression d'indicible souffrance.

— Dealey ? fit Culver en continuant sa lente progression.

— Les clés. Les clés étaient dans ma sacoche !

Ses dernières paroles furent proférées dans un hurlement tandis que ses poings martelaient la surface métallique de la porte.

— Non ! lui cria Culver pour l'en dissuader, mais c'était trop tard, les cris et les coups sur la porte les avaient incités à l'attaque.

Culver, se protégeant instinctivement le visage de ses bras, poussa des hurlements quand les corps bondissants se jetèrent sur lui. La jeune fille et lui furent écrasés sous le poids tandis qu'un million de dents, acérées comme des lames de rasoir, leur pénétraient la chair. Il donnait des coups de pieds, remuait les bras dans tous les sens, hurlant de frayeur et de douleur.

Le tunnel vibra. Poussière et briques tombèrent du plafond. L'explosion ricocha le long des parois incurvées, se dirigea vers eux en vrillant, souleva le sol. A trois cents mètres de là, le tunnel s'effondra : des flammes, formant une grosse boule de feu, se propagèrent vers l'extérieur.

La vermine poussa des cris stridents, oubliant ses deux proies. Les créatures se tapirent, tremblantes, littéralement figées, à leur tour paralysées par la peur.

Culver se leva sur les coudes et repoussa un rat qui s'était installé sur sa poitrine. La créature tomba sur le côté en grognant, mais n'essaya pas de se venger.

Après une autre explosion, plus forte que la première, la boule de feu se propagea à vive allure dans leur direction, le long du tunnel, atteignant les moindres recoins de ses flammes grandissantes qui calcinaient les murs.

Les créatures fuyaient, trébuchant sur les corps, se faufilant ou bondissant sur Culver et la jeune fille, poussant des cris de terreur ; c'étaient maintenant elles les victimes, et les flammes, qui se rapprochaient dangereusement, l'assaillant impitoyable.

Culver s'était relevé, ainsi que la jeune fille ; la vermine formait un ruisseau noir qui lui coulait entre les jambes. Tous deux se précipitèrent vers l'abri qui n'était qu'à quelques mètres, priant pour que le recoin où Dealey s'était accroupi leur offrît quelque protection, le mur de feu avançant dangereusement dans leur direction, prêt à les embraser vifs.

Les flammes étaient proches, jamais ils n'arriveraient à temps! Il parcourut les derniers mètres en bondissant, sans même sentir, dans sa panique, le poids mort qu'il traînait.

Ils s'affalèrent contre la porte métallique au moment où les flammes les cernaient. Culver sentit sa peau se flétrir sous la chaleur, et ses vêtements se calciner.

La situation était désespérée. L'étroit refuge n'offrait qu'une maigre protection au passage du feu. Ils allaient tous être réduits en cendres.

Et puis il bascula. La lumière changea. La porte métallique céda. Les flammes lui calcinaient le dos. Et il tombait, trébuchait et recommençait sans cesse, sans jamais vouloir s'arrêter, et le monde n'était que lumière, bruit et douleur...

Puis ce fut le noir.

5.

— Oh, grands dieux...

Une main le fit s'allonger avec douceur sur l'étroite banquette.

— Tout va bien, dit une voix suave. Vous avez une sale blessure à la jambe, mais nous allons la soigner.

Culver leva les yeux vers le visage blême qui semblait flotter devant lui. La jeune femme était épouvantée — il décelait une lueur d'inquiétude sous son calme apparent — mais elle travaillait avec des gestes assurés de professionnelle, nettoyant la plaie béante de la cuisse.

— Vous avez eu de la chance, lui dit-elle. Je ne connais pas l'origine de cette blessure, mais c'est passé tout près de l'artère.

— Vous en êtes certaine?

— Si l'artère avait été sectionnée, répondit-elle sans sourire, un jet de sang écarlate aurait jailli. Et vous seriez beaucoup plus faible que cela. Non, le sang est pourpre et il coule lentement sans gicler, aussi n'est-ce pas très grave. Mais qu'est-ce qui vous a fait ça?

Il ferma les yeux et les souvenirs revinrent avec netteté.

— Je doute que vous me croyiez.

— Après ce qui s'est passé aujourd'hui, après cette folie, fit-elle en s'interrompant quelques instants, je suis prête à croire tout et n'importe qui.

Le silence tomba. Ce fut Culver qui le rompit.

— Il y avait des rats dans le tunnel. Comme je n'en ai jamais vu.

Elle le regarda, intriguée.

— Ils étaient gros, certains comme des chiens. Ils... ils se nourrissaient des gens qui avaient fui dans le tunnel.

— Ils vous ont attaqués?

— Oui. C'est difficile à croire... Je ne sais pas comment...

— Des ingénieurs vous ont entendus marteler la porte de secours. Vous êtes littéralement tombés parmi nous.

— Mais, qui... où sommes-nous? fit-il en promenant son regard dans la pièce.

— Officiellement, c'est le central téléphonique de Kingsway. De manière tout aussi officielle, mais pas à la connaissance du public, c'est un abri nucléaire gouvernemental. Pour le moment vous êtes à l'infirmerie.

Par-dessus l'épaule de la jeune femme, Culver distinguait deux autres banquettes superposées. C'était une petite pièce au plafond et aux murs gris, avec un éclairage au néon au-dessus de leur tête. D'autres silhouettes entouraient un lit un peu plus loin.

La jeune femme suivit son regard.

— On s'occupe de la jeune fille que vous avez amenée ; elle est encore choquée. On l'a soignée en premier. Elle ne semble pas sérieusement blessée, simplement quelques contusions et égratignures. Ses cheveux sont un peu roussis, vous avez dû la protéger du feu.

— Du feu?

— Vous ne vous rappelez pas? Les ingénieurs ont dit que le tunnel s'est embrasé en quelques secondes, il y a eu comme une boule de feu. Vous seriez tous rôtis si on n'avait pas ouvert la porte à l'instant crucial. Vous avez eu de la chance de porter une veste de cuir épais sinon votre dos se serait desquamé...

— Où est Dealey?

— ... Vos mains et votre nuque sont brûlées.

— Il n'a pas réussi, fit Culver en se redressant.

Une main se posa sur sa poitrine et le recoucha doucement.

— Si, il a réussi. Il parle avec le RPC.

— Le quoi?

— Le responsable de la Protection civile. Dealey a tenu à ce que je m'occupe d'abord de vous et de la jeune fille.

— Vous savez qu'il ne voit plus?

— Bien sûr. Mais avec un peu de chance, ce ne sera que temporaire. Tout dépend combien de temps il a regardé l'éclair. Je suppose que c'est ainsi que c'est arrivé?

— Ouais. Simplement un court instant.

— Il aura peut-être de la chance, alors. Mais l'attente sera longue.

Elle se remit à panser ses blessures et pour la première fois il remarqua ses jambes nues.

— Si c'est une morsure de rat, il va falloir désinfecter. Je dois vous faire une piqûre antitétanique, murmura-t-elle. Vous vous sentez mieux?

— Pas particulièrement. Qui êtes-vous?

— Docteur Clare Reynolds, fit-elle, toujours sans sourire. Je suis là uniquement pour une réunion prévue cet après-midi, avec Alex Dealey et plusieurs autres.

— Vous travaillez pour le gouvernement?

Cette fois un vague sourire pincé effleura ses lèvres.

— J'ai été affectée ici quand la situation a atteint un point crucial. Précautions d'usage; personne ne pensait que l'on en viendrait là. Non, vraiment personne.

Elle se tourna vers un petit chariot, à côté d'elle, et versa du liquide sur un tampon. Des mèches, prématurément grises, se perdaient dans l'auburn de ses cheveux coupés court, dans un but pratique et non esthétique. Elle avait les traits tirés, ce qui n'était pas surprenant en de telles circonstances, et sa peau hâve semblait presque anémiée, bien que cela fût peut-être dû à la lumière crue des néons (ou, encore une fois, aux circonstances). Il remarqua son alliance.

— Ça va piquer, lui dit-elle.

Le visage tourné vers lui, elle lui appliqua le tampon imbibé sur la plaie.

— Ahhh! Ohhh! s'écria Culver en s'agrippant au rebord du lit.

— Non, espèce de mauviette. Bon, c'est fait. Pas

besoin de points de suture, un pansement suffira. Nous ne voulons pas que vous fassiez une infection. Vous avez une multitude de contusions et d'éraflures superficielles mais aucune brûlure grave. Je vais les soigner et vous prescrire quelques jours de repos. Vous avez traversé une sacrée épreuve.

— Je préférerais éviter le repos forcé.

— Certainement pas. Estimez-vous heureux d'être tenu à l'écart quelque temps. Au fait, comment vous appelez-vous ?

— Steve Culver.

— Je suis ravie de faire votre connaissance, monsieur Culver. Je crois que nous sommes appelés à nous revoir souvent.

— Que s'est-il passé, docteur ? Pourquoi ont-ils laissé faire ça ?

— On en revient toujours à la cupidité, fit-elle en se détendant légèrement. Et à la jalousie. N'oublions pas notre vieille amie, la jalousie.

Elle termina de panser la blessure et administra une injection antitétanique ; puis elle prit sur le chariot une seringue de Valium.

Au réveil, un regard différent était penché sur lui. Ses cheveux blonds lui tombaient de chaque côté du visage, encore marqué et émacié après l'épreuve dans le tunnel. Ses grands yeux, contrairement à ceux du médecin, reflétaient la peur. Une main lui saisit l'épaule.

— Où suis-je ? demanda-t-elle, presque dans un murmure. Je vous en prie, dites-le-moi.

Il fit de gros efforts pour se redresser et il eut le tournis. La jeune fille lui agrippa l'épaule, lui enfonçant les ongles dans la chair.

— Doucement, implora-t-il. Laissez-moi quelques instants.

Culver prit lentement appui sur le mur et attendit de ne plus avoir le vertige. Peu à peu, il eut l'esprit clair mais des pensées vinrent l'assaillir. Ses sens s'aiguisèrent rapidement au fur et à mesure que les souvenirs affluaient. La peur se porta au bas de l'estomac, tel un bateau qui sombre au fond de la mer. Il dévisagea la jeune fille et lui passa la main sous les cheveux pour lui caresser la joue.

— Vous êtes en sécurité, lui dit-il doucement.

Il avait envie de la prendre dans ses bras, de l'étreindre contre sa poitrine, de lui dire que tout cela n'était qu'un mauvais rêve qui avait pris fin. Mais il savait que ce n'était que le début.

— Nous sommes dans un abri gouvernemental, fit-il. L'entrée était située dans le tunnel près de l'endroit où nous vous avons trouvée.

— Je me souviens, dit-elle en frissonnant, mais sa voix, son regard étaient lointains. Nous avons entendu les sirènes. Personne n'y croyait vraiment, pourtant nous nous sommes mis à courir, puis nous nous sommes cachés. Nous pensions être à l'abri dans les tunnels. Ces créatures...

Elle s'interrompit et il l'attira vers lui. Elle étouffait ses sanglots contre sa poitrine et il sentit le mince carcan, derrière lequel il cachait ses sentiments, se déchirer. Un lien s'était tissé entre eux — il était certain que c'était partagé —, une intimité imposée par leur épreuve commune, une union née du désespoir. Culver, tenant fermement la jeune fille contre lui, luttait contre sa propre détresse.

Après ce qui sembla être une éternité, elle cessa de frissonner tout en continuant à trembler légèrement. Elle se dégagea de son emprise.

— Est-ce vous... est-ce vous qui m'avez sauvée? Est-ce vous qui m'avez aidée quand ces... *Oh, mon Dieu, qu'est-ce que c'était?*

— De la vermine, répondit-il d'une voix calme. Des rats qui ont dû se reproduire sous terre depuis des années.

— Mais cette taille! Comment ont-ils pu atteindre cette taille?

— Ce sont des mutants. Des monstres qui auraient dû être exterminés, il y a des années, quand ils sont apparus pour la première fois. On nous avait dit qu'ils l'avaient été, mais il semblerait qu'on ait été mal informés. Ou trompés.

— Comment ont-ils pu survivre, se reproduire, passer inaperçus ? s'écria-t-elle en haussant le ton.

Culver se rendait compte qu'elle recommençait à ne plus se maîtriser.

— Peut-être aurons-nous la réponse plus tard, dit-il d'un ton apaisant. Ce qui importe, c'est que nous soyons sains et saufs. Quoi qu'il y ait au-dessus, quoi qu'il y ait dans les tunnels, rien ne peut nous atteindre ici.

Jamais il n'oublierait l'ombre obsédante qui se profila sur son visage à cet instant.

— Reste-t-il... Reste-t-il encore quelque chose là-haut ?

Il ne pouvait répondre. Le seul fait d'y répondre, ou même d'y penser, l'aurait anéanti. Repousse cette idée, Culver, remets à plus tard. C'était trop pour le moment, trop pour regarder la vérité en face. Il fallait à tout prix chasser ces images d'enfants calcinés, de corps déchiquetés, écrasés, d'enfants hagards, d'une ville, d'un pays, d'un monde ravagés, dévastés. *Des enfants, des enfants, des enfants* contaminés, qui hurlaient !

Il avait alors poussé un cri, dénué de force, dénué de frénésie ; un son faible mais qui, néanmoins, trahissait l'angoisse. Et ce fut au tour de la jeune fille de le réconforter.

Le médecin vint les voir un peu plus tard. Elle s'arrêta un instant sur le seuil de la petite infirmerie. Si seulement elle aussi avait quelqu'un pour la serrer dans ses bras, la rassurer, lui dire que tout irait bien... Si seulement elle savait si Simon... non, il ne fallait pas y penser, même pas penser à la mort de son mari.

— Comment vous sentez-vous, tous les deux ? leur demanda-t-elle, cachant son émotion naissante sous la rigueur professionnelle.

Ils la dévisagèrent comme si c'était une créature étrange, comme si elle était à l'origine de ce désastre ; mais Culver, le premier, reprit rapidement le dessus.

— Ça a duré combien de temps ? lui demanda-t-il alors qu'ils se séparaient.

— Environ six heures, fit Clare Reynolds en jetant un coup d'œil à sa montre. Il est maintenant un peu plus de sept heures du soir. Maintenant, dites-moi comment vous vous sentez, fit-elle en s'approchant d'eux. Pas de douleurs, de contusions à me signaler ? Vous ? dit-elle en regardant la jeune fille.

— Je suis simplement engourdie.

Le médecin semblait plus pâle que jamais, si toutefois cela était possible, mais elle esquissa un sourire.

— Nous avons tous subi un choc psychique. Comment vous sentez-vous physiquement ? Avez-vous mal quelque part ?

La jeune fille secoua la tête.

— Très bien. Voulez-vous nous dire votre nom ?

— Kate, fit la jeune fille en s'asseyant sur le bord du lit et en se passant la main sur les yeux.

— Nom de famille ?

— Garner.

— Bienvenue au club des survivants, Kate Garner. (Le ton glacial n'avait rien d'accueillant.) Et votre jambe, monsieur Culver ?

— Comme une jambe qui a été mordue par un rat, répondit Culver en levant ses genoux au-dessus de l'unique couverture et en y posant ses poings. Que s'est-il passé pendant notre sommeil ?

— C'est la raison de ma venue. Une réunion va commencer dans la salle à manger de l'abri. Vous trouverez toutes les réponses à vos questions. Avez-vous la force de vous habiller ?

Culver acquiesça et se rendit compte que, pour l'instant du moins, il avait réussi à chasser certaines pensées. La douleur, les images obsédantes ne le quitteraient jamais, certes, mais pour l'instant elles pouvaient être refoulées. Une colère froide s'empara de lui. Ce serait un stimulant, quelle que soit l'épreuve qui l'attendait. Du moins pour l'instant.

Le médecin s'approcha du lit et lui lança ses vêtements.

— La veste est un peu brûlée, le jean et la chemise déchirés, mais cela n'a guère d'importance, la réunion est informelle. Kate, voulez-vous vous allonger sur un autre lit? J'aimerais vous examiner de nouveau.

Culver s'habilla rapidement, grimaçant à cause de la douleur provoquée par un mouvement brusque. Il devait être plus atteint qu'il ne le soupçonnait. Tout le haut de la cuisse s'était raidi. Il trouva ses bottes sous le lit et grogna en se baissant pour les lacer; il avait l'impression d'avoir reçu un medecine-ball en plein estomac. Il se leva en s'appuyant sur le lit supérieur pour se redresser, puis rejoignit le médecin et la jeune fille.

— Tout va bien? fit-il en promenant son regard de l'une à l'autre.

— Rien de bien grave, fit le médecin en se levant. Allons rejoindre les autres.

— Combien sont-ils, « les autres »? Et « qui » sont-ils?

— Des ingénieurs pour la plupart, des techniciens, basés ici en permanence pour faire marcher le réseau téléphonique. Les autres sont des ROC, c'est-à-dire des membres du Royal Observer Corps et il y en a un ou deux qui appartiennent à la Défense civile. D'autres auraient dû nous rejoindre à la première alerte, mais... (elle haussa les épaules)... des plans conçus avec minutie ne fonctionnent pas toujours dans la pratique. Surtout quand toute une ville est en proie à la panique. En tout, nous sommes presque quarante.

Elle les fit sortir de l'infirmerie. Culver et la jeune fille restèrent bouche bée devant l'immensité des lieux.

— Impressionnant, n'est-ce pas? fit le docteur Reynolds, remarquant leur étonnement. Il faudrait une bonne heure pour faire le tour du complexe. Je ne veux pas vous ennuyer avec la liste de l'équipement technique entreposé ici — principalement parce que je n'y comprends pas grand-chose moi-même —, mais nous avons notre propre groupe électrogène et deux autres à fonctionnement continu. Nous avons également un puits artésien et une installation d'épuration, ainsi le problème d'eau ne se posera pas. A gauche, vous voyez le standard et le groupe électrogène est juste devant nous. Un peu plus loin se trouvent la cuisine, la salle à manger et le centre social. C'est là que nous allons.

La lumière crue des néons ajoutait à l'atmosphère glaciale créée par les machines; les murs gris-vert ne renvoyaient aucune chaleur. Un doux ronronnement révélait un monde électronique qui n'avait rien d'humain, mais Culver remarqua qu'aucune machine ne semblait fonctionner. L'espace d'un instant, il se demanda s'il restait quelqu'un avec qui communiquer.

Après ce qui sembla un long trajet à travers des couloirs labyrinthiques, il lui sembla percevoir un ronronnement différent, enfin humain : des bruits de voix feutrées. Ils entrèrent tous trois dans la salle à manger. Les têtes aussitôt se tournèrent dans leur direction. La conversation cessa.

6.

Dealey s'assit dans un coin de la salle, les yeux recouverts de pansements tenus par un bandage ; à la même table, placées à angle droit par rapport aux trois rangées de tables, se trouvaient deux personnes en uniforme bleu, une femme et deux hommes en civil. L'un d'eux murmura quelques paroles à l'oreille de Dealey qui se leva.

— Je vous en prie, monsieur Culver, avancez, fit Dealey. Vous aussi, mademoiselle. Docteur Reynolds, si vous voulez bien vous joindre à nous.

Bon nombre de ceux qui se trouvaient dans la pièce portaient des combinaisons blanches ; leur teint hâve trahissait leur fatigue. Ils regardaient Culver et Kate avec curiosité, presque comme si c'étaient des intrus resquillant pour entrer dans un club privé. On leur proposa deux sièges et ils s'installèrent près de la table directoriale. Le médecin s'assit aux côtés de Dealey.

Quelqu'un posa deux tasses et une cafetière devant Culver qui remercia d'un geste de la tête. Il servit d'abord la jeune fille, puis lui-même. Ni sucre ni lait ne furent proposés. Le bourdonnement de la conversation avait repris et, tandis qu'il portait la tasse à ses lèvres, il prit conscience de la tension à peine voilée qui régnait. Il jeta un coup d'œil à Kate ; elle avait le regard fixé sur le liquide noir comme s'il allait lui révéler le pourquoi invraisemblable des événements passés, la logique démente qui avait poussé l'homme à faire exploser la terre même sur laquelle il vivait. Il se demandait quels êtres chers elle avait perdus : un mari, une famille, un amant ? Pas de bague de fiançailles ni d'alliance, alors, peut-être, un ou des amants. Des parents, des frères ou des sœurs. Leur souvenir, bourreau lancinant que seul l'oubli pouvait vaincre, devait l'assaillir. Tout le monde, dans la pièce, connaissait la même épreuve, la perte de parents, d'êtres chéris, le sentiment de gâchis, de futilité, la peur de ce qui les attendait. Culver sentit le froid s'infiltrer en lui comme une ombre nocturne rampante.

Il but son café à petites gorgées, conscient d'avoir eu plus de chance que ceux qui l'entouraient ; il avait tout perdu depuis si longtemps ; ses pires souffrances, Culver les avait soigneusement mises de côté et s'était refusé à y penser. Certes il s'était battu pour survivre ce jour-là, mais attachait-il vraiment de l'importance à la vie...

Dealey conférait à voix basse avec le médecin et les civils assis à ses côtés, tels des conspirateurs. L'aveugle semblait las ; la pâleur malsaine de sa peau était accentuée par la lumière crue des néons. Culver admirait sa résistance ; il se demandait s'il avait pris le temps de se reposer après cette expérience éprouvante. Il devait souffrir de sa blessure aux yeux, et l'angoisse de ne pas savoir si cette cécité serait permanente devait être, en soi, terrifiante. Il semblait différent de l'homme apeuré, désorienté, que Culver avait traîné au milieu des décombres, comme si son badge indiquant sa fonction officielle était une armure protectrice. Dealey tourna son visage sur l'assemblée, comme pour capter des bribes de conversation.

Celui qui était assis à côté de lui se leva.

— Votre attention, s'il vous plaît, dit-il d'une voix calme, mesurée, ignorant l'hystérie pernicieuse qui s'emparait de chacun, comme un taon lançant furtivement son dard.

Les conversations cessèrent.

— Pour les rares personnes qui ne me connaissent pas encore, je m'appelle Howard Farraday, et en tant qu'ingénieur en chef du central téléphonique de Kingsway, je suis chargé de la direction de la ligne. Pour l'instant, en l'absence de tout supérieur hiérarchique, c'est moi le patron. (Il esquissa un sourire qui n'eut guère de succès et s'éclaircit la gorge.) Depuis les travaux d'excavation entrepris dans les années cinquante, Kingsway a un double rôle : celui de standard automatique comportant environ cinq cents lignes et celui d'abri gouvernemental. La plupart d'entre vous savent que le premier câble transatlantique de l'OTAN se termine ici.

Il s'interrompit de nouveau. Il était grand et aurait passé pour robuste si, en raison des événements de la journée, ses épaules ne s'étaient affaissées et des cernes de fatigue ne s'étaient dessinés sous ses yeux. Il continua d'une voix plus basse, comme s'il perdait peu à peu son assurance.

— Je pense que vous avez tous dû remarquer le regain d'activité autour de Kingsway ces dernières semaines; processus classique, pourrais-je ajouter, en temps de crise internationale. Quoique... quoique la situation fût jugée grave, nul n'imaginait que... que... que les événements prendraient une tournure aussi désastreuse...

Culver secoua la tête devant cette description édulcorée de l'holocauste. Le café avait une saveur amère et les élancements dans sa jambe meurtrie étaient lancinants. Il parvint à refouler, avec ses émotions, sa rancœur et sa haine profonde envers ceux qui étaient à l'origine de ce désastre.

— ... en raison des hostilités grandissantes au Moyen-Orient, et de l'invasion de l'Iran par la Russie, toutes les ratifications gouvernementales ont reçu la même attention...

L'homme continuait à ânonner sans que Culver y comprenne grand-chose. Des mots, simplement des mots. Rien ne pouvait traduire de façon adéquate l'horreur, les pertes atroces, les ravages de ce qui allait encore se produire. Une fois de plus, son regard fut attiré par la jeune fille; elle avait les yeux toujours baissés, les deux mains serrées autour de la tasse de café, bien qu'elle fût brûlante. Il lui saisit le poignet et, sur le moment, elle ne broncha pas; puis elle se tourna vers lui, et l'angoisse, mêlée de colère, qui se lisait dans son regard, ébranla son calme apparent. Il exerça une douce pression, ce qui déclencha, chez elle, une certaine confusion : elle semblait lui demander tacitement pourquoi tout cela s'était produit, pourquoi ils avaient été épargnés. Questions qu'il se posait et qui restaient sans réponse. La folie de l'homme d'un côté, la volonté de Dieu de l'autre. Pas de vraies réponses.

Farraday désignait l'homme assis à sa gauche :

— ... Le responsable supérieur de la Protection civile, Alistair Bryce. Ici, à ma droite, M. Alex Dealey du ministère de la Défense et près de lui, le docteur Clare Reynolds qui fait partie de cet établissement depuis quelque temps déjà, aussi bon nombre d'entre vous la connaissent-ils. Nous avons ensuite deux officiers du Royal Observer Corps, Bob McEwen et Sheila Kennedy, que vous avez sans doute rencontrés parfois lors des inspections. Il aurait dû y avoir bien d'autres, euh... officiers avec nous aujourd'hui — une réunion avait été prévue cet après-midi. Malheureusement ils n'ont pu atteindre l'abri. (Il repoussa une mèche de cheveux qui lui retombait sur le front, inclinant la partie supérieure de son corps en arrière comme pour accompagner son geste.) Alex, peut-être aimeriez-vous continuer.

L'homme, de haute stature, se laissa tomber sur sa chaise, les mains serrées devant lui, sur la table, les épaules rentrées. Culver eut l'impression que le discours de Farraday s'était terminé à temps; il était sur le point de craquer.

Dealey ne se leva pas. Il y avait un côté glaçant à écouter un homme dont le visage était caché derrière un masque blanc.

— Laissez-moi d'abord vous dire, fit-il, sa voix remplissant la salle à manger aux murs gris-vert sans pour cela élever le ton, que je sais ce que tous vous ressentez. Vous avez peur pour vos familles, les êtres qui vous sont chers; vous vous demandez s'ils ont survécu à l'explosion nucléaire. Vous avez peur également pour vous-mêmes : ce lieu est-il à l'abri des retombées? Y a-t-il suffisamment de vivres, d'eau? Que restera-t-il du monde que nous connaissons?

« Je puis immédiatement vous rassurer sur deux points : ici, nous sommes parfaitement en sécurité et nous avons des provisions pour six semaines, peut-être davantage. Quant à l'eau, ceux qui travaillent ici savent que le complexe a son propre puits artésien, aussi n'y a-t-il aucun risque de contamination. Je crois qu'il est important de mettre en évidence ces facteurs pour soulager vos esprits d'un poids énorme.

Un silence lourd régnait dans la pièce.

— M. Farraday a déjà mentionné que je dépends du ministère de la Défense. En vérité, j'appartiens à l'Inspection générale et je suppose que l'on pourrait me considérer comme un officier de liaison de l'abri gouvernemental — l'un de ceux qui veillent à ce que les unités de défense souterraine fonctionnent parfaitement et soient en permanence opérationnelles.

Il se pencha sur le bureau comme pour prendre à témoin toute la salle.

— C'est en raison de ce rôle spécifique que je connais tous les abris, à la fois ceux qui sont ouverts au public et ceux qui sont réservés aux autorités, à Londres et dans les comtés environnants, et je puis vous assurer que nous ne sommes ni seuls ni isolés.

Enfin des murmures se firent entendre dans l'assemblée. Dealey leva la main pour établir l'ordre dans la pièce.

— Avant de vous donner des détails généraux sur ces abris et ces centres opérationnels, je crois qu'il vaut mieux faire le point sur la situation actuelle ; bien entendu, je suppose que les questions qui vous préoccupent le plus concernent les récents événements et l'ampleur du désastre pour notre pays. (Il plaça les deux mains à plat sur la table.) Malheureusement, nous n'avons aucun moyen d'y répondre.

Cette fois les murmures s'amplifièrent ; des voix furibondes s'élevèrent dans la confusion générale. Farraday y mit aussitôt un terme.

— Les communications avec les autres stations ont été temporairement interrompues. Pour l'instant, nous ne pouvons même pas entrer en contact avec le centre de télécommunications souterrain, situé près de la cathédrale de Saint-Paul, qui est à moins d'un kilomètre et demi.

— Mais le réseau des tunnels aurait dû protéger le système, fit sèchement un ingénieur noir, assis à côté de Culver.

— Oui, vous avez parfaitement raison : les circuits de câbles et les tunnels de métro à grande profondeur auraient dû assurer une parfaite protection du système de communications. Il semblerait que les dommages occasionnés par les bombes nucléaires aient été gravement sous-estimés et que les sections vitales du réseau aient été pénétrées.

— Selon les informations recueillies avant que les communications ne soient détériorées, fit Dealey en prenant la parole, nous pensons qu'au moins cinq têtes nucléaires ont été dirigées sur Londres et les faubourgs environnants. (Il passa la langue sur ses lèvres, trahissant les premiers signes de nervosité depuis le début de la réunion, et il s'empressa de continuer son discours, comme s'il avait hâte de communiquer l'information.) Nous n'en sommes pas absolument certains, mais il nous semble que les cibles étaient Hyde Park, Brentford, Heathrow, Croydon et la dernière, quelque part au nord-est de la ville. Quant aux armes nucléaires, c'était probablement un mélange d'un et deux mégatonnes, pouvant exploser au sol ou en l'air.

— Attendez une minute, fit Culver, intrigué, levant la main comme un élève en classe. Vous parlez d'un réseau de câbles mis hors service, n'est-ce pas?

Bien que leurs dernières conversations aient été empreintes d'agressivité et presque criées, Dealey reconnut la voix.

— C'est exact, répliqua-t-il.

— Alors, pourquoi ne pouvons-nous pas communiquer par radio?

Farraday donna la réponse.

— L'un des effets d'une explosion nucléaire est ce que nous appelons EMP, l'impulsion électromagnétique. C'est une explosion intense d'ondes radioélectriques qui peuvent détruire des réseaux électriques et des systèmes de communication sur des centaines de miles. Tout circuit à composantes sensibles tels que les radios, les télévisions, les radars, les ordinateurs, et tout système relié à de grandes longueurs de câble comme le téléphone ou tout réseau de distribution électrique sont sujets à d'incroyables surtensions destructrices. On a protégé bon nombre d'équipements militaires contre la EMP en disposant des circuits sensibles à l'intérieur de boîtiers conducteurs et en enterrant les câbles profondément sous terre, mais il semble que même ces précautions n'aient pas été efficaces.

— Mon Dieu, quel bordel, murmura Culver et ceux qui, près de lui, l'entendirent, acquiescèrent.

Dealey tenta de calmer l'inquiétude qui commençait à monter dans la pièce, tel un grondement sourd de tonnerre.

— Je dois insister sur le fait que ces conditions ne sont que temporaires. Je suis sûr que les contacts avec les autres stations se rétabliront très vite. M. Farraday, en personne, me l'a assuré.

Farraday lui lança un regard étonné, mais se reprit aussitôt.

— Je crois pouvoir affirmer sans risque que d'autres abris sont restés intacts et tentent déjà d'entrer en relation entre eux.

Culver se demandait si les autres étaient aussi peu convaincus que lui de cette déclaration. Il tressaillit lorsque, d'une voix engourdie mais que tout le monde perçut clairement, Kate demanda :

— Pourquoi n'y a-t-il pas eu d'alerte ?

— Mais il y en a eu une, mademoiselle, euh... (le docteur Reynolds se pencha vers lui et lui souffla le nom)... Garner. Vous avez sûrement entendu les si...

— Personne ne savait que cela allait se produire. Pourquoi ? dit-elle, cette fois d'une voix glaciale.

Il régna un silence embarrassé à la table des autorités avant que Dealey ne répondît.

— Personne, pas un seul être sensé, ne pouvait imaginer qu'un autre pays serait assez stupide — non, assez insensé ! — pour déclencher une troisième guerre mondiale avec des armes atomiques. Cela défie tout bon sens, toute logique. Notre gouvernement ne peut être tenu pour responsable des tendances suicidaires démentielles d'une autre nation. Quand les forces de l'armée de terre soviétique ont envahi d'Iran avec, comme objectif, le renversement de tous les pays du pétrole, les Forces d'intervention mondiales les mirent en garde contre d'éventuelles représailles...

— Ils auraient dû être arrêtés lorsqu'ils ont pris le contrôle total de l'Afghanistan, puis du Pakistan ! s'écria quelqu'un derrière.

— Excusez-moi, mais ce n'est pas le moment de lancer un débat politique. Souvenez-vous, tout de même, qu'au moment du conflit afghan, il n'y avait pas de Forces d'intervention mondiales, simplement l'OTAN et le Pacte de Varsovie. Mais voilà, les puissances occidentales n'ont pas eu le cran de repousser les Russes ; ou du moins n'avons-nous pas eu le courage d'exercer notre force. Ce n'est que lorsque les pays du Golfe ont finalement décidé de choisir l'Occident comme un moindre mal que nous avons pu déployer nos forces en position stratégique.

— Mais si nous n'avions pas privé la Russie de blé, puis surtout de pétrole, ils n'en seraient jamais arrivés à l'invasion.

— M. Dealey a déjà dit que le moment était mal choisi pour une telle discussion, l'interrompit Farraday, craignant que la réunion ne dérapât.

L'hystérie était dans l'air ; la plus petite contrariété pouvait maintenant dégénérer en querelle.

— Ce n'est peut-être pas la Russie qui a envoyé le premier missile, aussi, tant que nous n'en saurons pas davantage, ne nous disputons pas.

Il regretta aussitôt ses paroles, se rendant compte qu'il avait semé une idée nouvelle dans leur esprit.

— En fait, reprit aussitôt Dealey pour rattraper son erreur, personne n'imaginait que la situation avait atteint un point aussi critique. Notre gouvernement prenait des mesures en cas de guerre, pour parer à toute éventualité.

— Alors pourquoi nous, le peuple, étions-nous totalement tenus à l'écart? Personne ne se doutait de l'imminence du conflit, fit Culver, avec une colère froide dirigée uniquement à l'encontre de Dealey, comme si lui, en tant que représentant de l'autorité gouvernementale, était personnellement responsable.

— Pour créer la panique générale? A quoi bon? De surcroît, ce n'était qu'une éventualité; le monde a connu plus d'une fausse alerte dans le passé.

Et le monde a crié « au loup » plus d'une fois, songeait Culver avec amertume. La jeune fille secouait la tête avec un mouvement de tristesse imperceptible qui dénotait un sentiment de stupéfaction mêlé de désespoir.

— Je le répète, fit Dealey, notre souci est de survivre. Nous avons surmonté le pire, maintenant il nous faut vivre avec les séquelles. (Son regard semblait transpercer le voile blanc qui le couvrait, défiant tout homme ou femme dans la pièce de nier ses paroles.) L'examen rétrospectif des événements, dans les circonstances actuelles, ne peut rien nous apporter de constructif, ajouta-t-il inutilement.

Il y eut un silence désapprobateur.

— Maintenant notre officier de la Défense civile peut-il nous éclairer sur les événements à venir dans les prochaines semaines? (Dealey se renversa sur sa chaise, le visage impénétrable, et seul le mouvement rapide de sa langue sur ses lèvres déjà humides trahit sa nervosité.)

Le responsable supérieur de la Protection civile décida de faire preuve de plus d'autorité en se levant. Alistair Bryce était petit, chauve, avec des bajoues qui pendaient de chaque côté de son visage rond; de lourdes poches sous les yeux accentuaient l'impression d'un visage fait d'un liquide épais qui débordait de partout. Toutefois, il avait des yeux perçants, jamais au repos, d'une mobilité étonnante.

— Quelques mots d'abord sur ce qui est probablement arrivé dehors. Ce que je vais vous dire risque de vous effrayer, de vous déprimer, mais nous n'en sommes plus au temps des mensonges. Si nous voulons survivre, nous devons agir ensemble en nous faisant confiance mutuellement. (Il promena lentement son regard dans la pièce.) Je vous promets une chose : nous avons de grandes chances de survivre : nous ne pouvons être vaincus que par notre peur.

Il respira longuement, comme s'il allait plonger dans des eaux profondes, ressentant, métaphoriquement, la même impression.

— Dans le Grand Londres, seize à trente pour cent de la population ont dû être tués sur le coup. Je sais que les chiffres officiels ont tendance à sous-évaluer les dégâts, mais, comme je vous l'ai dit, l'heure de la vérité a sonné. A mon avis, le nombre de morts s'élève, *au moins*, à vingt-huit pour cent, ceci dans le meilleur des cas.

Il leur laissa le temps de digérer cette information inquiétante.

— Trente à trente-six pour cent de plus, poursuivit-il, ont dû être blessés par l'explosion seule. Bien des gens ont sans doute été écrasés sous les décombres, piégés dans les immeubles ou déchiquetés par des éclats de verre. La liste des diverses blessures serait sans fin, aussi est-ce inutile d'entrer dans les détails. Il suffit de dire que les brûlures, les chocs et les mutilations seront le lot de tous et beaucoup seront atteints de cécité, temporairement ou à vie, à cause de brûlures à la rétine dues à l'éclair initial.

« L'onde de choc de chaque bombe aura probablement endommagé environ soixante-quinze pour cent du Grand Londres : la plupart des hautes bâtisses et des ponts ont dû s'écrouler et la majorité des routes doit être bloquée sous les décombres, les poteaux télégraphiques, les réverbères et les véhicules renversés. Environ trente pour cent des maisons en ville et dans les faubourgs ont dû être réduits en poussière et plus de quarante pour cent considérablement endommagés. Tout sera réparé dans un avenir proche. Inutile de vous dire qu'il ne reste certainement pas une seule fenêtre intacte dans la capitale.

Le visage de Bryce était exsangue, ses bajoues ressemblant à des poches de pantalons vides. Il semblait se réfugier derrière la froideur des faits qu'il décrivait, comme si ses paroles n'avaient aucune signification et concernaient une guerre imaginaire. Cette attitude lui permettait de venir à bout de sa propre émotion.

— Les dommages causés par le feu sont immenses et je crains que nos brigades de pompiers ne servent à rien. Il se peut qu'au-dessus de nous, tout Londres soit en feu.

Cris, gémissements et soupirs de désespoir ne furent plus contenus. Des hommes, des femmes pleuraient sans se cacher, tandis que d'autres arboraient un air sinistre, le visage figé, comme perdu dans le lointain, au-delà de la pièce, au-delà de l'abri. Peut-être vers les souffrances que d'autres devaient endurer.

Kate s'était affalée sur la table. Culver l'attira vers lui avec douceur, malgré sa résistance. En compagnie de Dealey et de lui-même, elle avait probablement connu plus d'horreurs, ce jour-là, que tous ceux qui se trouvaient dans la pièce, car ils s'étaient trouvés au milieu des décombres, avaient couru, avec la foule, pour se mettre en sécurité, trouvant refuge dans les tunnels. Ils avaient failli être dévorés vifs par les rats. Il se demandait ce qu'elle pouvait encore endurer sans perdre complètement la raison.

Bryce leva les mains en guise d'apaisement et dit à contrecœur :

— Il est encore une conséquence de l'attaque que nous devons aborder. Je sais que ce n'est facile ni pour vous, messieurs, ni pour vous, mesdames, mais il nous faut affronter la réalité des événements passés et à venir. Si nous prenons tous conscience des pires effets de la guerre nucléaire, alors rien d'inattendu ne peut survenir, rien ne peut nous démoraliser davantage. Heureusement, ajouta-t-il d'un ton sinistre.

« Le problème qui se présente maintenant à tout survivant est celui des retombées. La majeure partie de la population a dû disposer de moins d'une demi-heure pour se mettre à l'abri avant les retombées de poussière radioactive. Ceux qui n'ont pu se protéger dans les six heures qui ont suivi l'attaque auront reçu une dose mortelle de radiations et mourront dans quelques jours, voire quelques semaines. Et, bien entendu, tous ceux qui ont été blessés par l'explosion, ou ses effets, seront encore plus sensibles aux radiations. Les chiffres officieux indiquent qu'environ quatre millions d'habitants dans Londres et ses faubourgs auront péri ou périront moins de deux semaines après l'attaque d'une dose mortelle de plus de six mille rads.

Farraday s'exprimait d'une voix tremblante et Culver eut l'impression que sa question suivante visait à satisfaire son personnel plutôt que sa propre curiosité.

— Pouvez-vous nous dire combien il y aura de survivants ?

Les regards se tournèrent vers l'officier de la Défense. Il resta pensif un instant, comme s'il comptait les cadavres en silence.

— Je dirais, mais cela est une estimation purement subjective, qu'environ un million de Londoniens survivront.

Il s'interrompit de nouveau, les yeux baissés, comme s'il s'attendait à une réaction violente ; mais le silence revenu était encore plus intimidant.

— Vous ne pouvez guère être sûr de ces chiffres, s'empressa de dire Dealey d'une voix sombre. Nul ne peut vraiment prédire les conséquences d'une attaque nucléaire parce qu'il n'y a pas de précédents, du moins pas à cette échelle.

— C'est parfaitement exact, admit Bryce, mais mes observations ne sont pas de pures conjectures. Il y a eu de nombreux rapports de recherche, officiels et officieux, sur ce sujet précisément depuis quelques années, et les ravages subis par Hiroshima et Nagasaki sont une base de spéculation suffisante. La complexité et la force de frappe ultramoderne des armes ont été évidemment prises en considération, tout comme les conditions de vie de la société d'aujourd'hui. Je fonde mes affirmations sur un compromis entre les estimations gouvernementales et individuelles.

— Néanmoins, nous ne pouvons en être certains, répliqua Dealey.

Ses reproches étaient évidents. Culver soupçonnait que les autorités avaient dû se réunir préalablement et en privé, lors d'une conférence clandestine, pour décider de ce qui serait communiqué aux « masses » (quelle tragique ironie dans ce terme). Ils ne semblaient pas être parvenus à un accord.

— Nous avons de la famille, là-haut ! (C'était un cri de révolte. Culver se retourna et aperçut un petit homme à une table du centre qui s'était levé, les poings serrés, des larmes de colère plein les yeux.) Il faut que nous les retrouvions ! Nous ne pouvons les laisser seuls...

— Non ! répliqua Dealey avec une froideur brutale. Nous ne pouvons quitter cet abri pour aider qui que ce soit. Ce serait fatal.

— Et vous pensez vraiment que cela nous importe ? (Cette fois, c'est une femme qui s'était levée, sans refouler ses larmes.) Croyez-vous qu'il nous reste quelque chose ici ? une vie qui en vaille la peine ?

D'autres voix s'étaient jointes à la sienne.

— Je vous en prie ! s'écria Dealey en levant les bras une fois de plus. Nous ne devons pas perdre notre sang-froid ! Ce n'est qu'en survivant — tout comme d'autres unités semblables à la nôtre — que nous pourrons aider ceux du dehors. Si nous nous laissons emporter par la panique, alors ceux qui auront échappé à l'explosion n'auront aucune chance de survivre. Vous devez le comprendre !

— Il a raison, s'écria Farraday, en se levant brusquement. Si nous quittons cet abri trop tôt, nous mourrons irradiés. Ce n'est pas en nous suicidant que nous pourrons aider ceux du dehors.

Tout le monde comprenait la logique de ses arguments, mais les sentiments étaient trop exacerbés pour voir la dure réalité en face. Il y eut une explosion de cris, d'insultes, dirigés surtout contre Dealey, en tant que représentant du ministère de la Défense.

Ce fut le docteur Reynolds qui, calmement, parvint à rétablir l'ordre dans la salle.

— Si l'un d'entre vous sort de cet abri maintenant, il mourra dans quelques semaines, ou plus vraisemblablement quelques jours.

Sa voix couvrait à peine le brouhaha. Debout, les

mains enfoncées dans les poches de sa blouse blanche ouverte qui lui donnait quelque crédibilité, elle représentait l'antithèse physique de Dealey, un homme qui était le jouet d'un gouvernement qui avait conduit son pays à la guerre. Leur véhémence à l'égard de Dealey était peut-être injustifiée (et la plupart d'entre eux s'en rendaient compte malgré leur colère) mais il était là, l'un de ces bureaucrates anonymes, à leur portée, à distance de leurs poings.

Le docteur Reynolds savait très bien vers qui était dirigée l'hystérie croissante et, en bien des points, elle la comprenait, car tous ces gens ébranlés avaient besoin de s'en prendre à quelque chose de tangible, de rendre *quelqu'un* responsable. Dealey était la cible parfaite.

— Je peux vous dire une chose, dit le médecin, le bruit commençant à s'apaiser. Ce ne sera pas une mort agréable. Dans un premier temps, vous aurez des nausées, la peau couverte de rougeurs, la bouche et la gorge en feu. Vous vous affaiblirez. Ensuite ce seront des vomissements et une affreuse diarrhée s'ensuivra. Il se peut que vous éprouviez un léger mieux, mais je puis vous assurer que cela ne durera pas.

« Tous ces symptômes reviendront avec l'esprit vengeur, vous suerez, votre peau sera couverte de cloques et vous perdrez vos cheveux.

« Vous, mesdames, vos cycles menstruels seront perturbés, vous saignerez beaucoup et douloureusement. Quant à vous, messieurs, vous souffrirez des parties génitales. Si vous survivez, ce dont je doute, vous deviendrez stériles, ou pis : toute progéniture sera anormale.

« La leucémie n'aura plus de secret pour vous.

« Vers la fin, vous aurez les intestins bloqués. Il se peut que ce soit pour vous le pire inconvénient.

« Finalement, et grâce au ciel, pourrions-nous dire, vous serez secoués de convulsions et ensuite plus rien ne vous importera. Vous sombrerez dans un bref coma avant de mourir.

Son regard, caché derrière de grandes lunettes, était impassible.

Grands dieux, songea Culver, elle ne prend pas de gants.

— Il existe d'autres conséquences mineures de l'irradiation, si vous tenez à le savoir. (D'une froideur implacable, elle les effrayait à dessein pour les dissuader de sortir.) Inutile alors de vous nourrir, vous serez incapable d'extraire la nourriture essentielle. Tous les tissus de votre corps connaîtront un vieillissement fulgurant. Il y aura contraction de la vessie, des fractures qui ne se réduiront plus, l'inflammation des reins, du foie, de la moelle épinière et du cœur, une broncho-pneumonie, une thrombose, un cancer et une anémie aplastique qui déclencheront une hémorragie interne, en d'autres termes, vous saignerez sous la peau jusqu'à ce que mort s'ensuive.

« Et si cela ne vous suffit pas, vous aurez le plaisir de voir les autres mourir autour de vous de la même façon, vous contemplerez la souffrance de ceux qui en sont à un stade plus avancé que le vôtre, *en témoins* de ce qui vous attend.

« Aussi, si vous souhaitez partir, si vous voulez vous exposer à tout cela, sachant que vous serez trop faibles pour aider les autres, je ne vois pas pourquoi nous vous en empêcherions. En fait, je plaiderai en votre faveur parce que vous serez source de dissension dans cet abri. Des volontaires ?

Une fois certaine qu'il n'y en aurait pas, elle se rassit.

— Merci, docteur Reynolds, de nous avoir expliqué la réalité de la situation, fit Dealey.

Elle ne le regarda même pas, mais Culver se rendit compte qu'elle n'appréciait pas ses remerciements.

— Maintenant que vous savez ce qui peut arriver de pire, pouvons-nous continuer sur une note plus constructive ? (Dealey effleura son bandage comme s'il le gênait.) Je vous ai déjà dit que nous n'étions pas isolés dans cet abri. Je sais que nos lignes de communications ont été coupées temporairement, mais au moins sommes-nous soulagés de savoir que d'autres ont survécu à l'explosion dans des abris tels que celui-ci. Et tous ceux qui se trouvent dans la zone centrale sont connectés soit par le métro de la poste, soit par le réseau du métro londonien.

— Le bon sens veut que si nos liaisons radio et téléphoniques ont été détériorées, ces tunnels l'aient été également, s'écria quelqu'un.

— C'est en partie exact. Je suis sûr que certains tunnels ont subi des dommages, peut-être même ont-ils été totalement détruits mais le système en comporte trop pour qu'ils soient tous hors d'usage. D'autre part, certains bâtiments ont été construits pour résister aux explosions nucléaires, comme la « Forteresse » Montague House et le blockhaus de l'Amirauté à Pall Mall. Je ne m'étendrai pas sur les bunkers et ce que l'on appelle les « citadelles », construits depuis la dernière guerre, mais je puis vous dire qu'il y a au moins six abris simplement dans le réseau de la ligne nord, sous des stations telles que Clapham South et Stockwell...

Culver avait l'impression que, malgré la franchise qu'il arborait en citant tous les abris de Londres et des alentours, Dealey gardait certains détails secrets, ne disait pas tout. Il haussa les épaules mentalement; il serait difficile de faire confiance à tout homme politique désormais.

— ... et un siège gouvernemental s'établira en dehors de Londres, le pays sera divisé en douze sièges régionaux, avec vingt-trois quartiers généraux départementaux...

Quelqu'un prêtait-il vraiment attention aux paroles de Dealey?

— ... des contrôles au niveau du comté et du district...

Tout cela avait-il un sens?

— ... des contrôles au niveau des sous-divisions régionales qui feront la liaison avec les postes nationaux...

— Dealey!

Tous les regards se tournèrent vers Culver. Dealey s'interrompit, se passant, de façon révélatrice, la langue sur les lèvres.

— Avez-vous mentionné les créatures qui se trouvent là-bas ? dit Culver d'une voix égale, mais tendue.

Kate, à ses côtés, se raidit.

— Je crois qu'il vaut mieux ne pas les in...

— Il faut nous inquiéter, Dealey, parce que, tôt ou tard, nous devrons pénétrer dans ces tunnels. L'entrée principale est bloquée, vous ne l'avez pas oublié ? Les tunnels sont notre unique issue.

— Je doute qu'ils restent sous terre. Ils remonteront... en surface... à la recherche de... nourriture. Et, dans ce cas, ils mourront irradiés.

— Je ne pense pas que vous ayez fait votre travail, répondit Culver avec un sourire sinistre.

— Mais de quoi parle-t-il ? l'interrompit Farraday. Qui sont ces créatures ?

Cette fois, ce fut le docteur Reynolds qui prit la parole. Elle ôta ses lunettes et les nettoya avec un petit mouchoir.

— Dealey, Culver et Mlle Garner ont été attaqués par des rats hors de l'abri. Ils avaient, semble-t-il, une taille impressionnante et étaient, pour le moins, d'une férocité étonnante. Après avoir attaqué, ils ont dévoré les survivants qui s'étaient réfugiés dans les tunnels.

Farraday, l'air sceptique, se tourna vers Culver.

— Quelle taille avaient-ils exactement ?

Culver écarta les bras comme un pêcheur fier de sa prise.

— Celle de chiens, répliqua-t-il.

Ce fut de nouveau le silence, l'effroi ébahi.

— Ce ne sera plus une menace pour nous, insista Dealey. Quand nous quitterons cet abri, presque toute cette vermine aura péri.

Culver secoua la tête et le docteur Reynolds répondit.

— Vous auriez dû être au courant, monsieur Dealey. Ou peut-être préfériez-vous ne pas y penser ? Voyez-vous, certaines espèces sont hautement résistantes aux radiations. Les insectes, par exemple. Et, de même, les rats.

Elle remit ses lunettes.

— Et, poursuivit-elle presque en soupirant, si ces créatures sont les descendants des rats noirs qui ont terrorisé Londres il y a quelques années — et d'après leur taille, je le crains —, alors non seulement ils résisteront aux radiations, mais ils s'en repaîtront.

7.

Un bruit.
Il prêta une oreille attentive.
Des coups d'ongle.
Il attendit.
Rien. Plus rien.

Klimpton essaya de s'étirer, mais il n'y avait pas de place suffisante pour allonger ses jambes. Il se relaxa et tourna la tête de droite à gauche, se retenant pour ne pas grommeler afin de ne pas réveiller les autres.

— Quelle heure était-il ?

Les chiffres digitaux verts de sa montre indiquaient : 23 h 40. C'était la nuit.

Il était impossible de distinguer le jour de la nuit, là, dans cette petite prison poussiéreuse.

Depuis combien de temps ? Dieu, depuis combien de temps étaient-ils là ? Deux jours ? Trois ? Une semaine ? Non, pas si longtemps. Si toutefois c'était le cas ? Le temps ne comptait guère quand aucune ombre ne bougeait.

Mais par quoi avait-il été réveillé ? Kevin avait-il hurlé dans son sommeil une fois de plus ? Quelle opinion avait l'enfant du monde des adultes maintenant ?

Klimpton sortit la petite lampe de la poche de sa chemise et l'alluma, en cachant de sa main le faible rayon. L'envie d'allumer la grosse lampe suspendue au portemanteau, juste au-dessus de sa tête, était grande, mais il ne fallait pas gaspiller les piles ; impossible de dire combien de temps ils allaient rester là. Il fallait économiser les bougies également.

Il braqua la lumière sur son fils ; le faible faisceau effleura ses yeux. Bien qu'il eût eu une nuit agitée, cela ne l'avait cependant pas empêché de plonger dans un sommeil apparemment profond. Kevin avait un visage apaisé, les lèvres légèrement entrouvertes ; seule une tache de poussière sur une joue prouvait que tout n'était pas tout à fait normal. Un léger mouvement du poignet et un autre visage apparut près de celui du jeune garçon, mais il était vieux, avec une peau grise et sèche comme du parchemin. La bouche de la grand-mère était également ouverte, mais il n'en émanait pas l'innocence sensuelle de celle de son fils. L'orifice — les lèvres étaient à peine perceptibles — était trop arrondi, la caverne, ainsi formée, trop noire et profonde. Chaque souffle semblait exhaler un peu plus de sa vie. Et, le visage tourné vers le sien, son fils aspirait cette vie qui s'échappait par à-coups, comme s'il ôtait doucement sa vie à sa grand-mère.

— Ian ? fit la femme de Klimpton d'une voix lointaine, ensommeillée.

Il tourna la lampe vers elle et elle ferma aussitôt ses yeux à peine entrouverts.

— Tout va bien, murmura-t-il. Il m'a semblé pourtant entendre un bruit dehors.

Elle se retourna et s'enfonça dans son sac de couchage.

— C'est probablement Cassie, marmonna-t-elle. Pauvre chienne.

Sian avait déjà replongé dans ses rêves avant même qu'il ait éteint la torche et il ne s'en étonna guère ; comme lui, elle avait eu un sommeil agité depuis qu'ils s'étaient réfugiés dans cet abri improvisé.

Ian Klimpton s'assit, l'oreille tendue, promenant son regard dans l'obscurité. Il y avait eu toutes sortes de bruits durant ces heures sombres ; un vacarme, au-dessus de leurs têtes, qui s'était stabilisé, des grondements de tonnerre lointains, des explosions éloignées qui secouaient encore ce qui restait de sa maison. Parfois il avait l'impression que les rames de métro roulaient encore sous les fondations, mais il savait que c'était impossible. Tout, en haut comme en bas, avait dû être détruit par les bombes. Et, de toute façon, les rames n'étaient plus électrifiées.

Grâce à lui, sa famille avait été sauvée. Sian s'était moquée lorsqu'il avait soigneusement étudié le fascicule de survie distribué par le ministère de l'Intérieur et lui-même s'était senti gêné d'y prêter attention. Néanmoins, il avait pris la chose au sérieux. Pas d'emblée, bien sûr. Sa première idée, quand le fascicule, glissé dans la boîte aux lettres, était tombé sur le paillasson, avait été d'y lancer un rapide coup d'œil avant de le jeter à la poubelle ; mais un je-ne-sais-quoi l'en avait empêché et il l'avait caché entre des livres dans son bureau. Il éprouvait la crainte, fondée, qu'un jour les instructions pourraient être utiles. Et, plus tard, la tension dans les pays du Golfe l'avait amené à le ressortir et à l'étudier plus attentivement.

Le fascicule conseillait à tous les propriétaires de trouver un abri protégé dans leur propre maison, une cave ou un placard sous les escaliers. La maison de Klimpton comportait les deux : sous les marches qui menaient au sous-sol, il y avait un placard. Aller jusqu'à blanchir les fenêtres de sa maison à la chaux aurait fait de lui la risée du voisinage, même quand la crise mondiale était sur le point d'éclater, mais il était facile de prendre des mesures internes à l'insu de tous. Par exemple conserver des seaux en plastique (dans un but sanitaire et également pour faire des provisions d'eau), emmagasiner des boîtes de conserve, pas en haut dans le garde-manger où tout disparaîtrait pour l'usage quotidien, mais dans la cave, sur une étagère où on les oublierait, à moins que (ou jusqu'à ce que) l'on en ait besoin. Garder des sacs de couchage avec des draps et des couvertures qui pourraient être utiles un jour et à portée de main en cas d'urgence. Avoir plus d'une torche — et d'une lampe — avec des piles. Des bougies. Des lamperons. Un poêle portatif. Une trousse de première urgence. Des magazines, des livres, des bandes dessinées pour Kevin. Du papier toilette. En fait, l'essentiel.

Un point, tout de même, restait à éclaircir : le remue-ménage sous les escaliers. Et un matelas en lambeaux descendu du grenier pour bloquer la porte du placard. Il se félicitait, également, d'avoir pensé à la vieille commode délabrée, délaissée dans un coin de la cave ; placée contre la porte, ce serait une protection supplémentaire, avec le matelas. Il n'avait pas condamné la lucarne de la cave dont le haut était au niveau de la rue et il n'avait pas eu le temps de le faire quand les sirènes avaient retenti dans le district. Mais il avait fait de son mieux pour sa famille, et ils avaient survécu au pire.

Peut-être aurait-il pu en faire davantage. Il aurait pu construire un abri en brique dans la cave. Empiler des sacs de sable contre les escaliers. Renforcer le plafond, remplir la baignoire et les éviers, construire des appentis plus solides contre les escaliers. Emmener toute sa famille en Écosse, dans les Highlands.

Non. Il avait accompli son devoir. Peu d'hommes en auraient fait plus. Et surtout, il était avec sa famille quand les bombes avaient explosé.

Klimpton faisait partie de la nouvelle génération d'hommes d'affaires. Son bureau était son seul cabinet de travail, l'ordinateur, son maître et son outil. Il lui suffisait d'appuyer sur quelques touches de son clavier pour entrer en contact avec la société qui l'employait, dans n'importe quelle partie du monde. Pas de tracasseries, pas de trajets, pas de ronds de jambe au patron. Il appréciait cette vie-là. Ainsi il voyait beaucoup plus Kevin.

Encore ces grattements.

Quelque part dans la cave.

Était-ce la chienne ? Cassie avait-elle pénétré dans la cave ?

Impossible. Klimpton avait dû empêcher l'animal de rentrer, malgré le désespoir de Kevin, car il n'était pas question de garder avec eux un animal. Par mesure d'hygiène — Dieu du ciel, c'était déjà assez difficile sans un chien qui mettrait le bazar partout. De plus, il faudrait nourrir Cassie. Ils avaient dû endurer ses hurlements après l'explosion des bombes, puis ses gémissements, ses plaintes durant des jours et des jours, peut-être bien une semaine, avec Kevin, plus bouleversé par ses râles que par l'holocauste. Ils n'entendaient plus Cassie depuis longtemps et Klimpton se demandait si la chienne s'était réfugiée dans une autre partie de la maison, si toutefois il en demeurait une partie debout. Ou bien était-elle affalée contre la porte de la cave, le museau contre la fissure, affaiblie, apeurée? Morte? Peut-être était-elle sortie et essayait-elle de se faufiler par la fenêtre de la cave?

Il remua les jambes en grommelant parce que ses os protestaient. Il ne pouvait dormir que droit; il n'y avait pas de place allongée pour tous.

Ils étaient censés rester dans le refuge au moins quarante-huit heures et un peu plus longtemps à l'intérieur de la maison, de préférence à la cave; deux semaines au moins, peut-être davantage. Les sirènes retentiraient de nouveau quand la situation serait redevenue normale.

Il pouvait se risquer à quitter le placard maintenant, il en avait la certitude. Ils avaient dû rester là au moins une semaine. L'odeur nauséabonde du seau en plastique, aspergé de désinfectant et couvert d'un sac en polyéthylène, les rendrait tous très vite malades.

Inutile de déranger les autres. Il lui suffisait d'entrouvrir la porte pour se glisser avec le seau. Le matelas, coincé contre la commode, pourrait former un tunnel de sortie. Une fois dehors, il pourrait vérifier si c'était la chienne.

Klimpton se dégagea de la couverture et alla à tâtons chercher la plus grande torche qu'il gardait à côté de lui. Sa main saisit la cheville osseuse de la grand-mère mais elle ne bougea pas. Elle était glacée bien qu'à l'intérieur du placard, il fasse chaud et humide. Elle refusait de se glisser dans un sac de couchage, déclarant qu'elle avait l'impression de dormir dans une camisole de force et ne pouvait respirer, engoncée de la sorte. Aussi, enveloppée dans une couverture, l'utilisait-elle comme matelas.

Il trouva la torche, alla chercher le seau en plastique avec son contenu (c'était embarrassant pour tous de s'accroupir sur cet objet devant les autres, même s'ils étaient de la même famille et s'ils détournaient la lumière de la lampe — l'obscurité ne pouvait couvrir les bruits ni étouffer les odeurs —, mais Klimpton refusait de céder, malgré leurs protestations, et ne permettait à personne de sortir du refuge). Le seau fut facile à trouver dans le noir — tout, pratiquement, était à portée de la main; il le souleva par sa poignée en fil de fer, plissant le nez de dégoût.

Se tournant à moitié, Klimpton poussa la petite porte à sa droite; seul le matelas, de l'autre côté, offrait quelque résistance. Il donna un coup d'épaule plus ferme contre le bois et le trou s'élargit.

Sian s'agita derrière lui.

— Ian? fit-elle d'une voix à la fois lasse et inquiète.

— Tout va bien, rendors-toi. N'éveille pas les autres.

— Que fais-tu?

— Je me débarrasse de ce putain de seau, murmura-t-il.

— Ce n'est pas dangereux? N'est-ce pas trop tôt pour sortir?

— On ne risque rien dans la cave. Du moment que je ne reste pas dehors très longtemps.

— Je t'en prie, sois prudent.

— Je te promets. Dors.

Il dut se faufiler de profil, la commode offrant une ouverture d'à peine plus de trente centimètres. Il poussa le seau devant lui.

Une fois parvenu dehors, au prix de quelques contorsions, il alluma la torche et attendit de ne plus être aveuglé par la lumière avant de continuer. Le matelas, formant un auvent mou et étroit, sentait le moisi. Klimpton préférait ne pas penser à ce qui devait grouiller à l'intérieur; quel abri idéal pour ces petites créatures rampantes que ce grenier, durant tant d'années! Le mélange des odeurs émanant du seau et du matelas lui souleva le cœur, mais l'odeur de son vomi aurait été une nuisance supplémentaire pour les autres. Klimpton ravala fortement son dégoût. Plus tôt il serait dans la cave qui offrait un espace relatif, mieux ce serait.

Il se demandait si la cave était restée intacte. Peut-être la maison entière s'était-elle écroulée, laissant le sous-sol à ciel ouvert. Exposé aux retombées. Stupide. Ils s'en seraient certainement rendu compte si c'était le cas. Tout avait été calme. Les grondements étaient lointains et le restaient. L'air était lourd et sentait le renfermé. Les vieilles demeures d'Islington étaient robustes, construites à une époque où briques et mortier n'étaient pas comptés. Les fondations étaient solides. Les murs étaient inébranlables. Il ne devait pas rester grand-chose de Londres, là-haut, mais Klimpton savait que, selon la trajectoire de l'explosion ou plutôt des explosions, les rangées de maisons formeraient un rempart. Sa maison, assez vaste, était située au centre d'une rangée de bâtisses de même style. Peut-être avait-il eu de la chance, à moins que la façade ou l'arrière n'aient été soufflés.

Avec un soupir de soulagement, il se libéra. Il poussa le seau le plus loin possible et se reposa un instant, ses épaules dégagées du couloir de protection. Pas très rassuré, il leva la torche, s'attendant au pire ; il s'attendait à voir la cave en ruine, le plafond affaissé, des décombres de tous côtés. Le ciel nocturne s'infiltrait- il ? Il se maudit en silence pour ne pas avoir suivi ce que la logique lui dictait. Le rayon de lumière confirma son raisonnement.

Le plafond, bien qu'il y manquât de larges fragments de plâtre, avait résisté à l'impact. Klimpton promena rapidement le faisceau dans la cave et s'arrêta quand il distingua une petite fenêtre. Des éboulis s'étaient engouffrés par la fenêtre, faisant tout voler en éclats, vitres et chambranle, et avaient formé une montagne de décombres. L'orifice était ainsi complètement obstrué, empêchant la poussière radioactive de s'infiltrer.

Se frayant un chemin à quatre pattes, il s'extirpa du tunnel et se mit debout, surpris d'être essoufflé après un effort aussi minime. Il payait toutes ces heures où il était resté cloîtré, sans bouger, dans une atmosphère confinée où ils avaient été contraints de respirer un air raréfié.

Et toujours ces grattements.

Il retint son souffle, dirigea sa torche jusqu'à un angle éloigné. Rien là-bas. Puis en bas du mur, tout le long. Une vieille bicyclette de Kevin, un tricycle. Appuyé contre le vélo, un fusil laser. La vieille machine à laver de Sian que des éboueurs avaient refusé d'emporter. Un ancien modèle de tourne-disque où l'on pouvait empiler huit disques, des lampes hors d'usage, poussiéreuses. Un autre recoin. Une lumière qui se reflétait dans un miroir sans cadre. Rien de plus. L'autre mur, qui ramenait vers les escaliers. Rien. Aucun bric-à-brac, aucun meuble au rebut, simplement... simplement... quelque chose qui ne devait pas y être.

Une ombre. Mais rien pour la provoquer.

Il immobilisa la lampe, scruta de plus près, et...

Des grattements au-dessus !

Des raclements frénétiques contre le bois.

Les escaliers. Cela venait du haut des escaliers.

Et puis un gémissement. Un gémissement plaintif, suppliant.

Klimpton respira lentement. Cassie l'avait entendu. La pauvre chienne essayait d'arriver jusqu'à lui. Il éclaira le haut de l'escalier et les raclements redoublèrent. Sans doute apercevait-elle la lumière sous la porte. Il fallait à tout prix la calmer avant qu'elle ne réveillât les autres.

Le plus doucement possible, Klimpton gravit l'escalier de bois, à la fois soulagé et déçu que Cassie soit encore vivante. Vivante, elle posait un problème.

Un petit jappement nerveux en le sentant approcher. Les coups de patte reprirent de plus belle. Quand sa tête fut au niveau du bas de la porte, il se pencha en avant, une main sur la marche supérieure, la bouche près de la fissure.

Au-dessous, une forme bougea dans l'ombre insolite.

— Cassie, dit-il doucement.

Il reçut, en réponse, un petit aboiement las.

— Gentille Cassie, fit-il d'un ton apaisant. Ne fais pas de bruit, tu es un bon chien.

Les gémissements, les supplications continuaient.

— Je sais, je sais, ma petite. Tu es effrayée, tu veux

nous rejoindre. Mais je ne peux te faire rentrer, pas encore. Comprends, j'en ai envie, mais c'est impossible.

Il était pénible de l'abandonner et le désir d'ouvrir la porte était presque irrésistible. Il lui fallait pourtant être ferme, implacable. Les êtres humains étaient plus importants que les animaux. La chienne créerait trop de problèmes, les risques au point de vue hygiénique seraient trop grands. Cassie devenait de plus en plus nerveuse.

Une autre forme se profila dans l'ombre. Elle s'immobilisa un instant, forme noire se fondant dans l'obscurité environnante. Elle alla furtivement rejoindre ses compagnons.

Klimpton se demanda s'il ne valait pas mieux entrouvrir la porte pour rassurer Cassie, peut-être la calmer. La chienne ne se maîtrisait plus et devenait trop enragée.

— Chut. Allons, Cassie, reste tranquille. (Le ton était plus dur. La chienne grattait de plus en plus vite le bois de ses pattes.) Eh! Arrête!

Cassie gémit tandis que d'autres formes se glissaient entre le mur et le plancher, dans la sombre lézarde causée par les oscillations de la terre et du béton. La brèche s'étendait jusqu'aux égouts, au-dessous du niveau de la rue.

Celui qui se trouvait dans les escaliers ne se doutait pas de l'existence de ces rôdeurs aux poils hérissés, créatures rampantes qui sortaient de la lézarde à la queue leu leu, tel un fluide noir et lisse.

— Cassie, tais-toi, fit Klimpton en martelant la porte de la paume de la main, mais les jappements du chien redoublèrent avec une vigueur renouvelée.

Elle se mit alors à grogner et son maître se demanda si elle n'était pas devenue folle.

La voix étouffée de Sian se fit entendre d'en bas.

— Ian, que se passe-t-il? Tu nous as tous réveillés.

— Papa? C'est Cassie? demanda Kevin. Je t'en prie, laisse-la entrer, je t'en supplie, ramène-la.

— Tu sais que c'est impossible. Retourne te coucher.

Klimpton savait que le petit garçon devait être en larmes dans les bras de sa mère ou de sa grand-mère.

Putain de chien ! Comme s'ils n'avaient pas suffisamment de soucis.

Il recula tandis que quelque chose de solide cognait contre la porte, grattant le chambranle. Dieu du ciel, la chienne se jetait contre la porte dans un élan de désespoir. Il aurait dû s'occuper de l'animal avant de descendre dans cet abri. Lui trancher la gorge (oh non, il n'aurait pas pu s'y résoudre) ou l'enfermer dans un placard. Mais il n'avait guère eu le temps, ni d'y penser ni d'agir avec bon sens.

De grands coups.

— Arrête ! hurla Klimpton, martelant la porte de ses poings. Sale petite peste.

L'un des hôtes de la nuit s'immobilisa au pied de l'escalier, une lueur jaune dans les yeux, reflet du faisceau de la torche. Deux pattes aux longues griffes reposaient contre la première marche ; le dos arrondi lui donnait une apparence voûtée. Elle étudia l'homme longuement, puis remua le museau, humant l'air. Elle s'éloigna de la marche et, attirée par l'odeur des excréments et de l'urine, s'approcha du seau en plastique.

Le bruit de mouvements, tout près, détourna son attention.

Ses yeux, qui voyaient dans la nuit, distinguèrent le tunnel noir à travers l'obscurité moins dense de la cave. Des odeurs différentes en émanaient. L'animal s'approcha à pas furtifs, fourrant son long museau dans l'orifice. D'autres bruits l'excitaient, car c'étaient des bruits vivants. Instinctivement elle sut que les animaux qui faisaient ces bruits étaient faibles. Ses mâchoires s'ouvrirent, révélant de longues dents acérées, perlées d'humidité.

Le rat pénétra facilement dans le tunnel, malgré son puissant arrière-train et son dos voûté. Suivi de l'un de ses compagnons. Puis d'un autre.

La queue rose, écailleuse du dernier rat, se faufila, tel un serpent, dans la poussière de la cave avant de disparaître dans l'obscurité.

A l'étage, Cassie aboyait frénétiquement ; elle s'éloignait pour prendre son élan avant de se jeter contre la porte dans un bruit fracassant et avec une telle violence que Klimpton était persuadé qu'elle l'enfoncerait. Il était effrayé par son agitation, craignant, si elle parvenait à faire irruption dans la cave, que cela ne dégénérât en folie furieuse. Ses aboiements perçants étaient proches de la démence et Klimpton frémit à l'idée des conséquences d'une morsure de chien enragé.

Il tituba sous la force du coup suivant, agrippant la rampe pour maintenir son équilibre. Comment diable l'apaiser, la calmer? Comment la faire cesser? Ce cauchemar ne suffisait-il pas?

Un cri. En bas.

Sian!

Kevin!

Il se retourna, éclairant l'escalier.

Klimpton faillit s'évanouir. Si cela avait été le cas, il serait tombé au milieu des rats.

Car la cave grouillait de corps adipeux, couverts de fourrure, tapis noir fait de formes mouvantes, qui se tortillaient, sautant les unes sur les autres, jamais au repos, leurs longs museaux pointus humant l'air çà et là, leurs yeux aux reflets jaunes comme ceux des chats, captés par la lumière aveuglante de la torche; une masse terrifiante de vermine, en proie aux contorsions, si grosse, si énorme; jamais, non, jamais il n'avait rien vu de semblable, des monstres, hideux...

— Non... on... on...! s'écria-t-il lorsque les cris de sa famille le firent sortir de sa léthargie.

Son regard se porta sur la rampe et il vit les créatures repartir vers l'abri par le tunnel que formait le matelas. Sa famille hurlait au-dessous.

Klimpton dévala l'escalier, sauta les dernières marches, atterrissant au milieu des rats; il trébucha et tomba à genoux. Il cingla l'air de sa torche et les créatures détalèrent. Il se releva, les repoussant à coups de pied, hurlant, tirant de toutes ses forces sur la commode pour en faire un rempart, sans prêter attention aux dents qui lui pénétraient dans les muscles du mollet. Il tira le matelas et la porte du placard bascula en même temps.

Il ne distinguait rien à la lueur de la torche sinon un enchevêtrement de formes qui se débattaient, des taches blanches, çà et là, du blanc barbouillé de rouge sombre et le rouge était le sang de sa famille.

Une masse s'abattit sur son dos, mais il ne sentit pas les dents affûtées lui lacérer la chemise et la peau en arrachant des lambeaux de chair. Il ne sentit pas la bouche se resserrer autour de sa cuisse, les longues incisives en quête du liquide chaud qui se déversait. Il ne sentit pas les griffes lui ratisser les mollets, ni les mâchoires coupantes s'incruster dans l'entrejambe.

Il ne sentait que la souffrance de sa femme, de son fils, de sa mère.

Des pattes griffues grimpaient le long de son dos, jusqu'aux épaules, les dents trouvant une prise dans le cou ; soudain elles le poussèrent avec une telle force qu'il traversa la brèche et se retrouva au milieu des siens, dans leur refuge baigné de sang.

En haut de l'escalier, la porte vibra sous les assauts répétés de Cassie ; les coups redoublaient de vigueur, le bois craquait contre le chambranle, l'air était rempli de jappements, de cris, de couinements.

Enfin les hurlements cessèrent et les coups s'atténuèrent. Et quand les bruits dans la cave ne furent plus que des claquements de mâchoires festoyant, les aboiements du chien devinrent une faible plainte. Et quand les assauts cessèrent et que la porte ne trembla plus, on n'entendit plus qu'une plainte étouffée.

Et, en bas, un bruit de rongeurs voraces.

8.

— Comment va-t-il ?

Le docteur Reynolds, qui avait gardé pensivement les yeux baissés en refermant la porte de l'infirmerie derrière elle, leva la tête, surprise. Elle adressa un sourire à la jeune fille et Kate décela une grande lassitude derrière ce sourire. Et de l'anxiété.

Clare Reynolds s'appuya contre la porte, les mains enfoncées dans les poches de sa blouse, en un geste familier.

— Il va s'en sortir, répondit-elle. (Kate se rendit compte qu'elle ne s'inquiétait pas seulement pour Culver mais pour tous les autres.) Il n'a été que partiellement irradié, je dirais moins d'une centaine de rads. (Sortant un paquet de cigarettes, le médecin en tendit une à Kate.) Vous fumez ? Je n'ai pas remarqué.

Kate fit non de la tête.

— Vous avez raison.

Le docteur Reynolds alluma sa cigarette avec un petit briquet. Elle aspira longuement la fumée et ferma les yeux, le visage levé vers le plafond de béton. Il y avait une certaine élégance dans sa façon d'ôter sa cigarette et d'exhaler un mince filet de fumée bleue. Elle ouvrit de nouveau les yeux.

— Merci pour l'aide que vous m'avez apportée ces derniers jours.

— Cette occupation m'a été bénéfique.

— Ici, c'est un problème : il y a peu à faire pour la plupart du personnel. Cela engendre de l'apathie chez certains, et chez d'autres du mécontentement. Il leur faut autre chose que la mort et la destruction pour leur occuper l'esprit. Farraday a essayé de les occuper.

— Est-on arrivé à rétablir des communications ?

— Non, pas à ma connaissance. Il est possible que nous soyons les seuls survivants.

Le docteur Reynolds dévisagea la jeune fille d'un air songeur. Elle allait mieux qu'à son arrivée, mais la peur ne l'avait pas quittée, cette fébrilité à fleur de peau, tel un roseau qui risquait de se briser à tout instant au lieu de se plier. Ses cheveux, d'un blond éclatant, étaient propres, son regard était maintenant empreint de douceur mais encore agité. Son corsage déchiré avait été remplacé par une chemise d'homme qui flottait sur sa jupe. Sur le côté, au-dessus de la poitrine, était épinglé un doseur qu'il avait été conseillé à tous, dans l'abri, de porter ; à la fin de chaque semaine, ils étaient analysés par le petit cabinet de radiologie qui se trouvait dans le complexe souterrain. Le docteur Reynolds n'en comprenait pas vraiment la nécessité, car il y avait suffisamment d'instruments de ionisation placés de façon stratégique dans l'abri, en cas d'alerte radioactive ; leur effet était surtout psychologique, il s'agissait de rassurer le porteur.

— Voulez-vous du café ? lui demanda-t-elle. J'en ai une envie folle. Cela nous donnerait l'occasion de bavarder.

Kate acquiesça et le docteur Reynolds s'éloigna de la porte. Elles se dirigèrent vers le salon.

— Steve va-t-il se remettre ? lui demanda Kate de nouveau, peu satisfaite de la réponse précédente du médecin.

Un ingénieur s'écarta pour les laisser passer dans l'étroit couloir et le docteur Reynolds le remercia d'un signe de tête et d'un bref sourire.

— Oh oui, je crois qu'il sera bientôt sur pied. Bien que les doses de radiations aient été relativement mineures — les pires séquelles physiques en dehors de la nausée et des vertiges étaient de le rendre impuissant un jour ou deux, mais je suis sûre qu'en ces circonstances, cela n'a pas dû le déranger —, je crains que sa résistance à l'infection, provoquée par les morsures de rat, ne soit considérablement amoindrie. Heureusement, ceux qui peuvent éventuellement fournir un antidote à la maladie induite par cette espèce particulière de bête...

— Maladie ? l'interrompit Kate.

Le médecin la prit par le bras en continuant à marcher.

— Il y a quelques années, cette race de rongeurs — des mutants, d'après ce que j'ai pu comprendre — contaminait tous ceux qu'ils mordaient et provoquait chez eux une leptospirose. On trouva très vite un remède et l'on pensa que les fripouilles avaient fini par perdre cette arme supplémentaire dans leur sale petit arsenal. Apparemment les autorités médicales avaient quelques doutes, aussi ont-elles misé sur la sécurité si le pire survenait. J'ai trouvé notre planche de salut au milieu du matériel médical.

— Alors pourquoi ni Dealey ni moi n'avons-nous été contaminés ? Et Alex Dealey ?

— Vous n'avez pas été mordus, répondit le docteur Reynolds en haussant les épaules, du moins pas profondément. Vous n'avez subi que quelques égratignures. Mais je vous ai fait une injection à vous et à Culver après vous avoir mis en quarantaine l'autre jour. Je ne voulais courir aucun risque. Dealey, non plus, n'a pas été touché.

— Mais il a été malade.

— Oui, mais simplement à cause de l'irradiation. Lui et Culver ont été pratiquement autant irradiés. Pas assez pour que ce soit fatal, mais suffisamment pour les mettre à plat un jour ou deux. Comme vous le savez, Dealey est totalement remis pour l'instant.

— Vous voulez dire que cela ne va pas durer ?

— Oh, il se remettra, tous les deux d'ailleurs. Mais les symptômes risquent de revenir dans les semaines à venir. Cela ne durera pas longtemps, cependant, vu la dose minime qu'ils ont reçue.

Le bourdonnement du générateur de courant parvint

à leurs oreilles. C'était plutôt rassurant, signe que la civilisation technologique n'était pas totalement anéantie. Elles passèrent devant la salle des ventilateurs. Le docteur Reynolds fit un petit signe de la main à un groupe de techniciens. Un seul, blond et trapu, répondit à son signe.

— J'espère qu'ils ne préparent pas une révolution, fit le médecin en tirant sur sa cigarette.

Les deux femmes pénétrèrent dans la cuisine et le docteur Reynolds prit deux cafés à la machine libre, sur le petit comptoir. Un ou deux groupes conversaient à voix basse près de la salle à manger. Kate versa de la crème dans son café, le docteur Reynolds prit le sien noir. Elles trouvèrent une table près d'un mur gris-vert et le médecin s'affala dans un fauteuil avec joie, secouant, en même temps, la cendre de sa cigarette dans le cendrier nettoyé avec soin. Kate s'assit en face d'elle et scruta les yeux de sa compagne derrière ses grandes lunettes.

— Combien de temps Steve va-t-il rester dans cet état ?

Le docteur Reynolds laissa échapper de ses lèvres un filet de fumée, tournant légèrement la tête pour éviter Kate.

— Vous tenez à lui, n'est-ce pas ? Je croyais que vous étiez des étrangers avant le jour du jugement dernier. (C'était le nom donné au mardi précédent, utilisé avec une certaine légèreté, mais ce terme fatidique était parfaitement approprié à ce que chacun ressentait dans l'abri.)

— Il m'a sauvé la vie.

C'était une simple constatation.

Le docteur Reynolds vit une mouche se poser sur le sucrier et se demanda, en la voyant avancer d'un air frustré sur les morceaux de sucre enveloppé, si l'insecte se doutait de la catastrophe qui avait anéanti le monde. Elle agita la main et l'insecte s'envola.

— Qui avez-vous perdu ? demanda-t-elle à la jeune fille en se tournant vers elle.

— Mes parents. Deux frères. Je suppose qu'ils sont morts, fit-elle en baissant les yeux.

Le médecin se pencha et lui effleura le poignet.

— Peut-être que non, Kate. Il y a encore une chance qu'ils soient vivants.

La jeune fille secoua la tête, un sourire déchirant, empreint de tristesse, aux lèvres.

— Non, c'est mieux ainsi. Je ne veux pas vivre d'espoir. Et je ne veux pas qu'ils aient souffert. Mieux vaut penser qu'ils sont morts sur le coup, en souffrant le moins possible.

Le docteur Reynolds écrasa sa cigarette dans le cendrier.

— Peut-être est-ce mieux ainsi. Au moins, vous ne pouvez pas être déçue. Aviez-vous un amant, un ami?

— Oui, fit-elle sans préciser. Mais notre liaison s'est terminée il y a quelques mois.

La douleur familière était revenue, cette douleur que le docteur Reynolds connaissait bien pour l'avoir observée souvent sur le visage de ceux qui se trouvaient dans l'abri. Elle l'avait observée également sur son propre visage chaque fois qu'elle s'était regardée dans une glace.

— C'est curieux, poursuivit Kate. Je ne me rappelle pas ses traits. Chaque fois que je me concentre pour essayer de le visualiser, son visage se perd derrière un voile, comme une photo floue. Mais dans mes rêves, c'est si clair...

— Voyez-vous, Culver n'avait personne.

Kate se détourna lentement des souvenirs qui la submergeaient.

— C'est lui qui vous l'a dit?

— Pas directement, fit Clare en prenant une autre cigarette. J'aimerais pouvoir arrêter de fumer, mais à quoi bon, n'est-ce pas? Qu'est-ce qui peut bien arriver d'autre? (Elle alluma sa cigarette et secoua l'allumette dans le cendrier.) Une nuit, alors que la fièvre était à son paroxysme, Culver pleurait dans son sommeil en criant quelque chose, peut-être un nom, je n'ai pas saisi.

— C'est peut-être quelqu'un qui est mort dans l'attaque.

— Non, j'ai eu l'impression qu'il y avait bien longtemps de cela. Il répétait sans cesse : « Je ne peux pas la sauver, elle est emportée par les flots. Elle est morte, elle est morte... » A mon avis, cette femme, sa petite amie ou sa femme, s'est noyée et il se sent pour ainsi dire responsable.

— Pourquoi dire cela?

— Ce n'est qu'une impression. Je suppose que ses rêves révèlent les symptômes classiques de la culpabilité. Ils se sont peut-être disputés et il n'était pas là pour la sortir de l'eau. Qui sait? Quoi qu'il en soit, ce souvenir le perturbe encore. Sans doute est-ce la raison qui l'a poussé à aller vous chercher dans le tunnel.

— A cause de ce sentiment de culpabilité? fit Kate en écarquillant les yeux de surprise.

— Non, non, pas exactement. Mais ce devait être tentant de vous abandonner et de se glisser dans l'abri. Regardons la vérité en face : tous trois, vous aviez peu de chances de résister à une attaque de ces monstres. Saviez-vous qu'il a également sauvé Dealey après l'explosion de la première bombe? Peut-être essaie-t-il de s'amender pour un acte qu'il n'a pas commis dans le passé ou tout simplement sa vie ne l'intéresse-t-elle plus? Ou peut-être les deux.

— Et pourquoi ne serait-il pas simplement courageux?

— Oh, oh! C'est possible. Toutefois, je n'en ai pas rencontré beaucoup comme lui. (Elle secoua sa cendre.) Bon, pour répondre à la question que vous m'avez posée avant que nous ne changions à nouveau de sujet : Culver devrait être sur pied dans un jour ou deux. Pour l'instant, il dort, mais pourquoi ne pas revenir le voir plus tard? Je crois que vous serez la bienvenue. En fait, je crois que vous avez besoin l'un de l'autre.

— C'est trop tôt pour le dire. Tant de choses se sont passées.

— Ce n'est pas ce que je voulais dire. Je pense que vous pouvez être d'un grand réconfort l'un pour l'autre, moralement, si vous préférez, et Dieu sait si chacun de nous en a besoin. Mais s'il s'agit, comme vous l'avez sous-entendu, de coucher ensemble, c'est précisément parce que tant de choses se sont passées que désormais, il n'y a plus de temps à perdre. Kate, avez-vous une idée de ce qui nous attend dehors?

— Je ne veux même pas y penser.

— Pourtant il va le falloir. Tous d'ailleurs. Car nous sommes peut-être tout ce qui reste sur terre.

— Docteur Reynolds...

— Oubliez les conventions. Appelez-moi Clare.

— Clare, je ne suis pas une imbécile. Je me doute de ce qui s'est passé dehors, je sais que ce sera sinistre, non, pas sinistre, atroce, et je sais que désormais, plus rien ne sera pareil. Au début, cela m'était égal, mais maintenant j'ai envie de passer ce cap, je veux survivre, quel que soit le monde futur. Pour l'instant, cependant, pour un court instant, il faut que je m'adapte. Donnez-m'en le temps et je vous aiderai pour n'importe quelle tâche. Je ne peux vous promettre d'être une bonne infirmière, je hais la vue du sang, mais je ferai de mon mieux pour vous aider.

Clare, esquissant un sourire, tapota la main de Kate.

— J'en suis sûre, fit-elle.

Elles burent leur café sans rien dire. Le médecin se demandait comment chacun d'entre eux réagirait, une fois dehors. Les perspectives étaient décourageantes, et plus encore pour les membres de sa profession, car elle savait qu'au bas mot, au moins la moitié des hôpitaux de la ville avaient dû être démolis par les explosions, et un grand, très grand nombre de médecins, d'infirmières et de personnel médical tués ou blessés. Les besoins de ceux qui avaient survécu étaient énormes.

Le système de « traitement sélectif » aurait dû être immédiatement opérationnel. Les malades seraient divisés en trois catégories : ceux susceptibles de ne pas survivre après le traitement ; ceux susceptibles de survivre après ce même traitement ; et ceux susceptibles de survivre sans traitement. Cela signifiait que tout individu, gravement irradié ou souffrant de blessures ou de brûlures fatales, ne recevrait aucun traitement. (Peut-être — mais elle savait qu'il y avait eu désaccord sur ce point avant l'attaque nucléaire — de très fortes doses de morphine seraient-elles administrées par pure compassion. Elle souhaitait secrètement que ce serait le cas.) Mais même en temps normal, les centres de grands brûlés dans tout le Royaume-Uni étaient à peine suffisants pour traiter cent cas graves à la fois, aussi que pouvait-on espérer ?

Il serait impossible de procéder à des transfusions sanguines pour pallier les hémorragies provoquées par les radiations ou les blessures. Londres ne disposait que de deux mille cinq cents litres de sang en cas d'urgence et combien devait-il en rester après la catastrophe ? Combien de temps aussi allaient durer les réserves de morphine, d'aspirine et de pénicilline du ministère de la Santé ?

Elle tenta de chasser toutes les éventualités qui assaillaient son esprit mais c'étaient d'implacables harpies qui refusaient de la laisser en paix.

Dans les jours, les semaines qui allaient suivre, d'autres risques allaient apparaître. Les rues seraient jonchées de millions de cadavres en décomposition, à la fois d'êtres humains et d'animaux, gisant à même le sol ou enfouis sous les décombres, nourriture pour les insectes... et la vermine. Mon Dieu, rien qu'en Angleterre, on estimait le nombre de rats à cent millions — le double de la population —, en Angleterre seulement ; leur reproduction constante était contrôlée de façon stricte. Mais ces mesures n'étaient certainement plus en vigueur...

— Vous allez bien ? demanda Kate d'un ton anxieux, en se penchant vers elle. Vous êtes soudain devenue livide.

— Ah ? Oh, je réfléchissais au pétrin dans lequel nous sommes, fit-elle, écrasant sa cigarette et en rallumant une autre. Merde, je devrais m'arrêter de faire ça, les cigarettes vont bientôt nous manquer.

— Voulez-vous partager vos pensées ?

— Pas particulièrement, mais puisque vous me le demandez... (Elle se frotta le cou et fit quelques mouvements circulaires pour se relaxer.) Je songeais aux maladies qui vont vraisemblablement sévir quand enfin nous sortirons. Sans une hygiène adéquate et avec tout ce qui pourrit autour de nous, les infections intestinales...

Kate semblait intriguée.

— Excusez-moi... les infections intestinales pourraient très vite engendrer une épidémie. Certaines donneront des maladies respiratoires, pneumonie, bronchite, etc., et d'autres des troubles comme l'hépatite, la dysenterie, la tuberculose. Je pense que la typhoïde et le choléra se répandront. La rage également, puisque nous n'avons pas réussi à l'enrayer dans le pays. Toute maladie, voyez-vous, toute faiblesse, prendra de vastes proportions et induira d'autres maladies bien pires. Les oreillons, paraît-il, pourraient dégénérer en épidémie. Toute maladie infectieuse de l'enfance pourrait balayer des milliers, peut-être des millions d'êtres. La méningite, l'encéphalite, même les maladies vénériennes. La liste est infinie, Kate, oui, c'est effrayant, et je ne crois pas que quiconque, que ce soit le gouvernement ou les médecins, puisse y remédier. Nous mourrons tous, peut-être pas demain ni après-demain, mais c'est inévitable. Il n'y a pas d'espoir en enfer.

Tout cela était dit d'un ton monocorde. Une nervosité latente dans la voix du médecin aurait paru moins effrayante à Kate. D'autres, dans la pièce, regardaient dans leur direction et elle se demanda s'ils avaient entendu, bien que le docteur Reynolds ait parlé à voix basse.

— Clare, nous avons sans doute une chance de nous en sortir. Si nous parvenons à gagner une autre partie du pays...

— Je me demande, dit Clare en poussant un profond soupir, ce qu'il reste du pays. Nous n'avons aucun moyen de savoir combien de missiles ont été lancés sur nous. Toutes les régions qui n'auront pas été détruites seront soumises aux retombées entraînées par les vents. Oh, Kate, j'aimerais conserver l'espoir, et je sais qu'en tant que médecin, je ne devrais pas m'exprimer ainsi, mais, au fond de moi, je ne ressens qu'une immense torpeur et un immense désespoir. Rien d'autre.

Kate chercha dans son regard un signe de conflit intérieur, l'indication de larmes cachées peut-être, ou même une trace de colère. Mais ses yeux étaient impassibles. Ni froids ni morts. Simplement dénués de tout sentiment.

Kate frémit intérieurement; elle fut parcourue d'un frisson à la pensée que le cauchemar n'était pas terminé. Il venait simplement de commencer.

9.

Culver promena son regard dans l'infirmerie, espérant trouver l'un des autres « malades » éveillé, et impatient de parler. Il en avait assez de cette réclusion qui l'ennuyait. Tous les autres dormaient, comme il s'en doutait, car on leur avait administré de puissants sédatifs. Trois ingénieurs et un responsable du Royal Observer Corps avaient déjà craqué. L'un des ingénieurs, qui devait avoir près de la trentaine, s'était ouvert les poignets avec une lame de rasoir. Seul le sang qui avait coulé sous la porte des toilettes l'avait sauvé. La femme, portant un uniforme du Royal Observer Corps, que Culver avait rencontrée le jour de son arrivée dans l'abri, avait essayé d'avaler des pilules dérobées dans la pharmacie. Le bruit de ses vomissements, quand on lui avait enfoncé un tube en caoutchouc dans la gorge, l'avait tiré de son profond sommeil, la nuit précédente.

Il se laissa tomber sur l'oreiller, un bras derrière la tête. Selon les médecins, il était resté cinq jours inconscient, d'abord à cause de l'irradiation, ensuite des morsures de rats qui s'étaient attaqués à lui comme des brutes avides refusant d'être exclues de la fête. En vérité, il avait eu de la chance. La dose de radiations était minime bien qu'affaiblissante et le docteur Reynolds avait trouvé un produit pour arrêter l'infection. Elle avait donné les explications nécessaires sur les maladies transmises par la vermine et, par précaution, avait vacciné tous ceux qui se trouvaient dans l'abri. Tout le monde, d'après elle, était en sécurité à l'intérieur, mais il leur faudrait bien, un jour, remonter à la surface, et il valait mieux être préparé à tout danger susceptible de survenir là-haut. Les rats, se disait Culver, seraient le cadet de leurs soucis.

Il souleva le drap pour examiner la morsure. La blessure n'était plus pansée et avait un aspect pourpre. Elle était légèrement douloureuse. Il allait vivre.

Laissant le drap retomber sur son corps nu, il fixa le lit supérieur. Comme après toute maladie débilitante, tout semblait empreint de fraîcheur, même les couleurs criardes des murs de l'infirmerie. Les néons avaient plus d'éclat, plus de netteté, les montants en fer du lit se détachaient clairement. Même l'air conditionné semblait plus frais. Il se rappelait à peine les souffrances endurées — excepté les crampes d'estomac —, mais le docteur Reynolds lui avait dit qu'à un moment donné, il était devenu jaune comme un Chinois. La fièvre avait engendré des spasmes musculaires, des vomissements constants et du délire, le tout intensifié par les radiations absorbées par le corps. Heureusement, l'antidote avait rapidement fait effet et toutes les toxines avaient disparu avec la transpiration les premiers jours. Par la suite, une fatigue générale l'avait réduit à néant et le repos total avait été l'unique remède.

Culver se sentait assez bien. Peut-être un peu faible, mais il était certain que sa force lui reviendrait dès qu'il serait debout. Si seulement il savait où étaient ses affaires.

Il repoussa les draps et mit les pieds par terre, puis se remit vite dans le lit et se couvrit jusqu'à la taille en voyant la porte s'ouvrir. La jeune fille entra et sourit en le voyant à moitié assis sur le lit.

— Vous avez bonne mine, lui dit-elle en s'approchant.

— Oui, je me sens, euh... bien.

Elle s'assit à l'extrémité du lit, en se penchant légèrement pour ne pas se cogner la tête contre le lit supérieur.

— Nous avons eu quelques inquiétudes. Je ne savais pas que le corps humain pouvait évacuer tant de déchets en un temps si court.

— Ouais, mais je préfère ne plus y penser. C'est vous qui vous êtes occupée de moi ? fit-il, l'air surpris.

— Oui, avec le docteur Reynolds, à tour de rôle. Vous ne vous souvenez de rien ? Pourtant elle est restée tout le temps auprès de vous quand la fièvre était à son paroxysme.

— Des images surgissent dans mon esprit, dit-il en se frottant la barbe. (Puis il ajouta, après avoir gardé le silence quelques instants :) Vous me regardiez. Je me rappelle votre visage penché sur moi. Vous pleuriez.

— Je ne savais pas la gravité du mal, fit-elle en évitant son regard, je ne savais pas non plus si vous alliez survivre. Vous aviez l'air si mal en point.

— Vous étiez inquiète ? lui demanda-t-il, surpris une seconde fois.

Kate s'approcha et lui passa les doigts dans ses cheveux en broussaille d'un blond roux, comme pour le coiffer.

— Vous avez les yeux brillants.

— Je suppose que ce sont toutes les vitamines que notre médecin me fait avaler.

— Elle dit que paradoxalement vous avez eu plus de chance que nous autres.

— Ça, c'est la meilleure, dit-il en éclatant de rire. Et pour quelles raisons ?

— Vous avez été en dehors de tout. Ces derniers jours, vous n'avez eu qu'une seule préoccupation : l'instinct de conservation. Même au plus profond de votre délire, cet instinct luttait, refusant de se laisser aller. Et Clare — le docteur Reynolds — dit que votre esprit a fait autre chose.

Culver lui saisit gentiment le poignet pour l'empêcher de lui caresser les cheveux.

— Quoi ?

— L'esprit est une remarquable machine, il peut faire plusieurs choses à la fois. Tout en vous aidant à reprendre le dessus, il faisait une mise au point.

— Une mise au point ?

— Par rapport à tous les événements passés. Oh, vous avez eu votre part de cauchemars, de rêves aussi à en croire les sons que vous émettiez, mais pendant ce temps, votre esprit recréait tout le passé, et... le digérait, si vous voulez. Nous avons dû passer par là, nous aussi, mais consciemment. Nous avons dû vivre et revivre certains épisodes de notre vie, et, comme vous le voyez, certains ne l'ont pas supporté. Il y en a d'autres encore qui n'en seront pas capables.

Il lui lâcha le poignet et elle posa sa main sur sa poitrine.

— Le serez-vous ? lui demanda-t-elle.

— Je n'en suis pas sûr. Au début, j'ai pensé que ce serait impossible. Maintenant je ne sais plus. C'est incroyable ce que l'on peut endurer. Je ne veux pas dire que nous finirons par accepter cette guerre nucléaire, mais je crois que les circonstances nous y forceront. Nous devrons vivre avec ce que nous avons.

Culver fut surpris de son changement soudain. Elle aussi avait été en état de choc profond, les premières heures de leur arrivée dans le refuge. Il n'avait pas eu la chance de voir ce qui s'était produit ensuite. Il lui effleura la joue du dos de la main.

— Je crois que ce n'est pas la première fois que nous passons de tels instants. Ou quelque chose de similaire.

— Oui, quand nous sommes arrivés, fit-elle en essayant de sourire. Cela m'a aidée.

— Moi aussi. On essaie encore ?

Elle cligna des yeux, sans doute pour en chasser le voile humide.

— On nous demande tous deux ailleurs, lui dit-elle.

Il fronça les sourcils.

— Alex Dealey veut vous voir à la salle d'état-major.

— Alors il a déjà établi un poste de commande.

— Cet endroit est plus surprenant que vous ne le pensez. Même les techniciens qui travaillent ici au jour le jour n'avaient aucune idée de ce que contenait exactement cet abri. Apparemment presque tout le complexe était interdit d'accès, même à eux.

— Ouais, c'est compréhensible. Les autorités ne tenaient pas à divulguer l'existence de tels bunkers. Les gens auraient pu s'en mêler et s'effrayer, fit-il d'un air narquois. Vous voulez dire que je peux me lever de ce foutu lit sans que le toubib vienne me botter les fesses?

— Elle ne vous trouvera aucune excuse pour tirer au flanc.

— Elle a changé de musique, fit-il en secouant la tête, l'air toujours narquois. Un seul problème : dois-je y aller nu ou puis-je me fabriquer une toge avec ces draps?

— Je vais chercher vos affaires.

Kate se dirigea rapidement vers une petite porte à l'autre bout de l'infirmerie, jetant, au passage, un coup d'œil aux silhouettes étendues sur les autres lits. Elle disparut derrière la porte et Culver perçut le bruit d'une armoire qu'on ouvre et qu'on referme. Elle revint avec quelques vêtements familiers.

— Propres, mais pas repassés, annonça-t-elle en les lui lançant sur les genoux. Oh, j'ai réparé de mon mieux le trou aux genoux de votre jean. Ce n'est pas très joli, mais, au moins, c'est raccommodé.

— Cela vous a donné du travail.

— Je n'ai pas eu grand-chose d'autre à faire.

— Cela ne vous dérange pas d'attendre dehors? lui dit-il en triant ses vêtements.

Elle le surprit une fois de plus par son rire empreint d'un humour sincère.

— Culver, j'ai fait votre toilette, je vous ai essuyé et j'ai vu tout ce que vous aviez à offrir. Il est trop tard pour jouer les timides.

Ses pieds touchèrent le sol, mais les draps couvrirent sa nudité. Il rougit.

— C'est différent.

— D'accord, fit Kate, le sourire toujours aux lèvres. J'essaierai de ne pas risquer un œil; mais je ne sortirai pas. Vous n'avez peut-être pas la force nécessaire.

Quand il se leva, Culver comprit ce qu'elle voulait dire. Il fut pris de vertige et s'agrippa au lit supérieur. Elle se précipita vers lui.

— Doucement, Steve, un peu de patience.

Il attendit d'y voir plus clair, une main posée sur l'épaule de Kate dont les mèches de cheveux lui effleuraient les doigts. Il avait conscience de la fragrance naturelle de son corps, de sa fraîcheur, du bras passé autour de ses épaules, de la chaleur de sa main sur ses lèvres.

— Merci, marmonna-t-il. J'aurais dû vous écouter. Je reprends mes esprits. Si vous pouviez rester à mes côtés un instant...

Elle le fit avec joie.

— On peut facilement se perdre ici, dit Culver en se laissant guider par Kate le long des couloirs.

Il avait les jambes encore flageolantes, la tête vide, mais sa vitalité lui revenait à grands pas au point qu'il se demandait ce que le docteur Reynold avait bien pu lui administrer.

— C'est un énorme complexe, dit Kate. Je ne prétends pas comprendre tous ces appareils, mais apparemment, nous nous trouvons dans une « station de remplacement », d'après le technicien — pardon, l'ingénieur — qui m'en a fait faire le tour. Mais ne me posez pas trop de questions sur les circuits de distribution intermédiaire et les monosélecteurs entraînés par des moteurs, fit-elle en lançant un coup d'œil vers lui. Il y a un aspect surnaturel dans tout cet équipement électronique qui, pour l'instant, ne fonctionne pas. On a l'impression que c'est vivant, le courant passe toujours, mais on dirait un dinosaure qui sommeille, attendant qu'on le réveille.

— Peut-être est-ce une espèce en voie de disparition. Ce genre de technologie ne va pas jouer un grand rôle dans notre avenir immédiat.

— Je ne pense pas pouvoir passer l'hiver sans ma couverture électrique.

— Essayez une bouillotte. Ou la chaleur d'un corps.

Elle évita son regard et il se sentit soudain stupide. Quelle remarque idiote, se dit-il, furieux contre lui-même.

— Je suppose qu'ils n'ont pas encore réussi à établir un contact, s'empressa-t-il d'ajouter.

— Non, ils ont même utilisé une bande perforée continue sur un télex, mais sans aucune réponse.

— Tant mieux.

Le couloir s'élargit et ils tombèrent sur un homme de petite taille mais large d'épaules qui surgit derrière une rangée d'appareils qui montaient jusqu'au plafond. Contrairement à bon nombre de ses compatriotes à l'intérieur de l'abri, il était bien rasé, ses cheveux blonds parfaitement coiffés.

— Salut ! s'écria l'homme presque gaiement. Ça va mieux ?

— Ouais.

— Bon, à tout à l'heure.

Il passa devant eux et traversa nonchalamment le couloir, les mains enfoncées dans les poches et sifflant faux.

— Il semble assez gai, dit Culver, le regardant de dos.

— Il s'appelle Fairbank. C'est l'un des plus gais lurons ici. Rien ne semble le déranger. Soit il s'est adapté, soit il est fou.

— Et les autres ? D'après ce que j'ai vu la dernière fois, ils ne me paraissent pas très en forme.

— L'humeur change en permanence. C'est contagieux. Un jour, l'atmosphère est chargée d'un optimisme anormal, et le lendemain, une profonde dépression flotte dans l'air, telles des particules de fumée noire. Vous avez vu combien certains sont perturbés dans l'infirmerie. Un ou deux autres ont été traités ici sans que vous vous en doutiez — vous aviez vos propres problèmes.

Ils se retrouvèrent dans un couloir et il remarqua une porte massive avec une lucarne vitrée à hauteur de visage. Dans le mur même, au-dessus de la porte, était placé un voyant rouge, mais la lumière était éteinte. Kate le vit regarder par la fenêtre.

— Vous rendez-vous compte qu'ils ont leur propre studio d'enregistrement ? dit-elle.

— Plus rien ne me surprend, fit-il en la rejoignant.

— Venez par ici, lui dit-elle, le prenant par le bras pour le faire tourner dans un couloir à droite. Devant, il y a la station de remplacement. Elle n'a pas grande utilité quand les communications téléphoniques sont hors service.

Ils passèrent devant une pièce où des rangées de batteries étaient placées dans de longues cuves avec des barres de cuivre rectangulaires au-dessus, qui, selon lui, amenaient le courant. Puis ils se trouvèrent dans un grand espace libre qui était, d'après Kate, la salle principale des machines. Des séries de contacteurs et d'appareillages compliqués étaient alignés, formant d'étroits couloirs; çà et là des moniteurs qui n'étaient autre que des oscilloscopes étaient posés sur des chariots; les voyants, qui s'allumaient en cas de panne, étaient désormais inutiles car aucun signal ne parvenait dans le complexe. Culver leva les yeux et aperçut des réseaux de câbles maintenus en l'air par des grilles qui couvraient tout le plafond; on y avait accès par une échelle en métal.

— C'est encore loin?

— On y est presque.

Ils parvinrent enfin à une porte métallique fermée.

— Le quartier général, dit-elle en poussant la porte.

Les gens rassemblés dans la salle étudiaient une carte, le dos tourné à Culver. Il remarqua d'autres cartes, la plupart du Royaume-Uni, accrochées au mur par des punaises de couleur. L'une d'elles était couverte d'un quadrillage dessiné à gros traits noirs.

Dealey désignait un endroit sur la carte, tapotant de son doigt dodu le papier plastifié comme s'il insistait sur un point. Quelque chose avait changé chez lui; ce n'est que lorsqu'il se retourna que Culver s'en rendit compte.

— Plus de pansements, fit-il. Vous voyez?

— Aussi bien qu'avant, fit-il en désignant une chaise. Je suis heureux de vous voir debout, mais n'en faites pas trop. Reposez-vous.

Clare Reynolds fit le tour du bureau où ils étaient tous rassemblés.

— Vous avez l'air tellement mieux, Steve. Vous nous avez inquiétés.

— Merci de vous être occupée de moi, lui dit-il, heureux de s'affaler sur une chaise.

— Kate a été une infirmière très dévouée.

Il ne répondit pas mais fixa Dealey qui avait laissé

tomber son veston mais pas sa cravate. D'autres dans la salle — Bryce, l'officier du ROC, et plusieurs autres dont Culver ne connaissait pas le nom — étaient vêtus de façon moins formelle, en manches de chemise et le col ouvert. Seule l'apparence soignée de Farraday rivalisait avec celle de Dealey.

— Il semblerait que nous avons eu la chance de nous mettre à couvert à temps, fit Dealey en s'asseyant sur une chaise derrière le bureau. (Les autres cherchaient des sièges dans la pièce, tandis que Farraday s'était appuyé contre un mur, les bras croisés.) Un peu plus et le taux de radiations était trop élevé. Je tiens à vous remercier de m'avoir mené jusqu'ici.

— Comme je vous l'ai déjà dit, dit Culver sans relever, nous avions besoin l'un de l'autre. Je suis content que vous ayez recouvré la vue.

— C'est revenu au bout de quelques jours. Dieu merci, ce n'était pas définitif.

Culver le trouva encore assez las, les traits tirés, mais qui aurait pu s'en étonner? De toute évidence Dealey avait pris les choses en main et Culver ne lui enviait pas cette responsabilité. En dévisageant les autres, il lut la même fatigue sur leurs visages. Le médecin devait avoir raison : lui, Culver, avait eu, si l'on peut dire, la chance de rester à l'écart de tout cela ces derniers jours.

— Nous ne savons pas grand-chose de vous, Culver, si ce n'est que vous vous êtes bien débrouillé, fit Dealey, les sourcils froncés, comme si le compliment n'était pas aisé. Peut-on vous demander ce que vous faisiez avant l'attaque?

— Quel est le rapport avec notre situation?

— Je ne sais pas encore. Nous sommes un petit groupe et les talents de chacun peuvent être utiles pour notre survie. Il y aura certainement d'autres groupes — des communautés entières, en fait —, et j'espère qu'au bout du compte nous pourrons rassembler toutes nos ressources. Pour l'instant, toutefois, nous ne pouvons compter que sur nous.

— Je ne pense pas que mon... mon métier puisse nous être utile dans ces circonstances, fit Culver en souriant, avant d'ajouter presque en s'excusant : Je pilote des hélicoptères.

— Ah, s'exclama Dealey avec un soupir, en se renversant sur son siège, l'air intéressé.

— J'avais ma propre affaire, rien de bien important. Simplement un associé pour la gestion. Un autre pilote et une petite équipe au sol. Rien d'extraordinaire.

— Que transportiez-vous? lui demanda Farraday.

— Du fret principalement et des passagers de temps à autre. Nous opérions à partir de Redhill, c'était pratique pour Londres et le Sud. Mais, croyez-moi, nous ne menacions pas Bristow, la grande compagnie d'hélicoptères basée au même endroit, fit-il avec un sourire.

Farraday semblait intéressé.

— Quels types de machines aviez-vous?

— Nous n'en avons que trois. Comme je vous l'ai dit, nous sommes une petite compagnie. Le plus grand est un bimoteur Westland Wessex 60, que nous utilisons — excusez-moi, j'oublie toujours — que nous *utilisions* pour transporter du fret et comme grue aérienne. Il pouvait prendre jusqu'à seize passagers, aussi était-ce pratique pour les hommes d'affaires, les voyageurs de commerce ou les groupes qui se déplaçaient à travers le pays. Nous avons même emmené en tournée des orchestres de rock et leurs fans, pas simplement à cause de la rapidité et de la commodité, mais pour les sensations que le voyage leur procurait. Il y avait un appareil plus petit, un Bell 206B, que nous utilisions pour des tâches mineures, comme la surveillance et le fret. Il pouvait prendre quatre passagers, aussi servait-il au transport du personnel de direction.

L'espace d'un instant, Culver eut une expression de regret.

— Mon plus petit était un Bell 47, qui ne pouvait contenir que deux personnes. J'ai appris à piloter à bien des gens dans cette vieille machine, peut-être pas selon les critères de l'Administration de l'aviation civile, mais suffisamment bien pour qu'ils ne soient un danger ni pour eux-mêmes ni pour les autres. Je l'avais équipé également pour traiter les cultures, ce qui m'a valu de travailler beaucoup avec des fermiers locaux.

Dealey l'observait d'un air bizarre. Culver avait l'impression qu'il le découvrait littéralement (à moins qu'il ne soit venu le voir dans l'infirmerie, ce dont Culver doutait). Tous les attributs physiques que Dealey avait associés à la voix de Culver étaient maintenant confirmés ou démentis.

— Juste par curiosité, demanda Farraday : qu'est-ce qui vous a amené à Londres mardi dernier ?

— J'essayais d'obtenir des fonds pour un nouvel hélicoptère, un vieux Bell 212 dont la compagnie Bristow voulait se débarrasser. Ils n'acceptaient pas de leasing, aussi devais-je me débrouiller pour trouver l'argent. Ma banque a fini par être convaincue que ce projet était bénéfique pour la compagnie.

— Vous alliez demander un prêt à la banque en blouson de cuir et en jean ? demanda Dealey d'un air incrédule.

— C'était Harry, mon associé, qui négociait habituellement, fit Culver, avec un sourire. De plus, toutes les démarches avaient déjà été faites ; je venais seulement conclure l'affaire. (Le sourire disparut.) J'étais en retard, ce que Harry ne supportait pas très bien. Il devait m'attendre à la banque. Sans doute s'excusait-il auprès du directeur.

— Peut-être était-il à l'abri, à l'intérieur, fit Dealey, se doutant de ce qui se passait dans la tête de Culver.

— La banque était située près des bureaux du *Daily Mirror*, dit Culver en secouant la tête. Quand nous sommes passés devant, j'ai vu qu'il n'en restait pas grand-chose, y compris des bâtiments autour.

Il régna dans la pièce un silence pesant que Culver rompit.

— Bon, alors qu'allons-nous faire ? Je suppose que la raison de notre réunion est de discuter de notre avenir.

Farraday s'écarta du mur et alla s'asseoir sur un coin du bureau de Dealey, les bras toujours croisés.

— C'est exact, monsieur Culver. Nous devons élaborer un plan d'action, non seulement pour les semaines que nous allons devoir passer dans cet abri, mais aussi pour la suite des événements. Il nous faut aussi décider de la date de notre sortie.

— Est-ce que tout le monde ne devrait pas être tenu au courant ? s'exclama Culver en promenant son regard dans la pièce. Nous sommes tous concernés.

Bryce, le responsable de la Protection civile, gêné, s'agita sur son siège.

— Je crains qu'un différend ne naisse entre nous, « les officiels », si vous voulez, et le personnel du central téléphonique. C'est parfaitement incongru, mais, à petite échelle, cela vous montre que les gouvernements, depuis la dernière guerre, ont prévu les insurrections civiles après une guerre nucléaire.

— Vous avez dû remarquer, l'interrompit Dealey, que les bâtiments des ministères, récemment construits, ressemblent à des forteresses.

— Pas vraiment.

— Le fait que vous, et le public en général, ne l'ayez pas remarqué, fit Dealey en souriant, est un succès en soi pour les différents gouvernements qui ont fait construire ces bâtisses. Elles ont été construites, évidemment, dans le but de servir de places fortes en cas de soulèvement ou de tentative de coup d'État, et pas simplement dans l'éventualité d'une révolution à la suite d'une guerre nucléaire. Plusieurs d'entre elles sont même entourées de fossés, comme l'Institut mondial dans la City, ou possèdent des sous-sols secrets dont l'accès est difficile. Le meilleur exemple en est la caserne des Gardes à Kensington avec les meurtrières des murs d'enceinte.

— Attendez, s'exclama Culver en levant la main, vous me laissez entendre qu'une révolution se prépare ici ?

— Pas encore, intervint Clare Reynolds. Mais le ressentiment grandit chez les ingénieurs et le personnel du central téléphonique. Ils ont subi tant de pertes, voyez-vous, et nous, qui représentons les autorités, sommes tenus pour responsables. Peu leur importe que nous ayons, nous aussi, tout perdu, et que nous ne soyons pas responsables de cette guerre ; à leurs yeux, nous représentons les instigateurs.

— Certainement pas vous, un médecin ?

— Ils soupçonnent tout ce qui symbolise l'autorité.

— Des réunions comme celle-ci, d'où ils sont exclus, ne doivent pas arranger les affaires.

— Nous n'avons pas le choix, répliqua sèchement Dealey. C'est impossible d'associer tout le monde aux décisions politiques.

— Ils ont peut-être l'impression que c'est la raison essentielle pour laquelle le monde en est là.

Dealey et Bryce échangèrent un regard.

— Peut-être nous sommes-nous trompés sur votre compte, fit Dealey. Nous pensions qu'en tant que profane, qu'élément neutre, si vous voulez, vous nous seriez utile pour venir à bout de cette discussion qui ne mène à rien. Si vous pensez ne pas pouvoir coopérer...

— Ne vous méprenez pas. Je ne suis pas contre vous. Je ne suis contre personne. Ce qui est arrivé est arrivé, et rien ne pourra y changer quoi que ce soit. Je suis simplement hostile à l'idée de poursuivre, comme par le passé, une politique qui nous a amenés là. Vous ne comprenez pas?

— Si, monsieur Culver, répondit Farraday, nous comprenons votre façon de voir. Malheureusement, ce n'est pas aussi simple.

— Rien n'est jamais simple.

— Le jour de votre arrivée dans cet abri, protesta Dealey, vous avez été le témoin de leurs dissensions. Vous avez vu combien voulaient partir. Seul le bon sens du docteur Reynolds a réussi à les en dissuader. Nous ne pouvons fuir nos responsabilités envers qui que ce soit, et principalement envers nous-mêmes, en nous en remettant à la loi du peuple.

— Je ne parlais pas de loi du peuple, mais de la décision d'un groupe.

— Nous y consacrerons suffisamment de temps, une fois la crise passée.

— Nous sommes en pleine crise et elle ne va pas passer, répliqua Culver, sentant la colère monter en lui. (Il se rappelait Dealey, l'incitant à abandonner Kate aux rats dans le tunnel. A travers toute cette épreuve, l'instinct de conservation avait été son unique préoccupation.) Nous avons tous des intérêts dans cette affaire, Dealey, moi, vous, et ces malheureux, derrière la porte. Ce n'est pas à nous de décider de leur avenir.

— Vous interprétez mal notre action, fit Bryce dans un esprit de conciliation. Nous avons seulement l'intention d'élaborer un projet, pas de décider. Ensuite nos idées seront présentées à chacun et nous en discuterons ensemble. Ce n'est qu'après que les décisions seront prises.

— Bien, répondit Culver, s'efforçant de se détendre, je tire sans doute des conclusions hâtives. Il est possible que vous ayez raison, que l'ordre soit nécessaire. Mais laissez-moi vous dire une chose : l'époque de la course au pouvoir est révolue.

Sur ces mots, il fixa Dealey dont le visage était impassible.

— Nous pouvons donc conclure que vous nous aiderez, fit Dealey.

— Je ferai de mon mieux pour aider tous ceux qui se trouvent dans cet abri.

Inutile de s'opposer à cette déclaration plutôt ambiguë, se dit Dealey. Il avait espéré trouver un allié en Culver, car toute personne supplémentaire dans le petit noyau représentant l'autorité serait de grande utilité dans le déséquilibre des nombres. Si les événements s'étaient déroulés comme prévu, bien d'autres « étrangers » auraient atteint l'abri et ce problème ne se serait jamais posé. Il était déçu, ayant imaginé que les circonstances précédentes auraient pu créer un lien entre lui et Culver, mais il se rendait compte que le pilote n'avait aucune confiance en lui. Culver n'était pas un imbécile.

— Très bien, fit-il pour éviter toute dispute. Avant votre venue, nous localisions les abris de la ville et leurs tunnels de liaison. Les autres cartes au mur indiquent les treize lieux où se situent les sièges régionaux du gouvernement et les différents bunkers. La plupart d'entre eux n'ont pas dû souffrir de l'attaque nucléaire, si toutefois ils n'ont pas servi de cible directe. Les quadrillages indiquent les lignes de communications entre les sièges régionaux et départementaux. (Dealey désigna une carte du sud-ouest de l'Angleterre.) Là, vous voyez la position du QG des forces de l'armée de terre du Royaume-Uni, opérant à partir d'un vaste bunker à Wilton, près de Salisbury.

— C'est de là que le gouvernement opérera? demanda Culver, intrigué.

— Euh, non. Il existe plusieurs emplacements pour le siège national, Bath et Cheltenham, pour n'en citer que deux. (Il sembla hésiter, et Culver vit Bryce faire un léger signe de tête. Dealey en comprit la signification et poursuivit.) Bien que les faits aient été soigneusement cachés au public, plusieurs hypothèses, bien étayées, ont été avancées en ce qui concerne le lieu secret du bunker gouvernemental, en cas d'ultime recours. La plupart des hypothèses avancées se sont révélées exactes, mais nul n'a compris l'ampleur, ou la complexité, d'un tel abri.

— Où se trouve-t-il? demanda Culver à voix basse.

Le docteur Reynolds craqua une allumette et alluma une cigarette qui pendait mollement de ses lèvres depuis un moment. Farraday s'éloigna du bureau et s'appuya contre un mur, les bras ballants, les mains enfoncées dans les poches de son pantalon. Bryce semblait satisfait, comme s'il avait personnellement joué un rôle considérable dans la survie de ses créanciers.

— Sous le quai Victoria, murmura Dealey. Près du Parlement, et par le tunnel, facile d'accès depuis le Palais, Downing Street et tous les bâtiments officiels regroupés dans cette zone plutôt exiguë de la ville. L'abri, à lui seul, s'étend des bâtiments du Parlement à Charing Cross où un autre tunnel, parallèle à celui du métro de la ligne Charing Cross-Waterloo, traverse la Tamise.

— Il y a *deux* tunnels?

— Oui. Le second, qui est secret, est un bunker qui permet de traverser la Tamise rapidement et en toute sécurité, au cas où les ponts alentour seraient détruits ou bloqués.

— Comment a-t-on pu garder secret un tel endroit? Comment a pu se faire la construction à l'insu de tous?

— Vous êtes-vous jamais demandé pourquoi la plupart des circuits de câbles et des nouvelles lignes de chemin de fer souterrain dépassent inévitablement les prévisions budgétaires et, pourquoi, invariablement, la construction est plus longue que prévu ? Les lignes Victoria et Jubilee sont les meilleurs exemples de percements de tunnels qui ont dépassé de loin l'allocation budgétaire et les prévisions d'achèvement.

— Vous voulez dire qu'ils étaient une couverture pour les travaux effectués dans des sites secrets ?

— Disons simplement qu'on avait prévu plus d'espace que nécessaire pour les lignes de métro. Et tous les ouvriers employés à cette tâche — tout au moins ceux qui œuvraient sur les points sensibles — étaient assermentés, selon la loi du secret d'État, avant d'être embauchés.

— Même avec ces précautions, il a dû y avoir des fuites.

— Oui, mais la censure a empêché toute exploitation médiatique.

Culver laissa échapper un bref soupir.

— Ainsi l'élite a pu s'en sortir.

— Pas l'élite, Culver, répliqua Dealey d'un ton sec, le personnel clé et certains ministres, susceptibles de relever le pays après une telle catastrophe. Et les membres de la famille royale, naturellement.

— Ont-ils eu le temps de gagner l'abri ?

— Tout est prévu pour les ministres et la famille royale en cas d'agression étrangère, quel que soit le lieu où ils se trouvent. Du quartier général même par une voie de secours qui s'étend sur des kilomètres sous terre. Elle arrive sous l'aéroport de Heathrow. De là, on peut s'échapper n'importe où dans le monde.

— A moins que l'aéroport n'ait été détruit, dit Clare Reynolds, laissant échapper de ses lèvres serrées la fumée de sa cigarette.

— Auquel cas, on peut envisager une échappée n'importe où dans le pays, répliqua Dealey, tapotant inconsciemment de ses doigts le bureau. Pour l'instant, nous ne sommes pas parvenus à entrer en communication avec le QG de Victoria Embankment, et c'est vital de le faire le plus vite possible. Nous avons l'intention d'envoyer en reconnaissance un petit groupe pour explorer les conditions là-haut, dès que le niveau des retombées le permettra. Il nous faut également évaluer l'état des tunnels, ce qui permettrait d'établir la route la plus sûre pour parvenir à l'abri gouvernemental. Nous espérons que vous accepterez de faire partie de ce groupe de reconnaissance, fit-il en regardant Culver droit dans les yeux.

— Avez-vous faim, Steve ?

— Puisque vous en parlez, oui, fit-il en regardant Clare Reynolds, qui avait posé la question avec un sourire narquois. En fait, je suis affamé.

— Très bien, c'est bon signe. Dans un jour ou deux, vous serez frais comme au premier jour, fit-elle en désignant de la tête le chemin de la cantine. Inutile d'en faire trop.

Elle passa devant, suivie de près par Kate et Culver.

— J'aimerais une boisson forte pour me remettre de cette longue réunion, fit-elle en jetant un coup d'œil par-dessus son épaule. C'est dommage que ce soit aussi frugalement rationné.

— Moi aussi, j'en aurais besoin, acquiesça Culver, mais je suppose qu'il n'y a pas de grandes réserves par ici, non ?

— Faux, dit Kate. Il y en a plein, mais Dealey croit qu'il est plus sage de les laisser sous clé. Un excès d'eau-de-vie n'est pas bon pour les indigènes.

— Il a peut-être ses raisons, répliqua le médecin. Les indigènes sont assez agités.

— C'est vraiment aussi dangereux que cela ?

— Pas vraiment, Steve, mais ce n'est pas très clair. Il est possible que Dealey souffre d'un léger complexe de persécution parce que, en tant que responsable du gouvernement, tous les ressentiments sont dirigés contre lui. Mais malgré l'étendue du complexe, il règne un certain climat de claustrophobie, mêlé à un sentiment de mélancolie, même d'hystérie refoulée; ce qui pourrait mener à une situation explosive. Un excès d'alcool serait nocif.

Culver ne pouvait qu'approuver tacitement. L'atmosphère dans l'abri était pesante et il comprenait la nervosité de Dealey. Un sentiment de lassitude s'abattit de nouveau sur lui, la réunion à laquelle il venait d'assister lui ayant ôté tout son entrain. Culver avait été surpris de la minutie des plans d'urgence destinés à parer à toute éventualité. Ils avaient été régulièrement examinés, modifiés, changés puis mis en pratique pendant des décennies, de la guerre froide à la détente; c'était un conflit latent qui couvait insidieusement.

Dealey avait, une fois de plus, défini l'organigramme du commandement, mais avec plus de détails qu'à la première séance d'informations à laquelle Culver avait assisté.

Le pays avait dû être divisé en douze régions, chacune pouvant opérer de façon autonome. Sous le siège national, se trouvaient douze sièges préfectoraux et, plus bas, vingt-trois QG départementaux, qui donnaient aux responsables des comtés des ordres qui se répercutaient au niveau des districts et des sous-districts. Au bas de la liste, les derniers, dans l'ordre hiérarchique, étaient les centres sociaux et les lieux de repos.

Chaque région avait son propre quartier général des forces armées; les commandants militaires régionaux et le personnel logeaient dans des bunkers souterrains : ces forces, travaillant en collaboration avec la police et les unités mobilisées de la Protection civile, veillaient à ce que les nouvelles lois d'exception soient appliquées. Les entrepôts pharmaceutiques et autres, même les supermarchés devaient maintenant être sous le contrôle des autorités locales. Certains bâtiments, les autoroutes et les routes clés devaient être réquisitionnés par les militaires. L'évacuation de tous n'avait pas été prévue. En fait, elle serait fortement déconseillée, car elle provoquerait trop de troubles dans un monde déjà perturbé, trop de désordre au sein de plans minutieusement élaborés.

Culver frémit à l'idée du Nouvel Ordre qui avait dû déjà s'établir. A moins, bien sûr, que les dégâts n'aient été bien plus importants que prévu, le monde agonisait, incapable de répondre à toute tentative d'organisation.

Il fut interrompu dans ses pensées. Le médecin s'était arrêté car un ingénieur, agité, s'était approché d'elle et lui avait glissé quelques paroles à l'oreille. Il fit demi-tour sans attendre de réponse et repartit rapidement d'où il venait.

— Qu'est-ce qui ne va pas? demanda Culver.

— Je ne sais pas exactement, répondit le docteur Reynolds, mais il se passe quelque chose d'intéressant. Ellison veut me faire entendre un bruit.

Elle suivit la silhouette qui s'éloignait et arriva dans la salle des ventilateurs.

Un groupe d'hommes, certains vêtus de combinaisons blanches, d'autres habillés normalement, étaient rassemblés autour d'une large conduite d'air dont la partie verticale, supposait Culver, s'élevait jusqu'à la surface. Sans doute des filtres empêchaient-ils l'entrée de toute poussière radioactive. Fairbank se trouvait parmi eux.

— Alors, qu'allez-vous nous apprendre? demanda le docteur Reynolds, sans s'adresser à qui que ce soit en particulier.

Ce fut Fairbank qui répondit. Ses yeux avaient un éclat particulier mais aussi une lueur d'incertitude.

— Écoutez, dit-il en se tournant vers la conduite d'air.

Par-dessus le bourdonnement du générateur, ils percevaient un bruit persistant. Un crépitement régulier, un martèlement.

— Qu'est-ce que c'est? demanda Kate, se tournant vers Culver.

Il le savait, le médecin également, mais Fairbank répondit.

— La pluie, dit-il. Il pleut là-haut, il tombe des hallebardes.

LIVRE II

LES SÉQUELLES

Leur heure avait sonné.

Elles le sentaient, elles le savaient.

Un événement s'était produit dans le monde extérieur, un holocauste que les créatures ne comprenaient pas; pourtant leur instinct leur disait que l'adversaire tant redouté n'était plus le même, qu'il avait été atteint, affaibli. Les créatures avaient tenu compte de l'expérience de celles qui s'étaient cachées dans les tunnels, tuant et se nourrissant des humains, satisfaisant ainsi un désir qui sommeillait en elles depuis bien des années, refoulé parce que leur survie dépendait précisément de ce refoulement. La soif de sang s'était ranimée et se déchaînait.

Et les tunnels, les égouts, les conduits, les trous noirs dans lesquels elles s'étaient embusquées, sans connaître ni désirer une existence différente, s'étaient effondrés, laissant l'univers de la lumière empiéter sur leur sinistre royaume.

Furtivement elles montèrent à la surface, humant l'air, intriguées par le bourdonnement incessant, émergeant sous la pluie qui imprégnait leur pelage hérissé. D'abord, l'éclat de la lumière aveugla leurs yeux perçants, bien que le ciel ait pris un ton gris peu naturel; timides, craintives, elles avançaient à petits pas, encore à l'abri du regard humain, encore apeurées devant leur adversaire de toujours.

Les bêtes, au pelage noir zébré par la pluie, sortirent de l'ombre et se faufilèrent en grand nombre dans la cité en ruine, à la recherche de nourriture. De chair fraîche. De sang chaud.

10.

Sharon Cole sentait que sa vessie allait éclater si elle n'agissait pas très vite. Malheureusement, l'obscurité lui faisait peur et elle savait qu'au-delà du cinéma *The Pit*, il faisait nuit noire. Tous les autres semblaient dormir, leur respiration, leurs ronflements et le murmure de leurs plaintes remplissaient de bruits la petite salle aux gradins abrupts. Quand on ne dormait pas, l'horreur ne vous quittait pas; et même quand on dormait, les cauchemars ne vous laissaient jamais en paix.

Ils savaient que c'était la nuit, simplement parce que leurs montres l'indiquaient; d'un commun accord, les premiers jours, ils s'étaient efforcés méthodiquement de maintenir l'ordre naturel, comme si la poursuite d'un rituel conférait un semblant de normalité à des circonstances anormales.

Seules trois précieuses bougies permettaient de ne pas être totalement dans le noir, les hommes ayant décidé que les piles des torches étaient plus précieuses et ne devaient pas être gaspillées pendant les heures d'inactivité. Un ou deux avaient suggéré une extinction totale, la nuit, mais la majorité, autant les hommes que les femmes, avaient insisté pour laisser une lumière allumée même lorsqu'ils dormaient, croyant peut-être, comme leurs ancêtres de Neandertal, que la lumière repoussait les esprits maléfiques. La plupart d'entre eux expliquaient qu'il devrait toujours y avoir une lumière en cas d'urgence, précaution raisonnable, mais chacun savait que les lueurs vacillantes des bougies, placées de façon stratégique dans la salle de cinéma souterraine, n'étaient là que pour les sécuriser.

Sharon remua inconfortablement sur les trois sièges sur lesquels elle était étendue, ce qui ne fit qu'accroître sa gêne intérieure. Elle gémit. Oh, Dieu, il lui fallait aller aux toilettes.

— Margaret? murmura Sharon.

La femme, allongée dans la même rangée qu'elle et dont la tête touchait presque celle de Sharon, ne bougea pas.

— Margaret? dit-elle, un peu plus fort, cette fois, mais il n'y eut toujours pas de réponse.

Sharon se mordit la lèvre inférieure. Toutes deux avaient contracté une alliance tacite ces dernières semaines, forme de protection mutuelle contre tous les inconvénients et les risques d'une aussi fâcheuse situation. Elles faisaient partie d'un groupe de survivants; ils étaient moins de cinquante, maintenant que plusieurs d'entre eux venaient de mourir. Sharon avait à peine dix-neuf ans; apprentie maquilleuse au théâtre situé à l'étage supérieur, mignonne, mince, elle prétendait s'intéresser à l'art; Margaret, la cinquantaine, rondelette, autrefois gaie, portait l'uniforme marron de l'équipe de nettoyage du secteur culturel et commercial de l'énorme complexe. Par le passé, dans les moments difficiles, les nombreuses périodes de dépression qu'elles avaient traversées — certes, de plus en plus rares —, elles s'étaient soutenues à tour de rôle, chacune comptant sur la force de l'autre dans ses instants de faiblesse. Toutes deux supposaient que leur famille — un mari et trois grands enfants pour Margaret, des parents, une sœur cadette et plusieurs petits amis pour Sharon — était morte sous les bombes, et toutes deux avaient besoin d'un soutien, de quelqu'un à qui se raccrocher, sur qui compter. Elles étaient devenues presque comme mère et fille.

Mais Margaret dormait profondément, peut-être pour la première fois depuis bien des semaines, et Sharon n'avait pas le courage de la réveiller.

Elle se redressa et jeta un coup d'œil aux rangées

obscures, bondées de corps agités. Une bougie luisait au centre de la petite scène, sa faible lueur se reflétait à peine sur l'écran gris derrière. Dans un coin étaient entreposées les maigres provisions entassées à la hâte, prises dans la cafétéria détruite, deux étages au-dessus du *Pit*, minuscule cinéma luxueux. Les vivres avaient coûté très cher.

Un gardien avait indiqué à six autres, tous des hommes, poussés par la faim, où s'approvisionner après une semaine de réclusion. Ils avaient ramené autant de vivres non contaminés que possible, ainsi que des lampes, des bougies, des seaux (pour les réserves d'eau), une trousse de secours (qu'ils avaient encore à utiliser), du désinfectant et des rideaux qui serviraient de couvertures. Mais aussi le cancer, séquelle fatale des bombes atomiques.

Il leur fallut deux jours avant de pouvoir parler du spectacle apocalyptique dont ils avaient été les témoins — pas âme qui vive, mais une multitude de corps mutilés au milieu des décombres — et trois jours avant que le premier d'entre eux n'ait les premiers symptômes d'irradiation. Très vite, quatre moururent, et quelques jours plus tard, les deux derniers suivirent. Leurs corps gisaient dans un coin du hall d'entrée, des rideaux leur servant de linceul.

Et les toilettes étaient aussi dans l'entrée qui servait de sombre sépulture.

Pour l'amour de Dieu, Margaret, comment peux-tu dormir alors que j'ai besoin de toi?

Le hall d'entrée, devant la salle, était considéré presque comme un sas, séparant les survivants du monde contaminé; on ne devait y pénétrer qu'en cas de nécessité absolue; les portes du cinéma étaient maintenues fermées en permanence et ne devaient être ouvertes que rapidement pour entrer, ou plutôt à peine entrouvertes pour laisser un corps se faufiler. Le danger d'irradiation était minime, car l'escalier principal, spirale assez étroite, était bloqué par les décombres (l'équipe de secours avait utilisé l'escalier de service qui se trouvait derrière une porte massive). Dans le hall se trouvaient les cabines téléphoniques, de longs sièges incurvés autour de petites tables scellées au plancher, un bar (les réserves d'alcool avaient été transférées au cinéma), les cages d'ascenseur et les toilettes publiques, d'une valeur inestimable, parce qu'elles offraient une source d'eau (chaque jour les survivants s'attendaient à voir le flot se tarir) et permettaient de maintenir l'hygiène sanitaire. Pour économiser les réserves, on ne tirait la chasse que tous les deux jours. Tous préféraient oublier l'éventualité de la contamination de l'eau potable, se disant que, de toute façon, s'ils ne buvaient pas, ils mourraient.

Ainsi Sharon savait-elle qu'il lui faudrait sortir pour pénétrer dans ces catacombes aux voûtes élevées où gisaient les morts et se diriger aux toilettes à la lueur d'une bougie. Seule.

A moins qu'une autre femme parmi toutes celles qui sommeillaient ne fût éveillée et n'ait besoin de faire pipi.

Sharon se leva, promenant avec espoir son regard dans les rangées de sièges, scrutant l'obscurité à la recherche d'une autre personne debout. Elle toussota pour attirer l'attention, mais personne ne répondit. Comment faisaient-ils pour dormir des heures entières, quoique d'un sommeil agité, malgré l'inactivité des longues journées ? Sans doute, se disait-elle, y avait-il là une raison psychologique, une fuite de la sombre réalité vers l'univers onirique. Dommage que les rêves soient généralement si terrifiants.

Sa vessie lui rappela que le temps pressait.

« Mon Dieu », murmura-t-elle en se frayant un chemin avec précaution vers l'allée, évitant le contact des occupants des sièges mauve et vert. La rangée qu'elle avait choisie avec Margaret comme gîte — étrange comme chaque survivant avait délimité son propre territoire — était proche des portes d'entrée, aussi y avait-il peu de marches à franchir pour accéder au fond de la salle. La toile de son jean serré se tendait aux genoux et aux cuisses tandis qu'elle gravissait prudemment les marches, utilisant d'une main le mur à sa gauche, à la fois pour se guider et pour s'appuyer. Elle atteignit la bougie qui brûlait près de la porte et en alluma une autre à la flamme avec précaution, sans même jeter un coup d'œil à la torche électrique posée là, en cas d'urgence.

Sharon ouvrit la porte une fraction de seconde, suffisamment pour glisser son corps mince, ses bouts de seins effleurant le bord. La porte se referma derrière elle, et elle leva la bougie bien haut pour examiner le froid mausolée.

A l'intérieur de la salle, une silhouette se dressa furtivement dans l'obscurité.

Heureusement pour Sharon, la faible lueur n'éclaira pas les cadavres drapés à l'autre bout de la pièce, mais il régnait une forte odeur de décomposition. Elle traversa très vite la salle recouverte d'un épais tapis, sans laisser de traces sur la poussière qui s'était incrustée dans cet amoncellement de débris, se dirigea vers les toilettes les plus proches, celles des hommes, follement impatiente de se soulager et de revenir le plus vite possible parmi les vivants. On aurait pu laisser les corps dans les cages d'ascenseurs ou dans l'escalier de service, mais tout le monde avait peur d'ouvrir toute porte donnant sur l'extérieur depuis que l'équipe de recherche avait été contaminée. Poussant brusquement la porte des toilettes, soulagée d'être séparée des cadavres, Sharon passa devant les urinoirs et les lavabos et se dirigea vers les deux cabinets à l'autre extrémité. Les miroirs audessus des lavabos reflétaient la lumière, lui conférant une apparence spectrale.

Les deux portes des cabinets étaient grandes ouvertes. Fort heureusement, c'était le soir où l'on tirait la chasse : la puanteur était supportable. Elle pénétra dans l'un d'eux, et les convenances ne perdant pas leurs droits, poussa le verrou derrière elle. Rentrant le ventre, Sharon défit le bouton supérieur de son jean, puis la fermeture Éclair, et s'assit enfin sur la cuvette. Une fois soulagée, elle soupira profondément. Puis elle contempla la lueur de la bougie par la fente sous la porte, un long instant. La flamme incandescente faisait danser des visages, des images, le déroulement de sa vie. Êtres et souvenirs maintenant consumés par un plus grand feu. Ses yeux se voilèrent, la lueur s'adoucit, estompant les contours; elle fit un effort pour ne plus penser, pour endiguer un flot de larmes. Elle en avait trop supporté. Quand les sirènes avaient retenti à l'extérieur des murs de béton du Barbican Center, elle n'avait eu qu'une seule pensée : sa survie. Rien d'autre — *personne d'autre* — n'avait compté. La fuite précipitée au milieu d'une foule affolée qui se déversait dans les escaliers, tombant, se relevant, ignorant la douleur, cherchant à atteindre l'endroit le plus sûr dans le complexe, le cinéma souterrain. La fuite loin du vaste hall, la ruée le long de la galerie vers l'escalier qui y menait; l'impossibilité d'utiliser les ascenseurs bondés, et la crainte d'être coincée entre deux étages. D'autres avaient eu la même idée, mais peu en fait. *Heureusement*. Ils s'étaient entassés dans la salle de cinéma aux gradins plongeants, le souffle de l'explosion avait secoué les fondations de tout le centre, ébranlé les murs, fait voler le sol en éclats, dans un incroyable charivari, une chaleur étouffante, un...

La flamme de la bougie s'inclina vers elle, vacillant frénétiquement. Sans doute un courant d'air. Il lui sembla entendre le bruissement de la porte principale se refermer automatiquement.

Sharon se leva, remontant son jean sur ses hanches nues. Elle tira la fermeture Éclair et tendit l'oreille.

Un bruit de pas?

— Hé? (Sharon écouta de nouveau.) Hé? Il y a quelqu'un?

Était-ce le fruit de son imagination?

Sa propre nervosité?

Peut-être.

Elle se baissa pour ramasser la bougie, puis tira le verrou. La torche tendue pour percer l'obscurité, elle franchit le seuil.

Sharon s'arrêta, attentive. L'obscurité environnante était oppressante; le sentiment de claustrophobie, l'impression d'être écrasée sous des millions de tonnes de béton, était insupportable. Il lui sembla soudain que même l'air s'était épaissi, languissant en quelque sorte dans ses poumons, mais la raison lui disait que sa nervosité lui jouait des tours, que la détresse en était l'instigatrice et que son imagination était trompeuse.

Il y avait bien quelqu'un avec elle.

Elle entendait une respiration.

Un souffle court, sec, et la bougie s'éteignit. Odeur âcre de la flamme éteinte. Un frottement sur le carrelage. Une respiration saccadée. L'odeur âcre d'un autre corps.

Une main effleura son visage.

Son cri aussitôt étouffé par des doigts puissants sur sa bouche. Un bras la prit par la taille. La bougie éteinte tomba par terre tandis qu'un visage se pressait contre le sien.

— Ne vous défendez pas, murmura la voix d'un ton pressant. Sinon je vais vous faire mal.

C'est là qu'elle prit conscience de son intention.

Prise de panique, elle agita les jambes en l'air ; elle sentit son corps soulevé. Sharon essaya de nouveau de crier, mais l'emprise sur ses lèvres était trop forte. Elle mordit de toutes ses forces et sentit le goût du sang.

L'homme qui l'avait suivie du cinéma, secrètement observée durant les semaines traumatisantes de leur réclusion forcée, savait que c'était la fin de la civilisation et que, seule, la mort les attendait. Il n'ignorait pas non plus qu'il n'y avait nulle loi pour le châtier, et que rien ne pourrait l'empêcher de prendre ce qu'il désirait ; il hurla de douleur sans relâcher sa proie.

L'un des pieds de Sharon toucha le bord du lavabo et elle poussa de toutes ses forces en arrière de telle sorte qu'ils furent tous deux projetés dans le cabinet qu'elle venait de quitter. L'homme grommela en s'affalant, sa tête heurta bruyamment les murs carrelés. Mais il ne lâchait toujours pas prise.

La jeune fille le martela de ses coudes, se tortillant pour tenter de se libérer. Il n'avait plus la main sur sa bouche mais son avant-bras lui serrait le cou, appuyant sur la trachée artère, ce qui la plongea dans un effroi plus grand encore.

— Je vous en supplie, non..., lui dit-elle, d'une voix rauque, à peine audible. Je vous en prie... ne... me... tuez pas.

De son autre main, il tâtonnait sous son pull, cherchant ses seins sans soutien-gorge. Ses doigts se refermèrent sur un mamelon avec une telle violence qu'elle ressentit une douleur atroce. Cette douleur lui insuffla de l'énergie.

Leurs deux corps étaient à moitié effondrés contre le mur des toilettes, la nuque de Sharon reposant contre la poitrine de son assaillant. Elle donnait des coups de talon violents au sol, poussant son corps en arrière avec force ; le haut de sa tête cogna la mâchoire de l'homme, lui envoyant la tête rebondir sur le mur. Il hurla et lâcha prise.

Sharon s'éloigna furtivement ; glissant sur le dos, elle se libéra des mains qui l'étreignaient. Elle se tourna, se retrouva à genoux, la main tendue vers le mur afin de se guider ; l'obscurité totale provoquait une confusion qui s'ajoutait à la terreur. Ses doigts se recroquevillèrent sur le bord d'un urinoir et elle se lança en avant dans la direction de la porte principale.

Elle hurla lorsqu'il s'affala sur elle de tout son poids.

Il avait atterri sur les jambes de Sharon et remontait lentement sur son corps, la clouant au sol de son poids. Elle sentit ses mains dans son dos, sur ses épaules, ses doigts dans ses cheveux, qui la forçaient à renverser la tête. Puis à terre, son nez s'écrasant contre le dur carrelage. Et de nouveau la douleur la terrassa. L'espace d'un instant, elle opposa moins de résistance, bien que ses bras s'agitassent encore, mais avec moins d'énergie. Elle sentait son souffle chaud contre son cou, ses relents la faisaient suffoquer. Il la contraignit à se retourner et elle lui enfonça les ongles dans les yeux. Il lui ôta violemment les mains et tira sur son pull-over, dénudant son corps bien que, dans l'obscurité impénétrable, il ne pût rien voir. Elle cria de nouveau et un poing s'écrasa contre son nez déjà en sang. Sharon gémit en sentant des mains invisibles chercher à tâtons ses vêtements.

Ni l'un ni l'autre n'entendit le grattement à la porte.

L'homme inclina la tête et ses dents trouvèrent la douce chair de son ventre. Il la mordit et elle poussa un cri aigu. Sa bouche laissa une trace collante de salive sur sa peau tandis que ses lèvres cherchaient ses seins. Une main tira le bouton de son jean qui s'ouvrit, la fermeture Éclair descendant à moitié. Des doigts tremblants forcèrent le passage pour la baisser complètement. La même main explora son corps et elle essaya de serrer les cuisses, mais la jambe de l'homme, enfoncée entre ses genoux, l'en empêcha. Nouvelle douleur quand des doigts rugueux la pénétrèrent.

Dans l'obscurité, derrière eux, la porte menant au hall d'entrée s'ouvrit lentement sous la pression concentrée des créatures au pelage noir. Un corps voûté et luisant s'aplatit au sol pour se frayer un chemin à travers l'ouverture. D'autres, attirés par la suave odeur de sang frais, poussaient par-derrière. Les cadavres, à l'autre bout du hall, leur linceul mis en pièces, leurs corps blancs couverts de petites silhouettes grouillantes qui mâchonnaient et rongeaient leur chair pourrie, étaient maintenant abandonnés pour quelque chose de plus alléchant, une nourriture qui devenait familière à la vermine : la fraîcheur humide d'organes vivants.

L'homme s'était redressé sur ses genoux ; il déchira ses vêtements, arracha les boutons, baissa son caleçon et son pantalon d'un seul geste, l'obscurité totale stimulant son désir grandissant : son esprit créait l'image du corps allongé sous le sien, le reconstituant au toucher.

Sharon avait les yeux clos, bien qu'il n'y ait aucune différence dans l'obscurité, du sang lui coula dans la bouche. Elle perçut le mouvement de va-et-vient de l'homme, ses gémissements, ses cris bestiaux étouffés. Une partie d'elle-même était consciente du courant d'air qui lui effleurait le crâne.

L'homme se baissa et elle sentit son chaud pénis gorgé contre son ventre. Elle gémit et détourna la tête pour échapper à son haleine répugnante; sa joue racla sa barbe rugueuse.

— Je vous en supplie... non...

C'était presque un murmure, une dernière supplique désespérée. L'espace d'un instant, dans un recoin de son esprit, là où toute situation peut être analysée avec détachement, la distance à l'égard des événements étant l'unique protection, elle se demanda pourquoi elle y attachait tant d'importance après tout ce qui s'était passé. Avec des centaines de millions de morts, pourquoi son corps faible serait-il sacro-saint? La réponse était évidente et elle la connaissait avant même que la question ne fût vraiment formulée. *Parce que c'était le sien! Ils pouvaient bien exterminer ce putain de monde entier, mais son corps lui appartenait!*

Tandis que l'extrémité du pénis s'enfonçait dans le tendre orifice entre ses cuisses, elle lui saisit les cheveux d'une main et tira d'un coup sec, lui faisant tourner la tête; de son autre main, elle chercha désespérément à lui enfoncer dans les yeux ses doigts raidis. Elle eut un haut-le-cœur quand l'ongle non coupé de son index pénétra dans une substance douce et mouvante.

Il recula en vacillant, hurlant à son tour, son œil en bouillie sortant de son orbite alors que la jeune fille retirait ses doigts. L'œil, tombé sur sa joue, ne tenait que par les fibres musculaires. L'homme tomba entre les lavabos, les mains tendues vers le globe oculaire qui pendillait.

Mais le rat l'atteignit le premier.

Les muscles furent sectionnés d'un coup de mâchoires et l'œil, pratiquement intact, fut gobé. La créature de l'ombre, habituée à l'obscurité, trottina, presque sans une pause, vers l'orifice d'où s'écoulait cette sève ensanglantée, et plongea son museau pointu dans l'orbite vide.

Sharon croyait que les hurlements et les gesticulations de l'homme étaient dus à la blessure qu'elle lui avait infligée. Elle se libéra à coups de pied, sans se rendre compte qu'elle frappait d'autres silhouettes qui décampèrent. Secouée de sanglots, elle remonta son jean, couchée sur le dos sur le sol lisse. Quelque chose de pointu lui transperça la jambe, elle pensa qu'il avait recommencé. Son autre pied frappa dans tous les sens et tomba sur un objet solide. Sa jambe se libéra.

Elle se leva en chancelant en s'appuyant sur un urinoir. Elle se lança à l'aveuglette vers la porte, priant pour ne pas se tromper de direction. Les hurlements de l'homme remplissaient les toilettes exiguës, résonnant sur les murs et le plafond, amplifiés dans la pièce carrelée ; elle n'éprouvait aucun remords pour la blessure qu'elle lui avait infligée. Entre ses propres sanglots et ses cris à lui, elle n'entendit pas les couinements.

Elle trébucha sur quelque chose à ras du sol, pensant que c'était le bras ou la jambe de son agresseur qui gesticulait, sa tête heurta le bord de la porte entrouverte. Celle-ci était encore ouverte, mais elle ne s'en étonna pas car son esprit était obnubilé par la seule pensée de rejoindre le cinéma pour être en sécurité parmi les autres survivants qui la protégeraient ; là, Margaret la réconforterait, la bercerait de paroles apaisantes, tout comme sa mère le faisait quand elle était petite et sans défense.

Mais son esprit ne pouvait plus ignorer les créatures grouillantes qui se tortillaient sous ses pieds, les couinements perçants, la douleur aiguë, atroce, comme si des dagues lui lacéraient les jambes.

Elle aperçut de la lumière, car les portes du cinéma avaient été ouvertes par ceux qui, à l'intérieur, avaient entendu les cris terrifiants et qui s'étaient mis à hurler devant le flot épais et noir qui se déversait dans leur petite salle.

Sharon courait en même temps que les rats, titubant au milieu de cette masse de corps, ayant perdu tout sang-froid, ne sachant que faire sinon suivre le flot.

Et lorsqu'elle s'écroula sur la dernière marche de la salle aux gradins plongeants, les mâchoires d'une créature s'immobilisèrent autour de son bras, une autre s'agrippa à son dos, crocs et griffes entrelacés dans ses cheveux ; elle eut l'impression d'atteindre le sommet puis le tréfonds d'une cascade, petite mais puissante.

Une cascade noire, dévorante.

11.

Le poids du Smith & Wesson .38, modèle 64, sanglé à l'intérieur de son holster, qu'il portait sur le côté, était inconfortable, mais il faut dire que Culver n'était pas habitué à avoir une telle arme. Dealey l'avait informé qu'il était chargé de six balles, et non de cinq comme son prédécesseur, le modèle 36. Culver ne voyait aucune raison pour tirer, ne serait-ce qu'une seule balle : la guerre avait déjà eu lieu et il ne pouvait pas y avoir d'ennemi et encore moins de vainqueur. Dealey avait acquiescé tout en faisant remarquer que le danger viendrait de l'intérieur. Culver n'avait nulle envie de poursuivre la discussion.

Il tendit la torche devant lui ; le faisceau se reflétait sur les parois ruisselantes du tunnel. Les autres — Bryce, Fairbank, et le responsable du Royal Observer Corps, McEwen — pataugeaient derrière lui, de l'eau jusqu'aux genoux, le regard constamment fixé sur les fissures et les niches dans les parois de brique incurvées, susceptibles d'abriter des créatures.

Fort heureusement, l'eau stagnante, recouvrant les voies du métro, masquait les déchets putréfiés de ceux qui avaient été massacrés près de l'entrée secrète de l'abri. Par malchance, Fairbank avait accidentellement heurté de la jambe une forme flasque sous l'eau et des os blancs s'étaient dressés, tels des fantômes, d'une tombe immergée. Les quatre hommes, plus méfiants, avaient poursuivi leur marche, chacun chassant de son esprit la pensée de mains squelettiques surgissant du courant souillé.

Malgré leur émoi, cependant, ce fut un soulagement pour eux de se trouver au-delà des limites de l'abri. Durant les quatre semaines de confinement, le moral s'était effondré et chacun était passé d'un profond désespoir à une apathie léthargique. Jusqu'à ces derniers jours où une vive tension leur avait succédé.

Bon nombre d'ingénieurs et du personnel du central téléphonique éprouvaient une certaine rancune à l'égard de Dealey qui leur avait interdit de partir, particulièrement quand Bryce avait avoué que les trombes d'eau extraordinairement puissantes qui ne cessaient de tomber depuis des semaines avaient certainement dû balayer une bonne partie des retombées.

Cependant Alex Dealey avait insisté pour que chacun attendît la sirène de fin d'alerte. Si l'on pouvait entendre les averses ininterrompues par les conduites d'air, il en serait de même pour les sirènes. Mais Culver sentait qu'il y avait autre chose dans les objections du responsable du gouvernement, un peu comme si céder à la foule signifiait non seulement abandonner l'autorité qu'il s'était conférée, mais aussi celle du gouvernement. Pour ne laisser place qu'au chaos.

Si le maintien de l'autorité n'avait pas totalement tourné à l'obsession chez Dealey, il semblait tenir du caprice. Peut-être que l'obéissance aux ordres était une façon pour lui d'échapper au désespoir, car il semblait que chaque survivant, prisonnier de l'holocauste, s'efforçait de retrouver dans ce nouvel univers un semblant de sa vie passée. Cela se manifestait de diverses manières : le docteur Reynolds pratiquait sa profession avec un dévouement tout particulier, même si son attitude semblait parfois cynique ; Farraday travaillait à ses machines, continuait à les faire fonctionner, incitant son personnel à l'aider à rétablir les communications, instaurant même une rotation de sorte qu'aucun ingénieur n'ait un jour de liberté complet ; Bryce vérifiait constamment les entrepôts, les armements, consultait les consignes d'urgence, même les cartes, comme si elles allaient leur fournir un lien tangible avec les autres stations de survie ; Kate aidait Clare Reynolds, Farraday, Bryce, Dealey, s'occupait tout le temps, servant d'assistante à chacun.

Culver ne pensait pas beaucoup au passé. Il ne troqua même pas ses vêtements contre ceux qui étaient fournis par les magasins de l'abri ; il garda son jean déchiré et sa veste de cuir élimée.

L'idée de partir en reconnaissance était plus une façon de se remonter le moral, de dissiper la tension qu'une réelle tentative de prendre contact avec le monde extérieur. Culver se rendit compte que, pour cette dernière éventualité, c'était encore trop tôt ; s'il y avait des survivants, ils seraient encore en état de choc. Et bon nombre d'entre eux devaient être agonisants. Pourtant il était heureux de partir. Auparavant, lorsque l'idée avait été lancée, il avait montré peu d'empressement et aurait peut-être refusé si une décision avait dû être prise sur-le-champ ; mais maintenant le central téléphonique, bien que vaste, était devenu pour lui une prison. Il en était de même pour bien d'autres, car les volontaires pour cette mission n'avaient pas manqué. Dealey s'était montré sélectif, faisant de Bryce le représentant de l'autorité, conférant à McEwen presque un rôle de militaire, et à Fairbank celui de délégué du personnel, Culver restant neutre ou servant éventuellement d'intermédiaire. Aux yeux de Culver, c'était une absurdité, mais il était prêt à accepter les petits jeux de Dealey si cela signifiait sortir de l'abri quelque temps. En fait, le groupe disposait de deux heures, et si l'instrument d'ionisation, porté par McEwen, enregistrait un taux dangereux de radiations dans les parages, alors le retour au central devait être immédiat.

Cependant leur départ n'avait pas remonté le moral des autres survivants autant que Dealey et ses proches collaborateurs l'avaient espéré. Culver avait éprouvé un sentiment de malaise au moment de partir et avait observé le visage des ingénieurs et du personnel quand ils s'étaient rassemblés autour de l'équipe de reconnaissance pour leur souhaiter bonne chance. Ils montraient de l'intérêt, mais peu d'émotion. Peut-être y avait-il une certaine crainte dans leurs yeux.

Le regard de Kate trahissait l'angoisse, mais c'était uniquement pour lui qu'elle avait peur.

— Je crois que j'aperçois la station !

C'était Fairbank qui avait crié, tirant Culver de ses pensées. Les quatre hommes braquèrent leurs torches devant eux.

— Vous avez raison, fit Culver, à voix basse, sans participer à la joie de Fairbank. Je distingue le quai. Sortons de cette eau.

Ils hâtèrent le pas et le tunnel résonna de leurs éclaboussements. Dans son désir de se libérer de l'obscurité accablante et de l'eau noire stagnante, Bryce trébucha sur une voie cachée, en pente raide ; son seul souci était de maintenir sa torche hors de l'eau. Culver et Fairbank attendirent que McEwen, se trouvant à proximité, aidât le responsable de la Protection civile à se relever.

— Du calme, les prévint Culver. Inutile de s'affoler avant même de voir la lumière du jour.

Ils avancèrent avec plus de prudence, à la queue leu leu, au centre du ruisseau, entre les rails invisibles. La puanteur dans le tunnel était insoutenable et les trois autres hommes n'avaient nulle envie de faire un plongeon similaire. Culver se mit sur le côté seulement lorsque le quai fut proche. Il s'arrêta, grimpa et promena sa torche sur le quai, tandis que les autres attendaient. La station semblait vide.

Il se tourna vers les autres et ne trouva rien à leur dire. Bryce leur suggéra de poursuivre la marche.

Culver aida chacun d'entre eux à se hisser sur le quai ; ils ne s'arrêtèrent qu'une fois parvenus devant l'accès aux escaliers mécaniques. Seul le ruissellement de l'eau était perceptible, bruit sourd d'aspiration qui se répercutait sur les parois carrelées. Ils tournèrent leurs torches vers des affiches annonçant de nouveaux films, vantant le meilleur whisky, les plus beaux collants. Un sentiment d'intense nostalgie s'empara d'eux. Le jour de la délivrance ressemblait maintenant à un voyage dans l'irréel ; ce n'était plus un simple périple dans une ville ou un pays voisin.

Culver se remémora les hurlements, les cris de panique, perçus seulement quelques semaines plus tôt; sa poitrine se serra comme si la pression venait de l'intérieur. Il s'était vaguement attendu à trouver le quai jonché de corps, et peut-être un ou deux survivants parmi eux; le vide était, d'une certaine manière, plus effrayant encore. La pensée soudaine d'éventuels survivants qui, remontés à la surface, avaient déjà essayé de s'adapter, commencé même à recréer une forme de vie, atténuait sa peur; pas de façon déterminante, mais suffisamment pour lui redonner un peu d'espoir. Ce halo d'optimisme ne dura que quelques instants éphémères.

— *Oh, mon Dieu!*

Ils se retournèrent et virent McEwen debout, sur le seuil. Sa torche était orientée vers les escaliers mécaniques, un peu plus loin. Les trois hommes s'approchèrent lentement de McEwen qui leva la main pour éclairer l'escalier. Fairbank poussa un profond gémissement, Bryce s'affaissa contre le mur, Culver ferma les yeux.

L'escalier était jonché de cadavres. Il y en avait davantage encore, bien davantage, amoncelés au pied des trois escaliers, amas éparpillés, en décomposition; du sang noir, coagulé et séché, sortait comme une lave gelée des amas de chair. Même de l'endroit où ils se tenaient, les quatre survivants voyaient bien que les cadavres n'étaient pas intacts et que leur mutilation n'était pas due au pourrissement des chairs.

Les membres ne se décomposaient pas avant le reste du corps. Les organes visibles — nez, oreilles, yeux — ne s'altéraient pas. Les estomacs n'éclataient pas comme si les intestins s'étaient libérés.

Bryce s'était mis à vomir.

— Que leur est-il arrivé? s'écria Fairbank, incrédule. Par ici les bombes n'ont fait aucun dégât, rien qui puisse causer ces bless... (Il s'interrompit brusquement, prenant conscience de ce que les autres savaient déjà.) Non, c'est impossible! Les rats n'ont pu attaquer autant de personnes. (Il lança un regard désespéré à Culver.) A moins qu'ils n'aient péri avant. Oui, c'est sûrement ça!

Les radiations les ont tués d'abord et les rats les ont dévorés.

— Il y a du sang séché partout, fit Culver en secouant la tête. Les cadavres ne saignent pas.

— Doux Jésus... (Fairbank sentait ses genoux flageoler ; il s'appuya, lui aussi, contre le mur.) Nous ferions mieux de retourner à l'abri. Il y en a peut-être d'autres dans le coin.

McEwen avait déjà fait demi-tour vers le quai.

— Il a raison. Il faut qu'on reparte.

— Attendez, fit Culver en le saisissant par le bras. Je ne suis pas un expert, mais, vu leur état, ces gens ont été attaqués il y a pas mal de temps. Si les rats étaient encore dans les parages, il ne resterait pas grand-chose de ces cadavres. Ce serait... (il réprima un haut-le-cœur)... une réserve constante de nourriture pour la vermine. A mon avis, les rats sont allés ailleurs, sans doute à la recherche de nourriture plus fraîche.

— Vous voulez dire qu'ils peuvent se permettre d'être difficiles ? dit Fairbank d'une voix trop faible pour être méprisante.

— Je crois que nous devrions continuer. Si cette pourriture est quelque part, c'est derrière nous, dans les tunnels.

— Fantastique. Nous allons avoir un but, fit l'ingénieur en retournant sa torche dans la direction d'où ils venaient.

— Culver a raison, il nous faut continuer, dit Bryce en s'essuyant la bouche avec un mouchoir. (Il s'appuyait toujours au mur.) Ces vermines vivent dans l'obscurité depuis que le monde, au-dessus, leur est hostile. Elles se cacheront là où elles se sentent en sécurité et n'attaqueront que les faibles et les sans-défense. Ces malheureux agonisaient peut-être avant d'être dévorés.

Il tenta de se redresser ; à la lueur de la torche, son visage avait un aspect spectral.

— De plus, deux d'entre nous ont des armes ; nous pouvons nous défendre.

Culver aurait pu sourire à la pensée de deux revolvers faisant fuir des hordes de vermines monstrueuses, mais cela exigeait un trop gros effort.

— Nous sommes arrivés trop loin, presque au point de non-retour. Si nous faisons demi-tour maintenant, notre sortie n'aura servi à rien. Si nous parvenons en haut de ces escaliers, nous aurons, au moins, une idée des possibilités que le monde nous a laissées. Qui sait s'il ne grouille pas de vies humaines... Ils essaient peut-être même de créer un peu d'ordre dans ce foutoir.

— Ouais, j'aimerais le croire mais il faudrait être complètement dingue.

Fairbank frappa le mur lisse du plat de la main.

— Vous avez toutefois raison sur un point : nous avons parcouru un trop grand chemin, alors continuons. Je veux voir la lumière.

— Mais il va nous falloir nous hisser au milieu des cadavres, s'exclama McEwen en dévisageant les trois autres comme s'ils étaient devenus fous.

— Ne les regardez pas, suggéra Fairbank.

— Comment ne pas les sentir? (La voix plaintive du responsable du Royal Observer Corps trahissait son angoisse.)

— Vous avez le choix : venir avec nous ou faire demi-tour seul, fit Culver en s'éloignant.

Bryce et Fairbank s'écartèrent du mur et suivirent. Après un bref instant d'hésitation où il sentit son visage se creuser et ses intestins se relâcher, McEwen les suivit.

Culver ne pouvait pas détacher son regard des premiers corps; ils exerçaient sur lui une fascination particulièrement morbide, un besoin irrépressible de voir le degré de mutilation infligé à une carcasse humaine. Plus que le spectacle de la chair mutilée, ce qui rampait entre les plaies béantes et les orbites vides faisait de la révulsion même un exutoire à sa curiosité. Il fit son possible pour ne pas respirer trop profondément.

Ils gravirent les escaliers, s'efforçant d'éviter les cadavres, de ne fixer leurs regards et leurs torches nulle part. Culver se demandait depuis combien de temps les générateurs électriques de secours fonctionnaient : ces gens avaient-ils péri dans l'obscurité totale, sentant seulement les mâchoires cinglantes et les griffes, ou avaient-ils été témoins de la panique de leurs assaillants?

Qu'est-ce qui était le pire : ne pas être conscient des démons invisibles vous rongeant le corps tordu de douleur ou avoir pleinement conscience des bêtes carnivores noires vous lacérant sous vos yeux ? Culver glissa ; son genou heurta la poitrine d'un homme dont le visage n'était plus qu'un trou béant.

En reculant, il faillit tomber sur Bryce qui le suivait dans l'escalier. Bryce se retint à la rampe, évitant ainsi de dégringoler dans les escaliers. Recouvrant ses esprits, Culver reprit son ascension, mais il ne parvenait pas à chasser de ses pensées une question terrifiante : pourquoi les créatures fouinaient-elles aussi profondément dans les crânes alors qu'elles avaient à leur disposition de la chair et des organes frais ?

Il s'arrêta et promena son regard sur les corps amoncelés devant lui. Il faudrait les dégager mais l'idée de les toucher n'était guère séduisante.

— Aidez-moi, dit-il à Fairbank, qui se trouvait juste derrière l'officier chargé de la Protection civile.

Bryce s'écarta pour laisser l'ingénieur passer.

— Mon Dieu, est-ce indispensable ? s'écria Fairbank d'un ton plaintif. Ne peut-on pas simplement les enjamber ?

— Et risquer tous de dégringoler jusqu'en bas dans une avalanche de cadavres ?

— Puisque vous le prenez comme ça...

Le premier corps qu'ils soulevèrent était celui d'une femme qui, l'abdomen ouvert et les entrailles arrachées, était légère comme une plume. Ils prirent soin de ne pas regarder le visage sans traits.

— Mettez-la entre les escaliers roulants, elle glissera.

Fairbank obéit et regarda le corps s'enfoncer rapidement dans les ténèbres.

— Voilà une promenade qu'elle n'a pas pu apprécier, dit-il. (Il se figea devant le regard glacial de Culver et baissa les yeux.) Excusez-moi, marmonna-t-il. C'est... c'est de la bravade, vous savez. J'ai une putain de peur...

Il s'éloigna et s'approcha d'un autre cadavre. C'était également une femme, mais celle-ci avait encore quelque chair et n'était pas facile à soulever, même si elle n'avait plus de seins et l'estomac évidé. Les deux hommes grognèrent sous l'effort et lorsqu'un bras tomba sur l'épaule de Culver dans une étreinte amoureuse, il dut se mordre la lèvre inférieure pour ne pas crier. Il lui manquait tous les doigts.

Quand son corps, tournoyant en prenant de la vitesse, finit sa course dans l'obscurité, ils passèrent au suivant. L'espace de quelques secondes, ils ne purent détacher leurs regards d'une minuscule enfant dont le corps recroquevillé était intact. La lourde femme avait protégé la petite fille des dents acérées, mais son poids, conjugué à celui des autres, l'avait étouffée.

Culver s'accroupit et releva une mèche or pâle, presque blanche, de sa joue. Les autres l'observaient, ne sachant pas vraiment que faire. Fairbank se tourna vers Bryce, qui lui répondit d'un léger signe de tête.

Finalement, Culver allongea l'enfant sur le côté et disposa ses membres intacts pour que son corps reposât en paix. Les autres s'attendaient peut-être à voir des larmes lorsqu'il se releva, ou du remords, le visage écrasé de douleur ; ils n'étaient pas préparés à cette expression sinistre, les dents serrées, à cette colère qui trahissait une froideur effrayante. Pour la première fois Bryce décela autre chose chez cet étranger quelque peu laconique qui avait été catapulté dans leur groupe de façon si dramatique quelques semaines auparavant, un je-ne-sais-quoi que Dealey avait remarqué depuis le début. Dealey avait essayé de manipuler Culver durant leur internement forcé, de gagner sa confiance en le faisant membre de l'équipe des « officiels », mais Culver n'avait pas été dupe. Il n'avait pas non plus accepté de s'allier aux autres, ceux que secrètement Dealey appelait « les civils ». Il restait libre et, en tant que tel, avait la confiance des deux camps, sans toutefois être totalement intégré. Bryce pensait que c'était le cadet de ses soucis, prenant l'attitude de Culver pour de l'apathie ; maintenant, pour la première fois, il se rendait compte que l'impassibilité de Culver, paradoxalement, masquait une intensité de sentiments que seul un instant comme celui-ci pouvait révéler. Une fois cet aspect découvert, on prenait conscience que cela avait toujours été le cas et que c'était la raison pour laquelle on se sentait toujours légèrement mal à l'aise en sa présence. C'était subtil. Sans doute fallait-il des situations extrêmes pour révéler au grand jour cet état de choses. Il ne comprenait pas pourquoi cette révélation soudaine avait revêtu autant d'importance à ses yeux, mais, à son grand soulagement, Bryce se disait que cet homme était bien plus complexe qu'il ne le paraissait. Bizarrement, il se sentait sécurisé en sa compagnie.

Culver tirait un autre corps, cette fois un homme dont l'une des orbites était élargie comme si elle avait été percée de part en part. Fairbank s'avança et aida le pilote à soulever le corps pour le poser sur le toboggan de fortune. En même temps, il jeta un coup d'œil vers le haut des escaliers roulants et son attention fut attirée par une forme qui bougeait.

— Qu'est-ce que c'est ?

Les autres suivirent la direction de son regard. Une silhouette noire s'avançait vers eux, glissant de la même manière que les cadavres qu'ils évacuaient. Elle s'approchait à vive allure.

Fairbank, craignant le pire, lâcha la rampe dans un mouvement de recul. McEwen sortit son revolver.

Culver leva la main comme pour l'empêcher de tirer.

— Ça va, ce n'est qu'un cadavre.

Fairbank poussa un bref soupir de soulagement et s'avança de nouveau vers la rampe, mains tendues comme pour attraper la silhouette qui glissait.

— Laissez ça, fit Culver doucement mais d'un ton où perçait l'inquiétude.

L'ingénieur, haussant les sourcils de surprise, retira sa main. Quand la forme passa près de lui, il comprit le conseil de Culver. Le cadavre était sans tête.

Cette fois, il lâcha la rampe, abasourdi. Ils suivirent tous, de leur lampe, la descente du corps.

— Qu'est-ce qui a pu faire ça ? demanda Fairbank, le souffle coupé.

— C'est comme le reste, fit Culver éclairant de sa torche le carnage en haut et en bas. Venez, on a la place de passer maintenant.

Il enjamba deux corps, se tenant à la rampe pour garder l'équilibre.

— Attendez une minute, dit Bryce. Et s'il en restait là-haut ? Quelque chose a bien poussé ce corps.

Culver hâta le pas.

— Peut-être l'avons-nous dérangé, s'écria-t-il en se retournant. S'il était sur la rampe, le mouvement a dû le faire bouger. Ou alors il s'est simplement désintégré.

Les trois hommes derrière se jetèrent mutuellement un regard anxieux, puis, d'un commun accord, suivirent Culver. McEwen gardait son Smith & Wesson .38 dégagé du holster.

Ils atteignirent le haut de l'escalier après avoir heurté deux autres amas de corps qu'ils évacuèrent rapidement, sans s'appesantir. Bryce s'étonnait de la rapidité avec laquelle l'esprit s'adaptait aux circonstances, se dépersonnalisait à la suite d'une tragédie aussi gigantesque. Les affres de la maladie étaient toujours présentes, mais peu à peu tous devenaient insensibles à l'horreur. Pas complètement, mais suffisamment pour ne pas perdre la raison.

Enfin ils arrivèrent aux barrières qui menaient aux escaliers mécaniques. Ils éclairèrent le hall et le spectacle cauchemardesque qui s'offrit à eux les plongea dans l'effroi.

Le hall, juste en contrebas de la rue, n'était qu'un vaste charnier. Ou plutôt un abattoir, se dit Culver.

Il y avait deux entrées par lesquelles la pluie s'infiltrait, diffusant la lumière grise du jour. Les formes enchevêtrées donnaient l'impression d'avoir été taillées dans le roc, tant elles étaient dénuées de vie, de couleur.

Bon nombre des survivants s'étaient, de toute évidence, traînés vers la station où ils s'étaient engouffrés, essayant d'échapper à la poussière mortelle qui, ils le savaient, allait bientôt tomber sur eux. Il se rappelait ceux qu'il avait, en compagnie de Dealey, vus fuir les tunnels ; avaient-ils cru qu'ils seraient plus en sécurité dans le hall, que la vermine, effrayée par le nombre, garderait ses distances ? Les lieux avaient dû regorger de blessés, d'agonisants. L'odeur de sang frais avait dû irrésistiblement attirer les créatures qui se trouvaient à l'étage inférieur.

Dans le hall, il y avait plusieurs portes. Dealey et lui avaient emprunté l'une d'elles pour échapper à l'holocauste. Certaines, ouvertes, étaient encombrées de cadavres. Sans doute des survivants qui avaient tenté de fuir. Il se demanda ce qu'était devenu l'ouvrier de la station qui lui avait indiqué l'emplacement de la torche et braqua sa lampe sur la porte en question. Elle était sortie de ses gonds.

Fairbank s'était approché de la billetterie, un vaste bureau isolé, tout en longueur, au centre du hall ; il enjamba avec prudence les cadavres, ressemblant à des écorces vides, et chassa les mouches qui bourdonnaient avec avidité. Il exécrait autant ces parasites grouillants que les monstres voraces. Tout comme les hommes qui avaient envoyé les missiles.

La porte du bureau était ouverte, le corps d'un homme était étalé sur le seuil, donnant l'impression qu'il avait essayé de fuir un danger à l'intérieur. Fairbank poussa la porte jusqu'à ce qu'elle heurte un objet solide de l'autre côté. Par la porte entrebâillée, il eut un élément de réponse aux questions qu'il se posait.

Des survivants terrorisés, se croyant en sécurité, avaient dû se cacher là, derrière le bureau vitré, quand la vermine avait attaqué. Mais deux panneaux avaient volé en éclats et d'autres étaient fissurés de part et d'autre. Les explosions avaient probablement provoqué les fissures et rendu le verre plus fragile ; les rats n'avaient pas dû avoir grande difficulté à se frayer un chemin.

Il renifla l'odeur qui se dégageait de l'endroit exigu et aperçut quelque chose qui, momentanément, lui coupa le souffle et faillit arrêter les battements de son cœur.

— Mon Dieu, là-bas !

Les autres, plongés dans leurs propres réflexions, se tournèrent vers le bureau. Il leur fit signe d'approcher.

Ils se regroupèrent sur le seuil, braquant tous leurs torches sur le carnage à l'intérieur de la billetterie. Ils repérèrent vite ce qui avait provoqué la réaction de Fairbank.

Le rat noir était énorme, il mesurait presque soixante-dix centimètres. Sa queue courbée écailleuse en faisait au moins trente-cinq. Il avait le pelage raide, terne et sec, l'arrière-train massif bombé, comme prêt à bondir. Mais les yeux jaunes diaboliques étaient inertes, la bouche et les incisives sèches. Il en émanait pourtant une impression de mort, une méchanceté qui fit reculer d'horreur les trois hommes; il avait le cou bizarrement tordu, le crâne bosselé de façon peu naturelle.

Seul Culver s'avança.

Il se baissa pour examiner la bête de près. Une personne s'était défendue et avait battu le rat à mort. Elle avait probablement péri aussi, tuée par ses compères, mais au moins il ou elle n'avait pas cédé facilement. Peut-être y avait-il d'autres rats morts, éparpillés au milieu des corps en décomposition qu'ils avaient attaqués.

Aucune faiblesse n'émanait de la créature, même dans son état. Pourtant le crâne était défoncé. Avec quelle force avait-il été frappé? Culver effleura la marque laissée par le coup; les os s'enfoncèrent sous ses doigts. Le crâne était mince et fragile. Aucun signe de sang. Le coup n'avait même pas entamé la chair, pourtant il avait provoqué la mort du rongeur. Culver retourna le corps et ne trouva pas d'autre blessure. Peut-être les rats avaient-ils un crâne pellucide — tout au moins celui-ci. Où cela le menait-il? Nulle part. On pouvait vraisemblablement gagner une bataille contre une ou deux de ces créatures, en leur écrasant la tête, mais elles ne se déplaçaient qu'en meute, en vaste meute.

Il se redressa et, froidement, donna un coup de pied dans le cadavre au pelage hérissé avant de quitter le bureau.

Ses compagnons observaient la pièce avec circonspection tandis que Culver se frayait prudemment un chemin vers eux. Il chassa les mouches et autres insectes, détournant le regard quand elles se posaient sur les plaies béantes des morts pour pondre leurs œufs. A quelle vitesse ces insectes insidieux allaient-ils se multiplier maintenant qu'ils n'avaient pas d'adversaires? Et quelles épidémies allaient-ils engendrer et propager parmi les survivants ? Quand la pluie cesserait, cette autre menace imperceptible se nourrirait de l'air pour croître et tout dévorer. Seul l'hiver y mettrait un terme, endiguerait leur flot, mais seulement temporairement.

— Combien de ces vermines ont vécu dans les égouts et les tunnels ? Et depuis combien de temps ? demanda Culver en regardant Bryce droit dans les yeux.

Le responsable de la Protection civile détourna les yeux ; une fois de plus, la lueur dans le regard de Culver était intimidante. Il parlait d'une voix basse, contrôlée, mais où perçait la colère.

— Je ne sais pas, répondit-il, effrayé par tout ce qui l'entourait et par le ton de Culver. A ma connaissance, il n'y a eu aucun rapport à leur sujet.

— Vous mentez. Ils sont trop gros et trop nombreux pour s'être dissimulés si longtemps.

Son visage était à quelques centimètres de celui de Bryce. Les deux autres assistaient à l'algarade, eux-mêmes intéressés par les réponses.

— Je jure que je ne sais rien. Il y avait bien des rumeurs...

— Des rumeurs ? Je veux savoir, Bryce.

— Rien de plus ! Simplement des ouï-dire. Des histoires de gros animaux, peut-être de chiens qui rôdaient dans les égouts. Personne n'a accordé le moindre crédit à ces histoires. En fait, les rapports disaient que, ces dernières années, les rats se faisaient de plus en plus rares.

— Ouais, de simples rats. Personne n'a donc eu la curiosité de creuser le problème ?

— Vous... vous voulez dire que ces créatures ont chassé les autres ?

— C'est possible. Allons, Bryce, vous êtes un responsable du gouvernement, vous devez en savoir davantage. Des ouvriers, travaillant dans les égouts, ont-ils disparu ?

— C'était courant, Culver, vous devez le comprendre. Il y a des centaines de kilomètres de tunnels sous la ville et les égouts ont toujours représenté un danger à cause des inondations, des effondrements. Et il y a toujours eu des bêtes. Dieu seul sait ce qui a rôdé dans les tunnels toutes ces décennies...

— Bryce...

— Je vous dis la vérité ! Je travaille pour la Protection civile, rien de plus ! Si quelqu'un doit savoir quelque chose, c'est Dealey.

Culver le fixa encore quelques instants avant de se détendre.

— Dealey, fit-il, presque dans un soupir.

Il se rappela soudain la fuite dans les tunnels juste après l'explosion des bombes atomiques ; il avait dit à Dealy, alors aveugle, qu'il y avait d'énormes rats autour d'eux. Dealey s'était inquiété de savoir s'ils avaient un pelage noir et avait dit quelque chose comme : « Non, pas maintenant », comme s'il était au courant. Il avait peut-être fait allusion à l'époque où les mutants avaient donné libre cours à leur folie ; ou il devait savoir qu'ils n'étaient pas tous morts.

— Peut-être donnera-t-il quelques explications à notre retour, dit Culver en s'éloignant de Bryce. Allons voir ce qu'il reste là-haut.

Ensemble ils enjambèrent les morts, chacun observant avec prudence les formes noires qui se mouvaient parmi eux. Ils aperçurent une ou deux carcasses de rats gisant au milieu de leurs victimes, mais Culver remarqua autre chose. Il se tourna vers Bryce ; ils échangèrent un long regard. Un courant passa, ils comprirent intuitivement, mais ni l'un ni l'autre ne mentionna ses observations aux deux autres dont l'unique souci était de trouver un moyen de sortir. La pluie, qui martelait les marches bordées de métal et les éboulis, formait un jet d'écume. Le bruit était intense, presque violent.

— Ils ont détruit les cieux également.

C'était une phrase étrange et poignante dans la bouche de Fairbank ; tous frissonnèrent. Bien qu'abrités dans l'entrée, ils furent mouillés par un brouillard de pluie.

— Observez le compteur Geiger, dit Bryce au responsable du Royal Observer Corps. D'abord ici, à l'intérieur, et ensuite dehors.

McEwen mit en marche l'appareil, tenu à l'épaule par une courroie ; il se rendait compte qu'il aurait dû procéder à une vérification des radiations dans l'atmosphère à chaque stade de leur tournée d'exploration. Avec tout ce qu'ils avaient enduré, ils avaient omis de prendre cette précaution.

L'amplificateur de l'instrument d'ionisation émit plusieurs déclics. McEwen rassura très vite Culver et Fairbank.

— C'est normal. Il reçoit simplement des particules à haute fréquence, naturelles dans l'atmosphère. Vous voyez, c'est irrégulier, faible, rien d'inquiétant.

— Si on prenait une douche ? fit Fairbank, désignant du pouce la pluie qui tombait à verse.

McEwen semblait moins sûr de lui. Il ôta le compteur Geiger de son épaule et le plaça sous la pluie.

— C'est tiède, la pluie est tiède ! s'écria-t-il en retirant ses bras et en secouant les gouttes comme si elles étaient acides.

— Tout va bien, s'empressa de dire Bryce. Le compteur n'enregistre rien.

— Alors pourquoi est-ce tiède ? demanda Culver, considérant Bryce avec suspicion.

— Qui sait ce qui se passe dans les couches supérieures de l'atmosphère terrestre ? Peut-être la pluie s'est-elle rafraîchie autour de l'équateur ? (Il s'impatienta.) Vous ne cessez de me traiter comme si, d'une certaine manière, j'étais responsable de tout cela. Je ne suis qu'un minuscule maillon insignifiant de l'énorme chaîne gouvernementale, Culver. Ma tâche a toujours été de protéger des vies, non de les détruire, et en cela, j'ai dû lutter contre les ministres de Whitehall plus que je ne pourrais vous le dire. Le corps de la Protection civile a failli disparaître, il y a quelques années, mais nous avons réussi à l'éviter en soulevant l'opinion publique.

Culver était sur le point de répondre lorsque Fairbank l'interrompit, désignant d'un signe de tête l'escalier détrempé, et dit avec détermination :

— J'aimerais jeter un coup d'œil là-haut.

Le sourire de Culver fut long à venir ; d'un regard impassible, il fixait Bryce.

— Ouais, fit-il, je crois que nous aimerions tous savoir ce qu'il reste.

Il sortit sous la pluie.

Quelle sensation agréable, quel plaisir ! Un bain purificateur. Il leva la tête vers le ciel, les yeux clos, et la pluie battante lui cribla le visage. McEwen avait raison : elle était tiède, d'une tiédeur peu naturelle. Mais c'était la vie et c'était magnifique. Il gravit les marches, suivi de près par les autres.

Culver parvint au sommet et s'arrêta, laissant aux autres le temps de le rattraper. Ils promenèrent leurs regards sous le choc ; la pluie tiède, seul bruit perceptible, leur martelait le corps.

Bryce se jeta à genoux en criant :

— *Non ! non ! non !...*

12.

Bien des années auparavant, alors que Culver n'était qu'un enfant, quelqu'un lui avait montré un tirage en sépia de Beaumont Hamel, petit village dans un secteur du front de la Somme. La vieille photographie était datée de novembre 1916 — époque de la Première Guerre mondiale —, et l'image était restée, depuis, gravée dans son esprit.

La bataille depuis longtemps terminée, il ne restait que de minces arbres, dénudés et rabougris, aux sommets déchiquetés et carbonisés. Pas d'herbe, pas le moindre brin d'herbe surgissant de la boue opaque. Pas d'immeubles, simplement des décombres. Pas d'oiseaux. Pas de végétation. Pas de vie. Seulement la désolation, totale, rédhibitoire. Et impardonnable.

S'il avait pu entrer dans cette photo, s'il avait réellement pu se tenir sur cette boue de ciment, respirer cet air chargé de gaz et de charbon, il aurait su que rien ne pouvait bouger, la scène resterait figée, la réalité imitant l'image reproduite.

Il venait de franchir ce cadre et trouvait que le béton ressemblait fort au désert, couleur sépia.

La ville en ruine gisait dans l'humiliation de ses décombres où tout, excepté la pluie incessante, était inerte. Les immeubles n'avaient pas tous été complètement détruits, mais tous avaient subi des dommages importants; ceux qui tenaient encore debout ressemblaient à des monolithes au milieu d'une montagne de décombres, parodies des pouvoirs de construction de l'homme. Certains se dressaient, les entrailles à l'air, gigantesques maisons de poupées auxquelles on aurait enlevé un mur pour permettre de voir le décor et les meubles ; seules manquaient les minuscules poupées. Ailleurs, il ne restait que des squelettes d'acier, des poutres tordues, déformées, clamant encore cependant leur défi aux forces exercées sur elles. Apparemment rien n'expliquait la raison pour laquelle une bâtisse s'était écroulée complètement alors qu'une autre était restée partiellement debout, malgré des dommages de loin plus importants, comme si la force des ondes de choc s'était affaiblie, au fur et à mesure qu'elles se propageaient, chaque groupe d'immeubles, qu'ils soient réservés aux bureaux ou aux habitations, absorbant une fraction de cette force, dissipant la fureur, offrant une mince protection à son voisin.

Au milieu des décombres, tels des jouets délaissés, gisaient des voitures, des autobus, d'autres véhicules ; certains n'étaient plus que des carcasses noircies, complètement calcinées, d'autres, écrasés, avaient pris des formes insolites. Les routes — ou ce qui en restait — étaient des cimetières de métal, jonchés de machines silencieuses inutilisables. La plupart des réverbères étaient courbés, bon nombre d'entre eux ressemblant à des hommes squelettiques, pliés en deux par une douleur à l'estomac ; certains, arrachés de leur racine en béton, gisaient, raides, au-dessus des décombres, vaincus mais intacts. Du matériel de bureau, des meubles, des postes de télévision dégringolaient au milieu des débris ; ainsi disloqués, ils semblaient quelque peu incongrus.

Dans le même état, mais bien moins incongrus parce que l'équipe de reconnaissance finissait presque par s'y habituer, se trouvaient des avatars d'êtres jadis humains et pleins d'énergie. Ils gisaient partout : dans les voitures, dans les autobus renversés, au milieu des décombres, sur les routes. Bon nombre d'entre eux s'entassaient sur le pas des portes — lorsqu'il en restait — comme s'ils avaient rampé jusque-là pour attendre les retombées de particules empoisonnées.

Les quatre survivants furent soulagés de voir que les insectes étaient retenus par les torrents de pluie.

Ils étaient frappés de stupeur, à chaque pas, mais leur esprit engourdi atténuait fort heureusement l'horreur du spectacle fugitif qui s'offrait à eux. Cependant une seule image suffisait à les marquer à jamais, symbole, à elle seule, des événements, cruelle évocation de l'ampleur du désastre.

Se tenant au niveau de la rue, au cœur de la capitale anéantie, ils distinguaient maintenant l'horizon, paysage qui auparavant avait toujours été obstrué par une muraille de béton déchiquetée, une palette de gris sur fond bleu. Les douces collines qui entouraient la plus grande partie de Londres n'étaient plus masquées et, vers l'est comme vers l'ouest, s'étendaient de vastes espaces, dont l'uniformité n'était brisée que par quelques bâtisses encore debout et des montagnes de ruines.

C'était terrifiant et paralysant. Chacun éprouvait une terrible solitude, une nostalgie du monde qu'ils avaient perdu, des personnes qui avaient péri.

Le ciel était noir et bas, le nouvel horizon avait des reflets d'argent. La pluie tiède les avait trempés sans balayer leurs craintes ni les souffrances qu'ils ressentaient au tréfonds de leur âme.

Bryce était à genoux, la tête courbée, appuyée contre le trottoir jonché d'immondices.

Les larmes de McEwen, qui coulaient le long de ses joues, se mêlaient à la pluie.

Fairbank avait les yeux fermés, la tête légèrement inclinée en arrière, le corps raide.

Culver baladait son regard, étouffant ses sentiments.

A l'est, il apercevait ce qui restait du dôme de Saint-Paul, ses murs fissurés et brisés, privés d'énormes fragments. Il était intrigué car, bien qu'il n'ait disposé que de peu de temps, lors de sa fuite en compagnie de Dealey, après la première explosion, les dégâts n'avaient pas semblé aussi importants. Puis il se rappela que d'autres bombes avaient été lancées — cinq, d'après ses estimations — et, là, il s'étonna que la ville n'ait pas été entièrement anéantie. Les dégâts semblaient moindres à l'est et dans certaines parties du sud-ouest, mais le rideau de pluie ne leur permettait pas de faire des évaluations avec certitude. Les soubassements de plusieurs immeubles, dans le voisinage immédiat, étaient relativement intacts, malgré les amas de décombres, vestiges des étages supérieurs.

Au loin, il distinguait simplement des lueurs rougeoyantes, là où quelques quartiers brûlaient encore, là où de nouveaux incendies venaient de se déclarer. Comme pour confirmer ses pensées, une flamme jaillit du côté nord comme si une explosion s'était produite. La pluie drue était de bon augure, non seulement parce qu'elle balayait la poussière radioactive, mais aussi parce qu'elle évitait aux incendies de se propager. Ce qui restait de la ville aurait pu facilement devenir un brasier infernal.

Il s'approcha de McEwen et le poussa du bras.

— Essayez le compteur Geiger, vérifiez s'il enregistre quelque chose.

Le responsable du Royal Oberver Corps fut heureux de trouver d'autres sujets de préoccupation. La machine émit des signaux de plus en plus rapides et l'aiguille s'affola, l'espace d'une seconde ou deux.

— Ça va, s'empressa de dire McEwen, pour le rassurer. Regardez, elle s'est stabilisée. Il y a un taux de radiations élevé, mais ce n'est pas alarmant.

Il s'essuya le visage pour en ôter les larmes et la pluie.

— Fairbank ? s'exclama Culver en jetant un coup d'œil vers l'ingénieur qui se tenait à ses côtés.

Un étrange sourire se dessina sur le visage de Fairbank lorsqu'il ouvrit les yeux et se tourna vers les autres. Il en émanait une certaine tristesse, non dénuée d'une expression particulièrement satisfaite, comme si la tragédie n'était pas une surprise à ses yeux.

— Que fait-on maintenant ?

— Relevez Bryce et jetez un coup d'œil partout. Je ne veux pas rester dehors plus longtemps qu'il ne le faut.

Ensemble, ils aidèrent à se relever le responsable de la Protection civile qui s'appuya quelques instants sur eux pour se soutenir. Ses forces lui revinrent peu à peu, pas ses esprits.

— Des suggestions sur les lieux que nous devons prospecter ? demanda Culver.

— Il ne reste rien à voir, fit Bryce en secouant la tête. Il n'y a plus aucun espoir pour aucun d'entre nous.

— Il ne s'agit que d'une ville, répliqua sèchement Culver, non de tout ce putain de pays. On a encore une chance.

Bryce se contenta de continuer à secouer la tête.

— Il y a un magasin là-bas, s'écria Fairbank d'une voix forte pour se faire entendre malgré l'averse. C'est un Woolworth. Je passais devant chaque jour. Il doit y avoir de la nourriture, des vêtements et d'autres choses utiles.

— Nous n'avons encore besoin de rien pour l'abri, mais ça vaut peut-être la peine qu'on y jette un coup d'œil, acquiesça Culver.

— Laissez-moi ici, fit Bryce. Je n'ai pas le courage de fouiller parmi les morts.

— Pas de chance. On ne se sépare pas.

— Je n'y arriverai pas. Je... je suis désolé, mais il faut que je me repose. J'ai l'impression de ne plus avoir de jambes. La tension...

Culver se tourna vers Fairbank qui haussa les épaules et dit :

— Il va nous ralentir. Laissez-le.

— Restez ici alors. Mais ne vous éloignez pas. On repassera directement par le tunnel. Souvenez-vous, il a été convenu de revenir au bout de deux heures — nous n'aurons pas le temps de partir à votre recherche.

— Oui, je comprends. Je ne bougerai pas d'ici, je vous le promets.

— Vous serez peut-être mieux à l'abri de la pluie. Essayez donc une de ces voitures, mais surveillez notre retour.

Bryce acquiesça, soulagé de rester seul. Il regarda les autres se frayer un chemin à travers les ruines de ce qui avait été autrefois le quartier le plus animé de Londres. Gravissant les décombres, ils se faufilèrent au milieu d'une circulation figée ; leurs silhouettes s'estompèrent sous la pluie avant de disparaître ; Bryce se sentit submergé d'un sentiment exacerbé de solitude qu'ils avaient tous éprouvé quelques instants plus tôt.

Le sentiment d'être l'unique survivant sur la planète châtiée était insupportable, même s'il savait que ses compagnons n'étaient pas loin. Tout son être hurlait de pitié et d'angoisse; mais surtout de désespoir. Que restait-il de la race humaine et quel était son avenir? Le lent oubli? Ou bien une hypothétique procréation engendrerait-elle des générations successives de rejetons débiles et atrophiés, peut-être même des mutants, des dégénérés? Qui allait survivre sur ces terres frappées par la peste où même la nourriture, au milieu des déchets, pouvait contenir les graines d'une mort lente? Impossible de connaître le degré de destruction atteint, de savoir si une nation ou un pays était sorti indemne. Ils n'avaient même pas réussi à connaître l'étendue du désastre dans leur propre patrie.

La pluie faisait partie des milliers de points d'interrogation qui saturaient son esprit. Nulle réponse. Pas encore. Et peut-être, pour ce petit groupe de survivants, n'y en aurait-il jamais.

Bryce remonta le col de son manteau, serrant les revers contre sa poitrine d'un geste symbolique; la pluie était tiède, mais elle le glaçait jusqu'au plus profond de son être.

Les véhicules où s'abriter étaient nombreux; il s'approcha d'une voiture dont la portière était ouverte comme si le propriétaire, en fuyant le désastre, ne s'était guère préoccupé de la mettre en sûreté — Bryce esquissa un sourire en imaginant le conducteur fermant méticuleusement à clé son véhicule alors que la ville s'écroulait autour de lui. Le pare-brise avait volé en éclats, il ôta des bris de verre du siège avant du passager, soulagé de ne trouver aucune trace de sang. Il grimpa dans la voiture; la pluie martelait le toit au-dessus de sa tête, des éclaboussures l'atteignaient pourtant à travers le pare-brise sans le gêner outre mesure, car il était déjà trempé.

Posé à ses pieds, se trouvait un journal plié, qui n'était plus qu'un amas informe de pages détrempées, couvert de moisissures. Il baissa les yeux puis se pencha pour le ramasser, nostalgique d'un reste d'ordre naturel, souvenir de l'existence confortable d'antan. Avec ses feuilles grisâtres, depuis longtemps défraîchies, le *Standard* de midi menaça de s'effriter quand il le ramassa.

Il fronça les sourcils devant les énormes titres : ORDRES DU PREMIER MINISTRE : GARDEZ VOTRE SANG-FROID.

Puis il se mit à rire.

Et il rit tellement que des larmes coulèrent ; c'étaient des larmes de joie et d'amertume d'une égale intensité.

Et ses épaules étaient secouées sous l'effort.

Son pied martelait le plancher.

La voiture en eut des trépidations.

Ce qui provoqua une étrange agitation sur le siège arrière.

13.

Fairbank fut le premier à se glisser à travers la brèche qui menait directement à l'étage du magasin. Des amas de débris, mélange de pierres, de béton pulvérisé et de bris de verre avaient dangereusement recouvert, presque complètement, les vastes vitrines et les portes à tambour, mais les trois hommes, indifférents au danger, avaient grimpé jusqu'à la brèche sombre. Fairbank était trop impatient de goûter à nouveau les délicieuses confiseries qui leur étaient refusées dans l'abri où les rations étaient abondantes mais insipides, trop impatient de changer de chemise et de sous-vêtements, pour être découragé par les conseils de prudence de ses deux compagnons. Certes, la perspective était séduisante après les semaines d'austère confinement qu'ils venaient de passer.

Culver les prévint, cependant, que tout avait pu être contaminé et que les vêtements, tout comme le reste, risquaient d'avoir été abîmés dans l'incendie.

— Nous n'avons qu'un moyen de le savoir, Culver, avait répliqué l'ingénieur, un sourire narquois au bord des lèvres.

Le premier choc émotionnel semblait surmonté pour l'instant. Culver le soupçonnait soit d'être complètement insensible, soit d'avoir l'âme d'un survivant, sa résistance étant sans doute une qualité majeure en de telles circonstances. Il avait suivi l'ombre fuyante de Fairbank.

Au sommet, Culver se tourna vers McEwen.

— On va avoir besoin du compteur Geiger ici; il se peut que l'endroit soit complètement irradié.

Avec une légère réticence, l'officier du ROC gravit la pente. Ils regardèrent Fairbank se laisser glisser sur l'autre flanc beaucoup plus escarpé, tout en braquant leurs torches pour le guider.

Il s'arrêta tout en bas, promenant sa lampe alentour.

— Bon Dieu, quelle puanteur!

— Ça sent d'ici, fit Culver avant de se faufiler dans le trou.

McEwen les suivit aussitôt et tous trois se tapirent dans un nuage de poussière, scrutant l'obscurité, le faisceau de leurs lampes pénétrant dans les recoins les plus sombres.

— Le plafond s'est effondré de l'autre côté, observa McEwen.

— En dehors de cela, tout semble normal, fit Fairbank qui ajouta d'un ton plus léger : Hé, vous voyez ce que je vois?

Il braquait sa torche sur des petits papiers de toutes les couleurs. Il se retrouva au rayon des bonbons avant même que les autres n'aient eu le temps de se relever.

— Ne les bouffez pas tous, Bunter, vous allez vous rendre malade, lui conseilla Culver, ne pouvant s'empêcher de sourire.

— Crunch, Walnut Whips, Fruit and Nut, mon Dieu, je crois que je suis mort et me voilà au paradis.

Ils l'entendirent glousser et se mirent eux aussi à rire.

— Bournville Plain, Dairy Milk, Pacers, Glacier Min...

Il s'interrompit. Culver et McEwen l'avaient rejoint; eux aussi examinaient l'étal de petits papiers aux couleurs vives, à peine dissimulés sous une fine couche de poussière. Ils découvrirent vite ce qui avait mis un terme à son exaltation.

— Quelqu'un d'autre s'est servi, fit remarquer McEwen.

— Quelqu'un d'autre ou quelque chose, fit Culver, ramassant un papier défait.

La vision de créatures au pelage noir, se frayant un chemin, en reniflant, au milieu des tablettes de chocolat et des bonbons, lui fit froid dans le dos.

— Des rats ? s'exclama Fairbank, les yeux écarquillés.

— Peut-être, fit Culver, dégageant le rabat du holster.

— Ils auraient fait plus de dégâts et fichu la pagaille partout, dit McEwen.

— Il a raison, renchérit Fairbank, pourtant encore nerveux. Prenons-en le plus possible et sortons.

— Je croyais que vous vouliez une nouvelle chemise ?

— Je peux vivre sans, fit-il en bourrant les poches de sa combinaison de tablettes de chocolat.

— Attendez une minute, s'écria Culver, retenant la main de Fairbank à mi-chemin entre le présentoir et la poche de son pantalon. Si ce n'est pas la vermine, c'est peut-être autre chose de plus grave.

— Des gens ?

Culver orienta sa torche le long des allées jonchées de détritus. L'intérieur du magasin s'étendait sur une longue profondeur, s'ouvrant en L au milieu. Nulle lumière ne filtrait à travers le plafond effondré, à l'autre extrémité, vers la gauche. L'odeur qui les avait assaillis ne leur était devenue que trop familière depuis environ une heure et Culver n'avait vraiment pas envie de poursuivre son investigation. Malheureusement, sa conscience lui dictait le contraire. Sans doute une curiosité morbide s'y ajoutait-elle.

Le bruit de ses pas résonnait bizarrement fort dans le magasin, maintenant transformé en une vaste caverne.

Fairbank, haussant les épaules, le suivit, saisissant au passage des confiseries sur le présentoir et les fourrant dans ses poches déjà pleines. Il remarqua des étagères contenant des sacs à main, des fourre-tout et, encore mieux, des valises. Au retour, il en prendrait une.

McEwen trouva inacceptable l'idée de se retrouver seul dans l'antre sombre du consommateur et rejoignit promptement les deux autres.

Culver en tête, ils se dirigèrent vers le coin où le magasin s'élargissait. Ils aperçurent le rayon de matériel électrique, des câbles isolés, gainés de plastique, séparés de leurs bobines comme du fil de coton surdimensionné, des prises, des interrupteurs et des ampoules, le tout en vrac, comme balayé des étalages par des mains en colère. Un peu plus loin, le rayon des disques et de la hi-fi donnait l'impression que le choix n'avait pas été apprécié : des feuilles d'album jonchaient le sol, des équipements stéréo étaient épars. Des corps, certains bougeant encore, se balançaient mollement au milieu de la confusion générale.

Des doigts humides, désincarnés par l'obscurité, s'enroulèrent autour du poignet de Culver.

Il recula instinctivement, les autres intentionnellement car ils avaient vu la silhouette hideuse juste avant qu'elle ne le touchât.

Culver dégagea son bras et, titubant, recula contre un comptoir proche, mais la silhouette le suivit, en équilibre instable ; des mains, ressemblant à des serres, s'agrippèrent aux vêtements de Culver. L'homme tomba à genoux ; il se retint en s'appuyant faiblement au blouson de cuir du pilote pour ne pas s'écrouler totalement.

— Aidez... nous..., fit-il d'une mince voix de crécelle.

Culver fixa ce visage émacié aux grands yeux écarquillés de camp de la mort, les lèvres fissurées, pleines de sang séché, les gencives à l'air et les dents noires cariées. Quelques touffes de cheveux éparses étaient collées au crâne. La peau était parsemée de plaies récentes et une mince traînée de sang séché dégoulinait des oreilles. La frayeur ne laissait guère de place à la pitié chez Culver.

L'homme grogna, bien que cela ressemblât davantage à un coassement sorti d'une gorge brûlée. Il paraissait se dessécher sous leurs yeux.

Surmontant sa répulsion, Culver rattrapa la silhouette qui s'effondrait et gentiment l'allongea au sol. De ses vêtements, déchirés et dépenaillés, se dégageait une odeur d'excréments.

— Je vous en prie... (La voix était plus faible, cette fois, comme si l'effort de saisir le poignet de Culver lui avait ôté le peu de force qui lui restait.) Aidez... nous.

— Combien reste-t-il de vivants ici ? dit Culver, les lèvres proches de l'oreille de l'agonisant.

— Je... ne... sais... (Sa tête dodelina.) Je... ne...

— Il est irradié, fit Culver inutilement, levant les yeux

vers ses deux compagnons. Il n'en a plus pour longtemps. Essayez le compteur Geiger, vérifiez où ça en est.

McEwen alluma l'appareil. Ils sursautèrent quand l'amplificateur émit plusieurs déclics, puis des ronflements. L'aiguille remua sauvagement avant de se fixer juste au-dessous du quart du cadran.

— Trop de rems, s'empressa de leur dire McEwen. C'est dangereux, il nous faut déguerpir sur-le-champ.

— Je file, dit Fairbank en faisant demi-tour.

— Attendez ! l'interrompit Culver. Jetez un coup d'œil aux autres. Voyez si on peut en sauver quelques-uns.

— Vous plaisantez, je suppose. Oh, merde, regardez...

Ils suivirent le regard de Fairbank et virent des formes sortir de l'ombre, la plupart en rampant ; certaines penchées et courbées, titubant comme des vieux, émettaient un gémissement plus effrayant que pitoyable. Dans cet instant de peur abjecte, il était difficile de considérer ces silhouettes traînantes et vacillantes comme des êtres humains, des malheureux qui n'avaient pas eu le temps de se mettre à l'abri du désastre et de ses séquelles induisant la maladie. Aux yeux des trois survivants, ils avaient l'air de lépreux fuyant leur colonie, de démons bossus surgissant d'une terre profane, de morts vivants tendant les bras pour étreindre les humains...

C'était trop pour Fairbank et McEwen. Ils firent demi-tour.

Les visages ravagés, entièrement à découvert sous les feux conjugués des torches, quémandaient la pitié, la compassion, le soulagement de leur souffrance.

— Culver, ils sont trop nombreux. Nous ne pouvons tous les aider ! s'écria Fairbank d'une voix tremblante et suppliante.

— Nous ne pouvons rester ici, ajouta McEwen de plus loin. Le comptage des radiations est trop élevé ! Si nous ne partons pas maintenant, nous finirons comme ces gens !

Une silhouette féminine, trouvant quelques restes de force, s'approcha d'un pas titubant et s'agrippa à Fairbank.

— ... *Détaaachééééles*... implora-t-elle.

Instinctivement il la repoussa et elle tomba par terre, en laissant échapper un faible cri. Fairbank s'avança vers elle comme s'il regrettait aussitôt son geste, une main tendue. Les gémissements des autres le firent changer d'avis.

— Inutile, Culver, fit-il d'un ton las. Nous ne pouvons les aider. Ils sont trop nombreux.

Il fit demi-tour et se mit à courir en trébuchant vers l'entrée du magasin; des tablettes de chocolat et des bonbons tombèrent de ses poches pleines à craquer.

Une main écorcha la joue de Culver. Il tressaillit, mais ne s'éloigna pas de l'homme fébrile près duquel il était accroupi.

— Ne... nous... abandonnez... pas..., murmura-t-il.

Culver ôta les mains brûlantes qui tremblaient de son visage et les prit dans les siennes.

— Nous ne pouvons rien pour vous maintenant, lui dit-il, ajoutant faiblement : Nous avons un médecin parmi nous. Si elle accepte, nous la ramènerons; peut-être pourra-t-elle faire quelque chose pour vous.

L'homme resserra son emprise.

— Non... non... vous... ne... pouvez pas...

Son autre main, vacillante mais déterminée, s'agrippa au col de Culver.

Un autre poids s'abattit sur les épaules du pilote.

Culver s'effondra sur le côté, l'autre tomba sur lui, celui du dessous le tira, refusant de le laisser partir. Au cours de la lutte, Culver poussa un gémissement de douleur aigu, strident; d'un coup d'épaule, il se débarrassa de ce fardeau, saisit l'autre homme par les poignets et détacha lentement la main agrippée à sa veste. L'autre main, toujours accrochée à la sienne, fut moins facile à écarter; dans un instant de folie, Culver envisagea de se servir de son revolver. Cela aurait été, pour lui, la libération instantanée et pour la victime des radiations, un soulagement immédiat. Mais il n'avait pas en lui la force nécessaire pour un tel acte. Pas encore.

Il serra le poignet de l'individu sans pitié et les doigts, semblables à des griffes, peu à peu s'ouvrirent. Culver se libéra et se mit debout, trébuchant presque sur une silhouette qui s'était approchée par-derrière en rampant. Il évita la main avide.

— Je suis désolé ! hurla-t-il avant de s'enfuir en courant d'un pas titubant vers les autres, ne pensant qu'à échapper à ces limbes ténébreuses entre la vie et la mort, loin de ces pauvres hères dont le seul espoir était de mourir au plus vite.

Il perçut leurs cris de détresse et il lui sembla entendre des pas derrière lui, mais ce n'est qu'au bas de la pente qu'il s'arrêta pour vérifier. Ses deux compagnons avaient déjà franchi l'étroite brèche au sommet, Fairbank lui tendit la main pour l'aider; sur son visage se mêlaient honte et terreur.

C'est insensé, se disait Culver. Ce ne sont que des êtres humains, des gens de notre espèce, blessés ou ravagés par les radiations ; ce ne sont pas des lépreux, ils ne sont pas dangereux. Alors pourquoi lui, Fairbank et McEwen avaient-ils si peur? Il se tourna; la réponse était là. Les silhouettes traînantes étaient l'incarnation de la détresse humaine la plus profonde, le résultat concret de cet holocauste, attendu depuis si longtemps, redouté et redoutable. Le cauchemar réalisé.

Et qui pouvait affronter son propre cauchemar?

Culver sauta sur la pente, Fairbank lui saisit la main pour le hisser. Il franchit le seuil, enveloppé dans une pluie tiède et une lumière grise, tandis qu'il dégringolait de l'autre côté; il ne s'arrêta que lorsqu'il eut atteint le fond, et même alors, il roula et s'accroupit face au magasin comme s'il s'attendait que son rêve le suive. Seul Fairbank glissa pour le rejoindre. McEwen se tint quelques mètres plus loin, prêt à courir.

— Je suppose qu'il y en avait trop, n'est-ce pas? dit Fairbank, lui donnant une tape sur l'épaule.

— Ouais, beaucoup trop, fit Culver en frissonnant. (Puis il se redressa.) Il faut retourner vers eux. Le docteur Reynolds peut leur donner des drogues, des médicaments ou je ne sais quoi qui puisse les soulager.

— Bien sûr, dit Fairbank.

— Il y en aura peut-être un ou deux qui se remettront.

Fairbank essuya la pluie sur son front et son nez. Il cracha dans la saleté boueuse à ses pieds.

— On ferait mieux de retourner à l'abri.

Il s'éloigna, laissant Culver, le regard fixé sur les rares lettres encore visibles indiquant le nom du magasin, et l'étroite brèche en contrebas. Le mausolée s'appelait Wort.

Culver rattrapa les autres au moment où ils se frayaient un passage entre un bus, dont les vitres avaient volé en éclats et dont la peinture rouge à l'avant s'écaillait et cloquait, et un fourgon bleu ciel dont le bas des panneaux latéraux commençait déjà à rouiller. Il tenta de détourner le regard du cadavre du chauffeur d'autobus en putréfaction, le corps rejeté en arrière, les mains encore sur le volant, comme s'il avait insisté pour emmener ses passagers aux portes même de l'éternité. Culver essayait de ne pas regarder : impossible. Des tessons de verre parsemaient le corps d'éclats, tels des diamants sur une paroi de roche souterraine; le segment le plus grand divisait son visage en deux. Culver eut un haut-le-cœur et se força à se concentrer sur les deux hommes qui le précédaient. McEwen marchait d'un pas mal assuré; le dos voûté, ruisselant de pluie, Culver se soutenait aux capots et aux toits des voitures, le compteur Geiger battant contre sa hanche. Fairbank, qui s'était retourné pour voir si Culver suivait, était livide, des rides profondes creusaient ses pommettes jusqu'aux mâchoires; lui qui habituellement était si robuste, paraissait mince, presque décharné. Il ouvrit la bouche pour parler mais un craquement les fit tous se tourner vers l'ouest.

A moins de six cents mètres de là, les restes d'un immeuble, en partie démoli, s'effondraient complètement, les étages s'écroulant les uns sur les autres comme un château de cartes. Des nuages de poussière se soulevaient dans l'air, la pluie les rabattant lentement vers le sol. Le bâtiment, amoncellement de béton et de ruines, ne déparait pas dans le paysage. Tout pouvait en être la cause — une explosion de gaz, la rupture des dernières poutres de métal, l'effondrement de sa propre charpente de béton. L'immeuble acceptait enfin l'inévitable; cela sonnait comme un glas.

Ils éprouvaient l'envie irrésistible de retourner le plus vite possible à leur sanctuaire car, plus que jamais, il représentait une forme de survie. Que leur restait-il, sinon l'espoir.

Contournant cinq voitures qui étaient entrées en collision et ressemblaient à une sculpture d'acier, ils franchirent un autre tas de décombres et furent soulagés d'apercevoir, à nouveau, le panneau du métro de Chancery Lane, auquel il manquait un fragment de son symbole bleu et rouge.

— C'est pas grand-chose, mais c'est chez nous, dit Fairbank faiblement, s'efforçant de chasser sa propre tristesse.

— Vous voyez Bryce ? demanda Culver qui scrutait les voitures en contrebas.

De la pluie, qui rebondissait sur les toits, s'échappait un halo brumeux.

— Il ne peut pas être loin, dit Fairbank en secouant la tête. Il avait l'air vanné quand nous l'avons quitté.

Culver remarqua que McEwen tremblait ostensiblement.

— Vous allez tenir le coup ? demanda-t-il.

— Je veux simplement partir d'ici, c'est tout. On dirait... on dirait un cimetière géant.

— Dommage que certains morts ne veuillent s'y allonger, ajouta Fairbank avec un humour noir que personne n'apprécia.

Culver ne tint pas compte de cette remarque. Ils avaient tous des réactions différentes ; Fairbank avait besoin de faire des plaisanteries, même d'un goût douteux.

— Le voilà, dit Fairbank en le désignant, puis il fronça les sourcils. Je crois, du moins, que c'est Bryce.

Ils descendirent prudemment, pour ne pas risquer de chuter sur la pente instable.

— Là-bas, dit l'ingénieur, les guidant à travers l'enchevêtrement de voitures.

Culver repéra l'officier de la Protection civile sur la plate-forme d'un autobus à impériale vide. Il avait les pieds sur la route, le corps courbé en avant, oublieux de la pluie qui le martelait. Il donnait l'impression d'avoir des crampes d'estomac, mais lorsqu'ils s'approchèrent, ils s'aperçurent qu'il s'accrochait à quelque chose.

McEwen distingua une forme familière qui s'abritait dans l'encadrement de la porte, non loin de l'entrée du métro. Pour la première fois, ce jour-là, il esquissa un sourire. Il ne restait pas grand-chose du bâtiment car l'explosion avait soufflé le toit et l'étage supérieur mais, bien qu'endommagés, les magasins au-dessous étaient intacts et là, sur le seuil, se tenait un chien qui s'acharnait sur un morceau de viande. L'animal — visiblement un berger allemand — paraissait abandonné et faible, son pelage crotté disparaissait sous la saleté, ses côtes saillaient, de la bave sortait de sa gueule. McEwen eut pitié du pauvre animal ébouriffé. Après avoir été le témoin de tant de détresse humaine, l'épreuve du chien l'émut profondément, car, contrairement à ses maîtres, cette bête était innocente, sans prise sur son destin, nullement responsable de la folie destructrice de ce monde malade qu'elle habitait. McEwen se faufila entre deux voitures et se dirigea vers l'animal.

Le chien, la tête penchée, était trop préoccupé par le morceau de viande crue, à ses pieds, pour remarquer l'homme qui approchait.

Pauvre diable, songea l'officier du ROC. A moitié mort de faim et probablement encore sous le choc des événements.

Il le vit engloutir des restes, semblables à des saucisses, qu'il avait entre les pattes avant. Le morceau était rouge, ensanglanté ; McEwen se demandait où il avait bien pu se procurer une viande si fraîche.

— Bon chien, dit-il, s'approchant avec prudence pour ne pas effrayer l'animal. Bon chien, répéta-t-il d'un ton apaisant.

Le chien leva la tête.

14.

Bryce souffrait le martyre. Il gémissait et son corps se balançait d'avant en arrière, à un rythme rapide, pour atténuer la douleur.

Culver et Fairbank remarquèrent des écorchures sur le cou ; du sang coulait des blessures, se mêlant à la pluie. Ils se précipitèrent vers lui ; Culver s'agenouilla et le saisit par l'épaule.

— Que vous est-il arrivé ? demanda-t-il, le forçant à se redresser. Êtes-vous tombé ?

Fairbank promena son regard alentour avec inquiétude, puis se pencha plus près, les mains sur ses genoux.

Bryce les regardait comme des étrangers, une expression de terreur dans ses yeux vitreux. Peu à peu, il parut les reconnaître.

— Dieu merci, Dieu merci, gémissait-il.

Ils eurent un choc en découvrant son visage. Les blessures au cou montaient jusqu'aux joues puis s'élargissaient en plaies béantes d'où le sang coulait abondamment. La mince traînée de sang, piquetée de petites croûtes de caillots séchés, passait sur le nez comme s'il avait été tailladé avec un fil métallique. Il avait une paupière déchirée, le blanc de l'œil était rougi par le sang.

— Ramenez-moi à l'abri. Ramenez-moi le plus vite possible !

— Qui diable a fait cela ? demanda Culver, saisissant un mouchoir pour endiguer le flot qui dégoulinait du cou.

— Ramenez-moi, ramenez-moi! J'ai besoin d'aide.

— Culver, il a quelque chose de bizarre à la main, dit Fairbank.

Il s'était rapproché de Bryce, qui tenait ses mains serrées contre ses genoux. Il tenta de les dégager, mais se heurta à une résistance surprenante.

— Bryce, avez-vous été attaqué par des rats? lui demanda Culver. Mon Dieu, nous qui pensions que vous seriez en sécurité ici.

— Non, non! hurla-t-il de douleur. Je vous en supplie, ramenez-moi à l'abri.

— Montrez-moi vos mains. Laissez-moi les voir.

Culver et Fairbank tirèrent les bras ensemble.

Bryce se tenait les deux mains; quand elles furent retirées de ses genoux ensanglantés, elles se séparèrent. Les deux hommes défaillirent lorsqu'ils virent la main droite sans doigts.

Fairbank détourna le regard des moignons, s'appuyant le front contre la tôle froide de l'autobus. Culver tenait le poignet de la main blessée de Bryce. Il plia le mouchoir, trempé de pluie, sur les moignons et les pressa contre les os saillants.

— Maintenez le mouchoir dessus, dit-il à Bryce. Ça arrêtera un peu l'hémorragie. (Il guida la main de celui-ci vers sa poitrine et plaça la main intacte pardessus.) Ne la bougez pas. Gardez le coude plié et la main levée. Essayez de ne pas remuer. (Il examina le corps de Bryce, à la recherche d'autres blessures. Il en trouva, mais aucune n'était aussi grave.) Où étaient-ils et d'où vous ont-ils attaqué?

— Non, ce n'étaient pas des rats, fit Bryce dans un effort surhumain. C'était un chien. Un... chien... enragé dans la voiture. La rage. C'était la rage. Voilà pourquoi il faut me ramener.

Culver comprit et ce fut presque un soulagement. Bryce avait rencontré un chien errant qui l'avait attaqué. Pas des rats. Pas ces salauds de mutants, mais un chien perdu, probablement affamé! Mais s'il avait la rage, Bryce était dans un état encore plus sérieux. Pas étonnant qu'il veuille retourner à l'abri. Le docteur Reynolds aurait un antisérum, quelque chose qui pourrait lui sauver la vie. Si ce n'était pas le cas — Culver essaya de chasser cette idée —, alors Bryce mourrait dans un laps de temps allant de quatre à dix jours.

— Pouvez-vous vous mettre debout? demanda-t-il.

— Je... je crois. Aidez-moi simplement à me lever.

Fairbank oublia sa nausée et aida Culver à lever le blessé.

— Bien, dit Culver à Bryce d'un ton rassurant, nous allons vous ramener. Il doit y avoir un vaccin antirabique dans nos réserves, aussi ne vous inquiétez pas. Plus vite nous vous ramènerons, mieux ce sera.

— Il est capital... de me traiter avant l'apparition des symptômes. Vous comprenez?

— Bien sûr que je comprends. Essayez de garder votre sang-froid.

A travers sa douleur, Bryce se rappela, avec une ironie amère, les titres des journaux qu'il avait lus dans la voiture juste avant que le chien enragé ne lui plantât ses mâchoires dans le cou. Du calme, ce n'était que l'anéantissement qui frappait à la porte. Du calme, ce n'était que la mort qui venait vous taper sur l'épaule. Il se mit à pleurer, et ce n'était pas simplement à cause de la douleur lancinante.

Ils le traînèrent vers l'entrée du métro, le regard toujours en alerte de crainte de tomber sur l'animal qui avait provoqué la blessure, évitant le plus possible les portières ouvertes, les fermant d'un coup de pied s'ils ne pouvaient faire autrement que de passer à côté. La pluie tombait sans arrêt, et malgré sa tiédeur, Culver fut parcouru d'un frisson. Le monde extérieur était aussi horrible qu'ils le craignaient; la ville n'était pas seulement atteinte, elle était anéantie.

Culver et Fairbank aperçurent McEwen en même temps. Il était penché en avant, une main tendue vers une silhouette qui se profilait sur le seuil. En partie masquée par son propre corps.

McEwen sourit au chien en essayant de le cajoler.

— Viens, mon chien, personne ne va te faire mal. Finis ce que tu manges et nous verrons ce que nous ferons de toi. On se contenterait que tu attrapes des rats.

Le chien poussa un grognement en guise d'avertissement. La tête encore penchée sur sa proie, il leva un regard méfiant vers lui. McEwen remarqua une certaine morosité dans ses grands yeux marron.

— Ouais, je sais que tu meurs de faim. Je ne vais pas te voler ta pâture, mon bon chien, avale.

Avant que les derniers morceaux ne disparaissent dans la gueule du chien — saisis au vol et avalés d'un coup, comme s'il craignait qu'on ne les lui volât —, l'officier du ROC remarqua un détail étrange. L'un des deux morceaux de viande avait une sorte d'ongle au bout.

Il hésita, la main en l'air, soudain moins enclin à caresser l'animal. Ses yeux reflétaient une lueur sauvage. Il tremblait, et ses grognements n'étaient pas encourageants.

Des petites taches rouges coloraient l'écume blanche baveuse qui sortait de sa gueule.

— McEwen !

Il tourna la tête et, comme dans un tourbillon, vit Culver courir vers lui sous la pluie, sortir le revolver de son holster. Tout se passa au ralenti, la silhouette qui courait vers le chien, l'animal tremblant qui s'avançait, les pattes arrière raides comme à demi paralysées, le dos rond, le pelage humide hérissé, les larges mâchoires ouvertes et la gueule pleine de sang et de salive...

Culver s'arrêta et arma son arme, priant le ciel de ne pas rater son but à cette distance. Le chien était prêt à bondir, mais ses flancs avaient une drôle d'allure. Sa propre folie le stimulait. Il prit son élan, découvrant ses crocs jaunes, prêt à fondre sur la main tendue de l'homme, à quelques centimètres de lui.

Culver fit feu et le choc lui projeta le bras en arrière.

Le chien enragé tournoya en l'air et retomba, en se tordant, aux pieds de McEwen, claquant des mâchoires, jappant, poussant des cris perçants.

McEwen recula vivement sur le trottoir mouillé. Il trébucha sur des débris et tomba à la renverse.

L'animal, mortellement touché, essaya de l'attraper, en rampant vers lui ; ses hurlements diminuèrent pour ne devenir qu'un grognement sourd.

Culver s'avança pour lui assener le coup fatal.

Il visa la tête du chien. Fit feu.

Puis tira de nouveau sur le corps secoué de spasmes.

Une autre détonation, et le corps se raidit.

Une autre encore, et le corps devint flasque.

Il respira longuement et remit l'arme dans son étui.

McEwen se relevait lentement ; abasourdi, incrédule, il vit Culver s'approcher de lui.

— Vous a-t-il mordu ? demanda Culver.

McEwen le dévisagea avant de répondre.

— Non, non, il ne m'a pas touché. Je ne m'étais pas rendu compte...

— Il a attaqué Bryce.

— Oh, merde.

— Aidez-nous à le ramener.

Culver s'était déjà éloigné et se dirigeait vers Fairbank et Bryce.

McEwen examina le cadavre du chien et se mordit la lèvre inférieure. Il était passé près, sacrément près. Il commençait à prendre conscience que désormais rien ne serait jamais plus acquis, les critères habituels n'étaient plus crédibles. C'était la leçon qu'il tirait de cette expérience. Une parmi tant d'autres.

Comme Culver. McEwen fut parcouru de frissons. Il se dépêcha de rattraper ses trois compagnons qui disparurent dans l'escalier menant aux guichets de la station.

L'odeur putride écœurante les frappa de plein fouet avant même qu'ils aient atteint la dernière marche. Malgré leur désir de retourner dans le cocon sécurisant de l'abri, tels des lapins à la recherche de leur terrier quand rôde un renard, ils éprouvaient une certaine réticence à pénétrer dans cet univers sombre, infesté d'insectes repus et de cadavres humains en putréfaction. Les gémissements de Bryce les incitèrent à avancer.

La descente difficile le long de l'escalier mécanique, jonché de cadavres, avait un aspect presque surréaliste, maintenant que l'horreur qu'ils avaient éprouvée initialement s'était atténuée à la suite de tous les chocs subis. Ils avaient l'impression d'une descente aux enfers ;

les morts, tout au long de leur route, étaient ceux qui avaient tenté de fuir, mais n'étaient pas parvenus à la lumière. Paradoxalement, les quatre hommes prirent conscience que l'enfer était au-dessus de leur tête.

A un moment donné, Fairbank et Bryce trébuchèrent, et auraient fait boule de neige, entraînant dans leur chute d'autres corps, si Culver ne s'était pas agrippé à une rampe et n'avait pas usé de toute sa force pour retenir les autres. Ils se reposèrent un instant avant de continuer, chaque homme vidé par les efforts éprouvants de cette expédition. Ils étaient aussi mentalement éreintés, car le traumatisme exerçait son effet débilitant.

Néanmoins, aucun d'eux ne souhaitait rester trop longtemps sur l'escalier mécanique : la masse de corps, à moitié dévorés, leur rappelait de façon macabre qu'ils n'étaient pas en sécurité. Ils poursuivirent leur route, Bryce soutenu par Culver et Fairbank, McEwen en tête, agitant sa torche dans l'escalier.

Ils perçurent un bruit impétueux étrange avant d'arriver en bas, échangèrent un regard perplexe, puis reprirent leur descente. Le son émanait de la voûte qui menait au quai en direction de la banlieue est ; s'approchant, les quatre hommes commencèrent à comprendre de quoi il s'agissait. McEwen, anxieux, accéléra le pas ; les autres avaient du mal à avancer à cause du blessé.

Le bruit se transforma en un rugissement lorsque, après un virage, ils pénétrèrent sous la voûte. La silhouette solitaire de McEwen, torche baissée, se dressait au bord du quai. Ils arrivèrent à sa hauteur et, à leur tour, braquèrent leur torche sur le torrent déchaîné dont le bruit était amplifié par les murs et le plafond incurvés du quai de la station.

— *Les égouts ont dû déborder!* hurla McEwen par-dessus le rugissement. *Il est tombé trop de pluie.*

— *Trop d'affaissements causés par les explosions*, acquiesça Fairbank. *L'eau ne pouvait pas s'écouler autre part.*

— *Il faut qu'on retourne à l'abri!*

La voix de Bryce trahissait une peur intense.

— *Ne vous inquiétez pas, nous allons y arriver.*

(Culver orienta sa torche dans le tunnel en direction de la banlieue est d'où se déversait l'eau.) *Ce n'est pas très profond, elle ne nous arrive pas encore à la taille. Accrochons-nous aux traverses et aux câbles dans le tunnel pour avancer.*

— *Et Bryce?* dit Fairbank. *Il lui est impossible de se servir de sa main. De plus, je doute qu'il soit assez fort pour lutter contre le courant.*

— *Nous le mettrons entre nous pour l'aider. Un devant, deux derrière. Il s'en sortira.*

— *Si vous le dites*, fit Fairbank en haussant les épaules.

— *McEwen, placez-vous derrière Fairbank, aidez-le à soutenir Bryce le mieux possible.* (Culver eut une nouvelle montée d'adrénaline qui revigora son corps accablé ; il se prépara à affronter l'épreuve qui les attendait.) *Nous ne nous servirons que de ma torche, ce qui nous laissera les mains libres. Prêts?*

Fairbank et McEwen firent oui de la tête, accrochant leur torche à leurs vêtements. Celle de Bryce avait disparu depuis longtemps.

Ils se dirigèrent vers le bout du quai et Culver sauta dans le tunnel.

L'eau glacée lui coupa le souffle un instant. Le courant le tirait et, pour avancer, il fallait un effort considérable, bien plus intense qu'il ne l'avait cru. Il saisit une traverse de métal qui renforçait la voûte et s'en servit pour se tirer, luttant pour garder l'équilibre, gêné par la torche dans sa main droite. Il s'arrêta quand les trois autres sautèrent dans l'eau. S'appuyant le dos contre le mur, il se retourna. Il était difficile de parler, non seulement parce que le vacarme de l'eau résonnait à cause de l'exiguïté des lieux, mais aussi parce qu'il avait du mal à reprendre son souffle. Ses jambes étaient déjà paralysées par le froid.

— *Passez votre bras gauche sur mon bras droit*, dit-il à Bryce, pliant le coude, tout en maintenant la torche.

Bryce obéit et Culver serra fermement; leurs bras étaient entrelacés. De cette manière, il pouvait se guider de sa torche tout en soutenant le blessé, et se servir de l'autre main pour s'agripper à tout support le long du mur du tunnel. Bryce et lui parviendraient au but s'ils arrivaient à maintenir le dos contre le mur.

Dépenaillés et trempés, ils reprirent leur route, en rang ; le courant devenait de plus en plus fort au fur et à mesure qu'ils s'enfonçaient dans le tunnel.

Il interrompit leur marche.

— *Il va vous falloir utiliser votre torche, McEwen*, hurla-t-il. *Essayez de nous éclairer là devant, le long du mur, de ce côté.*

La lumière vacillante de la torche de McEwen les éclaira et Culver accrocha la sienne à la ceinture de son jean. Il reprit Bryce par le bras, cette fois le poing plaqué contre sa poitrine.

Avancer en tirant le blessé exigeait un effort considérable ; il fut vite en nage, malgré la paralysie, due au froid, de ses membres inférieurs. Il songea de nouveau à leur premier trajet dans le tunnel, au silence d'une profondeur impénétrable, à la découverte des corps, aux énormes mutants, à la jeune fille pétrifiée. Kate ! Il désirait la revoir.

Bryce glissait peu à peu de son bras.

— *Tenez-le bien !* hurla-t-il à Fairbank tandis que le blessé commençait à s'enfoncer dans l'eau.

Fairbank saisit Bryce sous les épaules et le hissa. Il le maintint contre le mur ; Bryce, la bouche grande ouverte plaquée contre la paroi de brique souillée, essayait de reprendre son souffle. Il tenta de parler, mais nul ne put entendre ce qu'il disait.

— *Il ne va pas y arriver !* cria Fairbank à Culver.

Culver s'appuya également contre le mur pour essayer de reprendre son souffle. Il se pencha vers Bryce et lui cria à l'oreille :

— *Ce n'est plus très loin, encore un peu de courage. Nous pouvons y arriver, mais vous devez y mettre du vôtre.*

Bryce secoua la tête. Les yeux clos, il avait l'air de gémir.

Culver sortit le bras de sa veste et ôta l'étui de revolver de l'épaule. Enfilant de nouveau la manche de sa veste, il jeta sa torche dans l'eau tourbillonnante ; il fallait choisir entre la torche et le revolver. Il ôta l'arme de son étui et la cala solidement dans son jean. En un sens, elle était plus importante que sa torche. Il s'approcha du bras valide de Bryce et attacha les courroies de cuir de l'étui autour de son bras et de celui de l'officier de la Protection civile.

— *Vous devez m'aider, Bryce !* hurla-t-il. *Je ne peux y arriver seul. Penchez-vous sur moi et ne vous laissez pas entraîner par le courant. Fairbank, restez tout près ! Le plus près possible !*

— *J'suis sur votre cul*, lui lança Fairbank avec une pointe d'ironie.

Ils avaient l'impression de gravir une colline balayée par un typhon, mais, centimètre après centimètre, mètre après mètre, gémissement après gémissement, ils avançaient. Un instant plus tard, ils s'aperçurent que le courant, devant eux, formait des bulles bouillonnantes ; le courant les prenait maintenant avec force au niveau des hanches. L'eau montait.

— *Il nous faut traverser la voie, atteindre le mur d'en face*, cria Culver aux autres en se maudissant intérieurement de ne pas y avoir pensé quand la route était un peu plus facile.

Le rugissement des eaux impétueuses était presque assourdissant et il n'était pas certain que les autres l'aient entendu. Il désigna le mur opposé et Fairbank acquiesça.

Culver donna du mou aux câbles épais le long du mur, à hauteur d'épaule, et, respirant profondément au cas où il tomberait, s'élança dans l'eau. Il perdit pied presque immédiatement, tellement le courant était fort, et tomba à la renverse, mais des mains l'empêchèrent de tomber.

— *Laissez-moi passer le premier*, lui cria Fairbank dans l'oreille. *Nous formerons une chaîne. Moi, puis Bryce et vous qui tiendrez les câbles de ce côté. Nous devrions pouvoir le tirer jusqu'à l'autre côté. McEwen peut traverser avec Bryce, en restant derrière lui pour l'empêcher de perdre l'équilibre.*

Culver saisit l'extrémité des câbles fixes et prit son courage à deux mains.

— *Avancez.*

Se cramponnant au poignet de la main blessée de Bryce, Fairbank entra dans l'eau, le corps penché dans le sens du courant ; derrière, McEwen lui tendit la main pour l'aider. Soucieux de ne pas trébucher sur les rails recouverts d'eau, l'ingénieur parvint au centre du tunnel, suivi de Bryce soutenu par l'officier du ROC, le bras gauche encore maintenu à celui de Culver. Fairbank s'arrêta ; avec le courant, il lui était difficile de garder l'équilibre. Il avait l'impression que des bras glacés s'étaient enroulés autour de ses jambes, essayant de le tirer par-derrière, avec le désir pervers de le déséquilibrer. Il savait que pour arriver de l'autre côté, il aurait besoin de toute sa force et de toute sa liberté d'action ; il lui faudrait lâcher le poignet du blessé.

— *Tenez-le!* hurla-t-il aux autres avant de s'élancer vers le mur opposé, sautant légèrement en avant, sachant que le courant le ramènerait en arrière.

L'idée s'avéra bonne, mais il eut du mal à trouver une prise, car il était bien enfoncé dans l'eau, le courant lui balayant la poitrine. Il fut emporté sur plusieurs mètres avant de trouver une prise. Il y avait un petit recoin dans le mur incurvé et il en saisit le bord avec reconnaissance. Se hissant, il se reposa quelques instants pour reprendre son souffle ; sa poitrine se soulevait. Il distinguait les silhouettes de ses compagnons, qui se dessinaient à la lumière vacillante de la torche de McEwen. Bryce ne tiendrait pas longtemps au milieu du courant, car McEwen avait lui-même des problèmes. Fairbank se servit des câbles de ce côté-là pour se relever.

Lorsqu'il fut au niveau des trois autres, il s'agrippa fermement au câble du haut et s'étira vers Bryce en se penchant dans le sens du courant. Un fossé de plusieurs mètres les séparait.

— *McEwen, à vous maintenant. Prenez-moi la main.*

L'officier du ROC passa devant le blessé, en avançant à pas réguliers vers Fairbank. Une fois le fossé franchi, ils étaient tous en mesure de traverser pourvu que l'ingénieur ait la force de les tenir tous.

Ses doigts effleurèrent ceux de Fairbank, sa paume

glissa sur la sienne, les doigts enroulés autour de ses poignets.

— *La torche, passez-moi la torche*, ordonna Fairbank.

Il se dégagea du poignet de l'autre homme et tendit les doigts. Tenant encore le bras de Fairbank de sa main droite, McEwen plaça la torche dans la main ouverte de l'ingénieur, d'un mouvement délibérément lent, le courant menaçant de les déloger à tout moment. La position était instable mais la lumière vacillante permettait une certaine visibilité.

La pression exercée sur Culver, de l'autre côté du tunnel, s'intensifiait car maintenant il lui fallait user de toutes ses forces pour retenir Bryce. Il sentait l'officier de la Protection civile faiblir à chaque seconde.

— *Dépêchez-vous!* cria-t-il à ses compagnons de l'autre côté. *Il ne peut tenir plus longtemps!*

McEwen saisit le blessé par le poignet, en évitant de regarder les moignons à vif; le bandage de fortune était parti depuis longtemps; il n'avait qu'un but : tirer Bryce vers lui.

Culver s'éloigna du mur de brique, effleurant du pied un rail masqué par les eaux sombres tourbillonnantes. Il le franchit, poussant Bryce du coude pour le faire avancer. Il donna du mou aux câbles, le bras en avant pour garder l'équilibre. Le courant était très fort; il remarqua que l'eau lui arrivait maintenant à la taille.

Fairbank tirait et Culver poussait; ils auraient pu réussir si McEwen n'avait pas reçu quelque chose en plein estomac. L'objet pivota de telle sorte qu'il heurta les trois hommes de toute sa longueur au milieu du courant.

Quand McEwen baissa les yeux et vit le large rictus du mort, les yeux inertes qui révélaient sa souffrance lors de sa noyade, il eut un choc. Il poussa un cri et lâcha totalement prise.

Les eaux impitoyables l'emportèrent avant qu'il ait pu retrouver son équilibre.

La charge soudaine de Bryce déséquilibra Culver qui fut projeté en arrière avec Bryce.

Fairbank, plaqué contre le mur, ne pouvait que regarder, hébété, les trois hommes se débattre pour remonter le courant le long du tunnel ; seules les têtes et parfois les épaules refaisaient surface par intermittence. Les cris de McEwen couvraient le rugissement du torrent.

Il se colla contre la paroi luisante et ferma les yeux.

— *Oh, mon Dieu*, dit-il, *mon Dieu*.

Culver piqua au fond ; son corps tournoya sous la surface agitée. Quelque chose le tirait vers le fond, un poids qui résistait mal à la force du courant qui les emportait. Impossible de savoir si Bryce était inconscient ou simplement figé sous le choc, mais le regret d'être lié au blessé assaillait Culver par moments. Il étouffait ; l'eau lui emplissait la gorge, les poumons ; dans ses efforts pour remonter à la surface bouillonnante, il crachotait, toussait, cherchait désespérément son souffle.

Il tira le corps flasque, le hissa ; Bryce sortit la tête à ses côtés, il ne le voyait pas dans l'obscurité, mais il se débattait violemment, comme si, lui aussi, cherchait une bouffée d'air.

Culver sentit l'étreinte se desserrer, le corps de Bryce glissait lentement. Quel soulagement il éprouverait s'il lâchait le fardeau ; il pourrait alors avoir toute liberté d'action pour trouver un abri sûr, mais de vieux souvenirs lancinants se réveillaient au plus profond de lui, surgissant de la panique comme de ténébreuses formes fantomatiques.

Il saisit Bryce par l'épaule et se jeta sur le côté, plaquant ses talons sur le sol. Emporté par le courant et ses propres efforts, il alla s'écraser contre le mur. Il tenait désespérément l'autre homme tandis que leurs corps étaient précipités dans un tourbillon, tournoyant une fois, deux fois ; la troisième fois, sa main trouva une prise, empoigna quelque chose. Ils avaient été emportés jusqu'à la charpente métallique du tunnel, le quai de la station n'était probablement pas loin. Culver s'y accrocha ; tenant Bryce contre sa poitrine de l'autre main, il chercha à reprendre son souffle, tout en priant pour que les remous ne devinssent pas plus intenses.

Après avoir repris son souffle, il héla McEwen, mais n'obtint aucune réponse. Peut-être n'entendait-il pas en raison du bruit. Il avait dû trouver une prise quelque part et s'y accrocher avec l'énergie du désespoir; sans doute ne se trouvait-il plus à portée de voix. Culver doutait de ses propres espoirs, car, à l'intérieur de la station, les parois étaient lisses et n'offraient aucune prise. A moins que McEwen ne soit parvenu à escalader le quai, il n'avait aucune chance de pouvoir lutter contre le courant qui l'emporterait dans le tunnel suivant. Une lumière soudaine effleura la surface de l'eau bouillonnante dans l'autre direction, et l'éclat l'éblouit.

Fairbank! Fairbank était encore là-bas! Cette fois il appela l'ingénieur, mais, une fois de plus il douta que sa voix pût être entendue.

Bryce se mit à remuer et Culver le hissa jusqu'à lui, de telle sorte que leurs visages furent à la même hauteur.

— *Pouvez-vous bouger, Bryce? Nous devons retourner le long du tunnel avant que le niveau de l'eau ne monte davantage.*

Une pensée, qu'il chassa aussitôt, traversa son esprit. Chaque chose en son temps, Culver, oui, chaque chose en son temps.

Bryce tenta de répondre, mais ses paroles étaient inaudibles.

Tenant fermement le bras de l'officier de la Protection civile, Culver reprit sa marche. Une forme, grossie par les reflets de la torche, passa à vive allure. Une autre forme, cette fois le visage pointé vers le haut, surgit de l'eau comme un masque mortuaire. Oh, mon Dieu, se dit Culver, quelque part dans les bas-fonds de la ville, d'autres s'étaient réfugiés, peut-être dans une autre station, un peu plus loin, peut-être même dans les tunnels — ou dans les égouts — et ils avaient été balayés par les flots. Un autre corps fila, emporté par le courant, bras en croix et mains crispées, comme si le cadavre vitupérait encore contre son destin. Sans doute tout le métro n'était-il plus que de vastes catacombes.

La lumière s'approchait et Culver se rendit compte que Fairbank venait à leur recherche. Il redoubla d'efforts, luttant contre l'épuisement aussi bien que contre le courant. Heureusement, Bryce avait suffisamment repris ses esprits pour se prendre un peu en charge.

Fairbank avait moins de mal car il marchait dans le sens du courant ; la lumière braquée sur eux, il parvint très vite à leur hauteur.

— *Dieu merci, vous êtes vivants*, hurla-t-il. *J'ai bien cru que je ne vous reverrais plus.* (Il promena sa torche.) *Où est McEwen ?*

Culver ne put que secouer la tête.

Fairbank scruta l'horizon, espérant apercevoir l'homme perdu. Il abandonna vite ses recherches.

— *Vous êtes prêts à essayer de nouveau ?* demanda-t-il à Culver.

— *Avons-nous le choix ?*

— *Non.*

— *Alors, je suis prêt.*

Comme l'ingénieur s'éloignait, Culver le retint par le bras et l'attira vers lui.

— J'ai eu une idée, il y a un instant.

— Ah bon ?

— Et si... (Culver exprima l'inquiétude générale.) Et si nous ne parvenons pas à réintégrer l'abri ? Et s'il est inondé ?

— N'avez-vous pas remarqué la porte par laquelle nous sommes sortis ? Elle est scellée. Elle résistera à la pression.

— Pas s'ils doivent l'ouvrir pour nous.

Fairbank réfléchit puis lui cria en retour :

— *Comme je vous l'ai dit, nous n'avons pas le choix.*

Culver fit glisser Bryce pour qu'il soit devant. Ils le coincèrent entre eux et reprirent leur marche.

Le chemin fut long et pénible, mais, fort heureusement, la force du courant se stabilisa. Les cadavres flottants se multipliaient, mais tous avaient fini par s'y habituer et n'y pensaient plus.

Peu d'heures s'étaient écoulées, bien qu'ils aient eu l'impression du contraire. Ils atteignirent enfin la porte secrète et s'effondrèrent sur le seuil, veillant à ne pas perdre l'équilibre et soulagés de constater que la pression diminuait légèrement. Fairbank martela la porte métallique avec l'extrémité de sa torche.

Culver sentit Bryce sombrer de nouveau ; il le retint fermement, sachant qu'il ne pourrait pas tenir longtemps ; maintenant qu'ils étaient relativement en sécurité, ses forces le lâchaient rapidement. La fois précédente, c'est au feu qu'il avait tenté d'échapper, cette fois, c'était à l'eau.

— *Ouvrez, salauds!* hurlait Fairbank. *Ouvrez cette putain de porte, merde!*

La rage lui donnant de l'énergie, il martela la porte avec plus de vigueur.

Bryce glissait malgré la résistance de Culver. Soudain il se sentit incroyablement faible, comme si ses dernières forces avaient décidé que trop c'était trop, que maintenant c'était fini.

Il s'obligea à rester debout par pure volonté et ce n'est qu'au moment où cet instinct de conservation décida de le quitter qu'il sentit la porte métallique, derrière lui, céder.

La porte s'ouvrit et lui, Bryce et Fairbank furent propulsés à l'intérieur par le torrent.

Des mains se tendirent vers eux quand ils s'effondrèrent. Culver se retrouva entre un grand coffre et un mur de béton. Le dos appuyé dans l'angle, il percevait des silhouettes qui luttaient contre l'inondation pour refermer la porte métallique. C'était un combat de haute lutte, l'eau pénétrant en cascade et menaçant d'inonder tout le complexe.

D'autres silhouettes se précipitèrent pour les aider ; il vit Dealey debout, tout près, le regard anxieux ; de l'eau lui recouvrait déjà les chevilles.

Culver, épuisé, ne comprenait pas pourquoi celui qui se tenait près de Dealey portait un fusil. Pourquoi un autre encore, l'ingénieur du nom d'Ellison, pointait son fusil, cette fois en direction de Culver.

15.

— Quelqu'un pourrait-il m'expliquer ce qui se passe ?

Kate tendit un gobelet de café brûlant à Culver qui l'accepta avec reconnaissance. Il le savoura avec délice. Certes, le liquide lui brûlait les lèvres, mais la saveur était agréable et réconfortante. Il était toujours trempé et n'avait pas encore eu l'autorisation de mettre des vêtements secs. Les visages qui l'entouraient dans la salle d'état-major n'étaient ni hostiles ni amicaux : simplement curieux.

— Qu'est-il arrivé à McEwen ? demanda l'un des ingénieurs que Culver connaissait sous le nom de Strachan, ignorant la question du pilote.

Strachan était assis derrière le seul bureau de la pièce, celui qu'occupait habituellement Alex Dealey. Culver remarqua qu'il n'y avait plus de fusil en vue, mais, de toute évidence, même sans armes, le pouvoir avait changé de mains.

— Nous l'avons perdu, répondit Culver.

Il avait les cheveux mouillés, plaqués sur le front, les paupières lourdes, signe d'épuisement.

— Comment ? fit Strachan d'un ton glacial.

— Dans le tunnel. Il a été emporté par le courant. (Il prit une gorgée de café.) Il y a des chances pour qu'il soit encore en vie. Maintenant accepteriez-vous de me dire ce qui se passe ?

— C'est un problème de démocratie, répliqua Strachan, le visage grave.

— Ou de démence.

Dealey, assis dans un coin, semblait au bord de l'explosion.

Farraday, appuyé contre une carte murale derrière le bureau, les manches de chemise relevées jusqu'aux coudes et les mains enfoncées dans les poches de son pantalon, dit :

— Peut-être que non, Alex. Leur attitude est peut-être la bonne.

Culver remarqua que Farraday avait le col ouvert, la cravate pendant négligemment sur sa poitrine. C'était la première fois que l'ingénieur en chef lui apparaissait dans une tenue aussi négligée. Farraday avait maintenu une stricte discipline dans l'abri ; il se rasait chaque jour, portait une chemise et une cravate toujours impeccables, même si le col était, depuis peu, défraîchi.

— C'est une absurdité, rétorqua Dealey. L'ordre est nécessaire, la voix de l'autorité...

— Un pouvoir dirigeant ? fit Strachan, le sourire aux lèvres.

Culver se dit que le sourire n'augurait rien de bon.

— Attendez une minute, l'interrompit le pilote. Voulez-vous dire que *vous* prenez la direction des opérations, Strachan ?

— Non, pas du tout. Je dis que désormais les décisions seront prises par la majorité. Nous avons vu ce que des salauds d'individus, avides de pouvoir, peuvent faire; la première bombe a mis un terme à tout cela.

— Le gouvernement par consensus, si je vous comprends bien, fit Dealey d'un ton aigre-doux. Oui, nous en avons eu un petit exemple, il y a peu de temps, n'est-ce pas ? (Il se tourna vers Culver qui n'appréciait pas non plus *son* sourire.) Savez-vous qu'ils ont dû voter pour savoir si oui ou non, on vous laissait rentrer dans l'abri ? Ils avaient peur d'être inondés s'ils ouvraient cette porte. Vous avez eu de la chance qu'ils aient besoin des informations que vous détenez.

Culver dévisagea Strachan, puis tous ceux qui s'étaient entassés dans la pièce. Il ne dit rien, dégustant simplement son café. Le revolver avait disparu de sa ceinture et il se demandait s'il l'avait perdu dans le tunnel ou si on le lui avait pris pendant qu'il gisait à terre, éreinté, près de la porte.

Strachan ne laissa percer qu'une lueur de colère.

— Désormais tout doit être décidé pour le bien de tous. Si cela ressemble à de la phraséologie marxiste ou trotskiste, eh bien, dites-vous que c'est parce que vous avez des œillères que vous raisonnez ainsi. Nous ne sommes plus assez nombreux pour nous soumettre à une hiérarchie ou à un gouvernement formé de quelques imbéciles. Le style de politique que vous pratiquiez est terminé, Dealey, et plus vite vous vous en rendrez compte, mieux ce sera pour vous.

— Est-ce une menace?

— Certainement pas. J'explique simplement la situation.

— Cela vous ennuierait-il de me faire part de vos intentions? dit Culver, excédé par cette altercation.

— L'autonomie pour...

— Cela ne m'intéresse pas, l'interrompit Culver. Je veux savoir ce que vous envisagez en ce qui concerne la situation actuelle.

— D'accord, nous allons quitter l'abri, fit Ellison.

— Ce n'est peut-être pas une excellente idée, dit en soupirant Culver, renversé sur son siège.

— Voulez-vous nous dire pourquoi? demanda Farraday.

— Parce qu'il ne reste pratiquement plus rien là-haut, espèce d'imbéciles.

Il régna un silence abasourdi.

— Dites-nous exactement ce que vous avez trouvé, fit Strachan. Nous avons défini notre plan d'action, mais il serait bon de savoir ce que nous devons affronter.

— Vous l'avez défini? fit Fairbank, feignant la surprise et secouant la tête. Je croyais que vous vouliez la démocratie. Et nos voix à nous? dit-il en se désignant ainsi que Culver.

— C'est la décision de la majorité.

— Sans une véritable consultation et, ce qui est plus important, sans les faits, fit remarquer Dealey.

— Le fait le plus important, c'est que la plupart d'entre nous souhaitent partir.

— C'est dangereux, tout au moins pour l'instant, dit Culver.

Puis il se mit à leur parler de leur expédition, de leurs découvertes macabres. Consternés, ils écoutèrent en silence, chaque homme et chaque femme plongé au tréfonds de son propre désespoir. Il n'y eut aucune question lorsqu'il eut terminé, seulement un silence pesant dans la pièce, comme un nuage invisible et oppressant.

Au bout d'un moment, Strachan rompit le silence.

— Cela ne change rien. La plupart d'entre nous ont de la famille chez qui aller. J'admets que les survivants, à Londres même, sont rares, mais nous n'avions pas tous notre demeure en ville. Nous pouvons rejoindre les faubourgs, les comtés pour les retrouver.

— Cela dépend de vous, répliqua Culver calmement, penché en avant les poignets sur les genoux, mais rappelez-vous une chose : il y a des animaux enragés, des gens qui meurent et qui sont trop nombreux pour qu'on leur vienne en aide, et les immeubles — ceux qui tiennent encore debout — s'effondrent à tout moment. Rien n'est solide au-dessus de nos têtes, et la pluie ne fait qu'aggraver la situation.

Il but sa dernière gorgée de café et tendit le gobelet vers Kate pour qu'elle lui en verse encore.

— La maladie va se propager, continua-t-il, le typhus, le choléra, mais le docteur Reynolds vous en a déjà fait la liste. Si ce n'est pas suffisant, n'oubliez pas que la vermine erre dans les tunnels, peut-être même en surface maintenant. Nous avons aperçu un ou deux rongeurs dans la station et nous avons été les témoins des dommages qu'ils ont infligés. Si vous en rencontrez une bande, vous n'avez aucune chance.

— Écoutez-le, il a raison, fit Dealey presque triomphalement. Je ne fais que vous le répéter !

— Dealey, l'avertit Culver, conscient que sa tentative de domination avait mené à cette confrontation. (La loi et l'ordre n'existaient plus et Dealey n'avait aucune force derrière lui pour le suivre. Culver voyait bien que ses alliés d'antan l'avaient abandonné ; Farraday en était le parfait exemple.) Taisez-vous.

Dealey se tut, davantage par surprise que par obéissance. Culver le regarda droit dans les yeux, essayant de lui faire comprendre que la situation était plus menaçante qu'il n'y paraissait ; il sentait la tension monter malgré la fatigue, l'hystérie n'avait fait que croître durant ces semaines de confinement. Le fait que ces hommes se soient servis de leurs armes pour le « coup d'État » montrait à quel point les sentiments étaient exacerbés. Et Strachan avait une lueur dans le regard aussi malveillante que son rictus.

— Eh bien, quelle atmosphère agréable, s'écria Clare Reynolds, se frayant un chemin au milieu des amas de cadavres contre la porte. (Elle cala une bouteille de cognac au creux d'un bras.) J'ai pensé que, tous deux, vous en auriez besoin, dit-elle en se dirigeant vers Culver et Fairbank. (Elle ouvrit la bouteille et en versa deux bonnes doses dans les gobelets.) Vous devriez ôter ces vêtements mouillés immédiatement. J'ai pansé les blessures de Bryce et lui ai administré une première injection de vaccin antirabique ; à mon avis, il va passer de sales moments dans les semaines à venir. Malheureusement pour lui, la période d'incubation peut durer dix jours, un mois, peut-être même deux ans si la malchance s'acharne sur lui.

Le médecin se tourna vers ceux qui étaient assis autour du bureau.

— Alors, où en est la révolution ?

— Doucement, Clare, lui dit Strachan. L'autorité arbitraire de Dealey vous agaçait autant que nous.

— Je n'appréciais pas sa tyrannie, il est vrai, mais ses objectifs n'étaient pas dénués de bon sens. Il y a une chose qui me révulse plus que tout, cependant, et particulièrement après tout ce qui s'est passé, c'est l'usage de la force.

— Ce n'est pas notre cas, fit sèchement Ellison.

— Vous avez utilisé des armes et, selon mes critères, cela signifie la force ! N'avez-vous donc rien appris ?

— Nous avons appris à ne pas écouter des salauds de son espèce ! s'écria Ellison en désignant Dealey.

Elle soupira d'un air las, sachant qu'il était inutile de

poursuivre la polémique, ce qu'elle avait tenté avant et après la prise de pouvoir.

— Bryce m'a raconté vaguement ce qui se passe là-haut ; pouvez-vous nous donner d'autres détails ?

Culver répéta son histoire, faisant une description encore plus saisissante de l'état dans lequel se trouvaient les victimes des radiations.

— Voilà qui tranche le problème, dit le médecin quand il eut fini. En dehors de cet abri, nous ne serons nulle part en sécurité. Si tous les autres facteurs ne vous détruisent pas, sans parler des inondations dans les tunnels, alors ce sera la vermine.

— Le niveau de l'eau baissera dès que la pluie cessera, s'empressa d'ajouter Strachan. Et c'est peut-être même un avantage pour nous.

Tous les regards se tournèrent vers lui.

— Les rats auront été exterminés et leurs nids détruits, leur dit-il. Ils ne constitueront plus une menace.

— N'en soyez pas aussi sûrs, fit le docteur Reynolds, en allumant une cigarette. Ces créatures savent nager.

— Pas dans de telles conditions, riposta Ellison.

— Tous les tunnels n'ont pas été systématiquement inondés.

— Elle a raison, fit Dealey. La plupart des tunnels souterrains et des égouts ont des vannes qui ont dû être fermées peu après ou avant l'explosion des bombes.

— Encore des précautions du gouvernement pour sauver l'élite, fit Strachan d'un air narquois.

— Et il y a d'autres tunnels bien au-dessus du niveau des égouts, ajouta Dealey, ignorant ses paroles.

Clare Reynolds exhala la fumée de sa cigarette dans la minuscule pièce bondée.

— Je crois qu'il est temps que nous en sachions plus sur ces rats noirs. Avez-vous rencontré cette vermine vivante, Steve ?

Culver secoua la tête et Fairbank ajouta :

— Non, Dieu merci.

— Et que sait — savait — le gouvernement à leur sujet ? demanda-t-elle à Dealey d'un ton sec. Voyez-vous, j'ai trouvé dans la réserve du poison exclusivement réservé aux rats, et des antitoxines que je vous ai administrées ainsi qu'à Steve, le jour de votre arrivée dans l'abri. Ce type d'antitoxine était réservé aux maladies induites par cette race particulière de rats noirs mutants, j'imagine donc que cette menace latente était connue et crainte de tous. Le gouvernement savait-il que le problème n'avait pas été totalement résolu, et que ces créatures existaient toujours dans nos égouts?

— Je n'étais qu'un fonctionnaire parmi tant d'autres, docteur Reynolds, et n'étais nullement au courant des secrets ministériels, répliqua Dealey, quelque peu gêné.

— Vous étiez bien à l'inspection générale et vous avez vous-même admis qu'une grande partie de votre tâche consistait à vous occuper des abris nucléaires. Il est *impossible* que vous n'en ayez eu vent! Dealey, essayez de comprendre que nous sommes tous dans la même galère; le temps du « secret d'État » est révolu depuis longtemps. Dites-nous ce que vous savez, ne serait-ce que pour empêcher les gens de quitter cet abri.

— Très bien, fit Dealey, plus irrité qu'intimidé. Je vais vous dire ce que je sais, mais croyez-moi, ce n'est pas grand-chose. Comme je l'ai souligné, je n'avais pas de grade élevé à la Protection civile, loin de là.

« Vous n'ignorez pas, dit-il en remuant nerveusement sur sa chaise, du moins la plupart d'entre vous, que pendant la première irruption des rats à Londres — à l'époque où l'invasion de la capitale par les rats noirs fut connue du grand public —, on a découvert qu'un certain zoologiste du nom de Schiller avait croisé des rats noirs normaux avec un mutant, ou probablement plusieurs mutants, qu'il avait ramenés d'îles irradiées avoisinant la Nouvelle-Guinée. La nouvelle race proliféra rapidement; c'était un animal plus fort et beaucoup plus intelligent qu'un rat ordinaire avec, malheureusement, un goût insatiable pour la chair humaine. La plupart d'entre eux furent exterminés assez rapidement, bien que les ravages qu'ils causèrent furent sévères...

— Vous voulez dire qu'ils ont massacré de nombreuses personnes? l'interrompit Strachan.

— A l'époque, on pensait, continua Dealey, que

toute la vermine avait été exterminée, mais plusieurs ont dû s'échapper. En fait, la nouvelle invasion, plusieurs années après, se produisit juste au nord-est de la ville, dans la forêt d'Epping.

— Je crois me rappeler qu'on nous avait dit que le problème avait été complètement résolu, dit le docteur Reynolds.

— Oui, c'est ce qu'on croyait.

— Alors comment expliquez-vous la présence de ces saloperies là-bas? s'exclama Fairbank, les yeux mi-clos et le visage, habituellement serein, bouillonnant de colère.

— De toute évidence, certains ont réussi à passer à travers les mailles du filet, ou tout simplement n'ont jamais quitté la ville.

— Alors pourquoi le public n'a-t-il pas été informé du danger? demanda Strachan.

— Parce que, nom de Dieu, personne n'était au courant!

— Et comment expliquez-vous l'antitoxine, les poisons? demanda calmement le docteur Reynolds. Il y a même un appareil à ultrasons dans l'entrepôt.

— C'était par pure précaution.

Ellison donna un violent coup de poing sur le bureau.

— Vous deviez être au courant! Nous prenez-vous vraiment pour des imbéciles?

Dealey commençait à perdre son calme.

— Des rumeurs ont couru pendant des années. Peut-être en a-t-on aperçu à une ou deux reprises, rien de...

— Peut-être? s'écria Strachan, furieux tout comme les autres dans la pièce.

— Rien de bien défini, poursuivit Dealey, certainement pas des attaques contre le personnel qui travaillait dans les tunnels ou les égouts.

— Pas de disparitions? demanda Culver, dégustant son café au cognac et attendant la réponse à sa question, posée avec calme.

— J'ai entendu parler de la disparition d'un ou deux ouvriers, fit-il, hésitant, mais cela n'avait rien d'exceptionnel. Les égouts sont souvent inondés après de fortes pluies, des tunnels s'effondrent...

— Combien exactement ? insista Culver, se rappelant les paroles de Bryce qui avait prétendu que Dealey était au courant.

— Bon sang, mon vieux, je ne peux vous fournir de chiffres. Ce n'était pas vraiment de mon ressort.

— Mais vous étiez impliqué dans la construction de nouveaux abris et l'extension et la rénovation des anciens. Vous n'avez aucun souvenir d'éventuelles disparitions d'ouvriers pendant l'exécution de ces travaux ?

— Il y a toujours des accidents, des morts même, quand on creuse les fondations.

— Mais des disparitions ?

— Ça devient...

— Pourquoi rester si évasif, Dealey ? demanda Clare Reynolds. Que nous cachez-vous ?

— Rien du tout. Mais je ne vois pas l'utilité de cette discussion. Sans doute, ces dernières années, avons-nous perdu des hommes dans les tunnels, mais, comme je l'ai souligné, cela n'a rien d'exceptionnel.

— A-t-on retrouvé leurs corps ? insista Culver.

— Pas tous, mais certains, oui.

— Intacts ?

Dealey secoua la tête avec impatience.

— Si on ne les trouvait pas avant des semaines, quelquefois des mois, on pouvait s'attendre à les voir décomposés.

— Dévorés ?

— Je ne nie pas la présence de rats sous terre, grommela-t-il, irrité. Par contre, des mutants, nous n'en avons jamais eu la preuve.

— Vous avez dit, tout à l'heure, qu'on en avait déjà aperçu.

— Ça pouvait être n'importe quoi, des chats, même des chiens perdus. Et, pourquoi pas, d'énormes rats. Mais pas des monstres, comme vous le suggérez.

Le filtre de la cigarette de Clare Reynolds commençait à se consumer, mais elle ne l'éteignit pas pour autant ; elle se rendait compte que les réserves s'épuisaient.

— On aurait dû procéder à des autopsies sur les restes trouvés, ainsi l'existence des rats mutants aurait pu facilement être révélée.

— C'est peut-être vrai, mais je n'en ai jamais eu connaissance.

— C'est du moins ce que vous dites, fit remarquer Ellison.

— Pourquoi mentirais-je? fit sèchement Dealey.

— Pour vous protéger.

— De quoi exactement?

Le silence pesant ne présageait rien de bon.

Le docteur Reynolds s'avança rapidement vers le bureau, écrasant à contrecœur les maigres restes de sa cigarette dans un cendrier.

— En vérité, si nous voulons lutter contre ces rongeurs, il nous faut en savoir le plus possible sur eux pour déterminer les poisons les plus efficaces.

— Je vous jure, fit Dealey, que je ne sais rien de plus que ce que je vous ai dit.

Les paroles du médecin étaient mesurées, chaque mot se détachait, comme si elle s'adressait à une personne dont l'esprit lent exigeait des syllabes simples.

— Avez-vous une idée du nombre de mutants vivant dans les égouts?

— Il ne peut y en avoir beaucoup, sinon on en aurait eu des preuves plus flagrantes.

— Comment expliquez-vous le massacre dont nous avons été les témoins là-haut? dit Fairbank. Une poignée de rats n'a pas pu faire cela.

— Quelqu'un ici connaît-il le taux de reproduction des rongeurs? demanda le docteur Reynolds en promenant son regard dans la salle.

Un petit homme, pas rasé et le teint aussi pâle que la chemise blanche qu'il portait, leva nerveusement la main, comme si le fait d'être soudain le centre d'intérêt allait le ratatiner complètement. Clare le connaissait. C'était l'un des gardiens de l'abri, chargé également de l'entretien.

— C'est — ou plutôt c'était — mon boulot de débarrasser ces lieux de ces saletés qui se baladent sous terre dans les tunnels et les conduites. Mais j'en ai jamais vu des gros, pas comme vous dites.

— Mais vous connaissez un peu les rongeurs? l'encouragea le médecin.

— Non, pas vraiment. Sauf que j'ai lu des choses sur eux quand les rats noirs se sont déchaînés dans Londres. C'était plutôt dangereux d'être là en bas, vous savez, dit-il, essayant de plaisanter, mais les autres préféraient l'écouter parler plutôt que se mêler à la conversation. « Eh bien, je sais que les rats ont cinq portées par an, parfois plus, chacune pouvant aller jusqu'à douze.

— Il parle de simples rats, s'empressa d'ajouter Dealey. D'après ce que je comprends, la capacité de reproduction des mutants était loin d'atteindre celle des rongeurs ordinaires.

— C'est aussi bien, fit remarquer quelqu'un. Sinon ils auraient envahi les égouts depuis des années.

Il y eut des murmures d'inquiétude dans la salle.

Le docteur Reynolds s'adressa une fois de plus au gardien.

— Avez-vous vu des traces de ces énormes rats ces dernières années?

— Peux pas dire ça, fit le petit homme en secouant la tête. J'en ai tué quelques-uns de l'autre espèce, mais j' pourrais pas dire que l'endroit en était infesté. (Il se gratta le nez pensivement.) C'est vraiment étonnant si on considère le nombre d'issues — conduites, câbles, tubes et toutes sortes de choses. J' suppose que les poisons les ont empêchés de remonter à la surface.

— Avez-vous déjà utilisé des gaz? demanda Clare Reynolds.

Elle s'était assise sur le bord du bureau, les bras croisés, tournant le dos à Strachan et Ellison.

— L'autorisation aurait été refusée, fit Farraday répondant à sa question, avec tant de monde travaillant à proximité. De surcroît, d'habitude, on n'utilise le gaz que dans les égouts.

Clare désirait vaguement une autre cigarette, mais elle avait terminé sa ration horaire.

— En fait, j'ai trouvé un produit approprié dans les réserves, qui se transforme en acide cyanhydrique quand il est exposé à l'humidité.

— Je ne vois pas où cela nous mène, dit Ellison. Si nous quittons l'abri, inutile de recourir au poison. Une fois dehors, nous aurons des fusils pour nous défendre.

— Croyez-vous réellement, lui demanda le docteur Reynolds, se tournant brusquement vers lui, que ce genre d'armes vous sauvera si une meute de rats — ou même une meute de chiens enragés — vous attaque ? Il est temps que vous regardiez la vérité en face, espèce d'idiot...

— Un instant, s'exclama Ellison, poussant sa chaise sans se lever, ce n'est pas parce que vous êtes médecin...

Culver se leva.

— C'est à vous de vous préoccuper de ce que vous allez faire, je me fous pas mal de votre décision. Je vous ai décrit ce qui se passe dehors, aussi êtes-vous à même de choisir. Quant à moi, je me tire.

Fairbank se leva comme s'il l'approuvait.

Les deux hommes se dirigèrent vers la porte et Culver se retourna avant de se frayer un chemin à travers la foule.

— Il y a une chose dont je me suis souvenu lorsque vous parliez des corps découverts dans les égouts au cours de ces dernières années. (Il se passa la main derrière la nuque, tournant la tête pour soulager une raideur qu'il sentait monter.) Je ne sais pas ce que cela signifie, mais j'ai remarqué quelque chose de bizarre sur les cadavres que j'ai trouvés sur les escaliers mécaniques et dans la station même.

Kate Garner, déjà sous le choc de ses révélations, fut parcourue d'un frisson de panique à la pensée de ce qui les attendait. Y avait-il vraiment quelque chose de pire à entendre, une souffrance plus terrible à envisager ? peut-être que non, mais ce qu'il leur dit ajouta une note macabre à un récit déjà horrifiant.

— De nombreux cadavres étaient sans tête, dit Culver avant de quitter la pièce.

16.

Quelque chose, quelqu'un le secouait vigoureusement. On l'appelait par son nom, de très loin, et le son se rapprochait avec insistance, perçant les couches successives de fatigue dans lesquelles il s'était enveloppé.

— *Steve, réveillez-vous, pour l'amour de Dieu, réveillez-vous !*

Culver essaya de repousser les mains qui le tiraillaient, se refusant à sortir de son doux sommeil, mais sa conscience, peu à peu, se réveillait, émergeait, enclenchant déjà le processus de réveil. Il remua sur le lit étroit et protesta contre les coups incessants. Il était encore complètement habillé car, lorsque lui et Fairbank étaient arrivés, quelques heures plus tôt, ils s'étaient affalés sur un lit dans le dortoir des hommes, trop épuisés pour se dévêtir. Il se força à ouvrir les yeux.

Encore engourdi, Culver distinguait vaguement le visage de Kate. Il cligna plusieurs fois des yeux et le visage finalement sortit du flou.

— Steve, levez-vous immédiatement, dit-elle, et le ton pressant balaya toute trace de fatigue.

Il se dressa sur un coude, sa tête touchant presque le lit du dessus.

— Qu'y a-t-il ?

Des bruits parvenaient par la porte ouverte — des clameurs, des cris, et un grondement hélas bien familier ; Fairbank était éveillé, également, sur le lit superposé d'en face, le regard encore dans le vague. Culver reconnut le bruit de fond avant même que Kate ne parlât.

— L'abri est envahi par les eaux!

Elle eut à peine le temps de lui faire de la place, il avait déjà les pieds dehors. L'eau froide autour de ses chevilles finit par le réveiller complètement.

— D'où diable vient-elle? s'écria-t-il.

Il saisit ses bottes, seule chose qu'il avait pris soin d'ôter avant de s'allonger, et y mit ses pieds trempés. Fairbank en fit autant.

— Le puits! lui dit Kate. Le puits artésien a débordé. L'eau se déverse partout.

Culver ne prit pas le temps de se demander comment cela avait pu se produire; il se leva en même temps que Kate et sortit dans le couloir où il se mit à avancer à contre-courant.

— Attendez! fit Kate en l'attrapant par l'épaule. Il y a pis...

Mais il avait déjà vu de ses propres yeux.

De l'eau, se déversant de la brèche, déferla vers lui dans la direction du standard; des silhouettes se débattaient dans le torrent bouillonnant, luttant contre le courant. Il y avait cependant autre chose dans cette mélasse; des projectiles noirs luisants qui filaient dans l'eau, telles des torpilles à la recherche de cibles.

Culver observa, presque avec fascination, un rat approcher de sa victime, grimper sur la jambe de l'infortuné en le lacérant de ses pattes griffues, la mâchoire ouverte, prête à se refermer une fois le but atteint. Le malheureux tenta de maintenir la bête à distance, mais elle avait pris trop d'élan et la victime était trop instable sur ses pieds. Culver vit le rat fourrer son nez sous le menton de l'homme. Un jet de sang gicla aussitôt. Le malheureux tomba et l'eau, tout autour, ne fut plus qu'un tourbillon écarlate.

Kate et Fairbank se trouvaient derrière Culver; la jeune fille était agrippée au pilote et l'ingénieur, appuyé contre le chambranle de la porte, essayait de s'armer de courage.

— Comment ont-ils pu entrer? hurla Fairbank.

— Peut-être par le puits, peut-être par les canalisations! fit Culver.

A côté de lui, deux silhouettes, un homme aidant une femme prise de panique, se frayaient un chemin dans le couloir inondé ; dans leur sillage se profilait une forme noire.

Culver, Kate et Fairbank eurent un mouvement de recul et se retrouvèrent dans leur dortoir, tandis que d'autres rats, au pelage luisant à cause de l'eau, filaient sous leurs yeux. Ils perçurent de lointains coups de fusil.

— Je croyais que ces abris étaient censés être imprenables, dit Culver à Fairbank.

— C'est un centre de communication aussi bien qu'un abri, je suppose qu'il n'a jamais été hermétiquement fermé.

— Le niveau de l'eau monte, fit la jeune fille, tirant Culver par la manche. Il faut que nous sortions !

— Tout ira bien, lui dit Fairbank, je ne pense pas que nous serons totalement inondés.

— Préférez-vous rester ? demanda Culver, en jetant un regard furtif dans le couloir.

Le courant était encore plus fort qu'auparavant. Il se retourna pour dire quelque chose aux autres lorsque soudain les lumières s'affaiblirent.

L'espace de quelques secondes, la lumière vacilla. Ils étaient figés de peur.

— Si le générateur lâche, grommela Fairbank, nous aurons de réels problèmes. Nous n'aurons même pas d'éclairage de secours.

— Où se trouvaient Dealey et les autres quand vous les avez vus pour la dernière fois ? demanda Culver à Kate en l'attirant vers lui.

— Ils étaient retournés dans la salle d'état-major, et continuaient à régler leurs comptes.

— Bien, c'est là que nous allons aller.

— Pourquoi là-bas, putain de merde ? maugréa Fairbank, exigeant de savoir. Essayons seulement de sortir d'ici.

— Nous avons besoin d'armes, voilà pourquoi. Sinon nous ne tiendrons pas longtemps. Nous pouvons couper par l'entrepôt puis revenir vers la salle d'état-major.

— D'accord, montrez-nous le chemin, dit Fairbank en haussant les épaules.

Il avança péniblement dans l'eau jusqu'à une armoire en métal, en haut de laquelle se trouvait une torche à grande puissance qu'il prit ; l'abri regorgeait de torches et de lampes de secours.

— On peut en avoir besoin, dit-il tout en espérant le contraire, comme les autres.

Culver eut du mal à garder l'équilibre en retournant dans le couloir. La main tendue, il essayait d'atteindre le mur éloigné tandis que l'eau, maintenant au-dessus des genoux, menaçait de le renverser. Kate s'accrochait à son autre bras et Fairbank suivait de très près, jetant constamment des regards par-dessus son épaule pour s'assurer qu'aucune créature de l'ombre ne nageait vers eux. Quelque chose lui heurta le mollet. A son grand soulagement, il s'aperçut que ce n'était qu'une chaussure. Ayant perdu son propriétaire, elle était emportée par le flot.

Des étincelles jaillirent soudain des appareils qui se trouvaient juste devant eux.

— Mon Dieu, s'exclama Fairbank, si ça lâche, nous serons tous électrocutés !

Les deux autres ne répondirent pas. Culver ne pouvait qu'espérer que quelqu'un aurait le bon sens d'éteindre tous les appareils inutiles. Il se glissa entre deux immenses casiers pleins d'appareils de télécommunications, tirant Kate à sa suite. Fairbank, toujours occupé à regarder par-dessus son épaule, aurait dépassé la porte sans la voir si Culver ne l'avait pas poussé violemment à l'intérieur. Des silhouettes détalèrent à l'autre bout de l'étroit passage où ils s'étaient réfugiés.

— On dirait qu'ils se dirigent vers la porte qui mène aux tunnels du métro ! s'écria Fairbank.

— Ça ne va pas nous faciliter la tâche, répondit Culver.

Fairbank comprit ce qu'il entendait par-là. L'inondation dans le tunnel avait dû prendre de l'ampleur. Un sentiment de panique s'empara d'eux car ils se rendirent compte que c'était leur unique issue.

Culver hâta le pas, se fixant un objectif à la fois. L'acquisition d'armes était une priorité. Des fusils leur permettraient de se défendre contre les rats, bien qu'ils s'avéreraient inutiles s'ils étaient trop nombreux. Alors peut-être trouveraient-ils un endroit élevé — peut-être en haut des machines — où ils seraient au-dessus du niveau de l'eau et d'où ils pourraient empêcher la vermine de grimper. Culver savait que le central avait deux autres voies d'accès, mais celles-ci avaient été obstruées par les immeubles qui s'étaient effondrés ; il ne parvenait pas à comprendre comment les architectes avaient été assez stupides pour ne pas prévoir une telle éventualité — peut-être pensaient-ils que la sortie du tunnel était suffisamment protégée.

Il déboucha sur une voie plus large où, sous la pression, l'eau était devenue un torrent. De l'autre côté, à environ deux mètres du sol, se trouvait une passerelle métallique qui permettait aux ingénieurs d'accéder aux parties supérieures des appareils électroniques encastrés dans le mur. S'ils pouvaient atteindre l'échelle de la passerelle, à quelques mètres d'eux, alors l'étroite plateforme offrirait un passage aisé sur une distance assez conséquente. Culver désigna l'échelle et les autres acquiescèrent vigoureusement, sans remarquer la vermine noire qui arrivait en trombe vers le pilote.

Un rat lui bondit sur l'épaule. Un autre lui mordit le bord de sa veste de cuir ; il tomba dans l'eau, la tête la première.

Kate poussa un cri, reculant involontairement dans le courant légèrement plus calme du couloir d'où ils venaient. Culver se débattait dans un tourbillon d'écume, deux formes noires accrochées à lui.

Fairbank sauta dans la mêlée. Il brandit sa torche et assena un coup violent sur le dos de la créature qui était sur le point de lacérer le cou du pilote. Il lui sembla entendre le rat couiner de douleur, mais le bruit de fond était trop intense pour qu'il en soit certain. L'animal lâcha prise et Fairbank, maintenant à genoux, de l'eau jusqu'en haut du torse, redoubla ses coups. Le rat s'enfuit, mais revint aussitôt attaquer son assaillant.

Culver cracha de l'eau. La pression paralysante autour de son cou s'était relâchée, sans qu'il comprît pourquoi.

Il se propulsa à la surface, émergeant au milieu d'un tourbillon d'écume. Au milieu des éclaboussements, cherchant à reprendre son souffle, il essayait de retrouver l'équilibre, mais autre chose le gênait, quelque chose qui le tirait par la veste, avec ses griffes acérées. Presque sans réfléchir, il sortit son bras de son blouson de cuir, se tourna et s'en servit pour étouffer le rat qui se débattait. Il s'enfonça, l'eau s'engouffrant sur son dos et ses épaules ; de toutes ses forces, il maintint la créature aux griffes mortelles sous l'eau.

Culver, médusé par la force de la bête, essayait de la saisir par les épaules. Le rat tordait sa tête dans tous les sens sous l'eau, s'efforçait de le mordre de ses dents affûtées comme des lames de rasoir. Fort heureusement, son blouson de cuir lui servait de bouclier. Mais il avait du mal à maintenir sa prise ; le rat lui glissait entre les mains. Respirant un grand coup, Culver plongea, couvrant l'animal entièrement de son corps, faisant appel à toute sa force, luttant à la fois contre ses deux ennemis, le courant et le rat. La force de la nature se joignait à celle de l'animal pour se liguer contre l'homme.

Résistant au sentiment de claustrophobie qui l'envahissait, Culver resserra son étreinte ; la bête se débattait. De grosses bulles sortaient du blouson et se transformaient en une écume effervescente avant de gicler en surface. La lutte engagée au-dessous perdit de sa force. Elle cessa en partie. Puis totalement.

Les poumons en proie à des spasmes de rejet, il se redressa, tomba à la renverse, se leva de nouveau, essayant de garder l'équilibre. Des bras vinrent à son secours. Il accepta avec reconnaissance l'aide de Kate pour se hisser. Avant d'être totalement debout, il aperçut la tête de Fairbank juste au-dessus de l'eau, appuyée contre des appareils ; il repoussait désespérément les mâchoires coupantes du rat mutant. Culver comprit que c'était lui qui avait dû le débarrasser de l'animal qui, maintenant, s'était retourné contre l'ingénieur. Culver plongea ; la fureur et la haine qu'il éprouvait pour ces créatures difformes l'emportaient sur la peur.

Prenant le rat à bras-le-corps, il le tira pour libérer

Fairbank, la poitrine ensanglantée. L'ingénieur parvint à se libérer, tout en serrant la gorge du rat. Tous deux distinguaient sous l'eau ses dents tranchantes, ses yeux bridés démoniaques qui les fixaient avec une malveillance impavide qui révélait son refus d'un destin inéluctable, d'une capitulation.

Les deux hommes appuyaient de toutes leurs forces; Culver, d'un genou, maintenait le puissant arrière-train de l'animal qui, dans ses mouvements frénétiques, formait une écume blanche en surface. Ils poussèrent lentement la tête vers le bas jusqu'à ce qu'elle touchât le fond, soulagés de ne plus contempler ces yeux furibonds et haineux. Une bouffée d'air remonta à la surface; c'était un air fétide, une odeur diabolique seyant au monstre d'où elle s'échappait. Très vite, le monstre capitula. Plus de lutte. Plus de contorsions. Ils lâchèrent leur prise et le corps fut emporté par le courant.

Culver et Fairbank se relevèrent, à bout de souffle, frissonnants, tous deux appuyés contre les machines. Kate ne leur laissa pas de répit.

— Ça devient de plus en plus profond! s'écria-t-elle. Il faut qu'on sorte d'ici!

Culver cligna des yeux à cause de l'eau et, se retournant, jeta un coup d'œil le long du vaste couloir, dans la direction de la salle d'état-major. Le niveau croissant de l'eau n'était pas son seul sujet d'inquiétude, car là où le couloir débouchait sur la station de remplacement, c'était le chaos total. Certains tentaient de traverser, fuyant la vermine qui les poursuivait en surface. L'un des ingénieurs tenait une sorte de mitraillette et tripotait nerveusement son mécanisme comme s'il était incapable de le comprendre, tandis qu'un rat grimpait furtivement sur des postes de télévision en vrac.

Culver lui cria de faire attention, mais l'homme ne pouvait entendre car il était trop loin et le bruit était assourdissant. Les pattes avant du rat glissèrent sur le rebord des écrans. Il s'immobilisa, tout tremblant, retenu par son énorme arrière-train, et se raidit, prêt à bondir. Puis il sauta, mâchoires béantes, visant la nuque découverte de l'ingénieur. Les mâchoires se refermèrent presque totalement tandis que les incisives lui broyaient les vertèbres cervicales.

L'homme ouvrit la bouche dans un cri qui se perdit dans le charivari général ; son dos s'arc-bouta et ses bras furent projetés vers l'extérieur. Il fit feu, mais trop tard. Les balles partirent dans tous les sens, percutant le plafond, s'incrustant dans les machines, provoquant des explosions mineures et des pluies d'étincelles. L'homme s'enfonça dans l'eau. Les coups de feu redoublèrent, atteignant des cibles plus basses, ses collègues ingénieurs et une ou deux femmes qui se trouvaient parmi eux.

Il disparut dans un bain d'écume et la mitraillette se tut. L'homme ne refit surface qu'une fois, le dos écarlate de sang, le rat toujours agrippé à lui sauvagement, avant de sombrer dans la mort. Seul le museau du rat remonta en surface, privé de sa proie par le manque d'air ; il s'éloigna, en quête de nouvelles victimes. Et elles furent nombreuses.

La lumière brusquement s'affaiblit, revint, s'affaiblit de nouveau, puis tout plongea dans l'obscurité durant de longues et terrifiantes secondes. Les appareils sophistiqués furent ébranlés par une explosion, provoquant une lumière éclatante et une fumée bleue. Tous virent la flamme vaciller et se regardèrent, sidérés.

— Cet endroit est fichu, Culver ! hurla Fairbank. Il faut absolument sortir *sur-le-champ !*

La lumière revint, s'affaiblit de nouveau avant de recouvrer son éclat normal. Culver vit les formes sombres sortir du couloir étroit qu'ils avaient eux-mêmes emprunté quelques minutes plus tôt.

— Sur la passerelle, vite ! s'écria-t-il, poussant Kate devant lui et se frayant un chemin à travers ce qui n'était plus qu'une eau tumultueuse.

Fairbank remarqua les rats — trois, quatre, cinq, *oh, mon Dieu, six !* — qui sortaient de la brèche. S'il avait levé les yeux, il en aurait aperçu bien d'autres rampant au milieu des câbles et des machines. Il se précipita vers Culver et la jeune fille, avançant à grandes enjambées dans le courant, les bras écartés pour garder l'équilibre.

Kate parvint à l'échelle métallique qui menait à la

passerelle et Culver, d'un geste brusque, l'incita à grimper. Il se retourna pour voir si Fairbank était avec eux et retint sa respiration lorsqu'il aperçut la meute compacte de rats fondant sur l'ingénieur.

S'accrochant à un barreau au bas de l'échelle, Culver tendit l'autre bras vers Fairbank en hurlant :

— *Vite!*

L'ingénieur avait dû lire l'angoisse de Culver dans ses yeux, car il commit l'erreur de tourner la tête pour regarder derrière lui. Il chancela en apercevant ses poursuivants.

Un déluge, surgissant de l'autre côté, le sauva.

Culver se rendit compte que quelqu'un, s'efforçant d'échapper à l'abri, menacé d'inondation, avait ouvert la porte qui donnait dans le tunnel, permettant ainsi à l'eau de s'engouffrer davantage. Il leur fallait maintenant lutter à contre-courant, contre un flot nouveau qui les entraînait en arrière avec une force contraire, créant de violentes turbulences.

Il parvint à saisir la main tendue de Fairbank avant que la vague ne le submergeât. Les rats furent balayés par l'écume; ils se débattirent avant de s'écraser contre les appareils et d'être emportés, comme des épaves, le long du large couloir.

Culver tirait sur le poids mort, à tel point qu'il faillit lâcher l'échelle. Des trombes d'eau s'abattaient sur lui, lui coupant le souffle, voilant sa vision. Dans un sursaut d'énergie, il hissa l'ingénieur, qui se démenait, sous les yeux impuissants de Kate qui les observait d'en haut. Fairbank avançait vers l'échelle, nageant et pataugeant, glissant sans arrêt, mais aidé par Culver qui le retenait. Il attrapa enfin le barreau de l'échelle quand il fut à portée de sa main et tira de toutes ses forces jusqu'à ce qu'il puisse s'accrocher sans l'aide de Culver. Des touffes de cheveux avaient été arrachées; des endroits clairsemés apparurent dans ses cheveux trempés, ainsi que de profondes rides sur son visage. Ses yeux exorbités trahissaient le choc subi et pourtant, il esquissa un demi-sourire. Il murmura quelques mots que Culver ne comprit pas et désigna du regard le haut de l'échelle.

— *Vous d'abord!* hurla Culver.

Fairbank ne discuta pas. Kate, déjà sur la passerelle, l'aida à gravir les derniers barreaux. Il s'affala, à bout de souffle, tel un poisson au bout d'un hameçon.

Culver vit d'autres corps filer; le courant était trop fort pour qu'il puisse les saisir et les hisser sur la passerelle. L'eau n'était pas encore profonde — simplement à hauteur de poitrine —, aussi leur restait-il une chance si toutefois ils n'étaient pas assommés par des objets rigides. Les eaux se stabiliseraient une fois que les courants inverses cesseraient de s'affronter. Mais le problème était de savoir jusqu'où les eaux envahiraient l'abri. Allait-il être complètement inondé? Il n'avait guère envie de connaître la réponse.

Il grimpa à l'échelle et se jucha au bord de la brèche, quelques instants, pour reprendre son souffle. Jetant un coup d'œil en arrière, il vit que le flot se déversait toujours avec la même force le long du couloir. Des objets, ainsi que des cadavres, étaient emportés par le courant. Culver se redressa.

La passerelle ne permettait le passage que d'une personne à la fois, et il ne restait que la rampe extérieure, mais elle paraissait bien fragile. La passerelle grillagée vibrait sous leur poids.

Fairbank s'était déjà relevé, mais n'avait pas repris son souffle. Il dépassa Kate, s'avança sur la passerelle et prit la direction de la salle d'état-major. Culver releva quelques mèches de cheveux qui retombaient sur les yeux effrayés de la jeune fille, puis lui fit signe de suivre Fairbank. Ce qu'elle fit, la main fermement agrippée à la rampe. Culver fermait la marche; il l'encourageait avec douceur à continuer, le regard toujours en alerte. Soudain il aperçut un animal qui rampait sur les conduites en surplomb et hurla pour prévenir Fairbank.

Le rat se laissa tomber, mais l'ingénieur était sur ses gardes. Il saisit la créature en plein vol, et, avec l'élan, la renvoya contre les instruments disposés le long du mur; ses dents tranchantes passèrent à quelques centimètres de son visage. Fairbank repoussa violemment l'horrible animal, sa peur lui insufflant une vigueur nouvelle; le rat fut projeté par-dessus la rampe et plongea dans l'eau en contrebas.

D'autres formes noires se profilaient le long des conduites et des câbles, et les trois survivants, trempés jusqu'aux os, ne s'attardèrent pas sur la passerelle. Devant, ils entendirent des coups de mitraillette.

Le docteur Clare Reynolds venait de terminer son troisième café et sa quatrième cigarette quand l'eau se déversa dans la cantine. Elle était lasse et épuisée de ses palabres avec les ingénieurs récalcitrants, qui maintenant voulaient à tout prix quitter le refuge malgré les avertissements, consternée devant la mauvaise foi de Dealey, qui prétendait que les réserves de médicaments et de produits pharmaceutiques étaient amplement suffisantes pour faire face à toute situation, toute maladie ou épidémie qui pourrait survenir, ce qui était un mensonge flagrant; pourtant il l'avait convaincue de passer sous silence « pour le bien de tous » le fait que ces réserves médicales étaient totalement inadaptées. Clare n'appliquait plus la règle qu'elle s'était imposée sur le rationnement des cigarettes. Au diable les restrictions! S'ils quittaient l'abri, il y aurait du tabac à volonté et jamais assez de monde pour le fumer. Sans doute n'était-elle pas un exemple à suivre, surtout avec sa profession, mais cela ne l'avait jamais gênée dans le passé, alors pourquoi maintenant? Le message devrait désormais être lu différemment : DANGER : AVERTISSEMENT DU GOUVERNEMENT POUR VOTRE SANTÉ : LES CIGARETTES ET LES RADIATIONS PEUVENT GRAVEMENT DÉTÉRIORER VOTRE SANTÉ. Et les bombes à hydrogène peuvent vous rayer de la carte, la maladie et la malnutrition vous donnent le temps de penser, tandis que vos forces diminuent. Elle avait écrasé la moitié de sa cigarette et en avait allumé une autre.

Les cendres, dans la petite soucoupe devant elle, semblaient être à l'image de ce qui restait. Elle les remua avec le bout incandescent de sa cigarette; c'était immatériel, un tas de déchets radioactifs en miniature. Pulvérisés, tout comme sa propre vie.

C'était amusant de voir comme, dans certaines professions, les gens semblaient étouffer tout sentiment personnel — un pilote de ligne était censé ne penser qu'à la vie de ses passagers en cas de crise, jamais à la sienne ; un prêtre n'était pas autorisé à ressasser ses propres problèmes, mais seulement ceux de ses paroissiens — et la profession médicale (que certains appelaient une vocation) entraînait la même attitude. Un médecin n'était pas une machine, mais il fonctionnait à un niveau plus élevé que la normale sur le plan des sentiments. Ou plutôt il était supposé le faire. On allait jusqu'à affirmer qu'un médecin n'attrapait jamais la lèpre en traitant des lépreux, la grippe en soignant un malade qui éternue, n'avait jamais de maladie des poumons en aidant les malades atteints de tuberculose. Ils étaient censés être immunisés. Elle esquissa un petit sourire ironique en songeant à un ou deux médecins qu'elle avait connus, qui avaient succombé à de faibles attaques d'herpès.

Physiquement et mentalement, on les considérait comme une race à part. Mais...

(Combien de psychiatres avaient des dépressions nerveuses ? Beaucoup.)

(Combien de prêtres commettaient un péché mortel ? Pas mal.)

(Combien d'hommes de loi désespéraient face aux injustices du tribunal ? Oh, il y avait toujours des exceptions.)

Les gens ne parvenaient pas à se débarrasser du carcan de leur fonction, des apparences conférées par leur profession. Peu s'en souciaient, ils avaient leurs propres problèmes, raison pour laquelle ils faisaient appel à d'autres professions. Une seule personne dans l'abri s'était inquiétée des pertes personnellement subies par Clare, c'était Kate Garner. En fait, plus d'une fois, elles avaient pleuré sur l'épaule l'une de l'autre. Personne d'autre n'avait posé de question.

Elle souffla sur ses lunettes et les essuya avec un bout de tissu. Il y avait d'autres personnes dans la cantine, mais un gobelet de café vide et un cendrier à moitié plein sur une table de formica jaune étaient ses seuls compagnons. C'était là son choix. Malgré son attitude désinvolte, elle observait sciemment une attitude distante, une autorité bienveillante, seul rempart, pour elle et son entourage, contre l'effondrement. Elle jouait ce rôle à merveille, performance remarquable, quels que soient les critères, ceux d'Olivier ou de Kazan, mais des failles perçaient lentement, très lentement, sous l'emprise de ses rêves qui la faisaient sombrer insidieusement. Car ses rêves lui ramenaient Simon. Il approchait de sa manière décontractée, paisible, balayant d'un geste aérien de la main les voiles légers qui n'étaient pas vraiment matériels mais de pâles volutes de fumée, prononçait son nom avec une douceur, un amour teinté de reproches devant une si longue absence et il s'avançait vers elle ; pourtant elle ne pouvait pas aller vers lui ; seuls ses bras, ses mains tremblantes et avides étaient tendus dans un geste fébrile ; le bout de ses doigts projetait une aura que seul le procédé Kirlian pouvait capter, des faisceaux de magnétisme d'amour qui l'attiraient irrésistiblement vers elle, jusqu'à ce que seul un voile les sépare. Dans ses rêves, sa silhouette, son corps mutilé se dessinaient avec précision, ses défauts étaient accentués, les yeux vides où de petites choses grouillaient, le rictus décharné, qui n'était qu'un rictus car il n'y avait plus de lèvres pour leur conférer une expression ; elles avaient été atomisées, tout comme le reste de son corps, envolées avec le tissu nerveux, les muscles. Que restait-il ? Des os calcinés, des vêtements en lambeaux, accrochés encore à sa carcasse, un stylo à bille sortant de la poche de sa veste ; une cravate pendait, tel un nœud coulant, donnant l'impression qu'il venait d'être détaché de la potence. Et la main, la main squelettique qui, d'un geste si naturel, avait écarté un halo de vapeur atomique, se tendait vers elle, paume ouverte, pour lui prendre la sienne ; et les os cliquetaient — *s'entrechoquaient* — avec le mouvement. Le crâne, dépourvu de visage, mais encore parsemé de mèches fines d'un rouge carotte, qu'elle avait si souvent tourné en dérision, oscillait devant elle ; la bouche s'ouvrait comme en signe de bienvenue, les insectes tombaient de la mâchoire qui s'élargissait…

Les lunettes de Clare tombèrent bruyamment sur le zinc. D'autres, dans la cantine, se retournèrent, surpris, puis reprirent leur conversation en la voyant aussitôt remettre ses lunettes; elle secoua sa cigarette dans le cendrier.

Ses yeux s'embuèrent derrière les verres; le fait de tirer farouchement sur sa cigarette lui permettait de garder son sang-froid. Simon, son mari, son ami de toujours, son amant éternel, était mort. Le rêve cruel ne faisait que confirmer ce qu'elle savait déjà, car au plus profond d'elle-même, ce sentiment douloureux de perte se passait de preuves. C'était de l'intuition fondée sur une présomption plutôt probante. Simon, qui était — *qui avait été* — chirurgien, qui avait sauvé des vies, donné l'espoir, ôté la malignité, était de service le jour de l'explosion des bombes, et elle savait, de manière certaine, qu'il lui aurait été impossible de s'en sortir. L'onde de choc initiale avait dû démolir entièrement l'immeuble. Repose en paix, Simon, mon amour, j'espère que la mort a été instantanée.

Lorsqu'elle s'était réveillée, en criant, de son premier cauchemar, Kate s'était trouvée là pour la soutenir, pour la bercer dans ses bras jusqu'à ce que ses tremblements aient cessé et que l'image du cadavre se soit estompée dans les ténèbres, par-delà les limbes de la raison. D'autres avaient remué dans le petit dortoir qu'elle partageait avec les quelques survivantes, mais les cauchemars et les cris nocturnes étaient courants; elles s'étaient tournées de l'autre côté avant de se rendormir. En compagnie de Kate, elle s'était traînée jusqu'à la cantine où les lumières brûlaient en permanence (d'autres, dans l'abri, travaillaient à la lueur des veilleuses, maintenues au strict minimum durant les heures de sommeil pour économiser l'énergie) et où le café était toujours sur le feu. Elles avaient parlé pendant des heures; Clare s'était libérée de son fantôme cette nuit-là, ignorant encore qu'il allait revenir par la suite. Elle appréciait la sympathie de Kate et sa compréhension, tout comme leur renversement de rôles qui était un stimulant nécessaire. Demain elle serait de nouveau l'impassible, l'inflexible (et même un peu cynique) docteur Reynolds; cette nuit, elle était une femme seule, effrayée, qui avait besoin d'une épaule pour pleurer, d'une amie pour l'écouter.

Depuis combien de temps étaient-ils piégés dans ce sanctuaire stérile? Quatre semaines? Une éternité de minutes et de secondes, d'instants vides, d'heures remplies de tourments. Peut-être avaient-ils raison de vouloir partir. La vie dehors — *la mort elle-même* — pouvait-elle être pire que cette prison?

Un homme, à la table voisine (elle les connaissait tous par leur nom, mais il lui était impossible de se rappeler le sien en cet instant précis), penché en avant, caressait la main d'une femme, assise en face de lui. La femme, qui autrefois travaillait à l'immense standard du central, lui adressa un sourire qui, en d'autres temps, aurait eu peu de chance de séduire un homme; les choses étaient différentes maintenant, les critères avaient changé. Tout corps de femme était d'un prix inestimable, qu'importe s'il était ingrat, lourd ou même mûr. La situation explosive avait suscité des jalousies, des rivalités. C'était une des raisons de la mutinerie — non, « mutinerie » était un terme trop fort, « revendication » convenait mieux; la revendication des masses (ah, drôle de mot, vu les circonstances) sur l'autorité représentée là — car elle avait accru la tension, poussé les hommes à bout.

Le galant effleurait de ses doigts la partie charnue du bras de la femme, d'une manière ostensiblement sensuelle; Clare détourna la tête, non pas de dégoût ou de jalousie, mais parce que ce geste lui inspirait des pensées qu'elle tentait d'oublier. Des pensées qui concernaient sa propre sexualité.

Ses rapports avec Simon avaient été épanouissants à bien des égards, sur le plan intellectuel comme sur le plan physique. Il n'avait jamais été un amant exceptionnel, d'une certaine manière, jamais un étalon, un baiseur, mais il s'était montré aimant et chaleureux et pratiquement jamais égoïste. Leurs professions mutuelles étaient épuisantes, accaparantes (et dévorantes, d'où le manque de petits Reynolds), mais ils savaient apprécier les instants passés ensemble, des instants merveilleux, où ils s'offraient l'un à l'autre. Elle aimait faire l'amour avec lui, mais les jours, les semaines qui avaient suivi la catastrophe, elle n'avait même pas songé à ses instincts physiques, car rien ne l'avait troublée au fond d'elle-même, pas même dans la solitude de ses nuits blanches, aucun désir n'avait réveillé son corps endormi. Sauf dans les rêves.

Dans les cauchemars.

Quand son défunt mari était venu la chercher, avait levé sa main squelettique pour lui prendre la sienne, son corps était calciné, certaines parties, pas encore flétries sur les os, rongées par des petites bêtes grouillantes. Il ne restait rien.

En dehors des testicules, le pénis droit et fier, qui pointait sous les haillons, était le seul organe vivant qui ne fût pas déchiqueté. La seule partie où le sang, symbole de vie, battait, palpitait.

Déroutée, moins sûre d'elle, plus vulnérable que jamais, elle chassa cette vision. Le désir latent dans tous ses rêves était resté inassouvi, et puis ce petit geste, à la table voisine, avait suffi à le réveiller. Oh, Dieu, ce n'était pas si important, *oh non!*

Clare savait que l'instinct de survie de l'homme faisait naître de tels sentiments, que la mort imminente suscitait le désir de procréation chez l'être vivant, mais pourquoi maintenant, pourquoi avoir attendu si longtemps? Parce que, en fin de compte, il fallait satisfaire certains appétits sexuels et relâcher les tensions. Mais cela n'expliquait pas ses rêves indécents.

Puis elle comprit, ou du moins en eut l'impression. Le monde entier n'était plus qu'une absurdité, ce qu'elle aimait et chérissait était détruit ou défiguré. Souillé. Contaminé. Que restait-il de la race humaine qui méritât le respect? N'avait-elle pas pointé le fusil sur elle-même avant d'appuyer sur la gâchette? Quelle satisfaction retirer d'une œuvre d'art, réduite en cendres? Quelle joie éprouver devant une brise fraîche, chargée de particules meurtrières? Quelle aide pouvait apporter un autre corps froid, en décomposition? Pourtant le désir était toujours là, inconsciemment stimulé par la destruction totale du monde. Il paraît que les couples juifs faisaient l'amour dans les wagons bondés qui les conduisaient à Auschwitz; peut-être était-ce une façon d'essayer de tromper la mort. La noblesse romaine avait encouragé ses gladiateurs à se livrer à des actes sexuels, la nuit précédant leur combat dans l'arène; ces voyeurs du temps jadis étaient convaincus que le sport de la veille serait aussi excitant que celui du jour suivant, tant l'ardeur des combattants serait grande. Et les films de violence sexuelle n'avaient-ils pas été la dernière mode?

Clare secoua sa cendre une fois de plus. Il lui était même arrivé d'examiner un cadavre en ressentant, aussi incroyable que cela puisse paraître, une pulsion sexuelle.

Elle se força à sourire devant sa sensiblerie. Diable, pourquoi cherchait-elle à excuser ce regain normal de sensualité? Elle l'avait longtemps refoulée mais même le chagrin ne pouvait l'étouffer à jamais. Il suffisait de demander à n'importe quelle veuve. Malheureusement, dans l'abri, il n'y avait aucun homme avec lequel elle avait envie de coucher. Vraiment aucun. Tout simplement parce que ce n'était pas faire l'amour qu'elle souhaitait, mais un peu de chaleur, de tendresse, de caresses.

Elle éprouva un léger trouble, mais rien d'inquiétant, lorsqu'elle se rendit compte que la seule personne en qui elle aimerait trouver cette chaleur, cet amour — et oui, ces *caresses* —, c'était Kate Garner. Tout ce que cela impliquait ne la perturba pas outre mesure, car le saphisme ne l'avait jamais tentée — au moins n'y avait-il aucune souillure. C'est la consolation et l'affection qu'elle recherchait; l'épanouissement physique jouait un rôle mineur, quoique authentique. Le docteur Indomptable, comme on l'avait ironiquement surnommée, avait ses faiblesses (si toutefois c'en étaient) qu'elle reconnaissait parfaitement. Elle éprouvait un désir irrépressible de réconfort — non, encore une fois le terme était trop fort —, elle le *souhaitait* simplement.

Tristement, elle se disait que cela n'arriverait jamais, ou alors partiellement. Kate lui apporterait le réconfort, mais Clare était certaine que ce ne pouvait être que sur le plan sentimental et non physique. Elle esquissa un sourire sinistre ; c'est l'holocauste, se dit-elle.

Elle éteignit sa cigarette, la brisant au niveau du filtre. Suffit, docteur Reynolds. D'autres ont besoin de tes capacités professionnelles. Il est temps de cesser de faire de l'introspection. Tu te laisseras aller plus tard et en privé à tes élucubrations. Il fallait maintenant aller s'assurer de l'état d'Alistair Bryce (oh Dieu, comme il allait souffrir, bientôt !), et il fallait administrer à un ou deux malades leur sédatif pour la nuit (peut-être en cette soirée spéciale s'accorderait-elle quelques comprimés). Fort heureusement, les badges de dosage des trois hommes qui avaient retrouvé le meilleur (quelle dérision, quel jeu de mots !) des mondes, après leur expédition, n'avaient pas enregistré le taux de radiations critique, aussi les blessures de Bryce, sinon son état, avaient-elles des chances de rester stationnaires. Si ce n'était pas le cas, elle pensait pouvoir l'aider à s'en sortir. Elle lui prescrirait son propre « cocktail Brompton », potion euphorisante, faite d'héroïne, de cocaïne et de gin. Les réserves de cocaïne étaient épuisées, mais il y avait d'autres produits de substitution. Non, si elle n'avait pas le choix, elle ne laisserait pas Bryce mourir dans d'atroces souffrances. Et dire qu'il fallait, en plus, trouver des arguments convaincants, expliquer à des individus stupides la sagesse de rester...

A cet instant, Clare entendit des cris de panique. Tout mouvement, toute conversation cessèrent aussitôt dans la cantine tandis que les rares insomniaques et ceux qui étaient encore en service (les règles de routine étaient encore observées, quoique de façon laxiste — la plupart d'entre eux auraient dû être affectés aux systèmes de communications plutôt que faire partie de l'équipe de nuit dans le secteur des loisirs) prêtèrent l'oreille, étonnés. L'inondation s'annonça en s'engouffrant par les portes battantes.

Ce fut la confusion totale.

Les tables et les chaises furent balayées par le raz de marée, les tasses dansant sur l'eau, tels des canards en plastique flottants, prêts à être gaffés. Une vague propulsa Clare sur la table voisine qui se renversa, l'entraînant dans sa chute. Elle eut soudain du mal à respirer, sa tête heurta un objet, ce qui l'étourdit. Tout autour, d'autres objets, des bras et des jambes s'agitaient, incapables de résister au déluge, ballottés au gré de son flot tumultueux.

La première vague se propagea dans toute la cantine, alla s'écraser sur le mur opposé avant de se retourner sur elle-même, avec nettement moins de force. Certains purent se relever.

Des malheureux, qui avaient perdu connaissance sous le choc ou dont les membres avaient été arrachés, se noyèrent dans un mètre d'eau. Le niveau ne cessait de monter. Certains furent sauvés par leurs compagnons qui, les ayant repérés, les hissèrent jusqu'à un endroit sûr.

Clare Reynolds se releva en titubant; le flot tumultueux lui arrivait à hauteur des genoux. Elle avait perdu ses lunettes et le fait de cligner des yeux pour en ôter l'eau lui permit d'y voir légèrement plus clair. Une table flottante la heurta; elle s'appuya sur l'un de ses pieds renversés. La table n'offrait qu'une stabilité précaire, aussi la laissa-t-elle partir à la dérive.

L'eau continuait à s'engouffrer par vagues à travers les portes battantes. Il n'y avait que deux issues : à travers ces portes ou par la cuisine attenante. Si le niveau de l'eau montait à un mètre cinquante ou plus dans la cantine, tous ceux qui n'auraient pas pu s'échapper étaient pratiquement certains de périr. Elle se dirigea avec peine vers la sortie. D'autres suivirent, longeant le mur de droite pour y prendre appui, repoussant les tables et les chaises flottantes, aidant les blessés.

Les lumières s'obscurcirent et une femme — vraisemblablement la même jeune fille du standard qui avait aguiché l'ingénieur un peu plus tôt — poussa un cri. Tout le monde se figea, l'espace de quelques instants terrifiants. La lumière revint.

Clare poussa un soupir de soulagement et reprit sa route, maintenant adossée au mur, les jambes raides pour lutter contre la puissance du courant. Il n'y avait personne derrière la fenêtre de la cuisine qui s'étendait sur tout un pan de mur servant de comptoir self-service. Il lui était impossible de se rappeler si une partie du personnel avait été en service lorsqu'elle s'était servie un café à la machine chromée. Probablement pas, surtout à cette heure avancée de la nuit. Serait-ce plus facile de se sauver par cette issue ? L'eau envahit le couloir et s'abattit avec force contre les portes battantes de la cantine ; la porte de la cuisine était un peu en arrière et sur le côté — la pression ne serait donc pas aussi forte. C'était sans doute la dernière chance à saisir, même si cela signifiait traverser au plus fort du courant pour parvenir au comptoir.

Elle se tourna vers celui qui se trouvait directement derrière elle et lui cria ses intentions par-dessus le vacarme. Il essuya l'eau de son visage et acquiesça. Clare compta rapidement ceux qui se trouvaient dans la cantine, plusieurs d'entre eux étaient encore empêtrés au milieu des meubles... neuf, dix, onze. Voilà. Certains flottaient, la tête dans l'eau. Ceux qui avaient survécu à l'explosion initiale semblaient ébahis et désorientés. Une pensée sarcastique annihila furtivement sa propre peur : rester à l'intérieur ou quitter l'abri, le choix ne leur appartenait plus. Le problème maintenant était de sortir.

Clare Reynolds s'écarta à grand-peine du mur, agitant frénétiquement les bras dans l'eau pour garder l'équilibre. Le courant s'engouffrait entre ses cuisses, tirant, poussant, la malmenant sans arrêt. Elle faillit glisser, mais des mains puissantes la retinrent. Clare leva les yeux vers le visage de celui à qui elle s'était adressée quelques instants plus tôt.

— Merci, Tom ! s'écria-t-elle avant d'ajouter : il faut faire suivre les autres. Je suis sûre qu'on a plus de chance en passant par la cuisine.

D'autres suivaient déjà, cependant, conscients de ce que le médecin avait en tête. Ceux qui étaient trop atteints pour raisonner logiquement étaient aidés par des compères et une chaîne humaine se forma très vite en travers de la pièce. L'eau commençait à envahir la cantine, avec un effet de tourbillon, et le groupe, maltraité par les courants, s'évertuait à éviter les objets dangereux qui se propulsaient sur eux.

Une section de la chaîne s'enfonça dans l'eau et les deux hommes, qui avaient soutenu une femme à demi consciente, furent emportés dans le tourbillon. L'un d'eux parvint à se relever, toussotant et crachotant, mais l'autre et la femme disparurent sous un capharnaüm de meubles de cuisine.

— Ne vous arrêtez pas! hurla Clare à ceux qui se trouvaient derrière elle. Il faut sortir avant qu'il ne soit trop tard!

Cette marche titubante, centimètre par centimètre, à travers un tourbillon d'écume, sembla durer une éternité. Ils retenaient ceux qui tombaient, les empêchant d'être emportés, mais en perdaient tout de même un, puis deux, puis davantage au passage.

Enfin, arrivés à près d'un mètre du comptoir, Clare, reconnaissante, s'agrippa à la rampe luisante qui servait pour les files d'attente. Elle se hissa; d'autres, qui se trouvaient à proximité, suivirent son exemple; l'eau leur arrivait presque à hauteur des hanches. Jetant un coup d'œil à l'intérieur de la cuisine étincelante, elle remarqua que la porte, à l'autre extrémité, était grande ouverte. Tant pis, il serait plus facile de sortir par-là.

Celui qui se tenait juste derrière elle grimpa sur la rampe et atteignit le comptoir. Plusieurs autres en firent de même; l'un d'eux disparut littéralement sous l'eau pour se glisser entre les rampes horizontales, et ressortit de l'autre côté, en crachant.

Clare n'avait nullement l'intention de s'immerger et marchait sur la pointe des pieds pour se glisser par-dessus la rampe. Tom lui vint en aide; elle se remit dans l'eau froide qui lui engourdit les jambes, puis avança une main tremblante vers le comptoir. Soudain elle s'arrêta. Et recula contre la rampe. Le regard fixé vers la créature noire qui courait dans tous les sens sur le zinc du comptoir.

S'arrêtant net, noire et luisante.

L'observant de ses yeux bridés démoniaques.

Le pelage mouillé, hérissé comme des aiguilles.

Les serres griffues.

Elle fut rejointe par une autre de son espèce. Puis une autre. Puis une autre.

Clare poussa un hurlement. Les lumières reprirent leur folle danse lancinante.

17.

Ellison n'avait jamais tenu un fusil, même pas tiré avant ce jour-là. C'était une nouvelle sensation qui, à son grand étonnement, lui procurait un certain plaisir. Beaucoup plus tôt, lorsqu'ils avaient pris à Dealey les clés de l'armurerie et avaient examiné attentivement les rangées d'armes mises au jour par les gouvernements successifs qui, visiblement, avaient craint une insurrection si la situation devenait critique, il avait passé en revue ces armes avec une crainte et une joie croissantes, la lueur morne de son regard en harmonie avec la couleur noire des armes, affinité étrange dans leur éclat terni.

Farraday, ayant passé plusieurs années de jeunesse au service de l'armée (conscrit, il avait rempilé), s'était toujours intéressé à l'armement militaire. Il identifia les différents fusils et put donner, quoique à contrecœur, des instructions sur leur fonctionnement.

Ellison n'avait eu qu'une alternative. Il avait examiné la mitraillette avec une excitation proche de l'érection sexuelle, et le contact de son corps lisse accrut cette sensation. Son chargement et son fonctionnement étaient relativement simples et Farraday les avait avertis plus qu'informés que l'effet d'une mitraillette Sterling 9 mm était radical, bien que manquant de précision. Ellison, de toute évidence, éprouvait un sentiment de puissance ; il avait l'impression que son aura s'était renforcée, le poids qu'il avait en main lui donnant une nouvelle conscience du poids entre ses jambes. Le psychiatre qui avait dit que le fusil n'était que l'extension du pénis devait lui-même avoir un sacré problème. Au moins, à défaut d'extension, était-ce un accessoire plaisant.

Dans l'arsenal, petit mais complet, se trouvaient des fusils à chargement automatique, des fusils-mitrailleurs 7,62 mm, des revolvers Smith & Wesson .38 modèles 64, des fusils à balles en caoutchouc, des grenades lacrymogènes et des boîtes à mitraille. Il y avait bien d'autres types de matériel, comme des détecteurs d'alarme à infrarouges, des appareils de communication portables, des masques à gaz et même des boucliers anti-émeute, mais c'étaient les armes qui suscitaient le plus vif intérêt. Strachan, devenu officieusement le meneur, ne se préoccupait pas de s'armer lui-même, mais d'autres, au sein du groupe, saisissaient volontiers des armes, visant par la lunette et appuyant sur la détente, en riant comme des écoliers devant le déclic sec.

Les fusils n'avaient pratiquement pas été nécessaires pour leur pseudo-coup d'État, mais un problème se posait. Ellison et quelques autres étaient inquiets. Quelle serait l'attitude de l'équipe de reconnaissance devant ce renversement de situation? Et plus particulièrement celle de Culver. Durant toutes ces semaines de confinement, il était resté une énigme. Il s'était toujours montré aimable mais parfaitement indifférent à leurs disputes, leurs plaintes. Et il y avait un je-ne-sais-quoi de vaguement intimidant chez le pilote, même s'il arborait rarement une attitude agressive. Peut-être apparaissait-il trop réservé alors que les autres avaient besoin du soutien de tous. Ce fut un soulagement de ne le voir opposer nulle résistance à son retour dans l'abri, car Ellison ne se sentait pas le courage d'appuyer sur la détente, même si cette arme lui procurait du plaisir. Menacer était une chose, *tuer* une autre. Cependant, les temps avaient changé (radicalement) et Ellison changeait (rapidement). Aux yeux de certains, après un tel génocide, une mort de plus était infiniment tragique, alors que pour d'autres, c'était devenu banal. Ellison était de cet avis. Pour survivre, il fallait se montrer impitoyable et il tenait à survivre.

Le noyau des mutins, ceux qui, en fait, étaient à l'origine de cette mini-révolte, étaient retournés dans la salle d'état-major pour continuer leur discussion avec Dealey et Farraday, toujours sur la défensive. Seul Ellison avait éprouvé le besoin de porter un fusil, non en raison de sa nécessité éventuelle mais pour la sensation agréable qu'il lui procurait.

Maintenant, alors que l'eau s'engouffrait autour de sa taille, il avait trouvé une cible. En fait, un grand nombre de cibles qui filaient sur l'eau.

Il visa les rats qui se trouvaient sur la partie supérieure des conduites et des treillis métalliques ou au-dessus des appareils ; les balles sifflantes s'enfonçèrent dans des corps mous avant d'aller s'encastrer dans le plafond de béton. Les vermines touchées tombèrent de leur perchoir en couinant, s'écrasant dans le puissant courant qui les entraîna ; elles se débattaient vigoureusement au milieu de taches de sang pourpre qui se soulevaient en vagues autour d'elles, comme l'encre des pieuvres. Une créature s'empêtra dans des câbles que des balles perdues avaient séparés de leurs connecteurs, elle se contorsionna en l'air, les mâchoires happant l'air avec frénésie, avant d'être électrocutée.

D'autres tombaient sur la passerelle. Ellison pénétra tant bien que mal dans le couloir ; il se fraya un chemin dans le torrent qui continuait de monter, et put s'accrocher aux appareils, de l'autre côté, juste à temps pour ne pas être emporté. Il s'appuya contre un casier, luttant désespérément contre le courant, et se mit à faire feu sur les formes qui détalaient le long de la passerelle ; parmi elles, se trouvaient trois personnes.

Culver plaqua Kate au sol ; des balles s'encastrèrent dans le plafond, à environ un mètre de leur tête. Fairbank avait vu une silhouette, en contrebas, pointer son fusil vers eux quand les lumières avaient vacillé ; en se jetant à plat ventre, il avait poussé un cri pour avertir ses compagnons. Il lança un juron tandis qu'un objet traversait la grille de métal, à quelques centimètres de sa jambe gauche.

L'étroite passerelle vibra derrière Culver. Il se retourna aussitôt. Le rat n'était qu'à une faible distance de ses jambes ; c'était une créature au faciès diabolique et, malgré le manque de lumière, on distinguait une lueur de malveillance dans ses yeux. Culver se raidit, attendant l'attaque, prêt à se débarrasser de la vermine à coups de pied si elle bondissait. Mais le rat ne broncha pas. Il était là, courbé, le sourire figé ; ses yeux lançaient encore des éclairs de colère, et pourtant ils étaient inertes. Il gisait, mort.

Une autre créature noire se laissa tomber sur le dos de Kate, ce qui la fit hurler. Elle s'agrippait à elle en secouant frénétiquement le cou et, de ses griffes, pointues comme des aiguilles, lui déchirait ses vêtements. Culver s'accroupit. La lumière jaillit à nouveau. Il grimaça en voyant le chemisier de Kate souillé de sang. Mais c'était celui du rat, dont le corps était truffé de balles. Saisissant le pelage mouillé, soucieux d'éviter les dents tranchantes, il souleva le rat et le projeta entre les minces barres de la rampe ; après mille contorsions, la bête disparut dans l'eau où les affres de la mort la poursuivirent.

Heureusement Ellison s'était arrêté de tirer et le fixait avec anxiété. Culver alla s'occuper de la jeune fille, mais Fairbank se pencha pour dire, ou plutôt crier, à celui qui se tenait au-dessous ce qu'il pensait de lui.

Kate s'accrocha à Culver en tremblant, mais lorsqu'il lui leva le menton pour la regarder, il ne discerna aucune hystérie, simplement de la peur et peut-être du désespoir. Ce n'était pas le moment de la réconforter, ni de l'encourager. Le niveau de l'eau continuait de monter et les lumières menaçaient de s'éteindre à tout moment. Il la fit asseoir en la tirant vers lui et lui parla à l'oreille.

— Il faut retourner à l'eau !

— Pourquoi ? fit-elle, le visage empreint de panique. On ne peut aller nulle part, on ne peut pas sortir !

— Si nous restons en surface, il nous faudra trouver des armes pour chasser les rats ! Et encore, avant que l'eau ne monte trop haut !

Il évita de mentionner les formes noires qu'il voyait continuer à grimper le long des tuyaux et des câbles.

— Laissez-moi ici ! s'écria-t-elle. Je ne peux y retourner !

Culver la souleva.

— Désolé, c'est impossible.

En se levant, Kate comprit pourquoi. Elle lâcha Culver,

suivant du regard les formes noires qui se profilaient au-dessus ; en reculant, elle heurta Fairbank qui s'apprêtait à descendre une échelle à proximité. Il jeta un coup d'œil alentour, les lèvres entrouvertes comme s'il allait parler, et descendit promptement les premiers barreaux de l'échelle. Il leva les yeux une fois de plus, ses yeux croisèrent ceux de Culver, ils échangèrent un regard complice, mêlé d'un froid désespoir. Ils se comprirent aussitôt. Puis sa tête et ses épaules disparurent.

Kate se glissa dans la brèche derrière Fairbank et fut glacée d'horreur lorsqu'elle vit le tourbillon sous ses pieds. Un coup brusque de Culver la fit avancer. Le froid glacial la saisit, se resserra autour de ses cuisses, lui nouant l'estomac, lui coupant le souffle, et la tirant par saccades comme pour la déloger de l'échelle. Pourtant le courant n'était pas aussi puissant qu'avant ; les eaux, issues de plusieurs sources, fusionnaient maintenant avec moins de force. Cependant, ce fut grâce à Fairbank qu'elle put garder l'équilibre lorsqu'elle eut touché terre.

Culver les rejoignit à temps pour voir Ellison viser encore le plafond. L'ingénieur déchargea une courte rafale de balles et Culver remarqua, avec étonnement, une sorte de rictus sur le visage d'Ellison.

— Où sont Dealey et les autres ? cria-t-il à l'ingénieur, qui braqua la mitraillette vers lui avant d'indiquer la salle d'état-major avec le barillet.

Ellison leva de nouveau les yeux vers le plafond. On dirait les yeux vides d'un brochet à la recherche d'épinoches, se dit Culver. Ellison semblait avide de sang et Culver fut soulagé de constater que seule la vermine était sa cible. L'instabilité, la névrose et même la folie faisaient maintenant partie de l'atmosphère quotidienne du bunker ; c'était l'effet du chagrin, de la claustrophobie et de la conscience que désormais ils ne seraient en sécurité nulle part. Seuls les symptômes variaient.

Déjà des silhouettes émergeaient sur le seuil de la salle d'état-major, luttant contre le courant, éberluées devant le chaos indescriptible qui s'offrait au regard. Dealey se trouvait parmi eux. Il avait cette même expression d'effroi que lorsque Culver l'avait aperçu pour la première fois. Il y avait, semblait-il, une éternité de cela. Culver relâcha l'échelle et se dirigea vers le groupe, Fairbank et Kate suivant de près ; la jeune fille s'appuyait sur l'ingénieur. Des débris flottaient de-ci, de-là — des pièces détachées, du papier, des livres, des chaises —, tournoyant au gré des courants convergeants. Le corps d'un rat mort, le ventre retourné et déchiqueté par les balles, heurta Culver à la hanche ; il le repoussa vivement. Il arriva à hauteur de Dealey alors que les coups de feu redoublaient, cette fois un peu plus loin, dans une autre partie du complexe. Y voyant là un signe d'encouragement, Ellison se remit à tirer.

Culver faillit renverser Dealey lorsqu'une vague soudaine le propulsa au milieu du groupe ; Farraday, juste derrière, put les retenir.

— L'abri va-t-il résister ? s'écria Culver, se ressaisissant pour lutter contre le courant. Va-t-il être complètement submergé ?

— Je ne suis pas sûr... Mon Dieu, oui, si les vannes dans le tunnel n'ont pas été fermées...

— Elles ne l'ont certainement pas été !

— Alors tout dépend de la force du déluge.

— Sommes-nous au-dessus des égouts ?

Dealey secoua la tête.

— Bon, notre meilleure chance reste encore les machines et la passerelle. Il va falloir recouper le courant, avant que tout n'explose. Et il nous faut des fusils pour nous protéger contre les rats !

— Non, nous ne pouvons rester ici, il faut partir !

Dealey essaya de s'éloigner de Culver, mais le pilote le retint.

— Il n'y a aucune issue. L'eau s'engouffre par le tunnel. Nous ne pourrons jamais passer !

— Il y a une autre voie, une autre issue que nous pouvons utiliser !

Culver se tourna alors vers Dealey qu'il saisit par le revers de son veston, l'attirant vers lui d'un geste de colère.

— Comment ? Espèce de salaud, vous avez bien dit qu'il y a une autre issue ?

Dealey tenta de se dégager.

— C'est possible! On pourra peut-être sortir de là!

— Où est...?

— Oh, mon Dieu, regardez! s'exclama Fairbank, désignant le couloir qui menait à la salle à manger et à la cuisine.

L'espace d'un instant, Culver oublia Dealey et eut le souffle coupé lorsqu'il aperçut Clare Reynolds avancer péniblement dans l'eau, glissant en s'appuyant contre le mur lisse pour se soutenir, laissant une traînée sanguinolente dans son sillage. Sa bouche était grande ouverte, comme s'il s'en échappait un cri silencieux et ses yeux ébahis, sans lunettes, regardaient dans le vide. Son corps était légèrement courbé, la tête en arrière; une créature noire, accrochée à son dos, lui suçait la nuque.

Deux, trois, quatre formes noires — Culver en compta cinq — la dépassèrent, filant en direction de la cantine, indifférentes au calvaire du médecin, comme si leur compère avait déjà revendiqué son dû. Ou peut-être sentaient-elles d'autres proies impuissantes non loin de là. D'autres créatures, en forme de torpille, surgirent de la zone du standard au-delà duquel se trouvait le puits artésien. C'est là, supposait Culver, que résidait sans doute le point faible de l'abri; c'est par là, sans doute, que s'était engouffrée l'eau, tout comme le flot de vermine. Tout en étant assailli par ces pensées, Culver se précipita vers Clare Reynolds; il avançait à grands pas dans l'eau, agitant les mains comme au milieu d'un champ de blé.

De minuscules jets d'eau explosaient devant lui, formant leur propre sillon écumeux en direction des rongeurs. Culver se retourna pour avertir Ellison, car Clare était trop près, trop à découvert.

Était-ce le bruit de l'inondation dans le complexe — le flot tumultueux, les cris, les hurlements, l'effervescence, les étincelles provenant de l'équipement électrique, le fracas des appareils et des meubles arrachés, le crépitement de la mitraillette — qui couvrait la voix de Culver, ou bien la panique qui empêchait Ellison de l'entendre?

L'impact des balles créait un champ de cratères miniatures entre Culver et le médecin, qui tentait faiblement de se dégager du rat qui se rassasiait dans son cou.

Des corps sombres bondissaient hors de l'eau en poussant des cris aigus d'enfant qui perçaient les tympans, au fur et à mesure que les balles les touchaient ; leur confusion était telle qu'ils perdaient le sens de l'orientation, courant en cercles dans tous les sens, fous de terreur. Deux d'entre eux s'approchèrent de Culver, les yeux égarés, les dents à nu, les incisives bien au-dessus du niveau de l'eau.

Une rafale de balles pulvérisa la tête de l'un d'eux et en coupa un autre presque en deux. Ils disparurent sous l'eau dans un gros nuage de sang écarlate.

Culver reprit sa marche, se méfiant des coups de feu et priant pour qu'Ellison visât le plus loin possible de lui. Pendant ce temps, Fairbank s'était rendu compte du danger et tentait de s'approcher d'Ellison. Il n'était qu'à un mètre de lui lorsqu'un corps humain, flottant sur le ventre, le heurta et, en se retournant, révéla un trou béant, rouge, à l'épaule et la gorge.

La secousse projeta Fairbank en arrière, lui faisant perdre l'équilibre ; il tomba dans le flot tumultueux, les bras du mort enchevêtrés dans les siens, de telle sorte que le cadavre sombra en même temps que lui dans une étreinte macabre. Fairbank hurla en perdant pied, sa gorge se remplit d'eau, il suffoqua ; se hissant à la surface, il recracha l'eau en se débattant aveuglément pour retrouver l'équilibre.

Culver était encore à cinq mètres de Clare lorsque le corps de la jeune femme se raidit soudain ; une rafale de balles lui perfora la poitrine, la joue, avant de cribler le mur de plâtre, derrière elle. Elle tourna la tête, indifférente au rat et à la douleur cuisante. Bien qu'elle fût à l'article de la mort, des flots rouges jaillissant de ses blessures profondes, Clare ne se rendait compte de rien ; elle distinguait l'homme armé (avec une netteté étonnante sans ses lunettes) à quelques mètres de là, son horrible fusil, dont l'effet était mortel, maintenant réduit au silence, les yeux hagards d'Ellison, le flot tumultueux ; elle distinguait chaque vaguelette, chaque étincelle surgissant des appareils en mauvais état qui formait une étoile filante nette, une boule incandescente en arc de cercle ; elle distinguait les traits de chaque visage qui l'observait et elle ressentait la moindre de leur émotion. Elle sentait même les dents incrustées dans son cou, immobiles maintenant car le rat avait reçu une balle, sans pour autant être mortellement atteint. La peur s'était estompée, comme libérée par les blessures mortelles, exorcisée par l'imminence de la mort. Seule lui restait la conscience ; elle la reconnaissait, cette perception fugitive de ce qui fut, ce qui est, ce qui est *toujours* ; l'acceptation de son sort avant le baisser de rideau. Tout cela conjugué au sentiment que rien n'était définitif.

La douleur intense arriva, mais ce fut bref.

Clare distingua une dernière fois la scène qui déjà s'estompait ; elle glissa le long du mur avant de s'enfoncer doucement dans l'eau. Seule la créature accrochée à elle, prise à son propre piège, luttait faiblement pour remonter à la surface.

Sidéré, Culver vit le médecin disparaître, son visage livide dénué d'expression, du sang jaillissant de sa joue béante.

Il plongea, son élan l'emportant dans les courants impétueux, et atteignit le corps flasque et déjà submergé de la jeune femme, avant qu'elle n'ait eu le temps de sombrer. La prenant dans ses bras, il se propulsa vers le haut, refaisant brusquement surface pour prendre une bouffée d'air, la serrant contre lui, tout en restant adossé contre le mur. Avec horreur, il s'aperçut que le rat était toujours accroché à son cou qu'il lacérait de ses pattes arrière ; il le saisit d'une main, essaya de lui faire lâcher prise, furieux devant sa ténacité. Le rat ne voulait, ou plutôt ne pouvait, la relâcher.

Par pure rage, et parfaitement conscient que Clare était déjà morte, Culver saisit des deux mains le rongeur géant par la gorge, la serra de toutes ses forces, permettant ainsi au corps de la jeune femme de glisser dans l'eau, usant de son poids à elle et de sa force à lui pour lui arracher le rat. La bête finit par céder en emportant des morceaux de chair avec elle ; des lambeaux de peau dégoulinants pendaient de ses mâchoires. Culver pivota brusquement, brandit en l'air le corps du rat qui se débattait et le propulsa contre le mur ; il sentit plus qu'il n'entendit les os se briser et le fit tournoyer encore et encore jusqu'à ce que l'animal, flasque et inerte, s'immobilise dans ses mains. Il le jeta alors, avec un cri de dégoût, puis se pencha, à la recherche du corps de Clare, la saisit par les cheveux et la remonta à la surface. Il la berça dans ses bras et examina son visage, lui levant doucement une paupière pour s'assurer qu'elle était vraiment morte. Il sentit un frisson glacial l'envahir, puis la laissa glisser.

Il attendit quelques instants, les yeux clos, la tête appuyée au mur, avant de retourner vers les autres. L'eau était montée presque à hauteur de poitrine.

Fairbank tenait Ellison contre la paroi où se trouvaient tous les appareils, une main plaquée sous le menton pour lui maintenir la tête en arrière. Il hurlait quelque chose à Ellison, mais Culver ne distinguait pas les mots. Strachan essayait de les séparer sans grand succès. Les autres, dont Kate, le visage crispé par ce nouveau chagrin, s'accrochaient à tout ce qu'ils pouvaient trouver de solide — les appareils, les traverses soutenant la passerelle, les chambranles de porte, tout ce qui avait une consistance. Culver frissonna en remarquant qu'au-dessus de leur tête, agrippée aux conduits et aux câbles, la vermine s'était concentrée, formant un étrange nuage noir de corps mouvants. Beaucoup tombaient sur la passerelle et avançaient furtivement, comme méfiants à l'égard de l'arme qui avait été utilisée contre eux.

Culver savait que lui et les autres n'avaient d'autre alternative que celle de quitter l'abri : soit l'eau, soit la vermine aurait le dessus s'ils restaient. Il se dirigea vers Dealey.

Dealey tenta de reculer quand il perçut l'expression du visage de Culver, mais il ne pouvait aller nulle part si ce n'est dans la salle d'état-major, submergée de meubles qui flottaient dangereusement. Il prit soudain la direction de l'échelle qui menait à la passerelle et s'arrêta en apercevant les formes noires mouvantes à travers le treillis. Une main puissante le fit pivoter.

— *Où est-elle, Dealey?* hurla le pilote. *Où se trouve l'autre issue?*

— Culver, là-haut, regardez, pour l'amour de Dieu, regardez!

— Je sais. Nous n'avons pas beaucoup de temps. Il faut partir sur-le-champ, avant qu'il ne soit trop tard!

Dealey glissa et aurait été emporté si Culver ne l'avait pas retenu.

— Le puits principal de ventilation! cria-t-il d'une voix rauque. Il y a une échelle à l'intérieur, des barreaux encastrés dans le mur!

— Pourquoi diable ne nous l'avez-vous pas dit plus tôt? s'écria Culver, furieux, brandissant son poing comme pour le frapper, mais il se maîtrisa. (Peut-être plus tard — s'ils s'en sortaient.) Pourquoi nous avez-vous fait passer par ce tunnel? Vous saviez sacrément bien à quel danger vous nous exposiez!

— Il nous fallait connaître l'état des tunnels. C'était notre lien avec les autres abris.

— Vous nous avez manipulés, espèce de salaud!

— Non, non. De l'extérieur, on ne peut pas descendre dans le puits principal, voyez-vous! L'échelle monte vers une tour, au-dessus du niveau du sol, mais le haut est scellé!

— Mon Dieu, nous aurions pu...

Culver s'interrompit. A quoi bon se disputer maintenant? Le complexe allait être submergé, l'eau montait encore, les rats se rassemblaient au-dessus de leur tête.

— Essayons d'y accéder.

Il promena son regard alentour, aperçut Farraday tout près.

— Je suppose que, vous aussi, vous étiez au courant?

— Je ne vois pas pourquoi, fit l'ingénieur en chef en secouant la tête. La maintenance n'était pas de mon ressort.

— Bon. Nous allons rassembler autant de personnes que possible, saisir tout ce qui pourrait nous être utile, une fois à l'extérieur. Prenez quelques hommes, allez à l'infirmerie et amenez tout le monde au puits principal de ventilation. Vérifiez les dortoirs, les salles de contrôle, partout où vous pourrez, mais ne restez pas longtemps.

— Et la salle à manger et la salle de repos? Il doit y avoir pas mal de monde là-bas.

— Vous avez vu ce qui est arrivé au docteur Reynolds,

les rats nageaient dans cette direction. A mon avis, on ne peut rien pour eux.

Culver leva les yeux. Plusieurs formes noires se profilaient juste au-dessus de leur tête.

— *Fairbank!* hurla-t-il, mais l'ingénieur ne pouvait l'entendre à cause du vacarme qui régnait et parce qu'il était trop occupé à décharger sa colère sur Ellison pour prêter attention à ce qui se passait. Culver relâcha Dealey et parvint jusqu'à eux. Il arracha la mitraillette à Ellison, très peu expert en matière d'armes mais espérant qu'il restait encore quelques balles dans le barillet. Fairbank, Ellison et Strachan le virent avec étonnement lever l'arme et appuyer sur la gâchette.

L'effet fut détonant. Une pluie de balles cribla les surfaces métalliques, s'écrasa sur les rangées d'appareils, provoquant la débandade des mutants noirs; plusieurs furent touchés, propulsés en l'air, blessés ou tués. C'était la panique. Et naissait un respect nouveau de la vermine pour l'agresseur humain.

Culver cessa de tirer, le regard toujours en éveil. Il fit rapidement part aux autres de la révélation de Dealey. En des circonstances moins critiques, tous trois auraient saisi Dealey et lui auraient maintenu la tête sous l'eau jusqu'à ce que mort s'ensuive. Et lui, Culver, aurait été le premier à les aider.

— Ramassez tout ce qui peut servir d'armes! leur dit-il. L'armurerie doit être maintenant inondée, et puis, de toute façon, nous n'aurions pas le temps d'y accéder. Toutes les personnes munies de fusil constitueront une aide précieuse, partez à leur recherche. *Sur-le-champ!* Regagnez le puits principal au plus vite, et essayez de trouver le plus de monde possible.

— On ne peut pas partir à leur recherche! s'exclama Strachan, tremblant ostensiblement. Il faut rejoindre immédiatement la salle des ventilateurs.

Culver baissa l'arme et visa entre les yeux de Strachan.

— Je vous dis simplement de faire le grand tour, fit-il, sans crier, mais ses paroles étaient parfaitement claires.

— Nous avons besoin de protection, supplia Ellison. Laissez-moi prendre la mitraillette.

— Certainement pas, dit Culver d'un ton glacial, en changeant de cible.

Strachan et Ellison décelèrent dans le regard du pilote une lueur aussi effrayante que le danger qui les entourait ; ils redescendirent dans l'eau, sans quitter Culver du regard, puis disparurent dans un goulet entre des casiers bourrés d'appareils.

Fairbank, les sourcils haussés, observait Culver.

— Je suis avec vous, vous n'avez pas oublié ?

— Ouais, fit Culver, d'un air aussi détendu que les circonstances le permettaient. Et c'est bon de vous avoir. Allons-y.

Il s'éloigna du bord, se laissant entraîner légèrement de côté par le courant, en direction de Dealey, de Kate et d'un petit groupe qui s'était rassemblé près de la salle d'état-major. Fairbank suivit.

Culver retrouva son équilibre en s'accrochant à la même rampe de la passerelle que Kate, le bras, soutenant la mitraillette, passé autour de ses épaules. Elle s'appuya contre lui, son regard cherchant le sien. Le nom de Clare se dessina sur ses lèvres. Il ne put que secouer la tête.

— Dealey ! cria-t-il. Il nous faut des torches !

— Là-bas, sur les étagères ! répondit-il en désignant la pièce de l'autre côté de la porte.

Sur un signe de tête de Culver, Fairbank plongea, repoussant les meubles flottants sans perdre de vue les étagères au mur, à la recherche de lampes, de torches et de tout ce qui pouvait servir d'armes. Son regard s'éclaira en apercevant dans le coin gauche un objet caché en haut d'un secrétaire en métal gris scellé au plancher. Si l'on parvenait à en détacher un morceau, il s'avérerait être une arme efficace. Il grimpa sur le photocopieur, près du secrétaire, dont le haut se trouvait à une trentaine de centimètres au-dessus de la surface, et y parvint.

Dehors, Culver guidait le groupe compact de survivants vers le couloir censé les mener vers le puits principal de ventilation. Ils étaient cinq en plus de Dealey, Kate et lui-même : quatre ingénieurs et le gardien. Ils avaient formé une chaîne pour traverser le couloir qui menait à la salle à manger et à la cuisine ; les courants étaient particulièrement violents car c'était leur point de convergence.

Culver ouvrait la marche, tenant fermement Kate par le poignet. Elle était suivie par le technicien de maintenance noir, qui s'appelait Jackson, et Dealey. Les trois autres ingénieurs étaient disséminés dans le couloir, luttant pour garder l'équilibre dans le courant ; quant au gardien, le dos plaqué contre le mur, de l'autre côté, il fermait la marche.

Culver avait le coude droit plié, l'arme pointée vers le haut. De temps à autre, il lâchait une rafale de mitraillette, provoquant la débandade des rats qui s'agglutinaient dans leur cachette obscure. Mais ils semblaient moins effrayés ; ils reprirent leur position antérieure plus promptement, s'avançant furtivement en groupe, comme s'ils percevaient la vulnérabilité de leur ennemi. Culver pesta en entendant le déclic à vide de l'arme.

Le puits principal de ventilation n'était plus très loin, juste le long du couloir, puis à gauche vers le standard, mais il se demandait s'ils allaient y arriver. Qui les vaincrait ? L'eau dont le niveau ne cessait de monter, ou la vermine ?

Il aspira des vapeurs acides et se mit à suffoquer. De la fumée se répandit rapidement au plafond avant de retomber en tourbillons, créant des turbulences au sein d'un épais brouillard. *Oh meeeerde !* Il y avait une autre éventualité. Ils pouvaient aussi mourir étouffés ou brûlés.

L'explosion sembla ébranler les fondations du complexe. Il perdit pied. Était-ce à cause de l'eau qui jaillit au-dessus de sa tête ou bien avait-il glissé ? Culver n'en savait rien.

Lorsqu'il sortit la tête et la poitrine de l'eau, l'abri était plongé dans une obscurité presque totale. La lueur rouge vacillante provenait d'une autre partie du central téléphonique ; elle s'approchait à chaque seconde, obscurcie seulement par des volutes de fumée, lui rappelant que le pire était encore à craindre.

18.

Pour Bryce, la réalité était plus horrible que tous les cauchemars qu'il avait connus. L'effet des sédatifs passé, il avait repris pleinement connaissance et s'était aperçu que la maladie l'avait atteint. Il était trop tôt pour que les symptômes fussent vraiment apparents, mais sa gorge sèche, la sensation de brûlure intérieure, et les violents maux de tête étaient les signes avant-coureurs des douleurs qui allaient suivre. Dans quelques jours, il serait en proie à l'agitation, à la confusion et aux hallucinations ; aux spasmes musculaires, à la raideur de la nuque et du dos, aux convulsions et peut-être même à la paralysie. Il connaissait les symptômes — en tant que membre du personnel de la Protection civile — et il redoutait les douleurs inévitables qui lui étaient promises. Il ne pourrait plus boire et l'incapacité d'avaler correctement lui ferait monter l'écume aux lèvres, provoquerait une peur mortelle des liquides au point qu'il serait terrifié par sa propre salive. Les accès de folie finiraient par le plonger dans un épuisement douloureux, le coma et la mort viendraient peu après le délivrer.

Sa main était paralysée pour l'instant, mais le souvenir du traitement promptement administré par le docteur Reynolds lui souleva de nouveau le cœur.

Après lui avoir fait une injection contre la douleur, elle avait pressé les moignons de ses doigts pour les faire saigner un peu plus. Puis, à l'aide d'une seringue, elle avait injecté du chlorure de benzalkonium, un antiseptique détergent, dans les plaies béantes; ensuite, malgré ses gémissements et ses protestations, elle avait soigneusement appliqué une petite dose d'acide nitrique. Il avait pleuré lorsqu'elle lui avait mis de l'antisérum autour des blessures et, lorsqu'une dose supplémentaire fut introduite dans un muscle du poignet, il faillit s'évanouir.

Il lui demanda grâce lorsqu'elle lui administra un vaccin, lui perçant l'abdomen sous les côtes, quatorze, quinze, seize fois — ensuite il perdit connaissance; elle lui expliqua doucement que le traitement était absolument vital, ignorant ses protestations de plus en plus désespérées bien que plus faibles au fur et à mesure que l'aiguille lui perçait la peau, lui disant que chaque injection sous-cutanée contenait un virus atténué préparé à base de cervelle d'animaux atteints de la rage — comme si cela lui importait. Lorsque le docteur Reynolds eut terminé, Bryce ne se souciait plus de rien ni de personne, pas même de lui-même; il s'était évanoui sur son lit et avait sombré dans une douce inconscience.

Au réveil, un peu plus tard, il avait ressenti les premières affres de la maladie (ce n'était pas seulement les séquelles des drogues, ou les effets secondaires de l'antisérum; il savait que le traitement n'avait pas marché, que la maladie était en lui, il la *sentait* se propager, couler au même rythme que son sang). Autre chose n'allait pas, il en prenait lentement conscience; il gisait, à la lumière tamisée de l'infirmerie, avec d'autres malades qui avaient survécu, entendant des cris et des hurlements de l'autre côté de la porte close, un étrange tumulte, le clapotis de l'eau autour des lits, à l'intérieur même de l'infirmerie. Des bruits secs qui ressemblaient... à des coups de feu.

Bryce se redressa sur son lit, ainsi que d'autres autour de lui; ceux qui n'étaient pas sous l'effet des sédatifs en firent de même, tous en proie à la confusion et à la peur. Une femme se mit à hurler en voyant son matelas trempé.

Bryce s'appuya le dos au mur quand de minuscules

vaguelettes vinrent mourir sur sa couverture. Il était encore groggy et, l'espace d'un instant, la salle remplie de lits oscilla dans un mouvement de pendule insensé. Quelqu'un pataugea près de son lit et il tressaillit en sentant l'eau glacée gicler sur sa joue. D'autres silhouettes suivirent ; Bryce replia ses jambes, tapi dans l'obscurité entre son lit et celui du haut, esquivant les éclaboussures comme si c'étaient des gouttes d'eau bouillante.

Les malades s'agglutinaient en hurlant derrière la porte close, se bousculant pour tenter de sortir les premiers.

Bryce pressentait ce qui allait arriver mais il lui était impossible de former des mots pour les prévenir. Il leva sa main mutilée, les implorant du regard d'arrêter, sa bouche ouverte émettant seulement un son de crécelle, trop faible pour être perçu.

La porte s'ouvrit brusquement ; tous ceux qui se tenaient là furent projetés en arrière par la force de l'eau qui s'y engouffra. En quelques secondes, Bryce fut enseveli jusqu'aux épaules et il dut grimper à quatre pattes jusqu'au lit supérieur, tandis qu'autour de lui, d'autres luttaient contre le courant. Les lits aux armatures de fer se mirent à vibrer, lentement d'abord, tels d'énormes animaux hésitants ; mais très vite la pression devint trop forte et ils commencèrent à basculer, à se disperser et à rouler à l'autre bout de la salle.

Bryce fut projeté du lit supérieur et l'impact, au moment où il plongea sous l'eau, effaça les effets lancinants des médicaments. Il se leva, toussant et crachotant, dans un enchevêtrement de bras et de jambes. Un lit superposé lui tomba dessus et, une fois de plus, il se trouva sous l'eau dont le goût saumâtre le fit suffoquer, les montants de fer lui pesant sur la poitrine.

Au début, il essaya de se dégager, mais une pensée s'insinua dans sa terreur, le titillant de façon insidieuse. *Pourquoi lutter ? Pourquoi résister ? La mort n'est-elle pas inévitable ?*

Il tenta de soulever le lit de métal pour se dégager ; le matelas comprimait son visage comme s'il conspirait avec l'eau pour l'étouffer.

N'était-ce pas là la meilleure façon de mourir? murmurait la voix sournoisement. *N'était-ce pas préférable à la folie et à la douleur?*

Le lit se dressa de quelques centimètres puis s'affala de nouveau comme si un autre poids s'était ajouté; quelqu'un avait-il cru se protéger de l'inondation en grimpant dessus?

Une ou deux minutes de désagrément avant de sombrer dans le sommeil, un sommeil plus profond et plus paisible que tout ce que tu as connu jusqu'à présent, un sommeil impossible à interrompre, inviolable. Jamais plus altéré par les vivants.

Oui, c'était bon, désirable même. Mais la douleur; comment accepter la douleur maintenant?

C'est facile. Ne résiste pas, voilà le secret, c'est ainsi. Quelques instants désagréables et puis tu flotteras. Tu verras.

Suis-je déjà fou? La maladie m'a-t-elle frappé si vite?

Non, non, pas fou. Mourir ainsi, sans effort, sera la chose la plus sensée que tu aies jamais faite.

Mes poumons se déchirent. Ça fait mal, mal!

Ce ne sera pas long. Avale l'eau, une grande gorgée, et la douleur disparaîtra.

Impossible. J'ai peur.

C'est plus facile que tu ne le crois.

Qui es-tu?

Je suis ton amie. Je suis toi.

Resteras-tu auprès de moi?

A jamais.

Toujours...

... *et toujours...*

... amen?

... *amen...*

Une énorme bulle d'air, accompagnée d'une dernière convulsion, s'échappa de la bouche de Bryce; malgré la peur effroyable qu'il ressentait, ses bras et ses jambes s'agitaient dans l'eau, mais la douleur, comme l'avait promis la voix intérieure, fut brève.

Tel un voile soyeux de fils de la vierge, l'inconscience le gagna, tombant doucement sur ses yeux. La gêne respiratoire peu à peu disparut, tout comme l'angoisse qui l'accompagnait. Le sentiment d'impuissance n'était pas si désagréable et la souffrance commençait à s'atténuer, à le tourmenter de moins en moins, de moins...

C'était exactement comme l'avait dit la voix : facile. Fini le statut de rescapé de l'holocauste avec un avenir incertain, finie la victime d'une maladie qui détériorait l'esprit tout comme le corps. Pas de peine maintenant, peu de chagrin. Une tristesse qui s'estompait. Paisiblement, elle dérivait lentement. Sa voix intérieure n'avait pas menti. Le poids qui pesait sur sa poitrine avait disparu. Une impression de flottement. Vers le haut. Un élancement. Vers le haut. Quelqu'un le tirait-il? Le blessait-il? Des mains penchées sur lui? Non, non, pas ça, pas maintenant! C'était un fait établi! Accepté! Laissez-moaaaaa...

Il surgit de la surface bouillonnante, de l'eau jaillissant de ses poumons, et il tenta de se libérer des mains qui l'avaient tiré de ce repos paisible. La suffocation assourdissait ses protestations tandis que les deux hommes le tenaient; la douleur revint, lui labourant les muscles.

— Frappez-le dans le dos! hurla Fairbank. Il étouffe!

Une lumière éclatante aveugla Bryce au moment où il sentit une présence autour de lui. Un coup brutal lui fut assené dans le dos; il cracha de l'eau et vomit sur les deux hommes. Un autre coup lui provoqua des haut-le-cœur, il chercha désespérément une bouffée d'air, luttant involontairement pour respirer alors qu'un instant plus tôt, il s'était dit, avec un profond soulagement, que ce n'était heureusement plus nécessaire.

Webber, l'un des deux ingénieurs qui avaient accompagné Farraday à l'infirmerie et qui se tenait maintenant juste derrière Bryce, frappa l'officier chargé de la Protection civile entre les omoplates, se servant cette fois du plat de la main et non de son poing. Instinctivement Bryce se râcla la gorge, rendant désormais inutile toute aide extérieure.

— On dirait qu'on est arrivés juste à temps, cria Webber à Farraday.

Le deuxième ingénieur, Thomas, aidait la femme qui

était tombée sur le lit superposé ; c'est elle qui, de son poids, avait cloué Bryce au sol. Il la tira vers la porte ; le déluge était moins violent maintenant que le niveau de l'eau à l'intérieur de l'infirmerie était le même qu'à l'extérieur, mais était cependant assez fort pour les faire chanceler et tomber. Gêné par la femme hystérique qui l'entraînait, Thomas s'agitait désespérément dans l'eau obscure, le bras accroché à son cou. Il parvint à se dégager et se redressa. La femme se leva en même temps. Elle s'accrocha à lui au risque de les noyer tous deux. Il décida de la laisser couler.

Thomas la prit par la gorge puis lui assena un coup de poing au visage. Elle eut des dents cassées et, lâchant prise, sombra dans l'eau ; des bulles jaillirent aussitôt à la surface. Épouvanté par son geste mais néanmoins soulagé à s'être débarrassé d'elle, Thomas se dirigea vers la porte, indifférent aux cris derrière lui.

Farraday, témoin de la scène, rageait intérieurement, mais il ne pouvait l'aider, étant lui-même aux prises avec Bryce qui se laissait tomber comme s'il recherchait la mort, incapable de s'assumer. Sous les yeux ébahis de Farraday, la femme remonta à la surface, à quelques mètres de là, le regard hébété mais suppliant.

Aidant toujours Webber, d'une main, à maintenir Bryce debout, Farraday tendit l'autre main vers la femme, lui saisit le bras au moment où elle allait de nouveau sombrer, et l'attira vers lui. Elle posa la tête sur sa poitrine, apparemment calmée, comme si elle avait trouvé son sauveur.

— Sortons d'ici ! cria Farraday à Webber. Nous ne pouvons plus aider personne !

Il cria aux autres de le suivre, espérant qu'ils l'entendraient ; il évita de jeter un regard vers l'infirmerie, de peur d'avoir à y retourner pour prêter main-forte. Ces deux-là, Bryce et la femme, suffisaient.

Ils avancèrent lentement vers la porte, formant un petit groupe compact de quatre ; ils luttaient contre le courant, soucieux de ne pas trébucher sur des objets épars, au fond de l'eau.

Bryce se laissait totalement porter, sans aider ni entraver la marche. Son esprit était en proie à une confusion extrême, mélange étrange de regret et d'ivresse. Il savait ce que signifiait mourir, ce n'était pas si effrayant.

Pas vraiment redoutable, n'est-ce pas?

Peut-être un peu tout de même.

Mais infiniment mieux que de vivre en souffrant le martyre.

Oh oui, tout plutôt que ces souffrances.

N'oublions pas non plus l'indignité flagrante que constitue la folie.

Non, ne l'oublions pas.

Ah, douce mort.

Oui.

Sans pour autant d'oubli véritable.

Non.

Alors où vas-tu?

Je... ne sais pas. Ils m'aident...

Veux-tu qu'on t'aide? Est-ce vraiment là ton désir? Encore des tortures? Accueillerais-tu la folie avec joie? Y prendrais-tu plaisir?

Je...

Dis-moi.

Laisse-moi seul.

Mais je suis toi; comment puis-je te laisser?

— LAISSE-MOI SEUL!

— Tout va bien, Bryce, nous vous tenons. Il y a une autre issue dans l'abri. Nous pouvons y arriver.

Il fixa Farraday, reconnaissant vaguement l'ingénieur en chef. Il essaya de parler, mais ne sut pas quoi dire.

— Tout va bien, lui dit Farraday. Essayez simplement de nous aider, essayez de marcher.

Il fit ce qu'on lui demandait, refoulant la lointaine voix intérieure qui, loin d'être apaisante, était maintenant furieuse et le traitait d'imbécile.

— Je ne veux pas mourir.

— Préservez votre souffle, mon vieux, fit Farraday, qui, lui-même, ne respirait plus que par saccades, l'effort commençant à se faire sentir. Nous ne vous entendons pas, aussi n'essayez pas de parler. Gardez votre énergie.

A travers la porte ouverte, la lumière semblait moins

vive ; Farraday pensa que c'était encore dû aux fluctuations de courant, jusqu'au moment où il sentit une odeur de brûlé puis remarqua des volutes de fumée. Thomas se tenait juste sur le seuil, le regard hébété fixé sur le couloir, une expression de terreur sur son visage humide ; il avait peine à garder l'équilibre à cause de l'eau qui lui arrivait à la poitrine.

Le temps qu'ils atteignent la porte, Thomas s'était précipité vers le standard, nageant et pataugeant à la fois. Farraday tenta de discerner la cause de la détresse de Thomas, malgré les couches épaisses de fumée qui lui brûlaient les yeux et le forçaient à les fermer. Il eut à peine le temps de voir des flammes surgir de la salle d'essais que le complexe était ébranlé par le tonnerre ; une lumière blanche fulgurante se propagea jusqu'à lui, fit fondre la cornée sur ses yeux, lui arrachant la peau du visage. Il tomba à la renverse, propulsé par l'explosion, et l'eau éteignit ses cheveux en feu ; un petit nuage de fumée s'éleva de son visage embrasé. Il poussa un hurlement et un flot d'eau noire le submergea aussitôt, réduisant le son à un remous de bulles.

Les autres n'avaient guère eu un sort plus enviable. Pour Bryce, c'était simplement la suite logique d'un long cauchemar. Il avait été en partie protégé par l'ingénieur en chef qui se tenait juste en face de lui et avait reçu l'impact de l'explosion. Farraday en s'affalant sur lui, l'avait ainsi mis à l'abri des flammes, éteignant les pansements en feu qui enveloppaient sa main mutilée, apaisant instantanément la chaleur blanche ardente qui avait mis les nerfs du visage à vif et étouffant le feu qui avait dévoré son oreille droite. L'eau l'accueillit de nouveau.

La lame de fond qui suivit s'engouffra dans l'étroit couloir, saisit les quatre survivants brûlés, les emporta dans un courant en ébullition et attrapa Thomas au passage ; puis elle les projeta contre les murs avant de s'écraser sur les machines qui bloquaient le passage de la vague déferlante.

Il avait la nuque brisée, les os broyés, pourtant Bryce continuait à entendre, au loin, la voix familière qui s'approchait à grands pas.

Es-tu prêt maintenant? demanda-t-elle, d'un ton légèrement boudeur.

Il se sentait pris dans un tourbillon, un os du bras craqua en heurtant un objet; il tournait, tournait, et pourtant n'avait pas le vertige, pas l'esprit troublé.

Ça te suffit?

Oh oui.

Alors aspire l'eau.

C'est fait. Je suis rempli d'eau.

Un soupir. *Bon, ce ne sera plus long.*

Mes sens répondent encore.

Oui, mais tu n'éprouves aucune sensation.

Non, tout est engourdi.

Agréable?

Très.

Je te l'ai dit. As-tu peur?

Un peu.

Cela passera. Très vite.

Où vais-je?

Tu verras.

C'est bon?

Pas de réponse.

C'est bon?

C'est différent. Peu importe si c'est bon ou pas.

Je te fais confiance.

Pas de réponse, mais cette fois, toute réponse était inutile.

Dérivant paresseusement à la recherche de l'ombre sonore, Bryce suivit la voix désormais silencieuse pour plonger dans les profondeurs étranges de l'abîme, du néant absolu. Oui, c'était vrai : bon ou mauvais, quelle importance? Oui, quelle importance?

Le corps brisé, en charpie, chacun connut une mort différente, solitaire.

L'eau s'engouffra dans le complexe, et le feu suivit à une allure plus lente, mais néanmoins mortelle.

19.

Culver recherchait Kate, ayant comme unique source de lumière la lueur rouge émanant de l'incendie dans une autre partie du complexe. Une énorme vague venait de les submerger, projetant leurs corps comme des bouchons au gré de l'océan; le flot avait retrouvé son agitation première. La fumée retombait comme pour joindre ses forces à celles des flots en vue d'une destruction totale. Il aperçut Dealey plaqué contre le mur, le visage embrasé mais les yeux livides. L'ingénieur noir, Jackson, se tenait à ses côtés; les autres avaient probablement été emportés le long du couloir, leur chaîne humaine s'étant rompue.

— Kate! s'écria Culver, inquiet pour elle.

Elle émergea des eaux sombres tout près de lui et secoua la tête. Elle aspira une bouffée d'air et aussitôt se mit à tousser à cause des vapeurs acides. Il plongea dans sa direction, la prit par la taille, et la tira vers le mur pour prendre appui. Il attendit que sa toux s'apaise, soulagé de voir que la fumée commençait à s'élever. Ce fut un court répit, car il savait que l'abri pouvait aussi bien se remplir de fumées suffocantes qu'être complètement inondé.

Kate, exténuée, s'affala sur lui.

— C'est inutile, n'est-ce pas, Steve? fit-elle, son front effleurant la joue de Culver. Nous n'avons aucune chance.

Il fut tenté de la hisser sur la passerelle et de grimper lui aussi, puis de prier pour que les flammes et la fumée s'estompent et que l'eau se retire. Et que la vermine choisisse de les ignorer.

— Il nous reste une dernière cartouche, lui dit-il, et nous allons l'utiliser.

Le puits était leur *unique* chance.

Ils caressèrent un mince rayon d'espoir, au sens propre du terme, grâce à Fairbank, qui braqua sa torche sur eux depuis la porte de la salle d'état-major.

— J'arrive! hurla-t-il, sa voix à peine audible dans la confusion générale.

— Attendez une minute! répliqua Culver. Il y a un sacré courant ici; nous allons vous aider à traverser!

— D'accord! J'ai une lampe ainsi qu'une torche étanche. Je vais vous l'envoyer.

Il alluma la seconde lumière et traversa le couloir aussi loin que possible sans être pris par les courants traîtres. De l'autre côté, Culver, se rapprochant, attrapa prestement la lampe lancée par Fairbank.

— Braquez-la sur nous! Jackson, attrapez mon bras et tenez bon!

Quand il se sentit saisi en haut du bras, Culver s'éloigna du mur qui offrait une protection relative. Le courant le tira immédiatement au niveau des jambes; il se pencha, l'autre bras tendu vers Fairbank. L'ingénieur, saisissant la torche et un autre objet dans sa main gauche, atteignit Culver de la main droite. Il dut avancer seul d'au moins un pas, puis leurs doigts s'enroulèrent autour de leurs poignets respectifs. Culver tirait tandis que Jackson l'aidait à le hisser.

Ils reprirent leur souffle de l'autre côté et Fairbank put enfin dire d'une voix entrecoupée :

— Cette putain d'eau monte de plus en plus.

Culver sentit le clapotis sous ses aisselles.

— Il ne nous reste plus beaucoup de...

Kate poussa un cri. Ils se retournèrent et virent clairement, sous le faisceau lumineux de la torche de Dealey, des formes sombres descendre le courant dans sa direction. Elles étaient au nombre de trois, leurs yeux jaunes juste à hauteur de l'eau; sans doute sentaient-elles la plus vulnérable du groupe, la proie facile.

La rapidité de Fairbank fut remarquable. Il bondit, l'eau ralentissant à peine ses mouvements, la torche dans sa main gauche, l'autre objet, maintenant transféré dans la droite, en l'air. D'un geste rapide et sans pitié, il abattit sa lame, décapitant le premier rat, puis libéra l'arme avant de frapper à nouveau; il atteignit le deuxième rat sur le dos, lui sectionnant l'échine.

Le rat couina, d'un cri étrangement infantile, et un jet de sang écarlate jaillit de la blessure. La lame fut plus difficile à dégager cette fois-là, mais le troisième rat changea de direction en voyant ses compagnons sombrer.

Il s'enfonça dans les ténèbres, à la recherche des autres qui s'étaient éparpillés en entendant le grondement du tonnerre et qui maintenant s'étaient tapis ailleurs, couinant de peur devant la fumée et les flammes qui approchaient. Ils se retrouvèrent dans l'obscurité, se regroupèrent, car l'union de leurs forces leur conférait la puissance.

Les quatre hommes s'assemblèrent autour de la jeune fille, Culver tentait de l'apaiser, mais les autres étaient pressés de partir.

— Nous n'avons pas de temps à perdre, Culver, fit Dealey, en proie à une certaine agitation.

Il balançait le faisceau lumineux pour scruter les environs.

Intrigué, Culver ne prêta aucune attention à ses paroles.

— De quoi diable vous êtes-vous servi? demanda-t-il à Fairbank.

Un sourire forcé aux lèvres, l'ingénieur brandit tout haut son butin, braquant dessus la torche.

— Une lame de massicot, clama-t-il. Le massicot se trouvait près du photocopieur dans la salle d'état-major. Je me suis arrangé pour dégager la lame.

Il la brandit en l'air, tel un sabre droit, au dos épais.

— Allons-y, nous n'avons pas de temps à perdre! fit Dealey d'un ton pressant.

— Prenez-vous par le bras, comme tout à l'heure, ordonna Culver. Donnez-moi la lampe. Dealey, derrière moi, Kate au milieu entre vous et Jackson. Fairbank, vous fermez la marche. L'essentiel est de rester groupés.

Ils avancèrent, conscients de l'épaisseur de plus en plus dense de la fumée, de la hauteur croissante du niveau de l'eau, mais sans se rendre compte que les rats se regroupaient au-dessus d'eux.

Culver et les autres se retrouvèrent très vite dans la salle des ventilateurs, aiguillonnés par l'atmosphère menaçante ; la lueur rouge prenait des tons orange, des ombres dansaient sur les murs et le plafond, d'ardentes lumières se reflétaient à la surface noire de l'eau. Il y avait moins de fumée à l'intérieur de la salle et les flots s'étaient apaisés. L'atmosphère y était également plus calme.

— Là-bas ! hurla Dealey. C'est la conduite d'air centrale.

Le faisceau de Culver éclaira le puits.

— Peut-on traverser ? N'y a-t-il pas d'appareils à l'intérieur ? demanda-t-il, l'air inquiet.

— Non, la salle elle-même se trouve en fait dans un bâtiment au-dessus. C'est là que se trouvent les filtres, les unités de refroidissement et de chauffage, ainsi que les humidificateurs. Là, il n'y a que le puits central pour la circulation de l'air ; d'autres puits, plus petits, partent de là.

Avec de l'eau pratiquement jusqu'aux épaules, ils se dirigèrent vers le vaste puits, mi-pateaugeant mi-nageant.

— Vous avez une idée sur la façon d'y accéder ? demanda Culver, car la grille de ventilation n'était toujours pas en vue.

C'était un point auquel ils avaient préféré ne pas songer ; ils se concentraient sur un problème à la fois, refusant de trop penser pour ne pas se laisser aller au désespoir total. Mais il fallait bien se rendre à l'évidence : l'entrée du puits de ventilation était sous l'eau. Trempés, ils se rassemblèrent autour du puits. Ils avaient le sentiment d'être piégés. Culver essayait de se rappeler l'aspect de la grille et la façon dont elle était scellée.

— Est-elle vissée à l'intérieur du puits ou y a-t-il une serrure ? demanda-t-il à Dealey.

La réponse fut désespérante.

— Il existe une serrure pour permettre un accès facile au personnel de maintenance. Je ne possède pas cette clé.

Culver échangea la lampe contre la torche de Fairbank, et la plongea dans l'eau, priant pour qu'elle soit vraiment étanche. Le faisceau rayonna sous l'eau d'une lumière diffuse mais suffisamment puissante pour permettre une certaine visibilité. Sa tête et ses épaules suivirent et il trouva la grille de métal devant lui. Il chercha les contours, ses doigts parcourant le couvercle. Il trouva bientôt la serrure et l'examina attentivement, la tête à quelques centimètres de la torche. Il remonta à la surface, souffla avant d'inspirer profondément à nouveau.

— Nous avons de la chance que l'ouverture ne soit pas encastrée dans le mur. Je crois pouvoir l'ouvrir, dit-il aux autres qui l'observaient anxieusement. (Tendant une main vers Fairbank, il ajouta :) Passez-moi la lame.

L'ingénieur lui tendit l'arme de fortune, devinant ce qu'il voulait faire.

Des bruits parvinrent de l'extérieur, des cris, des éclaboussures, une frénésie de mouvements. Ils braquèrent la lampe et la torche vers la porte au moment même où Strachan apparut ; Ellison le suivait de près, ainsi que d'autres silhouettes qui se bousculaient pour pénétrer dans la salle des ventilateurs. Strachan orienta sa torche dans leur direction et exprima son soulagement quand il les aperçut.

Un hurlement de l'extérieur changea son expression.

Les hommes — apparemment il n'y avait pas de femmes — s'agglutinèrent sur le seuil ; certains, tombant à la renverse, étaient piétinés par d'autres. Un regain d'activité à l'extérieur accrut leur panique.

Culver comprit ce qui arrivait et plongea, muni de sa lame de massicot. Il trouva la serrure de la grille et tenta d'insérer la lame dans la fissure latérale, en utilisant le bord fin. Mais c'était malcommode avec la torche dans une main et la lame dans l'autre. Il refit surface aussitôt et lança la torche ruisselante dans la main de Jackson qui sursauta.

— Respirez un grand coup et suivez-moi ! lui ordonna Culver. Maintenez la lumière sur la serrure pendant que je la desserre.

Il disparut de nouveau pour aller palper la longue fissure qui séparait la grille de son montant. La lumière surgit presque aussitôt et il guida la main de Jackson vers la serrure. Se servant de ses deux mains, Culver glissa la lame par à-coups dans la fente juste au-dessus de la serrure puis, d'une légère pression, élargit la lézarde, tout en enfonçant de plus en plus la lame.

Quand elle fut enfoncée de quelques centimètres, il exerça une pression plus forte, inclinant la lame vers la paroi du puits, priant pour que la lame ne se brisât pas. La fissure s'élargit juste un peu. Il relâcha la pression puis essaya de nouveau. La serrure résistait et la lame scintillait d'une lueur diaphane. Il était à bout de souffle, mais il savait qu'il n'avait pas une seconde à perdre ; Strachan et les autres avaient été suivis et il était facile de deviner par quoi. La salle des ventilateurs allait très vite être submergée par la vermine.

Il donna un coup plus fort, sans se soucier de briser la lame, et la porte s'ouvrit brusquement, mais, en raison de la pression de l'eau, ne céda que d'environ quinze centimètres.

Culver l'ouvrit complètement, arracha la torche des mains de Jackson, traversa à la nage, et ressortit de l'autre côté, essoufflé. L'air était si doux.

Debout à l'intérieur du puits, il promena le faisceau en l'air, en inhalant de grandes bouffées d'air frais. Une échelle de métal était encastrée dans le mur, mais n'avait pas de barreaux montés séparément comme l'avait supposé Dealey. L'échelle allait jusqu'en haut, à une hauteur d'environ vingt mètres, peut-être plus ; il y avait des ouvertures de chaque côté, des puits plus petits, des conduites métalliques qui partaient d'une colonne centrale.

Une autre grille obscurcissait le haut et il remarqua que l'échelle menait à une petite trappe encastrée.

Il se laissa tomber de nouveau dans l'eau et se glissa par la brèche, émergeant au milieu d'un cercle de visages anxieux de l'autre côté.

— Tout va bien, leur dit-il. C'est faisable. (Il redonna la lame à Fairbank et tira Kate vers le puits.) Respirez bien fort et traversez la brèche. Vous trouverez une échelle sur votre droite — montez sans perdre de temps !

Il se tourna vers Jackson et lui tendit la torche.

— Accompagnez-la et éclairez toujours la brèche à l'intérieur du puits.

Une certaine agitation près de la porte attira son attention.

La surface de l'eau n'était qu'une écume rose bouillonnante; plusieurs personnes du groupe de Strachan avaient été surprises par les rats qui les avaient traînées sous l'eau puis déchiquetées. Ces étranges mutants s'étaient adaptés à la vie dans les égouts d'une façon incroyable, les eaux fétides, retenues par la vase ou grossies par les pluies, ne les effrayant pas le moins du monde, comme si elles faisaient simplement partie de leur environnement souterrain. Au moins ces moribonds avaient-ils l'avantage de détourner l'attention de la vermine, offrant, malgré eux, aux autres, l'occasion de s'en sortir.

— Avancez! hurla-t-il à Kate.

Elle disparut, suivie immédiatement de Jackson. Les autres entourèrent Culver.

— *Attendez!* fit-il, levant la main pour les arrêter. Un seul à la fois ou nous sommes tous fichus. (Il tira celui qui se trouvait le plus près.) A vous, vite !

L'ingénieur obtempéra sans se faire prier.

Culver vit qu'il n'en restait plus que douze dans la salle des ventilateurs. Il était impossible de savoir combien il restait de survivants, même piégés, dans le complexe, mais ce n'était pas le moment d'y penser. Lui et les autres ne pouvaient rien faire de plus; tenter d'en sauver quelques-uns s'avérerait probablement fatal pour tous.

L'un d'eux, qui se tenait un peu à l'écart du groupe, se mit soudain à crier. Ses yeux trahissaient la surprise, mais il restait immobile, sauf la tête qui, lentement, s'enfonça dans l'eau noire. Son visage brusquement se plissa de douleur et il hurla ; son cri remplit la salle, et l'écho se répercuta sur les murs. Il tomba à la renverse, se débattant dans l'eau.

Un autre homme, à ses côtés, poussa un cri avant que l'eau ne l'engouffrât. Il remonta aussitôt à la surface, tenant dans ses mains une créature au pelage noir qui se contorsionnait dans tous les sens. Le rat happait l'air de ses incisives ; l'homme ne put pas le retenir longtemps tant il gesticulait. Le rat, rusé, sauta sur ses épaules, agitant son museau pointu et fielleux pour essayer d'incruster ses dents dans sa joue. Le sang abondant rendait le rongeur frénétique.

Sous les yeux atterrés des autres, Dealey retint sa respiration et plongea. Il trouva l'ouverture et se faufila tant bien que mal.

— Ces salauds arrivent par là-dessous ! s'écria Fairbank, tenant la lame hors de l'eau et braquant la lampe sous l'eau.

Il donna un coup de sabre dans l'eau ; une forme obscure changea de direction. Il assena un nouveau coup, puis d'autres à intervalles réguliers, davantage dans le but d'effrayer les créatures que de les blesser. Du sang dégoulina de l'une d'elles qui ne s'était pas montrée assez leste.

Les hommes regroupés formaient un vague demi-cercle, le dos au puits. Culver se trouva près d'Ellison qui, lui aussi, tenait une torche.

— Mettez les torches sous l'eau, ordonna Culver. Ça peut les aveugler suffisamment pour les tenir à distance.

Ils obéirent et furent parcourus de frissons quand la faible lumière révéla des formes obscures qui nageaient juste à fleur d'eau, tels des piranhas géants grouillants autour des deux hommes qui étaient tombés ; les rats fonçaient sur leurs victimes, ne reculant qu'une fois gorgés de chair fraîche.

Fairbank maintenait la lampe en surface, craignant de la voir s'éteindre sous l'eau.

— Oh, mon Dieu..., dit-il tandis que la lumière révélait une masse de formes arrondies qui glissaient dans leur direction.

— Vous deux — ensemble ! fit Culver en tapant sur l'épaule des deux ingénieurs qui se trouvaient entre Ellison et Strachan.

— Je ne sais pas nager, s'écria l'un d'eux, d'un ton suppliant.

— Avance, enculé ! grommela Culver.

Son compagnon le tira vers lui et ils disparurent dans la brèche.

— Donnez-moi la torche, dit Culver à Ellison qui lui lança un regard soupçonneux avant de s'exécuter. A votre tour. Vous aussi, Strachan. Vous pouvez garder votre lampe.

Les deux hommes ne perdirent pas de temps à discuter. Des bulles s'élevèrent là où ils se tenaient.

Il ne restait plus que Culver et Fairbank hors du puits. Juste au-delà de l'endroit écumeux où les malheureuses victimes étaient attaquées, la surface était presque entièrement couverte par des dos sombres luisants, une armée de vermines, maintenant libres, qui se faufilaient par la porte comme une nappe noire de pétrole se propageant.

Nulle parole ne fut nécessaire : les deux hommes respirèrent longuement et plongèrent.

Fairbank fut le premier à passer ; il se retourna pour aider Culver. Le pilote se trouvait presque à l'intérieur lorsqu'il sentit sa cheville happée. Il fut aspiré par un tourbillon tandis qu'une douleur fulgurante lui traversait la jambe. Ses mains trouvèrent le bas du treillis et il parvint à s'infiltrer dans le puits, la jambe droite retenue par le rat qui avait enfoncé ses dents dans l'astragale.

Culver se libéra en donnant un coup de l'autre pied mais l'eau l'empêchait de frapper avec force. Le coup ne fit qu'effleurer le dos de la vermine.

Fairbank lui tira la jambe tout en assenant des coups de lame. La lampe, dont la lumière s'était éteinte une fois sous l'eau, avait été laissée de côté, mais Culver eut la présence d'esprit de maintenir sa torche braquée sur la créature. La lame s'enfonça dans le flanc de l'animal mais pas suffisamment pour qu'il lâchât prise. Fairbank tirait sur la jambe tout en continuant à porter des coups de couteau sur le dos du rat. Un liquide noir faillit l'aveugler.

Il lâcha la jambe de Culver et tira la grille de métal, la refermant autant que le rat et le pied de Culver le permettaient. Une forme massive s'abattit sur la grille de l'autre côté et il sentit un corps lisse lui effleurer les orteils. Une piqûre soudaine les lui fit retirer aussitôt de la grille.

Culver parvint à poser son pied sous le bord inférieur de la brèche, le rat toujours accroché à lui, avec le cou tendu sur la bande métallique et le reste du corps à l'extérieur. Malgré la faible visibilité, Fairbank comprit l'intention de Culver, et lui asséna aussitôt des coups du plat de la lame d'une main, en lui transperçant la nuque.

Le rat se contorsionna quelques secondes avant de se raidir, puis de devenir flasque. Cherchant désespérément une bouffée d'air, Fairbank aida Culver à se libérer la cheville. Le pilote, d'un coup de pied, se débarrassa du cadavre et flanqua un coup de poing à un autre long museau qui tentait de se faufiler à travers l'étroite ouverture. Surpris, le rongeur fit demi-tour.

Les deux hommes refermèrent la grille ; ils la sentaient vibrer sous l'assaut des attaquants qui, dans leur élan, venaient s'écraser de l'autre côté. Ils ôtèrent leurs doigts avant qu'ils ne soient mordus, puis remontèrent à la surface.

Des clameurs de soulagement s'élevèrent autour du puits lorsqu'ils firent surface ; des mains les saisirent par les épaules et dans le dos. Les deux hommes se protégèrent les yeux contre l'éclat des torches. Plusieurs barreaux au-dessus, Kate, dans un état proche de l'hystérie, pleurait et riait à la fois ; de légers tremblements menaçaient de lui faire perdre l'équilibre.

Culver mit un terme brutal à sa gaieté.

— Nous ne sommes pas encore tirés d'affaire ! lui dit-il, les mots résonnant avec une force insolite dans ces lieux exigus où ils étaient totalement coupés des bruits de l'abri.

— Nous n'avons aucun moyen de maintenir la grille fermée, aussi grimpez à cette échelle. *Vite !*

Il aperçut trois silhouettes déjà perchées sur l'échelle, dont Kate tout en haut. Il espérait seulement qu'elle ne céderait pas sous leur poids.

— Jackson, passez devant Kate. Il va vous falloir passer par le haut et ce ne sera pas facile.

Ils se mirent à grimper, ceux qui étaient en bas se pressant au pied de l'échelle, anxieux de sortir de l'eau. Surgit un éclair violent, suivi presque immédiatement d'un grondement sourd. Leur cœur s'arrêta de battre ; un instant, ils craignirent le pire, une autre attaque nucléaire. Mais ils se rendirent vite compte que l'éclair provenait du tonnerre, la lumière blanche en était le signe avant-coureur. Ils poursuivirent leur trajet vers le haut de l'échelle.

— Ces rats vont faire irruption d'une seconde à l'autre, marmonna Fairbank à Culver en surveillant les autres.

— Si seulement nous avions quelque chose pour maintenir la porte fermée...

— Une ceinture ? Nous pourrions enfiler une fine ceinture à travers la grille et la tenir fermée de ce côté. Il ne nous faudrait pas une grande pression pour la maintenir fermée.

— Vous voulez passer la main à travers pour ramener la ceinture ?

— Ce n'est pas une si bonne idée, n'est-ce pas ?

Strachan se rapprocha, dévissant le bas de la torche.

— Une idée comme une autre, dit-il.

La lumière s'éteignit et Culver braqua sa torche sur l'ingénieur. La partie inférieure de la lampe de Strachan, qui était fermement vissée, céda ; il mit à nu tous les fils électriques enroulés à l'intérieur et jeta à l'eau toute la partie centrale.

— On peut l'ajuster autour de la grille, dit-il. Ce n'est pas très solide, mais peut-être pourra-t-on maintenir la grille fermée suffisamment longtemps pour nous permettre à tous d'escalader l'échelle.

— C'est une idée, acquiesça Culver. Si nous réussissons à la faire passer près du haut, l'un d'entre nous peut rester debout tout en s'y accrochant. Passez-la-moi.

— Non, descendez avec moi et tenez la lampe, fit Strachan qui tira le ressort et le courba.

Ils respirèrent profondément et s'enfoncèrent dans l'eau. Les rats, à l'extérieur, se cognaient contre la grille, conscients que leur proie se tenait juste derrière cette mince barrière. Des dents rongeaient les fils pendant que les deux hommes les faisaient passer à travers le grillage.

L'autre extrémité ressortit quelques crans plus bas et Strachan l'enroula promptement à la partie encore reliée à la torche. Il tira sur la boucle pour la tester, puis la tendit tout en la tenant. Culver vérifia la serrure improvisée avant de se lever à son tour.

— Ça a l'air de tenir, dit-il après avoir repris son souffle.

— Ouais, fit Fairbank. Reste à savoir qui va rester pendant que les autres s'échappent.

— Ou combien de temps il faudra à l'eau pour couvrir ce corps, ajouta Culver, remarquant que Strachan se baissait pour maintenir la corde, le menton à la surface de l'eau.

— Allez-y tous les deux, dit Strachan. Je tiendrai aussi longtemps que possible.

Culver et Fairbank échangèrent un regard et ce dernier haussa les épaules.

— Qui n'est pas d'accord? dit-il en tendant la lame à Strachan. Vous la voulez?

— Non. Quand je grimperai à l'échelle, il me faudra être rapide. Cet objet va me gêner.

— Comme vous voudrez, répliqua Fairbank, saisissant un barreau, la lourde lame serrée entre les dents.

— Vous êtes sûr? demanda doucement Culver à Strachan tandis que Fairbank grimpait.

— Partez, ils commencent à manifester leur impatience là-dessous. Je sens cette sale vermine rusée gratter la grille de ses pattes. Dieu merci, ces bestioles ont besoin d'air et ne peuvent tenir longtemps.

Culver posa, un court instant, la main sur l'épaule de l'ingénieur en s'approchant de lui.

— D'accord. A tout de suite, là-haut.

— Culver ?

Le pilote se retourna, une main sur un barreau au-dessus de sa tête.

— Comment ces monstres ont-ils pu atteindre cette taille ?

Culver secoua la tête.

— Peut-être Dealey a-t-il d'autres informations, dit-il en se mettant à grimper.

Au-dessus, Jackson poussait un treillis métallique qui couvrait la partie supérieure du puits. Il pivota aisément et s'ouvrit, lui laissant le passage. Il se trouva dans un espace d'environ un mètre cinquante de haut, flanqué d'entretoises de chaque côté, le toit légèrement incurvé. De grosses barres de métal traversaient le treillis de part en part, offrant une base plus solide pour s'y tenir debout. En tendant l'oreille par la brèche, il entendait la pluie dehors, mais ne voyait rien. C'était une sensation étrange de se dire qu'à l'extérieur, il faisait nuit, car ces dernières semaines n'avaient offert qu'un univers de lumière constamment artificielle. Kate le rejoignit et respira le merveilleux air pur et humide de la nuit ; il faisait tellement plus frais qu'à l'intérieur de la tour sombre.

Il y avait cinq traverses, séparée chacune d'une trentaine de centimètres au plus. Jackson en poussa une du pied pour tester sa résistance.

— Je crois que je peux les faire sauter, dit-il à Kate.

— Alors dépêchez-vous, répondit-elle, s'écartant pour le laisser passer.

Jackson prit appui sur les barres métalliques et sauta à pieds joints. Les traverses résistèrent, mais il les sentit bouger. Un deuxième saut, plus concentré, les fendit. Un troisième créa une fissure. Il visa plus haut, la fois suivante, et répéta l'opération.

Ils ne pouvaient plus continuer à grimper à l'échelle ; l'espace, au sommet du puits, étant trop étroit et le treillis, malgré les barres, trop léger pour les soutenir tous. Dealey, juste derrière un ingénieur dont la tête et les épaules passaient à travers la brèche au-dessus, jeta un coup d'œil dans le puits et eut un haut-le-cœur. Il restait encore un long chemin à parcourir pour parvenir au sommet. Il ferma les yeux, la tête posée contre un barreau de l'échelle, les poings fortement serrés autour des montants. Il se demandait déjà comment ils descendraient une fois dehors.

Au bas de l'échelle, Strachan luttait pour maintenir la boucle métallique sous l'eau ; il sortait la tête de temps à autre pour respirer, l'eau lui arrivant maintenant au-dessus du menton. Les rats, de l'autre côté, rongeaient frénétiquement la grille. Plusieurs d'entre eux avaient réussi à élargir la brèche à l'endroit de la serrure et passaient leurs pattes au travers, excités par le sang qui teintait l'eau autour d'eux.

Strachan se raidit. L'un d'eux avait dû happer la boucle de fer, de l'autre côté. Elle subit une secousse tandis que des dents affûtées comme des lames de rasoir la mordillaient, puis elle se cassa net.

Strachan ne perdit pas de temps. Il se précipita vers l'échelle alors que la porte commençait à pivoter.

Juste devant Ellison, qui se tenait au-dessus de Fairbank et de Culver, l'ingénieur, qui avait précédemment annoncé qu'il ne savait pas nager, s'agrippait à l'échelle, ses lèvres mues par une prière silencieuse, le regard fixé sur la surface rugueuse du béton, juste en face de lui, à travers les barreaux, refusant de regarder en bas ou en haut, se demandant s'il n'aurait pas dû également avouer qu'il avait le vertige. Une lumière éclatante illumina soudain les niveaux supérieurs de la tour, suivie de près par un sourd grondement de tonnerre qui sembla ébranler l'échelle sur laquelle il se tenait. Il s'appuya contre le mur. Le tonnerre s'apaisa. Un nouveau bruit retint son attention. Un grattement.

Encastré dans le mur latéral, se trouvait un conduit d'air, couvert d'une grille métallique comme celui qui était maintenant submergé. Au-delà de la grille, étaient disposés, pensait-il, les filtres de purification de l'air qui était aspiré. Les grattements semblaient venir de l'intérieur.

Il scruta les lieux de plus près, inquiet à l'idée de regarder, mais trop nerveux pour ne pas le faire. Il lui sembla entendre de l'agitation à l'intérieur. Rassuré par le treillis qui bouchait l'entrée, il regarda de plus près encore, scrutant l'intérieur par les petits trous symétriques.

Des éclairs traversèrent à nouveau la partie supérieure de la tour, sans toutefois pénétrer dans ses profondeurs, mais créant suffisamment de lumière pour qu'il ait un aperçu de ce qui s'y passait.

Il lui sembla qu'une centaine d'yeux aux lueurs jaunes le fixaient, des créatures noires, au dos voûté, entassées dans un espace étroit. Elles bondirent de concert et s'écrasèrent contre la grille avec une telle violence qu'elles en firent vibrer les supports.

L'ingénieur hurla de terreur, reculant instinctivement. Son pied glissa du barreau, ses mains lâchèrent prise. Il tomba en arrière et poussa un cri dont l'intensité croissante ne s'interrompit qu'au moment où il plongea dans les eaux ténébreuses en contrebas.

Strachan sentit, plus qu'il ne vit, le corps tomber. Il se plaqua contre l'échelle, les épaules rentrées, le corps tendu. Il reçut un violent coup de pied sur la tête et trébucha, sans pour autant tomber à genoux, tellement il s'accrochait aux barreaux.

Il sentit un mouvement autour de ses jambes, des corps lisses le heurtèrent. Et ce fut brusquement dans la petite salle exiguë un charivari incroyable. Les borborygmes de l'ingénieur, qui était tombé, se mêlaient aux couinements aigus des rats.

Strachan tenta de se soulever mais quelque chose lui retenait la jambe. Des dents s'incrustaient dans sa cuisse.

Il tira de toutes ses forces, la bouche grande ouverte, mais seulement un mince filet de voix sortit de sa gorge. Il commença à se lever mais un autre poids s'accrocha à la partie inférieure de son corps. Les mâchoires saillantes se refermèrent sur les parties molles autour de l'aine et, au fur et à mesure qu'il se levait, il sentait sa chair partir en lambeaux, morceau par morceau, les tendons et les vaisseaux sanguins s'étirant, se séparant, ensanglantés. Il appela désespérément à l'aide ceux qui se trouvaient au-dessus.

Fairbank avait essayé de saisir l'homme qui était tombé, alors qu'il se trouvait juste au-dessus de lui et, dans le feu de l'action, avait perdu la précieuse lame. Il contempla l'écume bouillonnante en contrebas avec consternation, du sang jaillissant en geysers écarlates.

Culver vit les yeux écarquillés et suppliants de Strachan, les pupilles complètement cernées d'une auréole blanche. L'ingénieur hurlait, sans toutefois parvenir à couvrir la clameur générale. Une main saisit un barreau tandis que l'autre se tendait vers Culver, les doigts écartés et convulsés, en signe de supplication.

Culver s'apprêta à descendre, malgré les avertissements contraires de Fairbank.

Strachan sombrait de plus en plus, forçant Culver à descendre encore plus bas. Il s'accroupit sur l'échelle, les jambes repliées, s'accrochant d'une main et touchant Strachan de l'autre.

Après s'être effleurées du bout des doigts, les deux mains se joignirent.

Derrière l'épaule de l'ingénieur, un rat sortit de l'eau, avec une sorte de rictus, remonta le long du bras de Strachan et sauta sur celui de Culver, comme si leurs mains jointes n'étaient qu'une chaîne d'ancrage. Il fut sur l'épaule de Culver avant qu'il ait eu le temps de réagir.

Instinctivement, il avait tourné la tête quand le mutant l'avait atteint. Des dents lui transpercèrent l'oreille et s'enfoncèrent dans sa tempe. Il hurla en lâchant la main de Strachan, repoussa violemment le rat, d'un coup au bas-ventre, et se dégagea d'un mouvement prompt.

Le rat se contorsionna en l'air, émettant son étrange cri infantile avant de replonger dans l'eau tumultueuse.

Les épaules de Strachan étaient presque immergées quand, avec un effort suprême, il parvint à remonter à la surface.

Culver faillit s'évanouir lorsqu'il aperçut la masse de formes noires et avides qui couvrait le dos, le torse et les membres inférieurs de l'ingénieur. L'eau était écarlate.

Strachan donna l'impression de sourire quand il émergea, mais son sourire se figea. Ses yeux reprirent leur expression hagarde lorsqu'il comprit qu'il n'y avait plus d'espoir. Il glissa de nouveau, le poids de la vermine l'entraînant dans un flot mouvant et glouton.

Ses épaules disparurent, puis son menton. Son visage se tourna vers le haut, juste avant de sombrer. Ses yeux restèrent ouverts tandis que l'eau les recouvrait. Sa bouche ne se referma pas quand l'eau s'y engouffra. Son visage ne fut plus qu'une tache blanche immergée, un fantôme diaphane hurlant. Il s'évanouit dans un nuage de rouge vermillon.

Une main saisit Culver par l'épaule et il tourna la tête brusquement.

— Vous ne pouviez rien faire, dit Fairbank. Partons avant qu'ils ne nous prennent pour cible.

Culver acquiesça après une pause brève, et les deux hommes reprirent leur ascension, leurs bottes trempées glissant constamment sur les barreaux de fer déjà mouillés. En passant devant un conduit encastré dans le mur près de l'échelle, ils entendirent des pas précipités ; une masse informe exerçait une pression derrière la grille, grattant furieusement pour tenter d'atteindre les hommes qui grimpaient. Fairbank cracha dans la brèche. Culver, sans pouvoir détourner son regard, poursuivit son escalade.

Un éclair illumina les lieux. Culver eut à peine le temps de se faufiler à travers la trappe par le treillis au sommet. Il jeta un regard dans le puits profond ; les bruits de mêlée, encore intenses, montaient en spirale le long du puits avec les couinements, les cris aigus des mutants.

Il ferma les portes de ce lieu profane, comme si c'étaient les portes de l'enfer. Les créatures grimperaient le long de l'échelle, mais pas avant d'avoir terminé leur festin sous l'eau.

Le tonnerre gronda de nouveau au moment où il s'infiltrait dans l'ouverture étroite qui donnait accès à la tour où l'attendait Fairbank. Le rideau de pluie l'empêchait de voir autre chose que des trombes d'eau. Un éclair passa et il put constater que les bâtisses s'étaient écroulées tout autour du puits de ventilation dont la masse avait protégé la tour de l'explosion. La tour elle-même était contenue dans une sorte de palanque, dont les murs étaient presque écroulés et couverts de débris. Les décombres n'étaient qu'à environ quatre mètres en contrebas, donc faciles à attèindre.

Il fit signe à Fairbank de passer le premier ; la nuit vibrait sous le tonnerre. L'ingénieur eut un sourire forcé, son expression à peine visible à la lueur des rayons provenant de l'extérieur. Fairbank s'agrippa un instant au rebord avant de relâcher son emprise.

Culver contempla le ciel strié d'éclairs comme il n'en avait jamais vu — en effet l'un d'eux déchira le ciel en cinq endroits différents à la fois. L'air était chargé d'électricité, ce qui était infiniment préférable à l'humidité des ruines souterraines.

Il se laissa glisser et tomba dans les ténèbres de la nuit gorgée de pluie.

LIVRE III

L'EMPIRE

Parcourues d'un frisson fébrile et ardent à l'idée que la nourriture était abondante et facile à obtenir, les créatures noires se mouvaient avec aisance au milieu des ruines, à la recherche d'une proie humaine. Elles sentaient l'impuissance de leurs victimes et se montraient sans pitié; hommes, femmes et enfants devenaient la proie de leurs dents tranchantes et de leurs pattes, impuissants devant la force malicieuse de la vermine. Même les communautés nouvellement formées offraient peu de protection aux survivants contre les attaques soudaines et irrésistibles, car les rats sentaient que le pouvoir avait changé de main, que l'équilibre des forces avait brusquement penché en leur faveur.

Elles avaient trouvé une énorme réserve de vivres près du nid de la Reine Mère, stock vivant et chaud dont elles s'étaient repues durant des jours et des nuits; mais comme cette chair s'était putréfiée, la vermine était partie à la recherche de nourriture plus fraîche, de la viande encore tiède, juteuse à souhait, gorgée de sang qui ne s'était pas encore solidifié et, à l'intérieur des crânes, le savoureux organe que les méfaits de la mort n'avaient pas encore transformé en une masse visqueuse. Les mutants s'enhardissaient dans leur quête, leur ferveur gloutonne se faisant de plus en plus avide; ils gardaient cependant une préférence marquée pour la nuit mais s'aventuraient aussi le jour. D'une habileté et d'une force supérieures à celles de leurs subordonnés, ils dirigeaient les rongeurs de moindre importance; à leur tour, ils étaient commandés par d'autres : d'étranges créatures hideuses, tapies dans l'obscurité en contrebas, se glissaient au milieu des corps bouffis, difformes, parmi les os et les cadavres putréfiés. Elles communiquaient en couinements aigus, protégées et nourries par les rats géants, mutants parmi les mutants, plus hideux les uns que les autres. Elles étaient plus fragiles que leur armée noire au poil luisant et pourtant elles les dominaient. Craints, tout en étant respectés, écoutés et admirés comme si leur malformation cachait un secret ancestral, ces monstres étaient parcourus d'un frisson nouveau, d'une vive impatience ; corps paresseux, en proie à une agitation constante, membres déformés, museaux fouinant parfois la terre insalubre dans laquelle ils vivaient, leur couinement atteignait une intensité frénétique avant qu'ils ne tombent dans une lente léthargie.

Bon nombre de ces créatures étaient dépourvues d'yeux ou même aveugles, et pourtant leur regard était tourné vers un coin éloigné de la salle intérieure, leur unique univers ; une profonde ferveur prenait naissance en elles, mûrissant longuement avant de se dissiper peu à peu, pour sombrer sans toutefois s'évanouir complètement.

Elles attendaient de recevoir les pensées de la Reine Mère, partageant son anxiété, sa douleur. Elles attendaient, se réjouissant à leur façon.

20.

L'eau froide tomba goutte à goutte avant de s'arrêter ; la femme fit claquer sa langue. Elle ferma le robinet et plaça la bouilloire, faiblement remplie, sur le réchaud électrique. Elle la laissa bouillir sur la plaque froide comme le marbre.

Se dirigeant vers le hall, la femme prit le téléphone et, d'une chiquenaude, ouvrit l'annuaire qui se trouvait à côté sur l'étroit portemanteau. Elle trouva un numéro et le composa.

— Cela fait deux fois que je me plains, fit-elle. Maintenant, il n'y a plus d'eau du tout. Pourquoi payer des taxes alors que je ne peux même pas en avoir ?

Elle rougit, furieuse contre elle-même et ce récepteur muet.

— Vous êtes arrivé à me faire sortir de mes gonds, ça prouve ma colère. Ne me donnez plus d'excuses, je veux quelqu'un aujourd'hui pour le réparer, sinon j'irai parler à votre directeur.

Silence.

— Que dites-vous ? Parlez plus fort.

Le téléphone restait muet.

— Oui, c'est mieux comme ça. Et je vous rappellerai que la courtoisie ne coûte rien. Bon, qu'il vienne en fin de matinée alors.

L'écouteur ressemblait à un coquillage avec tous les sons qu'il émettait.

— Bon, merci, et j'espère qu'il ne sera pas nécessaire que je vous rappelle.

La femme poussa un ouf de soulagement en reposant l'appareil.

— Je ne sais pas ce que va devenir ce pays, dit-elle, ajustant son cardigan négligé, tandis qu'une brise, une brise chaude, s'engouffrait par l'escalier. Elle retourna dans la cuisine.

En rinçant la théière avec l'eau de la bouilloire, la femme se plaignit auprès de son mari, assis à la table de cuisine en bois de pin, un journal calé contre la bouteille de lait vide devant lui. Une mouche, aussi grosse, noire et épaisse qu'une abeille, atterrit sur la joue de l'homme puis traversa lourdement le paysage blafard. L'homme n'y prêta nulle attention.

— ... c'est pas comme si l'eau était bon marché de nos jours, bougonna la femme. Faut payer les taxes même quand elle est coupée. Elles auraient jamais dû être modifiées — c'était un moyen de faire monter les prix. Comme tout le reste, j'suppose. L'argent, l'argent, c'est c'qui mène le monde. J'redoute les courses du mois. Dieu sait de combien les prix se sont élevés depuis la dernière fois. J'ai bien peur que t'aies à me donner plus d'argent pour la maison, Barry. Oui, je sais, mais j'suis désolée. Si tu veux continuer à manger comme d'habitude, il le faudra bien.

Elle remua le thé et suça vite son doigt quand de l'eau bouillante jaillit et l'éclaboussa. Après avoir posé le couvercle sur la théière, elle la porta sur la table de la cuisine et s'assit en face de son mari.

— Tina, vas-tu te décider à manger ces corn flakes ou comptes-tu rester là à les contempler toute la journée?

Sa fille ne haussa même pas les épaules.

— Tu vas être encore en retard à la maternelle si tu ne te dépêches pas. Et combien de fois t'ai-je dit que Cindy n'avait pas le droit d'être à table? Tu passes plus de temps à parler à cette poupée qu'à manger.

Elle ramassa la poupée qu'elle avait elle-même placée dans les bras de sa fille quelques minutes plus tôt et la cala par terre contre le pied de la table. Tina glissa le long de sa chaise.

Sa mère bondit et redressa sa fille en la secouant. Tina

gardait le menton baissé sur sa poitrine et sa mère tenta vainement de le relever.

— D'accord, continue à bouder, tu vas voir où ça va te mener.

Une petite créature aux multiples pattes cilées sortit de son nid lové dans l'oreille de la petite fille. Elle en sortit furtivement et se glissa dans les cheveux blancs et secs de l'enfant.

La femme versa le thé d'une couleur insipide ; des taches noires, formées par les feuilles de thé non infusées, se groupèrent dans la passoire, formant une pâte moisie. Des argentines se dispersèrent quand elle leva le pot de lait et essaya vainement de verser les grumeaux de crème aigre dans les tasses.

— Sammy, cesse de parler et termine ton toast. Et veux-tu bien mettre ta cravate d'uniforme droite ; combien de fois faut-il que je te le dise ? A dix ans, tu devrais savoir t'habiller correctement.

Son fils, silencieux, avait les yeux fixés sur le pain vert à côté de son bol de corn flakes, les céréales remuant doucement tandis que de petites créatures y festoyaient. Il arborait un sourire forcé, telle la marionnette d'un ventriloque, les joues crispées par la rétraction des muscles. Un voile brumeux lui obscurcissait la vue, une cuillère tenait mollement en équilibre dans sa main griffue. Il était attaché à la chaise par un bout de ficelle noué à la taille.

La femme brusquement se pencha en avant, faisant pivoter sa chaise de telle sorte que le vomi rejeté n'éclaboussât pas la nourriture moisie. Elle eut des haut-le-cœur, la douleur apparemment lui déchirant les boyaux, l'estomac en proie à de violents spasmes comme si elle essayait d'expulser ses propres organes.

La douleur atroce était également dans sa tête et, l'espace d'une seconde, cela provoqua chez elle un éclair de lucidité. Un coup de tonnerre fracassant, puis le silence. Et l'irradiation insidieuse.

C'était passé, la limpidité vaincue, des nuages troubles gâchant la clarté éphémère de son esprit. Elle s'essuya la bouche du dos de la main et se redressa. La douleur s'atténuait, mais elle savait qu'elle resterait dans l'ombre, à l'état latent, prête à attaquer comme le serviteur chinois de l'inspecteur Clouseau. Elle esquissa même un sourire au souvenir d'un bon vieux temps, mais le présent — sa propre vision du présent — se referma sur elle.

Elle goûta le thé insipide et, d'un geste impatient, chassa les mouches bourdonnant autour de la tête de Tina. Le regard glauque de son mari, de l'autre côté de la table, l'agaçait également, le blanc de ses yeux révélant, entre ses paupières mi-closes, une sotte affectation qui, à son avis, était intentionnelle et avait pour but de l'irriter. Une plaisanterie pouvait mener trop loin.

— Alors, vous tous, qu'allons-nous faire ce matin? demanda-t-elle, oubliant que c'était jour d'école et de travail. Une promenade au parc? La pluie a fini par s'arrêter, voyez-vous. Bon sang, je croyais qu'elle ne cesserait jamais. Pas toi, Barry? J'dois faire quelques courses, mais je crois qu'on pourrait d'abord aller se promener, vu le temps, non? Qu'en dis-tu, Sammy? Tu pourrais prendre tes patins à roulettes? Oui, toi aussi, Tina, je ne t'oubliais pas. Que diriez-vous du cinéma après? Non, ne commence pas à t'exciter, je veux que tu termines d'abord le petit déjeuner.

Elle se pencha vers sa fille et caressa son petit poing serré.

— Ce sera comme au bon vieux temps, n'est-ce pas? dit-elle d'une voix susurrante, détachant chaque mot. Oui, comme au bon vieux temps.

Tina glissa de sa chaise une fois de plus et, cette fois, disparut sous la table.

— C'est bon, ma chérie, va chercher Cindy, elle peut nous accompagner au parc. Des nouvelles intéressantes aujourd'hui, Barry? Vraiment, oh, mon Dieu, les gens sont bizarres, hein? On se demande ce que va devenir le monde et ce que tu vas bien pouvoir nous lire ensuite? Tiens-toi bien, Samuel, ta main devant la bouche.

Elle gratta le moisi d'une tranche de pain mou et mordit dedans.

— Ne laisse pas ton thé refroidir, mon chou, dit-elle à

son mari d'un léger ton de reproche. Tu as toute la journée pour lire ton journal. Je crois que je vais aller m'allonger un petit moment ; je ne me sens pas très bien aujourd'hui. J'ai l'impression que la grippe me guette.

La femme jeta un regard vers la fenêtre brisée, une douce brise ébouriffant sa maigre chevelure qui lui retombait sur le front. Elle contemplait, sans la voir, la ville ravagée par les bombes.

Son attention fut de nouveau attirée par sa famille et elle observa la mouche noire qui, après avoir exploré le visage de son époux, disparut dans le trou béant de sa bouche.

Elle soupira avec un froncement de sourcils.

— Oh, Barry, tu ne vas tout de même pas rester encore assis toute la journée, non ?

De minuscules larmes brillantes perlèrent au coin des yeux, puis, débordant, laissèrent, çà et là, un filet d'argent jusqu'au menton. Sa famille ne s'en aperçut même pas.

Ils s'étaient moqués de lui, mais qui riait maintenant ? Qui avait survécu, qui vivait confortablement, bien qu'à l'étroit, alors que les autres avaient péri dans d'atroces souffrances ? Qui avait prévu l'holocauste depuis des années, avant que la situation au Moyen-Orient ne dégénérât en conflit mondial ? Maurice Joseph Kelp, voilà qui.

Maurice J. Kelp, agent d'assurances (qui pouvait s'y connaître davantage en matière de risques sur l'avenir ?).

Maurice Kelp, le divorcé (désormais il n'avait la charge de personne).

Maurice, le solitaire (nulle compagnie n'était plus agréable que la sienne).

Cinq ans auparavant, sous la risée de ses voisins (qui riait maintenant, hein ?), il avait creusé au fond de son jardin un trou assez grand pour recevoir un vaste abri (en fait, il y avait de la place pour quatre, mais il n'avait pas envie que d'autres viennent polluer l'atmosphère, non merci). Des améliorations avaient été apportées à force d'économies, au cours de ces cinq dernières années ; l'abri, construit en kit, lui avait coûté, à lui seul, presque 3 000 livres. Les accessoires, tels que le bloc d'épuration manuel et à piles (350 livres d'occasion) ainsi que le compteur personnel de radiations (145 plus 21,75 livres de TVA), avaient augmenté le coût, et les suppléments comme le lavabo escamotable et les toilettes portatives n'avaient pas été bon marché. Mais cela en valait la peine, en fin de compte.

Il avait été facile d'assembler les barres d'acier préfabriquées ainsi que les plaques de béton, une fois le manuel d'instruction lu attentivement. Même l'ajustement du filtre et des blocs d'évacuation ne s'était pas avéré difficile une fois qu'il en avait eu compris le mécanisme, et la pose des conduites ne lui avait posé aucun problème. Il avait également acheté à bon marché une pompe d'assèchement, mais, grâce au ciel, il n'avait pas eu besoin de s'en servir. A l'intérieur, il avait installé une banquette avec un matelas de mousse, une table (le lit lui servait de chaise), un radiateur et une gazinière, du gaz butane et des lampes à piles, des casiers remplis de conserves, d'aliments déshydratés, de lait en poudre, de sucre, de sel — le tout pour une durée de deux mois. Il possédait une radio avec une réserve de piles (bien qu'une fois en bas, il n'ait pu capter que des grésillements), une trousse à pharmacie, du matériel de nettoyage, une large réserve de livres et de magazines (pas pour fillette, ça, il n'aimait pas), des crayons, du papier (dont une bonne réserve de papier toilette), de puissants désinfectants, des couteaux, de la faïence, un ouvre-boîtes, un ouvre-bouteilles, des poêles, des bougies, des vêtements, de la literie, deux réveils (le tic-tac avait failli le rendre fou les premiers jours — maintenant il n'y prêtait plus attention), un calendrier et un bidon d'eau de cinquante litres (l'eau utilisée pour laver les plats, les couteaux ou pour boire était systématiquement stérilisée avec des tablettes Milton et Mow's Simpla).

Et, sans oublier sa dernière acquisition, un chat mort.

Impossible de savoir comment le malheureux animal s'était introduit dans l'abri, hermétiquement fermé (le chat ne parlait pas), mais il le soupçonnait de s'être infiltré quelques jours avant le lâcher de bombes. La tension croissante dans le monde avait suffi à inciter Maurice à se plonger dans les PRÉPARATIONS FINALES (comme lors de quatre ou cinq crises similaires depuis qu'il possédait cet abri) et l'animal fureteur avait dû se faufiler pendant que lui, Maurice, faisait des aller et retour précipités de la maison à l'abri, en laissant ouverte la trappe du blockhaus (la structure était à l'image de celle d'un sous-marin avec une entrée à une extrémité plutôt qu'au milieu). Il n'avait découvert le chat que le lendemain de l'holocauste.

Maurice se rappelait parfaitement le jour fatal, le cauchemar imprimé dans sa mémoire comme une peinture murale finement détaillée. Dieu, quelle peur il avait éprouvée ! Mais ensuite quelle satisfaction !

Les mois passés à creuser, assembler, équiper — sous les sarcasmes de ses voisins ! — avaient payé. L'« Arche de Maurice », disaient-ils en plaisantant, et maintenant il se rendait compte à quel point cette remarque était juste. Sauf, évidemment, qu'elle n'avait pas été construite pour des animaux.

Il se redressa sur la banquette, écœuré par les effluves nauséabonds, mais cherchant désespérément à respirer l'air qui se raréfiait. Son visage était blême à la lueur de la lampe à gaz.

Combien de survivants devait-il y avoir là-haut ? Combien de voisins avaient cessé de rire en mourant ? Toujours solitaire, allait-il se retrouver vraiment seul maintenant ? Curieusement, il ne l'espérait pas.

Maurice aurait pu laisser une ou deux personnes partager son refuge, mais il avait été difficile de résister au plaisir de refermer la trappe sous leur regard affolé. Avec le bruit du mécanisme de fermeture rotatif et la trappe, hermétiquement scellée à la plaque sur la chape extérieure du kiosque, le rugissement des sirènes n'était devenu qu'un gémissement à peine perceptible, le vacarme de ses voisins qui tambourinaient contre la trappe d'entrée, un simple bruit atténué d'insectes. Le grondement d'un tremblement de terre avait vite mis un terme à cela.

Maurice était tombé par terre, accroché aux couvertures qu'il avait apportées, certain que la pression tonitruante allait faire éclater le carcan de métal. Il avait perdu la notion du temps, la terre avait tremblé et, sans toutefois le savoir avec certitude, il lui sembla avoir perdu connaissance. Les heures s'étaient écoulées, Dieu sait comment ; il se rappelait simplement sa panique lorsque après s'être réveillé sur la banquette, il avait senti une énorme masse sur sa poitrine et une chaude haleine fétide sur son visage.

Il avait poussé un cri et la masse avait aussitôt disparu, ne lui laissant qu'une vive douleur à l'épaule. Il lui fallut de longues minutes pour chercher à tâtons une torche, l'obscurité absolue l'oppressant comme de lourdes draperies ; seule son imagination illuminait l'intérieur pour le peuple de démons griffus. Le faisceau de la torche baladeuse ne révéla rien, mais la lumière intense de la lampe, quelques instants plus tard, montra le démon. Le chat, au pelage roux, l'avait observé de sa cachette, sous le lit, avec des yeux jaunes méfiants.

Même en des temps meilleurs, Maurice n'avait jamais aimé les félins et ils le lui rendaient bien. Peut-être maintenant, en ces temps affreux (pour ceux d'en haut, du moins), allait-il falloir s'en accommoder.

— Viens ici, ma minette, avait-il murmuré d'un ton câlin peu enthousiaste. Pourquoi avoir peur, petit chat ou petite chatte ?

Il lui fallut plusieurs jours avant de découvrir que c'était une femelle.

La chatte refusa de bouger. Elle n'avait guère apprécié le grondement de tonnerre et les vibrations dans la pièce, pas plus que l'odeur de cet homme. Elle feula en guise d'avertissement et la tête de l'homme penchée vers elle disparut de sa vue. Seule l'odeur de nourriture, quelques heures plus tard, tira l'animal de sa cachette.

— Oh, c'est typique, fit Maurice sur un ton de réprimande. Les chiens et les chats tournent toujours autour quand ils reniflent des asticots.

La chatte, prisonnière dans la salle souterraine depuis trois jours sans nourriture, sans eau ni même une souris à grignoter, se sentit obligée d'accepter. Néanmoins, elle garda ses distances.

Maurice, plus absorbé par cette situation que par celle d'en haut, jeta un morceau de ragoût en boîte au chat qui recula, méfiant, avant de fondre sur sa proie et de l'avaler.

— Oui, ta faim a vaincu ta peur, n'est-ce pas? fit Maurice en secouant la tête, un sourire narquois aux lèvres. Phyllis était comme toi, mais avec elle, c'était une question d'argent, dit-il à la chatte vorace et indifférente, se référant à son ex-épouse qui l'avait quitté quinze ans auparavant, après seulement dix-huit mois de mariage. Dès que les billets affluaient, elle bourdonnait comme une mouche qui tourne autour d'une crotte. Elle restait jamais longtemps quand les coffres étaient vides, ça je peux te le dire. Elle m'a tout soutiré jusqu'au dernier penny, la salope. Elle a ce qu'elle mérite, comme les autres, dit-il d'un rire forcé, car il ne savait pas encore jusqu'à quel point il était lui-même en sécurité.

Maurice mit la moitié de la viande dans une casserole qu'il posa sur la gazinière.

— Tu auras le reste ce soir, dit-il, ne sachant pas s'il s'adressait au chat ou à lui-même. (Ensuite il ouvrit une petite boîte de haricots et mélangea le contenu à la viande qui cuisait.) C'est curieux comme un holocauste peut vous donner faim. (Il avait un rire nerveux et la chatte le regarda d'un air intrigué.) Bon, je suppose qu'il faut te nourrir. Je ne peux te mettre dehors, ça, c'est sûr.

Maurice sourit devant son humour noir. Jusque-là, il s'accommodait assez bien de l'anéantissement de la race humaine.

— Voyons, il nous faut trouver un bol pour toi et une litière où faire tes besoins. Je pourrai la vider facilement, si tu ne bouges pas d'ici. Ne t'ai-je pas vue déjà quelque part? Il me semble que tu appartenais à la dame de couleur, deux portes plus loin. Eh bien, elle ne va plus te chercher. C'est assez douillet, ici, tu ne trouves pas? Tu peux bien t'appeler Minette, tu veux bien? Apparemment va falloir se faire l'un à l'autre un certain temps...

Ainsi Maurice J. Kelp et Minette avaient fait équipe en attendant la fin de l'holocauste.

A la fin de la première semaine, l'animal avait mis un terme à ses promenades incessantes.

A la fin de la deuxième semaine, Maurice éprouva un certain attachement pour elle.

A la fin de la troisième semaine, cependant, la tension avait commencé à monter. Minette, tout comme Phyllis, avait trouvé Maurice assez difficile à vivre.

Peut-être était-ce ses plaisanteries minables et fatigantes. Ou ses sarcasmes incessants. Ou sa mauvaise haleine, pourquoi pas? Quoi qu'il en soit, la chatte passait de longs moments à l'observer et encore plus de temps à éviter ses caresses étouffantes.

Maurice prit vite ombrage de ses esquives permanentes, incapable de comprendre pourquoi la chatte se montrait si ingrate. Il l'avait nourrie, lui avait offert un toit! Sauvé la vie! Pourtant elle errait dans le refuge comme une créature captive, se blottissant sous la couchette, le regardant avec des yeux sinistres et méfiants comme si... comme si... oui, comme s'il allait devenir fou. Ce regard lui était familier, lui rappelant Phyllis, en un certain sens. Et en plus, la chatte devenait sournoise. Plus d'une fois, Maurice avait été réveillé, au plus profond de la nuit, par les bruits de la chatte rôdant au milieu des réserves de vivres, mordant à pleines dents dans les paquets d'aliments déshydratés, plantant ses griffes dans les conserves à moitié pleines, recouvertes d'un papier étanche.

La fois précédente, Maurice lui avait donné une chiquenaude et avait réellement perdu son sang-froid. Il avait chassé la chatte qui, pour se venger, lui avait laissé, d'un coup de griffe, quatre sillons sur le tibia. S'il avait été d'une humeur différente, Maurice aurait admiré l'agilité avec laquelle Minette avait esquivé les projectiles (une casserole, des fruits en conserve — et même les toilettes portatives).

Par la suite, la chatte n'avait jamais été la même. Elle s'était tapie dans les coins, grondant et feulant; elle se faufilait au milieu des rares meubles, se cachait sous la banquette, n'utilisant jamais la litière de plastique que Maurice avait songé à lui fournir, comme si elle avait peur d'être piégée dans ce coin particulier et de mourir sous les coups. Ou pis.

Peu après, pendant que Maurice dormait, Minette était passée à l'attaque.

Contrairement à la première fois où il s'était réveillé, la chatte installée sur sa poitrine, Maurice fut réveillé par de féroces coups de griffe sur son visage et Minette, bavant, feulait de la manière la plus terrifiante. En hurlant, Maurice s'était dégagé de l'animal en furie, mais Minette était immédiatement repartie à l'attaque, arc-boutée, le pelage hérissé.

Une griffe avait même failli lui arracher un œil et le lobe de son oreille avait été mordu avant qu'il puisse repousser de nouveau l'animal.

Ils s'étaient fait face à chaque extrémité du lit, Maurice aplati par terre, les doigts pressés contre son front et la joue profondément tailladée (il ne s'était pas encore rendu compte qu'il lui manquait une partie de l'oreille), le chat perché sur les couvertures, le dos voûté, hargneux, une lueur d'un jaune maléfique au fond des yeux.

Elle revint vers Maurice, telle une boule striée de roux, le pelage en broussaille, toutes griffes dehors. Il souleva les couvertures juste à temps pour attraper la chatte et poussa un cri quand le tissu se déchira. Maurice s'enfuit alors qu'il aurait dû utiliser les couvertures pour se protéger ; malheureusement, l'espace pour fuir était limité. Il grimpa à la petite échelle qui menait au kiosque et se tapit tout en haut (de la trappe au sol, il n'y avait pas moins de trois mètres), les jambes repliées, la tête contre la trappe de métal.

Minette le suivit et planta ses griffes dans les fesses dénudées de Maurice. Il hurla.

Maurice tomba, pas en raison de la douleur, mais parce que quelque chose s'était écrasé au sol, au-dessus d'eux, provoquant une vibration aux proportions sismiques qui ébranla les panneaux d'acier du bunker. Il tomba et la chatte, toujours accrochée à ses fesses, tomba avec lui. Elle miaula brièvement car elle avait la colonne vertébrale brisée.

Maurice, pensant que l'animal, qui se contorsionnait,

allait passer de nouveau à l'attaque, se redressa promptement et se dirigea en titubant vers l'autre bout du bunker, essayant de retrouver son souffle. Il saisit une casserole sur la gazinière pour se protéger et regarda, bouche bée, la chatte se tordre de douleur. Avec un cri de joie, Maurice arracha les couvertures et se précipita vers l'animal impuissant. Il étouffa Minette et lui assena des coups de casserole jusqu'à ce que l'animal ne bougeât plus et que les faibles miaulements cessent sous les couvertures. Puis il prit une bouteille de gaz butane à fond plat, se servant de ses deux mains pour la soulever et la laissa tomber sur la bosse où, à son avis, devait se trouver la tête de Minette.

Il s'assit enfin sur le lit, essoufflé, du sang dégoulinant de ses blessures, et poussa un cri de triomphe.

Il lui fallut vivre une semaine de plus avec le corps en décomposition.

Impossible de juguler l'odeur, pas même avec une triple couche de sacs en polyéthylène, remplis de désinfectants; même les produits chimiques des toilettes ne purent dissoudre la carcasse. En trois jours, l'atmosphère devint irrespirable; Minette avait trouvé sa revanche.

Autre chose s'était produit dans l'abri. On respirait de plus en plus mal et ce n'était pas simplement dû à la forte odeur de la chatte. L'air se raréfiait de jour en jour et, depuis peu, d'heure en heure.

Maurice avait l'intention de rester cloîtré au moins six semaines, peut-être huit s'il pouvait le supporter, qu'il y ait ou non le signal de fin d'alerte; maintenant, au bout de quatre semaines, il savait qu'il allait devoir affronter le monde extérieur. Quelque chose avait obstrué le système de ventilation. Il avait eu beau tourner la poignée de l'équipement de survie, mettre en route le moteur actionné grâce à une batterie de voiture de douze volts, impossible de renouveler l'air. Il se racla légèrement la gorge; la puanteur lui imprégna les narines comme s'il s'était immergé dans l'égout le plus profond et le plus repoussant. Il lui fallait un air pur, irradié ou pas; sinon il connaîtrait une mort lente d'un type différent. L'asphyxie, accompagnée de l'odeur de la chatte morte, n'était pas une façon de mourir. De surcroît, selon les prospectus, il fallait quatorze jours pour que les retombées se dispersent.

Maurice se leva du lit et s'appuya à la petite table, pris immédiatement de vertiges. La lumière crue de la lampe à gaz lui piqua les yeux. Effrayé à l'idée de respirer et encore plus de ne pas le faire, il se dirigea tant bien que mal vers le kiosque. Il lui fallut faire appel à ses dernières forces pour escalader les quelques barreaux de l'échelle. Il s'arrêta juste au-dessous de la trappe ; la tête lui tournait, ses poumons, à peine gonflés, protestaient. Un long moment s'écoula avant qu'il puisse lever un bras et ouvrir, d'un coup brusque, le mécanisme de la serrure.

Merci, mon Dieu, songeait-il. Merci, mon Dieu, enfin je vais sortir, m'éloigner de cette diabolique chatte rousse. Peu importe ce qui m'attend dehors, peu importe ce qui a résisté, ce sera un sacré soulagement de sortir de ce merdier puant.

Il fit pivoter la trappe sur ses gonds. De la poussière très fine lui tomba sur la tête et les épaules et, après quelques clignements d'yeux qui chassèrent les minuscules particules, il poussa un cri d'atterrement. Il comprenait maintenant la cause du fracas de la semaine précédente : les restes d'un bâtiment, sans nul doute sa propre demeure, avaient fini par s'écrouler. Et les décombres recouvraient le sol au-dessus de lui, bloquant l'arrivée d'air, obstruant la sortie de secours.

De ses doigts, il tenta de creuser la dalle de béton mais c'est à peine s'il égratigna la surface. Il poussa de toutes ses forces, mais rien ne bougea. Maurice, tout juste capable de maintenir les pieds au dernier barreau, faillit tomber de l'échelle, épuisé de fatigue. Il émit un faible gémissement rauque en cherchant à tâtons dans le bunker les outils qui lui permettraient de venir à bout de la paroi. Il se servit de couteaux, de fourchettes, de tout instrument pointu pour marteler le béton, mais en vain, car le béton était trop résistant et ses efforts trop faibles.

Il s'obstina à cogner la dalle comme un forcené, d'un poing ensanglanté.

Maurice s'affala sur ce qui n'était plus qu'une fosse et exprima sa frustration par des hurlements. Mais son hurlement ressemblait davantage à un sifflement de chat quand il étouffe.

Le paquet enrobé de plastique, à l'extrémité de l'abri, ne bougea pas mais Maurice, des larmes formant de petits sillons sur son visage couvert de poussière, était certain d'avoir entendu un faible *miaou* dérisoire.

— J'ai jamais aimé les chats, dit-il, essoufflé. Jamais.

Maurice se lécha les doigts, goûtant son propre sang, et attendit dans la tombe qu'il s'était construite pour un usage personnel. Il n'eut pas longtemps à attendre : des ombres se profilèrent devant ses yeux, ses poumons cessèrent de fonctionner, mais cela lui parut durer une éternité. Une éternité solitaire, même si Minette était là pour lui tenir compagnie.

Ils pensaient être en sécurité dans la vaste salle en contrebas qui était autrefois la salle de banquet de l'hôtel, située au bord de l'eau. Ils avaient l'impression de sentir les milliers de tonnes de béton et de décombres qui pesaient sur eux, menaçant de traverser le plafond et de les écraser. Normalement cela aurait dû se produire quand la première bombe avait été lancée, mais en raison d'une fantaisie dans la structure de la bâtisse, ou peut-être de la façon dont le solide bâtiment s'était écroulé, le plafond avait tenu bon. Les grands lustres étaient tombés, lardant les premiers clients, assis en contrebas, de millions de bris de verre ; et la plupart des énormes miroirs avaient volé en éclats. Une partie du plafond s'était effondrée, des débris s'étaient détachés en une avalanche bruyante, écrasant tout sur leur passage ; les décombres amoncelés avaient rapidement obstrué les ouvertures. La majeure partie des solides piliers de l'entrée avaient résisté à la pression.

En quelques secondes, ce fut l'obscurité, et le grondement, les vibrations de la terre continuèrent. Tout comme les hurlements, les appels au secours, les plaintes et les gémissements des blessés mortellement atteints.

Lorsque le râle ultime de la ville cessa, les autres bruits reprirent.

Les survivant, qui se trouvaient dans la salle de banquet, ceux qui n'avaient pas perdu connaissance sous l'effondrement des blocs de verre ou de pierre, tout comme ceux qui n'étaient pas prostrés sous le choc, s'étaient couchés à plat ventre, certains tapis sous les tables et les chaises, d'autres contre des piliers. Un calme étrange s'était emparé d'eux, une paisible torpeur, qui n'avait rien d'exceptionnel en période de catastrophe colossale ; ceux qui en étaient encore capables rampaient vers les blessés impuissants, attirés par les supplications et les gémissements. Briquets et allumettes furent allumés. Un garçon de café trouva des chandelles et les disposa autour du salon ravagé ; leur lueur ne dégageait aucun romantisme, mais donnait plutôt une faible idée des dommages matériels et humains.

Il ne fallut guère de temps pour se rendre compte qu'il n'y avait aucune issue : toutes les sorties avaient été bloquées par les décombres et il n'existait pas de fenêtres extérieures. Il y avait un accès aux cuisines et, heureusement pour beaucoup, au bar, mais là non plus aucune issue. Le salon et ses petites annexes étaient enfouis sous des milliers de tonnes de débris. Ils étaient piégés. Tout cela pour ne pas avoir prêté attention aux sirènes d'alerte ni fui avec les autres. La plupart de ceux qui n'étaient pas pétrifiés par la peur savaient que si des têtes nucléaires devaient vraiment tomber, alors nul lieu, dans toute la capitale, ne pourrait être considéré comme sûr. Il vaudrait mieux déguster délicatement la dernière goutte de vin, goûter les mets les plus chers, dans un cadre raffiné. Certaines conversations se poursuivirent d'un ton léger.

Couverts d'entailles et d'ecchymoses, atterrés et effrayés, ceux qui en avaient la force examinaient la place forte, éclairée aux bougies. Pour certains, elle représentait un abri inexpugnable où ils pourraient attendre les secours ; il conviendrait seulement de rationner les vivres entreposés dans les cuisines ; le grand stock d'alcool du bar les ragaillardissait ; pour d'autres, plus pessimistes, elle représentait une vaste prison d'où l'on ne pouvait s'échapper.

Ils apprirent à mener une existence frugale, s'occupant des blessés, s'efforçant d'aider les agonisants à mourir. Les cadavres, enveloppés dans des nappes, furent déposés, une fois toutes les boissons déménagées, dans le bar, et les doubles portes hermétiquement fermées. Il fut décidé qu'aucune sortie ne serait tentée avant au moins deux ou trois semaines, car ils ne seraient accueillis que par les retombées radioactives. Ils savaient que l'air parvenait jusqu'à eux, car les flammes des bougies résistèrent bien des jours après l'explosion et parfois même vacillaient sous l'effet d'une brise furtive. L'eau s'infiltra à travers les décombres ; ils devinèrent qu'il s'agissait d'eau de pluie. Sans nul doute des équipes de secours, munies de matériel adéquat, remarqueraient les fissures.

Aussi attendirent-ils dans leur nouvelle communauté où nul titre ne prévalait, où la richesse n'avait aucune utilité, où la seule ambition partagée était de survivre ; c'était une coopération forcée sans barrière sociale ni morale — sauf peut-être en ce qui concernait l'aspect sexuel. Là, une certaine discrétion était encore pratiquée : aiguillonnés par la mort qui les effleurait de sa main squelettique, ils recherchaient les coins les plus reculés et les plus sombres du salon. La dysenterie sévit, malgré les précautions, et réclama son dû de vies ; les empoisonnements alimentaires (sans compter ceux dus à l'alcool) en prirent davantage ; les plaies infectées induisaient des fièvres, et les suicides divisaient leur nombre par quatre. Quand, au bout de trois semaines, personne ne vint secourir les survivants, l'anxiété s'accrut. A la fin de la quatrième, alors que les réserves s'épuisaient rapidement, que les bougies, rationnées, se consumaient et que le sol se recouvrait d'eau, une tentative de sortie fut décidée. Il fallait creuser un tunnel.

Les hommes les plus forts ramassèrent tous les outils qu'ils purent trouver pour creuser — des pieds de table brisés, de longs couteaux à découper, même de lourdes louches — et choisirent un endroit où le courant semblait le plus fort. Ils dégagèrent ce qu'ils purent de leurs mains avant de s'attaquer aux blocs les plus résistants avec leurs outils. Mais ils furent rapidement contraints d'essayer ailleurs, la barrière devant eux étant trop résistante. Ils durent très vite capituler car une masse de débris, plus importante que celle qu'ils avaient déplacée, s'écroula sur eux. Leur troisième essai fut concluant.

Ils avaient essayé les premiers tunnels près des grandes entrées de la salle à manger ; le plus récent se trouvait là où s'était affaissée une section du plafond, laissant une fissure à peine visible. La brèche fut rapidement élargie ; malgré l'humidité de la terre, il n'y avait aucune trace d'eau. Le premier d'entre eux, qui autrefois servait dans l'ex-grand hôtel, rampa à la lueur d'une bougie. Cela créait un sentiment de claustrophobie, mais n'était-ce pas leur lot depuis un mois ? Il s'activa, creusant dans les décombres avec un hachoir de boucher à courte lame, pris dans les cuisines. Des cris d'encouragement l'accompagnaient. Un sourire forcé se dessinait sur ses lèvres, dans l'obscurité, la transpiration se mêlant à la poussière qui s'était déposée sur ses bras nus et ses épaules. Son enthousiasme faillit déclencher une autre chute de pierres et il se força à être plus patient quand le danger fut passé.

Il s'arrêta de nouveau quand il entendit un bruit devant lui. Il tendit l'oreille, certain que le son ne provenait pas de ceux qui le suivaient. Peut-être s'était-il trompé, car il ne percevait plus rien. Il se remit à creuser, écartant des briques, fouillant dans les débris pulvérisés. Il eut alors la certitude d'entendre quelque chose devant.

Il demanda à ses compagnons de se taire et il attendit. Des grattements. Tout proches.

L'ex-garçon de café poussa un cri de joie et proclama, en se retournant, qu'il était sûr que les sauveteurs n'étaient pas loin, qu'ils creusaient pour venir à leur rencontre, de toute évidence prenant soin de ne pas trop remuer les décombres avec leurs excavatrices pour ne pas créer de danger plus grand.

Il cria. Les autres en firent de même. Il n'y eut aucune réponse sinon des grattements. Il fronça les sourcils. On aurait dit une... une... une bête qui rongeait.

Qui grattait, s'insinuait furtivement. Il y avait un bruissement. Il continua à creuser.

De nouveau le passage fut bloqué. Il faillit pleurer de frustration. Mais alors il se rendit compte que ce n'était qu'une cloison de bois, un écran ou peut-être le fond d'une armoire renversée dans un fatras de pierres et de débris. Il n'apercevait qu'une faible partie du barrage au fond du tunnel sommaire. Les grattements se firent plus intenses. Pourquoi donc les sauveteurs n'enfonçaient-ils pas simplement la cloison ? Il cria de nouveau. Le bruit s'arrêta.

Celui-ci se manifesta avec véhémence et les grattements reprirent, le bois s'incurva, mais cette fois, le bruit n'était pas rassurant car il ne provenait pas d'êtres humains ; c'était plutôt celui de griffes qui grattaient pour se frayer un chemin ; ce couinement aigu n'était pas non plus humain ; plutôt celui d'animaux, d'animaux munis de griffes acérées et dotés d'une force assez grande pour faire plier le bois, pour le fissurer et...

Il recula. Celui qui le suivait se demandait à quoi il jouait, furieux de recevoir des coups de pied au visage ; les autres exigeaient de savoir ce qui se passait.

L'ex-garçon de café se rendit compte qu'il ne pouvait guère reculer plus loin, son voisin lui bloquait le passage. Il avait le regard rivé sur le bois qui craquait. Un long cri montait.

Un craquement se fit entendre, suivi d'une projection de bois. Une patte, munie de griffes, saisit le rebord de la lézarde. D'autres éclats tombèrent. Un long museau pointu apparut, puis la tête. Les yeux brillaient. Des dents jaunes grignotèrent la fissure pour l'agrandir. Jamais il n'avait vu de manifestation du diable aussi saisissante.

Un cri lui échappa lorsque le rat passa au travers et, d'un bond, parcourut la courte distance qui les séparait. La bougie fut renversée. Plus de lumière. Il sentait seulement la créature lui ronger le visage, ses mains impuissantes ne pouvaient rien contre cette masse hirsute.

La vermine avait senti la présence d'humains dans les parages ; l'odorat développé, l'instinct aiguisé, elle était attirée par le parfum spécifique de la chair fraîche et des excréments humains. Les bruits d'excavation avaient alerté les rats, tout en les guidant.

Ils se propulsèrent à travers la brèche, certains rongèrent le corps du premier humain au passage, d'autres le contournèrent pour chercher d'autres hommes, dans leur soif effrénée de sang. Ils se glissèrent le long du tunnel, tuant et se repaissant de leur butin, puis parvinrent à une énorme caverne où des gens attendaient.

Les survivants tentèrent de se cacher dans les recoins les plus sombres de la salle à manger tandis qu'une horde sauvage les assaillait. Au début, ils ne comprirent pas ce qu'étaient ces créatures, n'y voyant qu'une invasion de bêtes démoniaques, peut-être de retour dans les entrailles de l'enfer où eux, les survivants, étaient prisonniers. Les cris désespérés des hôtes des tunnels les avaient prévenus de l'irruption. Ceux qui se tenaient dans le hall, faiblement éclairé, étaient pétrifiés. Après s'être dispersés, ils allèrent se cacher tandis que les bêtes noires se faufilaient promptement à travers l'étroite brèche et descendaient la pente formée par les débris ; traumatisés, ils étaient incapables d'affronter ce nouveau cauchemar, de percevoir la vraie nature de ces démons. La peur n'aurait pas été moins intense s'ils l'avaient su.

Ce n'est que lorsque leur chair fut lacérée à coups de dent et de griffe qu'ils prirent conscience que la vermine serait leur ultime adversaire, et non l'irradiation, la maladie, la faim, ou le désespoir. Ils se cachèrent mais les rats les firent sortir de leur cachette ; ils se barricadèrent derrière des tables et des chaises renversées mais la vermine s'y glissa insidieusement. Les cuisines n'offraient aucun refuge et ceux qui se cachèrent dans les buffets ne firent que prolonger l'attente, la torture, tandis que des incisives, affûtées comme des lames de rasoir, rongeaient les barrières. Ceux qui parvinrent à entrer dans la chambre froide, pleine de viande passée, auraient pu trouver une certaine protection si d'autres n'avaient essayé de les suivre, ouvrant complètement les grandes portes de métal et permettant ainsi à leurs assaillants d'y faire irruption.

Un homme âgé se cacha à l'intérieur d'un four ; après s'être calé le mieux possible, il referma la porte et la maintint close pour tenter de sauver sa chère vie, haletant et sanglotant, les jambes repliées dans la position du fœtus. Malheureusement pour lui, l'ennemi était à l'intérieur. Son vieux cœur avait, à deux reprises dans le passé, donné quelques signes de faiblesse et il finit par perdre patience avec son hôte qui refusait de lui éviter les chocs. Le vieil homme subit une mort horrible, étouffé dans un four, devenu son cercueil, agitant faiblement ses pieds et ses bras contre les parois de fer.

Une vieille dame ouvrit la double porte du bar, nullement incommodée par la puanteur des morts plus récents et la fit claquer derrière elle. Elle resta seule dans l'obscurité totale, le dos à la porte, écoutant les bruits effrayants qui parvenaient de l'extérieur, ses faibles jambes à peine capables de la soutenir. Un coup contre la porte la fit sursauter ; un bruit de glissade de l'autre côté. Encore des coups au bas de la porte, un bruit de lutte. La femme s'éloigna tant bien que mal, à tâtons, puis se dirigea vers les amas de cadavres, anciens et récents, enveloppés dans les nappes qui leur servaient de linceul.

Elle tomba sur quelque chose et ses mains tâtonnantes trouvèrent un nez, une bouche ouverte ; le visage était retourné sous une mince couverture de toile. Elle se glissa furtivement au milieu des cadavres, se cachant le mieux possible. Elle les tirait tout autour d'elle, défaillait lorsque des mains froides lui effleuraient les bras, des lèvres figées lui baisaient la joue, lorsque les cadavres accueillants se blottissaient contre elle, l'étreignant comme pour lui dérober sa chaleur. Elle essaya de ne pas respirer pour ne pas que son souffle ne la trahisse pas, mais son cœur battait à tout rompre. Recroquevillée au creux de ces fardeaux étouffants, elle attendit, marmonnant en silence des prières oubliées depuis l'enfance ; les cadavres, serrés contre elle, semblaient conspirer pour la maintenir à l'abri des regards. Elle aurait très bien pu échapper à l'attention des prédateurs si d'autres fugitifs n'avaient pas fait irruption. Les rats voraces les assaillirent aussitôt, les contraignant à s'accroupir. La femme, du fond de sa cachette, se boucha les oreilles.

Le calme finit par revenir. La plupart des gens furent massacrés rapidement ; les agonisants gémissaient faiblement tandis que la vermine se repaissait de leur chair.

La femme se crut sauvée. Jusqu'au moment où elle perçut un remue-ménage, tout près, parmi les cadavres. Des grattements, d'étranges cris d'enfant. Tout bougeait autour d'elle. Une forme fourra son museau contre sa hanche adipeuse. Puis se mit à lui grignoter le cou.

21.

Elle se gratta la joue qui la démangeait, les yeux encore fermés, les sens encore engourdis de sommeil. L'insecte s'envola, à la recherche d'une proie moins résistante. Kate sortit brusquement de sa léthargie ; ses paupières s'ouvrirent brusquement comme des stores remontés d'un coup sec, un sentiment de peur l'étreignit à nouveau. Elle eut beau cligner des yeux, la couche de brume blanche ne disparut pas.

Il lui fallut plusieurs minutes avant de se rendre compte que la pluie avait cessé et que le soleil avait transformé l'humidité de la terre en vapeur. Ses craintes s'apaisèrent.

Ils avaient fui le refuge souterrain et sa vermine insolite. Leur échappée dans la cité ravagée n'avait été qu'un cauchemar de plus ; dans la crainte d'être poursuivis, ils avaient affronté la pluie ; chaque éclair les faisait défaillir. Ce n'est qu'une fois parvenus dans une clairière qu'ils avaient fait une pause ; là, tous s'étaient écroulés, trempés, au bord de l'épuisement ; c'est à peine s'ils avaient eu la volonté de continuer. Kate s'était effondrée dans les bras de Culver, et, au beau milieu de la nuit, la pluie, elle-même lasse après tant de semaines, avait fini par s'apaiser. Il régnait une chaleur moite et des insectes bourdonnaient dans l'atmosphère lourde d'humidité ; le ciel était un voile d'une blancheur éclatante, seule une pâle coloration indiquait la position du soleil.

Kate jeta un regard à sa montre : presque onze heure trente ; ils avaient passé la matinée à dormir.

Culver, allongé auprès d'elle, avait l'apparence d'un mort, un bras autour du visage comme pour protéger ses yeux de la présence nébuleuse du soleil — ou peut-être pour les préserver d'une horreur supplémentaire. Sans le déranger, elle se redressa sur un coude et promena son regard alentour.

Il y avait une brume à couper au couteau sur plus de trente mètres; seuls quelques courants d'air chaud venaient parfois troubler les tourbillons brumeux, révélant un paysage ravagé. Kate frissonna, bien que son corps fût en sueur.

L'endroit où ils s'abritaient était un ancien parc, oasis verdoyante où s'entrecroisaient des chemins, entourée de hauts bâtiments aux formes autrefois harmonieuses. D'un côté, devaient se trouver les vieux bureaux de la faculté de droit de Lincoln's Inn, complexe composé de bâtisses datant des XVIe et XVIIe siècles ; un grand mur les séparait du parc. Le mur ne tenait plus debout, pas plus que le palais de justice, car ils en avaient escaladé les ruines la nuit précédente. Elle était certaine, sans toutefois les distinguer, que les autres bâtiments qui entouraient le parc avaient dû être soufflés également. Le parc, avec son tennis et ses terrains de basket, sa cafétéria, ses pelouses bordées de bancs, avaient toujours grouillé de vie, surtout à l'heure du déjeuner et particulièrement au printemps et en été quand le personnel des bureaux s'y déversait pour un bref répit, loin de la ville ; maintenant la pelouse et les arbres, dépouillés de feuilles — du moins ceux qui se dressaient encore —, étaient calcinés et seuls les milliers d'insectes mettaient un peu d'animation ; leur bourdonnement constant avait remplacé les éclats de voix et de rire.

Elle remarqua que cette particularité n'était pas simplement due au nombre d'insectes, mais à la taille inhabituelle de certains. Peut-être étaient-ils les héritiers de la terre.

Culver remua; il se réveilla en gémissant. Kate se tourna vers lui.

Il cligna des yeux avant de les ouvrir et elle y vit une lueur d'inquiétude. Mais il y avait aussi autre chose : le spectre d'une terreur profonde s'esquissa lorsqu'il scruta les nuées de brume. Kate lui caressa le visage.

— Tout va bien, nous sommes en sécurité, lui dit-elle doucement.

Il se détendit légèrement et leva les yeux vers le ciel blanc.

— Il fait chaud.

— C'est une chaleur humide, presque tropicale. Le soleil doit être violent au-dessus de la brume.

— Une idée de l'endroit où l'on se trouve?

— J'ai l'impression que nous sommes dans les jardins de Lincoln Inn.

— Hé! Je connais, fit-il en se redressant sur les coudes. C'était plaisant autrefois, ajouta-t-il, se tournant vers elle.

— Je vais bien, lui dit-elle, lisant la question dans ses yeux. Un peu meurtrie, des ecchymoses, mais vivante.

— Nous en sommes-nous tous sortis?

— Je ne sais pas, je crois. Euh... pas Strachan.

Les souvenirs l'assaillirent et ses yeux se plissèrent comme sous la douleur.

— Un ingénieur est tombé. Ainsi que deux autres avant même que nous ne soyons parvenus au fond du puits. Et Farraday, les autres, Bryce...

— Je crois qu'ils n'avaient aucune chance. Il y a eu des explosions avant que nous arrivions à la salle des ventilateurs. Et le feu...

Kate haussa les épaules. Elle sentit le regard scrutateur de Culver, parfaitement consciente de l'impression de confusion extrême qu'elle donnait, avec ses vêtements déchirés, dépenaillés, ses cheveux ébouriffés et sa peau maculée de boue.

Culver observa la douceur de ses traits, la tristesse de ses yeux marron. La chemise d'homme qu'elle portait était trop large et la faisait paraître petite, vulnérable et plus jeune qu'elle ne l'était en réalité. Et pourtant, l'épreuve n'avait pas gravé de sillons irréparables sur sa peau et la saleté de son visage, jointe à l'aspect miséreux de ses vêtements déchirés, lui donnait l'air d'une enfant abandonnée. Il l'attira à lui et, l'espace d'un instant, ils restèrent dans les bras l'un de l'autre.

— Qu'allons-nous faire maintenant? Où aller? lui demanda-t-elle au bout d'un moment.

— Je crois que Dealey a peut-être la réponse, répondit-il.

Malgré les averses incessantes, il sentait encore l'odeur âcre de l'herbe roussie. Tout proche, un arbre calciné gisait à terre, tel un morceau géant de charbon de bois abandonné. La fumée, qui s'élevait du sol, ajoutait au paysage une note de désolation.

— Il m'a l'air d'aimer les secrets.

— C'est ancré en lui, dit-il, prêtant de nouveau attention à la jeune femme.

— On aurait pu penser qu'en raison des circonstances, il oublierait la déontologie des fonctionnaires.

— C'est précisément pour ce genre de circonstances qu'on l'a formé. Le syndrome de « eux et nous » se perpétue, quel qu'en soit le contenu ; simplement, maintenant je pense qu'il reste davantage d'« eux » que de « nous ». C'est le plan qui a toujours été préconisé.

— Avons-nous une chance?

— Tant qu'il est avec nous, oui. C'est uniquement grâce à lui que j'ai pénétré dans le central téléphonique de Kingsway, vous vous rappelez?

— Il avait alors besoin de vous.

— Avec son esprit tortueux, je ne pense pas qu'il nous abandonnera. Il n'a certainement pas envie de parcourir seul ce qui reste de la ville — les dangers sont trop grands.

— Les dangers?

— Les rats, pour commencer.

— Vous pensez qu'ils pourraient sortir?

— Ils passeraient une journée extraordinaire, fit-il en acquiesçant. Regardez ces insectes : ils ont profité des radiations et même s'il ne reste pas une grande végétation pour leur permettre de se nourrir, ils ont amplement de quoi le faire autrement.

Elle ne demanda pas d'explications.

— Ceux qui en avaient besoin ont pu s'adapter rapidement. Quant aux rats, ils doivent savoir instinctivement qu'ils ont le dessus — regardez la façon dont ils nous ont attaqués dans l'abri. Peut-être se sentent-ils encore mal à l'aise en plein jour, mais il leur suffit d'attendre la tombée de la nuit. Là, comme nous le savons, il y a le problème des animaux atteints de la rage. Et se frayer un chemin au milieu des ruines sera peu sûr ; cassez-vous une jambe ou une cheville et vous aurez de sérieux problèmes. Non, Dealey est plus en sécurité au sein d'un groupe et il le sait. Ce qui me fait penser que ma cheville me fait horriblement mal.

Elle se baissa pour examiner le membre blessé et tressaillit en découvrant des trous aux bords déchiquetés dans sa chaussette ensanglantée. Même le haut de sa botte avait des marques de blessures sanguinolentes. Défaisant les lacets, elle lui ôta doucement la botte puis roula doucement la chaussette déchirée ; elle fut soulagée de découvrir que sa cheville n'était pas enflée.

— Quand le rat vous a-t-il mordu ? Vous vous en souvenez ?

— Parfaitement, répondit-il. Cela s'est passé juste avant d'obturer la brèche qui menait au puits de ventilation. Fairbank m'a aidé à passer.

— Il faut nettoyer la blessure.

Elle fouilla dans sa poche et en sortit un mouchoir froissé mais propre.

— Je vais l'enrouler autour de la cheville pour l'instant et remonter la chaussette pour qu'il tienne. Il nous faudra trouver un endroit où laver la plaie et nous aurons besoin d'un antiseptique.

— Dieu merci, Clare nous a régulièrement administré des doses préventives contre l'irradiation. (Une ombre passa sur le visage de Kate en songeant à la mort atroce du médecin. Elle plia soigneusement son mouchoir pour faire un pansement rudimentaire. Mieux valait s'occuper.) Votre oreille a été transpercée, Steve, et vous avez une plaie béante à la tempe. Il faut regarder cela de plus près.

Culver palpa ses blessures, puis ferma les yeux, les ouvrant de nouveau rapidement quand il eut l'esprit plus clair. Il scruta le brouillard environnant et Kate s'aperçut qu'il tremblait. Sans doute était-ce la réaction après les événements de la nuit précédente. Elle changea promptement de position et lui passa un bras autour de l'épaule.

— Vous avez fait tout ce que vous avez pu pour nous, Steve. Ne vous tourmentez pas. Vous ne pouvez pas être responsable de la vie de chacun.

— Je le sais! répliqua-t-il d'un ton sec en se dégageant.

Kate ne se laissa pas démonter par cette rebuffade; elle le suivit.

— Que se passe-t-il, Steve? Il y a autre chose que vous me cachez. Clare y a fait allusion dans l'abri, lorsque vous étiez malade. Dans votre délire, vous parliez, vous appeliez quelqu'un. Clare pensait que c'était une femme, une jeune fille, quelqu'un qui avait une grande importance à vos yeux et qui s'est noyé. Vous ne m'en avez jamais parlé, Steve, durant tout ce temps passé dans l'abri; n'est-ce pas le moment de vous confier?

Kate fut surprise de voir un sourire, bien qu'empreint d'amertume, apparaître sur ses lèvres.

— Clare s'est trompée. Ce n'était pas quelqu'un de proche et ce n'était pas une jeune fille. C'était un appareil.

Elle le regarda, ébahie, l'esprit en proie à une intense confusion.

— Un putain d'hélicoptère, Kate. Pas une personne, ni une femme ni une maîtresse : un Sikorsky S61. (Un petit rire accentua l'amertume de son sourire.) Ce putain d'appareil s'est écrasé à cause de ma stupide inconscience.

Elle fut soulagée mais ne parvenait pas à comprendre pourquoi ce souvenir le hantait encore.

— Mon appareil s'est abîmé en mer à cause de moi, ajouta-t-il, comme s'il lisait dans ses pensées, et dix-huit hommes ont coulé avec lui.

Maintenant tout devenait clair : son air souvent lointain, sa distance vis-à-vis des événements et les décisions prises, tout comme sa témérité pour sauver les autres, les risques qu'il encourait. Il se rendait, en quelque sorte, responsable de la mort de ces dix-huit hommes et, lui qui avait l'âme d'un survivant, méprisait sa propre survie. Il n'avait aucune pulsion de mort, de cela elle en était certaine, mais son désir de vivre n'était pas non plus très marqué. Jusque-là, la survie des autres semblait être son principal objectif, à commencer par Alex Dealey. Elle hésita un long moment, mais quelque chose en elle la poussait à poser des questions, il lui fallait savoir si ce sentiment de culpabilité était justifié.

— Racontez-moi ce qui s'est passé, lui dit-elle.

Au début, quand elle vit ses yeux bleu-gris se glacer, elle pensa qu'il allait refuser ; puis il la dévisagea avant de se perdre dans le brouillard. Les signes de lutte intérieure se dissipèrent rapidement. Peut-être son sentiment de culpabilité s'atténua-t-il au point de se réduire à néant dans cette situation révoltante, symbole rédhibitoire de la culpabilité de l'humanité ; ou peut-être venait-il de se lasser brusquement de cette pénitence qu'il s'infligeait et sentait-il que l'aveu — était-ce une confession ? — exorciserait ses démons. Quel qu'en soit le motif, il s'allongea sur l'herbe calcinée et lui raconta son histoire.

— Il y a bien des années, au début du choc pétrolier, les grandes compagnies de charters se trouvèrent dramatiquement à court de pilotes d'hélicoptères pour transporter les équipes des plates-formes pétrolières. La société Bristow engageait des pilotes de monoplan expérimentés et en faisait d'excellents pilotes d'hélicoptère en trois mois moyennant un entraînement gratuit ; l'accord stipulait simplement de travailler pour eux au moins deux ans. J'ai signé, suivi leur entraînement, mais malheureusement n'ai pas pu aller jusqu'au bout de mon contrat.

Il évita son regard et chassa une mouche qui bourdonnait près de son visage.

— Les conditions et les salaires étaient fantastiques, poursuivit Culver, tout comme la compagnie. Le travail ne comportait pas de grands risques car il était interdit de voler dans de mauvaises conditions météorologiques ;

il arrivait que l'on soit obligé de sortir pour un cas urgent et, de temps à autre, le mauvais temps nous surprenait. Le matin où mon hélico s'est abîmé en mer avait bien commencé : le soleil brillait, la mer était calme, une mince brise soufflait. Je crois que, dans le cas contraire, aucun d'entre nous n'aurait survécu.

Il retomba dans le silence et Kate pensa qu'il avait changé d'avis, qu'il valait mieux ne pas remuer les souvenirs. Il la regarda comme pour quémander sa confiance et, s'allongeant tout près de lui, la tête sur son épaule, elle la lui offrit.

— J'étais chargé à plein, poursuivit-il enfin. Vingt-six passagers — ingénieurs, techniciens, une équipe médicale de relève; tout le monde avait l'air ravi du beau temps. Je me rappelle le reflet aveuglant du soleil sur l'eau. On aurait dit un immense lac serein. Nous avons décollé et volions à une altitude de quinze cents pieds en direction de la plate-forme pétrolière qui était notre lieu de destination. Nous y sommes parvenus très vite et, après l'avoir survolée, nous avons pris lentement notre trajectoire de descente...

Kate leva les yeux et le regarda, intriguée.

— Pardon, fit-il. La procédure habituelle d'atterrissage sur une plate-forme est de la dépasser de cinq miles, de descendre à deux cents pieds et de revenir, de préférence avec un vent arrière. La plate-forme apparaît sur le radar, bien que le point disparaisse de l'écran quand il est à moins d'un mile; ensuite, on pilote à vue. Tout était normal, il n'y avait aucun problème. J'étais encore sur la trajectoire de l'aller, volant en palier, lorsque nous sommes tombés sur une épaisse brume marine.

Il frissonna, son corps se raidit. Kate le tenait serré contre elle.

— Ce fut soudain, mais il n'y avait pas lieu de s'inquiéter. J'ai fait un break et j'ai repris la direction de la plate-forme, volant encore plus bas pour garder le contact visuel avec la mer. J'aurais dû voler au-dessus de la nappe de brouillard, mais je pensais que nous étions près de la plate-forme et que nous serions bientôt sortis du brouillard. Mais voyez-vous, les nappes se déplaçaient sans la moindre direction — voilà pourquoi le brouillard nous a surpris aussi rapidement alors que nous étions sur le chemin de l'aller. Puis, brusquement, je n'ai plus eu aucune visibilité.

« J'aurais dû basculer sur le pilotage automatique, mais j'étais sûr de pouvoir nous sortir de ce pétrin ; il suffisait de maintenir une altitude constante. La CAA appelle cela "la perte de références du pilote" ; c'est une pulsion irrésistible qui pousse le pilote à croire en ses sens plutôt qu'à suivre les instructions fournies par ses instruments. On dit que c'est un phénomène courant, même parmi les équipages les plus expérimentés ; tout ce que je sais, c'est que ma stupidité a coûté la vie à ces hommes.

— Steve, vous n'êtes pas responsable, fit-elle en le secouant par le col comme pour lui faire entendre raison.

— Si, dit-il doucement. Tout pilote qui a perdu son appareil, tué ses passagers et survécu, éprouve les mêmes sentiments, même lorsque aucun doigt n'est pointé vers lui. C'est une réaction à laquelle on ne peut échapper.

Elle vit qu'il était inutile de discuter pour l'instant.

— Dites-moi ce qui est arrivé, lui dit-elle.

Cette fois il ne se fit pas prier pour continuer.

— Nous avons heurté la mer et rebondi. Nous l'avons heurtée de nouveau et le plancher a été arraché. L'un des ballons de flottaison a dû être endommagé également, parce que, au choc suivant, l'hélico s'est renversé avant de sombrer.

« Je me suis retrouvé dehors, les poumons remplis d'une eau glaciale. Ne me demandez pas comment je suis sorti, je ne m'en souviens pas ; peut-être par une portière de secours, ou peut-être ai-je simplement traversé le plancher déchiqueté. J'étais à demi conscient, mais je distinguais l'hélicoptère au-dessous, qui coulait très rapidement, disparaissant dans la profondeur des ténèbres infinies. Je remontai à la surface, crachant de l'eau, à moitié noyé, mais en proie déjà à de sombres visions qui laissaient augurer des tortures futures que j'allais endurer. J'essayai de me débarrasser de mon gilet de sauvetage, en l'arrachant pour pouvoir replonger, aider ceux qui étaient prisonniers à l'intérieur de l'hélicoptère, n'importe quoi pour me délivrer de ma culpabilité, même si cela signifiait la mort pour moi ; mais d'autres mains me saisirent et me maintinrent là. Mon lieutenant s'en était sorti également et me retenait avec l'aide de l'un des techniciens rescapés. Ils m'ont empêché de plonger et parfois je les maudis d'avoir agi ainsi.

« Nous fûmes seulement huit rescapés. D'autres corps furent découverts plus tard, mais la plupart d'entre eux coulèrent avec le Sikorsky. Nous avons eu la chance qu'un autre hélicoptère se prépare à décoller sur une autre plate-forme, près de celle où nous devions atterrir ; quand nous avons perdu le contact radio et disparu de l'écran du radar, il a été envoyé à notre recherche. Quand il a atteint notre dernier point de contact, la nappe de brouillard s'était dissipée et il nous a aperçus. On nous a hissés à bord juste à temps ; un peu plus et le froid nous aurait terrassés, malgré la douceur du temps.

Culver poussa un long et profond soupir, comme si le fait de parler l'avait en partie soulagé. Il poursuivit son récit d'une voix monocorde, dépourvue d'émotion.

— L'épave n'a jamais été renflouée, aussi les enquêteurs n'ont-ils jamais pu savoir si la défaillance des instruments était en cause ; mais pour moi et mon copilote, l'accident est dû à la perte de références. La CAA la qualifie rarement d'incompétence ou de négligence, aussi aucune poursuite n'a-t-elle été engagée contre moi. C'était ma faute, bien entendu, mais pas officiellement, et personne n'a lancé la moindre accusation.

— Et pourtant vous vous sentez responsable, dit Kate.

— Si j'avais suivi les instructions, ces gens seraient encore en vie.

— Sur ce point, je ne peux vous répondre, Steve. C'est un lieu commun que de dire que tout le monde est faillible, même les plus prudents. Le fait que vous n'ayez pas été accusé, pas même en privé, vous absout sûrement de toute responsabilité.

— La compagnie ne m'a pas demandé d'aller au bout de mon contrat.

— Vous êtes surpris ? Mon Dieu, ils ne pouvaient pas se montrer aussi insensibles.

— Pour moi, cela aurait été la meilleure solution : reprendre le même itinéraire et essayer de continuer comme si rien ne s'était passé.

— Comment vos employeurs pouvaient-ils le savoir ? Cela aurait pu s'avérer la pire chose à faire. Je ne peux croire que vous soyez assez stupide pour laisser la culpabilité assombrir votre vie plus longtemps.

— Pas vraiment, Kate. Oh, j'ai passé de sales moments, mais peu à peu les souvenirs ont trouvé refuge tout au fond de mon esprit. Les autres compagnies ne m'ont pas bien accueilli après l'accident, malgré les conclusions de l'enquête, et je cherchais désespérément à voler de nouveau. J'avais besoin de trouver ma paix intérieure.

La sueur, qui dégoulinait de son front, n'était pas seulement due à l'humidité.

— Dieu merci, un vieil ami est arrivé au bon moment. Harry McKay et moi avions appris à piloter ensemble et nous étions restés en contact permanent. Il a suggéré de monter notre propre compagnie de charters ; il s'occuperait de la gestion et moi de la navigation. Harry avait un peu d'argent et savait où en trouver davantage. Nous serions endettés jusqu'au cou durant quelques années, mais la compagnie serait à nous, ainsi que tous les bénéfices au bout du compte. Dette ou pas dette, bénéfice ou pas, je sautai sur l'occasion. Dès lors, nous fûmes tellement occupés que je pus refouler tous ces mauvais souvenirs, même si je savais qu'ils étaient latents, posés sur cette étagère, prêts à glisser...

— Ou descendus pour être dépoussiérés ? N'est-ce pas ce que vous faites de temps à autre ?

— Vous êtes plus dure que vous ne le paraissez, dit-il, se tordant le cou pour la dévisager.

— Non, j'exècre simplement les masochistes. Vous avez été lavé de tout soupçon par l'enquête et par votre compagnie, même si tout le monde recherche un bouc émissaire. Il me semble que vous vous êtes puni à la place des autorités. Pourquoi ne pas endosser également la responsabilité de la destruction de ce monde ? Vous pouvez aussi prendre ma part de fardeau. Mais je n'en ai pas besoin.

— Vous êtes sacrément...

— Sotte ? Vraiment ? La culpabilité n'est-elle pas censée être à la base de la psyché humaine ?

— Serait-ce une façon de me faire sortir de cette léthargie dans laquelle je me complais ? fit-il en souriant.

Kate, en proie à la colère, essaya de s'éloigner, mais il la retint.

— Je suis désolé, dit-il. Je suis conscient de ce que vous faites et je ne m'en moque pas. J'irais même jusqu'à dire que je vous suis reconnaissant. Le simple fait de vous avoir raconté tout cela m'a aidé. C'est comme si j'avais laissé échapper quelque chose, comme si j'avais libéré ces souvenirs. Peut-être, tout ce temps-là, étais-je le geôlier de mes propres souvenirs, alors que leur seul souhait était de se détacher. Ce que vous avez dit sur la destruction du monde est en partie vrai : cela ne minimise pas les événements de ce jour-là, mais les éclipse.

— N'avez-vous jamais parlé de cet accident à quiconque auparavant ? lui demanda-t-elle, s'approchant de lui, plus détendue.

— Si, à deux amis. Harry, d'abord. Généralement devant un verre.

— L'autre était une femme ?

— Non. En fait, c'était un médecin. Pas un psychiatre. Un simple généraliste. Vous avez envie que je vous le raconte ?

Blottie contre son épaule, elle acquiesça.

— Un an environ après l'accident, j'ai eu des douleurs aux testicules — du moins était-ce ce que je ressentais. Vous pouvez sourire, mais lorsque cela arrive à un homme, il craint le pire. J'ai laissé courir quelque temps, mais ça ne s'améliorait pas. Finalement, je suis allé consulter mon médecin et il a diagnostiqué une inflammation de la prostate, due, paraît-il, au surmenage. J'alléguai que piloter était un métier stressant, mais c'était beaucoup plus compliqué que cela. Il m'expliqua qu'après l'accident où tant d'hommes avaient perdu la vie, j'avais refoulé mes sentiments, au lieu de craquer. Il ne s'agissait pas d'une dépression nerveuse, vous comprenez, mais sans doute d'une crise passagère. Je l'avais réprimée mais le corps ne veut pas se laisser mystifier. L'inflammation de la prostate était un phénomène physique, se substituant à une manifestation mentale. Les dégâts n'étaient pas définitifs, simplement un peu gênants quelque temps, et cela a fini par passer.

— Mais pas l'angoisse.

— Non, je vous l'ai dit. Elle a trouvé un recoin où s'installer. En fait, ce que j'essaie de vous faire comprendre, c'est que le châtiment que j'ai enduré pour une erreur stupide s'est traduit par une inflammation des testicules alors que pour les autres, cela s'est soldé par la mort et le malheur dans leur famille. Ça ne vous paraît pas comique ?

— Vous avez souffert bien davantage. Et cette souffrance n'a pas cessé, malgré vos efforts pour cacher votre blessure au plus profond de vous-même. Vous parlez de châtiment sans vous rendre compte que ce n'est pas la vie qui nous punit ; c'est ce que nous, nous nous imposons. Notre propre expiation, nous en sommes les seuls artisans. Nous fabriquons notre crucifix et c'est nous qui enfonçons les clous.

Sur le moment, Culver fut trop surpris pour répondre. Qu'il partageât ou non la philosophie de Kate, il se rendait compte qu'il s'était mépris sur elle. Il aurait dû percevoir ses qualités exceptionnelles à sa façon de s'adapter à l'intérieur de l'abri, d'aider Clare Reynolds à soigner les malades, y compris lui, d'accepter, non, de s'adapter aussi rapidement à l'affreux changement traumatisant dans leur vie. Lors de leur fuite de l'abri, elle avait prouvé qu'elle n'était pas une demoiselle maniérée, toujours sur le point de défaillir.

— Pourquoi me regardez-vous ainsi ? demanda Kate. N'avez-vous rien écouté de ce que j'ai dit ?

— Oh si, répondit-il en l'embrassant sur le front. Vous avez sans doute raison. Comment se fait-il que vous ne m'ayez pas parlé de tout cela plus tôt ?

Son exaspération s'évanouit rapidement.

— Comment se fait-il que vous ne m'ayez pas parlé plus tôt de l'accident?

Culver était sur le point de lui répondre lorsqu'un mouvement attira son attention.

— La réponse devra attendre. On dirait que les autres bougent.

— Steve...

Elle le tira vers elle au moment où il se levait. Il se tourna d'un air intrigué et elle l'embrassa à son tour.

Une voix apeurée s'éleva.

— Oh, mon Dieu, où se trouvent les autres?

— Du calme, Ellison, répondit Culver. Vous êtes en sécurité.

Il enfila sa botte et se leva à contrecœur, tout en jetant un regard vers Kate. Il lui caressa doucement les cheveux avant d'aller vers l'ingénieur en clopinant. Kate le suivit.

Les autres furent réveillés par le cri d'Ellison. Ils promenèrent leur regard alentour, étonnés par la brume. Culver vérifia promptement si tout le monde était là : Ellison, Dealey, Fairbank s'étiraient sous un arbre abattu. Jackson et un ingénieur du nom de Dene. Cinq, plus lui et Kate, sept. Avaient-ils perdu des compagnons dans leur fuite au milieu des ruines? Sans doute pas; les autres s'étaient probablement noyés ou avaient été déchiquetés par les rats en retournant à l'abri. Ou peut-être avaient-ils été surpris par le feu : le choix de la mort était varié.

Ellison parut soulagé en l'apercevant.

— Où sommes-nous? demanda-t-il en se levant.

— Dans la mesure où il nous est possible de distinguer quelque chose, il devrait s'agir des jardins de Lincoln's Inn, répondit Culver. Ou du moins ce qu'il en reste.

Ellison essaya de scruter le brouillard.

— Les rats...?

— Du calme. Nous les avons laissés dans l'abri. Pour l'instant, nous sommes en sécurité.

Dealey était resté à genoux, comme si le monde n'était pas encore stable.

— Ce nuage... est-il radioactif?

— Réfléchissez, fit Culver, le saisissant par le bras pour le hisser. Ne sentez-vous pas la chaleur, l'humidité? Après tout ce qui est tombé et le soleil qu'il a fait, ces lieux ne sont plus qu'un bain de vapeur. Et si cela vous dérange, attendez que les insectes se mettent à nous piquer. (Il se tourna vers l'arbre abattu.) Comment vous sentez-vous, Fairbank?

Le petit ingénieur trapu bâilla, puis lui adressa un sourire narquois.

— Plutôt affamé.

— C'est une réaction saine. Jackson, Dene?

Les deux autres ingénieurs paraissaient moins détendus. Ils se levèrent et les rejoignirent, lançant des coups d'œil prudents autour d'eux.

— Des blessures? demanda Culver à la ronde.

— Les coups et les ecchymoses comptent?

— Seules les fractures et les morsures de rats sont à prendre en considération.

— Alors je ne suis même pas dans la course.

— Vérifiez. Il est impossible de s'en rendre compte comme ça.

Chacun examina ses vêtements et sa peau à la recherche de trous ou d'écorchures. Il y avait des entailles, des bleus, mais pas de morsures.

— Nous avons eu de la chance, dit Fairbank.

— Oui, plus que ces pauvres malheureux que nous avons abandonnés, fit remarquer Jackson, en colère.

Un silence pesant régna. Tout naturellement, ce fut Dealey qui le rompit.

— Il nous faut partir. Je crois qu'il est imprudent de rester dehors, ce n'est pas encore un lieu sûr.

Tous, malgré leur lassitude et leur appréhension devant ce qui les attendait, le dévisagèrent avec dédain, comme s'ils estimaient qu'il était seul responsable de la mort de leurs collègues et amis abandonnés au central. Kate percevait et partageait leur mépris, tout en éprouvant une étrange pointe de pitié pour Dealey. Parmi eux, il n'était plus qu'un petit homme au cheveu rare, d'âge moyen, dépenaillé, le visage et les mains sales, les épaules — comme toute son allure — courbées et frémissantes; elle trouvait qu'ils avaient tort de lui attribuer toute la responsabilité. La folie était universelle.

Elle brisa la tension, soucieuse d'éviter une confrontation qui ne mènerait à rien.

— Est-il possible de quitter Londres? demanda-t-elle, non seulement à Dealey mais aussi aux autres.

Dealey, qui n'était pas stupide et sentait bien leur ressentiment, lui fut reconnaissant de poser la question.

— Oui, oui, bien entendu, il existe un moyen plus sûr que par voie de terre. Et il reste encore un endroit sûr dans la ville...

— Quelle ville, vous...

Jackson s'avança vers Dealey, mais Culver lui retint le bras.

— C'est facile, dit-il. Je crois savoir où se trouve l'endroit qu'évoque Dealey. Cependant, il nous faut d'abord nous occuper de quelques détails mineurs. Je ne refuserais pas de me sustenter un petit peu et je pense que nous avons besoin de repos avant de faire des projets. De plus, j'ai une morsure de rat qui nécessite des soins avant de reprendre la marche.

— Nous ne pouvons rester ici, insista Dealey. Cette brume est peut-être chargée de radiations.

— J'en doute. L'instant le plus critique est passé et, de plus, les averses incessantes qui se sont abattues ont dû balayer en partie, sinon complètement, les radiations. Quoi qu'il en soit, nous avons passé toute une nuit dehors; si nous devons être irradiés, c'est fait.

— Mais aucune sirène de fin d'alerte n'a retenti.

— Bon Dieu, mettez-vous ça dans la tête, Dealey : il n'y aura plus jamais de sirène. Il n'y a plus personne pour la faire fonctionner.

— Ce n'est pas vrai. Il y a d'autres abris, et ils sont nombreux; le principal abri gouvernemental, sous l'Embankment, doit être intact, j'en suis sûr.

— Alors, pourquoi ne communiquent-ils pas?

— Une panne quelque part. Une surcharge électromagnétique, l'effondrement des réseaux de câbles, bon nombre de choses ont pu interrompre nos communications avec d'autres stations.

— Finissons-en avec ces conneries, s'exclama Ellison, leur coupant la parole. Pour l'instant, il nous faut manger et peut-être nous protéger, si toutefois nous trouvons quelque chose. L'idée de déambuler sans arme ne me plaît guère.

Jackson acquiesça.

— Cet endroit semble aussi bien qu'un autre pour se reposer. Au moins, c'est à l'air et, bon sang, j'en ai assez des lieux confinés, dit-il, se tournant vers Dene qui manifesta son approbation d'un signe de tête.

Fairbank grimaça simplement et Kate ajouta :

— Il faut vous mettre quelque chose sur cette blessure, Steve. Elle semble assez propre, ce n'est pas enflé, mais on ne sait jamais.

Culver regarda Dealey d'un air sceptique.

— Je préférerais que nous restions ensemble, mais si vous le souhaitez, vous pouvez partir. Ça dépend de vous.

— Je reste, fit Dealey, après un instant d'hésitation.

Culver ne laissa pas paraître son soulagement : Dealey connaissait trop bien les souterrains pour qu'on le laissât partir.

— Très bien, alors choisissons celui qui va inspecter les lieux.

— Moi, s'écria Fairbank, se portant aussitôt volontaire. Et vous ne serez pas l'autre, dit-il à Culver. Nous allons essayer de trouver des antiseptiques, des médicaments et des analgésiques ainsi que des vivres, pendant que vous laisserez cette jambe au repos. Je connais les lieux et je sais où aller; espérons qu'il sera possible de pénétrer dans certains magasins. (Il essuya la sueur de son visage et de son cou, puis jeta un coup d'œil vers Jackson et Dene.) Prêts?

— Bien sûr. Nous connaissons également les lieux, répondit Jackson pour les deux.

Dene, un jeune homme mince, d'une vingtaine d'années, au teint cireux, éprouvait moins de certitudes, mais ne se sentait pas le courage de discuter. Cependant, il songea à un détail auquel les autres n'avaient pas pensé.

— Comment va-t-on se repérer pour revenir, avec ce brouillard? Les rues s'ront plus les mêmes, non?

— Votre montre a-t-elle des aiguilles? demanda Culver. (L'ingénieur acquiesça.) On peut simplement apercevoir le soleil voilé. Compris? Bon, le sud se trouve entre l'aiguille des heures et midi. Cela vous indiquera vaguement l'emplacement du parc; une fois que vous l'aurez localisé, il vous sera facile de nous retrouver. Essayez de revenir dans une heure et épargnez-nous du souci.

— Si vous trouvez de quoi faire du feu, ça nous aiderait, suggéra Jackson.

— On se débrouillera. Soyez prudents et ne prenez aucun risque.

Fairbank fit claquer sa langue contre ses dents et désigna le chemin à prendre. Les trois hommes se mirent en marche, le dos au soleil, dans la direction de ce qui était autrefois High Holborn.

Culver et les autres virent la brume les engloutir. C'était un spectacle mystérieux et lourd de menaces. L'immense vide qu'ils laissèrent derrière eux n'avait rien à voir avec un espace inoccupé.

Culver chassa ce sentiment pour se concentrer sur les tâches urgentes.

— Kate, voulez-vous aider Ellison à ramasser du bois — des branches, des palissades, tout ce qui n'est pas totalement noirci — et à le ramener ici? Du papier serait également utile — fouillez les poubelles. Et restez toujours à portée de voix.

Ellison allait faire une objection, mais se ravisa. Il s'éloigna, en chassant les mouches devant lui, suivi de Kate.

Culver se tourna lentement vers le seul homme qui restait avec lui.

— Il ne reste plus que vous et moi, maintenant, Dealey. J'ai une ou deux questions à vous poser et vous allez me donner des réponses précises. Sinon, je vous casse la figure.

22.

Alex Dealey remua contre la souche de l'arbre déchiqueté et noirci qui se dressait au-dessus de lui, tel un doigt accusateur pointé vers le ciel nocturne. Non loin, le feu qui avait été ranimé plus tôt, au cours de la journée, et entretenu constamment avec tout ce qui était susceptible de brûler, conférait à la brume une teinte orange. La flamme était réconfortante non seulement à cause de sa chaleur qui contrastait avec la fraîcheur soudaine de l'air nocturne, mais parce qu'elle tenait en échec l'obscurité environnante et la terreur qu'elle engendrait. A l'exception de Culver et de la jeune fille qui, semblait-il, avaient trouvé chaleur et réconfort l'un auprès de l'autre, les survivants conversaient à voix basse, près de la lueur protectrice, le regard rivé sur la flamme éclatante. De temps en temps, un rire, jamais rauque, toujours discret, rompait la silencieuse monotonie, comme si les hommes avaient peur que le son ne parvînt à des oreilles hostiles. Dealey se tenait à l'écart du groupe, les épaules courbées, couvertes avec l'une des couvertures que les trois ingénieurs avaient ramenées de leur exploration des ruines, car leur ressentiment à son égard était évident, sans équivoque, et affligeant. Les imbéciles. Les sales imbéciles ingrats.

Il se recouvrit la tête de la couverture et ramena les bords sous son menton ; il ressemblait ainsi à un moine replié sur lui-même dont on ne percevait que le nez et le bout du menton à la lueur de la flamme. Il sentait l'insecticide et la pommade antiseptique, pris dans la cité en ruine. En fuyant l'abri, il s'était blessé au front et surtout à la main. Ses plaies étaient recouvertes de pansements. Les trois ingénieurs étaient partis plus longtemps que prévu, ce qui n'avait pas manqué d'inquiéter les autres. En fait, leur retard avait été dû à l'amoncellement d'objets utiles qu'ils avaient réussi à trouver au cours de leur recherche.

Bon nombre de magasins avaient été détruits par le feu, alors que d'autres avaient été totalement ensevelis sous les décombres des immeubles de bureaux ; certains, cependant, quoique sérieusement endommagés, étaient accessibles en creusant avec précaution. Deux cafés-restaurants, une quincaillerie et une pharmacie avaient été exhumés et Jackson s'était rappelé un centre de literie renommé où ils avaient pris des draps et des couvertures pour transporter leur butin. A leur retour, les hommes étaient blêmes ; même leur visage maculé de poussière ne parvenait pas à masquer leur pâleur ; ils avaient refusé d'évoquer les spectacles déchirants dont ils avaient été les témoins ; seul Fairbank raconta que les vents violents avaient repoussé les corps dans des coins ou au milieu des amas de débris, comme autant d'immondices. Ils n'avaient rencontré aucun être humain.

Le feu, allumé avec un briquet qu'Ellison avait pris sur un cadavre, leur avait servi de guide dans les brumes humides, une fois qu'ils avaient trouvé le chemin du retour vers le square ravagé où était situé le parc calciné, et ils avaient fièrement, sinon rapidement, déployé leur butin. Quatre hachettes, affûtées dans le but de donner la mort, deux marteaux, et six longs couteaux avaient été ramenés en guise d'ustensiles ou d'armes, selon les besoins. Des torches, déjà chargées de piles, une fine cordelette, des cuillères, des ciseaux, deux ouvre-boîtes, des gobelets en carton, un poêle miniature de camping avec une bouteille de gaz avaient été ramenés de la quincaillerie. De la pharmacie (qui s'était avérée la plus difficile d'accès, mais les risques et les efforts en avaient valu la peine), provenaient des bandages, des pansements, du coton, de la crème antiseptique, un produit antimoustique, du bicarbonate de soude, des tablettes de glucose, des comprimés de vitamines, des produits pour purifier l'eau et, le plus important aux yeux de tous, trois rouleaux de papier toilette. Fairbank tendit discrètement deux petits paquets à Kate qui contenaient sans doute des tampons hygiéniques (et aussi, pensa Dealey, des pilules contraceptives, car il savait que le docteur Reynolds avait fortement encouragé toutes les survivantes dans l'abri à prendre ces pilules, fournies intentionnellement par le gouvernement, avec les autres réserves médicales).

Les rares radios qu'ils avaient pu trouver soit étaient complètement mortes, soit n'émettaient que des parasites. Quant aux vivres, ils avaient emporté tout ce qui était en conserve, mais pas trop cependant pour ne pas s'encombrer sur le chemin du retour; de plus, trouver d'autres réserves ne présentait pas de difficulté. Les trois ingénieurs avaient exprimé leur joie devant la grande quantité de conserves entreposées dans les cafés-restaurants, en déballant leur moisson de haricots, de soupe, de poulet en gelée, de jambon, de saucisses, de langue, de petits pois, d'asperges, de carottes, de pêches, de morceaux d'ananas, de lait condensé et de café. Du coca et de la limonade furent aussi apportés au cas où ils ne trouveraient pas d'eau. Ils avaient tous ri lorsque Culver avait admis qu'il était content qu'ils aient décidé de ne pas ramener beaucoup de nourriture.

Fairbank fut chaleureusement remercié lorsqu'il sortit deux bouteilles de Johnnie Walker Black Label.

Les mets furent réchauffés dans leur boîte sur le petit poêle tandis que Kate soignait et pansait les diverses blessures dans le groupe. Tous apprécièrent les produits antimoustique, car l'air était infesté de bestioles. La nourriture fut partagée en parts égales dans des assiettes en plastique et personne ne rechigna devant la viande et les légumes agglutinés; ils se régalèrent comme si c'était leur premier repas depuis des semaines et leur dernier avant longtemps. Le dessert fut servi ensuite dans d'autres assiettes et le coca fut bu à même la boîte. Jackson relégua Fairbank et son whisky au second plan en sortant quatre paquets de cigarettes de son pantalon comme un magicien faisant surgir d'adorables lapins de son chapeau.

L'alcool, les cigarettes et les estomacs repus contribuèrent à créer une atmosphère paisible qui compensait la tension à laquelle ils étaient soumis depuis si longtemps. Ils évoquèrent leurs espoirs pour l'avenir plutôt que la tragédie passée, chacun essayant inconsciemment de parler de ses aspirations, de ce qui pourrait être sauvé de sa vie ébranlée.

Dealey n'avait pas participé à la conversation, mais était allé s'asseoir d'un air morose près du feu, les yeux rivés sur la flamme.

Le crépuscule tomba avec une rapidité étonnante pour la saison, et la vapeur, qui s'était dissipée lentement tout au long de l'après-midi, retomba comme humiliée par l'incroyable coucher de soleil. Immobiles, ils se tournèrent tous ensemble vers l'ouest, le visage baigné dans les reflets de la flamme.

Les énormes nuages rapides, mélange confus de cumulus et de stratus, revêtaient de violentes teintes de rouge, d'orange et de jaune; leurs flancs, striés d'or, étaient aveuglants et leurs crêtes déchiquetées arboraient un rouge vermillon. Ils se déplaçaient telles des montagnes dans le ciel d'une beauté irrésistible, et les survivants, témoins de ce spectacle, eurent l'impression que la terre pouvait s'enflammer une fois de plus en étant si proche de leur furie tourbillonnante. Même si l'éclat du soleil était atténué par les nuages et la poussière atmosphérique, ils ne pouvaient pas le regarder directement, car son intensité était trop aveuglante, son rayonnement trop destructeur; le soleil semblait également outragé par la planète qui avait osé recréer un ersatz de pouvoir, similaire au sien.

Des éclairs vifs et impétueux striaient le ciel comme de rapides coups de pinceau; ce n'étaient pas des nuages mais des agglomérats de particules de poussière, maintenus en l'air par la propagation de chauds courants atmosphériques. Tout au loin, certains descendaient à la verticale comme des javelots lancés du ciel.

Le ciel, à l'est, n'était pas moins stupéfiant, malgré un rouge plus sombre, ses nuages arborant un ambre plus soutenu par endroits. Tout mouvement se faisait dans cette direction comme s'ils étaient aspirés par un tourbillon géant au-delà de l'horizon. Le spectacle était à la fois imposant et effrayant.

Tandis qu'ils observaient le ciel, fascinés, la colère noire peu à peu s'apaisa, car le soleil plongeait dans l'horizon, transformant le crépuscule en une vision plus douce, les nuages, lancés dans une course effrénée, laissant place à sa riche magnificence au point que leur dérive précipitée était empreinte de grâce et se déplaçait harmonieusement.

Le soleil disparut — encore une fois, sa descente parut anormalement rapide —, laissant dans son sillon une radiance chatoyante qui éclairait le flanc des nuages au point qu'ils semblaient gorgés de sang. L'obscurité gagna du terrain, s'insinuant subrepticement, comme si elle craignait d'être brûlée. Une demi-lune, aux teintes rubigineuses, l'accompagnait ; elle pointait furtivement à travers les nuages, comme si elle redoutait d'attester des ravages sur la terre en contrebas.

Avec le coucher du soleil, la température avait légèrement baissé ; cependant le groupe s'était rapproché du feu et Dealey se demandait si une peur ancestrale n'avait pas resurgi. Le silence régna parmi eux quelque temps, chacun intimidé et pourtant exalté par ce dont ils avaient été les témoins. Les conversations reprirent peu à peu et d'autres plats furent préparés puis consommés. La deuxième bouteille de whisky fut vidée.

Le soir fit place à la nuit ; les étoiles étaient masquées par les nuages et la poussière qui couvrait les couches supérieures de l'atmosphère ; la demi-lune insaisissable passa du roux à l'écarlate (telles les dernières gouttes de sang du Christ sur la croix, s'était dit Dealey ; ce sang, qui avait coulé à flots, n'était plus qu'un mince filet ; peut-être la lune reflétait-elle le sang versé sur terre). Dealey s'écarta du feu, las de l'attitude des autres à son égard, froissé de leur mépris. Ils ne comprenaient pas — ne pouvaient comprendre — à quel point ils avaient besoin de lui ; lui et lui seul les avait aidés à surmonter le pire de la catastrophe, les avait guidés les premiers jours ; c'était lui l'organisateur, l'administrateur, lui qui prenait *les sales responsabilités* ! Les événements de la journée, toutes ces découvertes, puis le soulagement après la violence de la nuit précédente, avaient probablement accru leur ébriété car ils le traitaient comme si personnellement il avait appuyé sur le bouton qui avait déclenché cette troisième et dernière guerre mondiale. C'était une réaction que les circulaires gouvernementales, traitant de ce qu'il était convenu d'appeler « la confrontation ultime », avaient prévue et elles en avaient informé les principaux intéressés. L'agitation populaire, l'agression contre l'autorité. La subversion, l'anarchie, la révolution. Les événements à l'intérieur de l'abri de Kingsway avaient corroboré le point de vue du gouvernement. Et même maintenant, alors qu'il avait guidé ces malheureux, trop peu nombreux, vers un abri sûr (sa connaissance des lieux leur avait permis de s'évader), ils le traitaient avec irrespect.

Il frissonna, heureux d'avoir une couverture, car la chaude moiteur de la soirée avait fait place à la froideur glaciale de la nuit. Il avait vu Culver et la jeune fille s'éloigner du feu, emportant, eux aussi, une couverture avec eux (pour ne pas avoir froid ou pour se cacher ?). La raison de leur éloignement était évidente. La mort était un merveilleux aphrodisiaque.

Il secoua la tête, le mouvement passa inaperçu sous la couverture. Culver aurait pu s'avérer un allié précieux, pourtant il avait choisi de se mettre du côté de cette... cette... — Dealey se refusait à formuler le mot qui se présentait à son esprit, toujours est-il que la pensée était là — ... populace. Les questions du pilote, un peu plus tôt, avaient été pour le moins discourtoises. Implacables, voire brutales.

— *Combien y avait-il exactement d'accès au quartier général gouvernemental sous l'Embankment ?*

— *Certains seraient-ils encore possibles ?*

— *L'abri pouvait-il être inondé ?*

— *Spécifiez séparément les tunnels qui y mènent.*

— Quand l'abri avait-il été construit?

— Avant quelle guerre : celle-ci, la dernière, ou la première?

— Le gouvernement était-il préparé pour cette guerre?

— Combien de temps avant l'explosion des bombes l'évacuation dans l'abri avait-elle eu lieu? Des heures? Des jours? Des semaines?

— Combien de jours?

— Combien de personnes l'abri pouvait-il contenir?

— Sur quels critères étaient-ils choisis?

— En dehors du gouvernement et du personnel militaire...

— Sur quelles compétences et quels métiers?

— Pourquoi ceux-là? Quelle était donc l'influence qu'ils exerçaient sur le gouvernement? Qu'est-ce qui leur conférait une telle valeur?

— Des planificateurs? Que pouvaient-ils faire sinon tirer profit des cendres?

— Combien de temps pouvait-on durer là-bas?

Le silence tomba. Un silence pesant. Et puis...

— Le petit groupe de survivants serait-il admis dans l'abri?

D'abord Dealey avait répondu aux questions calmement, mais il finit par s'indigner de la colère de Culver. Lui, Dealey, n'était qu'un subalterne, ce n'était pas lui qui dirigeait ce foutu bazar, il n'avait pas connaissance de tous les documents et de toutes les décisions gouvernementales. Si cela avait été le cas, il se serait trouvé lui-même à l'intérieur de ce fichu quartier général! Il espérait simplement leur mettre dans le crâne qu'il n'était rien de plus qu'un satané inspecteur des bâtiments, paré d'une certaine auréole! C'était l'unique raison pour laquelle il avait les clés et une connaissance des lieux. Bon, théoriquement, il était l'un des rares privilégiés, mais il ne faisait pas partie de ceux qui étaient évacués les premiers et, vu la tournure des événements, il avait de la chance d'avoir survécu. De toute façon, il fallait bien que quelqu'un dirigeât les opérations au central, autrement la situation aurait dégénéré et les survivants n'auraient plus été qu'une bande désorganisée de défaitistes!

Culver n'avait pas tenu compte de son mouvement de colère, car l'interrogatoire n'était pas terminé. Les rats excitaient la curiosité du pilote.

Contrairement aux fois précédentes, lorsque Dealey avait été interrogé à l'intérieur de l'abri sur cette espèce particulière de vermine, il avait fini par admettre (et, de toute évidence pour Culver, sans le moindre remords pour son mensonge précédent) qu'il savait que les rats n'avaient pas été entièrement éliminés et ne pouvaient l'être à moins que l'on remplisse de gaz toxiques tout le réseau souterrain de Londres, les égouts, les canaux, les tunnels de métro et tous les sous-sols. Mais même dans ce cas, il n'y aurait eu aucune garantie de les supprimer totalement, la tâche était trop dangereuse et bien trop immense, la vermine pouvait toujours fuir dans les faubourgs environnants. Toujours est-il que l'on pensait qu'il en restait si peu qu'ils ne présentaient pas de réel danger pour la communauté et qu'une extermination massive provoquerait certainement une panique inutile dans la capitale. Il valait mieux se montrer vigilant et agir promptement et en silence si l'on se rendait compte que leur nombre augmentait.

Culver n'avait pas été satisfait. Dealey en savait plus — ou, tout au moins, en subodorait plus — que ce qu'il prétendait. Le temps des secrets était révolu depuis longtemps et Culver l'avertit que les autres, dans le groupe, pourraient se montrer moins tolérants s'ils soupçonnaient que Dealey gardait pour lui certaines informations. Il avait déclaré avec véhémence qu'il n'y avait rien d'autre à ajouter. Sauf... sauf... Oui, effectivement, une certaine rumeur circulait dans certains départements ministériels, une rumeur qui n'avait pas suscité une grande curiosité et s'était donc apaisée aussi rapidement qu'elle avait éclaté.

Dealey s'était montré vague dans son récit car, en toute honnêteté, il ne se rappelait pas les détails, mais le pilote l'avait incité à continuer, de son regard vif et inquisiteur. Il s'agissait de... laissez-moi me rappeler... d'une certaine espèce de rats — en fait, de ces mutants — en captivité. On disait qu'ils étaient en observation dans un laboratoire de recherche officiel et qu'il était possible — non, probable — qu'on les ait laissés se reproduire. Le seul point intéressant de cette rumeur était que les créatures subissaient une extraordinaire transformation génétique. Il y avait deux types de mutants, avait-il expliqué, le rat noir normal et un autre, bizarre. C'est ce dernier qui intéressait particulièrement les hommes de science.

A cet instant, il craignit la réaction brutale de Culver. Pourquoi ne leur avait-il pas dit tout cela avant? Pourquoi le gouvernement avait-il gardé le secret? Qu'y avait-il à craindre? Culver avait levé le poing et Dealey avait reculé, levant lui-même le bras pour se protéger. Ce mouvement l'avait sans doute sauvé de la colère de l'autre, car la fureur disparut du regard de Culver qui laissa tomber mollement son poignet. La colère fit place au dégoût.

Il n'y avait plus eu de questions. Culver était allé s'asseoir près d'un arbre noirci, dépourvu de branches, et n'avait plus dit un mot jusqu'au retour d'Ellison et de la jeune fille avec le bois.

Dealey fut soulagé (il y avait suffisamment de haine dirigée contre lui) que le pilote ne mentionnât pas leur conversation aux autres dans la soirée; il éprouvait aussi un certain mépris. Alors, monsieur Culver, qui ne divulguait pas toutes les informations maintenant? Ne pensait-il pas qu'ils avaient suffisamment de sujets d'inquiétude pour l'instant? N'ÉTAIT-CE PAS DANS L'INTÉRÊT PUBLIC? Le privilège de détenir certaines informations s'accompagne de responsabilités; au moins avez-vous appris cela aujourd'hui. Dealey avait esquissé un sourire.

Le feu brûlait encore avec éclat, car les hommes, tout autour, le nourrissaient avec du bois de récupération, mais la chaleur n'atteignait pas Dealey, recroquevillé contre l'arbre mutilé. Sous la couverture, ses paupières se fermaient, son menton s'inclinait sur sa poitrine.

Le sommeil s'insinuait peu à peu, car l'agitation était aux prises avec la fatigue : la nuit et l'obscurité étaient toutes deux à craindre. Tout comme ses rêves.

Il descendait un escalier raide en spirale, dont les marches de pierre étaient usées et arrondies comme si des pas avaient précédé les siens depuis des siècles. Il avait l'impression que la descente ne finirait jamais, il en avait le vertige ; ses jambes s'engourdissaient, son dos était endolori sous les heurts constants. Il posa la main sur le mur, à côté de lui, et aussitôt ses doigts reculèrent devant l'humidité visqueuse de la pierre, la glue d'un jaune-vert, couleur de bile ; soudain il se vit descendre le long de la gorge d'une bête massive et les couloirs dans lesquels il se trouva ensuite n'étaient autre que ses intestins. Quelque chose ou quelqu'un l'attendait, un peu plus loin. Était-ce dans l'abdomen de la créature ou dans ses entrailles ? Ses pieds glissèrent dans le fluide visqueux qui bordait le tunnel incurvé et, à chaque pas, l'odeur de putréfaction s'intensifiait. A un moment donné, l'hystérie s'empara de lui, surgissant de l'obscurité comme la langue d'un lézard, et il se retourna comme pour fuir, mais le couloir de chair s'était rétréci au point qu'il n'y avait plus aucune possibilité de faire marche arrière. Il se recroquevilla dans l'obscurité, incapable de bouger.

Ils l'attendaient dans un vaste hall souterrain, peut-être une caverne, peut-être une crypte, et un sourire narquois se dessina sur leurs lèvres, mais ils n'émirent aucun son lorsqu'il entra. Isobel était là, portant la robe à fleurs froufroutante qu'il détestait tant, un ridicule chapeau de paille orné de cerises sur le bord et des gants roses qui étaient destinés à la vaisselle et non à une réunion chez la Reine, invitation qu'elle attendait encore avec fébrilité. Ses fils étaient là, même l'aîné qui aurait dû se trouver à l'étranger, mort sur une terre lointaine, ainsi que leur femme et leurs enfants, tous avec un sourire narquois, même le bébé. Dans la foule, il y en avait d'autres qu'il connaissait — des collègues, son supérieur immédiat au ministère, ses voisins, et il y avait le contrôleur de la gare locale, et un archevêque dont il avait fait la connaissance lors d'un dîner officiel, bien qu'il ne portât pas, ce jour-là, ses vêtements sacerdotaux — mais la plupart étaient des étrangers. Pourtant, ils avaient tous une similarité particulière. Elle était facile à reconnaître, sans aucun doute; il la remarqua lorsque, d'un bond, ils l'entourèrent, avec ce sourire grimaçant, grimaçant, grimaçant, révélant leurs dents, deux longues dents de devant, les incisives, humides de bave, tranchantes et luisantes; c'étaient des têtes de rats; l'un d'eux cessa de têter les mamelons gonflés de sa mère pour le regarder avec un rictus, les mâchoires souillées du sang qui provenait des tétons...

Il s'arracha du rat qui lui mordillait le bras, mais les autres s'agglutinèrent contre lui, l'encerclant totalement; Isobel se pencha pour l'embrasser; seules ses lèvres étaient découvertes; les dents étaient prêtes à s'incruster dans sa chair. Elle ne prêta pas la moindre attention à sa rebuffade et du museau lui caressa la joue; son odeur l'étouffait au point qu'il avait du mal à respirer tant sa gorge était serrée. Elle aspira du sang et le lécha d'une langue rêche. Elle l'avala avec avidité et le bruit accrut ses haut-le-cœur. Il avait les vêtements déchirés et sa honte les faisait ricaner. Ils fourraient leur museau dans sa douce chair boursouflée, émettant des bruits appréciateurs. Ils découpaient des lambeaux de sa chair comme s'ils dégustaient des confiseries; les bouchées se firent plus grandes, plus substantielles et très vite dégénérèrent en un véritable festin, sans tenir compte de ses protestations; il passa la main sur son visage et sentit un pelage hérissé, une moustache raide; ses dents avaient l'apparence des leurs, acérées et létales, ses mains se transformaient en pattes griffues qui lui ratissaient le corps. Être l'un d'entre eux ne pouvait même pas le sauver, car ils le dépouillaient de sa chair et se battaient pour se partager le cœur jusqu'au moment où il décida qu'il en avait assez, que c'était un cauchemar et qu'il était temps de partir, de se réveiller avant d'être dévoré complètement. Il força sa conscience à s'affirmer; lentement, à contrecœur, elle obéit, l'emmenant loin de là, de nouveau vers les couloirs visqueux et tortueux, le long de l'escalier en spirale; sa famille, ses amis et bien d'autres le happaient au passage, un sourire toujours narquois aux lèvres, prenant plaisir à ce jeu et il montait, montait, haut, toujours plus haut ; une lumière, là, devant, plus près, une lumière éclatante...

Le réveil.

Le réveil... et un autre cauchemar.

23.

Tels des spectres gris dans la brume, ils se tenaient immobiles et cependant ténus, comme des ombres se profilant sur une eau peu profonde. Ils observaient en silence les formes endormies autour du feu, réduit à quelques braises rougeoyantes.

Dealey se redressa nerveusement, sans faire de bruit, se demandant si ce n'était pas la suite de son rêve. La couverture, qui était restée sur sa tête quand il était tombé dans un sommeil agité la veille, glissa sur ses épaules. Il essaya de compter les silhouettes spectrales, mais ne distinguait pas vraiment les troncs d'arbres rabougris des corps, en raison de la brume matinale trompeuse, bien qu'elle fût moins dense que le jour précédent. Il eut la tentation de crier, de les saluer ou au moins d'alerter les autres, mais le cri resta au fond de sa gorge : il y avait quelque chose de menaçant dans leur silence et leur immobilité. Dealey s'appuya contre la souche de l'arbre calciné.

Un insecte bourdonnant vint se poser sur son sourcil, et aspira aussitôt des gouttelettes de sueur qui s'y étaient déposées. Dealey cligna des yeux, contractant fébrilement son visage pour chasser la mouche sans faire le moindre mouvement. L'insecte, d'une taille impressionnante, refusa et son hôte fut contraint de secouer la tête. La mouche s'envola, furieuse, mais ce fut alors une goutte de sueur dégoulinant le long de son nez qui vint le tourmenter. Il baissa la tête avec précaution et se frotta le visage sur sa main posée sur ses genoux repliés, maudissant la sueur due à l'humidité et non à la peur.

L'une des silhouettes avançait, s'approchant des formes allongées, et commençait à se distinguer. Dealey retint son souffle en voyant un Noir, de haute taille, se pencher sur une couverture en boule pour observer l'homme endormi. Il portait un ciré transparent informe, boutonné au cou comme une cape ; d'une main, il tenait un fusil, de l'autre un couteau de boucher rouillé. Il se redressa et s'approcha d'une autre forme. Cette fois, il se servit de la lame pour soulever la couverture.

Les autres silhouettes surgissaient de la brume avec de plus en plus de netteté. L'un d'entre eux saisit la bouteille de whisky, près des braises, et avala les dernières gouttes avant de rejeter la bouteille sur la terre noircie. Les dormeurs commençaient à remuer.

Dealey en compta dix... douze... quinze..., au moins quinze silhouettes qui s'approchaient du campement de fortune, et parmi eux, se profilaient deux, non, trois formes recroquevillées, qui se déplaçaient. Des chiens ! Oh, mon Dieu, ils avaient des chiens ! N'étaient-ils donc pas au courant de la rage ?

Il ouvrit la bouche pour crier, en guise d'avertissement ou de bienvenue, mais quelque chose de lisse et dur glissa le long de sa gorge. Une telle pression s'exerçait qu'il suffoqua ; la barre d'acier lui plaqua le cou contre la souche. Du coin de l'œil, il distinguait des mains infectes, aux articulations blanches, de chaque côté de la barre ; il savait que son agresseur se tenait derrière le tronc d'arbre, les mains passées tout autour. Dealey sentit sa langue gonfler dans sa bouche sous la pression.

Ses compagnons s'étaient redressés et promenaient des regards surpris. Dealey les observait, plaqué contre l'arbre ; l'un des dormeurs reçut un coup de pied. Ellison se réveilla en hurlant et tenta de se lever ; un pied lui cloua la poitrine au sol. Jackson protesta, mais le grand Noir lui pressa le couteau de boucher jauni contre la joue. Fairbank allongea la main pour saisir une hachette à portée de main, mais une botte lui plaqua le poignet sur l'herbe et une autre envoya valser l'outil. Dealey commençait à émettre des borborygmes, les yeux fixes comme ceux d'une marionnette de ventriloque au visage d'un rouge criard, la langue plaquée contre les dents. Ses talons martelèrent le sol, il tenta de se glisser sous la barre, mais l'agresseur était trop fort.

Le grand Noir jeta un coup d'œil de son côté et brandit son fusil. D'une dernière secousse méprisante, il relâcha la pression sur le cou. Dealey s'affala, il se passa la main sur sa gorge endolorie. Un autre coup avec la barre de fer, tout aussi rude, l'envoya rouler vers les autres. Il se retrouva à genoux, non loin des deux Noirs, Jackson et l'homme, vêtu d'un ciré, et, tout en se massant la gorge et en faisant des mouvements de tête, il lança un regard furtif vers les intrus.

Ils formaient un groupe étrange ; la façon dont ils étaient vêtus et les armes qu'ils portaient leur donnaient une apparence encore plus sinistre. Leurs vêtements étaient en loques et couverts de taches ; certains, toutefois, portaient des chemises et des vestes qui avaient encore la marque nette des plis du neuf ; sans doute avaient-ils été récemment dérobés dans les magasins partiellement détruits. Comme le grand Noir, certains étaient vêtus d'imperméables déboutonnés comme s'ils s'attendaient au retour imminent de la pluie. Un ou deux portaient des chapeaux de femme aux bords souples. T-shirt déchiré, pull et jean, tels étaient leurs habits de base ; quelques-uns avaient un châle autour des épaules. Il semblait y avoir plus de Noirs que de Blancs parmi eux et tous portaient des sacs à l'épaule ou des sortes de balluchons.

Il y avait trois femmes, deux Antillaises, sans doute des adolescentes, et une Blanche, plus âgée, les cheveux jaunes en bataille, avec une expression aussi rude que celle des hommes. Elle portait une jupe imprimée, à dominante rouge mais sans éclat, qui lui descendait presque jusqu'aux mollets, des chaussettes et des espadrilles. Le tout agrémenté d'un chandail bleu, large, et d'une grande écharpe en soie bleu pâle qui lui servait de châle. Elle porta la main à sa bouche lorsqu'elle toussa ; c'était un son rauque, plein de bile. Les deux adolescentes portaient un jean serré et un pull-over, l'une d'elles avait un veston d'homme, malgré la chaleur.

Dealey se rendit compte que c'était un fusil à air comprimé, bien qu'entre ses mains, il semblât porteur de mort. Il était même surmonté d'une lunette de visée. En promenant son regard, il s'aperçut que les autres détenaient des armes similaires, alors que certains avaient des revolvers à la ceinture ou pointés sur ceux qui étaient allongés. On aurait dit des pistolets à air comprimé. Le reste de leurs armes consistait en couteaux, en longs bâtons solides — des manches de pioches, sans doute. Un groupe désordonné, effrayant. Il tressaillit en voyant un chien trottiner vers lui et lui renifler les pieds. L'animal était, lui aussi, dans un piteux état, mais, au moins, nulle bave ne diaprait ses mâchoires et nulle lueur de folie ne brillait dans ses yeux. Il semblait également correctement nourri ; il faut dire qu'il n'était pas difficile de se procurer des vivres, ils en avaient fait eux-mêmes l'expérience. Quand le chien s'éloigna, peu intéressé, Dealey remarqua des meurtrissures et des cicatrices sur ses flancs et son ventre ; à certains endroits, des touffes de poils avaient été arrachées.

Dealey porta de nouveau son attention vers les hommes et s'aperçut qu'ils étaient, eux aussi, dans un piètre état. Le grand Noir avait une partie du visage couvert d'ecchymoses et une paupière boursouflée, à moitié fermée ; des points jaunes, purulents, tachetaient ses lèvres. La plus jeune des adolescentes se plia en deux, comme si elle souffrait de maux d'estomac et quelques hommes semblaient éprouver le même malaise. Des bandages rudimentaires leur recouvraient bras et poignets ; on distinguait des pansements sur les jambes à travers les pantalons déchirés. L'un d'entre eux, un adolescent qui ne devait pas avoir plus de dix-neuf ans, s'appuyait sur des béquilles, le pied enveloppé dans des linges décolorés qui le faisaient paraître trois fois plus gros.

Contrairement aux créatures que Dealey avait vues en rêve, aucune ne ricanait. Mais la menace qui en émanait était la même.

Ce fut Jackson qui prit la parole.

— Tu peux pas enl'ver cette lame de ma figure, frère ?

dit-il d'un ton apaisant comme s'il voulait amadouer une bête fauve.

L'expression de l'homme ne changea nullement mais, d'un coup de couteau rapide, il taillada la joue de Jackson, faisant jaillir du sang. L'ingénieur, étendu par terre, porta la main à son visage en jurant ; il retira la main et regarda le sang, atterré.

— J' suis pas ton frère, cochon de merde, fit l'autre homme calmement.

Quelqu'un ricana.

Dealey se mit debout, la main toujours autour de la gorge ; deux intrus s'approchèrent de lui.

— Qui êtes-vous ? demanda-t-il, espérant les intimider par son ton autoritaire.

— Ferme ta gueule, s'entendit-il dire. C'est nous qui posons les questions, et vous qui répondez, fit le grand Noir en braquant son fusil sur la tête de Dealey. C'est un 22 long rifle, aussi puissant que le vrai. Il ne rate pas sa cible, il peut tuer.

— Je n'en vois pas l'utilité. Je puis vous assurer...

Un coup de manche de pioche lui fut assené aux mollets. Dealey partit à la renverse, en poussant un hurlement.

— J' t'ai dit d' la fermer, lui dit le Noir en guise d'avertissement.

Celui qui avait frappé Dealey recula et posa l'extrémité de son gros bâton sur le sol. Il était d'une pâleur malsaine rehaussée d'une rougeur au niveau des yeux.

— J' veux savoir comment vous avez échappé aux bombes, dit le Noir. Comment s' fait-il que vous n'ayez pas été réduits en cendres ?

— Nous étions..., commença Dealey.

— Pas toi, fit-il en pointant le canon de son fusil sur Jackson. J' veux qu' ce soit le Noir qui m' le dise.

Son entourage appréciait son humour.

— Hé, mon vieux, protesta l'ingénieur. Pourquoi tu m' parles comme ça ?

— Contente-toi d' répondre à ma question, cochon de merde.

— Nous étions dans un abri souterrain quand les

bombes sont tombées, dit-il en repoussant le canon du fusil, craignant que le coup ne parte.

L'autre homme ne broncha pas.

— Quel foutu abri ? Vous êtes des types du gouvernement ou un truc comme ça !

Jackson prit conscience de son erreur.

— Non, non, nous sommes simplement des ingénieurs, mon vieux. Nous travaillons au central téléphonique, sous terre, c'est tout.

— Il a dit que c'était un abri, Royston, intervint la femme aux cheveux jaunes. Je les ai entendus parler d'un abri.

Les yeux du Noir se plissèrent d'un air méfiant.

— Ouais, j'ai entendu. Vous êtes un de ces salauds qui ont provoqué tout ça ?

— Vous vous foutez de moi, s'exclama Jackson, les sourcils haussés de surprise. J' m'occupe simplement d'la maintenance, putain, c'est tout. Nous sommes tous des ingénieurs des télécoms, sauf... (Il évita le regard de Dealey.) Allons, de quoi s'agit-il, mon vieux, nous sommes tous dans le même pétrin.

— C'est pas mon avis. T'as l'air plutôt en bonne santé, négro. Tous d'ailleurs, vous m'avez l'air bien. P't-être un peu sales, mais en forme. On en a pas vu beaucoup des comme vous.

— Il y en a d'autres ? ne put s'empêcher de demander Dealey. Combien en avez-vous vus ? (Il reçut un coup de manche de pioche en guise d'avertissement.) Non, je vous en prie, c'est important. Vous devez nous le dire.

— J'ai pas besoin de vous l' dire, merde.

Celui du nom de Royston — prénom ou nom, Dealey s'en moquait en ces circonstances — se pavana.

— Qu'est-ce que vous croyez, que tout le monde est mort ? Presque tous, c'est vrai, même ceux qui devraient pas. Mais vous m'avez toujours pas dit pourquoi vous avez l'air si gras et si en forme. Vous savez quèqu'chose qu'on sait pas ?

Il s'accroupit auprès de Dealey, le ciré froissé entrouvert s'étalant autour de lui, et dit sur un ton de confidence :

— Regarde-nous, mec. Toutes ces escarres, ces entailles, cette toux ne guériront pas. On a attrapé une maladie de merde et certains de nos frères sont morts simplement d'un mauvais rhume, tu vois c' que j' veux dire? Tu vois cette petite là-bas? Elle a tout le corps marqué. Tu vois le type avec les béquilles? Ses pieds puent tellement qu'on peut pas s'approcher de lui. (Il baissa le ton.) La moitié d'entre eux sont en train d'crever et ils le savent pas.

— N'y a-t-il pas d'hôpitaux? de centres médicaux?

— Tu me comprends pas, monsieur. Y a rien, pas d'hôpital, pas d'aide, rien. La seule bonne chose, c'est qu'il y a plus de loi, en dehors de celle-ci, fit-il en tapotant le canon de son fusil.

Dealey hocha la tête lentement, conscient que seule la force brutale prévalait.

— N'y a-t-il pas de troupes dans la ville?

Royston émit un petit rire sec et Dealey grimaça devant son haleine fétide.

— Rien. Il reste rien nulle part dans ce putain de monde. Nous sommes venus de c' côté du fleuve, en pensant qu'il resterait encore quèqu' chose ici, mais tout ce qu'on a trouvé, c'est des morts et des cadavres qui marchaient. Sûrement d'autres groupes comme nous, survivant comme ils peuvent, tuant si c'est nécessaire. La loi d' la jungle, c'est ce qui nous faut, non? Hé, je parle, je parle, et t'as toujours pas répondu à ma question. (Il titilla le nez de Dealey de la pointe de son couteau et sa voix se fit implacable.) Vous êtes combien ici et où se trouve cet abri?

— Regardez ce que j'ai trouvé!

La voix venait de plus loin. Toutes les têtes se tournèrent pour la localiser. Deux silhouettes sortirent de la brume. L'une d'entre elles était Kate. Dealey se rappelait très bien qu'elle s'était éloignée, la veille, en compagnie de Culver, pour passer la nuit dans un endroit plus tranquille. L'autre silhouette, un Blanc portant un pantalon beaucoup trop grand pour lui et un veston, également informe, avec un gilet dessus, la faisait avancer, en la tenant d'une main par les cheveux. Dans l'autre main, il portait un croc de boucher incurvé.

Ses yeux avaient une expression malveillante.

Les autres hommes dans le groupe l'observaient avec un vif intérêt, tandis que la blonde avec le foulard de soie ne dissimulait pas son hostilité à l'égard de Kate, comme si celle-ci représentait une menace.

— J' l'ai trouvée endormie un peu plus loin, annonça son assaillant avec un sourire forcé.

Un foulard rouge était noué autour de son front pour empêcher ses cheveux ébouriffés de lui retomber sur les yeux. Comme les autres, il ne s'était pas rasé depuis longtemps et sa peau était flétrie comme par des cicatrices de brûlure.

— Elle était seule? demanda celui qui s'appelait Royston.

— Je suppose. Elle était profondément endormie quand je me suis approché d'elle.

Dealey scruta la brume. Culver, où était Culver?

Le grand Noir s'immobilisa devant Kate.

— Pas si mal, dit-il en la regardant de la tête aux pieds et en lui passant le dos de la main le long de la joue. Pas extraordinaire, mais pas mal.

Il laissa errer sa main sous son menton, lui effleura le cou, et la glissa dans le col ouvert de sa chemise. Quand il sentit ses seins, il serra très fort.

Kate se dégagea, ripostant de ses poings fermés. Celui qui la tenait toujours par les cheveux la força à s'agenouiller, tandis que les autres, méfiants à l'égard de leurs prisonniers, se réjouissaient à l'avance. Ces dernières semaines, ils avaient appris qu'ils pouvaient s'emparer de tout ce qu'ils trouvaient : vivres, vêtements, abri, corps et vies. Il n'y avait plus aucun contrôle, seule comptait la survie.

Avec précaution, Royston posa le fusil à air comprimé par terre, mais garda la lame du couteau pointée vers le haut et s'approcha encore de Kate. Elle lui lança un regard furieux, mêlé de frayeur. Royston aplatit la lame contre la joue de Kate et la froideur de l'acier lui fut aussi répugnante que son contact. Son visage n'était qu'à quelques centimètres du sien et elle se rendit compte qu'il n'y avait pas que son haleine qui exhalait une odeur effroyable, mais également ses blessures et ses escarres ; ses lèvres gercées remuaient lentement, comme si le simple fait de parler lui faisait mal.

— T'as besoin d'une leçon, toi, la Blanche. T'auras plus besoin de me dire c' qui faut faire, fit-il en tordant sa lame de façon à ce que Kate ait la pointe acérée contre sa joue. (Kate essaya de reculer. Du sang perlait sur le métal terni, mais la main qui la tenait par les cheveux était ferme.)

— Bon sang, que faites-vous ? hurla Jackson, furieux à cause de l'image que donnaient ses frères de couleur autant que par la violence exercée sur la jeune femme.

Il bondit et, d'un coup de pied, envoya rouler l'autre Noir au sol en le suivant dans son élan pour lui saisir la main qui tenait le couteau. Patte-d'éléphant relâcha Kate et prit Jackson par-derrière ; il se servit du croc de boucher pour lui harponner l'épaule et tira. Jackson hurla lorsqu'un crochet s'accrocha à un muscle. Il fut tiré et se recroquevilla en boule tandis qu'ils le harcelaient de coups de pied hargneux.

Les deux jeunes Noirs qui surveillaient Fairbank, dont l'un portait un chapeau de femme à bord souple, défièrent l'ingénieur de bouger. Un autre, un Blanc d'une corpulence impressionnante, mais très jeune, tenait son bras autour du cou de Dene et pressait le canon d'un revolver à air comprimé sur sa tempe. Ellison était également sous bonne garde et Dealey restait immobile, à quatre pattes.

— Arrêtez, vous allez le tuer ! fit Kate d'un ton suppliant.

— Ça suffit ! dit le grand Noir en se levant une fois de plus.

Kate pleura de soulagement quand les coups cessèrent. Son soulagement était prématuré.

Royston se baissa pour ramasser le fusil.

— On va employer la manière forte avec c'te bonne femme, dit-il. P't-être qu'on aura quèqu' réponses en même temps. Amenez-la ici !

Il s'avança à grandes enjambées vers le feu mourant et donna un coup de botte dans les cendres. Sous la poussière blanche, des braises brûlaient encore.

— Hé! Amenez-le-moi.

Patte-d'éléphant et un autre homme saisirent Jackson par les coudes et le tirèrent vers le large cercle de braises qui se consumaient lentement.

— Bon, fourrez-lui la tête là-dedans, fit Royston en désignant les braises incandescentes.

— Non! hurla Kate, en se précipitant.

Royston, sans même regarder, lui assena une claque qui l'envoya rouler au sol. Il fit signe à ses hommes et se mit derrière Jackson, à demi conscient, jambes écartées, la crosse du fusil posée sur la hanche, le canon pointé vers le haut.

Patte-d'éléphant et son complice avaient une expression sinistre. Ils tirèrent l'ingénieur, à genoux, vers le feu. Tout au bord, ils le forcèrent à se pencher pour qu'il perde l'équilibre. Puis ils lui poussèrent la tête vers le bas.

Culver s'avança furtivement, au ras du sol, profitant de l'obscurité qui commençait à s'accentuer. Il tenait à la main la hachette qu'il avait emmenée avec lui la veille. Lui et Kate s'étaient mis à l'écart des autres qui bavardaient autour du feu, souhaitant tous deux un peu d'intimité, une occasion de se parler. Ils avaient trouvé un arbre abattu et s'étaient blottis contre sa souche. Culver avait étendu la couverture qu'ils avaient amenée et ils s'y étaient enveloppés. Il avait prévu une hache au cas où des visiteurs importuns, au pelage noir et aux dents acérées, feraient irruption durant la nuit. Ce n'était qu'une mince protection, mais l'arme le sécurisait.

Ils avaient échangé des baisers, des caresses, avaient fait gentiment l'amour, car tous deux étaient encore épuisés et la fatigue les empêchait de connaître le bonheur suprême; mais ils étaient bien dans les bras l'un de l'autre, heureux de se parler à voix basse, de se confier, de mieux se connaître. Le sommeil les avait vite terrassés.

Culver s'était réveillé le premier, le lendemain matin;

il s'était doucement dégagé de l'étreinte de Kate ; elle avait remué en marmonnant quelque chose ; il avait déposé un baiser sur son front humide et lui avait dit de dormir, car il était très tôt. Culver s'était éloigné pour aller se soulager, en emportant sa hache par précaution ; maintenant qu'il faisait jour, il se méfiait davantage des animaux atteints de la rage que des rats.

Près du centre du parc, il avait trouvé un abri partiellement détruit. Ridiculement pudibond, il y avait pénétré. Il défaisait sa fermeture Éclair quand une odeur infecte le saisit. Il recula de dégoût et son pied glissa sur quelque chose d'humide. Il eut un haut-le-cœur en explorant le sol dans l'obscurité.

Les gens avaient dû s'abriter juste avant l'explosion des bombes — c'était aux alentours de midi et le parc devait être bondé — ou peut-être s'étaient-ils furtivement glissés là par la suite. Les cadavres, ou du moins ce qu'il en restait, formaient un amas stagnant, étendu au sol comme un tapis froissé, en boule. Pourtant les corps se mouvaient. Grouillant en un tas gris-blanc.

Les asticots avaient dû dévorer la moitié de la chair, mais ils se tordaient toujours parmi les os, formant une surface luisante dans leur quête de nourriture, bien ordonnée, presque rituelle.

Il sortit précipitamment de l'abri, se tenant la bouche comme pour éviter de souiller davantage de son vomi leur mausolée. Il rendit tripes et boyaux. Et même lorsque son estomac fut vide, la contraction des muscles resta douloureuse ; il expulsait de l'air vide comme pour épurer totalement son corps. Il lui fallut un certain temps avant d'être capable de faire quelques pas pour trouver un autre endroit où se soulager.

Le parc était jonché de débris, séquelles de l'explosion des bâtiments environnants et, bien qu'il fût relativement abrité, aucun arbre, buisson, ou brin d'herbe n'avait été épargné. Il évita les essaims de gros insectes, sachant qu'ils se repaissaient des cadavres. La brume se levait plus rapidement, le sol et les ruines commençaient à sécher malgré les averses incessantes qui s'étaient abattues durant des semaines. Culver, vacillant, retourna vers l'arbre sous lequel lui et Kate s'étaient abrités.

Surpris de ne pas la trouver, il pensa qu'elle était retournée avec les autres, près du feu. Il aurait fait la même chose. Culver poursuivit son chemin, tout en réfléchissant au programme de la journée (il tentait de chasser de son esprit l'image de la tombe grouillante). Soudain il entendit les voix des intrus avant même de les apercevoir. A leur intonation, il comprit aussitôt qu'ils n'étaient pas là dans un but amical.

Culver s'aplatit au sol ; la brume était encore suffisamment épaisse pour le masquer s'il ne s'approchait pas trop. Il les distingua et se raidit, chassant facilement les précédents souvenirs. Il vit le grand Noir, vêtu d'un ciré transparent ridicule, toucher Kate ; sa main se crispa sur sa hache. Jackson bondit sur l'homme lorsqu'il posa son couteau sur la joue de Kate, le faisant tomber à la renverse, et il fut aussitôt assailli par deux autres.

L'inconnu noir cria quelque chose et Jackson fut traîné vers les cendres. La jeune femme avait été assommée et son assaillant lui avait tourné le dos avant que Culver se rende compte de ce qui allait arriver.

Le visage de Jackson n'était qu'à quelques centimètres des braises incandescentes lorsque la colère — plus que la colère : une férocité qui emplit chaque recoin de son corps, envoyant des élancements lancinants dans sa tête — explosa en un cri silencieux, le secouant de tremblements ; ses lèvres entrouvertes révélaient des dents serrées, son visage reflétait la haine à l'état pur. N'avaient-ils pas traversé suffisamment d'épreuves sans que ceux de leur propre race, survivants comme eux, ne les soumettent à un traitement aussi odieux ? La destruction ne leur avait-elle rien appris ? La folie n'avait-elle engendré qu'une nouvelle forme de folie ? Il refoula un cri et, sans rien dire, bondit.

Culver fut parmi eux avant même qu'ils s'en soient aperçus ; le grand Noir lui tournait toujours le dos.

Poussant enfin un cri, Culver propulsa la hache qui vint s'abattre sur la colonne vertébrale de celui qui portait le ciré, le sectionnant complètement. Il lui fallut tirer de toutes ses forces pour libérer la hache.

Royston émit un cri perçant d'animal ; ses bras se tendirent et laissèrent tomber les armes. Il s'effondra aussitôt, à plat ventre sur le sol, incapable du moindre mouvement, capable seulement de mourir. Ses pieds et ses mains se tordirent convulsivement et un gémissement sortit de ses lèvres couvertes de croûtes.

Culver ne s'attarda pas ; sa cible suivante fut l'un de ceux qui tenaient Jackson au-dessus des cendres, celui qui portait un foulard rouge autour du front. La lame de la hache l'atteignit sous le menton, lui relevant la tête d'un coup sec, l'envoyant rouler dans les braises. Culver sentit un coup violent contre son blouson de cuir et vit un fusil braqué sur lui. L'espace d'un instant, il se dit que peut-être il avait reçu une balle, pourtant aucun coup de feu n'avait retenti et il ne ressentait aucune douleur. Il balança de nouveau la hache ; le fusil tomba tandis que l'intrus qui le brandissait saisissait son poignet fracturé.

Jackson tomba la tête la première dans le feu et roula en hurlant, les braises luisant sur sa peau sombre.

Culver ne pouvait l'aider : les ennemis à combattre étaient trop nombreux. Il plongea au moment où un fusil le visait et sentit une piqûre le long de la joue. L'homme au fusil fondit sur lui, se servant de l'arme comme d'une matraque.

Fairbank profita de la confusion. Il s'empara de la hache, tombée à côté de lui, et plongea la partie contondante dans l'estomac de l'un de ses assaillants. L'autre reçut la partie acérée en plein nez.

Le gros homme qui tenait Dene tira une balle de son revolver à air comprimé dans la tempe de l'ingénieur. Dene tomba à genoux, les mains sur la blessure. Il s'affala, la tête en avant, et resta au sol, immobile et silencieux. Le gros homme aussitôt ouvrit l'arme d'un coup sec.

Ellison tenta d'échapper aux trois hommes qui venaient vers lui. Ils le rattrapèrent facilement ; il se débattit avec ses poings et ses pieds, mais succomba rapidement à leurs assauts conjugués.

Apercevant l'individu qui se précipitait vers Culver, Dealey lui attrapa les jambes en plein élan et le projeta à terre. Culver bondit et lui frappa la nuque de son pied. Un craquement sinistre se fit entendre; il espérait que c'était le nez. D'un simple coup d'œil, il évalua les dégâts et prit la hache devant lui par précaution.

Kate tira Jackson du feu et lui ôta les braises du visage. Fairbank venait de taillader la jambe d'un gros individu qui avait brandi un pistolet à air comprimé, sans cible précise. Le coup partit, retentissant au milieu des cris de femmes et des aboiements de chiens excités; du sang jaillit de sa cuisse. L'homme blessé se baissa, gémissant tandis qu'il essayait d'arrêter l'hémorragie. Trois autres hommes et femmes assistaient à la scène, le regard inquiet; l'attaque avait été si prompte et si dévastatrice qu'ils étaient perplexes. Maintenant, c'était à leur tour d'avoir peur.

Ce fut la blonde, vêtue d'une jupe longue et d'un foulard de soie bleue, qui mit un terme à la situation : avec un cri perçant, elle se rua sur Culver. Des ongles pointus lui lacérèrent le visage. Il n'eut que le temps de lever le bras pour se protéger les yeux d'une blessure plus grave. Ils tombèrent à la renverse sans pour autant cesser la lutte; le dos de Culver souleva une pluie de cendres.

Les trois individus s'avancèrent, stimulés par la furie de la femme. Fairbank surgit brusquement devant eux, la hache brandie, les défiant d'approcher. Hésitants, ils levèrent leurs armes, une barre de fer, un manche de pioche et un couteau. Leur progression était plus prudente.

D'un coup de genou entre les jambes de la femme, Culver la projeta au sol. Elle se tordit de douleur de l'autre côté des cendres, à bout de souffle, mais déjà tentait de se relever. Culver se redressa; des braises tombaient de son blouson de cuir; il se tourna à moitié pour faire face à l'attaque. Le visage crispé de la femme n'était qu'à quelques centimètres; encore en équilibre précaire, il lui assena un coup de poing et la suivit dans sa chute en s'écartant de la chaleur. Il avait les doigts en sang quand il se releva.

Il vit Fairbank parer un coup de barre de fer avec la

hache. Un autre homme s'apprêtait à le frapper sur la tête avec un énorme madrier. Culver avança de deux pas et bondit, pivotant pour attaquer l'assaillant sur le côté. Ils tombèrent tous deux et Culver se releva instantanément ; sa botte atteignit au menton l'homme à terre. Un troisième homme, qui maniait le couteau, recula, ne souhaitant pas s'en mêler. Les deux Noires, accrochées l'une à l'autre, hurlaient en prenant soin de rester à l'écart. Culver vint à la rescousse de Fairbank et vit que l'homme à la barre de fer s'était également retiré de la mêlée. Le sourire de Fairbank était peu engageant.

Culver le rejoignit et dit doucement :

— Nous ferions mieux de filer d'ici tant que c'est possible.

— En effet, répliqua Fairbank.

Ils se rendirent vite compte du triste état de leurs compagnons ; Ellison semblait être le plus mal en point.

— Dealey, aidez Kate, ordonna Culver. Courez vers le fleuve. Vous connaissez le chemin.

Dealey se leva et se dirigea en titubant vers Kate qui, agenouillée près de Jackson, continuait à lui ôter les cendres du visage. Les trois hommes qui frappaient Ellison furent pris au dépourvu par Culver et Fairbank qui se jetèrent sur eux. Deux tombèrent sur-le-champ, quoique blessés très légèrement ; le troisième chancela lorsque Fairbank lui assena un coup de son poing gauche. Culver et Fairbank relevèrent Ellison et le traînèrent vers leurs compagnons qui battaient en retraite.

— Dene ! hurla Fairbank.

Culver promena son regard et trouva le jeune ingénieur prostré.

— Allez, je vais m'en occuper.

Fairbank, la hache levée dans la main droite, la gauche soutenant Ellison, s'éloigna à pas chancelants tandis que le pilote se penchait à la hâte sur le corps flasque de Dene. Il s'agenouilla et tourna l'ingénieur vers lui. La mort lui était suffisamment familière pour la reconnaître aisément.

Des pas approchèrent ; en levant les yeux, il aperçut

l'assaillant à la barre de fer foncer vers lui. Il lança sa hache qui heurta la poitrine de l'individu, mais pas du côté de la lame ; la violence du choc suffit, cependant, à mettre un terme à l'attaque. La barre de fer tomba au sol quand l'attaquant s'étreignit l'estomac, les jambes flageolantes.

Aussitôt Culver se releva et se mit à courir ; il traversa le parc dévasté, regrettant que la brume se levât si vite ; il aurait préféré se mettre à couvert. Il rattrapa les autres et libéra Kate qui soutenait l'ingénieur de maintenance, grièvement blessé, qui gémissait. Dealey maintenait Jackson de l'autre côté. Ils avançaient le plus vite possible, tant bien que mal ; après être passés devant la tombe remplie d'asticots que Culver avait découverte plus tôt, ils longèrent des courts de tennis déserts ; le grillage qui les entourait, étrangement, avait été épargné par l'explosion.

Jackson trébucha, tomba, et faillit entraîner Culver et Dealey dans sa chute.

— Ne vous arrêtez pas! hurla Culver aux autres, faisant signe à Kate de continuer. Ils vont nous poursuivre !

— Il faut trouver une cachette, fit Dealey tandis qu'ils relevaient Jackson.

— Dès que nous aurons creusé une certaine distance entre eux et nous, lui dit Culver.

Des débris étaient amassés à divers endroits à la lisière du parc ; ils escaladaient les côtes les moins pentues de préférence, se frayant un chemin au milieu des décombres. Culver remarqua que Jackson avait un œil complètement fermé et que la majeure partie de son visage était à vif ; des morceaux plus sombres étaient incrustés dans sa peau ; c'était du charbon qui avait creusé un sillon indélébile. Son épaule gauche était couverte de sang. Au sommet d'une côte, Culver se retourna pour voir s'ils étaient vraiment suivis. Dans le tourbillon de brume, on distinguait des silhouettes qui couraient. Il se laissa tomber dans la ravine en contrebas, aida Jackson, conscient d'avoir été aperçu : l'une des silhouettes s'était arrêtée et le montrait du doigt.

Une autre image s'était imposée dans son esprit : la cité détruite, des monticules de terre pulvérisée, des bâtiments déchiquetés qui se dressaient au-dessus de la brume mouvante, bas dans le ciel, telles des montagnes au-dessus des nuages.

Pour Kate et Alex Dealey, c'était le spectacle le plus saisissant de la capitale anéantie qu'ils aient vu jusque-là, et, pour la première fois, l'ampleur du désastre les atteignit presque physiquement. Stupéfaits, et plus troublés que jamais, ils se frayèrent péniblement un chemin à travers les creux et les bosses, les crêtes et les énormes masses de béton. La chaleur rendait leurs efforts plus pénibles encore ; ils suaient sang et eau. Même la poussière qu'ils soulevaient dans leur course contribuait à leur donner un sentiment d'étouffement et à les ralentir. Des fragments de verre luisaient dans les décombres comme des diamants étincelants frappés par des rayons de soleil, les volutes de fumée ne parvenant pas à retenir totalement la lumière.

La cheville blessée de Culver lui faisait horriblement mal ; il sentait que ce n'était pas de la sueur qui transperçait le bandage et la chaussette. Il porta la main à sa joue douloureuse et ses doigts se couvrirent de sang ; il avait supporté bien d'autres blessures dans la lutte, plus tard il se pencherait sur elles — si toutefois il y avait un plus tard.

Kate fit un faux pas et poussa un cri, mais elle poursuivit son chemin en boitillant, trop effrayée pour tourner la tête.

Devant eux, la vallée s'élargissait ; Culver savait qu'ils devaient se trouver dans ce qui, autrefois, était une des artères principales qui menait à l'écluse d'Aldwych ; un peu plus loin, il y avait Waterloo Bridge et la Tamise. Tout près, devait se trouver l'unique endroit sûr.

Mais, à cette allure, il savait bien qu'ils ne pourraient jamais y arriver.

24.

— Là!

Culver désigna la brèche, un trou créé par une large dalle de béton fissurée, appuyée contre la vitrine du magasin. La majeure partie du bâtiment, au-dessus du magasin, avait glissé le long de la dalle de béton et tout autour; il y avait une ouverture entre la dalle et un amoncellement de gravats. Culver et Dealey aidèrent Jackson, qui gémissait toujours de douleur; Fairbank soutenait Ellison, chancelant après la rossée qu'il avait subie.

Ils se dirigèrent vers la brèche. Culver se retourna pour scruter le paysage. Il ne voyait pas leurs poursuivants, mais les entendait : une meute hurlante, avide de sang. La revanche était leur seule motivation; leur survie aussi.

Dealey hésita devant l'entrée.

— Ce n'est pas très sûr. Toute l'armature est branlante et instable.

Culver lui tendit une pelle.

— Prenez Jackson, suivez les autres. Une seule seconde de perdue et la meute va nous apercevoir.

Dealey s'exécuta à contrecœur. L'ingénieur noir pesait sur lui de tout son poids, il l'aida à s'accroupir pour passer à travers la brèche. Le pilote entra à reculons, le regard fixé sur la route derrière eux. Il se dissimula quand la première tête apparut sur le petit monticule de gravats, espérant ne pas avoir été aperçu. Jusque-là, ils avaient eu de la chance, son attaque avait pris les intrus par surprise et s'était avérée d'autant plus efficace. Cette fois, ces gens n'étaient plus là pour voler, faire souffrir ou poser des questions, ils étaient là pour tuer.

La poussière retomba, l'aveuglant l'espace d'un instant. Il l'ôta en clignant des yeux. Un craquement se fit entendre au-dessus de sa tête, puis des masses de béton s'écroulèrent. Dealey avait raison : tout était sur le point de s'effondrer.

Il s'aventura plus avant; les silhouettes de ses compagnons étaient à peine visibles dans la faible lumière. Quelque chose bougeait autour d'eux. Les gémissements d'un bâtiment à l'agonie. Non, les derniers sursauts d'une bâtisse déjà écroulée. Une pluie incessante avait accompli son œuvre sur les décombres depuis des semaines et avait transformé le béton pulvérisé en bouillie. Il percevait le bruit de l'eau, tombant goutte à goutte, tout autour.

Des voix se firent entendre à l'extérieur. Culver et ses compagnons, l'oreille tendue, se figèrent. Des cris de colère, et autre chose aussi. De l'excitation. La soif de poursuite. Un nouveau sport issu du chaos. La chasse à l'homme.

— Ne bougez pas! murmura-t-il et eux, les bêtes traquées, ne firent pas un geste.

Dealey aspira de la poussière et un air putride; il se demandait ce qui les attendait dans l'obscurité. Il scruta les ténèbres. Ils se trouvaient à l'intérieur d'un magasin car, juste de l'autre côté de la brèche, ils avaient trébuché sur un petit rebord, sans doute une ancienne vitrine. Au loin, à l'extrémité du magasin, il distinguait une lueur. Une autre ouverture, une issue. Il apercevait seulement des étalages brisés et le sol jonché de débris. Ah, une librairie. Il la connaissait pour y avoir feuilleté des livres en... en des temps meilleurs. Quelle valeur accorder aux écrits maintenant?

A ses côtés, Jackson gémit. Dealey sentit une humidité inhabituelle imprégner ses vêtements, un flot gluant qui n'avait rien à voir avec la sueur. L'ingénieur déversait son sang sur lui. Il eut un mouvement de répulsion.

Jackson émit un grognement. Effrayé à l'idée que les bruits pussent être entendus dehors, Dealey plaqua la main sur la bouche du blessé. Les yeux mi-clos de Jackson s'ouvrirent tout grands sous la douleur soudain plus forte sur ses lèvres brûlées ; il s'en prit à l'obscurité et se débattit contre celui qui tentait de l'étouffer. Il était libre mais en proie à une terreur intense. Des formes se profilaient tout autour de lui, des mains se tendaient, des doigts effleuraient sa peau calcinée. De nouveau, il se mit à hurler et tenta de s'échapper. Quelque chose essaya de le retenir ; il le repoussa violemment. Il lui fallait sortir. Il y avait une lumière, une brèche. Il lui fallait sortir. Il y avait des rats dans l'abri ! D'énormes rats noirs ! Des rats qui pouvaient déchiqueter un homme ! Il lui fallait sortir !

Culver secoua l'ingénieur affolé, sachant qu'il était déjà trop tard ; dehors, ils avaient dû entendre. Fou de douleur et de panique, Jackson se débarrassa du pilote, avec la seule intention de parvenir à la source de lumière, le désir ardent de fuir le trou noir souterrain où il sentait sa peau brûlée et percevait les cris perçants et les bousculades des créatures de la nuit. Il se dirigea à pas chancelants vers le triangle de lumière, glissa sur des objets éparpillés au sol, et faillit tomber sur des formes massives qui gisaient dans la poussière.

Il était presque arrivé. L'air lui semblait plus sain. Il versa des larmes de soulagement. Mais il voyait des formes qui entraient, des silhouettes qui comblaient la brèche, masquaient la lumière, polluaient l'air. Des cris jaillissaient ; cela lui rappelait les ricanements de ceux qui lui avaient plongé le visage dans les braises, les jurons sarcastiques des hommes et des femmes, pires que des animaux enragés, qui ressemblaient maintenant à la vermine qui errait dans l'univers souterrain, mutilant non pas simplement pour vivre mais pour le plaisir que cela procurait. Il poussa un grognement et se rua vers les silhouettes qui obstruaient l'entrée, repoussant les poutres tombées au sol pour parvenir jusqu'à eux ; il avait envie de sentir leur chair déchiquetée sous ses doigts.

Les autres entendirent le craquement et se rendirent compte de la masse en mouvement au-dessus de leurs têtes.

— Ça cède ! hurla Dealey.

Il était inutile d'ajouter quoi que ce soit. Ils s'écartèrent ensemble de l'endroit d'où provenaient les craquements et les déchirements, lentement d'abord, presque avec prudence comme si leur hâte pouvait précipiter l'avalanche ; mais lorsque les craquements dégénérèrent en un grondement et que les murs grincèrent à l'extérieur, ils se mirent à courir à l'aveuglette vers l'arrière du bâtiment.

Ceux qui étaient piégés dans l'entrée hurlèrent sans doute, mais leurs cris furent couverts par l'effondrement du reste du bâtiment, section par section. Kate, Fairbank, Dealey, Ellison et Culver eurent d'abord envie de se cacher sous les meubles ou contre les piliers, mais les pierres et les poutres continuaient à s'écrouler, les poussant chaque fois plus loin, ne leur permettant aucun répit, telles des mâchoires d'alligator happant des crapauds bondissants. Il régnait une confusion insensée, une agitation tumultueuse.

Kate tomba, se releva, sans savoir si des mains invisibles lui étaient venues en aide ; elle courait, glissait, sans s'arrêter, précédant toujours l'énorme vague. Vers la lumière, un rai de lumière, un mince filet jaune paille. Une porte, encore debout, légèrement entrebâillée, le bas du bâtiment protégé par d'autres bâtisses, de l'autre côté de la route, ayant elles-mêmes leurs étages supérieurs arrachés.

Quelqu'un tirait la porte de l'intérieur, l'ouvrant toute grande et balayant tout le fatras qui jonchait le sol ; et Fairbank — c'était du moins ce que Kate croyait — la faisait passer, lui criant vaguement de ne pas s'arrêter de courir, mais les instructions étaient inaudibles. Elle se retrouva dehors, suivie de près par tous les autres qui s'agglutinaient derrière elle ; tous fuyaient le bâtiment qui s'écroulait, ils gravissaient le monticule formé par les débris, de l'autre côté ; ils ne s'arrêtèrent que lorsque le souffle leur manqua, tout comme l'énergie, lorsqu'ils furent couverts de nuages de poussière qui les firent suffoquer au point qu'ils tombèrent et se cachèrent le visage, étendus là avec l'espoir, le souhait intense d'être suffisamment loin pour ne pas être atteints par les débris. Ils attendirent que le grondement diminue, s'évanouisse, puis cesse enfin.

Kate leva la tête et ôta la poussière de son visage et de ses yeux. Elle se tenait de côté ; le sommet de la pente qu'elle avait essayé de grimper s'arrêtait net à cinquante ou soixante mètres ; les restes d'une bâtisse se dressaient sur la crête, tels des monolithes. Quelqu'un gémit à côté d'elle ; elle se retourna et aperçut une silhouette enduite d'une vague poudre blanche, qui était en fait de la poussière de pierre pulvérisée ; la personne, effondrée comme elle, se mit à bouger. C'était Ellison.

Kate se redressa. Un peu plus bas, elle distingua Dealey, également à peine reconnaissable sous des couches de poussière. Beaucoup plus bas, Fairbank se levait doucement ; il s'essuya le visage d'une main, tandis que, de l'autre, il tenait toujours la hache ; il se retourna pour contempler l'immeuble détruit ; la majeure partie de la façade tenait encore debout — du moins de leur côté. Aucun signe de Jackson, ni des poursuivants ni de...

— Steve ? (C'était une douce question posée dans un nuage de poussière.) Steve ?

Cette fois Kate hurla son nom.

Les trois hommes près d'elle sur la pente sortirent brusquement de leur léthargie et, atterrés, tournèrent leur regard vers le bas. Non, pas Culver, ils avaient besoin de lui ! Cette perte soudaine leur fit prendre conscience de la nécessité absolue de sa présence. Dealey s'assit sur la pente et se passa la main dans ses rares cheveux couverts de poussière, le front plissé de détresse. Ellison secoua la tête de désespoir ; il n'avait pas beaucoup de sympathie pour Culver, mais reconnaissait que sa présence était sécurisante. Au point qu'il se demandait s'ils pourraient survivre sans lui. Fairbank, qui habituellement était jovial, arborait une expression sinistre, mêlée d'incrédulité ; il avait le regard sceptique, les lèvres serrées; Culver avait traversé des épreuves bien trop éprouvantes pour mourir d'une façon aussi stupide. Kate, sous le choc, était figée. Elle avait le regard rivé aux nuages qui s'amoncelaient, attentive au moindre bruit : aux derniers éboulements sporadiques, aux pierres et fragments de verre qui se stabilisaient, aux glissements d'objets sur le gravier. Après avoir laissé échapper un cri, elle resta bouche bée, les poings serrés devant elle.

Les nuages de poussière se dispersèrent lentement, emportant la brume avec eux et le paysage ne fut plus qu'un mince voile de particules flottantes.

Kate éclata en sanglots lorsque Culver apparut derrière une masse informe, sans doute une voiture qui, maintenant, était à moitié enfouie sous les décombres. Otant la poussière de sa tête, de ses épaules et de ses bras, il escalada la côte pour venir les rejoindre.

— Vous pensiez m'avoir perdu, hein?

Les larmes de Kate semblaient sans fin. Les autres s'assirent à l'écart, gênés et impatients de poursuivre leur route, tandis que Culver l'étreignait tendrement, faisant de son mieux pour endiguer le flot de ses larmes.

— Je croyais que vous étiez mort, Steve, lui dit-elle entre deux sanglots. Après tout ce que nous avons traversé, c'était trop.

— C'est presque terminé, Kate. Nous arrivons au bout de nos épreuves.

— Ce ne sera jamais le cas. Il ne nous reste rien.

— Nous sommes en vie, c'est ce qui importe. Sans doute croyez-vous maintenant que c'est impossible, mais il faut chasser toute autre pensée de votre esprit. Pensez simplement à rester en vie et à sortir de cet enfer; n'allez pas au-delà sinon vous allez sombrer dans la folie.

— Je n'en suis pas loin, Steve, je m'en rends compte. Je ne peux en supporter davantage.

— Vous êtes la plus saine d'esprit parmi nous, lui dit-il en l'embrassant sur le front.

Ses tremblements s'apaisèrent peu à peu.

— Mais que nous reste-t-il ? Où peut-on aller, que peut-on faire ? Quel univers s'offre à nous ?

— Peut-être un univers paisible.

— Comment pouvez-vous dire cela après l'épreuve de ce matin ? et d'hier soir ?

— Ce matin, nous avons appris qu'un holocauste ne change pas nécessairement en bien la nature des hommes. Nous en avons vu suffisamment pour savoir que l'instinct de conservation peut entraîner le pire.

Les larmes continuaient de couler, mais elle n'était plus secouée de sanglots.

— Nous en avons pris conscience dans l'abri.

— Ouais, murmura-t-il d'un ton méditatif, on a pu constater un certain manque d'esprit de camaraderie, né de la peur et du désespoir.

— Les gens de ce matin ne semblaient pas désespérés. Ils avaient plutôt l'air de s'amuser.

— Disons que nous sommes retournés brutalement des milliers d'années en arrière, à une époque où les autres tribus constituaient l'ennemi et où certaines espèces d'animaux étaient dangereuses. Nous avons traversé cette épreuve, et nous pourrions recommencer.

— Vous êtes peu convaincant, fit-elle, reprenant des couleurs.

— Je sais. Je n'y crois pas moi-même. Mais nos ancêtres avaient probablement raison sur un point : ils passaient leur temps à se demander comment survivre et ne se posaient pas la question du pourquoi de la vie. Ils étaient trop occupés à trouver de quoi se nourrir et à construire des abris pour sombrer dans le désespoir.

— Dieu merci, j'ai trouvé l'oracle qui va me guider, dit-elle en reniflant.

— Je veux dire simplement, fit-il en esquissant un sourire, qu'il faut se concentrer sur le présent et rien d'autre. Le reste est un problème bien trop vaste à envisager. Prenez l'exemple de Fairbank : il donne l'impression d'être sur pilotage automatique. Peut-être finira-t-il par craquer, mais pas avant d'en avoir le temps et seulement quand il se trouvera dans un environnement plus sûr et plus stable. D'après ce que je crois comprendre, hier ne l'intéresse pas, ni demain d'ailleurs. Seul maintenant, l'instant présent, le préoccupe aujourd'hui.

— Ce n'est pas normal.

— Pour lui, si. Et vu les circonstances, pourquoi pas?

— Mais il faut penser à l'avenir si nous voulons survivre.

Ses sanglots avaient cessé; il essuya ses larmes qui, mêlées à la poussière, lui barbouillaient les joues.

— Notre but doit être notre lieu de destination.

— Nous en avons un? Vous voulez dire sortir de Londres?

— Plus près. Vous vous sentez mieux?

Elle fit oui, de la tête.

— Je suis désolée. Je croyais vous avoir perdu...

— Je suis au-dessous de tout, fit-il en l'embrassant sur les lèvres.

— Vous êtes dans un état pitoyable.

— Vous n'êtes guère mieux.

— Les autres nous observent-ils?

— Ils essaient d'être discrets. Pourquoi?

— J'ai envie de vous caresser.

— Bonne idée. Tout de suite?

— Et même plus tard.

— Ça vous rend toujours aussi sexy quand vous pleurez?

— Plutôt, oui.

— C'est bon à savoir.

Il l'embrassa et leur baiser n'était pas seulement consolateur. Ils se séparèrent volontairement, ni l'un ni l'autre ne tenant à prolonger ce doux tourment. Un peu essoufflé, Culver fit signe aux autres.

— Prêts à partir? leur demanda-t-il.

— Nous vous attendions, mon vieux, répondit Fairbank.

— Partir où? J'ai reçu une rossée, on m'a traîné au milieu des ruines, j'ai failli mourir écrasé, s'écria Ellison, crachant la poussière qu'il avait dans la bouche avec dégoût. A votre avis, vais-je pouvoir en endurer encore davantage?

— On n'en peut plus, tous autant que nous sommes, c'est évident, lui dit Culver, aussi montrez-vous aussi agréable que d'habitude et nous verrons ce que nous pouvons envisager.

Il scruta les ruines, désireux d'observer l'ampleur des dégâts. La brume se levait, mais il était encore impossible de distinguer les petites collines qui entouraient la ville ravagée. Il se demandait ce qu'il y avait au-delà.

— Bon, dit-il enfin, nous pouvons nous promener dans la ville pour voir ce qu'il reste ; sur notre route, nous trouverons des vivres et un abri. Apparemment il ne faut pas compter sur une aide officielle et je doute que nous trouvions la soupe populaire distribuée par la Croix-Rouge.

— Mais enfin que fait le gouvernement ? s'exclama Ellison d'un ton hargneux. Putain, mais qu'est-ce qu'il fait ?

— La dévastation a été bien pire que prévu, fit Dealey. Elle a été sous-estimée. Personne n'avait prévu...

— Pas de jargon administratif, Dealey, pas de ces plates excuses ! s'écria Ellison, effleurant, de façon menaçante, une brique posée à ses côtés.

— Ça suffit, Ellison, l'interrompit Fairbank. C'est trop ! (Ses paroles étaient d'autant plus inquiétantes qu'elles étaient prononcées avec calme. Il se tourna vers Culver.) Et le siège du gouvernement, Steve ? Y serions-nous plus en sécurité ?

— J'allais vous en parler. J'ai eu une petite conversation avec Dealey, ici présent, et il m'a confié des détails intéressants sur cet endroit. Il semble imprenable. A l'abri des bombes, des radiations, de la famine.

— D'accord, et des inondations ? grommela Fairbank, d'un air lugubre.

— Chaque section peut être fermée hermétiquement, fit Dealey.

— Pouvez-vous nous y faire entrer ? demanda Ellison, fébrile.

— Il connaît les accès, dit Culver. Mais nous nous en préoccuperons le moment venu.

— Alors vous pensez que nous devrions nous diriger vers l'abri ? dit Kate.

— Ouais, il faut littéralement aller sous terre. C'est notre seule chance.

— Je suis de cet avis, fit Dealey, les dévisageant tous, les uns après les autres. C'est ce que j'ai préconisé depuis le début. Attendre que les radiations n'aient plus d'effet, puis rejoindre la base principale.

Ellison eut alors une arrière-pensée.

— Comment savons-nous si c'est vraiment un lieu sûr? Nous n'avons obtenu aucune communication d'eux.

— C'est sans doute de notre côté, ou au milieu, qu'il y a une faille, répondit Dealey. Souvenez-vous, nous n'avons pas eu non plus de contact avec les autres abris. Il y va non seulement de notre intérêt de faire un rapport au quartier général gouvernemental, mais de mon devoir en tant que fonctionnaire.

Fairbank, avec un sentiment de lassitude, applaudit.

— C'est un choix possible, dit Culver. Vous êtes d'accord?

Les autres acquiescèrent.

— Jackson? dit Kate.

Culver l'arrêta.

— Il est mort, vous le savez. Il n'avait aucune chance.

— C'est si cruel, après tout ce qu'il a...

Elle ne finit pas sa phrase, consciente de la futilité de ses propos.

Sans rien ajouter, Culver l'aida à se relever et ils commencèrent leur escalade au milieu des ruines. Ils s'efforcèrent de ne pas trébucher sur des pierres, d'éviter les trous et les fissures. Non loin de là, bas dans le ciel, se dressait à travers la brume l'élégant Jubilee Hall, sous lequel se trouvaient avant l'holocauste les boutiques à la mode et les étals de Covent Garden. Kate dut détourner le regard tant l'endroit était lugubre, car elle l'avait toujours connu animé, grouillant, lieu de prédilection des touristes et des jeunes Londoniens. L'Aldwych avait disparu, tout comme Somerset House; une grande partie s'était écroulée dans la Tamise à laquelle le bâtiment était accoté. Curieusement, le clocher de St. Mary-the-Strand, dont seule la pointe avait été brisée, surgissait des décombres. Étonnant, mais ironique spectacle, au milieu des ruines. Kate, suivant les conseils de Culver, ne laissa pas errer ses pensées.

Ils grimpaient, glissaient, chassaient les essaims d'insectes d'une taille impressionnante, toujours en direction de la Tamise. En temps normal, la promenade n'aurait pas pris plus de cinq à dix minutes, mais là, elle dura presque une heure. Ils étaient immunisés contre l'horreur des spectacles qui s'offraient à eux; leur esprit s'accoutumait à considérer les cadavres mutilés, gonflés, en putréfaction, comme faisant partie du décor et n'ayant rien à voir avec la vie humaine. Il leur fallait contourner ou escalader des voitures renversées, brûlées ou simplement en travers de la route sans se préoccuper de leurs macabres occupants. Ils ne trouvaient pas âme qui vive; il n'y avait nulle part d'êtres leur ressemblant. Ils s'étonnaient devant le nombre impressionnant de victimes, mais lorsqu'ils contemplèrent les ravages subis par la nature, ils comprirent que bien peu auraient pu survivre après une telle destruction.

— C'est encore loin? demanda Ellison d'un ton plaintif.

Il haletait en se tenant les côtes comme si les coups reçus le faisaient souffrir.

— Le pont, dit Culver.

Sa poitrine se soulevait sous l'effort. Sa joue portait des croûtes de sang noirci. Il s'était rendu compte, un peu plus tôt, qu'une balle d'un pistolet à air comprimé de l'un des assaillants avait creusé un sillon. La blessure l'élançait, tout comme les morsures de rat à l'oreille et à la tempe, mais ce n'était plus une douleur cuisante. Sa cheville le faisait davantage souffrir.

— Si nous parvenons au pont de Waterloo, il y a un escalier qui descend vers l'Embankment. De là, on peut accéder à l'une des entrées de l'abri.

Ils poursuivirent leur trajet et eurent un choc en arrivant à Lancaster Place, l'immense artère qui menait au pont de Waterloo. Ils auraient dû pourtant s'y attendre. Cette nouvelle profanation de leur ville n'aurait pas dû les surprendre. Il n'y avait plus de pont, il s'était effondré dans la Tamise.

Ils regardèrent son armature brisée avec amertume. L'espace ouvert d'une rive à l'autre semblait affreusement vide. De l'autre côté, le National Theatre n'était qu'un amas de décombres.

— Je vous en prie, ne nous arrêtons pas maintenant, implora Dealey, luttant contre un inexplicable sentiment de perte. Les marches sont peut-être intactes. Elles sont protégées.

Ils avançaient ; c'était étrange, si étrange. On aurait dit qu'ils marchaient sur un appontement les menant au bout de l'univers. Le grand pont célèbre traversait le fleuve comme s'il désirait ardemment effleurer du bout des doigts la section qui s'étendait, de la même manière, sur l'autre rive. De la vapeur s'élevait du fleuve gonflé ; plus épaisse à cet endroit, elle flottait bas dans le ciel. Ils tournèrent leur regard vers l'ouest et aperçurent la pointe de l'Obélisque de Cléopâtre.

— Oh non, gémit Dealey en examinant la zone située au-delà du monument endommagé.

Culver s'appuya le front contre la vaste balustrade qui surplombait la route de l'Embankment.

— Qu'est-ce que c'est, Steve ? demanda Kate en lui saisissant le bras.

Il leva la tête.

— Le pont de chemin de fer. Hungerford Bridge, fit-il, le montrant du doigt.

Ils remarquèrent que ce dernier s'était également effondré dans la Tamise. Les supports s'étaient brisés en divers endroits et le pont semblait tenir par des fils ; il se balançait comme la canne d'un funambule vaguement relié à la section qui se trouvait de leur côté. Cette section s'était écroulée sur la route et l'obstruait totalement. Les autres regardaient Dealey et Culver sans comprendre.

— Sous le pont, il y avait une enceinte, un enclos, leur dit Culver. Un mur épais recouvert au sommet de fils de fer barbelés. Une mini-forteresse, si vous préférez. Elle a été détruite par le pont.

Une expression sinistre se dessina sur son visage. Ce fut Dealey qui donna l'explication.

L'entrée principale de l'abri se trouvait à l'intérieur de cette enceinte.

25.

De loin, les ravages avaient semblé minimes, un pont de fer simplement effondré, brisé par endroits, de telle sorte qu'une partie formait une cascade qui se déversait dans le fleuve; les sections médianes étaient pratiquement submergées, l'armature de béton brisée en deux. Près de la partie supérieure, les supports d'acier, tordus et courbés, les briques rouges éparpillées, les énormes fragments de pierre, le tout dans un fatras de câbles et de fils de fer, formaient un enchevêtrement compliqué. Un segment de ligne de chemin de fer se dressait au milieu du désordre, telle une échelle dans le ciel. Un moteur gisait de travers dans les décombres, des voitures entassées en zigzag, les compartiments arrière arrachés, le haut de l'un d'entre eux surgissant du fleuve. Culver ne tenait pas à regarder par les fenêtres brisées; il avait vu suffisamment de morts en un jour sans chercher à en voir davantage. Il soupçonnait le conducteur du train d'avoir désespérément tenté d'atteindre la gare de Charing Cross, dans l'espoir que lui et ses passagers pourraient trouver un refuge de dernière minute. Le train avait-il été ralenti sur le pont quand les sirènes avaient retenti ou se trouvait-il beaucoup plus loin, au sud de la ville? Il imaginait la traversée précipitée du fleuve, les passagers glacés par le rugissement des sirènes, impuissants, leur sécurité dépendant du conducteur. Les eaux boueuses d'un gris brunâtre en contrebas, la vue panoramique sur Londres, Big Ben et les Maisons du Parlement à gauche, Saint-Paul, tout au loin, à droite, sites renommés d'une ville historique qui allait bientôt cesser d'exister. Qu'avaient-ils dû ressentir en ces derniers instants ? Une colère froide devant leur impuissance à se prendre en charge, à courir, à se cacher, à se trouver parmi les êtres chers ? Ou bien une panique totale qui voilait toute pensée, paralysait les sens ? La pensée atroce de cette attente stérile était révoltante. Le vide soudain quand les sirènes s'étaient tues, la terreur des passagers, le crissement des roues de métal qui ne parvenait pas à combler le silence du néant. L'éclair incandescent qui leur aurait brûlé les yeux s'ils l'avaient fixé. Le tonnerre qui s'ensuivit.

Culver frissonna. C'était comme si l'âme des morts lui révélait leur histoire ; l'horreur émanait encore de cet enchevêtrement de tôles déchirées, les dernières pensées des agonisants semblaient rassemblées là comme si elles attendaient que des esprits réceptifs les absorbent. Il secoua la tête pour que ce geste physique chasse cette pensée.

— Je connais cet endroit, dit Kate. Les laissés-pour-compte dormaient sous ce pont. Chaque soir, le camion de la soupe populaire passait par là. Mais je n'ai jamais remarqué de complexe.

Dealey s'exprimait avec satisfaction.

— Personne n'était censé le savoir. Ces enceintes sont... étaient... parfaitement anonymes et anodines. Les vagabonds s'enveloppaient dans du carton et dormaient contre les murs mêmes du complexe. C'était le camouflage parfait. Le pont, au-dessus, représentait à leurs yeux la protection idéale en cas d'explosion nucléaire.

— On dirait que quelqu'un a encore gaffé, fit Ellison avec une pointe d'amertume. Y a-t-il un moyen d'accès ?

— Regardez vous-même. L'entrée est enterrée sous des centaines de tonnes de décombres, répliqua Dealey.

— Mais il y a d'autres endroits, s'exclama Culver, de nouveau sur le qui-vive. Vous m'avez dit qu'il y avait d'autres entrées.

— C'était la plus évidente, celle que j'envisageais d'utiliser. C'était la plus protégée. Les autres se trouvent à l'intérieur des bâtiments officiels et sans doute sont-elles enfouies dans les ruines comme celle-ci.

— Ils ont dû se rendre compte de ce qui arrivait, dit Fairbank. Il est impossible qu'il n'y ait pas d'issue de secours.

— Les autres sorties sont, pour la plupart, en dehors de ce qui était considéré comme des zones dangereuses.

— Attendez une minute, fit Culver, en fronçant les sourcils. Hier vous m'avez dit qu'il y avait d'autres possibilités d'accès le long de l'Embankment.

— Oui, oui, c'est vrai. Mais je ne suis pas sûr que nous puissions y entrer, même s'ils ne sont pas recouverts de débris.

— Ne pouvons-nous pas simplement frapper? demanda Fairbank, grimaçant un sourire.

— Vous ne comprenez pas. Ces accès sont réservés pour les inspections de maintenance et ne sont que des puits et des tunnels étroits.

— Nous ne sommes pas difficiles.

— Je ne suis pas certain que nous trouvions une voie d'accès au complexe principal.

— Ça vaut le coup d'essayer, dit Culver.

— Comment diable allons-nous traverser tout ça? demanda Ellison, désignant une masse de décombres devant eux et, plus loin, la gare de Charing Cross, entièrement détruite. Je n'ai pas le courage de contourner tout ça, il me semble que j'ai des côtes fracturées.

— Nous allons passer par là, dit Culver. C'est peut-être dangereux, mais plus court. Kate, vous vous en sentez le courage?

— Ça ira, fit-elle, avec un sourire nerveux. C'est étrange, mais ici, je me sens exposée au danger.

— C'est normal après être restée si longtemps sous terre.

— Hier, c'était différent. Je me sentais libre, libérée, heureuse d'avoir quitté l'abri. Depuis ce matin, cependant, depuis que nous avons été attaqués...

Elle ne prit pas la peine de terminer sa phrase, mais ils savaient tous ce qu'elle voulait dire; ils partageaient ses sentiments.

Culver la prit par la main et la guida vers le pont en ruine. Les autres suivirent et commencèrent leur ascension. Fairbank aidait Ellison dans les passages difficiles.

— Écartez-vous de tout ce qui est instable, les avertit Culver. Toute cette ferraille ne semble pas très solide.

Il régnait partout une odeur d'essence et de métal rouillé, mais c'était un soulagement après ce qu'ils avaient enduré durant la journée. Culver choisit la route la plus facile. L'escalade fut pénible à cause de la chaleur moite. Ils arrivèrent bientôt à une sorte de plate-forme, qui surplombait la route qu'ils venaient de laisser. Culver s'arrêta ; Kate put se reposer quelques instants, le temps que les autres les rattrapent.

En contrebas, la vaste chaussée qui longeait la légère courbe de la Tamise était encombrée de voitures calcinées, immobilisées. Une autre route, aussi large, tournait à droite vers Trafalgar Square. Malgré la brume, qui maintenant n'était plus aussi intense, on ne distinguait pas la colonne de Nelson. Le quai Victoria, parallèle à la Tamise, était relativement peu encombré de débris (en dehors des véhicules), car les bureaux, côté nord, étaient en retrait de l'artère principale dont ils étaient séparés par des jardins et des pelouses. Comme ils s'y attendaient, les bâtiments n'étaient plus que des ruines pulvérisées : l'ancien ministère de la Guerre, les ministères de la Défense et de la Technologie, tout avait disparu. Ils auraient dû apercevoir l'Amirauté, au début de The Mall, puisque rien n'entravait la vue, mais, bien entendu, le bâtiment avait également disparu. Il se demanda, l'espace d'un instant, si toutes les œuvres d'art de la National Gallery, qui se trouvait à l'autre extrémité de Trafalgar Square, avaient été détruites sous ce déluge. Mais quelle importance pouvaient-elles bien avoir maintenant ? Le temps allait manquer, dans les années à venir, pour apprécier autre chose que ce qui n'a pas une valeur purement matérielle. Comme il s'en doutait, les Maisons du Parlement et l'abbaye de Westminster, au bout de la rue qui s'étendait devant lui, avaient été totalement détruites. Curieusement, la section inférieure de la tour qui abritait Big Ben était encore debout mais étêtée à une trentaine de mètres ; la partie supérieure, contenant le cadran, surgissait du fleuve, telle une île rocheuse. Et là, de nouveau bizarrement, seule l'extrémité sud du pont de Westminster s'était effondrée. Elle enjambait le fleuve avec un air de défi, sans toutefois parvenir à l'autre rive.

Les rayons farouches du soleil aspiraient l'humidité de la Tamise de telle sorte qu'on avait l'impression que l'eau était en ébullition. Il lui sembla que c'étaient là les entrailles de la ville déchirée, exposées à la lumière et encore fumantes tandis que toute vie s'éteignait peu à peu. Des mâts d'anciens bateaux coulés, ceux que l'on avait transformés en bars et restaurants, surgissaient de la brume. Des bateaux de plaisance, calcinés ainsi que leurs passagers, voguaient, nonchalants, au gré du courant, longs bûchers funéraires des temps modernes. Une énorme muraille, encore intacte, bordait la rive, et la ligne de flottaison était haute au point que le clapotis venait mourir sur les petites berges situées près du pont brisé. La majeure partie des jardins, de l'autre côté de la route, depuis le mur de l'Embankment, était recouverte de blocs d'immeubles commerciaux effondrés, mais çà et là, un arbre perçait les décombres, protégé de l'impact de la tempête par les immeubles écroulés tout autour ; les feuilles, sous l'assaut constant de la pluie, n'étaient pas couvertes de poussière et s'épanouissaient dans l'humidité. Les yeux de Culver se voilèrent devant ce spectacle.

Quelqu'un lui donna une tape sur le bras. Dealey désigna le lointain.

— Regardez, on le voit dans la courbe.

— Quoi ? Ce que je cherche ?

— Vous ne le voyez pas ? Une petite forme rectangulaire sur le trottoir, tout près de la muraille qui borde le fleuve.

Culver plissa les yeux.

— Ça y est, je l'ai. On dirait un minuscule blockhaus. C'est ça ?

— Oui. On va peut-être pouvoir accéder à l'abri.

Culver secoua la tête. Tous ces spectacles quotidiens,

ignorés, qui n'avaient inspiré aucune curiosité, alors qu'ils faisaient partie du grand secret. Il se rappelait s'être posé des questions quand il était tombé sur d'étranges puits de ventilation autour de la ville, mais il avait toujours pensé qu'ils faisaient partie du système ferroviaire ou des parkings souterrains. Ce n'est que maintenant qu'ils revêtaient à ses yeux une signification particulière — comme la palissade au-dessus du central téléphonique de Kingsway et celle sur laquelle ils se tenaient, écrasée sous le pont de Hungerford. Sans doute l'art de la dissimulation consistait-il à rendre un lieu banal et insignifiant.

— Allons-y, dit-il.

Refrénant leur empressement, ils descendirent à quatre pattes au milieu des ruines. La marche fut plus facile une fois qu'ils furent parvenus tout en bas ; seuls des restes humains, charognes infestées de bestioles grouillantes, entravaient leur progression. Ils ne s'étaient toujours pas habitués aux légions d'insectes, mais heureusement ceux-ci étaient concentrés sur des chairs moins résistantes.

Ils passaient devant une longue grille sur le trottoir, lorsque Fairbank leur fit signe de s'arrêter. Il s'agenouilla et jeta un regard à travers les barres de fer.

— Écoutez ! dit-il.

Les autres s'accroupirent à ses côtés et remarquèrent d'épaisses canalisations horizontales, à environ un mètre sous terre.

— Qu'est-ce que c'est ? demanda Kate, légèrement essoufflée.

— Des tuyaux de ventilation, des conduits contenant des câbles, des cordages, lui répondit Dealey. Le complexe est juste en dessous.

Fairbank leur commanda le silence à nouveau.

— Écoutez !

Retenant leur souffle, ils tendirent l'oreille.

C'était faible mais clair. Un bourdonnement.

— Des générateurs ! s'exclama Ellison fébrilement.

Ils échangèrent un regard, une lueur dans les yeux.

— Mon Dieu, ils fonctionnent, s'écria Fairbank d'un air triomphant. Il y a des gens là-dedans !

Lui et Ellison poussèrent des cris d'allégresse.

— Je vous l'avais dit, fit Dealey, surpris de cette explosion de joie, mais néanmoins souriant. Je vous avais dit que c'était le quartier général gouvernemental. Ne vous l'avais-je pas dit?

— C'est vrai, fit Kate en riant.

— Attendez! dit Culver, levant la main. Est-ce un effet de mon imagination ou le bruit s'intensifie-t-il?

Le groupe écouta plus attentivement. Fairbank colla son oreille contre la grille.

— J'ai l'impression que c'est pareil, dit-il quelques secondes plus tard.

Il se retourna et leva les yeux vers Culver.

Mais Culver observait le ciel.

Les autres le remarquèrent et suivirent son regard.

Le bourdonnement se transforma en un vrombissement; c'était un son différent de celui d'en bas et le vrombissement s'intensifia.

— Là! s'écria Culver, désignant le ciel.

Ils aperçurent l'avion immédiatement, tache sombre dans le ciel brumeux, qui volait bas, en provenance de l'ouest. Lentement, comme si un mouvement brusque allait estomper l'image, ils se levèrent, ébahis, le visage levé au ciel. Personne n'osait parler.

Ce fut Dealey qui rompit le silence, mais seulement dans un murmure.

— Il suit le fleuve.

L'avion approchait. Culver vit que c'était un petit appareil léger.

— Un Beaver, dit-il presque pour lui-même.

Les autres le regardèrent intrigués, puis tournèrent rapidement les yeux dans l'autre direction.

— Un avion d'observation de l'armée de l'air, continua Culver. Bon sang, il est en reconnaissance, c'est sûr!

Le minuscule avion était presque au-dessus de leurs têtes. Fairbank et Ellison se mirent à crier en même temps et firent de grands signes pour attirer l'attention du pilote. Les autres se joignirent instantanément à eux; ils faisaient des bonds, longeaient en courant la berge pour tenter vainement de ne pas se laisser distancer par l'appareil, criaient de toutes leurs forces, agitaient les bras dans l'espoir forcené de se faire remarquer.

— Est-ce qu'il nous voit? Est-ce qu'il nous voit? hurlait Kate, agrippée au bras de Culver. Oh, mon Dieu, faites qu'il nous voie!

Puis il disparut, emportant leur courage avec lui. Ils le suivirent des yeux jusqu'à ce qu'il ne fût plus qu'un point dans le ciel.

Fairbank :

— Merde, merde, merde!

Ellison :

— Impossible qu'il ne nous ait pas vus!

Dealey :

— Il ne nous a peut-être pas repérés dans la brume.

Culver :

— C'est plus clair ici.

Kate éclata en sanglots.

Culver lui passa un bras autour des épaules et l'étreignit.

— Peu importe qu'il nous ait vus ou pas. Nous sommes sauvés maintenant. Une fois que nous serons à l'intérieur de l'abri, nous serons en sécurité. Il y a tout un réseau de tunnels là-dedans qui permet de sortir de Londres.

— Je sais, Steve. Mais c'est que juste un instant, nous avons failli avoir un contact avec... avec... (Elle avait du mal à choisir le mot juste.) Je ne sais pas... avec la civilisation, si vous voulez. Quelque chose au-delà de tout ça, fit-elle en désignant les ruines.

— Nous aurons un vrai contact très vite, je vous le promets.

— Vous pensez que l'avion reviendra?

— Qui sait? Le pilote peut suivre une autre route; il va vouloir certainement couvrir la plus grande distance possible.

Elle acquiesça et se passa la main sur le nez.

— J'ai vraiment choisi le jour pour pleurer.

— Vous en avez trop supporté, lui dit-il avec un sourire. Encore un peu de patience.

Ils retournèrent vers la grille encastrée dans le trottoir

et la dépassèrent ; le faible bourdonnement qui émanait de ses profondeurs ne les intéressait plus.

Arrivés près du bloc de pierre grise, ils examinèrent sa surface rugueuse, en firent le tour, d'abord stupéfaits et très vite inquiets.

— Magnifique, dit Fairbank, s'essuyant la sueur dans la nuque. Pas d'ouverture. Comment diable y accède-t-on, Dealey ?

L'objet, étrange monolithe sombre, restait impassible, apparemment imprenable. Avec au moins quatre pieds de long et un mètre cinquante de large, il ressemblait à une énorme pierre tombale. Ou à un autel sacrificatoire, se dit Kate.

— Il y a une ouverture au sommet, annonça simplement Dealey.

Les autres se regardèrent. Fairbank arbora un sourire sinistre. La pierre, qui obstruait l'entrée, avait deux mètres de haut. Le technicien fut au sommet avant que quiconque ait eu le temps de bouger.

— Il a raison, s'écria Fairbank. Une partie n'est pas couverte. C'est rusé, on ne peut pas s'en rendre compte. Et il y a une porte. (Il dégagea la hache qu'il portait à la ceinture.) On dirait qu'elle est fermée à clé, mais je crois que je vais pouvoir l'ouvrir. (Ses dents blanches sur son visage noirci accentuèrent l'expression sinistre de son sourire tandis qu'il les observait de son perchoir.) Vous avez envie de me rejoindre ?

Culver resta en bas pour aider les autres, Fairbank les tira d'en haut. Il les rejoignit et jeta un regard dans le trou.

— Qu'est-ce que c'est, Dealey ? Cela n'a pas pu être construit récemment.

— Non, fit Kate. Ça fait des années que je passe par là et je ne me suis jamais appesantie là-dessus, je ne me suis d'ailleurs jamais posé la question de savoir à quoi cela servait.

— C'était un abri antiaérien pendant la guerre, leur dit Dealey. (Il chassa une mouche qui bourdonnait et s'essuya le visage avec un mouchoir.) Du moins conduisait-il à un abri antiaérien. J'ai expliqué à Culver hier qu'on avait construit d'autres salles souterraines, en dehors de celles construites à l'origine, il y a longtemps, très longtemps.

— Eh bien, si on allait voir, fit Ellison avec impatience. Pour l'amour de Dieu, entrons.

— D'accord, acquiesça Fairbank. (Il se glissa par la brèche et examina la serrure.) Vous n'avez pas de clé ? demanda-t-il à Dealey, qui secoua négativement la tête.

— Pas pour ici, fit-il.

— Bon, pour aujourd'hui, cela ne devrait pas poser de problème, dit-il en faisant tournoyer sa hache.

Il ne lui fallut pas plus de quatre coups pour ouvrir la porte. Elle pivota vers l'intérieur et une froideur glaciale jaillit, tel un fantôme qui s'en échappait.

Culver frissonna. La froide humidité n'était pas simplement une bouffée d'air. Il en émanait un sinistre présage.

26.

La fraîcheur de l'intérieur fut un soulagement après l'atmosphère humide du dehors. Ils descendirent les marches de pierre, Fairbank en tête, sa hache remise dans sa ceinture. L'air était fétide, il y avait une odeur de renfermé et les murs de béton étaient rugueux au toucher.

Fairbank s'arrêta.

— Il n'y a pas d'air ici. (Il fouilla dans ses poches et passa derrière lui deux petits tubes brillants.) J'ai trouvé ça hier. J'ai pensé que cela s'avérerait utile pour allumer un feu. (Il alluma le briquet jetable qu'il avait gardé pour lui. La flamme, bien que faible, était réconfortante.)

Culver passa le sien, par-dessus son épaule, à Ellison qui aidait les autres à monter.

— J'ai le mien, fit le technicien. Passez-le devant et donnez-moi plutôt ces petits briquets. (Il le tendit à Culver qui le fit passer.) Je l'ai trouvé hier, expliqua Ellison. La flamme est plus forte.

Ils poursuivirent leur marche. Fairbank sentait croître la chaleur de l'étui du briquet dans ses mains. Leurs pas résonnaient lourdement. La descente était longue et, inexplicablement, le malaise de Culver s'accroissait à chaque pas. Il se demandait si les autres éprouvaient le même sentiment. Juste au-dessous de lui, Kate glissa ses deux mains le long des parois, comme si elle craignait de trébucher et de tomber. Ses cheveux emmêlés paraissaient sombres à la faible lueur du briquet, sa chemise déchirée était encore couverte de poussière. Il lui pressa l'épaule et elle lui effleura brièvement la main sans même se retourner.

Fairbank finit par s'arrêter et ôta les toiles d'araignées.

— Il y a une grande salle, fit-il. (Ses paroles résonnèrent faiblement. Il agita la torche devant lui.) On dirait qu'elle est vide.

Ils se pressèrent autour de lui avant de se disperser pour couvrir un espace de lumière plus vaste avec leurs torches. D'autres salles partaient de la première. Ellison passa la tête sur le seuil de l'une d'entre elles.

— Rien, fit-il, déçu.

— Rien non plus ici, s'exclama Fairbank, à une autre porte.

— Elles sont toutes vides, fit Dealey, se dirigeant vers l'extrémité de la pièce. Ceci n'est qu'une partie du vieux système d'abri antiaérien. Comme vous le voyez, il n'a pas été utilisé depuis la dernière guerre. (Il s'approcha d'une ouverture et héla les autres.) Par ici!

Ils s'approchèrent aussitôt de lui. Il les guida à travers une sorte de labyrinthe avec des salles vides qui se ramifiaient. Il s'arrêta enfin à côté d'une porte carrée, encastrée dans le mur à un mètre du sol.

— Nous allons avoir besoin de votre hache pour la forcer, dit-il à Fairbank.

Le technicien glissa la pointe acérée de l'outil dans la fissure, près de la serrure. Il exerça une certaine pression et la porte s'ouvrit facilement. A l'intérieur, ils virent de grosses canalisations, certaines d'au moins trente centimètres de diamètre, et de lourds câbles. Le bourdonnement était plus intense et plus distinct que lorsqu'ils avaient collé l'oreille à la grille de l'extérieur.

— C'est l'entrée du personnel de maintenance, fit Dealey, en guise d'explication, quand il franchit le seuil.

L'étroit couloir avec son mur de canalisations et de câbles s'étendait dans les deux directions. Dealey les guida vers la droite.

— Êtes-vous sûr de la direction Dealey? cria Ellison de l'arrière.

— Pas à cent pour cent, mais je crois que cette voie doit nous mener près du nouveau complexe.

L'obscurité et l'exiguïté du couloir faisaient naître un sentiment de claustrophobie chez Kate. Dehors, elle s'était sentie en danger ; dedans, elle se sentait menacée. Elle se tenait près de Culver qui la précédait.

Dealey s'était de nouveau arrêté. Il s'était agenouillé et braquait la petite flamme sur la grille de soixante centimètres sur soixante ménagée dans le sol. Il passa ses doigts à travers le grillage et tira ; elle s'ouvrit comme une trappe. Des barreaux de métal permettaient de descendre.

— Ils doivent nous conduire au niveau de l'abri.

La faible lueur des minuscules flammes adoucissait les traits de Dealey, mais Culver eut l'impression qu'il paraissait bien dix années de plus que la première fois qu'il l'avait vu. Étrangement, c'était la première fois qu'il s'en rendait compte.

Culver passa devait Fairbank et s'accroupit de l'autre côté de l'entrée, en face de Dealey.

— A quelle profondeur est le puits ?

— Je ne sais pas. Nous ne devons pas en être loin.

— Est-ce sûr ?

Dealey lui lança un regard furieux.

— Je pense à la vermine, dit Culver.

Tous se raidirent dans le silence qui suivit.

— On ne peut pas le savoir, fit Dealey, au bout d'un moment. Mais avons-nous le choix ?

— Comme d'habitude, aucun.

Culver passa le premier. Il troqua son briquet dont la lueur était plus faible contre celui de Fairbank et grimaça en saisissant le métal brûlant. Il entama la descente, le long de l'échelle, le briquet entre le pouce et l'index, ses autres doigts accrochés au support vertical de telle sorte qu'aucune main n'était libre. Le puits circulaire était métallique. Le bourdonnement s'intensifiait au fur et à mesure qu'il descendait, tout en étant encore atténué. Il entendit les autres le suivre dans le puits. Une éternité s'écoula avant d'atteindre un autre couloir, cette fois plus grand que celui qu'il venait de laisser. Des canalisations et des câbles étaient accrochés au plafond. Il y avait de l'eau par terre.

Dealey le rejoignit, puis ce fut au tour de Fairbank, suivi de Kate. Ellison arriva essoufflé, il se tenait les côtes.

— Mon Dieu! murmura-t-il en sentant ses pieds mouillés.

— Cet endroit a peut-être été aussi inondé, dit Fairbank.

— J'en doute, répliqua Dealey, touchant les murs. Ils ne sont pas humides. Très froids et sans doute détrempés, mais à cette température, ce n'est pas étonnant. Ils ne sont tout de même pas trempés. Je crois que l'eau par terre provient d'une infiltration, il n'y a pas de raison de s'inquiéter.

— Par les temps qui courent, quand un personnage officiel me dit de ne pas m'inquiéter, je m'inquiète, répliqua Fairbank.

Culver tendit sa lumière vers la gauche puis vers la droite.

— De quel côté?

— Je crois que cela n'a guère d'importance. Ces couloirs de maintenance longent le quartier général; ils font partie d'un système plus vaste qui protège l'abri principal. N'importe quelle voie doit nous mener vers un endroit utile.

— Alors, prenons à gauche.

Ils poursuivirent leur route au milieu des éclaboussements; ils frissonnaient tous de froid. Le couloir comportait un ou deux virages, légèrement vers la droite, mais jamais à angle droit. Culver supposait qu'ils se dirigeaient toujours vers l'ouest, sans en être parfaitement sûr. Ils dépassèrent des échelles qui menaient à d'autres puits et, çà et là, d'énormes branchements dans lesquels fils et câbles disparaissaient avant d'émerger de l'autre côté. Les flammes de leurs briquets commençaient à faiblir.

Celle de Fairbank fut la première à s'éteindre. Il jeta le briquet qui fit un bruit sec en tombant dans l'eau.

Puis ce fut au tour de Dealey.

Très vite, ils se trouvèrent dans une obscurité presque totale, tâtonnant contre le mur pour se guider. L'idée de chercher leur chemin dans le noir les terrifiait. Culver perçut un bruit d'eau qui tombait goutte à goutte, mais la lumière n'était pas suffisante pour distinguer d'où il venait. Il le découvrit quand il sentit sous ses pieds un sol différent. Il s'accroupit.

— Il y a un fossé d'écoulement ici, dit-il en palpant le sol. (Des bouffées d'air froid jaillissaient entre les lattes.) On dirait qu'il est important.

— Il va nous mener aux égouts, fit Dealey. Comme il se trouve très près du fleuve, il doit y avoir une infiltration permanente dans les tunnels.

— Steve, avançons tant qu'il nous reste de la lumière, dit Kate d'un ton pressant.

Il se redressa et tous poursuivirent leur route.

Ellison avait les yeux rivés sur la flamme qui faiblissait. Il poussa un profond soupir de tristesse quand elle s'éteignit totalement. Un peu plus loin, Culver fit une nouvelle pause et protégea le briquet de sa main ; c'était la seule source de lumière qui leur restait.

Ellison heurta Dealey.

— Que diable faites-vous ?

— Taisez-vous, fit Culver, scrutant l'obscurité. Il me semble apercevoir une lueur.

Ils se groupèrent autour de lui.

— Vous avez raison, Steve, dit Kate. Moi aussi, je la vois.

— Merci mon Dieu, souffla Ellison.

Ils accélérèrent le pas. La lueur lointaine grandit très vite et devint un long ruban diaphane. Quand ils approchèrent, ils distinguèrent une porte. Elle était légèrement entrouverte. La lumière venait de l'intérieur. Le couloir s'arrêtait là.

La porte massive était faite d'un épais métal peint en vert. Il y avait un bourrelet tout autour du chambranle, comme sur celle du central de Kingsway, pour la maintenir hermétiquement fermée. Culver la poussa avec prudence. De l'autre côté, des murs gris, faiblement éclairés, apparurent, puis un autre couloir. La lourde porte résista. Elle était bloquée.

Il poussa un peu plus fort. Il perçut un mouvement de l'autre côté.

Culver se retourna vers les autres, puis éteignit son briquet. Il le remit dans sa poche. De ses deux mains à plat contre la surface lisse, il réussit à dégager la porte. La lumière illumina leur visage. Quand il y eut suffisamment de place, il se glissa à l'intérieur.

Le corps, ou du moins ce qu'il en restait, était affalé contre la porte. Une main décharnée était encore agrippée à la barre d'une quinzaine de centimètres qui servait de poignée. Culver se sentit défaillir. Pourtant, depuis le temps, il aurait dû être habitué à de telles atrocités. C'était sans doute le cadavre d'un homme, encore que ce soit difficile à dire. Le cadavre avait été dévoré. La tête manquait.

Tenant d'une main la porte ouverte, car le cadavre semblait décidé à la refermer, Culver fit signe aux autres de rentrer.

— Vous d'abord, Dealey. Ensuite, Kate. Et ne regardez pas. Gardez les yeux fixés devant vous.

Bien entendu, elle jeta un regard et recula aussitôt avec un haut-le-cœur.

— Oh, merde, s'exclama Fairbank lorsqu'il vit le corps sans tête.

Ellison défaillit ostensiblement, à tel point que Culver crut, un moment, que l'ingénieur allait s'effondrer. Ellison s'appuya faiblement contre le mur et dit :

— Ils sont là-dedans.

Personne ne le contredit.

Il recula en titubant vers la porte ouverte.

— Nous ferions mieux de sortir. Impossible de rester ici.

Culver le saisit par l'épaule et laissa la porte se refermer. Elle ne se ferma pas complètement, mais resta entrouverte, comme ils l'avaient trouvée. La main du cadavre lâcha prise et le bras s'affala au sol.

— Nous ne pouvons faire demi-tour, dit Culver avec calme, nous n'avons plus de lumière. Et, de surcroît, il se peut que les rats nous attendent.

— Vous croyez que cette... cette personne essayait de les empêcher d'entrer? s'écria Dealey, évitant son regard.

— Je ne sais pas, avoua Culver. Ou peut-être tentait-il de fuir.

Il avait décidé qu'il s'agissait d'un homme, en raison des lambeaux de combinaison de travail, vert olive, qui recouvraient encore le cadavre.

Fairbank semblait fasciné par le spectacle.

— La tête, mais où est donc passée la tête? dit-il.

Certes, une odeur putride régnait, mais elle n'était ni très forte ni écœurante. L'homme était mort depuis pas mal de temps, aussi la puanteur s'était-elle atténuée.

— C'est comme dans la station de métro. Vous vous souvenez des corps que nous avons trouvés? A certains il manquait également la tête.

— Mais pourquoi? s'exclama Dealey, je ne comprends pas.

— Les rats les ont peut-être rétrécis.

Cette fois, personne n'apprécia l'humour macabre de Fairbank.

— Ne pouvez-vous pas, vous, nous dire pourquoi? fit Culver, les yeux fixés sur Dealey.

— Je ne sais rien de plus que ce que je vous ai dit, je le jure. Vous devez me croire.

— Vraiment?

— Quelle raison aurais-je de mentir? Qu'aurais-je à gagner?

C'était vrai. Culver jeta un regard dans le couloir et remarqua, pour la première fois, les taches de sang sur toute la longueur.

— Je crois que nous avons la réponse à la première question, fit-il en désignant le couloir. Il essayait de fuir de l'intérieur. Ils l'ont rattrapé avant qu'il n'ait eu le temps d'atteindre la porte. Il a dû se traîner avant qu'ils ne le mettent en pièces.

Kate, la tête contre le mur, s'était couvert le visage.

— Ça ne finira donc jamais. Nous ne survivrons pas.

Culver s'avança vers elle.

— Nous ne sommes pas encore à l'intérieur. Il se peut que les rats soient passés à l'attaque et aient battu en retraite. Cet endroit peut contenir des centaines de personnes, Kate, plus qu'il n'en faut pour se défendre. Et ils ont les militaires pour les protéger.

— Alors pourquoi ? Pourquoi un seul corps ?

— Peut-être ignoraient-ils qu'il était sorti ? Ce n'est qu'un couloir, sans doute un parmi tant d'autres. Peut-être ne se sont-ils même pas aperçus qu'il était mort.

Un sentiment de peur montait en lui au fur et à mesure qu'il parlait. Il avait pris naissance dès l'instant où ils avaient réussi à ouvrir la porte et maintenant il s'infiltrait dans chaque fibre nerveuse, dans chaque organe de son corps, irrésistiblement, les transformant en plomb, lui remplissant l'estomac de sa lourdeur lancinante.

— Il y a une autre porte ici !

Fairbank, un peu plus loin dans le couloir, désignait un recoin sur sa droite.

Culver dégagea doucement Kate du mur et l'emmena avec lui tandis que les autres avançaient déjà en direction de Fairbank. La porte ressemblait à celle qu'ils venaient de quitter, simplement elle était plus grande et plus haute. Elle était ouverte.

En proie à une agitation grandissante, ils examinèrent l'intérieur de l'abri gouvernemental.

La bête remua, troublée par un danger lointain qu'elle pressentait.

Son corps obèse essaya de se mouvoir dans son nid d'immondices et d'os pulvérisés. Elle n'entendait pas le bruit de l'eau qui coulait, car elle ne possédait pas d'oreilles, pourtant quelque chose en elle captait les couinements à haute fréquence de ses sujets. Il n'y avait aucune lumière dans la salle souterraine, mais, de toute façon, ses yeux n'avaient pas de nerfs optiques. Toutefois elle percevait toujours du mouvement autour d'elle.

Son énorme corps enflé se déplaçait avec difficulté; lorsqu'elle respirait, il se gonflait davantage au point que des veines sombres saillaient de sa peau blanchâtre, une peau si fine que son épine dorsale semblait proéminente. Ses mâchoires s'entrouvraient légèrement et de l'air s'exhalait avec un sifflement perçant; le souffle venait également d'une autre source, une autre bouche difforme dans un moignon à côté de sa tête pointue. A l'intérieur de sa bouche, il n'y avait pas de dents et au-dessus, ses yeux étaient inertes. Quelques poils blancs sortaient du museau; c'est par là qu'elle respirait, mais la protubérance ne lui servait pas à grand-chose d'autre. Ses membres ne supportaient plus son lourd corps bouffi et ses griffes — cinq à chaque patte —, cassantes et fissurées, étaient longues et courbées à force de ne pas servir. La queue rabougrie n'était qu'une saillie écailleuse. La Reine Mère ressemblait à un globe oculaire géant qui palpitait.

Un vagissement s'échappait des deux naseaux; elle

tenta de s'ébattre dans son lit de vase, mais c'était impossible en raison de son poids énorme, de ses membres trop faibles. Il y eut simplement un nuage de poussière ; les os avaient été réduits en une poudre blanche par son armée de rats, vermine au pelage noir luisant qui montait la garde auprès d'elle pour la protéger, au péril de leur vie. C'est eux qu'elle appelait à l'aide maintenant.

La sombre caverne était agitée. Ses compagnons se tortillaient, se contorsionnaient. En apparence, ils lui ressemblaient ; ils étaient différents des rats soldats et des rats serviteurs. Bon nombre d'entre eux étaient sortis de ses entrailles. Et nombreux étaient ceux qui s'étaient accouplés avec elle.

Comme La Reine Mère, la plupart étaient captifs de leur propre malformation, handicapés par leur difformité. Certains étaient morts, d'autres agonisaient.

Elle poussa un cri qui ressemblait à celui d'un enfant. Elle avait terriblement peur.

Mais elle sentait que ses légions au pelage noir venaient vers elle, se frayaient un chemin le long des couloirs pour lui apporter des vivres, les crânes dans lesquels ses dents tordues creuseraient des trous pour que la matière spongieuse, à l'intérieur, puisse être aspirée et avalée.

D'une obésité monstrueuse, le corps tremblant, elle attendait avec impatience, tandis que ses descendants, au nombre de six et chacun aux formes étranges, comme elle et pourtant pas tout à fait comme elle, suçaient ses mamelles.

27.

Ils traversèrent le carnage, l'estomac soulevé mais l'esprit engourdi. Ils avaient sans doute déjà commencé à s'adapter au spectacle de telles horreurs. Des sentiments de révulsion et d'effroi s'insinuaient dans leur conscience, mais une sorte de défense intérieure de leur psyché, une barrière naturelle et cependant mystérieuse contre la folie, les empêchait de pénétrer leur moi profond.

Les hôtes de ce sanctuaire colossal, fuyant l'holocauste, avaient été pris par surprise. Ils ne savaient pas qu'un autre ennemi, tout aussi mortel, les attendait à l'intérieur.

La première salle dans laquelle se trouvèrent Culver et le petit groupe de survivants était spacieuse malgré un plafond bas ; une lumière faible mais suffisante éclairait l'intérieur en béton. Elle abritait des véhicules, pour la plupart étranges. Ils étaient uniformément gris et ne portaient aucune marque particulière. Masses inertes, telles des statues de granit, ils se tenaient en rangs serrés, apparemment incapables de fonctionner. Les fenêtres de chaque engin étaient minuscules ; c'étaient de simples fentes sinistres, en verre trempé, ménagées dans une carrosserie de métal. Parmi eux se trouvaient quatre tanks sans tourelle d'un modèle inconnu de tous ; les cabines étaient petites et ne pouvaient contenir plus de deux passagers ; les longs canons luisants dépassaient largement la coque du tank. D'autres véhicules ressemblaient à des chenilles, à l'image des tanks ; les ouvertures semblaient limitées et l'entrée devait se faire par la tourelle. La forme des autres était plus conventionnelle ; ils avaient des portières de chaque côté et ne roulaient pas sur des chenilles ; à la place, chaque véhicule avait six roues extrêmement larges.

Tous les engins (Culver en avait compté huit en tout.) semblaient vides.

A l'extrémité de la longue baie, se trouvaient deux portes massives en fer, les deux fermées.

Dealey avait expliqué que, derrière les portes, se trouvaient deux rampes incurvées qui conduisaient en surface ; ils en rencontrèrent deux autres le long du trajet, la dernière série de portes donnant sur une cour en retrait. Ellison avait parfois eu l'idée de quitter l'abri, en suivant la rampe et en empruntant l'un des véhicules car ils avaient entre-temps découvert d'autres corps, des cadavres si sauvagement mutilés qu'on reconnaissait en eux à peine des êtres humains. Le groupe, en route vers la sortie, était passé entre les véhicules, évitant soigneusement les cadavres sans visage qui jonchaient les passerelles. Les ouvertures de ces énormes portes se faisaient de l'intérieur d'une petite cabine de verre dont les vitres étaient barbouillées de sang séché. Sans prêter attention aux corps — bien que le terme de « corps » soit mal approprié aux tas qui gisaient sur le plancher de la cabine —, Fairbank essaya les interrupteurs encastrés dans le mur, pensant qu'ils ouvriraient les portes de sortie. Rien ne se produisit ; le mécanisme ne fonctionnait pas.

Ils traversèrent une zone désignée sous le nom d'UNITÉ DE DÉCONTAMINATION ; ils ne s'attardèrent pas pour examiner les casiers gris argent, les combinaisons de travail, les machines qui ressemblaient à des sas de détection de métal, ou les choses macabres qui gisaient sur le sol des douches.

C'est au-delà de la zone de décontamination que Culver, Fairbank, Ellison et Kate prirent conscience de l'immensité et de la complexité du siège gouvernemental. Dealey gardait le silence tandis qu'ils exprimaient leur surprise, la stupéfaction leur faisant oublier momentanément l'horreur du spectacle qui les entourait.

Ils s'étaient trouvés dans un long couloir de cinq mètres de large d'où partaient de nombreux embranchements. Des lignes droites en couleurs étaient tracées sur toute la longueur ; de temps à autre, une teinte différente bifurquait vers un autre couloir ; les couleurs étaient des codes directionnels. Sur les murs était inscrite une liste de secteurs et à chacun était assignée une couleur particulière.

Ils parcoururent rapidement la liste : clinique, bibliothèque, gymnase, théâtre, imprimerie, escouades de sapeurs-pompiers. Il semblait y avoir un studio de télévision et de radio, des bureaux avec un secrétariat, un secteur administratif (très varié), des dortoirs et même une gare. Ce dernier panneau les intrigua et Dealey expliqua que c'était le terminus d'une ligne de chemin de fer qui reliait l'abri à l'aéroport de Heathrow.

— Bon sang, c'est une véritable ville, s'était écrié Ellison d'une voix qui trahissait l'effroi.

Ils avaient emprunté le couloir central et, au fur et à mesure de leur progression, les cadavres devenaient de plus en plus nombreux. Ils passèrent devant un dortoir. Par curiosité, Kate lança un regard. Elle recula aussitôt, s'appuya brusquement contre le mur, fermant les yeux sans pouvoir chasser l'image gravée dans son esprit. Ces dortoirs ressemblaient à ceux du central de Kingsway ; ils étaient seulement plus longs et plus larges et pouvaient abriter bien plus de personnes ; il y avait des lits superposés à trois niveaux et, en dehors des rares chaises au dossier droit et des armoires à l'autre extrémité, il y avait peu d'autres meubles. Des restes humains se trouvaient empilés là, contre les coffres, comme si ceux qui dormaient ou se reposaient s'étaient enfuis pour se cacher là, piégés par les monstres qui avaient surgi à travers les portes ouvertes. Bon nombre d'entre eux n'étaient même pas parvenus à sortir de leurs lits.

Ils tombèrent sur deux petites voitures à deux places, abandonnées dans les couloirs et qui semblaient fonctionner avec un mécanisme électrique. En haut des murs, des caméras étaient placées à intervalles réguliers. Tous les cent mètres environ, il y avait des compteurs

Geiger, des boutons d'alerte et des interphones. Dealey en essaya un ou deux. Aucun ne marchait. Pourtant l'éclairage et l'air conditionné semblaient fonctionner normalement et les couleurs pastel, de toute évidence choisies pour leur effet apaisant, apportaient un démenti au destin tragiquement ironique qui s'était abattu sur les occupants de l'abri.

Plus ils avançaient, plus leur appréhension grandissait ; un sentiment hystérique commençait à poindre, traversant la barrière émotionnelle d'autoprotection qu'ils s'étaient construite.

Le carnage régnait partout. Pas une zone, pas un couloir, pas une pièce n'était épargnée. C'était un voyage au pays des cauchemars, une descente aux enfers. A chaque pas, chaque courbe dans le couloir, l'atrocité s'amplifiait, les morts devenaient légion.

— Pourquoi ? gémit Kate. Pourquoi n'avaient-ils pas de protection ? Il devait y avoir des armes. Une force d'intervention, une armée...

La question trouva vite une réponse car ils étaient parvenus au cœur même de l'énorme complexe.

Ils arrivèrent à une intersection. Le couloir qui partait à droite et à gauche disparaissait dans une courbe, laissant penser que le centre de l'abri était circulaire. La porte, qui se trouvait juste devant, était encastrée dans le mur, plus d'un mètre en retrait. Ils se demandèrent si c'était là une indication de l'épaisseur des murs. En face de la large porte métallique était placé un bureau scellé dans le plancher, surmonté d'une console. Deux caméras étaient fixées dans les coins de l'alcôve et divers boutons de couleurs apparaissaient d'un côté. La porte coulissante était restée ouverte à cause de deux corps qui obstruaient le passage. Vu leurs uniformes, c'était du personnel de l'armée.

Culver s'arrêta pour ramasser une arme légère ; c'était une mitraillette au canon relevé.

— Un Mac II, dit-il aux autres. Un Ingram. J'en ai déjà vu. (Il demanda à ses compagnons de s'écarter et appuya sur la détente en visant le couloir d'où ils venaient. Plus de balles.) Dommage, soupira-t-il avant de laisser tomber l'arme à terre.

— Où sommes-nous? demanda Fairbank, jetant un coup d'œil à travers la porte coincée.

Tout en appuyant sur les boutons de la petite console du bureau, Dealey ne quittait pas la porte des yeux.

— Rien ne semble marcher, remarqua-t-il, en dehors de la lumière et de la ventilation. Soit les systèmes sont en panne, soit ils ont été détruits.

— Répondez, lui dit Culver.

— Ici? C'est le centre opérationnel de l'abri. Si vous voulez, il contient les organes vitaux de tout le complexe. Le générateur et les chaudières, les communications et les cryptographes, les salles de séjour réservées... euh... à certains, la salle du conseil de guerre. Un refuge dans le refuge, si vous préférez.

— Vous avez parlé de salles de séjour. Voulez-vous dire qu'il y a une élite au sein de l'élite?

C'est Culver qui avait posé la question.

— Bien entendu. Inutile de vous dire que vous feriez partie de ce petit groupe spécial.

Culver secoua la tête.

— Je crois que nous devrions partir, fit Kate en s'agrippant à son bras, et sur-le-champ.

— Il doit y avoir des armes à l'intérieur, s'empressa d'ajouter Dealey. Et sans doute d'autres survivants.

— Et aussi la vermine responsable de ce massacre?

— Les rats ont déguerpi, j'en suis sûr. Depuis que nous sommes entrés dans l'abri, nous n'en avons pas aperçu un seul. Je crois qu'après avoir commis ces atrocités, ils sont partis ailleurs...

— Vers des pâtures plus fraîches, l'interrompit Fairbank, terminant sa phrase pour lui.

— C'est peut-être exactement ce qui s'est passé.

— Mais d'abord, comment sont-ils rentrés ici? demanda Culver, perplexe. Comment diable ont-ils pu s'infiltrer à l'intérieur d'une telle installation? C'est insensé.

— Peut-être trouverons-nous la réponse dedans.

Dealey se dirigea vers la brèche entre la porte et le mur. Il disparut avant d'attendre la réponse.

Les autres se regardèrent. Fairbank haussa les épaules puis le suivit.

— Qu'avons-nous à perdre ? dit-il.

A contrecœur Kate se laissa aider par Culver ; elle enjamba avec précaution les corps déchiquetés qui avaient empêché la porte de se refermer. A l'intérieur, l'odeur de mort était presque suffocante, même si, depuis le temps, elle avait perdu sa fétidité.

C'est à l'intérieur, au milieu des cadavres humains étripés auxquels il manquait les membres et la tête, qu'ils trouvèrent les rats morts.

Assis dans la vaste salle circulaire du conseil de guerre, épuisés à la fois moralement et physiquement, tremblants, ils avaient le regard perpétuellement en alerte. Tous serraient leurs armes, arrachées à des mains réticentes, même si celles-ci n'avaient pas réussi à les sauver. Deux d'entre eux avaient des Ingram, apparemment l'arme standard pour le personnel de l'armée dans l'abri ; Kate et Dealey, eux, avaient des pistolets, des Browning 9 mm ; Ellison s'était arrangé pour trouver une mitraillette Sterling dans l'armurerie. Depuis qu'il l'avait eue en main, Ellison appréciait cette arme.

Ils se trouvaient sur un balcon qui donnait sur des rangées de bancs noirs, chacun contenant six ou sept unités de travail comprenant des postes de télévision, des ordinateurs, des téléphones, des téléscripteurs, des standards. Des écrans géants sur les murs incurvés, bien que vides, dominaient. L'un d'eux avait été criblé de balles. Dealey leur avait dit qu'en marche, les écrans auraient montré différentes parties du monde, indiquant les frappes atomiques et le déploiement stratégique des forces d'intervention militaire. Un écran était spécifiquement réservé au contact visuel avec les chefs des États alliés et leurs exécutants ; les images étaient envoyées par satellites, à moins d'interférences atmosphériques, auquel cas les contacts étaient maintenus par câble. Les lampes du plafond, en retrait, diffusaient une lumière tamisée et chaque rangée de bancs possédait un éclairage individuel encastré. Autour des murs et sous les écrans, on distinguait d'autres appareils dont une série d'ordinateurs et d'écrans de télévision. Une machine à café, désuète en comparaison du matériel alentour, offrait la seule touche d'humanité. Juste à côté de la salle du conseil de guerre, se trouvait un minuscule studio de télévision contenant l'essentiel pour la radiodiffusion (dont un fauteuil agréablement capitonné et des rideaux flottants bleu sombre en arrière-plan, le tout étant censé conférer un air d'autorité paisible et confortable). Qui diable allait s'asseoir devant son poste de télévision alors que le monde entier avait été réduit en cendres, telle était la question que tout le monde se posait. Le studio, d'après eux, servait à diffuser à toute la nation car, tout près, sur le balcon, se trouvait une autre caméra braquée sur la longue table de contrôle à laquelle ils étaient assis; de toute évidence, cette dernière était utilisée pour les conversations télévisées avec les Alliés. A côté du studio de télévision, se trouvait une salle de conférences aux murs et au plafond insonorisés. C'était là, sans doute, que l'on discutait et prenait les décisions les plus délicates concernant l'avenir de la race humaine. Il y avait bien d'autres salles et couloirs qui partaient du bloc central, le siège de l'état-major étant le centre d'une roue aux murs de béton, mais pour l'instant ils n'étaient pas allés plus loin dans leurs investigations et n'avaient guère envie de le faire. Ils en avaient vu assez.

Les premiers chrétiens avaient probablement subi de tels massacres dans les arènes romaines, lacérés puis écartelés par des animaux pour satisfaire le goût du sang de leurs dirigeants, mais ces opérations-là auraient-elles pu se faire à une si grande échelle? L'arène moderne qui s'étalait en contrebas débordait presque de restes humains, comme si un grand nombre de survivants de l'holocauste avaient convergé là, dans leur fuite, au début de l'invasion des rôdeurs, croyant peut-être que leurs chefs allaient leur épargner ce nouveau désastre imprévisible. Ils s'étaient trompés. Rien ne pouvait les sauver de la furie des mutants, pas même les lance-flammes des soldats. Comment un tel carnage avait-il pu se produire? Comment, mais comment donc des rats avaient-ils pu causer un massacre aussi colossal? Et d'abord, comment avaient-ils réussi à s'introduire dans cet abri de haute sécurité ?

Ce fut Alex Dealey, las et découragé, toute trace de suffisance envolée, accablé par l'adversité, qui tenta de fournir des réponses. Il était affalé dans un siège pivotant, appuyé sur la longue table devant lui, une main sur le front, cachant ses yeux clos.

— Les rats étaient déjà à l'intérieur de l'abri, dit-il calmement. Ils attendaient patiemment. Vous ne voyez pas ? Il y a des égouts, des kilomètres de tunnels souterrains, des barrages qui contrôlent l'écoulement des eaux de pluie et les canalisations. Les rats ont dû errer dans ce réseau pendant des années, fouillant où ils pouvaient pour se nourrir des déchets de la ville. Oh, mon Dieu. (Il posa son autre main sur son front et, les épaules rentrées, il sembla sombrer tout au fond de lui-même.) Il y a des réserves de vivres au-dessous de l'abri principal, dans une vaste chambre froide. On y changeait rarement les produits, on en ajoutait plutôt. Aucune denrée pratiquement n'était périssable, vous comprenez? Quoi qu'il en soit, c'était toujours à portée de main pour pouvoir être réapprovisionné aisément. Les rats ont ainsi eu de quoi se nourrir pendant des années.

— C'était tout de même vérifié de temps à autre, non? demanda, incrédule, Culver.

— C'était inutile, car les lieux étaient considérés comme à l'abri de tout dommage. Je suppose qu'on procédait à un examen superficiel régulièrement, mais si vous connaissiez l'ampleur de l'entrepôt, vous vous rendriez compte qu'il est impossible de tout vérifier. Tous les produits étaient hermétiquement fermés, tout comme l'entrepôt lui-même. On n'envisageait même pas que la vermine pût y pénétrer.

— En effet ! l'interrompit Ellison, remuant sur son siège pour se détendre.

— On a déposé du poison et placé des pièges. Personne n'aurait imaginé la ruse extraordinaire de ces animaux nécrophages.

— De toute évidence.

Culver restait perplexe.

— On devait tout de même avoir quelques soupçons sur l'existence de ces créatures. Il est impossible qu'on n'ait rien remarqué.

— Pourquoi ? fit Dealey, haussant les épaules. Ces lieux n'ont jamais été occupés. On a certainement procédé à des vérifications, de nouveaux appareils sophistiqués ont été installés au cours des années, des inspections ont été faites à intervalles réguliers ; mais il est évident que cette espèce de rats est restée bien cachée. D'instinct, ils se doutaient du traitement que leur ennemi séculaire leur ferait subir au cas où ils seraient découverts. N'oubliez pas également que l'extermination de ces mutants dans la dernière décennie a été impitoyable et à grande échelle. Il y a eu de véritables pogroms contre eux.

— Pas assez impitoyable, d'après ce que vous m'aviez précédemment confié.

Les autres regardèrent Culver avec curiosité.

— Que voulez-vous dire, Steve ? demanda Kate.

— Lorsque j'ai eu ma petite conversation avec Dealey, hier, il m'a dit que les scientifiques portaient un intérêt considérables au rat noir mutant. A tel point qu'ils ont essayé de le reproduire en laboratoire.

— J'ai dit qu'il y avait des rumeurs, rien de plus. Mais cela n'a rien à voir avec ces créatures dans les égouts. Personne ne pouvait connaître leur existence.

— D'accord, mais comment se fait-il que ces sales créatures n'aient pas attaqué le personnel de maintenance ou tous ceux qui venaient procéder aux vérifications ?

— Je vous l'ai dit : elles avaient probablement une peur bleue des hommes et elles sont beaucoup trop astucieuses pour se montrer.

— Elles n'ont pas mis longtemps à surmonter leur timidité, fit Fairbank en désignant la pièce de son fusil.

— Oui, après l'explosion des bombes. Sans doute parce qu'elles ont senti qu'elles avaient le dessus. Sans doute aussi parce qu'elles étaient plus nombreuses, ce qui les a encouragées. Il y a autre chose aussi : peut-être ont-elles considéré l'évacuation en masse dans l'abri comme une invasion de *leur* territoire. A mon avis, tous ces éléments s'imbriquent les uns dans les autres.

— Menacées, elles ont attaqué, déclara Kate d'un ton monocorde.

— C'est la seule hypothèse que nous puissions émettre.

— Elles ont bravé les armes, dit Fairbank, et également une foule considérable de personnes. Quelle confiance elles devaient avoir en elles !

— Ou alors elles avaient un motif plus puissant.

Une fois de plus tous les regards se tournèrent vers Culver.

— Je ne sais pas, dit-il en secouant la tête, ce n'est qu'un sentiment. Il y a quelque chose de plus, quelque chose que nous ignorons.

— Je ne comprends toujours pas comment les rats ont pu les écraser, fit Ellison dont l'impatience grandissait. On aurait pu fermer les portes, contenir les rats ou les empêcher de pénétrer dans bon nombre des sections.

— Vous vous souvenez des portes derrière lesquelles tous les véhicules étaient abrités ? Des grandes portes de métal menant aux rampes ? Elles ne fonctionnaient pas. Comme pratiquement tout le reste en dehors de l'éclairage et de la ventilation, elles étaient hors d'usage. Je suis sûr que si nous examinions le standard central, nous trouverions les appareils ou les câbles détruits, soit par les survivants bloqués ici quand ils ont utilisé leurs fusils pour se protéger, soit par les rats qui ont rongé les câbles principaux. Cela n'a rien d'exceptionnel : c'est même la spécialité de la vermine normale. Il existe toutes sortes de systèmes de sécurité dans ce complexe, qui ont besoin de courant pour fonctionner.

— Alors pourquoi les lumières et la ventilation ?

— Ils sont branchés sur des systèmes totalement différents qui, de toute évidence, n'ont pas été endommagés.

Dealey se renversa sur sa chaise puis s'essuya le visage de ses deux mains, le Browning posé devant lui sur la table.

— A mon avis, les survivants ont été attaqués tout de

suite après l'explosion des bombes, au moment où tout le monde était terrifié. Pouvez-vous imaginer les scènes qui ont dû se produire dans l'abri à ce moment-là? La panique et la confusion la plus totale. Même le personnel militaire entraîné a dû être traumatisé. Les survivants étaient en plein désarroi et pratiquement sans défense.

— Combien... combien de personnes devait-il y avoir?

Kate tenait son fusil droit sur ses genoux comme si elle avait peur de le lâcher, ne serait-ce qu'un instant. Elle souhaitait partir sur-le-champ, mais, comme les autres, elle était complètement dépourvue de force. Et ils avaient besoin de réponses avant de s'aventurer plus avant dans l'abri.

— C'est impossible à dire, lui dit Dealey. Des centaines probablement. Nous avons vu suffisamment de morts pour savoir qu'ils étaient nombreux. Tous ceux qui avaient accès à l'abri n'ont certainement pas eu le temps d'y parvenir avant l'explosion, et bien entendu, il se peut qu'il y en ait eu beaucoup, beaucoup qui aient pu fuir quand les rats ont attaqué.

Culver était sceptique.

— Les... les appartements devant lesquels nous sommes passés dans cette partie du complexe, vous avez bien dit qu'ils étaient réservés à certains?

Dealey acquiesça.

— C'est la raison pour laquelle j'étais tellement soulagé à l'idée qu'ils aient été inoccupés. Je suis certain que la famille royale a été évacuée de Londres bien avant la crise.

— Et le Premier ministre?

— La connaissant, elle a dû rester ici dans la capitale, à l'intérieur même de ce quartier général d'où elle pouvait diriger les opérations.

— Croyez-vous qu'elle et son conseil de guerre s'en soient sortis?

Dealey se tut un long moment. Il leva les mains de ses genoux et les laissa retomber en guise de désespoir.

— Qui sait? dit-il. C'est possible. Je n'ai nullement l'intention d'examiner tous ces cadavres pour trouver la réponse.

Culver trouva l'ironie de la situation invraisemblable. Un abri haute sécurité avait été construit pour quelques privilégiés ; le reste de la population, en dehors de ceux auxquels on avait assigné d'autres abris, devait subir pleinement l'attaque nucléaire. Mais, par une ironie du sort, le plan n'avait absolument pas fonctionné et les fuyards avaient été massacrés comme sous le blitz. *Ces cons avaient construit leur forteresse au-dessus du nid, de l'antre — Dieu sait quel nom lui donner — des mutants, déchaînés par l'holocauste nucléaire*. S'il existe vraiment un créateur quelque part dans le ciel, nul doute qu'il doit se gausser de la folie de l'humanité et du châtiment accordé à certains de ses leaders.

Fairbank s'était levé de son siège et avait les yeux rivés sur le spectacle horrifiant en contrebas. Parmi les restes humains gisaient des formes inanimées au pelage noir. Il posa ses mains sur la balustrade.

— Je ne comprends pas. Ils ont réussi à tuer pas mal de rats avant d'être submergés. Mais regardez de près les carcasses de certains animaux. Elles sont intactes et ne sont pas dans le même état de décomposition que les autres. Beaucoup de ces créatures ont péri plus récemment.

Culver rejoignit Fairbank, intéressé par les considérations de l'ingénieur.

— Putain, vous avez raison, lui dit-il.

Kate et Ellison montrèrent peu d'intérêt, mais Dealey bondit.

— Nous devrions les examiner de plus près, suggéra-t-il.

Ils empruntèrent l'escalier et descendirent dans le hall principal, écœurés par les fortes odeurs qui les assaillaient et méfiants à l'égard de ce qui pouvait se cacher au milieu des ruines.

— Là, s'écria Culver, le doigt tendu.

Ils s'approchèrent avec prudence, car le rat semblait s'être simplement endormi en se sustentant. Ce n'est qu'en s'approchant qu'ils remarquèrent qu'il avait les yeux mi-clos et le regard vide et fixe des morts. Culver et Dealey se penchèrent vers lui tandis que Fairbank surveillait les alentours.

— Il y a du sang séché autour de ses mâchoires, remarqua Culver.

— Il dévorait de la chair quand il est mort.

— Il n'y a aucune marque, aucune blessure.

Avec le canon du fusil, il poussa la carcasse au pelage raidi ; il lui fallut une certaine force pour retourner l'animal. Aucune blessure cachée.

— De quoi diable est-il mort ? demanda Culver intrigué.

— Il y en a un autre là-bas, s'exclama Fairbank.

Ils s'en approchèrent, évitant les restes putréfiés étalés par terre. A cette profondeur, il y avait fort heureusement peu d'insectes. Culver s'accroupit près de la carcasse qui gisait là et répéta la même opération. Le bas-ventre de l'animal était criblé de balles et ils se rendirent compte que sa carapace n'était qu'une enveloppe ; dessous tout était complètement décomposé.

Les trois hommes se dirigèrent vers une autre créature et découvrirent, là aussi, que le corps était intact. Ils détournèrent la tête devant l'odeur âcre.

— Se peut-il qu'ils aient été empoisonnés ?

Culver se leva tout en promenant son regard sur d'autres carcasses. Certes, ils en avaient trouvé dans les autres secteurs, mais le groupe ne s'était pas arrêté pour les examiner de près, croyant qu'ils avaient été tués par les hommes qu'ils avaient attaqués ; peut-être bon nombre d'entre eux étaient-ils également morts de causes différentes.

— C'est possible, fit Dealey, mais je ne vois pas comment. Pourquoi auraient-ils mordu à l'hameçon alors qu'ils disposaient de toute la nourriture voulue ? Ça n'a aucun sens.

Il réfléchit quelques instants et s'apprêtait à faire des commentaires lorsque Kate les héla du balcon.

— Je vous en prie, allons-nous-en ! Nous ne sommes pas en sécurité ici !

Elle se tenait l'épaule d'une main, comme si elle avait froid, et dans l'autre portait le fusil.

— Elle a raison, dit Culver. Ce n'est pas fini. Il y a quelque chose qui nous échappe. Je le sens comme un courant d'air. Les morts ne reposent pas encore en paix.

C'était une étrange réflexion, mais les autres en comprirent la signification car ils partageaient la même intuition. Ils remontèrent les marches d'un pas plus rapide. L'urgence de la situation se faisait de nouveau sentir, et un regain de frayeur l'emportait sur la lassitude. La découverte des rats morts mais intacts avait ranimé leur appréhension et le mystère suscitait une peur encore plus déroutante. Le vaste bunker souterrain était devenu une énigme, peut-être un coupe-gorge pour tous. C'était comme si ses murs de béton se refermaient ; les tonnes de terre, au-dessus de leur tête, exerçaient une pression de plus en plus forte ; un sentiment très fort d'oppression pesait sur leurs épaules.

S'efforçant de les écraser sous la citadelle souterraine.

28.

L'état de la centrale électrique leur fournit certaines explications, car elle avait été réduite à une simple carcasse noircie et tous ses appareils sophistiqués n'étaient plus que des enveloppes calcinées inutilisables. Ils détournèrent le regard des monceaux informes et sombres gisant au sol et qui autrefois avaient marché, parlé, avaient été comme eux.

— Maintenant nous savons, fit Dealey. (Sa voix trahissait la tristesse de la défaite.) C'est là qu'ils se sont battus contre les rats. Des balles, une explosion — une réaction en chaîne — ont dévasté les lieux. Tous leurs plans minutieux, toute leur haute technologie détruits par une simple bête. Ils ont fini par découvrir qui était leur véritable ennemi.

Il s'appuya contre un mur et, l'espace d'un instant, tous crurent qu'il allait défaillir. Il se ressaisit mais évita leur regard.

Ellison secouait la tête.

— Voilà pourquoi il n'y avait aucune communication ; tout est hors d'usage.

— Les communications, les appareils. Même les portes étaient impossibles à ouvrir, dit Fairbank. La première que nous avons trouvée pouvait être ouverte manuellement de l'intérieur. La deuxième était bloquée par ceux qui ont dû tenter de s'enfuir. Mais les autres doivent être hermétiquement closes. Mon Dieu, ils ont tous été piégés au sein même de leur forteresse !

— Les portes ne sont certainement pas toutes contrôlées électriquement, s'écria Kate.

— Je le crains, répondit Dealey, le regard toujours baissé. Ne comprenez-vous pas? C'était un établissement top-secret, le lieu le plus strictement confidentiel du pays; les entrées comme les sorties devaient être contrôlées du poste central.

Ellison s'agitait de plus en plus.

— On doit trouver des portes ouvertes. Certains ont dû s'échapper, ils n'ont tout de même pas pu être tous massacrés.

— S'échapper où? Dehors, dans un monde irradié?

— Je ne comprends toujours pas pourquoi l'éclairage marche encore, dit Kate.

— La lumière était le bien le plus précieux, le plus protégé par des systèmes annexes. Imaginez cet endroit dans l'obscurité totale.

Ils préférèrent ne pas y penser.

— Le quartier général a quatre générateurs, chacun d'eux est censé prendre la relève au cas où les autres ne fonctionneraient pas. Si le numéro un défaille, automatiquement le numéro deux se met en marche; si c'est au tour du deux de s'arrêter, alors le trois prend la relève, puis le quatre. Il n'est pas imaginable que tous tombent en panne en même temps.

Fairbank attacha fermement la hache à sa ceinture.

— Je n'ai plus aucune confiance dans ces allégations et je pense que nous perdons notre temps ici. Dépêchons-nous de sortir, fit-il en fixant Culver.

— Vous connaissez ces lieux, Dealey, dit le pilote. Bon, alors comment sortir?

— Peut-être y a-t-il d'autres portes non bloquées, comme l'a dit Ellison. Si ce n'est pas le cas, il va nous falloir revenir sur nos pas.

Kate frémit à cette idée, car elle n'avait nulle envie d'emprunter de nouveau ces couloirs répugnants.

— Commençons nos investigations alors, dit Fairbank. Cet endroit commence à me taper sur les nerfs.

Il avancèrent et soudain l'atroce mélange d'odeurs devint presque insoutenable. Kate chancela littéralement sous l'effet des effluves nocifs. Culver dut la retenir pour l'empêcher de s'effondrer tandis qu'elle luttait contre la nausée. Ce fut Fairbank, un mouchoir crasseux plaqué sur le nez et la bouche, qui leur dit d'avancer. Il regardait à travers une vaste brèche d'où provenait le bourdonnement qui leur était devenu familier.

— Regardez! hurla-t-il. (Sa voix trahissait une joie mêlée de crainte.) C'est purement incroyable.

Ils approchèrent. Culver traînait la jeune fille. Il se protégea le visage d'une main, réprimant un haut-le-cœur en s'approchant de la brèche; les autres ressentaient le même malaise. Il jeta un regard consterné à l'intérieur; lui aussi en avait assez de voir des scènes d'horreur. Les yeux écarquillés, les lèvres pendantes, il sentit son dos se raidir.

Le plafond de la salle des générateurs était élevé; il abritait les quatre énormes machines et le réservoir d'huile lourde le plus grand que Culver ait jamais vu. Le haut disparaissait dans le plafond. Au-dessus, il y avait un réseau de conduits, de câbles et de passerelles. Les murs étaient à nu et seuls les conduits et les jauges appliquées au mur rompaient la monotonie. La lumière était faible; plusieurs zones avaient une source de lumière individuelle dont la plupart étaient éteintes. Il régnait une chaleur désagréable à l'intérieur, qui s'ajoutait à l'atmosphère de putréfaction.

Le plancher spacieux était un océan de pelage noir hérissé.

Kate, chancelante, tomba mais se releva aussitôt, prête à s'enfuir en courant.

— Ils sont morts! s'écria Culver. (Elle s'arrêta et, encore apeurée, revint vers les quatre hommes.)

C'était un spectacle d'une laideur surnaturelle, bien que les amoncellements de cadavres fussent ceux d'un ennemi mortel, étrangement pitoyable. Les rats, par centaines, étaient affalés les uns sur les autres, agglutinés, bon nombre d'entre eux gisaient la mâchoire béante, leurs incisives jaunes découvertes laissant apparaître une lueur terne, d'autres, les yeux entrouverts, défiaient les intrus d'un regard cruel. Quelques-uns étaient parvenus à se faufiler le long des traverses et des conduits qui s'entrecroisaient au plafond et restaient là, prêts à bondir ; mais ceux-là étaient également inertes, menaçants seulement en apparence.

— Merde, que leur est-il arrivé ? s'exclama Ellison, le souffle coupé.

Les autres étaient trop médusés pour répondre. Culver pénétra lentement dans la salle des générateurs et s'avança près de l'énorme masse velue inanimée. Un rat le fixait avec une expression lugubre, toutes griffes dehors, à quelques centimètres de lui.

Luttant contre sa répulsion, Culver s'accroupit près du cadavre. Il remarqua, de nouveau, du sang séché sur la mâchoire inférieure. Culver se leva et jeta un regard rapide sur tous ces cadavres. Dealey était à ses côtés.

— Je ne comprends pas, dit Culver.

— Moi si, je crois, répliqua Dealey sous le regard intrigué de Culver. Ils sont morts à la suite d'une épidémie. Le sang provient de la salive. Ils ont été foudroyés par une maladie, une sorte de peste. Avec un peu de chance, elle les a tous tués.

Il se pencha pour pousser le rôdeur le plus proche du bout de son fusil.

— Quelle sorte de peste ? demanda Culver.

Un autre problème se posait à lui.

— C'est impossible à dire, mais je pourrais tout de même avancer une hypothèse.

— Allez-y.

— Il s'agit peut-être d'un anthrax. (Il fit basculer la carcasse sur le dos et émit un léger grognement.) Pas de pustules. Pas d'abdomen enflé. Bon, il faut changer de diagnostic. Je parierai sur la peste pneumonique.

Culver recula aussitôt.

Dealey se raidit sans manifester d'inquiétude particulière. Il avait les épaules légèrement rentrées comme si l'intrusion sauvage dans sa citadelle sacrée avait fini par lui faire prendre conscience de la fragilité et de la vulnérabilité de son autorité d'antan. La destruction de la ville n'avait pas ébranlé sa foi, mais l'annihilation de ceux qui étaient au pouvoir, ses suzerains qui devaient régner depuis cet ersatz de siège gouvernemental, l'avait anéanti. Cela signifiait, à ses yeux, la perte de sa propre puissance.

— Je croyais que seuls les humains pouvaient être atteints de peste pneumonique, dit Culver, reculant lentement.

Dealey secoua la tête d'un air las.

— Non, les animaux aussi. Ce sont les puces, porteuses de maladies, qui les contaminent.

— Mais alors nous?...

Culver ne posa pas la fin de sa question.

— Raison supplémentaire pour déguerpir sur-le-champ, fit Dealey.

— Les salauds!

Ellison se mit à hurler depuis le pas de la porte. Il leva le Sterling à hauteur de poitrine et fit feu dans la masse de cadavres au pelage hérissé; la salle aux murs de brique résonna sous les crépitements des balles. Des corps noirs jaillirent comme s'ils étaient encore vivants. Culver et Dealey sautèrent aussitôt sur le côté tandis que Kate se bouchait les oreilles, laissant tomber le fusil qu'elle tenait toujours. Incapable de retenir sa colère, Fairbank se joignit à Ellison; son petit Ingram, moins bruyant que le Sterling, sautait dans ses mains à chaque détente.

Culver les laissa décharger leur colère et leur haine sans quitter du regard les corps noirs de la vermine qui bondissaient en se contorsionnant, la chair déchiquetée par les rafales de balles. Des membres étaient sectionnés, des têtes explosaient. Une queue, de près de deux mètres de long, faucha l'air tel un serpent propulsé en l'air. L'arme d'Ellison se vida avant celle de Fairbank et, de dégoût, il la laissa tomber bruyamment par terre. Fairbank cessa le feu, avec un étrange rictus glacial. Le brusque silence qui se fit était aussi impressionnant que le vacarme qui l'avait précédé.

Culver retourna vers eux pendant que Dealey, immobile, secouait la tête comme pour la libérer des échos.

— Si vous n'en avez plus, allons...

Le pilote n'eut pas le temps de terminer sa phrase. Kate poussa un cri.

— Ils bougent ! Ils sont encore vivants !

Elle avait la main tendue au-dessus de l'épaule de Culver qui se retourna immédiatement.

Il ne remarqua aucun mouvement.

Puis il comprit.

L'océan sombre bougeait par endroits, des formes noires se dégageaient lentement de la masse ; elles se traînaient doucement, difficilement. Mais avec détermination. Des yeux jaunes luisaient. Des sifflements sortaient de leur bouche cruelle.

Dealey se tourna et fit marche arrière quand il aperçut les formes qui convergeaient vers eux. Kate recula de l'autre côté du couloir.

Les créatures mourantes avaient été dérangées par le bruit fracassant, d'autres par les balles qui leur martelaient le corps. La plus proche, parvenue au bord de cette masse informe, rampait sur les cadavres pour atteindre le sol ; sa longue tête pointue oscillait de droite à gauche, ses dents coupantes dénudées et tachées de sang. D'autres la suivaient.

Culver leva l'Ingram et fit éclater en deux la première créature d'une rafale de balles. Les autres s'approchèrent, se bousculant par terre, se glissant doucement dans une mare de sang laissée par leurs compagnons. Il fit feu à nouveau. L'impact dissémina la vermine rampante. Fairbank se joignit à lui, visant dans la masse.

Ils s'arrêtèrent. Aux aguets.

Des formes continuaient à avancer.

— Qu'est-ce qui les pousse ? hurla l'ingénieur.

Culver avait l'esprit en ébullition. Son attitude impassible n'augurait rien de bon.

— La haine, dit-il. Ces créatures nous haïssent autant que nous les haïssons. Peut-être davantage même. Elles ont toujours été contraintes de rester dans l'ombre. Grâce à Dieu, il ne leur reste plus beaucoup de force.

— Allons bénir Dieu dehors, vous voulez bien ? Elles sont peut-être mourantes mais elles veulent encore nous atteindre.

Ils lâchèrent encore une rafale sur leurs corps ondoyants, puis franchirent le seuil de la porte rapidement.

— Je ne tiens pas à perdre mon temps à chercher des portes qui risquent d'être fermées, dit Culver aux autres. Faisons demi-tour. D'accord?

Les autres acquiescèrent et il prit Kate par le poignet.

— Elles ne peuvent nous attaquer, lui dit-il pour la rassurer. Elles sont à l'agonie et sont trop faibles; nous pouvons facilement les distancer.

Elle se pencha vers lui avec reconnaissance et tous les quatre reprirent le chemin inverse dans les couloirs labyrinthiques, Dealey en tête, soucieux de mettre la plus grande distance possible entre eux et la vermine, atteinte de la peste. Ils fermèrent les yeux sur le spectacle terrifiant qu'ils durent affronter une fois de plus; oublieux de leur fatigue, soumis à des poussées d'adrénaline, ils essayaient de ne pas penser à la maladie mortelle au contact de laquelle ils venaient d'être soumis. Ils traversèrent la salle du conseil de guerre sans s'arrêter une seconde, remarquant à peine la scène macabre qui s'offrait à eux. Bien qu'impuissants, les mutants représentaient encore une menace mortelle. Les survivants n'avaient qu'une envie : respirer l'air frais, vider leurs poumons des odeurs de mort; ils avaient besoin de voir le ciel, de sentir une brise naturelle leur effleurer la peau. Leurs pas étaient rapides, ils couraient dans les couloirs lorsque ces derniers n'étaient pas jonchés de restes humains. Ils traversèrent le cœur de l'abri, passèrent la porte restée entrouverte grâce aux deux malheureux qui l'obstruaient, trébuchant, sans jamais s'arrêter, même pour reprendre leur souffle.

Ils arrivèrent enfin à la zone de décontamination qu'ils traversèrent à la hâte et se retrouvèrent dans le vaste complexe encombré de véhicules.

Culver leur fit signe de s'arrêter.

— Des torches! Nous allons avoir besoin de torches.

— Je sais où en trouver, s'écria Fairbank en filant comme une flèche entre les tanks et les véhicules aux formes insolites qui étaient garés là; il courut en direction de la petite cabine de verre à l'autre extrémité de la salle, près des portes.

— Voyez-vous, il se peut que certains survivants aient

eu une chance de s'en sortir s'ils n'ont pas été pris de panique, leur dit Culver en voyant Fairbank disparaître.

— Comment? demanda Dealey.

— A l'intérieur de ces machines. Ils ont pu aisément s'enfermer et attendre que les rats déguerpissent.

— Et ensuite s'enfuir dans les tunnels?

— C'est possible, fit Culver en haussant les épaules.

— Mais comme nous l'avons déjà dit, l'atmosphère devait être irradiée, surtout si l'attaque a eu lieu au début.

— Ce n'était qu'une supposition.

Fairbank revenait avec deux torches à grande puissance qui avaient été entreposées dans le complexe de Kingsway.

— Les voilà, fit-il, les tendant à Culver. Je les avais repérées plus tôt. Je suppose qu'ils les gardaient à portée de la main en cas d'urgence.

Le groupe s'avança vers la grande porte qui menait au couloir et qui, à son tour, menait à une petite porte extérieure donnant dans le bunker souterrain. Culver se rappelait combien ils avaient été révulsés par la découverte du cadavre sans tête, encore accroché à la porte de métal vert; ce spectacle leur semblait maintenant anodin. Il laissa Fairbank passer le premier; les deux hommes avaient allumé leurs torches. Le dernier à pénétrer dans le couloir de béton sombre, Culver maintenait la main sur la porte.

— Je la ferme ou non? demanda-t-il aux autres. Si je le fais, nous n'aurons plus aucun moyen de rentrer.

— Et si vous ne le faites pas, continua Ellison, tout rat vivant peut nous suivre.

Kate frissonna.

— Quoi qu'il arrive, je ne retournerai pas dans cet abattoir.

Culver se tourna vers Dealey et Fairbank.

Le premier acquiesça d'un petit geste de tête et l'ingénieur dit :

— Fermez cette putain de porte.

Ce qu'il fit.

Les torches, dont la lumière se reflétait dans l'eau,

éclairaient suffisamment le couloir. La fraîcheur de l'atmosphère les surprit comme une vague, transformant leur sueur en gouttelettes glacées; l'air conditionné, à l'intérieur de l'abri, avait maintenu une température basse, mais la différence avec les tunnels extérieurs était considérable. Chacun frissonnait. C'était un soulagement de se trouver loin du spectacle lugubre du massacre humain et des créatures mortes ou agonisantes qui en étaient les auteurs; mais l'obscurité glaciale qui les entourait créait une menace inquiétante.

Dealey rompit le silence pesant.

— Je suggère que nous utilisions la première issue que nous trouverons, au lieu de chercher l'échelle par laquelle nous sommes descendus.

— Pas besoin de voter sur ce point, dit Fairbank, qui s'était déjà engagé dans le couloir.

Il avançait d'un pas rapide et devança très vite les autres.

— Ne prenez pas trop d'avance, lui cria Culver. Restons groupés.

— Ne vous inquiétez pas. Je m'arrêterai à la première échelle.

Culver restait près de Kate; elle essayait de chasser de son esprit toutes les frayeurs subies au cours de la journée sans envisager ce qui les attendait. Ils cheminèrent péniblement le long du couloir humide, au milieu des éclaboussures; le bruit s'amplifiait autour d'eux, tous partageaient la même tension. Ils entendaient l'eau tomber goutte à goutte et passèrent devant le fossé d'écoulement qu'ils avaient découvert en pénétrant dans le tunnel. Ellison haletait; à chaque pas, il avait l'impression de recevoir des coups de poignard. Il avait besoin de se reposer mais, bien qu'il fût persuadé que le pire était passé, il se refusait à trop y croire tant qu'ils se trouvaient dans ces couloirs humides. Peut-être pourraient-ils s'arrêter à l'étape suivante? Ou peut-être non. Dealey fermait la marche; il scrutait sans arrêt la pénombre derrière lui, comme s'il s'attendait à voir la porte de l'abri s'ouvrir brutalement et des hordes de rats en surgir. Son imagination, totalement en éveil maintenant, créait d'autres visions bizarres : des cadavres à l'intérieur de l'abri qui bougeaient, rassemblaient leurs membres épars et la poussière pour se reconstituer en formes vaguement humaines, aux contours incongrus, et se dressaient; la plupart étaient sans tête; ils étaient perdus à jamais et se déplaçaient péniblement à travers le complexe, se heurtant les uns aux autres, jouant des pieds et des mains pour parvenir aux portes de sortie; des lambeaux de peau en putréfaction se détachaient; ils avançaient, chancelants, dans les sombres couloirs qui bordaient le bunker, à la recherche de ceux qui vivaient encore, *cherchant à se venger de leur propre mort sur les survivants...*

Il poussa un profond gémissement et tenta de chasser ces visions induites par la fatigue. Ses mains tremblaient. Il n'avait jamais cru possible de vivre un cauchemar, éveillé. Comment un rêve pouvait-il être ressenti avec autant d'acuité, les yeux ouverts? Parfois, cependant, c'était la réalité qui créait les pires cauchemars vivants.

Il y eut un bruit de pas précipités qui venaient dans leur direction. Une lumière aveuglante, les paralysant d'effroi, comme des lapins figés de peur par des phares.

Fairbank faillit heurter Culver.

L'ingénieur s'appuya contre le mur, braquant sa lampe dans la direction d'où il venait. Le souffle lui manquait.

— Ils sont devant nous, murmura-t-il. Je les ai entendus couiner, bouger. Ils sont au-dessus de nos têtes, écoutez!

Ils prêtèrent l'oreille et le bruit s'intensifia. Des reptations. Des grattements. Des couinements. Provenant du couloir situé devant eux. Puis, à peine perceptibles, des bruits au-dessus de leur tête. Plus forts, amplifiés par l'acoustique des couloirs.

— Demi-tour! dit Culver, poussant Kate pour la faire avancer.

— Demi-tour où? s'écria Ellison. Nous ne pouvons plus retourner dans l'abri! Nous sommes piégés!

Culver et Fairbank, épaule contre épaule dans ces lieux étroits, pointèrent les Ingram et les torches dans la direction du tunnel, prêts à accueillir la première vague des assaillants. Ce ne fut pas long.

Les rats surgirent de l'obscurité en une masse compacte, au-delà de la portée des faisceaux. Une multitude de bêtes au pelage noir, courant, qui se ruaient vers la lumière aveuglante, les yeux luisants. La vermine remplissait le couloir, se déversant en un flot ténébreux.

Culver et Fairbank ouvrirent le feu en même temps. La meute s'arrêta net en poussant des cris aigus. Des rats, projetés en l'air, retombaient en se contorsionnant sur le dos des autres, déjà en proie aux affres de la mort. Mais d'autres les remplaçaient, avançaient, rampant à même le sol, propulsés par leurs puissants arrière-trains. Culver cessa le feu un instant pour crier ses instructions aux deux hommes et à la jeune fille.

— *Je vous ai dit de faire demi-tour!*

Ils s'exécutèrent, lentement, le regard toujours fixé par-delà les épaules de Culver et de Fairbank.

L'avancée de la vermine cessa momentanément et les deux hommes posèrent leurs armes. Des créatures ensanglantées se contorsionnaient au sol, à moins de cinquante mètres d'eux.

— Steve! s'écria Kate, au bord de l'effondrement. Il n'y a aucune issue! C'est sans espoir!

— Trouvez le fossé d'écoulement, leur dit-il. Il ne doit pas être très loin. Trouvez-le vite.

Des ombres se ruèrent vers eux. Les deux hommes ouvrirent de nouveau le feu. Des balles ricochèrent sur les murs dans une pluie d'étincelles, provoquant un tohu-bohu d'éclairs et d'animaux qui sautaient dans tous les sens.

— *Donnez-nous une des torches!* hurla Ellison, en proie à la panique.

Sans s'arrêter, Culver lui tendit la torche. Ellison la saisit et s'éloigna en titubant, braquant le faisceau sur les flaques à ses pieds. Le feu cessa. Le groupe continuait à battre en retraite.

— Les revoilà, s'écria Fairbank.

Les rats attaquaient impitoyablement, ils sautaient sur le dos de leurs compagnons blessés. Seule l'étroitesse du couloir empêchait les survivants d'être submergés. Culver et Fairbank avaient la même question en tête : combien de munitions leur restait-il ?

— C'est là, je l'ai trouvée ! s'écria Ellison.

Les rats s'agglutinaient toujours sous le faisceau éclatant des torches. Cernés par les murs rugueux, ils étaient figés, n'osant ni avancer ni reculer. Culver pria Fairbank d'éclairer un instant un peu plus haut. Les deux hommes furent atterrés lorsque la lumière révéla une masse de dos voûtés tremblants ; les créatures noires s'étiraient en une longue file dans le tunnel, bien au-delà de la courbe.

— Oh, merde, éclairez-moi ! dit Fairbank, refoulant sa panique.

— Culver, on n'arrive pas à l'ouvrir. Elle est scellée !

Le pilote se retourna et vit Ellison et Dealey qui tentaient désespérément de tirer la plaque du conduit, éclairés par la torche de Kate. Il prit la hache que Fairbank avait à la ceinture et dit, presque dans un murmure, de peur qu'une parole trop haute n'encourage la vermine à poursuivre l'attaque :

— Tirez si vous les voyez avancer.

Fairbank ne risqua pas un regard vers lui ; il émit un léger grognement en guise d'approbation, trouvant le conseil parfaitement inutile.

Culver s'accroupit auprès des deux hommes et tendit l'Ingram à Ellison.

— Aidez Fairbank, dit-il, puis il examina les bords du conduit. A quelle profondeur se trouvent les égouts ? demanda-t-il à Dealey, toujours à voix basse.

— Je n'en ai aucune idée, répondit Dealey. Je crois qu'il y a des canaux qui pénètrent dans les principales voies d'eau, mais j'ignore à quelle profondeur ils se trouvent et s'ils sont assez grands pour nous abriter.

Culver, l'oreille tendue, se baissa. Il entendait l'eau dégouliner le long des murs mais ne savait pas si l'écoulement s'amplifiait. Il enfonça le côté affûté de la hache dans la fissure entre la grille et le rebord. Avant d'essayer de la soulever, il gratta la boue.

— Ils se sont remis en marche ! murmura Fairbank d'une voix grave. Et cette fois, ils prennent leur temps, ils avancent en rampant. Ces salauds nous filent le train !

Culver rentra la lame le plus profondément possible.

— Dealey, dit-il d'une voix chuintante, passez vos doigts de ce côté du conduit. Tirez dès que je vous le dirai.

— *Dépêchez-vous!* murmura Ellison, désespéré.

La torche que tenait Kate oscillait furieusement.

— Bon, *allez-y*!

Culver se pencha sur la lame de tout son poids et Dealey tira vers le haut. Pendant deux secondes interminables, rien ne se produisit. Puis Culver sentit quelque chose bouger. La plaque du conduit céda; par un mouvement d'aspiration, l'eau gicla et pénétra plus librement dans la fissure qui s'élargissait. Après avoir bougé de quelques centimètres, elle pivota plus facilement et Culver saisit le rebord pour la tirer complètement. Le couvercle heurta bruyamment la paroi du couloir. Et ce fut le début d'un nouveau cauchemar.

Il arracha la torche de Kate et la pointa dans la brèche. Le conduit avait approximativement deux mètres carrés et il était suffisamment large pour qu'ils puissent y descendre. A environ trois mètres en contrebas, il aperçut de l'eau aux mouvements paresseux.

Culver dut hurler pour se faire entendre dans la cacophonie des rafales de balles étouffées et des couinements aigus des rats; mais les autres ne purent que deviner le sens de ses paroles. Il tira Dealey par la manche.

— *Il n'y a pas de barreaux! Il faut plonger dans l'eau, ce ne devrait pas être trop profond! Aidez Kate quand elle suivra!*

Dealey n'eut pas besoin de se le faire dire deux fois. Il était horrifié à l'idée d'avoir à sauter dans un puits noir inconnu, mais encore plus horrifié à celle d'être dévoré vif. Il se baissa au bord puis s'enfonça dans le trou jusqu'à la taille en se servant de ses coudes pour se maintenir dans cette position. Il avait peu d'espace mais il parvint à se faufiler. Après avoir inspiré, il se glissa dans l'eau, se tenant au rebord du bout des doigts. Dealey se laissa tomber.

Son ventre et son menton s'éraflèrent contre les murs

rugueux ; la descente lui parut durer une éternité. Il poussa un cri quand ses pieds pénétrèrent dans l'eau glaciale, mais le son fut coupé net quand il toucha le fond de vase. Il se retrouva à quatre pattes dans le courant, de l'eau jusqu'aux épaules. La lumière d'en haut éclairait sa silhouette.

— Tout va bien ! cria-t-il aux autres, riant presque, tant il était soulagé. Ce n'est pas profond ! On peut passer par-là !

Il lui sembla entendre un cri d'en haut puis un autre corps obstrua la lumière. Dealey se leva ; il se rendit compte que la voûte ne s'élevait pas à plus d'un mètre vingt. Il se trouvait maintenant à l'intérieur du puits de drainage dans lequel il s'était laissé tomber. Des éclats épars et de l'eau lui tombaient sur le visage, tourné vers Kate, qui se glissait dans sa direction. Il tendit la main et la prit dans ses bras, s'efforçant de l'aider à descendre en douceur dans un effort presque trop grand pour lui.

Au-dessus, un fusil s'était tu.

Culver lança un regard inquiet aux deux hommes et vit Fairbank jeter le fusil Ingram.

— Voilà ! s'écria l'ingénieur. Vite !

— Par ici ! lui dit le pilote, fourrant la petite hache dans sa ceinture. Dealey, voici la torche ! Pour l'amour de Dieu, ne la laissez pas tomber !

Il la lança et fut soulagé quand il la sentit en sécurité. Fairbank vint avec Ellison qui continuait à tirer dans le tunnel. Fairbank s'accroupit auprès de Culver et se pencha.

— Nous ne pouvons plus les retenir ! Encore une attaque et c'est terminé !

— Passez-moi la lumière ! (Encore braquée vers la vermine, la torche lui fut remise. Les coups de feu étaient plus sporadiques, les rats avançaient, puis s'arrêtaient, Ellison avait suffisamment de sang-froid pour ne pas gaspiller de balles.) Ellison va descendre le premier, ensuite ce sera votre tour, dit Culver à Fairbank, à voix basse, entre les rafales. Je veux que vous restiez dans le canal pour m'aider quand je passerai. Je vais devoir refermer le couvercle avant de descendre.

— Ça ne va pas être facile.

— Putain, qu'est-ce qui l'est de nos jours?

Fairbank resta en grommelant auprès de Culver qui s'approcha d'Ellison et prit le fusil.

— Filez dans le trou!

Ellison ne pouvait détacher son regard des sombres cadavres qui jonchaient le sol et de leurs compagnons plus dangereux, ceux qui avançaient encore.

— Ils savent. Ils savent qu'ils peuvent nous avoir. Regardez-les! Ils se préparent pour l'ultime attaque!

C'était vrai; Culver le sentait. Les corps compacts, au pelage hérissé, se mettaient en mouvement et allaient très vite atteindre un point crucial. L'instinct, la ruse — peut-être seulement la détermination —, quelque chose disait à ces créatures que leur ennemi était devenu plus vulnérable.

— Entrez dans le conduit, dit Culver d'une voix monocorde. (Ellison s'éloigna. Le pilote fit face aux rats, le fusil dans une main, la torche dans l'autre.) Est-il arrivé en bas? demanda-t-il doucement par-dessus son épaule.

— Presque, répondit Fairbank.

— A vous, maintenant.

— D'accord, mais d'abord gardez un appui jusqu'à ce que vous soyez de ce côté du trou. Ce sera plus facile pour vous.

Des mains se tendirent et guidèrent Culver autour de la brèche. Fairbank lui donna une tape sur l'épaule et se faufila dans le conduit.

— Dépêchez-vous, dit-il avant de disparaître de sa vue. Je vous attends.

Il partit et Culver se retrouva seul.

Seul, sans compter les mutants rampants.

Il se dégagea doucement et s'assit, fusil et torche à hauteur de poitrine, puis il glissa ses jambes sur le rebord. Voilà le moment délicat, songea-t-il.

Les rats sentaient que leur proie leur échappait. Les couinements se firent très aigus au moment où ils se ruèrent vers lui.

Culver appuya sur la détente tout en sachant qu'il ne

parviendrait jamais à contenir leur charge. Des balles leur criblèrent le corps en plein élan, les faisant tournoyer et les déchiquetant. Mais ils continuaient à avancer en masse, au milieu des éclaboussures.

Avec un cri de frayeur, Culver se dégagea du bord, s'appuya sur les coudes avant de se laisser tomber complètement. Il ne cessait de tirer et les rats ne cessaient d'avancer ; ils passaient devant ceux qui tombaient, sans se préoccuper des blessés, stimulés par une rage intense.

Culver agita ses pieds jusqu'au moment où des mains le saisirent fermement aux chevilles pour le guider. Il tira une ultime rafale, puis se dit qu'il n'avait plus le choix. Il laissa tomber la torche, saisit le couvercle du conduit et plongea.

Il sentit le support céder également, lui donnant une liberté de manœuvre dans l'espace exigu. Il resta tapi juste au-dessous de la grille, conscient qu'elle n'était pas totalement en place.

— Attrapez le fusil ! leur cria-t-il, tendant le fusil aussi bas que possible. (Quelqu'un, probablement Fairbank, le saisit. Le conduit était fortement éclairé par la torche.)

Culver souleva légèrement le couvercle, mais il ôta immédiatement la main lorsqu'il sentit quelque chose d'acéré lui effleurer le bout des doigts. Il essaya de nouveau avec la paume de la main. C'était un poids énorme. La vermine s'était agglutinée sur le couvercle. Il percevait leurs couinements à quelques centimètres seulement de son visage. Il sentit des pattes, semblables à des serres, passer à travers les fentes du couvercle, lui lacérer les mains ; ignorant la douleur, il leva de toutes ses forces le couvercle et le fit glisser. Les épaules de Fairbank tremblaient, mais l'ingénieur tenait bon, l'aidant de son mieux.

Le couvercle se referma avec un bruit sec qui le réjouit. Les rats grattaient frénétiquement de l'autre côté, leurs couinements montaient en une sorte de crescendo. Culver ne les voyait pas mais il sentait leur chaude haleine fétide sur son visage. Il se laissa lentement tomber et Fairbank, sentant le moment venu, l'aida doucement. D'autres mains le soutenaient. Soulagé, il sombra dans le courant.

Il se reposa un instant, la tête appuyée contre le mur de brique couvert de vase, de l'eau saumâtre lui coulait sur les genoux autour desquels il avait serré les bras ; il aspirait à pleins poumons des bouffées d'air vicié, les yeux clos. Les autres étaient affalés comme lui, trop épuisés pour se préoccuper de leurs vêtements trempés. Tout en essayant de reprendre leur souffle et leur calme, ils écoutaient le remue-ménage et les grattements de colère au-dessus de leur tête. Les couinements de la vermine enragée les faisaient frissonner.

A cet instant, Dealey exprima à haute voix ce qu'ils savaient tous.

— Ils vont trouver d'autres moyens pour pénétrer dans l'égout.

Culver ouvrit les yeux et, à son grand soulagement, découvrit que la torche qu'il avait laissée tomber avait été récupérée. Fairbank tenait le fusil Ingram au-dessus du niveau de l'eau ; son visage n'était plus qu'un masque tendu, il avait les yeux hébétés et le blanc ressortait sur ses joues souillées de poussière.

Kate avait la tête appuyée mollement sur ses genoux, ses cheveux ébouriffés lui retombaient autour du visage. Il refoula son désir de se précipiter vers elle, de la toucher, sachant que le temps était bien trop précieux pour laisser place au réconfort. Ellison et Dealey tenaient les torches, ce dernier brandissant également le Browning automatique ; tous deux semblaient presque totalement dénués de force.

— Passez-moi le revolver, dit Culver en tendant la main.

Dealey n'eut pas un grand geste à faire pour le lui donner tant les parois du conduit étaient rapprochées.

— Il s'est mouillé quand j'ai plongé ; je l'avais dans la poche.

Culver prit le revolver, priant pour qu'il marche encore.

— Ellison, la torche.

Sans discuter, l'ingénieur la lui passa.

— Vous avez une idée de la direction qu'il faut prendre? demanda Culver à Dealey.

Le son de sa voix décupla la fureur de la vermine.

— Non. Je ne connais pas bien le réseau d'égouts et puis je suis totalement désorienté.

Il lança un coup d'œil fébrile dans la brèche au-dessus de leur tête.

— Alors nous allons aller par-là, fit Culver en pointant son fusil vers la gauche. C'est dans ce sens que l'eau coule, ça doit bien mener quelque part. (Il se leva, la tête baissée à cause du plafond bas et enjamba les autres.) Je prends la tête. Kate, restez près de moi. Fairbank, fermez la marche.

Ils se mirent tous à quatre pattes, au bord de l'épuisement, les membres douloureux mais toujours poussés par le désir d'avancer. Ils se traînaient derrière Culver dans l'eau insalubre; les odeurs fétides étaient bien moins désagréables que les précédentes. La marche était pénible, car les eaux stagnantes leur alourdissaient les pieds et le fait de devoir avancer courbés leur pesait sur les jambes. Quel soulagement lorsque le bruit de la vermine s'estompa loin derrière.

Ils avançaient au milieu des éclaboussements; l'eau suintait sur les parois du conduit à travers d'autres orifices plus petits. Les murs incurvés, répugnants au toucher, étaient recouverts d'algues; çà et là, des pierres étaient tombées, laissant de sombres lézardes impénétrables. Un bruit nouveau leur parvint. Ils firent une pause et prêtèrent l'oreille.

— C'est une cascade, fit Dealey. L'égout collecteur ne doit pas se trouver loin.

— Et il doit y avoir également une issue, ajouta Ellison.

— Oui, sans doute.

Ils accélérèrent le pas. Le bruit de cascade se transforma rapidement en un grondement sourd. Ils avançaient en titubant, sans se soucier des petits objets qui les heurtaient au tibia, des poches de gaz qu'ils rencontraient parfois; ils glissaient sans cesse sur le sol lisse recouvert d'eau, mais se relevaient aussitôt, sans s'arrêter pour reprendre leur souffle ou se frotter les genoux endoloris. Ils parvinrent très vite au conduit principal.

Il avait au moins quatre mètres de large, le plafond était haut et incurvé. La surface écumeuse était jonchée de débris. De chaque côté, se trouvaient de larges bas-côtés suffisamment grands pour servir de trottoirs. Ils braquèrent les torches dans les deux directions et aperçurent des conduits et des orifices qui déversaient leur contenu dans l'égout principal.

Ils grimpèrent sur le rebord situé de leur côté ; chacun ressentait une joie nouvelle devant cette découverte.

— Nous avons de la chance, cria Dealey par-dessus le bruit. Ce tunnel a dû être totalement inondé par le déluge qui s'est abattu.

— Je ne vois aucune échelle.

Fairbank pointa sa torche avec prudence dans une direction, puis dans l'autre. Culver en fit de même pour mieux éclairer.

— Il doit y en avoir un peu plus loin. Il me semble qu'il y a un barrage là-bas... (Dealey indiqua l'écoulement des eaux.) Nous avons des chances de trouver une sortie.

Culver sentit une main glisser autour de sa taille. Il baissa les yeux et vit Kate, qui le regardait.

— Sommes-nous en sécurité maintenant ? demanda-t-elle d'un air implorant.

Il lui était impossible de mentir.

— Pas encore. Mais bientôt. (Il la souleva vivement à hauteur de sa poitrine et l'embrassa sur les cheveux.) Restez tous vigilants, leur dit-il avant de poursuivre sa marche, suivi de près par les autres.

Le flot impétueux lui rappelait le tunnel du métro inondé ; son esprit se remémora bien des événements, la course désespérée contre les retombées radioactives, la longue marche le long de la voie ferrée, la première rencontre avec les mutants. Et la fois où il avait aperçu, pour la première fois, Kate, blottie dans un coin, terrorisée. Il songea aux longues journées semées d'embûches à l'intérieur de l'abri de Kingsway, à leur première expédition dans le monde ravagé en surface. Les agonisants qui le suppliaient. Le chien enragé. Bryce. Il se rappelait la lutte pour revenir à contre-courant, la rébellion dans l'abri. Puis l'invasion des rats, l'inondation du central téléphonique, la lutte effroyable pour s'en échapper. Il songea aussi au docteur Clare Reynolds.

Curieusement, cette journée et la veille s'étaient estompées dans une confusion insensée. Un chaos de visions et d'odeurs démentielles. Mêlé de mort.

Un seul élément restait constant, en dehors des semaines d'attente dans l'abri : depuis l'explosion de la première bombe, il n'avait cessé de courir. Même là, il ne s'était pas arrêté ; il commençait à se demander si cela arriverait un jour, car le danger serait encore plus grand dehors, dans un univers nouveau où seuls se repaissaient des insectes coprophages. Peut-être n'existait-il plus de lieu de repos pour l'homme.

— Hé ! Vous avez raté quelque chose ! Là-bas ! s'écria Fairbank, braquant son faisceau de l'autre côté de la chaussée.

Culver pointa sa torche dans cette direction et aperçut la brèche et, au-delà, un passage. Il distinguait simplement des marches de pierre dans le fond.

— Avez-vous une idée de l'endroit où cela peut mener ? demanda-t-il à Dealey.

— Impossible à dire. Ce n'est ni un conduit ni une fosse d'écoulement.

Culver examina l'eau.

— Nous ne pouvons pas nous aventurer là. Il faut continuer.

— Oui, mais pas bien loin, s'exclama Kate joyeusement. Regardez, il y a une passerelle qui permet de traverser.

Plongé dans ses pensées, Culver n'avait vu ni la brèche ni le petit pont entre les deux allées latérales à proximité. Ils se ruèrent dans cette direction. L'étroite passerelle métallique n'était munie que d'une rampe très mince sur le côté.

— Il doit y avoir une raison pour qu'elle soit si près du couloir, dit Ellison. Elle doit mener quelque part, j'en suis sûr.

Culver traversa le pont, testant sa solidité à chaque pas. La surface de métal était rouillée, mais solide, bien que la rampe fût quelque peu branlante. Ils reprirent hâtivement le chemin inverse, cette fois sur la rive opposée, et parvinrent très vite à la brèche. Le couloir avait au moins deux mètres cinquante de haut et était assez large pour laisser passer deux hommes de front. A la lumière éclatante des deux torches, on distinguait aisément au bout du couloir l'escalier de pierre, luisant d'humidité.

Il donnait accès au plafond.

Kate saisit le bras de Culver.

— C'est la sortie ! Il n'y a aucun doute !

Fairbank poussa un cri de joie et même Dealey esquissa un sourire.

— Que diable attendons-nous ? s'exclama Ellison.

Culver dut l'empêcher de se ruer vers la sortie.

— Il y a tout un réseau d'égouts, de conduits et de tuyaux autour de nous, sans parler de couloirs comme celui-ci. Maintenant, les rats peuvent se trouver n'importe où : au-dessus, derrière ou devant. C'est leur territoire, aussi faut-il agir avec prudence et sans bruit.

Il s'avança au pied des escaliers et braqua la torche devant lui. Au niveau du plafond, se trouvait une autre ouverture, un portail. Il grimpa les marches lentement, une à une. Les autres se pressèrent autour de lui.

Culver parvint en haut et s'aperçut que c'était une vieille porte rouillée recouverte d'une plaque de métal également rouillée. Il y avait une brèche d'environ soixante centimètres. Il pointa la torche vers l'intérieur et vit un autre long couloir. Comme dans le précédent, il y avait des flaques par terre et ses parois étaient faites de vieilles pierres délabrées.

Culver poussa la plaque métallique et la porte grinça sur le sol de pierre, ne bougeant que de quelques centimètres. Se méfiant de ce qu'il pouvait trouver de l'autre côté, il se glissa à l'intérieur. Nul cadavre à demi rongé ne maintenait la porte ouverte.

Les autres le suivirent, frissonnant à cause de l'humidité glaciale. Culver examina la serrure et trouva un verrou ouvert, rouillé par des années d'humidité.

— C'est une entrée pour les ouvriers des égouts et les inspecteurs, déclara Dealey. Elle mène probablement vers une sortie sur l'Embankment, ou dans les parages.

— Je croyais qu'ils utilisaient des bouches d'accès, dit Fairbank.

— Bien sûr que non. Il fallait qu'ils amènent tout le matériel de réparation ainsi que de nombreuses équipes de travail.

— Pourquoi la porte est-elle ouverte ? demanda Culver.

— De la négligence probablement. Vous voyez bien qu'elle a été faussée par l'humidité. De plus, je doute qu'on ait trouvé indispensable de la fermer. Les égouts ne sont pas généralement des lieux que l'on viole, n'est-ce pas ?

— Non, acquiesça Culver, mais je me sentirais plus en sécurité si nous parvenions à la fermer. Vous n'avez pas oublié nos poursuivants ?

Fairbank aida Culver à pousser la porte d'un coup d'épaule. Elle se referma difficilement, résonnant jusqu'au bout du couloir. Culver ferma le verrou rouillé avec une certaine satisfaction.

Ils ralentirent une fois parvenus dans le long couloir, non pas parce que leur crainte s'était envolée, mais parce que la lassitude se faisait cruellement sentir.

Ils découvrirent une autre porte à l'autre extrémité, mais celle-ci était fermée à clé. D'un coup de pied puissant, Culver l'ouvrit.

Ils se trouvèrent dans une salle spacieuse. De nombreuses portes étaient encastrées dans les murs.

— Maintenant je crois comprendre, fit Dealey.

Les autres, intrigués, se tournèrent vers lui.

— Nous sommes revenus dans une partie du vieil abri de la Seconde Guerre mondiale. Ce doit être le deuxième niveau, juste au-dessous de l'endroit par lequel nous sommes entrés. Je me suis trompé au sujet du couloir ; il n'était pas destiné aux ouvriers des égouts. C'est une voie de secours au cas où quelqu'un, réfugié dans l'abri, serait piégé. Toute la région possède de telles salles souterraines. Quand on pense au temps...

— Regardez !

Le ton glacial de Fairbank les fit tressaillir. Il balayait le sol de sa lampe.

A première vue, ils crurent que les objets qui jonchaient le sol n'étaient que des débris, des tas de ferraille laissés par des générations d'occupants. Quand ils les examinèrent de plus près, ils furent parcourus de frissons.

Le premier objet qu'ils distinguèrent était un bras sectionné, tous les doigts, sauf un, manquaient. Le suivant était les restes d'une tête, la cavité de l'orbite creusée et élargie comme si l'on avait retiré quelque chose. Un lambeau de chair en putréfaction, sans doute autrefois une cuisse, gisait là. Des membres humains jonchaient le sol ; la lumière des torches se reflétait sur les os blancs, des morceaux de viande desséchés et racornis se dressaient, tels des rochers aux formes bizarres dans un désert de poussière.

La peur, qui leur était familière, revint, cette fois avec plus de vigueur car ils étaient affaiblis, épuisés, au bord de la crise de nerfs. Culver saisit Kate au moment où elle s'affaissa. Elle ne s'évanouit pas totalement, mais son état était proche de l'inconscience.

Ellison s'apprêtait à se diriger vers la porte par laquelle ils venaient de passer lorsque Culver l'arrêta net.

— Non. (La voix du pilote était ferme, presque teintée de colère.) Continuons. Nous n'avons rencontré aucun rat jusqu'à l'ancien abri, aussi est-ce, à mon avis, la route la plus sûre. Rien ne me fera retourner dans les égouts. (Ses paroles se répercutèrent sur les murs vides.) Nous allons traverser ici jusqu'à l'autre extrémité de la salle, poursuivit-il d'un ton déterminé. Là-bas, il y a une porte et avec un peu de chance, un escalier. Regardez droit devant vous et ne vous arrêtez sous aucun prétexte.

Culver se mit en marche ; il soutenait Kate, la tête penchée sur sa poitrine, et marchait à son allure ; le bras passé autour de l'épaule de Kate tenait le Browning, le bout du canon levé, prêt à entrer en action. Dans l'autre main, il gardait la torche braquée sur la porte, à l'autre extrémité. Quelqu'un derrière trébucha ; il se retourna et aperçut Dealey accroupi ; un crâne ouvert, fendu comme un œuf éclos, roula et vint s'arrêter à moins d'un mètre.

— Debout. Ne vous arrêtez pas, fit Culver d'un ton péremptoire. Sous aucun prétexte, répéta-t-il.

Mais ils s'arrêtèrent.

Net.

Quand ils perçurent les pleurs d'un enfant.

29.

Le groupe s'immobilisa, donnant l'apparence d'un portrait de groupe se détachant sur un paysage macabre de restes humains, l'oreille tendue vers les cris pitoyables. Culver ferma les yeux, refoulant à la fois le bruit et la tension nouvelle. Il souhaitait se libérer de cette sinistre maison de fous, de cette chambre forte qui ne contenait que des atrocités, mais il n'y avait pas d'issue bien définie, pas de soulagement aux tortures mentales qu'elle leur infligeait. Son seul désir était de prendre la main de Kate et de courir sans s'arrêter jusqu'à ce que la lumière du jour baigne leurs visages, jusqu'à ce que l'air frais emplisse leurs poumons. Pourtant il savait que c'était impossible. Il lui fallait d'abord trouver l'enfant.

Ils écoutèrent ces cris plaintifs avec un sentiment de pitié. Les gémissements étaient aigus ; sans doute ceux d'une petite fille.

— Ça vient de là-bas, dit l'un d'eux.

Ils se tournèrent vers la droite, vers une brèche bloquée par de lourdes planches dont le bas s'était effondré. Le bois, de toute évidence, avait été rongé.

Les pleurs n'avaient pas cessé.

— Je crois qu'il n'est pas sage de rester, fit Dealey, se tournant vers les autres d'un regard inquiet.

— Alors allez au diable, dit Culver à voix basse.

Il sentit une faible résistance de Kate lorsqu'il se remit en marche ; puis elle le suivit. Les autres les rejoignirent à contrecœur devant la porte condamnée. Culver et

Fairbank dirigèrent leurs torches à travers les fissures, entre les planches de bois. Le mur d'en face était au moins à douze mètres; la salle était dépourvue de meubles, tout comme celle où ils se trouvaient. Fairbank dirigea le faisceau vers le bas et tapa sur l'épaule de Culver.

Le sol de pierre s'était effondré, laissant tout autour une crête de béton aux bords déchiquetés ainsi que des fragments de traverses. En contrebas, se trouvait un puits rempli de débris.

Les cris de désespoir étaient insupportables.

— La gosse est là-dessous, dit Fairbank.

— Nous entends-tu ? s'écria Culver. Es-tu seule ?

Les cris cessèrent.

— Tout va bien. On vient te chercher ! Tu es sauvée maintenant !

Silence.

— La pauvre gosse a une peur bleue, dit Fairbank.

Culver se mit à ôter les planches. Le bois pourri céda facilement, se brisant en de longs éclats humides. Les cris reprirent.

C'était un cri étrange qui résonnait d'autant plus que les salles étaient vides et donnait l'impression de monter d'un puits profond.

— Tout va bien ! cria de nouveau Culver. Ne t'inquiète pas !

L'écho de sa voix se répercutait.

Et le silence se fit encore.

Les deux hommes dégagèrent les planches de bois, formant un trou assez large pour y passer. Ils dirigèrent leur faisceau lumineux vers l'intérieur; les autres lançaient des regards furtifs par-dessus leurs épaules.

— Les travaux de construction du nouvel abri ont dû provoquer l'éboulement, fit Dealey. Avec l'humidité constante depuis des années et les vibrations des nouveaux travaux, c'est un miracle que tout le bunker ne se soit pas écroulé.

Culver désigna le sombre gouffre béant devant eux.

— Peut-être les bombes atomiques ont-elles provoqué l'effondrement final.

— Steve, je vous en prie, ne descendez pas, murmura Kate.

L'angoisse que trahissait sa voix perturba Culver.

— Il y a un enfant là-dedans, dit-il. On dirait une petite fille et elle est seule, Kate. Bien d'autres sont avec elle, trop faibles pour parler, inconscients, peut-être morts. On ne peut tout de même pas la laisser.

— Il y a quelque chose de bizarre. Ce... n'est pas... normal.

Les premiers cris de l'enfant avaient fait naître en elle une sensation déchirante et sinistre. La voix avait quelque chose de surnaturel.

— Vous ne pouvez tout de même pas imaginer que je vais partir comme ça, dit Culver d'une voix monocorde, cherchant son regard.

Elle détourna les yeux sans répondre.

— Comment arriver jusqu'à elle? (Ellison, encore agité, était habité d'un sentiment de haine à l'égard de Culver qui leur faisait perdre un temps précieux dans ce trou abandonné de Dieu.) Vous allez vous briser le cou en essayant de descendre.

— Il se peut qu'il y ait une voie d'accès par les égouts, suggéra Dealey. Juste au-dessous doivent se trouver les fondations mêmes de l'ancien abri, tout près du réseau d'égouts.

— Je n'ai plus la possibilité de retourner là-bas, fit Culver en secouant la tête. Regardez. (Il braqua sa torche.) Il y a une traverse brisée dressée au milieu d'un tas de décombres. Le haut de la traverse est appuyé contre le mur, juste au-dessous du surplomb. Je crois que je peux me frayer un chemin par-là. Descendre n'est pas un problème; les plafonds sont bas ici; on peut se laisser tomber facilement. (Il se tourna vers Fairbank.) J'aimerais vous emprunter l'Ingram.

L'ingénieur, de façon surprenante, secoua la tête.

— Je viens avec vous. Vous aurez besoin d'aide avec la gosse.

Culver tendit le Browning à Dealey.

— Il est inutile que vous nous attendiez. Faites-les sortir d'ici.

Il fut de nouveau surpris devant le refus de Dealey.

— Nous vous attendrons, dit-il, saisissant le fusil. Nous serons plus en sécurité si nous restons ensemble.

— Vous êtes fou ! s'écria Ellison. Regardez autour de vous ! Ces foutus rats sont passés par-là et ils peuvent revenir ! Il faut qu'on parte sur-le-champ !

Il s'apprêtait à arracher le fusil des mains de Dealey, mais Fairbank le saisit par le bras.

— J'en ai par-dessus la tête de vous, Ellison. (L'ingénieur avait le regard brillant de colère.) Vous nous avez toujours créé des ennuis, même en temps de paix. Vous êtes toujours en train d'aboyer, de vous plaindre. Vous n'êtes heureux que lorsque vous avez des récriminations à faire. Si vous voulez partir, partez ! Mais seul, sans torche et sans fusil. Et n'allez pas trébucher sur des rats dans l'obscurité.

Ellison était prêt à attaquer l'autre homme, mais le sourire glacial de Fairbank le retint. Il se contenta de secouer la tête.

— Vous êtes tous complètement fous. Sacrément fous.

Culver tendit la torche à Kate.

— Éclairez toujours la brèche. Nous allons avoir besoin d'un maximum de lumière.

Troublé par le calme de Kate, il s'éloigna.

— Prêt ? dit-il à Fairbank.

Vitupérant vaguement contre « les ennuis qui allaient encore pleuvoir », l'ingénieur se fraya un chemin dans le passage qu'ils avaient creusé.

Une fois de l'autre côté, les deux hommes firent une pause ; Fairbank éclaira le sol. En dehors des décombres, la salle semblait vide. Le faisceau lumineux se reflétait sur des flaques d'eau noire.

— M'entendez-vous là en bas ? cria Culver.

Il était impossible qu'on ne l'entende pas.

— La gosse a peut-être bien trop peur pour répondre, suggéra Fairbank. Dieu sait ce qu'elle a traversé !

Il leur sembla entendre du bruit.

— Vous voulez le fusil ou la torche ? demanda l'ingénieur.

Culver aurait préféré l'Ingram.

— Passez-moi la torche.

Le dos au mur, ils firent le tour du surplomb, craignant qu'il ne s'écroulât sous leurs pieds. Des rais de lumière s'infiltraient dans l'obscurité en contrebas. Kate, debout juste à l'intérieur de la brèche, une jambe encore dans la salle extérieure, les guidait de sa torche.

Culver s'arrêta.

— Bon, on va descendre par-là.

Ils étaient parvenus à un angle où le sol semblait plus large et apparemment plus solide. Il ne distinguait qu'une poutre de fer en saillie.

— Tenez la torche un instant, dit-il.

Il s'assit, puis se mit à plat ventre. Ses pieds trouvèrent la poutre d'angle. Il se laissa tomber, ses bottes glissèrent sur la traverse ; il parvint rapidement sur le tas de décombres. Une fois l'équilibre retrouvé, il leva les yeux.

— Lancez-moi la torche, et ensuite l'Ingram.

Fairbank s'exécuta et grimpa à son tour sur le bord. Ils furent vite côte à côte.

— Facile, reconnut l'ingénieur, reprenant l'arme.

Culver promena le faisceau dans la pièce.

— Il n'y a rien ici, dit-il. Rien du tout.

Il s'avança. Quelque chose céda sous ses pieds. Fairbank tenta de le retenir dans sa chute, mais le fusil le gênait. Culver s'écroula puis roula au milieu des décombres ; la hache, qu'il portait à la ceinture, lui rentra dans les côtes, provoquant une douleur intense. Des pierres s'effondrèrent et le bruit se répercuta sur les murs humides. Fairbank vint à son secours et tomba, lui aussi, en jurant.

Et les pleurs recommencèrent, aigus et terrifiants ; c'était la voix d'un enfant effrayé.

Les deux hommes se tournèrent dans la direction des cris. Ils aperçurent une porte sombre, une autre salle. Une odeur nauséabonde familière en émanait.

La poussière se stabilisa au moment où Kate les appelait.

— Tout va bien ?

— Oui. Ne vous inquiétez pas.

Les deux hommes se relevèrent et remarquèrent que les pleurs, une fois de plus, avaient cessé.

— Eh, petite, hurla Fairbank, où diable es-tu?

Ils perçurent une sorte de gémissement.

— Elle est là, fit Culver, formulant ce qu'ils savaient tous deux.

— Cette odeur..., dit Fairbank.

— Il faut qu'on aille la chercher.

— Je ne sais pas, fit Fairbank en secouant la tête. Quelque chose...

— Il le faut.

Culver ouvrit la marche, s'enfonçant dans les flaques, enjambant les décombres. Après un instant d'hésitations, Fairbank le suivit.

La salle adjacente était longue et vaste; le plafond bas s'était effondré en plusieurs endroits. Des pans de mur s'étaient écroulés également, créant des recoins d'une profondeur impénétrable. Au loin, ils percevaient un faible murmure de chute d'eau, les gargouillis familiers des égouts. De longues toiles d'araignée retombaient en dentelle. Disséminées sur toute la largeur du sol, devant eux, se profilaient dans les ténèbres des formes voûtées d'un gris jaune. Des formes blanches, plus petites, lançaient un éclat presque phosphorescent. Des silhouettes sombres, moins perceptibles, gisaient au centre.

Les deux hommes eurent un mouvement de recul. Fairbank leva son arme, Culver saisit la hache à sa ceinture. Le désir de fuir, de s'échapper de cette cave malodorante, horrifiante, était presque irrésistible. Pourtant elle exerçait une fascination étrange qui les paralysait. Impossible aussi d'ignorer les gémissements de détresse.

— Ils ne bougent pas, murmura Culver d'un ton anxieux. Ils sont morts. Comme les autres dans l'abri, balayés par la peste. Ils ont dû se traîner jusqu'ici, dans leur antre, pour mourir.

— Tous ces crânes. Pourquoi tous ces crânes?

— Regardez. Ils ont été creusés. Dans les orbites, entre les mâchoires. Oh, regardez! Des trous perforent le sommet du crâne. Vous ne voyez pas? Ils dévorent la cervelle. Voilà pourquoi la plupart des cadavres que nous avons trouvés étaient sans tête. Ces salauds les ont amenées ici pour s'en repaître.

— Et ces choses-là...

Culver examina l'une des formes jaunâtres boursouflées. Elle était particulièrement maculée, indéfinissable.

— Bon sang, qu'est-ce que ça peut être?

Culver ne savait que répondre. Il s'approcha, fasciné malgré lui.

— Oh, doux Jé...

Les mots s'évanouirent sur ses lèvres.

La créature maculée ressemblait à peine à un rat. Sa tête était presque enfoncée dans le corps obèse, de longues défenses flétries sortaient de sa mâchoire flasque. Dans l'éclat de la lumière, ils distinguèrent une couleur rosâtre sur la fine peau tendue, seulement recouverte de quelques poils épars. Des veines sombres lui striaient le corps, des vaisseaux sanguins qui s'étaient durcis et ressortaient sur la peau. La colonne vertébrale tordue se dressait sur l'arrière-train; la queue, hérissée d'écailles, était courbée comme un fouet. Son corps, parsemé de multiples protubérances qui ressemblaient à des membres malformés, était hideux. Les yeux obliques luisaient à la lumière de la torche, mais ils étaient inertes.

— Qu'est-ce que c'est? répéta Fairbank, le souffle coupé.

— Un mutant, dit Culver. De la même race que les rats noirs mais... différent.

Les paroles de Dealey lui revenaient en mémoire. Il avait dit qu'il y avait deux espèces, issues de l'altération d'un gène. « Difforme », c'était le terme qu'il avait employé. Il en avait fait une description erronée, prétendant qu'ils subissaient des transformations génétiques. *Mon Dieu, c'était donc là le résultat!*

Un bruissement se fit entendre, tout proche.

Tendus, prêts à frapper, les deux hommes pivotèrent, déchirant l'obscurité de leur faisceau lumineux.

— Là-bas ! fit Fairbank, braquant sa torche.

Des formes se mouvaient. Un miaulement, sur leur gauche, attira leur attention. D'autres mouvements traînants dans les coins les plus sombres.

— C'est comme avant, fit Fairbank, médusé. Ils ne sont pas tous morts.

Culver promena sa torche sur les formes qui se soulevaient paresseusement.

— Ils ne sont pas nuisibles. Écoutez-les. Ils sont faibles, agonisants. *Ils ont peur de nous !*

Une forme noire se détacha de la masse. Elle essaya de se traîner jusqu'à eux, en émettant un sifflement, mais elle pouvait à peine se déplacer. Fairbank visa.

Avant qu'il n'ait eu le temps de tirer, un couinement se fit entendre dans un angle éloigné. Les deux hommes échangèrent un regard atterré puis se tournèrent vers l'endroit d'où il venait.

— La gosse ! s'exclama Fairbank.

Le faisceau de la torche éclaira le coin, mais un grand nombre d'objets empêchaient d'y voir clair.

— Prenons-la et fichons le camp, dit Culver d'un ton pressant. (Il avait la hache prête.) Tirez sur tout ce qui bouge, essayez de me faire un passage !

Ils se dirigèrent vers le coin où les cris pitoyables avaient recommencé ; tous deux refoulaient le sentiment de panique qui les assaillait. Seulement le son était différent, plus aigu... il ressemblait moins à celui d'un enfant... plus à celui...

Une grêle de petits bruits secs éclipsa tous les autres quand Fairbank fit feu sur les corps boursouflés. Il n'était pas certain qu'ils bougeaient, mais préférait ne pas prendre de risque. Les créatures semblaient bondir à chaque petite explosion.

Un rat noir se dressa devant Culver ; assis sur son arrière-train, il avait l'air immense. Il émit un sifflement détestable ; une écume tachetée de sang dégoulinait de ses dents, mais Culver se rendait compte que l'animal n'avait pas de force, seule une haine instinctive le guidait.

Du sang gicla sur la main de Culver quand il abattit sa hache sur le crâne.

Les deux hommes écartaient à grands coups de pied les os pulvérisés au fur et à mesure qu'ils avançaient vers l'enfant en pleurs, soulevant de la poudre blanche ; ils détournaient le regard des restes humains déchiquetés. Fairbank enjamba une forme rose inerte ; la créature leva sa tête pointue sinistre, essayant de ses mâchoires dépourvues de dents de lui happer la cheville. L'ingénieur lui assena un coup de toutes ses forces ; il sentit des os se broyer sous son pied.

Les miaulements redoublèrent d'intensité, se transformant en un couinement intense, un ululement désespéré... des plaintes d'enfant...

Des cris d'enfant...

Quand il comprit, Culver se glaça d'horreur. Il faillit trébucher et tomber au milieu des corps qui se contorsionnaient de façon terrifiante. Il essaya de s'approcher de Fairbank pour l'arrêter, mais c'était déjà trop tard. Ils étaient là. Parvenus à l'extrémité de la pièce. Ils avaient atteint le nid de la Reine Mère.

— Oh... mon... Dieu... NON !

Fairbank éclata en sanglots quand ils découvrirent le tas de chair vibrant et palpitant et sa terrifiante progéniture.

— Ce n'est pas possible, gémit Fairbank. Non... ce... n'est... pas... possible...

D'un trou dans le mur de brique effondré, parvint un bruit confus tout proche : c'était la débandade parmi les créatures aux pattes griffues.

30.

Kate, Dealey et Ellison tressaillirent en entendant les coups de feu. Kate se tenait dangereusement près du bord du sol effondré. Elle tentait d'éclairer de sa torche la porte par laquelle Culver et Fairbank avaient disparu.

— Steve ! appela-t-elle.

Mais elle n'eut pour réponse que d'autres coups de feu étouffés, entrecoupés d'un horrible ululement, un cri perçant et strident.

— Nous devons les aider ! fit-elle en se tournant vers les autres.

— On ne peut rien faire, lui dit Dealey. (La gorge sèche, il pouvait à peine parler ; la main qui tenait le Browning ne restait pas en place.) Maintenez... maintenez la lumière... sur la porte... pour les... guider, balbutia-t-il.

Ellison demeurait de l'autre côté des planches brisées, à l'intérieur de la salle obscurcie, attentif aux bruits terrifiants ; ses jambes tremblaient au point d'avoir du mal à soutenir son corps. Ses mains étaient plaquées contre son visage, ses yeux hébétés ne percevaient que l'obscurité. *Ils étaient fous, fous de rester là, fous de ne pas s'enfuir, de ne pas sortir tant que cela était possible, fous de penser qu'ils pouvaient se défendre contre une telle multitude.* Culver et Fairbank étaient condamnés. Rien ne pourrait les sauver ! Les rats allaient les lacérer puis viendraient chercher la fille, Dealey et lui-même ! *Pourquoi ne l'avaient-ils pas écouté ? Quels imbéciles, quels idiots !*

Il tourna son regard vers la source de lumière, distingua la silhouette de Dealey, penché au-dessus de la brèche, tenant le revolver à la main. Le revolver! Il lui fallait prendre ce revolver! Et la torche, il allait avoir besoin de cette torche!

Ellison s'avança d'un pas rapide.

Dealey se retourna au moment où le Browning lui était arraché des mains; il essaya de protester, mais fut repoussé contre la porte et des fragments de bois s'enfoncèrent dans son dos.

Brandissant son revolver, Ellison voulut s'emparer de la torche.

— *Donnez-la-moi!* hurla-t-il à Kate qui résistait.

Il lui saisit le bras, la tirant promptement vers l'intérieur. Elle tomba, essaya de se dégager à coups de pied, mais elle reçut une gifle haineuse. En criant, elle tomba à la renverse. La torche lui fut arrachée.

Dealey tenta d'intervenir. Ellison le repoussa une fois de plus. Il braqua son revolver sur lui.

— Je m'en vais! Vous pouvez venir avec moi ou rester. Mais moi, je pars sur-le-champ! dit l'ingénieur.

— Les autres...

— On ne peut plus rien pour eux! Ils sont fichus!

Ellison fit un pas en arrière, l'arme toujours pointée vers les deux silhouettes, aveuglées par la torche. Soudain, il fit demi-tour et se mit à courir dans la direction de la porte, à l'autre extrémité de la salle, loin du massacre, loin de ses compagnons. Et, croyait-il, le fou, loin de la vermine.

31.

Fairbank, horrifié, poussa un hurlement. Il fit feu sur l'énorme masse boursouflée. La créature couina ; c'était le cri effrayé d'un enfant blessé ; elle tenta de soulever son corps obèse, de se protéger ; ses mâchoires happaient vainement l'air, ses membres flasques fouettaient le sol ; elle trépignait en écartant sa minuscule progéniture qui lui tétait les mamelles.

Des balles lui lacérèrent le corps, le sang jaillit en jets noirs, éclaboussant les deux hommes et le sol alentour, recouvrant de son liquide gluant les petites créatures aveugles, qui piaillaient dans son giron. Au paroxysme de la douleur, elle se dressa, révélant son ventre charnu répugnant ; plusieurs petits de sa couvée encore suspendus à ses nombreuses mamelles qui dodelinaient. Une violente rafale de balles l'éventra, le sang coula à flots, entraînant les organes fumants au contact de l'humidité. Elle ne cessait de s'agiter, de se contorsionner, de tomber, mais malgré tout, elle progressait toujours vers les deux hommes.

Les hurlements de Fairbank se mêlèrent au bruit sec des balles. De vifs éclairs illuminèrent son visage ; ses yeux étaient révulsés de haine envers les monstres qui s'avançaient vers eux. L'énorme corps palpitant s'ouvrit en deux, la colonne vertébrale, qui se dressait, éclata en morceaux, jaillissant comme des obus ; la chair se détacha et des lambeaux se pulvérisèrent sous les rafales de balles ; une patte, à peine levée, fut réduite en bouillie. Et pourtant, elle avançait toujours.

La tête pointue oscillait devant eux, les incisives recourbées comme des défenses, les yeux blancs, aveugles; un moignon bizarre saillit de l'épaule près de la tête, dans lequel se trouvait une béance qui ne pouvait être qu'une deuxième bouche, crachant de la bave mêlée de sang.

Culver se laissa tomber à genoux, ses jambes avaient du mal à le porter. Horrifié, les muscles paralysés, il avait les yeux rivés sur ce monstre haineux, cette créature difforme. Mais tandis que l'haleine fétide et la bave de la bête lui effleuraient la joue, il sortit de sa léthargie.

La torche à ses genoux, il leva la hachette de ses deux mains et, en rugissant, lui assena un coup de toutes ses forces.

Le crâne protubérant se coupa net, une substance grisrose s'en déversa, du liquide jaillit de sa gorge tranchée.

Le cri perçant sortit du moignon, près de sa tête, les mâchoires édentées grandes ouvertes sous la douleur; sa langue rubiçonde, couverte d'écailles, happait l'air frénétiquement.

Culver frappa de nouveau, traversant cet autre crâne; la hache s'enfonça dans l'épaule, puis dans le corps.

Le monstre, au supplice, se raidit soudain et resta figé quelques instants. Puis, avec une lenteur insupportable, il s'affaissa; les terminaisons nerveuses se crispaient, le corps lacéré, boursouflé, tremblait.

Mais Culver n'en avait pas terminé. Le regard voilé, le visage baigné de larmes, il attaqua la portée, petites créatures plus difformes, bien plus difformes que le monstre qui les avait engendrées. Il écharpa leurs corps roses, sans prêter la moindre attention à leurs faibles cris; il frappait à coups redoublés, écrasant leurs minuscules os, en s'assurant chaque fois qu'ils étaient bien morts; il frappait tout ce qui bougeait, les rayait de l'existence, les tailladait au point de leur ôter toute forme, toute consistance.

Une main se posa sur son épaule; l'étreinte était d'une violence implacable.

En levant les yeux, il aperçut Fairbank, le visage grimaçant.

— Les autres rats sont là, dit l'ingénieur, les dents serrées.

Fairbank l'aida à se relever. Culver, encore sous le choc du massacre, avait l'esprit confus. Il perçut rapidement les formes noires qui accouraient au milieu des décombres, dans la salle humide souterraine.

Les rats étaient en pleine effervescence ; ils surgissaient d'une brèche dans le mur de brique, détalaient dans un amoncellement d'immondices, couinant et sifflant, jetaient des regards désespérés de tous côtés, se lançaient mutuellement des ruades, grinçaient des dents et aspiraient le sang. Ils se déversaient dans un flot continu, emplissaient la salle, sans se soucier des deux hommes. Les rats noirs luttaient les uns contre les autres, des groupes se jetaient sur un des leurs sans raison apparente, le déchiquetant et rongeant son corps.

Culver et Fairbank ne comprenaient pas pourquoi les animaux, qui se ruaient dans la pièce, les ignoraient, déchirant à coups de dent des formes grossières qui gisaient ou agonisaient au sol ; des piaillements aigus retentissaient, comme s'il venait de centaines d'oiseaux s'agitant dans une volière ; le bruit, le mouvement s'intensifiaient, montaient en crescendo, toujours plus menaçants.

Puis ils cessèrent.

Gisant dans les ténèbres, les corps au pelage noir formaient une masse silencieuse frémissante. Parfois l'un d'eux émettait un sifflement, montrait les dents, assis sur l'arrière-train, puis retombait presque aussitôt dans la léthargie en s'effondrant au milieu de ses frères. Les tremblements semblaient se répercuter dans l'atmosphère elle-même.

Dans un bain de sang, barbouillés d'immondices, à peine reconnaissables, les deux hommes retenaient leur souffle.

Rien ne bougeait.

Doucement, sans un mot, Fairbank effleura la manche de Culver. D'un léger signe de tête, il désigna la porte par laquelle ils étaient entrés. Le faisceau de la torche éclairant toujours le sol devant eux, les deux hommes se mirent lentement, doucement, en marche au milieu de la vermine, prenant bien soin de ne pas déranger les corps, les contournant quand ils formaient un tas trop gros pour les enjamber.

Un rongeur happa l'air d'un coup d'incisives, émettant un sifflement à leur approche. Les dents traversèrent le jean de Culver et lui égratignèrent la cheville, mais l'animal ne passa pas à l'attaque.

Soudain Fairbank trébucha et tomba à genoux au milieu d'un groupe compact de rats. Inexplicablement, ils s'éparpillèrent simplement en montrant les dents.

Ils n'étaient qu'à une trentaine de mètres de la porte ; les deux hommes se demandaient pourquoi ils n'apercevaient plus l'éclat de la torche de Kate dans la pièce effondrée, juste derrière ; soudain de mystérieuses lamentations se firent entendre.

Au début, ce fut un faible gémissement sourd ; puis d'autres rats se joignirent, et les gémissements s'intensifièrent. Et ce fut un concert de couinements terrifiants, donnant le signal d'une nouvelle débandade. Ils se ruèrent vers la carcasse informe, sanguinolente, de l'énorme monstre que les deux hommes avaient détruit, bête hideuse qui avait engendré des avortons encore plus affreux qui fondaient sur les restes, se disputant les morceaux en couvrant totalement le nid de leurs corps qui se débattaient frénétiquement.

Lorsqu'il ne resta plus rien du monstre et de sa portée, ils se tournèrent vers leurs compagnons, boursouflés comme eux, de la même race mais bizarrement différents, les massacrant jusqu'à ce qu'ils ne fussent plus que des lambeaux de chair sanguinolents.

Les deux hommes s'enfuirent en courant vers la porte, donnant des coups de pied à la vermine qui se trouvait encore sur leur chemin. Culver balança sa torche quand un rat bondit sur lui, l'attrapant à la gorge. Il s'affala, en couinant, comme un sac flasque. Un autre, dans son élan, lui saisit le bras, mais le blouson de cuir se déchira et l'animal s'affaissa. Culver lui fracassa le crâne avec la partie contondante de sa hache, lui brisant les os. Fairbank en dispersa quatre ou cinq autres qui s'étaient groupés sur le seuil.

Ils franchirent la porte, mais ne percevaient toujours pas de lumière d'en haut. Pourtant ils entendaient Kate appeler Culver.

Fairbank se retourna sur le seuil, appuyant fortement son épaule contre le chambranle, l'Ingram pointé dans la salle qu'ils venaient de quitter.

— Culver, passez-moi la lumière ! hurla-t-il.

Culver lui obéit, braquant le faisceau dans la pièce attenante. Une meute de rats les suivait.

Fairbank fit feu. L'arme lui brûlait les mains, son doigt était crispé sur la détente. Les rats, qui avançaient, dansaient par saccades comme des marionnettes au bout d'une ficelle.

— Grimpez ! lui cria-t-il par-dessus son épaule. Je peux les retenir sans lumière quelques secondes !

Culver escalada rapidement le tas de décombres qui menait à la traverse effondrée. Sa torche éclaira Kate, debout sur le rebord.

N'ayant même pas le temps de se demander où était passée sa torche, il lui hurla :

— Attrapez !

Il lui lança la torche. Elle eut à peine le temps de la saisir, puis braqua à nouveau le faisceau au-dessus du puits.

Ce qu'ils avaient craint le plus survint. Plus de munitions. Poussant un cri angoissé, Fairbank suivit Culver, jetant l'arme inutile dans la poussière.

Culver fit deux pas sur la traverse inclinée, planta la hache sur le rebord au-dessus de sa tête et s'y agrippa, juste avant que ses bottes ne glissent à nouveau. Quelques fragments de pierre s'effondrèrent, mais il parvint rapidement à poser les deux coudes sur le surplomb. Ses pieds cherchaient désespérément un appui.

Derrière lui, il perçut des cris.

Kate, agenouillée sur le rebord, le tirait par les vêtements. Dealey s'était également risqué au-dehors, et avait passé la main sous l'épaule de Culver. Le pilote trouva un support suffisamment solide pour y prendre appui. Il grimpa sur le rebord, se redressa aussitôt sur ses genoux et prit la torche des mains de la jeune fille.

Fairbank était à mi-chemin, la partie inférieure de son corps recouverte par une meute de rats qui le mordaient et le griffaient. L'un d'eux s'agrippa à son dos et lui enfonça les dents dans le cou. L'ingénieur tomba à la renverse en essayant désespérément de déloger l'animal, la bouche ouverte, les yeux plissés sous la douleur. Le rat lâcha prise et Fairbank se remit à grimper, les mains accrochées dans les débris, retenu par le poids de la vermine, qui lui suçait les jambes. Il se mit à genoux, les rats toujours agrippés à lui. Il tenta de les chasser, mais quand il ôta sa main, elle était sanguinolente et des doigts manquaient.

— *A l'aide!* hurla-t-il.

Culver se raidit et Kate se jeta sur lui, le plaquant contre le mur.

— Vous ne pouvez plus rien, non, plus rien, ne cessait-elle de répéter.

Il tenta de se dégager, mais avec l'aide de Dealey, elle l'en empêcha. En réalité, il savait que toute aide était inutile.

— *Passez-moi l'autre revolver!* hurla-t-il, ne comprenant pas pourquoi ils n'obéissaient pas, pourquoi ils se contentaient de maintenir leur emprise.

Fairbank traînait avec lui les rats géants. Ils le recouvraient complètement, lui donnant l'apparence d'une créature au pelage noir raide, d'un monstre de leur espèce. Ses hurlements ne furent plus qu'un cri étouffé quand ils lui lacérèrent le cou. Une partie de son visage avait été complètement arrachée, ainsi qu'un œil et la quasi-totalité des lèvres. Son nez n'était plus qu'une protubérance spongieuse. Il essaya de lever les bras comme s'il voulait toujours atteindre le rebord, mais ils pouvaient à peine bouger sous le poids des rats qui y étaient accrochés.

Fairbank tomba à la renverse et il s'écrasa au milieu des décombres et des flaques d'eau noires. Son sang se répandit tandis que la vermine se bousculait, les rats se mordant les uns les autres dans une lutte effrénée pour dévorer les parties les plus succulentes.

D'autres étaient conscients de la présence des trois personnes au-dessus; d'un bond, ils se ruèrent sur la traverse de métal, et tentèrent de grimper sur le rebord.

32.

Ce qui allait achever Ellison gisait dans l'obscurité. La chose ne bougeait pas, ne respirait même plus. Elle ne faisait aucun bruit, en était parfaitement incapable. Elle était morte depuis quelque temps. Et pourtant elle allait tuer Ellison.

Le cadavre était celui d'un ouvrier des égouts, un contremaître; de son vivant, il avait choisi cet endroit pour mourir. D'autres, au sein de sa petite équipe, le jour de l'explosion de la bombe, avaient préféré retourner en surface pour rejoindre leur famille et les autorités sur lesquelles ils comptaient. Cet homme n'avait pas partagé la même foi. Il était vieux, prêt, plus que prêt, à prendre sa retraite, pas seulement de son travail auquel il s'adonnait depuis quarante-deux ans (certains prétendaient une centaine d'années, d'autres disaient qu'il était né dans les égouts, alors que d'autres, qui n'appréciaient guère son humour souvent amer, affirmaient qu'il appartenait à cet univers), mais de l'existence même. On aurait pu le croire fou de croire que la vie était plus pure sous terre que sur terre. En vérité, il pensait, sans l'avoir jamais confié à quiconque, que, dans cet univers plongé dans une nuit éternelle, l'absence d'êtres humains était un bienfait merveilleux. Tout était plus net, plus défini, contrairement au monde obscur d'en haut où tout était en demi-teinte, les couleurs tout comme les opinions et les races. Dans les profondeurs, tout était noir sauf lorsque la lumière artificielle l'éclairait; et un tel éclairage rendait encore plus sombres les ténèbres au-delà, encore plus intensément profondes. Il s'était considéré comme un homme simple (bien qu'il ne le fût pas) avec un penchant pour l'absolu. Les tunnels lui offraient cet absolu.

Et l'explosion des bombes lui avait fourni l'absolu suprême. Plus d'êtres vivants, que des agonisants.

Il avait laissé ses ouvriers partir, sans même leur donner de conseil. En fait, il éprouvait une certaine joie d'en être débarrassé. Puis il s'était organisé dans l'obscurité.

Le vieil abri antiatomique ne lui était pas inconnu bien que les ouvriers des égouts n'y aient pas accès. Il ne s'y était pas rendu depuis des années, car la curiosité d'antan s'était vite éteinte en s'apercevant que le bunker était inoccupé; mais une fois seul, il y avait cherché refuge simplement parce qu'il préférait mourir sans être trempé jusqu'aux os. Le vieux complexe n'était-il pas humide et couvert de flaques d'eau, bien qu'il y ait des endroits qui ne suintaient pas?

Il s'installa donc dans le sombre couloir sans s'inquiéter outre mesure lorsque les piles de son casque furent usées, que la lumière fut lentement absorbée par les ombres, engloutie par les ténèbres d'un seul coup. Il attendit patiemment, n'ayant de larmes à verser pour personne (il n'avait pas de proche famille) et peu de regret devant la tournure des événements. D'une certaine façon, il était même heureux que le choix de sa mort fût le sien et ne fût pas dicté par une autorité municipale qui avait toujours dirigé sa destinée. Il avait entendu dire que le dernier stade de la mort par famine n'était pas si déplaisant, que l'esprit, dégagé, libéré de tous besoins physiques, se trouvait plus libre. Si seulement il ne fallait pas d'abord subir les affres de la faim qui le tiraillaient et la souffrance provoquée par la détérioration des organes.

Les jours s'étaient écoulés et le vieil homme s'était efforcé de rester tranquille, non point pour préserver ses forces, mais parce que l'immobilité était proche de la léthargie. Il perdit la notion du temps, aussi ne se rendit-il pas compte du moment où commencèrent les hallucinations (ou même de celui où elles prirent fin). Il y prenait même parfois plaisir (qui n'apprécierait pas d'échanger quelques plaisanteries avec Dieu, de flotter dans l'espace ou de voir la terre comme une minuscule lumière bleue?), mais certaines le terrifiaient; il se recroquevillait alors et se cachait le visage pour éviter les visions, les sons qui n'avaient pas leur place dans son univers. Le bruit de débandade avait provoqué les visions les plus atroces car, inexplicablement, elles semblaient le ramener à une réalité cauchemardesque. Les pas précipités étaient très proches, ils venaient d'une grille qui s'étendait sur toute la longueur du couloir où il était allongé. Il n'osa jamais risquer un coup d'œil, car cela signifiait mettre à l'épreuve la réalité de son rêve, et celle-ci pourrait le lier plus longtemps à l'existence qu'il essayait de fuir. Allongé, il avait attendu en retenant son souffle, de peur que ces créatures souterraines, si bruyantes, ne lui imposent *leur* vérité.

Le délire du vieil homme fut sans fin, le glissement vers la paix, non l'oubli — une fois le pire passé —, facile et aérien, aucune barrière ne séparant les deux contraires, la vie et la mort. Le corps s'était raidi avant l'instant ultime, les jambes écartées, les bras le long du corps, la tête penchée sur la poitrine. C'était ainsi qu'il avait choisi de mourir et Dieu s'était montré clément envers lui.

Il avait cru, à tort, que sa sortie n'aurait aucune conséquence et ne gênerait personne; mais là, il avait eu tort.

Si l'ouvrier des égouts n'avait pas choisi cet endroit particulier pour s'éteindre, si ses jambes n'avaient pas été écartées, les pieds pointés vers la direction est-ouest, alors Ellison n'aurait pas buté sur lui, trébuché, perdu sa torche, son revolver, et, un peu plus tard, sa vie.

Ellison franchit la porte comme une flèche, avec pour seul désir celui de se trouver le plus loin possible de toute cette confusion. Il savait que les autres n'avaient aucune chance : il ne devait plus rien rester de Culver et de Fairbank maintenant, et Dealey et la jeune fille ne tiendraient pas longtemps seuls. Il ne songea même pas au fait que les deux derniers avaient d'autant moins de chances de s'en sortir qu'il leur avait pris la torche et le revolver. C'étaient des imbéciles et ils n'avaient plus leur place en ce monde; seuls les gens perspicaces et impitoyables survivraient. Il avait l'intention de survivre; il avait traversé trop d'épreuves pour ne pas y arriver.

Au-delà de la salle où Kate et Dealey gisaient, abasourdis, se trouvait une autre pièce, plus petite et carrée. La torche révéla aussitôt une porte juste en face. Il priait pour qu'elle ne fût pas verrouillée, tout en courant dans cette direction; sa prière fut exaucée. Avec soulagement, il l'ouvrit toute grande et aperçut un petit couloir et, tout au bout, une autre porte. Celui qui avait conçu cette demeure insensée devait avoir la manie des portes et des couloirs, à moins que (comme c'était très probable) ces dernières aient été ajoutées, au cours des décennies, quand le complexe avait pris de l'extension. Ellison était si effrayé par ce qu'il venait de quitter et si déterminé à savoir ce qui l'attendait qu'il ne remarqua pas les jambes étalées, les pieds écartés, juste de l'autre côté de la porte. Ses mains tendues lâchèrent à la fois la torche et le revolver et il atterrit lourdement sur le sol de béton, s'écorchant les jambes et les genoux. Son cri de surprise se transforma instantanément en un cri de douleur, puis d'angoisse lorsque quelque chose remua et qu'il se trouva sans lumière.

La panique, sa vieille amie et son stimulant, le poussa à chercher à tâtons, sur le sol de béton, la précieuse torche. Il eut un mouvement de recul en touchant la jambe, raide comme un bâton, s'éloigna rapidement et se trouva contre un mur; sous ses pieds il y avait une sorte de grille. Les lames étaient assez larges pour y passer la main et, l'espace d'un instant, ses doigts s'agitèrent dans le vide. Il les retira à la hâte, ne supportant pas le courant d'air froid qui lui donnait des frissons.

Il trouva la torche à proximité et se coupa la main sur le verre brisé. Il appuya sur l'interrupteur, implorant une fois de plus le ciel, mais là, sa prière ne fut pas exaucée : la lumière ne se fit pas.

Ellison laissa échapper quelques gémissements mêlés

de sanglots d'apitoiement sur son sort. Le revolver. Il lui fallait trouver le revolver. C'était son unique protection. Mais quelqu'un là-haut refusait de l'entendre : ses supplications restaient sans réponse. Il chercha du mieux qu'il put dans le couloir, à quatre pattes, mais il ne trouva que des excréments séchés, sans doute le legs du mort au monde. Au bout d'un moment, il capitula, sachant que la folie ou la vermine viendrait quémander son dû s'il restait là une minute de plus. Il se dirigea vers le mur de droite, palpant la grille sous ses pieds — peut-être le revolver était-il tombé dedans; s'appuyant sur le mur de ses deux mains, il avança, certain que c'était la bonne direction; ses doigts ne quittaient jamais la surface rugueuse du mur; il était dans le noir absolu, autant à cause de sa peur que du manque de lumière.

Un coin. Il avançait en se tenant toujours au mur. Une porte. Celle qu'il avait aperçue juste avant de traverser. Il trouva la poignée, la tourna, ouvrit la porte et entra. Impossible de savoir où il se trouvait. Il ne pouvait que se diriger en se tenant au mur; il tourna vers la droite, fit un long détour, conscient que l'obscurité accroissait les distances et ne s'arrêta que lorsqu'il découvrit une autre ouverture. Il y pénétra, sans lâcher le mur, continua sa marche en trébuchant, s'avança plus avant dans le labyrinthe. Il ne savait pas que s'il avait choisi le chemin de gauche, il serait tombé sur un escalier qui menait en surface.

33.

Les cris de Fairbank résonnèrent dans leurs oreilles bien longtemps après qu'il fut mort. Les deux hommes et la jeune fille s'enfuirent de cette salle au surplomb précaire où les rats bondissaient, tombaient, repassaient à l'attaque, plantant leurs griffes dans les pierres brisées, sautant sur le rebord pour les poursuivre, sans pour autant parvenir à chasser ces cris horrifiants de leur esprit. Dealey et Kate avaient dû faire sortir Culver de force de la pièce et ce n'est que lorsque les cris cessèrent qu'il se laissa entraîner. Il était resté quelques secondes sur le seuil, sa hache encore à la main, le regard rivé sur la masse mouvante couverte du sang de Fairbank. Un rat avait fait irruption, humant l'air de son long museau pointu tout en cherchant une prise avec ses pattes. Un autre l'avait rejoint et Culver les avait fait fuir d'un coup de botte.

Pendant qu'ils traversaient précipitamment la salle, Culver écoutant d'une oreille Kate qui lui expliquait comment elle avait perdu la torche et le revolver à cause d'Ellison qui avait pris la fuite, la vermine parvint à atteindre la plate-forme en surplomb, sans se préoccuper du combat âpre que se livraient les autres pour les restes de fragments humains. Certains trouvèrent d'autres chemins pour sortir de la salle du rez-de-chaussée, les sens aiguisés, assoiffés de sang, toujours pas rassasiés après des semaines de festin.

Des sentiments intenses, autres que la peur, assaillaient Culver : un profond chagrin causé par la mort de l'ingénieur et de la haine, mêlée de fureur, envers ces bêtes. On aurait dit que les mutants conspiraient avec les autorités qui avaient ordonné la destruction totale de l'humanité : ce que les puissances insensées ne pouvaient exterminer, les rats s'en chargeaient.

Kate tenait la torche que Culver lui avait lancée ; elle la braquait sur la porte par laquelle Ellison avait disparu, presque comme si le faisceau allait leur indiquer la voie la plus sûre pour s'enfuir. Ils parvinrent au seuil de la porte, le franchirent sans s'arrêter, conscients des couinements tout près, derrière eux. Ils traversèrent la petite pièce carrée où ils se trouvaient et se dirigèrent vers une porte ouverte, juste en face. Le premier des rats qui les poursuivaient n'était qu'à environ sept mètres.

Culver poussa Kate et Dealey à l'intérieur et se retourna promptement pour claquer la porte. Des corps vinrent s'écraser de l'autre côté, faisant vibrer le chambranle. D'autres martèlements s'ensuivirent quand les rats géants bondirent contre la porte. Culver voyait la paroi de bois s'arquer à chaque coup. Il se raidit quand il perçut les grattements, auxquels succédèrent des coups de dents déterminés.

— Allez vite de l'autre côté ! cria-t-il. Je vais les retenir le plus longtemps possible, ensuite je vous suivrai en courant !

Il maintenait son pied et son épaule contre la porte et la sentait vibrer à chaque secousse.

Kate recula, tout en braquant toujours la lumière sur Culver, sur la porte qu'il s'efforçait de maintenir fermée pour ne pas laisser entrer les démons. Elle faillit trébucher sur un objet à ses pieds et s'écarta de telle sorte que le cercle de lumière s'élargit, laissant apparaître la porte, les murs du couloir, Dealey, livide et tremblant comme s'il avait une crise de paludisme, le cadavre également blême qui souriait, la tête penchée sur la poitrine.

Elle eut un mouvement de recul et se mit à hurler ; elle poussa du pied un objet sur lequel elle faillit buter, se tourna et aperçut l'autre torche par terre, le verre brisé. Elle était près d'une longue grille au-dessus de laquelle se trouvaient des câbles avec des valves et des sortes de robinets d'arrêt. Les grands espaces entre les barreaux de la grille, se disait-elle, devaient servir au personnel de maintenance pour atteindre et ajuster les valves. Dans la tranchée peu profonde, le Browning était calé contre le câble. Le revolver et la torche étaient là, dans le couloir, mais où donc se trouvait Ellison?

En percevant son cri, Culver et Dealey s'étaient retournés et avaient découvert le corps d'un homme revêtu d'une combinaison de travail, d'un casque muni d'une lampe à ses côtés. Cet homme était mort de faim. Son visage émacié donnait l'impression étrange qu'il était satisfait de sa mort.

— Steve, le revolver! s'écria Kate, braquant la torche à travers la grille. Ellison a dû le laisser tomber là-dedans.

— Pouvez-vous l'attraper?

— Je crois que oui. Je pense pouvoir passer la main.

La porte se bomba et, près du plancher, la première fissure apparut. Culver poussa de toutes ses forces contre le bois.

— Essayez d'attraper le revolver, dit-il à Kate.

Elle s'accroupit devant l'ouverture, et braquant toujours sa lampe sur le Browning, glissa ses doigts entre les barreaux. Sa main parvint à s'introduire, puis, après un effort, son poignet. Elle ne put passer le coude. Le bout de ses doigts effleurait le canon du revolver.

— Dépêchez-vous, fit Culver.

Kate veillait à ne pas laisser tomber l'arme, sachant que si cela arrivait, elle ne pourrait jamais plus la récupérer. Ses doigts se glissèrent de chaque côté, elle les referma solidement comme des tenailles, s'assurant qu'elle la tenait bien, avant de retirer sa main.

La créature noire se rua vers elle et lui mordit la main avant même qu'elle se fût rendu compte de sa présence cachée.

Les cris de Kate firent sursauter les deux hommes. Ils ne distinguaient que sa silhouette accroupie; la torche, posée à ses côtés, éclairait la porte d'en face. Ses épaules remuaient par saccades, comme si quelqu'un la tirait; elle avait la tête rejetée en arrière, résistant de toutes ses forces.

Des morceaux de bois tombèrent à ses pieds, mais Culver ne s'en rendit pas compte. Il se précipita vers la jeune fille qui se débattait ; ses cris de souffrance balayèrent tout autre danger. Ramassant la torche, il s'accroupit à côté d'elle et grimaça lorsqu'il jeta un regard à travers la grille.

Un rat, si gros qu'il remplissait l'espace entre les canalisations et le sol de la cavité peu profonde, avait incrusté ses dents dans la main de Kate et tirait, tout en donnant des mouvements brusques de la tête. D'autres rats grouillaient sous les canalisations et se dirigeaient vers Kate. La tranchée de béton ressemblait à une longue cage étroite remplie de créatures qui émettaient sifflements et couinements, leur tête mince sortant à travers les barreaux, leurs dents happant l'air, cherchant à attraper la jeune fille.

Culver assena des coups de hache aux rats les plus proches de Kate accroupie qui essayaient de sortir la tête pour la mordre. Ils poussèrent des cris perçants en sentant leur museau éclater.

— *Steve, à l'aide, à l'aide!* hurlait Kate. *Oh, mon Dieu, ils repassent à l'attaque!*

Culver lui saisit le poignet et le tira vers le haut de toutes ses forces. Le rat vint avec la main, les yeux exorbités, la tête appuyée contre les barreaux. Culver essaya de le frapper, mais la grille était trop étroite, l'angle trop fermé pour que le coup soit efficace. Les dents de l'animal étaient plantées dans la main de Kate.

Par-dessus le vacarme assourdissant que faisaient la vermine et les hurlements de Kate, Culver perçut vaguement les cris de Dealey.

— Ils passent par la porte, Culver!

Il se tourna et dirigea sa lampe dans cette direction. La partie inférieure de la porte commençait à céder, le bois bombant vers l'intérieur. Des éclats de bois sautèrent, une protubérance noire passa au travers, des dents jaunes rongeaient les bords rugueux.

— Venez ici et tenez la torche, hurla Culver à Dealey.

Dealey blêmit lorsqu'il aperçut les créatures dévorant la main mutilée de Kate. Il vit un rat arracher deux doigts puis repartir avec son butin tandis qu'un autre prenait sa place.

Du sang coulait des blessures sur la tête des rats, barbouillant leurs yeux jaunes diaboliques, tandis que Kate se tordait de douleur. Ses cris de souffrance se transformèrent vite en gémissements inconscients. Culver lança la torche à Dealey, puis prit le poignet de Kate dans ses deux mains. Il tira de toutes ses forces, espérant qu'une secousse soudaine ferait lâcher prise aux rats.

Peine perdue. Il tenta d'écraser la tête du premier rat contre les barreaux, mais le rat restait accroché, le regard brillant de fureur. Culver découvrit que les dents étaient incrustées dans les os de la main *—ou du moins ce qu'il en restait* — et rien ne lui ferait lâcher prise, même pas la mort peut-être. Il chercha le revolver, mais il était perdu sous les corps noirs qui se contorsionnaient.

— Culver!

Dealey braqua la torche sur la porte une fois de plus. Culver jeta un coup d'œil par-dessus son épaule, sans lâcher le poignet, et vit la tête du rat passer à travers le trou qu'il avait fait, retenue seulement par les épaules. Des morceaux de bois cédèrent et de longues dents apparurent et se mirent à ronger le bois.

Il comprit que Dealey allait se lever et se mettre à courir vers la porte d'en face, mais il lui prit le bras.

Kate ne cessait de gémir, les yeux clos, à moitié évanouie, la tête roulant d'un côté puis de l'autre. Elle avait la main en lambeaux, tous les doigts arrachés, mais les rats tiraient toujours, rongeaient les restes sanguinolents, écrasant les os fragiles.

Dealey lança un regard implorant à Culver.

Le corps de Kate se raidit sous la douleur atroce.

D'autres morceaux de bois éclatèrent derrière elle.

Culver desserra sa ceinture promptement, la tira des passants de son jean. Il plaça la hache par terre, glissa la ceinture autour du bras de Kate juste au-dessous du coude. Il la passa tout autour, fit un demi-nœud et tira fort, au point qu'elle s'enfonça dans la chair. Il fit le nœud.

Et saisit de nouveau la hache.

Kate ouvrit des yeux effarés en le voyant lever le bras très haut. Elle le regarda, un instant intriguée. Malgré la douleur, elle comprit. Ses yeux s'écarquillèrent anormalement, ses lèvres s'arrondirent quand elle ouvrit la bouche pour hurler.

— *Non... on... on... on!*

La hache s'abattit, frappant le bras juste au-dessus du poignet. Les os se fracassèrent, mais il fallut un autre coup pour séparer complètement la main.

Fort heureusement, Kate s'évanouit.

Il régna une confusion totale en contrebas, quand les rats se jetèrent sur ce qui restait de la main. Culver prit Kate, toute flasque, dans ses bras et se leva. Dealey, le visage blême, se leva en même temps que lui. Un coup d'œil rapide leur indiqua que le rat avait presque passé la porte; seul son arrière-train essayait encore de faire passer le corps qui se débattait par la brèche. Il grattait frénétiquement le plancher avec une sorte de rictus de frustration, de la bave dégoulinant de ses mâchoires crispées tandis qu'il essayait de se frayer un chemin. D'autres morceaux de bois cédèrent et, là où auparavant ne passait qu'une patte, apparut une autre tête d'un noir luisant.

Et durant tout ce temps, le cadavre de l'homme mort de faim continuait de sourire, la tête penchée sur la poitrine.

Culver porta Kate jusqu'à la porte d'en face. Dealey ouvrait la marche. Ils la franchirent rapidement juste au moment où le rat, bien décidé, fit irruption dans le couloir, suivi d'un autre, puis d'un autre encore. Dealey leur claqua la porte au nez et s'enfuit sous les martèlements des rats contre la porte, de l'autre côté.

Ils se trouvèrent dans une pièce carrée avec une porte latérale. Au moment où Dealey promenait sa torche alentour, ils découvrirent un escalier.

— Merci, mon Dieu, murmura Dealey.

Ils ne s'attardèrent pas. Derrière eux, la porte craquait déjà, l'odeur de chair fraîche aiguisant les sens de la vermine. Kate n'était pas lourde, mais Culver était au bord de l'épuisement. Une traînée de sang qui coulait de son moignon les suivit jusqu'à l'escalier, formant de minuscules flaques sur les marches.

Une fois, deux fois, Culver trébucha; Dealey heureusement les empêcha, d'un geste de la main, de tomber. La deuxième fois, Culver perdit la hache ensanglantée et il dut lui demander de la ramasser et de la lui remettre dans la main.

Ils se retrouvèrent dans un étroit couloir sans porte. Il partait dans deux directions.

Des couinements, des bruits de débandade au-dessous : les rats étaient dans la pièce qu'ils venaient de quitter.

Les deux hommes prirent une direction au hasard; ils traversèrent le couloir à la hâte; Culver devait avancer en biais pour passer avec le corps inerte de Kate. Ils entendaient les mutants dans l'escalier.

Le souffle court, la gorge sèche, la poitrine haletante sous l'effort, les deux hommes étaient proches de l'effondrement; un sentiment de désespoir, de défaite, commençait à saper leur volonté et, par voie de conséquence, le reste de leurs forces. Ils étaient si anéantis qu'ils faillirent rater l'étroite ouverture. Seule une fraîche brise, si différente de l'air stagnant auquel ils s'étaient habitués, arrêta Culver. Il héla Dealey et jeta un coup d'œil dans la brèche. Il cligna des yeux pour s'en assurer. Une faible lumière atténuait l'obscurité.

— C'est une sortie! balbutia Dealey. Oh, mon Dieu, *c'est une sortie*!

Il passa devant Culver et monta les marches de pierre. Culver posa son fardeau, maintenant Kate momentanément en position assise; il s'accroupit et laissa son moignon sur son épaule. Il se redressa, un bras passé autour des jambes de Kate, l'autre tenant l'arme, et grimpa, lui aussi; l'air pur le revigora et rafraîchit son corps en sueur; la douceur de la brise était un guide.

L'escalier étroit faisait une courbe et s'élevait en spirale des profondeurs crépusculaires jusqu'à l'éclat du soleil d'un autre univers, un paysage ravagé qui offrait peu d'espoir, mais, au moins, pouvait encore être un réconfort après les ténèbres malfaisantes.

Haletants, ils parvinrent à une enceinte aux formes bizarres, avec un haut plafond, des murs de dalles grises rapprochés, et une lourde porte en bois. La porte avait une petite ouverture dans la partie supérieure par où la lumière du soleil s'infiltrait.

Dealey se rua sur elle et actionna la poignée.

— Elle est verrouillée! s'écria-t-il, atterré.

Il secoua la porte.

Culver posa Kate sur le sol de pierre et s'avança vers la porte, poussant l'autre homme sans cérémonie. Il donna un coup de hache à la serrure. Comme elle était vieille, le mécanisme était grippé parce qu'il n'avait pas servi depuis longtemps; le bois s'effrita et la serrure tomba bruyamment par terre. Mais la porte ne voulait toujours pas s'ouvrir. Elle céda d'un centimètre, mais pas plus. Culver distingua un barreau mince mais large de l'autre côté.

Il recula et donna des coups de pied répétés. L'ouverture s'élargit, le barreau de métal se courba vers l'extérieur. Un coup de hache, bref et sec, le détacha complètement de ses supports. La porte céda brusquement au moment même où ils perçurent des bruits précipités dans l'escalier.

— Faites-la sortir! hurla Culver, se plaçant en haut des escaliers.

Il laissa le premier rat atteindre la marche supérieure avant de donner un coup de pied aux mâchoires béantes, envoyant l'animal dégringoler l'escalier, heurtant ceux qui accédaient à la dernière courbe. D'un coup de hache, il fracassa le suivant. Celui d'après eut l'œil balafré par la lame qui lui traversa son crâne mince. Il fit un bond en l'air et retomba en arrière au milieu des autres, grâce à un coup de pied de Culver. Il lança une ruade, couinant de douleur, se débattant parmi les autres rongeurs, provoquant la confusion totale qui, elle-même, provenait de l'attaque des créatures qui bloquaient l'étroit escalier dans une mêlée de corps en furie. Donnant ainsi à Culver le temps de franchir la porte.

Son pied heurta le verrou qui l'avait maintenue fermée quelques instants plus tôt, et la lumière du soleil l'aveugla tandis qu'il cherchait désespérément un autre moyen de fermer la porte. Il se trouvait sur un large escalier de pierre dont les marches s'élevaient au-delà de la petite charpente contre laquelle il était appuyé. Derrière lui s'étendait l'allée qui longeait l'Embankment et, non loin, le blockhaus rectangulaire par lequel ils avaient pénétré dans l'abri. Des ordures, balayées par la pluie, jonchaient les marches et l'allée, ainsi que des écharpes, des chapeaux, des sacs — tout ce que les touristes avaient abandonné dès que les sirènes avaient retenti des semaines auparavant. Rien de tout cela ne pouvait maintenir la porte fermée.

— Culver ! s'écria Dealey depuis le mur de l'Embankment. Il y a un petit bateau là-bas. Nous serons en sécurité sur l'eau !

C'était une chance. La seule.

— Faites monter Kate ! hurla-t-il. Je les retiendrai le plus longtemps possible.

Il entendait encore les rats s'entre-déchirer à l'intérieur du petit bâtiment. Dealey descendit péniblement Kate le long de la rampe qui permettait l'accès à l'embarcadère des bateaux de plaisance ; de l'eau passait pardessus le ponton. Culver attendit quelques instants, pour leur donner le temps de monter à bord de l'embarcation, puis s'éloigna de la porte, dévalant les marches deux à deux, priant Dieu de ne pas glisser. Il se précipita vers la rampe et se retourna juste à temps pour voir la porte s'ouvrir brusquement et les rats surgir. Il remarqua un détail absurde : le bâtiment qu'ils venaient de fuir était le bas d'un monument ; au-dessus, encore fière mais sans tête, Boadicée montait son chariot de pierre, le bras tendu encore intact, brandissant toujours sa lance, d'un air de défi, face aux Maisons du Parlement effondrées.

Il se précipita vers le ponton et découvrit, médusé, une large embarcation vide, encore ancrée là, qui voguait, indifférente, sur le fleuve grossi par les pluies.

— Là-bas !

Il vit Dealey debout dans un bateau plus petit, en aval vers Westminster Bridge. Il partit dans cette direction.

— Levons l'ancre ! s'écria-t-il, conscient que la vermine dévalait la rampe ; plusieurs rats bondissaient déjà par-dessus la clôture pour l'attraper.

Le bateau ne devait pas contenir plus de quinze à vingt personnes assises sur les bancs disposés à l'intérieur. Une minuscule cabine au toit blanc couvrait la proue, protection contre les embruns ou le mauvais temps pour les touristes qui avaient la chance de trouver une place à l'intérieur. A la poupe, était fixé un gouvernail rudimentaire mais sans nul doute efficace, et près de la barre, se trouvait un changement de vitesse, également sommaire. Devant, une caisse gris pâle couvrait le moteur. Ce n'était certes pas le plus élégant des bateaux, mais, dans ces instants désespérés, c'était, aux yeux de Culver, le plus beau qu'il ait jamais vu. Il était déjà à quelques mètres du quai, voguant paresseusement au gré du courant, aussi lui fallut-il prendre son élan pour le rattraper.

Il atterrit sur le petit pont, s'affala sur la caisse du moteur et se tourna aussitôt pour affronter ses poursuivants. Deux rats bondirent au même moment. L'un d'eux parvint au flanc du bateau et essaya de grimper. Culver le délogea facilement d'un coup tranchant de hache. L'autre avait réussi à sauter sur le banc et, de là, avait bondi sur le couvercle du moteur. Il pivota et se trouva face à Culver, en émettant un sifflement haineux.

Culver frappa mais rata l'animal qui s'esquiva. Le rat l'attaqua, telle une furie puissante, se tortillant dans tous les sens, d'un coup le fit tomber sur le banc en lui lacérant le visage de ses griffes effilées.

Culver s'affaissa, l'arme tomba sur le pont. Se servant de l'élan de l'animal, il poussa vers le haut, puis sur le côté. Le rat passa par-dessus bord et plongea, au milieu d'éclaboussements, dans l'eau boueuse.

Culver se redressa immédiatement et, en deux enjambées, se trouva au gouvernail. Kate était recroquevillée sur le pont, les yeux clos, le visage blême, encore sous le choc. Il savait que la douleur ne se ferait pas sentir aussitôt — les terminaisons nerveuses avaient été sectionnées et le choc constituait son propre analgésique — et fut soulagé de constater que son bras ne saignait plus autant.

Du quai, la vermine plongea dans l'eau et se glissa vers l'embarcation à la dérive.

— Comment le met-on en route? s'écria Dealey, au bord des larmes. Il n'y a pas de clé, il n'y a pas cette satanée clé!

Culver grommela, les épaules affaissées. Il n'y avait maintenant presque plus de brume, malgré un soleil voilé, et il distinguait parfaitement les formes d'un noir luisant s'avançant lentement vers eux. S'il en avait eu le temps, il aurait pu mettre le moteur en marche; mais le temps manquait, les rats plantaient déjà leurs griffes dans la coque du bateau.

Il ramassa la hache et repéra la gaffe posée près du banc.

— Dealey, prenez-la pour les repousser. On peut encore s'en sortir!

Se penchant par-dessus bord, il assena un coup sur un corps dans l'eau. La distance jusqu'au niveau de l'eau était terriblement courte, mais, au moins, le courant les emportait loin du quai. Un liquide rouge tacha le fleuve quand la hache atteignit son but. Dealey avait ramassé la longue perche et eut juste le temps de repousser un rat qui grimpait sur le flanc. Un autre apparut à sa place et happa la perche, enfonçant ses dents dans le bois et refusant de la lâcher. Dealey redoubla d'efforts pour chasser le rat, le repoussant dans l'eau où il se débattit dans un tourbillon d'écume, refusant toujours de lâcher prise. Ce n'est que lorsque l'air lui manqua que l'animal abandonna pour remonter à la surface. Pendant ce temps, d'autres rats avaient tiré avantage de cette lutte.

Ils grimpèrent sur le flanc du bateau, se propulsant hors de l'eau grâce à leur arrière-train puissant.

Culver se débattait en avant, en arrière, sans jamais s'arrêter, sachant que s'il s'attardait sur un rat, d'autres se faufileraient rapidement à bord. Il assenait des coups de hache, tailladait les bêtes, le visage lugubre, une partie de son esprit d'une froide lucidité, presque séparée de l'action. Dealey l'aidait, mais ses mouvements étaient plus gauches, moins agiles. Cependant, il avait appris à donner des coups secs et brefs avec la gaffe, pour ne pas laisser aux rats le temps de s'agripper.

La rive s'éloignait, mais la vermine continuait à avancer, telle une marée noire à fleur d'eau. L'embarcation voguait en amont, au gré de la marée, dans la direction du pont auquel il manquait une travée, de l'autre côté du fleuve. Au-delà, il apercevait la falaise bizarre formée par le mur de l'ancienne tour de l'horloge écroulé.

Culver se rendit compte que si le courant les emportait assez vite, ils pourraient très bien distancer la vermine. Si seulement ils pouvaient les repousser, si seulement...

Son sang se glaça.

Il avait levé les yeux, l'espace d'un instant, sur le pont. Des silhouettes noires détalaient sur la balustrade et la travée en contrebas, il n'apercevait que des formes voûtées qui se mouvaient. Bon nombre d'entre elles regardaient à travers les moulures. Elles s'alignaient toutes, dans une bousculade effrénée, pour prendre position, leurs longs museaux pointés vers le bas; leurs pattes avant se balançaient déjà dans le vide. Elles se concentraient. S'apprêtaient à se laisser tomber quand le bateau passerait sous le pont.

34.

C'était sans espoir. Ils ne contrôlaient plus l'embarcation emportée à la dérive vers le pont. Toujours aux prises avec la vermine, Dealey aperçut Culver et se demandait pourquoi il restait immobile, pourquoi il avait le regard fixé devant lui, peu soucieux du danger qui les menaçait. Il suivit le regard du pilote et, lui aussi, se figea.

Il ne pouvait ni parler, ni vitupérer, ni même pleurer. Dealey était paralysé sous le choc. Avoir survécu à l'holocauste, surmonté ses effroyables conséquences, essuyer une catastrophe à chaque instant, et maintenant cela. Être détruit par des créatures, tapies dans les immondices. Quelle mort amèrement ironique.

Culver se tourna pour le prévenir, mais il s'aperçut qu'il avait déjà vu. Un je-ne-sais-quoi passa entre eux. L'acceptation d'une mort imminente partagée? Oui, et bien plus encore. La conscience soudaine d'une communauté d'esprit, d'une perception de l'autre, rare et saisissante. Pour Dealey, qui était et avait toujours été pragmatique, c'était une intuition, spontanée et désarçonnante, non seulement de la psyché de son compagnon, mais aussi de lui-même, une connaissance de sa propre identité. L'instant fut éphémère, mais le sentiment indélébile.

Un rat au pelage luisant et dégoulinant surgit sur la poupe. Culver l'attaqua avec une sinistre férocité meurtrière. Il lui trancha le crâne en deux et, du bout de sa hache, rejeta le corps brisé dans l'eau. Habité par la même rage glaciale, Dealey porta son attention sur les créatures qui commençaient à grimper sur le pont. Sa colère augmentait au fur et à mesure qu'il frappait, car il avait dépassé le stade de la peur et avait atteint celui pour lequel les bêtes qu'ils combattaient étaient renommées : piégé, acculé, il se retournait contre ses agresseurs.

Enfonçant le crochet au bout de la gaffe dans la bouche d'un rat qui avait sauté sur le couvercle du moteur, il le poussa pour faire glisser la bête sur la surface lisse jusqu'au banc latéral. Dealey le suivit, se pencha et souleva la créature assommée avant qu'elle ait eu le temps de recouvrer ses esprits. L'effort requit une force considérable, mais il ne prit pas le temps de se demander d'où il la tirait. Des dents s'enfoncèrent dans sa cheville ; il rugit de colère et de douleur, assena des coups à l'animal, lui martela le crâne et le corps, le forçant à lâcher prise. La gaffe se courba, se brisa ; il saisit le morceau de métal ébréché qui restait, pour poignarder le rat. Un jet de sang jaillit quand une artère fut sectionnée dans le cou et le rat détala en couinant. Mais déjà un autre fonçait sur lui. Il le prit à l'estomac, renversant Dealey sur le couvercle du moteur. Dealey lâcha la gaffe. Il sentit ses vêtements se déchirer et des dents s'incruster dans son abdomen. Il enfonça ses doigts très profondément dans le pelage mouillé, en essayant de repousser l'animal.

Une ombre masqua le soleil et le mutant lui fut arraché.

La créature s'était agrippée au cou de Culver. Il la repoussa sans se préoccuper si, au passage, elle lacérait Dealey de ses griffes et la tourna sur le ventre : il assena un coup de hache d'un mouvement sec avant d'expédier sur le côté l'animal qui se contorsionnait.

Il ne s'attarda pas ; il se retourna, fauchant les rats, les tailladant, parcourant le pont de long en large, infligeant des blessures, sectionnant des membres, des têtes, sans trêve, sans s'accorder un temps de réflexion.

Dealey se courba un instant sous le choc reçu à l'estomac, puis saisit la gaffe tombée de ses deux mains et se joignit à Culver dans la bagarre.

Très vite il ne resta dans le bateau que les rats gravement atteints ou mortellement blessés, mais les autres continuaient de grimper par-dessus bord. L'eau, tout autour, était une vaste marée noire. Et le pont n'était qu'à quelques mètres.

Culver matraqua un rat qui s'approchait furtivement de Kate dont le moignon, reposant à nu sur les planches humides du pont, était alléchant. Elle ouvrit les yeux quand il la souleva dans un éclair de conscience avant de replonger dans un oubli bienfaisant. Elle était d'une pâleur extrême qui ne présageait rien de bon. Culver, dans un bref instant de tendresse, effleura ses lèvres d'un baiser avant de la poser délicatement sur la caisse du moteur. Puis il retourna au cœur de l'action pour dégager le bateau, en poussant des hurlements.

Il sentait la masse énorme du pont se profiler au-dessus de leurs têtes, voyait les premiers rats se laisser tomber dans une gerbe d'eau juste un peu plus loin. Le bateau se rapprochait. Il voyait leurs silhouettes vibrer de joie, ramper sur les contreforts de l'Embankment, passer sur les traverses, se frayer un chemin sur la balustrade massive et se balancer sur le large rebord.

Fébrile, un rat bondit dans le vide et parvint à atterrir sur la minuscule cabine du bateau de plaisance. Il fixa les deux hommes sans passer à l'attaque.

Culver leva sa hache. Il la maintenait contre sa poitrine de ses deux mains, prêt pour l'ultime massacre. Une fois que l'embarcation se trouverait sous le pont, la vermine déferlerait sur eux, telle une avalanche. Il priait pour que la fin fût rapide.

Un silence étrange régna. Leurs couinements cessèrent, tout comme leurs tremblements. Ils avaient eu la même réaction, dans la salle du sous-sol, cet antre dans lequel la créature difforme avait allaité ses petits; la vermine s'était alors figée dans le silence avant de tomber dans une folie sanguinaire. Et maintenant, tout allait recommencer.

Dealey se mit à prier en silence avec ferveur pendant que Kate gémissait doucement, toujours inconsciente.

Le rat, du toit de la cabine, observait Culver. Son

arrière-train commençait à trembler, son dos voûté, peu agréable au regard, s'était raidi. Il émit un sifflement en découvrant ses dents. Un ronflement puissant se fit entendre. Par-dessus le bruit assourdissant, ils perçurent des rafales de balles. Culver et Dealey, abasourdis, virent des éclats de balles pulvériser le vieux pont. La vermine se dispersa. Beaucoup furent projetés dans l'eau, le corps criblé de balles. D'autres préféraient plonger, sous les rafales.

Dans une confusion totale, assourdis par le bruit, Culver et Dealey se jetèrent à plat ventre au fond du bateau qui passait sous le pont. Des rats leur tombèrent dessus et, une fois de plus, ils les repoussèrent; leurs couinements étaient perceptibles maintenant qu'ils se trouvaient sous le pont, car le ronflement était atténué. La vermine en plein désarroi, affolée par le tumulte soudain, détalait sur le bateau dans tous les sens; ceux qui étaient à la mer, complètement désorientés, nageaient en cercles.

Les deux hommes, debout devant la jeune fille allongée, frappaient ceux qui s'approchaient trop près; ils se défendaient plus qu'ils n'attaquaient. Culver aperçut le rat, encore juché sur le toit de la cabine, qui l'observait toujours. Contrairement aux autres, celui-ci ne révélait nulle panique. Ses yeux luisants ne trahissaient même pas un sentiment de peur. Il s'approcha tout près du toit. Le pelage hérissé, le corps gonflé. Et bondit en l'air.

Le puissant arrière-train du rat le propulsa du couvercle du moteur où reposait Kate. Son vol sembla particulièrement lent à Culver, presque nonchalant. Sa silhouette noire s'amplifia dans son champ de vision, toutes griffes dehors, la mâchoire ouverte révélant chaque croc jaunâtre; les deux incisives étaient tachées et ébréchées à force de servir; les yeux, diaboliquement bridés, étaient fixés sur les siens.

Et la hache s'éleva dans un lent mouvement circulaire, avant de s'abattre sur la bête.

Le bras de Culver vibra sous l'impact et Culver tomba à la renverse sous l'animal qui avait été coupé en deux, du crâne aux épaules; la lame, ayant traversé la colonne vertébrale, ne s'arrêta que lorsqu'elle atteignit le bassin.

Culver gisait au sol ; la substance vitale de la créature se déversait sur lui. Il repoussa avec peine le corps déchiqueté.

La lumière l'aveugla lorsqu'il quitta l'ombre du pont. Pourtant quelque chose masquait le ciel d'un bleu limpide et il ne comprenait pas pourquoi, pas plus qu'il ne comprenait d'où venait ce ronflement puissant.

Dealey, près de lui, lui indiquait quelque chose en criant, mais les autres bruits étaient trop assourdissants. Une rafale de vent, proche de la tempête, ballotta la petite embarcation. Culver se redressa en titubant et s'agrippa au flanc du bateau pour garder l'équilibre. Il leva les yeux une fois de plus.

— Des Puma, dit-il.

Ses paroles se perdirent dans le vent. Il comprit brusquement pourquoi ils n'avaient ni vu ni entendu les hélicoptères plus tôt : la carcasse inclinée de la tour de Big Ben avait masqué leur approche.

Les trois hélicoptères survolaient le fleuve ; l'un d'eux était tout près du bateau, les roues rétractées, ses immenses pales créant un tourbillon. Deux d'entre eux tirèrent une rafale de balles sur le pont et dans l'eau, de leurs mitrailleuses 7.62 spécialement conçues, tandis que le troisième jouait sur les turbulences qu'il provoquait pour éloigner du pont l'embarcation et ses trois occupants humains.

Le même mot restait figé sur les lèvres de Dealey : *Incroyableincroyableincroyable !*

Culver trébucha sur lui et le saisit par l'épaule.

— Ce n'est pas encore terminé ! hurla-t-il à l'oreille de Dealey. Ils grimpent encore à bord ! Il faut continuer à les repousser !

Comme pour corroborer ses propos, deux rats surgirent devant eux et se glissèrent sur le côté. Les deux hommes agirent de concert ; à coups de pied, ils jetèrent les bêtes à la mer. Mais d'autres bondissaient à bord, dans le but de trouver refuge contre l'averse de plomb. Culver et Dealey les attaquaient avant même que la vermine n'ait une chance de recouvrer ses esprits. Ils étaient malheureusement encore trop nombreux. Sans arrêt, d'autres grimpaient sur les bancs et le pont.

— Inutile, nous ne pouvons les retenir ! hurlait Dealey, une fois de plus en proie à la panique.

— Montez sur le toit de la cabine ! lui cria Culver par-dessus le ronflement du moteur.

Il bondit sur le couvercle du moteur ; Dealey suivit le mouvement. Il grimpa maladroitement sur l'espace exigu tandis que Culver prenait dans ses bras la jeune fille inconsciente. Ce n'était pas aisé, mais Culver la passa à Dealey qui la mit momentanément en sûreté. Le pilote donna des coups de pied à trois rats qui étaient montés sur la caisse ; l'un d'eux lui avait arraché un morceau de son jean en retombant sur le pont. Culver bondit sur le toit de la cabine et s'y accroupit, prêt à attaquer tout ce qui suivait.

Dealey, à demi assis, parce que c'était trop difficile de rester debout sur le bateau qui tanguait, tapa sur l'épaule de Culver et lui montra quelque chose du doigt.

Culver leva les yeux et aperçut l'ombre géante qui remplissait le ciel. Un homme leur était envoyé.

Grâce à Dieu, se dit Culver, les hélicoptères Puma étaient équipés à la fois de mitrailleuses et d'élingues. Des pieds se balancèrent juste au-dessus de leur tête et l'homme sauta à bord. Culver et Dealey l'aidèrent à retrouver son équilibre.

— *Ce n'est pas vraiment le moment idéal pour une sortie en mer*, s'écria le plongeur qui s'aperçut que les deux hommes étaient trop las pour répondre. *Je ne peux prendre qu'une personne*... (Il aperçut les rats en contrebas, l'individu qui tenait la hache était toujours aux prises avec les créatures qui tentaient de monter sur le toit de la cabine.) *Bon, je peux aller jusqu'à deux, mais nous aurons du mal en haut! Aidez-moi à passer le harnais à la fille!*

Ils entendaient à peine ses paroles, mais en devinaient le sens. Ils levèrent ensemble Kate et l'attachèrent à la boucle du harnais ; l'hélicoptère s'était mis en vol stationnaire, juste en surplomb, suivant habilement le mouvement du bateau.

— *Bon, que l'un de vous se mette derrière moi et passe ses bras autour de mes épaules ! Il faudra tenir fort, mais nous allons vous hélitreuiller très rapidement !*

Culver fit signe à Dealey de s'exécuter. Dealey secoua la tête.

— *Allez-y!* hurla-t-il.

— *Putain, ne soyez pas stu...*, commença à dire Culver.

— *Je n'ai pas la force de m'accrocher! Je n'y arriverai jamais!*

— *Dépêchez-vous, l'un ou l'autre*, s'écria le plongeur impatiemment. *Un autre hélicoptère va venir chercher celui qui reste. Je donne le signal pour qu'on nous remonte avant que ces satanés monstres ne me sucent les orteils!*

Dealey donna une tape sur l'épaule de Culver et lui prit la hache. Il esquissa même un sourire las.

Culver avait à peine les bras accrochés aux épaules du plongeur que ce dernier leva le pouce vers le ciel en guise de bonne chance et leurs pieds quittèrent le toit de la cabine. Ils s'éloignèrent du bateau à une allure rapide mais régulière. Il jeta un coup d'œil inquiet en bas et retint son souffle en voyant un essaim de formes noires sur le toit blanc. Dealey, debout, agitait la hachette de ses deux mains, écartant la vermine, la faisant passer par-dessus bord ou l'assommant sur le pont. Mais chaque fois que l'un d'eux était éjecté, un autre prenait sa place. Il vit la silhouette de Dealey, qui diminuait au fur et à mesure, soudain se raidir de douleur quand il fut mordu à la cuisse. Un autre rat lui sauta dans le dos, le forçant à passer les mains derrière pour le déloger. L'arme tomba.

— *Dealey!* hurla Culver inutilement.

Le deuxième Puma descendit; un plongeur se balançait déjà au bout du câble. Ses pieds n'atteignirent jamais le toit de la cabine; il hissa l'homme ensanglanté et, d'un mouvement, chassa le rat de son dos. Ils quittèrent le bateau, deux formes noires accrochées aux jambes de Dealey. Sous le poids, les rats vinrent s'écraser dans l'eau, la chair et les vêtements s'étirant puis se déchirant sous la pression. Culver ferma les yeux tandis que les deux silhouettes étaient hissées à bord. Le troisième hélicoptère volait bas, épuisant ses munitions sur la vermine. Des rafales de balles ravagèrent le bateau et les mutants qui s'y trouvaient. Quand les balles éclatèrent sur sa coque fragile et atteignirent son réservoir d'essence, la petite embarcation explosa en mille morceaux. Culver ouvrit les yeux à temps pour voir des volutes de fumée noire se soulever, réplique miniature des explosions qui avaient détruit la ville, longtemps, bien longtemps auparavant.

Des mains se tendirent et les aidèrent à monter dans l'hélicoptère. Culver fut hissé le premier, puis ce fut au tour de la jeune fille. Le plongeur grimpa le dernier.

Culver fut rapidement dirigé vers un siège et il s'affala, avec reconnaissance, dans un endroit frais. La lourde porte se referma, l'intérieur de l'hélicoptère était encore bruyant mais moins qu'auparavant. Il vit que l'on allongeait Kate avec précaution sur un brancard et un autre officier, sans doute un médecin, examinait le moignon de son bras. L'homme ne broncha pas ; il avait, de toute évidence, traité des blessures bien pires, ces dernières semaines. D'une trousse, il sortit rapidement une petite fiole qu'il brisa pour en extraire une seringue. D'une main experte et sans lui déchirer son jean, il plongea l'aiguille dans un muscle de la cuisse de Kate, y maintenant la seringue quelques secondes pour laisser au liquide le temps de s'écouler. Il remarqua que Culver les observait.

— C'est de la morphine, expliqua-t-il. Elle a de la chance que nous soyons arrivés alors qu'elle était encore sous le choc. Ne vous inquiétez pas, elle va s'en sortir. La coupure est nette. Je vais la panser et relâcher le pansement compresseur un instant. A-t-elle d'autres blessures ?

Culver secoua la tête ; la fatigue commençait à se faire sentir.

— Des balafres, des égratignures, c'est tout. Oh, si... nous avons été en contact avec la peste pneumonique.

Le médecin, surpris, haussa les sourcils.

— Bon, je vais m'assurer que tout va bien. Et vous ? Voulez-vous un sédatif ?

De nouveau Culver secoua la tête. Il contempla le

visage livide de Kate ; ses traits étaient déjà apaisés par le calmant qui commençait à faire effet ; il avait envie d'aller vers elle, de la réconforter, de lui demander pardon pour ce qu'il avait été contraint de faire, mais elle n'entendait pas. Plus tard, ils auraient le temps. Oui, largement le temps, tous les deux. Il détourna les yeux, observa les minuscules hublots encastrés dans la porte et, plus loin, un ciel voilé de bleu. Un autre visage lui apparut : celui du plongeur.

— Sergent de vol McAdam, fit-il, se présentant.

Culver eut du mal à répondre.

— Merci, dit-il enfin.

— Je vous en prie.

— Comment... ?

— On vous a repérés tôt ce matin.

— L'avion ?

— Nous pensions que vous faisiez partie du quartier général gouvernemental, dit le plongeur en acquiesçant. Est-ce vrai ?

— Non... non, nous essayions de... d'y pénétrer.

L'homme semblait y porter un vif intérêt.

— Y êtes-vous parvenus ? Mon Dieu, nous n'avons eu aucune liaison avec le quartier général depuis le début de ce foutu bordel. Que diable s'est-il passé là-dedans ?

— Mais... personne... n'en est sorti ?

— Pas âme qui vive. Et personne ne pouvait accéder au QG de l'extérieur, tous les tunnels sont souterrains. Ces salauds nous ont frappés plus fort que prévu. Des survivants ont peut-être pu sortir de la ville, qui sait ? Nous n'avons pu procéder à des recherches, à cause des retombées. Nous patrouillons cette partie du fleuve depuis que nous avons appris que votre groupe avait été repéré. Mais vous étiez censés être plus nombreux. Où sont les autres ?

— Morts, répondit Culver d'une voix monocorde, songeant également à ceux qui s'étaient échappés de l'abri de Kingsway. (Il se rappela brusquement Ellison. Sans torche, sans arme. A l'intérieur de l'abri.) Tous morts, affirma-t-il.

— Mais qu'avez-vous trouvé là-dedans ? Qu'est-ce qu'il y avait ?

Le médecin intervint.

— Laissez-le se reposer, sergent. On l'interrogera quand nous serons de retour à Cheltenham.

Le plongeur le regardait toujours d'un air intrigué.

— Des rats, fit Culver. Rien d'autre que d'énormes rats.

Le visage de McAdam s'assombrit.

— Nous avons entendu des histoires...

— Des gens sont-ils parvenus à sortir de Londres?

— Oh oui, des tas.

Culver s'enfonça davantage sur son siège.

— Mais où sont-ils allés? Et dans quel but?

Le plongeur avait une expression lugubre mais arborait un sourire dénué d'humour.

— Ce n'est pas aussi affreux que ce que vous pensez. On a mis un terme à la folie, voyez-vous, oui, avant la destruction totale. Bien sûr, les principales capitales ont été anéanties, ainsi que les villes industrielles et bon nombre de bases militaires; mais l'ultime destruction a été brusquement arrêtée quand les puissances se sont rendu compte de l'erreur...

— Sergent, l'avertit le médecin.

— Quelle erreur? demanda Culver.

— Reposez-vous maintenant, vous en avez besoin. Nous allons vous ramener très vite à la base où l'on va s'occuper de vous. C'est encore chaotique, mais l'ordre revient peu à peu avec la discipline militaire. On dit qu'une nouvelle coalition gouvernementale va être formée d'un instant à l'autre...

Le sergent se leva et donna une tape sur l'épaule de Culver.

— Du calme, dit-il.

Il fit demi-tour et sortit.

— Qui a commencé? s'écria Culver. Qui a commencé cette putain de guerre? L'Amérique ou la Russie?

Il ne fut pas certain d'entendre vraiment, le bruit des pales rotatives noyant presque la réponse. On aurait dit : « La Chine. »

Le plongeur se tenait devant la porte du cockpit; il arborait toujours un sourire dénué d'humour. Culver eut l'impression de l'entendre dire :

— Bien sûr, il ne reste plus grand-chose.

Culver se retourna vers les petits hublots, avide de lumière, surpris, mais trop las pour subir un autre choc. L'obscurité qui régnait à l'intérieur du Puma le déprimait ; il avait traversé trop de jours sans soleil. Son esprit errait, il revoyait des images, des scènes dont il ne parviendrait jamais à se libérer.

Et il songea à l'ultime ironie. Le massacre de ceux qui, après avoir, si longtemps auparavant, organisé leur propre survie au mépris des autres, avaient péri, impuissants. Le massacre d'une race de maîtres affaiblie, par des créatures refoulées depuis des siècles, hôtes des ténèbres ; l'ennemi naturel de l'humanité, qui avait toujours été doté de ruse, mais maintenant cette ruse — et son pouvoir — était accrue par une cause anormale. Il songea aux rats géants, ces rats au pelage noir, munis de leurs armes fatales, ces dents et ces griffes qui faisaient leur force. Et aussi à leur ruse. Il songea à ces rats semblables à des limaces bouffies, encore plus hideuses, frères et guides des monstrueux rats noirs. Et il songea à la Reine Mère.

Le médecin, absorbé par la blessure de Kate qu'il soignait, se tourna, surpris, lorsqu'il entendit Culver éclater de rire. Il prépara rapidement un sédatif lorsqu'il remarqua les larmes qui coulaient sur son visage.

Culver songea à la Reine Mère et à sa progéniture, à sa minuscule portée qui tétait. Le siège gouvernemental avait été attaqué avec violence parce que les rats noirs avaient cru que leur reine était menacée. Les pauvres imbéciles avaient été exterminés dès que l'abri avait été occupé ; les mutants, dérangés par le bruit des bombes, s'étaient inquiétés devant cette brusque invasion. Le massacre avait été instantané et impitoyable.

Culver riait sans pouvoir s'arrêter. L'ironie de la vie était trop amère. Et la plus grande ironie, c'étaient les enfants de la Reine Mère. Les petites créatures qui lui tétaient le sein.

Il passa une main tremblante sur son visage comme pour chasser cette vision. Lui et Fairbank avaient été bouleversés par cette découverte. Malgré le choc, de multiples hypothèses les avaient assaillis et terrifiés.

Car les nouveau-nés ressemblaient à des humains... *des humains!* des embryons. Ils avaient des griffes, un début de queue couvert d'écailles, les mêmes yeux bridés diaboliques et le dos voûté. Mais le crâne ressemblait à un crâne humain, leurs traits à ceux d'individus difformes et monstrueux. Leurs bras, leurs jambes n'étaient pas ceux d'animaux. Et leur cerveau, clairement visible à travers la peau et le crâne transparents, était trop gros pour appartenir à un rat.

Ses épaules étaient secouées de rire. L'humanité avait-elle été créée de la même façon, dans une explosion de radiations; des gènes avaient-ils été modifiés au point de faire d'eux des créatures capables de marcher, de penser, de se tenir debout? Il y avait une autre hypothèse terriblement amusante : l'humanité descendait-elle non pas du singe, comme le pensaient les théoriciens? L'humanité... l'humanité descendait-elle de ces créatures hideuses? Et l'évolution allait-elle suivre le même cours une fois de plus?

Il lui était impossible de maîtriser son rire. Pas plus que ses larmes. Cela l'épuisait, lui donnait la nausée. Il vit alors quelqu'un se pencher vers lui, pointant une aiguille pour calmer sa crise d'hystérie.

Les rats s'en retournèrent.

Ils nagèrent jusqu'à l'Embankment et sautèrent dans l'eau; leur pelage noir brillait sous l'éclat du soleil. D'autres, qui se trouvaient sur le pont, fuyaient en couinant, tandis que la créature tonitruante et porteuse de mort sillonnait le ciel. Ils se rassemblèrent au grand jour, tremblants, médusés devant la violence déployée à leur égard, stupéfaits par la perte de ceux qui les avaient gouvernés. Autre chose avait disparu. La Reine Mère et son étrange portée, cette nouvelle race inconnue que les rats noirs avaient souhaité détruire car c'était une espèce différente, n'existaient plus. Ils ne comprenaient pas pourquoi ces nouveau-nés étaient si différents, et cette différence même avait provoqué la panique chez les mutants.

Mais ils n'avaient pas été autorisés à les tuer. La Reine Mère était toute-puissante, elle contrôlait leur volonté, les dirigeait sans permettre la moindre contestation. Sa garde spéciale s'était occupée des rebelles. Et la garde avait été terrassée par la maladie.

Cependant les rats avaient protégé leur matrone, car ses pensées les dirigeaient et les conditionnaient. Maintenant, ces pensées n'habitaient plus leurs esprits. Et leur nombre avait diminué.

Ils retournèrent dans leur monde de ténèbres, à l'abri de cet univers souterrain, loin du soleil. Ils découvrirent très vite l'être humain qui se cachait parmi eux dans l'obscurité, sa terreur masquée, cette odeur alléchante lorsqu'il était en proie à une peur intense. Ils grattèrent la porte derrière laquelle il se cachait. Puis se mirent à ronger le bois. Ils se délectèrent de ses cris.

Quand il ne resta rien de lui, ils errèrent dans les sombres tunnels, satisfaits de séjourner dans ce lieu paisible où ils procréaient.

Quand ils avaient faim, ils quittaient leur univers de nuit éternelle, se glissaient en silence à l'extérieur où le ciel nocturne et la fraîcheur de la brise les apaisaient. Ils se faufilaient au milieu des décombres de la vieille ville, à la recherche de pâture qu'ils n'avaient pas de mal à trouver.

Et ce n'est qu'aux premières lueurs de l'aube qu'ils s'éclipsaient de nouveau dans leurs trous, dans ces tunnels souterrains, quittant à contrecœur ce nouveau territoire de liberté. Ces univers nouveau qui allait devenir leur empire.

Achevé d'imprimer en janvier 1994
sur les presses de l'Imprimerie Bussière
à Saint-Amand (Cher)

POCKET - 12, avenue d'Italie - 75627 Paris Cedex 13
Tél. : 44-16-05-00

— N° d'imp. 226. —
Dépôt légal : avril 1993.

Imprimé en France